대결의 문학사

정호웅

저자는 문학사 및 문학교육 연구가이고 문학평론가이다. 영남대학교와 홍익대학교의 사범대학 국어교육과 교수로서 중등학교 국어교사가 되고자 공부하는 학생들을 가르쳐 왔다. 『우리 소설이 걸어 온 길』, 『그들의 문학과 생애-김남천』, 『한국의 역사소설』, 『문학사 연구와 문학교육』, 『한국소설사』(공저) 등의 저서를 내었다.

대결의 문학사

초판 1쇄 인쇄 2019년 2월 13일
초판 1쇄 발행 2019년 2월 22일

지 은 이 정호웅
펴 낸 이 이대현

책임편집 임애정
편   집 이태곤 권분옥 홍혜정 박윤정 문선희 백초혜
디 자 인 안혜진 홍성권 김보연 박민지
마 케 팅 박태훈 안현진

펴 낸 곳 도서출판 역락 / 서울시 서초구 동광로46길 6-6 문창빌딩 2층(우·06589)
전   화 02-3409-2058 FAX 02-3409-2059
이 메 일 youkrack@hanmail.net
홈페이지 www.youkrackbooks.com
등   록 1999년 4월 19일 제303-2002-000014호

ISBN 979-11-6244-356-9 93810

대결의 문학사

정 호 웅

역락

머리말

한국 근현대문학은 한마디로 일컬어 대결의 문학이다. 여러 가지 대결을 들 수 있을 터인데 이 책에서는 역사와의 대결, 운명과의 대결, 문학사와의 대결 셋을 다루었다. 격동의 역사 전개와 맞서 새로운 역사 지평을 열고자 하는 높고 귀한 뜻이 이끌었으니 역사와의 대결이고, 개인의 의지와 욕망 너머에서 작동하는 거대한 힘과 맞서 아름다움과 선 그리고 진실의 성채를 구축하고자 하였으므로 운명과의 대결이고, 기존의 문학을 넘어 새로운 문학을 일구고자 하는 자의식의 실천이므로 문학사와의 대결이다.

1부 '역사와의 대결'에는 만주를 배경으로 한 소설들, 이범선의 단편소설, 최인훈의 『화두』, 김원일 문학, 이문구의 연작소설 『관촌수필』, 윤흥길의 연작소설 『소라단 가는 길』 등을 다룬 글들을 담았다. 일제강점, 분단, 전쟁, 이후의 급속한 사회 변화 속에서 그 변화와 대결하며 앞길을 열고자 한 뜨거운 작가의식이 낳은 문학들이다.

2부 '운명과의 대결'에는 해방 후 이광수 문학, 이태준 문학, 김동리 문학, 이병주 문학, 박경리 문학 등을 다룬 글들을 실었다. 운명에 휩쓸려 허우적거리면서도 그 운명으로부터 벗어나고자 저마다의 자리에서 분투했던 이들의 문학은 굳센 정신의 아름다움으로 빛나지만 그 갈피갈피에는 허무가 깃들어 쓸쓸하기도 하다.

3부 '문학사와의 대결'에는 염상섭의 처녀작 「표본실의 청개구리」, 김동인 문학, 김동리와 김환태의 비평, 유진오 문학, 최인훈 문학 등을 다룬 글들을 놓았다. 문학사의 새 단계를 열고자 고투했던 작가들의 문학을 다룬 글들이다. 문학사와 맞서는 자의식의 산물들이니 날카롭고 뜨겁다.

　4부 '문학교육의 현장 비판'에는 오랫동안 사범대학에서 중등 국어 교사가 되고자 공부하는 학생들을 가르쳐 왔고, <고등 문학>을 비롯 하여 여러 종류의 중고등학교 국어과 교과서 집필에 관여해 온 저자 의 경험에서 얻은 글들을 실었다. 문학교육의 현장을 비판적으로 바라 보는 태도를 일관하여 갖고자 하였는데, 문학교육과 문학교육계에 대 한 애정으로 받아들여지기를 바란다.

　5부 '시간과의 대결: 김윤식의 글쓰기 60년'에서는 지난 10월 25일 에 별세하신 김윤식 선생의 글쓰기를 다루었다. 선생의 학문은 과거 문학의 역사를 다시 짜고 새롭게 해석하는 그러니까 재구성과 창조의 작업이었으니 시간과의 대결이었고, 선생의 비평은 시간의 구속이 미 치지 않는 '작품 자체'를 향하였으니 마찬가지로 시간과의 대결이었 다. 유한한 인간의 존재성과 맞서는 생산 일로를 걸었다는 점에서 선 생의 삶은 또한 시간과의 대결이었다. 단독 저서 160여 권을 낳은 선 생의 글쓰기 60년은 '두려운 모범'으로 저 멀리 우뚝 솟아 있다.

2019년 겨울 들머리

정호웅

차례

머리말_5

1. 역사와의 대결

1-1. 한국 현대소설과 '만주'라는 기호 / 11
1-2. 균형과 조화의 소설미학-이범선의 단편소설 / 35
1-3. 최인훈의 『화두』와 일제 강점기 한국문학
　　-「낙동강」을 중심으로 / 57
1-4. 다시 읽는 김원일 문학 / 81
1-5. 환각의 등불-이문구의 『관촌수필』론 / 105
1-6. 원혼의 한을 푸는 신성(神性)의 언어
　　-윤흥길의 연작소설 『소라단 가는 길』 / 119

2. 운명과의 대결

2-1. 해방 후의 이광수 문학 / 131
2-2. 부정의 정신과 새로운 주체 세우기-이태준론 / 149
2-3. 강한 주체, 근본의 문학-김동리론 / 169
2-4. 이병주 문학과 학병 체험 / 181
2-5. 박경리 소설의 인물 성격과 '초인론' / 203

3. 문학사와의 대결

3-1. 새로운 소설의 출발-염상섭의 처녀작 「표본실의 청개구리」 / 229

3-2. 인형조종술의 세계-김동인론 / 239

3-3. 극단의 시론-김환태론: 정지용・이양하 함께 읽기를 통해 / 255

3-4. 김동리의 비평-구경적 생의 형식을 찾아 / 263

3-5. 비애와 분노-유진오론 / 271

3-6. 최인훈 문학과 한국현대문학의 타자들 / 295

4. 문학교육의 현장 비판

4-1. 근대 계몽기 문학과 문학교육 / 321

4-2. 인용과 변용의 어법, 해학과 비판의 정신
    -일석 이희승의 수필세계 / 345

4-3. 『토지』와 만주 공간-문학교육과 관련하여 / 369

4-4. 이호철의 「역려(逆旅)」와 문학교육
    -'타자 이해'를 중심으로 / 395

4-5. 전상국의 장편 『유정의 사랑』과 「김유정 평전」
    -문학 교육과 관련하여 / 419

5. 시간과의 대결: 비평가 김윤식의 글쓰기 60년

5-1. 한국현대문학사의 재구성과 창조
    -김윤식의 학문과 비평 / 447

5-2. 청청한 전위의 정신-『김윤식선집 7』에 부쳐 / 461

5-3. 새로운 글쓰기, 새 지평의 열림
    -김윤식 선생의 「문학사의 라이벌 의식 3」에 부쳐 / 467

1
역사와의 대결

한국 현대소설과 '만주'라는 기호

1. 한국 현대소설과 만주 공간

나는 「한국 현대소설과 만주 공간」(『문학교육학』, 2001, 8)에서 한국 현대소설 속 만주 공간을 그 특성에 따라, 절박한 생존의 공간, 죽음의 공간, 불평등의 공간, 절망의 공간, 열린 가능성의 공간의 다섯 개로 구분하고, 그것이 소설세계를 어떻게 규정하였는지를 살핀 바 있다.

절박한 생존의 공간이었기에 재만조선인들은 민족이나 계급 등의 추상적 의미항이 미치지 못하는 생존의 논리를 좇아 나아갈 수밖에 없었다. 죽음의 공간이었기에 한편으로는 좌절과 타협[1]을 낳았지만 다른 한편으로는 그것에 맞서 나아가는 혁명적 정치의식[2]을 낳았다. 불평등의 공간이었기에 평등에 대한 지향성이 클 수밖에 없었으니 여기서 사회역사적 현실의 구속으로부터 자유로운 인간 본성과 현실질서 밖에 존재하는 강한 성격에 대한 탐구[3]가 생겨났다. 사방으로 열려 있지만

1) 「목축기」, 「벼」, 「북향보」 등 안수길의 작품들, 박영준의 「밀림의 여인」이 대표적이다.
2) 최서해의 「탈출기」, 강경애의 「소금」과 「어둠」 그리고 「유무」 등이 대표적이다.
3) 황건의 「제화」, 안수길의 「목축기」와 「원각촌」 등이 대표적이다.

어디 한 군데 정주를 허용하지 않는 절망의 공간이었기에 낙백한 진보
주의자들의 병든 영혼이 누추한 육신과 정신을 부리기에 안성맞춤의
공간이었다. 그 속에서의 자기 확인은 병든 영혼의 마지막 자존심 지키
기라는 준엄한 의미를 지니는 것이다.[4] 한편 열린 가능성의 공간이기
에 만주 공간에는 현실에서 패배한 이들의 낭만적 행보도, 새로운 출발
을 꿈꾸는 강한 의지의 적극적인 여로[5]도 활기차게 펼쳐졌다.[6]

그리고 12년이 흘렀다. 그동안 많은 연구가 이루어졌는데 배운 바,
깨우친 바가 많다. 이들 논문의 가르침을 좇아, 12년 전 논문에서 다루
지 못했던 것 몇 가지를 여기서 다룬다. 우리 현대소설이 다룬 '만주라
는 기호' 몇 가지를 가려 뽑아 그 속에 담긴 의미를 읽어 내고자 한다.
그 의미 읽기는 언제나 작품 전체의 의미 맥락과 관련하여 이루어질 것
이다.

2. 관념의 상징

한국 현대소설 속 만주는 대체로 사회역사적 맥락 속에 자리하고 있
는 그 만주이다. 그런데 만주가 그 사회역사성과 무관하게 소설 속에
들어오는 경우도 있다. 이 경우, 만주는 작가가 부여한 특정의 관념을
담는 상징이 된다. 최인훈의 「광장」에 나오는 저녁노을이 불타는 만주
가 대표적인 예다.

---

4) 최명익의 「심문」, 현경준의 「유맹」 등이 대표적이다.
5) 박경리의 「토지」, 이효석의 「벽공무한」, 이광수의 「사랑」 등이 대표적이다.
6) 정호웅, 「한국 현대소설과 만주 공간」, 『문학교육학』, 2001, 8, 194쪽.

창(窓)이 불타고 있었다.

만주 특유의 저녁노을은 불시에 온 누리가 우람한 불바다에 잠긴 착
각을 줄 만큼 거창했다. 명준은 내일 아침 사(社)로 타전할 기사 문면을
짜고 앉았다가, 부지중 탄성을 발하면서 만년필을 놓고 창으로 다가섰
다. 천지가 불바다였다.[7]

「광장」의 주인공 이명준은 지금 중립국행을 택한 포로들을 태우고
인도로 향하는 타고르호 뒷 갑판에서 몇 년 전 경험한 만주 벌판을 떠
올리고 있다. <노동신문>의 기자로 일하던 때, 만주 땅에 들어선 조선
인 콜호즈를 취재하러 갔다가 본 "천지가 불바다"였던 그 만주 벌판이
다. 그 속에서는 모든 것, 돌맹이도 옥수수밭도 심지어는 공기조차도
"붉은 흥분"으로 타올라 하나가 되었다. 개별자와 개별자의 완전한 조
화, 개별자와 일반자의 완전한 일치, 그 일치가 만들어내는 완전한 '도
취'의 세계이다.

이 도취는 그가 "남한에 있던 시절 어느 들판 창창한 햇빛 아래서 느
꼈던 그 추상(抽象)된 원도취(Uriekstase)"[8]와 동질의 것으로,[9] 이명준이 추
구하는 궁극의 목표이다. 그는 이 같은 도취의 삶이 가능한 곳을 찾아
생사를 넘나들며 먼 길을 걸어 여기에 이르렀으나 그의 심장은 식어 더
이상 설레지 않고 약동하지 않는다. 모든 것이 불타는 그 불의 바다 가

---

7) 최인훈, 「광장」, 『새벽』, 1960, 11, 270-271쪽. 최인훈은 여러 차례에 걸쳐 「광장」
   을 개작하였지만 위 인용의 핵심인, '개별자와 개별자의 완전한 조화, 개별자와 일
   반자의 완전한 일치, 그리고 완전한 도취'라는 이명준의 관념'을 상징하는 기호로
   서의 만주는 조금도 바뀌지 않았다. 이 사실은 이 기호로서의 만주에 담긴 관념이 「광
   장」을 구성하는 내용상 핵에 해당하는 것이라는 사실과 관련된 것이다.
8) 같은 책, 271쪽.
9) "물건마다 제자리에 놓일 데 놓여 져서 더 움직이는 것은 필요 없는 것 같았다. 세
   상이 돌고 돌다가 가장 이상적인 형태로 톱니가 물린 순간 같았다."(같은 책, 246
   쪽)라고 표현되기도 하는 그 원도취의 순간은 「광장」의 가장 심층에 놓인 것이다.
   (정호웅, 「'광장'론-자기 처벌에 이르는 길」, 『시학과 언어학』 1, 2001 참조)

운데 "타지 않고 있는 것은 명준의 심장뿐"[10]이다. 이에 이르면 우리는 이 불타는 만주 벌판의 이미지가 이제는 그것에 가닿을 수 있다는 믿음을 더 이상 가질 수 없게 된 명준의 차갑게 식은 심장에 대비되어 더욱 뚜렷한, 이명준이 추구해온 이상이라는 관념을 상징하는 것임을 확인한다. 이처럼 만주는 관념의 상징으로서 우리 소설 속에 들어오기도 하였다.

그런데 모든 것이 불타올라 하나가 된 풍경은 어디에도 있을 수 있는 것이니, 굳이 만주여야 할 이유는 없는 것이 아닌가? 초점은 "우람한" "거창" "눈이 닿는 데까지 허허하게 펼쳐진" 등의 표현이 바탕하고 있는 만주 벌판의 '드넓음'이다. 드넓은 만주 벌판이어야 모든 것이 "붉은 홍분"에 "도취"하여 타오르는 풍경을 제대로 구현할 수 있고, 그럼으로써 '개별자와 개별자의 완전한 조화, 개별자와 일반자의 완전한 일치, 그리고 완전한 도취'라는 이명준의 관념을 효과적으로 드러낼 수 있는 것이다.

「광장」은 이 같은 완전한 도취가 가능한 곳을 찾아 나아가지만 실패하는 주인공의 '환멸의 여로'를 축으로 구성된 소설이다. 그 지향과 환멸을 효과적으로 부각하기 위해서는 주인공이 추구하는 이상이라는 관념을 표현하는 구체적 형상이 필요했는데, 그것이 드넓은 만주 벌판에 타오르는 불바다였던 것이다.[11]

---

10) 같은 곳.
11) 만주에 대한 일본인의 일반적인 이미지는 몇 가지 패턴을 보이는데 니시하라 가즈미(西原和海)는 이를 "기본형 이미지"라 하였다. "붉은 석양과 지평선" "쑹화강의 흐름" "따싱안링의 밀림" "광야를 쾌주하는 특급 아시아" "러시아 서정을 자아내는 하얼빈 거리"(니시하라 가즈미, 「사진으로 본 '만주' 이미지」, 나카나미 다사오 외(박선영 옮김), 『만주란 무엇이었는가』, 소명출판사, 2013, 146-147쪽) 등이다. 「광장」의 불타는 만주 벌판은 이 가운데 "붉은 석양과 지평선"과 관련된 것이다.

3. 막다른 곳

우리 현대문학에서 만주는 막다른 곳을 상징하는 기호로 나타나기도 한다. 1940년 북만주 흑룡강성으로 이주하여 일제 강점기 막바지를 보낸 유치환의 시구들 "북만주 먼 벌판 끝 외딴 마을",[12] "北邊의 이 廣漠한 벌판 끝"[13] 등에 나오는 만주 이미지가 이를 잘 보여준다. 북쪽으로는 만주까지 그 지배 공간을 넓힌 만주사변 이후 조선인들은 일본인들과 마찬가지로 여권 없이 자유롭게 만주를 오갈 수 있었다. "만주 및 중국과 식민지 조선 간의 '국경'은 국제법상으로는 사라"졌으며, "실제적인 국경은 일본과 소련 간의 경계선"[14]이었다. 우리 문학에 그 경계 너머 연해주 등의 구소련 지역이 등장하지 않는 것은 아니지만 몇 경우에 지나지 않는 것은 이와 관련된 것이다. 당대 조선인 일반은 구소련과 맞닿은 북쪽 국경 지역으로 만주를 인식하였다. 게다가 그곳은 "머나먼 故國"[15]에서 아득히 멀리 떨어진 곳이었으니 '막다른 곳'이라는 심상지리적 의미가 더욱 뚜렷해졌다.

만주의 이 같은 심상지리적 의미는 우리 문학에서 구소련이 갖는 대표적인 의미와 비교해 보면 더 잘 이해할 수 있다. 이효석의 「노령근해」 삼부작의 주인공과 조명희의 구소련으로의 실제 월경이 대표하는 구소련으로의 월경은 새로운 세계 건설을 지향하는 이념적 실천 의지에 이끌린 것이었으니, 그들에게 구소련은 자신들의 이념 실현이 가능한, 열린 가능성의 공간이라는 심상지리적 의미를 갖는다. 구소련이 이

---

12) 유치환, 「飛燕과 더불어」, 『유치환–한국현대시문학대계 15』, 지식산업사, 1981, 69쪽.
13) 유치환, 「광야에 와서」, 같은 책, 73쪽.
14) 권은, 「경성 모더니즘 연구」, 서강대 박사학위 논문, 2013, 21쪽.
15) 유치환, 「飛燕과 더불어」, 앞의 책, 69쪽.

런 심상지리적 의미를 갖게 된 것은 무엇보다도 그곳이 경계 너머 열린 공간으로 인식되었기 때문이다. 그곳에서 인류 역사상 처음으로 사회주의 체제 건설이 진행되고 있다는 역사적 사실이 함께 작용하였음은 물론이다.

이에 우리는 경계 너머 열린 공간으로서의 구소련에 대비되어 경계에 막힌 막다른 곳이라는 만주의 심상지리적 상징 의미가 더욱 뚜렷하게 부각됨을 확인할 수 있다. 이처럼 막다른 곳이라는 심상지리적 의미를 지니는 만주 또한 그 사회역사성과는 거의 무관한 상징인데, 우리 소설 곳곳에서 만날 수 있다. 최명익의 걸작 「심문」에 나오는 만주가 그 대표적인 경우이다.

널리 알려져 있듯이 「심문」은 낙백한 진보주의자의 "자굴의 사상"[16]을 깊이 파헤친 작품인데 그 한복판에는 '어둠, 닫힘, 차가움'의 섬뜩한 이미지가 놓여 있다.

> "지도를 이렇게 붙여 놓고 보면 송화강이 이렇게 동북으로 치흐른다기보다 오호츠크 바닷물이 흑룡강으로 흘러들어와서 한 갈래는 송화강이 되어 만주로 흘러내려와 이렇게 여러 줄기로 갈리고 갈려서 나중에는 지도에 그릴 수도 없을 만치 작은 도랑이 되고 만다면 어떻습니까, 재미나잖아요?"
> 하고는 허허 웃었다.[17]

돈을 받고 서로 사랑하는, 자신을 위해 희생한 여인을 사랑의 경쟁자에게 팔겠다는 것은 그 자신의 말대로 "모욕을 모욕으로 갚을 수 없는 나는, 나 자신을 내가 철저히 모욕하는 것으로 받은 모욕감을 씻"[18]으

---

16) 김윤식, 「전향소설의 한국적 양상」, 『한국근대문학사상사』, 한길사, 1984, 301쪽.
17) 최명익, 「심문」, 『장삼이사』, 을유문화사, 1947, 194쪽.
18) 같은 책, 198쪽.

려는 처절한 자기 부정의 의식, 경쟁자에 대한 절대의 분노, 아편 살 돈 마련이라는 현실적 필요, '전과는 다른 여옥' 때문에 겪게 될 "가지가지의" "심리적 고통"에 대한 기피 심리, 다른 남자에게 이끌려 흔들리는 여옥에 대한 배신감과 분노 등 복합적인 요인에서 비롯된 것이다.

이처럼 복합적인 요인에 떠밀려 그는 연인이자 은인인 여옥을 사랑의 경쟁자에게 팔아넘김으로써 스스로를 부정하고 인간 이하의 자리로 추방하였다. 그가 밝힌 대로 이 같은 자기 부정과 추방은 "상처 입은 자존심을 지키고자 하는 역설적인 기괴 심리"[19]에 이끌린 것이다. 그러나 이것만은 아니니 그것은 또한 "한때 좌익 이론의 헤게모니를 잡았던 유명한 현혁"[20]을 지키지 못하고 "자포자기"하여 "말기 중독자"[21]가 되고 만 자신에 대한 단호한 처벌의 의지[22]에 이끌린 것이기도 하다. 이를 이해하기 위해서는 위 인용의 지도 이야기를 자세히 살필 필요가 있다.

송화강은 장백산맥에서 발원, 동북 만주를 휘감아 흐르다가 하바로프스크 근처에서 흑룡강에 합류하는 큰 강이다. 송호강 등의 지류로 몸을 불린 흑룡강은 동해와 오호츠크 해를 연결하는 통로인 태평양의 타타르 해협으로 흘러들어간다. 현혁의 방 벽에 걸린 지도는 송화강과 흑룡강의 이런 흐름을 뚜렷이 드러내고 있을 것이다. 그런데 그는 그것을 뒤집어 오오츠크해에서 흑룡강을 거쳐 송화강으로 이어지는 물의 흐름을 상상하고 있는데, 사실 뒤집기이다. 현혁의 사실 뒤집기는 그가 사실

---

19) 정호웅, 「한국 소설 속의 자기처벌자」, 『문학사 연구와 문학 교육』, 2012, 푸른사상사, 63쪽.

20) 최명익, 「심문」, 앞의 책, 171쪽.

21) 같은 책, 174쪽.

22) 그는 자신의 타락을 이 시기 많은 전향자들과는 달리 '환경'이나 '시대' 탓으로 돌리지 않고 전적으로 자신의 '약한 성격' 때문이라 인식한다.(같은 책, 174쪽) 이 점에서 그는 자의식 강한 윤리적 인간이라 할 것인데, 그가 '자신에 대한 단호한 처벌의 의지'를 견지하는 것은 이와 관련된 것이다.

을 뒤집어 구축한 상상의 세계에서 행하는 유희를 통해서만 간신히 견딜 수 있는 막다른 처지에까지 내몰렸음을 뜻한다. 다른 한편 이 같은 사실 뒤집기는 계속해서 몸과 힘을 키우며 바다를 향해 나아가는 물의 융융한 실제 흐름을 그것과는 정반대로, 계속해서 작아지고 약해져 "지도에 그릴 수도 없을 만치 작은 도랑이 되고" 마는 것을 상상하는 것이라는 점에서 또한 막다른 데까지 내몰린 그 자신의 삶의 현실과 의식을 상징적으로 드러낸다. 요컨대 그는 더 이상 물러설 수 없는 막다른 데까지 내몰린 존재이다. 위 인용의 첫 부분에 제시된 '어둠, 닫힘, 차가움'의 섬뜩한 이미지는 막다른 데까지 내몰려, 사실 뒤집기의 상상 놀이를 통해서만 간신히 견딜 수 있는 그의 이 같은 존재성에서 비롯된 것이다.

이에 이르면 우리는 이 「심문」이 품고 있는 만주라는 기호에 담긴 핵심이 '막다름의 존재성'임을 분명히 알 수 있다.

이 같은 만주는 현경준의 중편 「유맹」에서도 만날 수 있다. 이 작품은 바깥 이야기와 안 이야기 두 겹으로 구성되어 있는데 우리의 논의와 관련된 것은 안 이야기이다. 바깥 이야기를 이끄는 인물은 "부정업자와 중독자들"[23]을 계도하려는 목적으로 1936년에 설치한 5개의 특수부락에 파견된 보도소장이다. "왕도낙토(王道樂土)를 건설하려는 만주국이 아니고는 꿈에두 상상할 수 없는 이런 고마운 혜택"[24]이라는 말로 미루어 만주국의 지배 이념에 적극적으로 복무하는 인물임은 분명하지만, 그가 "지옥에서 헤매는 무리들을 개전"하여 "광명의 길을 밟게 하자는" 생각으로 성심을 다하는 훌륭한 인품의 소유자라는 사실도 분명하다. 그의 노력으로 조금씩 마음을 고치게 되는 사람도 생겨나니, 그가 이끄는 바

---

23) 현경준, 「유맹」, 『인문평론』, 1940. 7, 123쪽.
24) 같은 책, 117쪽.

깥 이야기는 낙관적인 결말을 향해 전개되고 있다고 할 수 있다. 이 점에서 그가 이끄는 바깥 이야기에 등장하는 만주 이미지는 '왕도낙토'의 이념이 내뿜는 빛으로 쌓인, 밝은 미래를 향해 열려 있는, 선의와 성심의 윤리가 아름답게 빛나는 밝고 환한 성격의 것이다.

그러나 안 이야기에 나오는 만주는 이와 전혀 다르다. "천국의 그림",[25] "이놈의 세상 한번 벌컥 뒤집어지는" 꿈, 그러나 지금은 "잃어버린 꿈"[26]을 볼 수 있는 아편의 몽환 속에서만 비로소 행복할 수 있는 사람들이 걷는 길을 따라 전개되는 안 이야기에 나오는 만주는 「심문」의 그것과 마찬가지로 환몽의 세계로 월경함으로써 간신히 견딜 수 있는 그들의 막다른 존재성을 드러내는 기호이다. 안 이야기의 중심인물들은 왕도낙토의 이념, 선의의 성심의 윤리가 내미는 손길을 단호하게 뿌리치고 "지옥으로 가는 길"[27]을 내처 걷는다. 절망하여 모든 희망을 버리고 아편 기운에 갇힌 그들의 존재성을 담고 있는 기호가 곧 '막다른 곳으로서의 만주'인 것이다.

'막다름의 존재성'을 의미하는 만주는 이효석의 「하얼빈」에서도 만날 수 있다. 통상 '애수'의 정서를 담고 있는, "심미성의 모더니즘"[28]이라는 개념으로 설명되어 온 작품이지만, 그 바탕에 놓여 있는 것은 '막다름의 존재성'이다. 초점은 하얼빈에 거주하고 있는 러시아인들의 현실이다. 그들은 막다른 곳에 내몰려 캄캄 어둠 속에 갇혀 있다.

　　가) 스테판의 꿈은 먼 곳에 있답니다. 눈앞에는 아무 것두 없어요.[29]

---

25) 같은 책, 139쪽.
26) 현경준, 「유맹」, 『인문평론』, 1940. 8, 171쪽.
27) 같은 책, 158쪽.
28) 김윤식, 「이효석 문학과 '하얼빈'」, 『현대문학』, 2002. 7, 210쪽.
29) 이효석, 「하얼빈」, 『문장』, 1940. 10, 10쪽.

나) 언제나 죽구 싶은 생각뿐예요.

(중략)

마지막 판에는 언제나 그걸 생각하군 해요. 그것만이 즐거운 일이예요.30)

가)는 버리고 떠나온 소련으로 되돌아가기 위해 변소에서 수건과 물을 서비스하고 받는 팁을 모으고 있는 스테판에 대한 대화이고 나)는 창녀로, 카바레 댄스 걸로 살아온 젊은 러시아 여성 유유라의 절망을 보여주는 말이다. 초점은 "눈앞에는 아무 것두 없어요.", "그것만이 즐거운 일이예요."라는 말에 분명한, 두 사람의 막다른 현실이다.31) 그들에게 자기들이 발 딛고 선 만주는 더 이상 물러설 수도, 나빠질 수도 없는 막다른 곳이다. 어떤 일이 기다리고 있을지 모르는 고국32)으로 돌아간다는 꿈과 죽음의 상상만이 그들에게는 "즐거운 일"일 뿐이다. 이런 그들에게 그 꿈과 죽음의 상상은 「심문」의 현혁이 즐기는 사실 뒤집기의 유희, 「유맹」의 아편 중독자들을 행복하게 만드는 '몽환의 도취'와 동질태다.

스테판과 유우라 두 러시아인을 통해 드러난 만주는 「심문」, 「유맹」에서의 그것과 마찬가지로 '막다른 곳'이다. 그들을 막다른 곳으로 내몬 것은 일본의 만주 침략, 그것과 동궤에 놓인 제2차 세계대전, 그리고 일본의 만주 침략에 따라 갈수록 강력해진 근대성의 지배이다.

---

30) 같은 책, 11쪽.

31) 1930년 일본군의 만주 점거 이래 계속 악화되어온 하얼빈 러시아인들의 현실은 제2차 세계대전 시기에는 '거의 기아 수준'으로 떨어졌다.(얀 소레키, 「유대인, 백계 러시아인에게 만주란」, 『만주란 무엇이었는가』, 앞의 책, 475쪽.) 스테판의 꿈과 유우라의 절망이 이런 현실을 반영하고 있음은 물론이다.

32) 1935년 동지 철도가 만주국에 매각됨으로써 몇 천 명이나 되는 러시아인 철도 종사자 대부분이 고국으로 돌아갔는데 그들을 기다린 것은 '일본 및 미국의 스파이 혐의'였다. 스파이 혐의를 둘러쓴 남성 전원이 총살되었다고 한다.(얀 소레키, 앞의 책, 474쪽)

"낡고 그윽한 것"을 부수고 밀어내며 "부락스럽게"[33] 밀려드는 것은 침략의 군사력만이 아니다. 일본의 막강한 자본력과 기술력을 바탕으로 한, 이 작품에서는 "새 것"이라 표현된 근대성의 물결이 낙토 건설의 깃발을 펄럭이며 드넓은 만주로 진군하고 있다. "낡고 그윽한 것", 그것들과 함께하던 그리고 그것들 속에 깃들었던 것들이 부서지고 무너져 내리며 밀려나는 것은 당연하다.[34] 「하얼빈」의 주인공은 지금 일본의 만주 침략, 제2차 세계대전과 함께 하얼빈을 급속도로 변화시키고 있는 근대성의 파괴성을 확인하고 이처럼 애수에 젖었다.[35]

3. 지배와 개척의 대상

앞에서 우리는 이효석의 「하얼빈」을 통해 근대성의 진군 아래 부서지고 무너져가는 만주를 확인하였는데 그 맞은편에는 근대성에 대한 굳은 믿음이 연 지배와 개척의 대상으로서의 만주가 자리하고 있다. 김남천의 「사랑의 수족관」(1939)이 대표적인 작품이다.

주인공은 경도제국대학 출신의 공학도 김광호이다. 그는 근대 교육

---

33) 이효석, 「하얼빈」, 앞의 책, 3쪽.

34) 근대성의 진군으로 인한 만주의 변화를 애수 서린 눈으로 포착하여 그린 대표적인 작품으로 유진오의 「신경」을 들 수 있다.(정호웅, 「한국 현대소설과 만주 공간」, 앞의 책 참고)

35) 이효석이 만주로 진군한 근대성을 전적으로 부정한 것은 아니다. 그는 수필 「새로운 것과 낡은 것」(『만주일일신문』, 1940. 11. 26~27)에서 만주의 수부 신경의 변화를 두고, "아침에 일어나 보면 느닷없이 거기에 떠올랐다고밖에 생각할 수 없는, 이 위대한 거리"(김윤식 옮김, 「새로운 것과 낡은 것」, 『현대문학』, 2002. 7, 200쪽)라고 하여 근대성의 진군으로 솟아오른 '젊음과 새로움'을 예찬하기도 하였다. 그러나 근대성의 진군이 "무엇이든 부셔버리는 것"(202쪽)에 대해서는 비판적이었는데 「하얼빈」에는 이 같은 비판의식이 부각되었다.

제도를 통해 근대 과학의 산물인 '지식과 기술'을 익힌 공학도로서, 자신이 익힌 지식과 기술이 어디에 쓰이는지, 그 쓰임이 윤리적인지 등의 문제에 전혀 관심을 갖고 있지 않은 것이 아니지만, 직업인으로서의 윤리 곧 직업윤리에 충실하고자 함으로써 그런 관심에서 쉽게 벗어날 수 있다. 김광준은 이 같은 직업윤리로 자신을 곧추세우고 만주 벌판에 서게 되었다.

> 경히 씨. 언제도 말씀한 것처럼 우리는 기술이 하나 하나 자연을 정복해가는 그 과정에 홈빡 반하고 맙니다. 철도는 석탄의 운수를 위하여 필요합니다. 석유가 어디에 씨이는 것 가지는 기술자는 묻지 않습니다. 그것이 어디에 씨이건 석탄을 가지고 석유를 만드는 것만은 새로운 하나의 기술의 획득이었고, 그것을 운반하는 데 철도로 하여금 충분히 그의 힘을 다하게 만드는 것만이 우리의 의무올시다.[36]

기술이 "자연을 정복"하는 것에 "홈빡 반한" 직업인, 기술자로서 김광호는 자신의 직분에 충실하고자 다짐하고 있는데, 일본이 주도한 철도 부설과 인조 석유 개발이 당대의 국제질서, 일본의 만주 경영에서 어떤 의미를 갖는지 애써 눈 돌리고 기술의 힘을 예찬하는 것이다. 그의 이 같은 기술 예찬은 "근대 과학기술의 힘에 대한 단순한 예찬인 것처럼 보인다. 그러나 그것은 그 같은 근대 과학기술을 높은 수준에서 확보하고 있는 일본의 국력에 대한 예찬으로 곧장 옮겨갈 수 있는 성격의 것"[37]이라는 점에서 이 시기 김남천의 정신이 대단히 위태로운 지경에 이르렀음을 보여주는 것이라 할 수 있다. 우리는 「사랑의 수족관」에서 일본 자본과 이에 종속된 조선 자본의 만주 진출에 대한 비판적 인

---

36) 김남천, 『사랑의 수족관』, 인문사, 1940, 485쪽.
37) 정호웅, 『김남천평전』, 한길사, 2008, 123쪽.

식을 전혀 찾을 수 없다. 대흥콘체른을 운영하는 조선인 재벌인 이신국은 자본의 논리에 충실한 자본가로서 현실을 읽는 눈이 날카로운 현실주의자이며[38] 자신의 일에 충실한 성실성의 소유자로 그려져 있는데, 전체적으로 보아 그를 바라보고 그리는 서술자의 시선과 손길은 객관적이고 긍정적이다. 이 같은 사실로 미루어 자본주의 체제를 뒤엎고 새로운 체제를 세우고자 하는 열망을 좇아 내달려온 김남천의 문학과 삶이, 이 지점에 이르러 자본주의 체제의 긍정으로 기울었다고 보는 것이 온당하지 싶다.

근대 과학 기술의 힘에 대한 김광호의 예찬을 통해 제시된 만주는 근대성에 대한 굳은 믿음이 연 지배와 개척의 대상이다. 병에 걸린 김광호가 귀국함으로써 만주와 관련된 내용은 더 이상 나오지 않기에 이 작품이 제시하는 만주는 여기에 고착되었다.

김남천은 해방 직후 집필한 장편 『1945년 팔일오』에 김광호를 다시 등장시켜 조선의 자본가와 재벌이 "전쟁이 있은 뒤엔 군수정책의 앞잡이로 차츰 융성해 갔다고 볼 수도 있겠지만 그 융성의 토대가 되고 정책의 근본이 된 것이 일본군국주의의 중국과 미국에 대한 전쟁 강행 정책"[39]이었다고 비판하게 하였다. 그 비판은 『사랑의 수족관』의 주인공

---

38) 그의 이러한 면모는 「長鯨의 現實主義」(『사랑의 수족관』, 앞의 책, 201쪽)라는 장에 잘 그려져 있다.

39) 김남천, 『1945년 팔일오』 연재 95회, 『자유신문』, 1946. 1. 20. "군수정책의 앞잡이"에 대한 김남천의 비판은 그가 해방공간에서 쓴 글의 곳곳에서 확인할 수 있다. "덮어놓고 뭉치자!"라는 구호가 "친일파와 군수 재벌과 모리배가 그 위에 올라타서 정권을 전횡하기 위한"(김남천, 기만(欺瞞)·기변(機變)·원칙(原則)-문화인의 국외(局外) 정평(政評) 1, 『문화일보』, 1947. 5. 30)가 그 대표적인 글이다. 그러나 이 같은 비판의식을 김남천의 해방 전 글에서는 확인할 수 없다는 사실도 분명하다. 이는 1938년 시점 당국의 명에 따라 조선의 피혁 사업가의 군수산업으로 전환하는 과정을 객관적으로 그리고 있는 이태준의 장편 『별의 창마다』(『신시대』, 1942. 1-1943. 6)에서도 확인할 수 있다.

김광호가 열에 떠서 펼친 과학기술 예찬론의 허구성을 근본적으로 뒤엎는 것이다.

'지배와 개척의 대상'으로서의 만주 옆에는 약동하는 북국의 억세고 거친 만주가 있다. 우리 문학 작품 가운데 이 같은 만주가 가장 뚜렷이 드러나 있는 것은 함대훈의 기행문 「남북만주편답기」이다.

> 거센 바람, 거친 물결, 푸른 잎을 보니 마음이 설렌다. 나는 끝없이 흐르는 강수를 내려 굽어보고만 있었다. 억센 호흡, 거센 바람, 거친 물결. 나는 마음이 뛸 것처럼 좋았다.[40]

북만주의 중심 도시 하얼빈을 감싸 안고 흐르는 송화강과 그 주변의 풍경이다. 함대훈은 그것을 "억센 호흡, 거센 바람, 거친 물결"이라 간추렸는데 약동하는 북국의 억세고 거친 이미지에 대한 예찬이다. 함대훈의 이 같은 예찬이 만주국을 건설하고 본격적으로 만주 경영에 나선 일본의 국력에 대한 감탄의 마음과 만날 때 풍경으로서의 이 같은 만주 이미지는 '지배와 개척의 대상'으로서의 만주 이미지로 탈바꿈한다. 그는 같은 글의 다른 곳에서, 만주국의 수도 신경의 웅자를 두고 "이 건설이 만주인도 아니요, 조선인도 아니요, 일본인이다. 일본인의 위력은 이만큼 크다."라고 단정 지어 말하였다.

함대훈은 약동하는 억세고 거친 만주 풍경을 주관적으로 전유함으로써 지배와 개척의 대상으로서의 만주를 만들어내고 그 속에 스스로 갇혔다. 이에 대응하는 소설은 한설야의 일본어 소설 「대륙」(1939)이다.

"이 작품의 중심인물들인 일본과 만주의 청춘남녀들을 이끄는 것은 자기희생의 이타적 정신, 약한 존재를 위하는 마음, 아름다움, 민족과

---

40) 함대훈, 「남북만주편답기」, 『조광』, 1939. 7, 84쪽.

나라를 넘어서는 사랑 등이다."[41] 모두가 현실에서 실현하기 어려운 고귀한 가치들이라는 점, 이것들을 좇는 인물들 가운데 어느 누구도 이 가치들에 대해 한 점 의문도 품지 않는다는 점, 당연하게도 다만 앞을 향할 뿐 옆도 뒤도 돌아보지 않고 전심전력을 다해 짓쳐 달린다는 점 등에서 이들의 행로는 순수한 낭만적 행로이다.

이들이 온갖 어려움을 뚫고 이처럼 순수한 낭만적 행로를 어기차게 걸어가는 것은 "대륙에 불기 시작한 가장 아름다운 무엇", 곧 오족협화의 왕도낙토라는 유토피아를 세우고자 하는 꿈을 이루기 위해서이다. 한설야는 만주 경영의 두 주체인 일본의 자본과 군대는 이처럼 황홀한 꿈을 이루는 데 방해 요소라고 인식하였던 것으로 판단된다. 작품에 등장하는 자본가와 군인은 하나같이 물욕, 성욕, 권력욕에 사로잡힌 비윤리적인 인물로 설정되어 있다는 점으로 미루어 이런 판단이 가능하다.

그러니까 「대륙」은 중심인물들이 좇는 고귀한 가치들과 이들 인물의 노력으로써 만주에 유토피아의 건설이 가능하다는 전언을 담고 있는 소설이다. 고귀한 가치들이 지배하는 만주, 그런 가치들이 개척하는 만주라는 만주 이미지가 오족협화의 왕토낙토라는 깃발과 나란히 펄럭이고 있다.

「대륙」의 중심에 높이 솟아 펄럭이고 있는 이 같은 만주는 아름답지만 객관 현실의 규정성을 몰각한 데서 비롯된 낭만적 허위의식의 산물임도 분명하다. 만주로 진군한 일본 자본과 군대의 막강한 지배력을 경시한 점, 오족협화의 왕도낙토라는 이데올로기의 폭력성을 간과했다는 점, 인간의 선성과 힘에 대한 믿음이 지나쳐 목적 달성에 대해 조금의 의심도 품지 않는다는 점, 중심인물들이 마치 서부극이나 무협지의 주

---

41) 정호웅, 「일제 말 소설의 창작방법」, 『현대소설연구』 43, 2010.

인공과 같은 비현실적인 영웅의 모습을 보인다는 점 등을 그 근거로 들
수 있을 것이다.

객관 현실의 규정성을 몰각함으로써 한설야는 아름다운, 그러나 낭
만적 허위의식이 지배하는 '지배와 개척의 대상'으로서의 만주에 갇혔
다. 이와 비교할 때 다음 인용에 그려진 민족 협화의 풍경은 얼마나 아
름다운가!

> "새가 새가 날아든다아一"
> 별안간 목을 뽑는다. 어찌나 목소리가 크든지 홍이는 깜짝 놀란다.
> (중략)
> 홍이는 나른한 채 신발에 남아 있는 풀꽃을 모아 다발을 지어서 강물
> 에 퐁당퐁당 담그곤 한다. 이따금 지나가는 뗏목배 나룻배 사공과 선객
> 들 중에 좋다! 잘한다! 소리가 들려오고 뱃전을 치는 소리가 들려오고,
> 삿갓을 쓴 청인 사공들은 대개 이쪽을 응시한 채 가버리고 혹은 제 할
> 일만 하기도 하고.[42]

정처 없이 천지를 떠도는 자유인 주갑이 해란강에서 목욕하고 옷을
갈아입은 뒤 한 판 노래판을 펼쳤다. 관중은 어린 소년 홍이와 배를 타
고 해란강을 따라 흐르는 조선인들과 청인들. 지배, 개척의 이념이 들어
설 수 없는 평화로운 풍경이다. 함께 어울려, 그러면서도 저마다의 삶을
살아가는 사람들의 세계, 폭력적인 이데올로기의 힘이 미치지 않은 자
연스러운 조화의 세계이다. 이 세계의 이런 속성은 주갑이 인간 삶을
지배하는 삿된 욕망에서 멀리 떨어져 있는 맑은 심성의 소유자라는 점,
짐승을 비롯한 미물의 슬픔까지 예민하게 감지하고 함께 슬퍼하는 자
비심의 소유자라는 점 등과 어울려 더욱 아름다운, 차별과 억압이 존재

---

42) 박경리, 「토지」 2부 1권 2편 9장 '구만리 장천 나르는 새야', 『토지』, 삼성출판사,
   1979, 295-296쪽.

하지 않는 조화로운 어울림의 삶터를 뜻하는 만주라는 기호를 떠올린다.

4. 죽음의 기운으로 가득 찬 곳

우리 현대소설에서 만나는 지배적인 만주 이미지는 '죽음의 기운으로 가득 찬 곳'이다. 만주 땅 조선인은 이주의 이유와 목표, 하는 일이 무엇이든 거의 모두가 그 죽음의 기운과 맞서 싸우며 생존 외길을 찾아 나아가야 하였다. 그런 만주는 그들에게 '딱 싫'[43]은 곳이다.

두만강을 넘어 우리 땅에 들어와 감격적으로 상봉한 맑은 물과 푸른 하늘에 대비되어 더욱 섬뜩한 만주 벌판의 '그 하늘이 빨개서 뒤집혀 들어오는 흙바람'과 '잿빛' 하늘은 만주의 실제 땅과 하늘을 가리키는 것이면서 동시에 여러 가지 사회역사적 상황이 만들어낸 '죽음의 기운이 가득 찬 만주'를 상징하는 것이기도 하다. 최서해의 1920년대 소설들을 비롯하여, 「농군」, 「벼」, 「대지의 아들」 등 농민의 수전 개척을 다룬 이태준, 안수길, 이기영 등의 농민소설들, 죽음을 등에 지고 극빈의 하루하루를 간신히 견디는 만주 거주 최하층 조선인들의 현실을 그린 「소금」을 비롯한 강경애의 소설들 등은 그 죽음의 기운이 얼마나 무서운 것인가를 증언하였다. 이 가운데 안수길 등의 농민소설들은 '도혼(稻魂)'[44]으로써 그 죽음의 기운을 이기고 땅에 뿌리내리는 강인한 생명력을, 최서해와 강경애의 소설들은 그 죽음의 기운과 정면으로 맞서 싸우는 혁명적 정치성의 인물들을 중심에 놓아 굴강의 정신과 그 실천의 삶을 부각함으로써 인간의 위엄을 보여주었다.[45]

---

43) 허준, 「잔등」, 『잔등』, 을유문화사, 1946, 22쪽.
44) 안수길, 『북향보』, 문학출판공사, 1987, 251쪽.

김만선의 「이중국적」도 이 측면에서 의미 있는 작품이다. 주인공 박 노인은 이중국적자. 박 노인의 이중국적은 통치 주체가 여러 번 바뀌며 혼란스러웠던 만주를 가득 채운 죽음의 기운에 맞서 살길을 찾아 분투해야 했던 재만 조선인들의 슬픈 처지를 대변하는 상징이다. 재만 조선인들의 슬픈 처지를 잘 보여주는 것은 또 있는데 이것이 이 작품의 초점이다. 약탈자로 돌변해 자신의 집을 덮친 중국인들을 피해 도망쳤던 박 노인이 그 생사간의 위기 한복판에 걷잡을 수 없는 "물욕"[46]에 사로잡혔다. 그를 사로잡아 마침내 그를 비참한 죽음의 구렁텅이로 밀어 넣은 그 물욕은 인간 일반이 지닌 본성의 하나인 물욕이면서, 죽음의 기운이 가득 차 있는 만주에서 생존 일로의 험로를 걸어 온 그의 지난 삶이 만든 마성의 욕망이고 그를 생존하게 만든 힘의 원천이기도 하다. 그 욕망에서 솟아난 힘으로 만주를 가득 채우고 있는 죽음의 기운과 맞서 싸우며 나아왔지만 마지막 순간 그 욕망에 베여 쓰러지고 말았다. 그는 만주 땅 죽음의 기운과의 싸움에서 패배하고 만 것이다.[47]

만주 땅에 자욱이 서려 있는 죽음의 기운에 패배한 사람들은 김원일의 장편 「바람과 강」, 「전갈」에도 등장한다. 그들은 이용악의 시 「전라도 가시내」의 주인공처럼 "두터운 벽도 이웃도 못미더운", 감시의 눈길이 사방에 번득이는 만주 벌판 "논포래" 몰아치는 "얼음길"을 걸어왔지만 어느 순간 만주 땅 죽음의 기운에 갇히고 말았다. 「바람과 강」의 주인공 이인태는 한때는 독립군 전사였으나 배신, 많은 사람을 죽게 만든

---

45) 이에 대해서는 정호웅, 「한국 현대소설과 만주공간」, 앞의 논문에서 자세하게 검토하였다.

46) 김만선, 「이중국적」, 『압록강』, 동지사, 1948, 79쪽.

47) 염상섭의 「혼란」은 해방 직후 만주의 혼란상을 다룬 작품이다. 안동 조선인 사회의 갈등을 문제 삼았는데, 이는 죽음의 기운을 문제 삼는 우리의 논지에서 벗어나 있다.

죄를 지었다. 「전갈」의 강치무 또한 독립투사였으나 변절하여 관동군 731부대의 경비원으로 구차하게 살았다. 어쩔 수 없는 상황을 내세워 얼마든지 변명할 수 있지만 그들은 그러지 않는다. 이인태는 자신이 개돼지와 같은 인간 말종임을 인정하고 개돼지처럼 살고자 다짐하고 죽음에 이르기까지 그 다짐을 철저하게 지켰다. 강치무는 평생 침묵 속에 자신을 가두고 세계와 단절하였다. 그들의 그 같은 삶은 단호한 자기처벌이니, 이로써 우리 소설에서는 달리 만나기 어려운 자기처벌자의 세계가 솟아올랐다.[48]

죽음의 기운이 가득 찬 공간인 만주는 김연수의 「밤은 노래한다」에 이르러 진실이 무엇인지 알 수 없는 '혼돈'의 함의를 얻는다. 이로써 죽음의 기운이 가득 찬 공간이라는 만주를 품고 있는 우리 현대소설은 '친일/반일', '민족주의/국제주의', '지조/변절', '정의/불의', '순수한 사랑/불순한 사랑', '삶/죽음' 등의 이분법을 넘어 새로운 차원으로 나아간다. 이는 두 얼굴을 하고 있다.

하나는 '진실은 알 수 없다'라는 불가지론. 주인공은 "이 세계가 낮과 밤, 빛과 어둠, 진실과 거짓, 고귀함과 하찮음 등으로 나뉘어 있다는 사실을 그때까지 나는 몰랐기 때문이었다. 그게 부끄러워서 나는 견딜 수가 없었다."[49]의 단계를 거쳐 무엇이 진실인지 알 수 없다는 잿빛 불가지론의 단계로 미끄러져 내린다. "모든 건 다시 흐릿해졌다. 이로써 내가 아는 세계가 진짜 내가 경험한 세계가 맞는 것인지 확인할 길이 없어졌다.",[50] "그 시절의 진실에 대해서 나는 아는 바가 하나도 없다. 지

48) 이에 대해서는 정호웅, 「다시 읽는 김원일 문학」, 대한민국예술원, 『한국예술총집』 (문학편 Ⅵ), 2009. 참고.
49) 김연수, 『밤은 노래한다』, 문학과 지성사, 2008, 42쪽.
50) 같은 책, 94쪽.

금은 과연 이 세계에 객관주의라는 게 존재할 수 있겠는가라는 의문도
뜬다."51)라고 말하는 등, 그는 작품 곳곳에서 불가지론과 관련된 말을
신음처럼 쏟아낸다. 주인공의 직접 진술에 그치지 않는다. 서사의 중심
에 해당하는 주요 사건, 인물들의 생각과 행위 등은 대부분 모호하여,
그 "진실"을 드러내지 않는다.

> 이번에는 손가락이 잘린 사내 하나가 내 얼굴을 골똘히 내려다보고
> 서 있다. 몇 달 동안 방 안에 틀어박혀서 자신은 변절하지 않았다고 소
> 리치다가는, 또 얼마간은 자신이 정말 변절하지 않은 것인가고 의심하
> 다가는, 또 얼마간은 자신이 이미 변절한 것이라고 생각하다가는, 또
> 얼마간은 자신이 변절했는지 변절하지 않았는지 확신하지 못하다가는
> 결국 일본 경찰의 앞잡이가 된 사람. 최도식.52)

이 작품의 서사 전개 한복판에 놓여 있는 최도식이라는 인물에 대한
진술인데, 그가 정말 변절하여 일본 경찰의 하수인이 되었는지는 작품
이 끝나도 분명하게 밝혀지지 않는다. 이뿐이 아니다. 이정희가 정말 자
살했는지 일본 공권력에 의해 죽임 당했는지 알 수 없으며, 민생단으로
몰려 처형당한 조선인들이 과연 민생단인지 아닌지 알 수 없는 등 알
수 없는 것들로 가득하다. 요컨대 「밤은 노래한다」의 기본 형식은 '불
가지의 형식'이다.

주인공을 통해 직접 말해지기도 하고 '불가지의 형식'이라는 형식을
통해 드러나기도 하는 불가지론은 만주라는 특정 공간과 관련된 것이
면서 동시에 그것을 넘어 세계 일반에 적용 가능한 것이기도 하다. 만
주를 문제 삼는 마당이므로 우리가 주목해야 할 것이 만주라는 특정 공

---

51) 같은 책, 213쪽.
52) 같은 책, 162쪽.

간과 관련된 불가지론임은 물론이다. 그 불가지론은 만주 공간이 위에
널어놓은 이분법으로는 파악할 수 없고 척도할 수 없는 것으로 가득 찬
혼돈의 공간임을 보여준다. 이 같은 불가지의 혼돈성을 통해 「밤은 노
래한다」는 만주를 다룬 한국 현대소설 일반과는 구별되는, 진실의 파악
가능성을 문제 삼는 새로운 차원을 열었다.

　다른 하나의 얼굴은 이 불가지론이 죽음의 기운으로 가득 차 있는 만
주의 현실을 비추는 거울이라는 것이다. 이와 관련하여 서사의 중심에
놓인 것은 민생단 사건이다. 민생단은 1932년 2월 간도에서 일부 친일
조선인들이 "한때 일본 제국주의에 반대했던 민족주의자나 전향 공산
주의자들"53)이 '조선인의 간도 자치'를 내걸고 조직했으나 이런저런 이
유로 곧 해산되고 말았다. 그 민생단이 중국공산당이 주도한 항일민족
통일전선 정책, 일제 토벌대의 갈수록 강화되는 압력, 조선공산당 또는
중국공산당이 동만주의 오지 곳곳에 세웠던 소비에트의 불안정성, "조
선의 혁명"을 우선시하는 세력과 "중국의 혁명"을 우선시하는 국제주
의 세력 사이의 갈등, "스파이에 대한 공포"54) 등과 결합하여 동만주
"유격근거지"를 "민생단 숙청이라는 붉은 마녀사냥의 광풍"55) 속으로
내몰았다. 주인공의 말대로 "정황은 소비에트 안에 있는 모든 사람들이
민생단원임을 가리키고 있는데, 정작 그들은 그 누구도 민생단이 아니
었다."56) 민생단 숙청의 광풍이 불러온 이런 혼돈을 가장 뚜렷이 보여
주는 것은 박일용과 박도만의 "생사 판가리"57)이다. 토벌대의 기습으로

53) 한홍구, 「해제: 그 긴 밤, 우리는 부르지 못한 노래, 밤이 부른 노래」, 같은 책,
　　 329쪽.
54) 김연수, 『밤은 노래한다』, 앞의 책, 329쪽.
55) 같은 책, 330쪽.
56) 같은 책, 203쪽.
57) 같은 책, 215쪽.

소비에트가 몰살될 위기 상황임에도 두 사람은 혁명 노선을 놓고 언쟁을 벌이고 서로를 민생단이니 처단해야 한다고 주장한다. 극적, 비현실적인 설정인데, 두 사람 사이 싸움의 이 같은 극성, 비현실성은 민생단 사건의 혼돈성, 그것에서 비롯된 진실과는 무관한, 또는 진실인지 아닌지 판단 불가능한 데서 생겨난 무차별의 '폭력성'을 날카롭게 드러낸다.

앞에서 우리는 최도식이 변절자인지 아닌지 명확하게는 알 수 없음을 살폈는데, 만약 그가 변절자라면 혁명 전사였던 그를 베어 쓰러뜨린 것은 이 혼돈 속에 깃든 폭력성이라 할 수 있다. 스스로 용납할 수 없는 짓을 저질렀을 가능성, 자신에 대한 믿음의 약화와 방향성 상실 등의 요인 때문에 그는 혁명 전사로서의 자기동일성을 지키지 못하고 끝내 쓰러지고 말았다.

민생단 사건의 혼돈성과 폭력성이 대변하는 만주 공간의 혼돈성, 폭력성은 "간도 땅에서 살아가는 조선인들은 죽지 않는 한, 자신이 누구인지 말할 수 없는 존재"이므로 "시체만이 자신이 누구인지 말할 수 있다.",[58] "누구도 주인이 아닌, 노예만의 세상에서 폭력은 예술이다.",[59] "젊은이들이 모여서 노래도 부르지 않고, 끝없이 끝없이 죽음을 행해 행군하고 있었다. 내가 맞서고 싶었던 것은 바로 그런 잔인한 세계였다.[60] 등의 시적 표현에 압축되어 있다. 그들에게 만주는 죽음의 기운으로 가득 찬, 모든 것을 짓뭉개 일그러뜨리고, 베거나 찔러 상처 입히고 죽이는 '잔인한 세계'였다.

「밤은 노래한다」는 혼돈의 만주를 통해 이처럼 잔인한 세계와 그 속에서 영위되었던 조선인들의 삶을 넓고 깊게 그렸으며, 진실의 파악 가

---

58) 같은 책, 248쪽.
59) 같은 책, 291쪽.
60) 같은 책, 292쪽.

능성 문제를 한편으로는 만주의 사회역사적 맥락과 관련하여 다른 한 편으로는 그것을 넘어 인간과 세계 일반의 차원에서 추구함으로써 만 주를 다룬 이왕의 소설들이 갇혔던 이분법의 울을 넘어섰다.

5. 마무리

한국 현대소설 속 만주는 대체로 사회역사적 맥락 속에 자리하고 있 는 그 만주이지만, 그 같은 사회역사적 맥락과 무관하게 소설 속에 자 리 잡는 경우도 있다. 이 경우, 만주는 특정의 관념을 담는 상징이 된다.

우리 현대소설에서 만주는 막다른 곳을 상징하는 기호로 나타나기도 한다. 이때의 만주라는 기호에 담긴 핵심 의미는 '막다름의 존재성'이 다. 당대 조선인들에게 만주는 심상지리의 측면에서 북쪽 변방으로 인 식되었다. 구소련과 맞닿은 흑룡강성의 수도인 하얼빈의 경우는 물론이 고, 만주 남동부의 길림성에 속한 지역도 그러하였으니, 막다른 곳으로 서의 만주는 삶의 의미를 상실하고 막다른 곳으로 내몰린 인물들의 존 재성을 담아내는 데 대단히 효과적인 기호였다.

한편 만주는 근대 과학기술의 힘에 대한 굳은 믿음에 바탕을 둔 지배 와 개척의 대상이라는 상징 의미를 지니기도 한다. 근대 과학기술의 힘 에 대한 믿음은 그 같은 근대 과학기술을 높은 수준에서 확보하고 있는 일본의 국력에 대한 신뢰와 예찬으로 곧장 연결될 수 있는 성격의 것이 기도 하다. 일본의 자본과 군대가 통치했던 만주를 지배와 개척의 대상 으로 인식하였던 일제 강점기 작가들은 해방 후 180도 방향을 바꾸어 그것을 근본적으로 부정하는 자기모순을 보이기도 하였다.

우리 현대소설에서 확인할 수 있는 가장 지배적인 만주 이미지는 '죽음의 기운으로 가득 찬 곳'이다. 만주 땅 조선인은 그 죽음의 기운과 맞서 싸우며 저마다의 길을 열며 나아갔다. 생존 의지, 민족주의 또는 공산주의 등의 정치적 이념의 깃발이 그들을 이끌었는데, 그들의 대부분은 그 나아감의 과정에서 패배하여 쓰러진다. 그들의 나아감과 쓰러짐은 '죽음의 기운으로 가득 찬 곳'이라는 만주 공간의 상징 의미를 뚜렷이 보여주는 것이며 인간의 위엄을 증언하는 것이다. 여기에 해당하는 소설들은 '자기 처벌'의 윤리적 문제, '진실의 불가지'라는 인식론적 문제를 깊이 탐구함으로써 우리 소설사를 풍성하게 하였다.

균형과 조화의 소설미학
— 이범선의 단편소설

1. 머리말

이범선(1920-1982)은 1955년에 등단하여 1982년 기세하기까지 28년에 걸쳐 57편의 단편을 생산하였다. 그 대부분은 『학마을 사람들』(오리문화사, 1958), 『오발탄』(신흥출판사, 1959), 『피해자』(일지사, 1963), 『분수령』(정음사, 1972), 『두메의 어벙이』(1982) 등 다섯 권의 작품집에 수록되어 있다. 작품집에 묶이지 않은 단편은 10여 편 정도이다.[61]

특정의 정념에 갇혀 있는 강렬한 성격의 인물이 작품의 중심에 놓여 있다는 것이 이범선의 초기 단편소설이 갖는 가장 두드러진 특징이다. 그 강렬한 성격은 현질질서의 폭력성을 반영하고 그 근본을 부정하는 역할을 수행한다.

---

61) 뜻밖에도 이범선의 작품집을 구해 보기 무척 어려웠다. 많은 분의 도움을 받았는데 특히 작가가 교수로 재직했던 외국어대학교 한국어교육과의 김종균 선생께 큰 은혜를 입었다.

현실질서의 폭력성을 반영하고 그 근본을 부정하는 역할을 수행하는 강렬한 성격은 한국 소설의 특성 가운데 하나이다. 우리 소설 속 이 같은 인물 성격은 일반적으로 자신에 대한 절대의 확신을 지니고 있으니, '단일성적이다'라고 말할 수 있다. 그 같은 단일성적 성격은 부정적인 대립항에 대한 절대의 부정의식을 드러내기 위한 것으로 근본적으로는 선/악의 윤리적 이분법 위에 선 것이라 할 수 있겠다.

선/악의 윤리적 이분법은 문학의 현실 참여성이 강조될 수밖에 없었던 한국 근현대사의 특수성에 규정된 것으로 정치적 이념성과 깊이 관련되어 있다. 이범선 소설 속의 그 강렬한 성격은 선/악의 윤리적 이분법 위에 서 있는 단일성적인 것이라는 점에서는 이와 같지만 정치적 이념성과 거의 무관하다는 점에서 전혀 다르다. 게다가 이범선 문학 특유의 소설미학이 작용하여 그 같은 인물의 부정의식이 작품 전체를 일관하여 유지되지 못하는 양상을 보인다.

이 글은 이 가운데 특히 이범선 문학 특유의 소설미학과 그 작용 양상을 살피고자 하는 시도이다.

2. 失語의 세계

한국전쟁에 대한 우울한 기억을 주로 다룬 초기소설의 두드러진 특징 하나는 '失語의 형식'이다. 여기서의 실어란 벙어리가 되어 말하는 능력을 완전히 상실했다는 것이 아니라 타자와의 관계 맺음이 불가능하게 된 상황에 놓였음, 또는 타자와의 관계 맺기를 거부하는 닫힌 의식에 갇혔음을 뜻한다. 그 실어의 인물들은 말하지만 그것은 말이 아니다. 자신을 실현하는 것도 아니며 타자와 연결 짓는 것도 아니니 그 말

은 외마디 비명이다. 이범선 초기소설의 이 같은 특징을 가장 잘 보여
주는 작품은 널리 알려진 「오발탄」(1959)이다.

「오발탄」은 1961년도 동인문학상 수상작이다. 한 월남민 가족의 비
참한 처지를 통해 분단의 비극성을 증언하고 황폐화한 전후 현실의 본
질을 날카롭게 드러낸 작품이다.

해방 전에는 북한 어느 농촌마을의 지주로서 넉넉하게 살았던 주인
공 가족은 월남하여 서울에 자리를 잡았다. 자세히 밝혀져 있지는 않지
만, 이 가족의 월남은 아마도 1946년에 전격적으로 실시되었던 토지개
혁의 폭풍과 관련된 것일 것이다. 그러나 해방과 함께 격심한 정치·경
제·사회적 혼란 속으로 휘말려들었으며, 6·25를 거치면서 철저하게
파괴되었던 남한 사회에서, 비록 대졸 출신의 고학력자(아내가 여자대학을
나온 것으로 미루어)이지만, 북한 출신이 생활의 안정을 얻기가 쉬울 수 없
다. 더구나 고지식하게도 그는 양심, 윤리, 관습, 법률 등을 지켜야만 사
람답게 사는 것이라는 생각에 갇혀 있으니 계리사 사무실의 서기인 그
의 박봉에 의지하는 가족의 궁핍은 막바지에 이르렀다.

출구는 보이지 않고 바로 발아래 파탄의 심연이 넘실대는 막막한 위
기의식의 한가운데를 미친 어머니의 "가자, 가자"란 외마디 절규가 음
산하게 가로지르고 있다.

　　아래가 잔뜩 집힌 채 비틀어진 문틈으로 그의 어머니의 소리가 새어
　　나왔다.
　　　"가자! 가자!"
　　미치면 목소리마저 변하는 모양이었다. 그것은 이미 그의 어머니의
　　조용하고 부드럽던 그 목소리가 아니고, 쨍쨍하고 간사한 게 어떤 딴
　　사람의 목소리였다.[62]

---

62) 「오발탄」,『한국현대문학전집』30, 삼성출판사, 1981, 118-119쪽.

해방 후 북한 사회의 변혁에 떠밀려 떠나온 고향으로 되돌아가자는 노인의 절규는 이 가족의 삶의 기반을 뿌리 뽑은 분단의 폭력성과 이 가족의 정착을 용납하지 않은 전후 남한 현실의 황폐성을 섬뜩하게 부각하는 것이다. 동생 영호의 권총 강도와 양공주가 된 여동생 명숙의 이불 속 흐느낌, 거의 사물화된 아내의 무표정과 말없음 그리고 죽음, 주인공의 의식 혼란 등도 이 같은 분단의 폭력성과 전후 남한 현실의 황폐성을 증언하는 것들이다. 그들은 모두가 분단의 폭력성과 전후 남한 현실의 황폐성에 떠밀려 자기 정체성을 상실한 존재들이니 「신의 오발탄」이다.

「오발탄」을 구축하는 여러 구성소 가운데 핵심적인 것은 <말없음>이다.

> 두 달 전까지만 해도 철호는 저녁 때 일터에서 돌아오면, 어머니야말로 알아듣건 말건 그래도 어머니 지금 돌아왔습니다 하고 인사를 하곤 하였었다. 그러나 요즈음은 그것마저 안 하게 되었다. 그저 한참 물끄러미 굽어보고 섰다가 그대로 윗방으로 올라와 버리는 것이었다.
> 컴컴한 구석에 앉아 있던 철호의 아내가 슬그머니 일어섰다. 담요바지 무릎을 한 쪽은 꺼멍, 또 한쪽은 회색으로 기웠다. 만삭이 되어서 꼭 바가지를 엎어 놓은 것 같은 배를 안은 아내는 몽유병자처럼 철호의 앞을 지나 나갔다. 부엌으로 나가는 것이었다. 분명 벙어리는 아닌데 아내는 말이 없었다.[63]

그들에게는 할 말도 하고 싶은 말도 더 이상 없다. 말을 잃어버렸다. 말을 잃어버렸다는 것은 과거, 현재, 미래로 이어지는 정상적인 시간감각을 잃어버리고 한 점 무시간적 존재로 사물화되었음을 의미한다. 그들은 인간이지만 이미 인간이 아니다. 그들은 한낱 사물로 굳어 버렸다.

---

63) 앞의 책, 119쪽.

등장인물들에게 말이 전혀 없는 것은 아니다. 무엇보다도 이 작품의 곳곳을 음울하게 울리는 어머니의 '가자, 가자'. 그것은 처음엔 고향으로 되돌아가자는 뜻을 지닌 것이었다. 죽음에 직결된 극도의 궁핍에 시달리는 사람이 한 마을의 주인 노릇을 할 정도의 꽤 큰 지주로 풍족했던 과거를 그리워하는 것은 자연스럽다. 그러나 그녀는 "난 모르겠다. 암만 해도 난 모르겠다. 삼팔선, 그래 거기에다 하늘에 꾹 닿도록 담을 쌓았단 말이냐"라 말할 정도로 분단의 엄중한 현실을 이해하지 못하고 있지 않은가. 말하자면 그녀가 그리워하는 과거는 절대로 가 닿을 수 없는 곳이니, 그녀의 바람은 한갓 환상일 뿐이다.

게다가 그녀의 '가자, 가자'는 작품의 전개와 함께 고향으로 되돌아가자는 의미를 상실하고 한갓 외마디 비명으로 변질한다. '이제 꿈속에서마저 생활을 잃어버'린 그녀의 '가자, 가자'는 생리 현상인 '호흡'과 같은 것일 뿐 본래의 의미와는 전혀 무관한 것으로 바뀌고 말았다. <현재가 싫으니 좋았던 과거로 돌아가자>란 뜻을 담고 있는, 논리성을 갖춘 말이 아니라 다만 비명일 뿐이다.

주인공의 아우인 영호의 말은 어떠한가. 군에서 제대한 지 2년이 지났지만 직장을 얻지 못한 영호는 예컨대 "왜 우리라고 좀더 넓은 테두리, 법률선(法律線)까지 못 나가란 법이 어디 있어요. 아니, 남들은 다 벗어던지고 법률선까지도 넘나들면서 사는데, 왜 우리는 옹색한 양심의 울타리 안에서 숨이 막혀야 해요?"[64] 라고 말한다. 영호의 주장은 타락한 질서에 점령당한 전후의 현실을 비판적으로 드러내는 것이지만, 그러나 그 말은 "사람이란 과연 어떻게 살아야 하는 것인지 정말 모르"는 혼돈 상태에서 터져 나온 비명과도 같은 외마디 외침일 뿐이다. 절망의

---

64) 앞의 책, 128쪽.

막다른 지점, 지극한 혼돈 속에서 터져 나온 외마디 비명을 우리는 말이라 일컬을 수 없다. 논리성도 시간성도 상실한 그것은 정신을 놓은 어머니의 '가자, 가자'란 외마디 비명과 근본적으로는 다르지 않다.

외마디 비명이란 점에서 그들의 말은 말을 잃어버린 인물들의 가슴속에 들끓고 있는 무방향의 울분, 충동에 이어진 것이다. 그들은 무방향의 울분, 충동에 시달리거나 그것에 따라 사고하고 움직일 뿐, 논리성과 시간성을 지닌 말을 구축하지 못한다.

> (가) 철호는 옆에 놓인 비누를 집어들었다. 마구 두 손바닥으로 비볐다. 우구구 까닭 모를 울분이 끓어올랐다.[65]

> (나) 뭐라고 말할 수 없는 숯덩어리 같은 것이 꽉 목구멍을 치밀었다. 정신이 아뜩해지는 것 같았다. 하품을 하고 난 뒤처럼 콧속이 싸하니 쓰리면서 눈물이 징 솟아올랐다. 철호는 앞에 있는 커다란 유리를 꽉 머리로 받아 부수고 싶은 충동을 느끼며 어금니를 꽉 맞씹었다.[66]

요컨대 「오발탄」의 인물들은 실어증 환자들이고 이런저런 말들로 웅성대고 있지만 「오발탄」의 세계는 말없음의 세계 곧 실어의 세계이다.

우리 소설사에서 확인되는 대표적인 실어의 세계는 최서해의 초기 세계이다. 최서해 초기 문학에는 이해할 수도 감당할 수도 없는 현실세계의 폭력성에 짓눌리고 갇힌 인물들의 외마디 비명만이 황량한 만주 벌판을 울릴 뿐, 말이 없다. 그 말없음은 다른 어떤 말보다도 더 강렬하게 뿌리째 뽑혀 떠돌아야만 했던 당대 한국인의 존재성을 드러내는 형식이다.

---

65) 앞의 책, 118쪽.
66) 위의 책, 131쪽.

최서해 초기 소설이 그러하듯 「오발탄」의 이 같은 실어의 형식은 역사의 폭력성, 현실세계의 폭력성에 치여 설 곳도 갈 곳도 잃어버린 전후 월남민의 존재성을 그 어떤 말보다도 더 효과적으로 드러낸다.

전후의 폐허성을 압축적으로 담아내는 '말 잃음'은 전후소설의 바탕에 놓인 일반적 형식이다. 출구를 잃어버린 시대, 거의 모든 가치 기준이 권위를 잃고 무너져버린 시대가 만들어낸 소설 형식이라 할 것이다. 전후소설 가운데 '말 잃음'의 형식이 가장 뚜렷하게 드러난 작품이 곧 「오발탄」이니, 이 점에서 이 작품을 전후소설의 대표작이라 평가할 수 있다.

실어의 형식은 타락한 현실세계에 대한 큰 분노를 품고 있지만 그것을 직설의 언어로 드러내지 못하는 인물을 다룬 작품인 「徒長枝」(1963), 「미친 녀석」(1981)에선 <가슴 한복판을 언제나 꽉 잠그고 있던 커다란 자물통> 상징에 담기기도 한다.

> 「이거 맘대로 열어놓으면 큰일 나거든.」
> 「무슨 큰일이 나.」
> 「이 가슴이 꼭 카바이트를 한 덩어리 삼킨 놈 같단 말이야.」
> 「카바이트를 삼켰다. 부굴부굴 끓겠군 그래. 잘못하단 터지게.」
> 「그러기 이렇게 쇠를 잠그구 또 잠그구 했지. 흥.」[67]

실어의 형식이긴 하지만 초기소설의 그것과는 물론 다르다. 단지 외마디 비명에 지나지 않는 말을 토해낼 뿐이던 초기소설의 인물들과는 달리 그들은 우회적이긴 하지만 타락한 현실을 야유하기도 하는 인물들이며, 무엇보다도 그들을 우호적인 시선으로 지켜보는 관찰자이자 화자인 '나'가 있어 그들의 가슴속에 들끓고 있는 <말해지지 않은 말>이 무엇인지 독자들이 짐작할 수 있게 열어 두었기 때문이다.

---

67) 「도장지」, 『피해자』, 일지사, 1963, 181쪽.

3. 윤리관의 개입과 집중성의 약화

이범선 초기소설의 인물들이 앓고 있는 실어증은 자기정체성도 삶의
방향성도 상실해버린 사람들의 운명(「오발탄」의 화자와 동생 영호)이고, 잃
어버린 소중한 것을 다시는 찾을 수 없다는 사실을 알게 됨으로써 생겨
난 깊은 상실감의 소산(「오발탄」의 어머니, 「달팽이」의 달팽이 영감,[68] 「환상」의
훈[69] 등)이기도 하지만 한편으로는 죄의식, 비정한 현실 질서와의 대결
의식과 결부되어 있기도 하다.

> 앙----앙----. 앙----앙----.
> 멀리서 희미하게 악을 쓰는 그 소리. 젖먹이 어린애의 악을 쓰는 울
> 음소리.
> 그 소리가 들려오기만 하면 민(珉)은 미친 사람처럼 되어 버리는 것
> 이었다.
> 두 손으로 머리를 싸쥐고 엄지손가락으로는 귓구멍을 꼭 막곤 하는
> 것이었다. 그러나 허사였다. 그 소리는 여전히 들려오는 것이었다. 그
> 는 그 소리가 들려오는 때까지는 들어 내어야 했다. 그 소리가 제김에
> 사라질 때까지는 이를 악물고 참고 견디는 수밖에 없었다.[70]

---

68) 그는 고향 함흥에 처자를 두고 단신 월남, 거제도에 자리잡은 도장장이다. "한 사
날만 있으면 돌아온다" 말하고 떠나왔는데 어느새 삼 년 세월이 흘렀다. 곧 돌아
가리란 기대로 버텨왔지만 휴전이 결정된 사실을 알고는 정신을 놓아버렸다. 이제
그는 많을 잃고 단 한 마디 "사흘만 있으면 집에 간다."(「달팽이」, 『학마을 사람들』,
오리문화사, 1958, 76쪽)라는 비명에 갇혀 버렸다.

69) 중공군 참전으로 전세가 극도의 혼란에 빠져들었던 1951년 초, 휩쓸려 월남했다.
약혼녀와의 영결이었다. 다행히도 교사가 되었고 남쪽 처녀와의 혼담도 무르익고
있다. 그런데 구식 혼구(婚具)를 세놓은 가게 앞에 세워 둔 <신부 간판> 속에 웃
고 있는 여자에게서 두고 온 약혼녀의 모습을 보곤 그만 거기에 들려버렸다. 마침
내는 그 간판 속 여자를 약혼녀로 착각하는 환상에 빠져들고 만다. 이에 이르면
그의 말은 더 이상 현실세계에 속하는 것이 아니다. 여전히 말을 하며 살아가지만
그는 실어인인 것이다.

70) 「二一九章」, 『학마을 사람들』, 오리문화사, 1958, 261쪽.

피난길, 혹독한 겨울 벌판 위에서 어린 것을 잃었다. 어쩔 수 없는 것, 그러나 그는 "너는 네 어린 것을 죽였다"라는 자기 내부의 준엄한 선언에 갇혔다. 벗어날 수 없다. "젖먹이 어린애의 악을 악을 쓰는 울음소리" 환청이 줄곧 따라붙어 괴롭힌다. 그는 말을 잃었다. 정상적인 사회생활이 불가능한 것은 당연하다. 학교에서도 쫓겨나고 말았다. 그가 자신의 말을 토해낼 수 있는 곳, 그의 말을 받아들여주는 곳은 하느님의 신전뿐이다. 그 신전의 높은 천장에 부드럽게 울리는 "방황하지 말고 오라. 죄 있는 자들아 이리로 오라. 주 예수 앞에 오라"라는 말씀 앞에서만 그는 말할 수 있을 뿐이다.

비정한 현실과의 단호한 대결의식이 실어증을 낳은 경우에는 「몸 전체로」(1958), 「냉혈동물」(1959)이 있다. 한국전쟁이란 거대한 외부 폭력에 짓눌려 모두가 자신과 가족의 생존을 위해서는 무슨 일이든 서슴지 않는다. 남을 돕기는커녕 속이고 뺏는다. 그 비정의 현실질서는 날카로운 칼날이 되어 당하는 사람들의 지난 삶을 규율해 온 윤리관, 인간관, 국가관 등의 권위를 베어 넘기고 그 근본을 송두리째 허문다. 그리하여 생존을 위해서는 그 비정의 현실질서를 배워야 하고 그것으로써 자신을 소외시키고 상처 입힌 현실세계에 맞서야 한다는 단호한 대결의식을 낳는다.

> (ㄱ) 마음은 언제나 그 부산 적산집 돌층계 밑에 지게를 놓고 무릎을 꿇었을 때의 그 자세를 허물지 않으려 했다. 그러니 그 자세로는 절대로 웃을 수가 없었던 것이었다. 그래도 천성이 약한 그는 자칫하면 정에 쏠리기가 쉬웠다. 그럴 때면 그는 애써 부산 그 적산집 앞으로 돌아가곤 했다. 딱한 일을 보아야 할 때에는 얼른 얼굴을 돌려 딴 데를 쳐다보는 것이었다.[71]

---

71) 「냉혈동물」, 『오발탄』, 신흥출판사, 1959, 165쪽.

(ㄴ) 눈은 똑바로 뜨고, 보초선(步哨線)에 선 병정 모양 항상 방아쇠에 손가락을 걸고 싸늘하게 상대방의 심장을 겨누고 있어야 자기 생명을 지킬 수 있는 세상.[72]

그들의 대결의식은 실제 체험과 현실세계의 안쪽에 대한 깊은 투시에서 생겨난 것으로 나름의 논리를 갖춘 인생철학을 구성한다. 그들은 그 같은 인생철학에 근거하여 말한다. 그러나 그 말은 요지부동의 증오와 확신에 고착된 것이니 그 말의 주체를 그 요지부동의 증오와 확신 속에 가둔다. 그럴 때 그 말의 주체는 자신의 말을 다스리는 진정한 주체가 아니라 그 증오와 확신, 그리고 그런 증오와 확신에 고착된 말에 의해 규정되고 부림을 받는 한갓 사물 상태의 존재가 되고 만다. 그 말은 세계에 대한 해석과 타자와의 관계를 새롭게 하며 새로운 삶을 열어가는 것이 아니라 그 말을 사용하는 사람을 사물화하는 무서운 폭력으로 군림하는 것이다. 그 말을 우리는 말이라 할 수 없으니, 그 말에 갇혀 사물화된 그들은 실어인이다.

실어인들을 통해 이범선은 한국전쟁기와 전후, 그리고 타락한 현실질서가 폭력적으로 군림한 그 이후 한국 사회의 한 본질을 깊이 파헤치는 강렬한 문학세계를 구축하였다. 그런데 아쉬운 것은 어려운 처지에 놓인 사람을 도와야만 한다는 것으로 대표되는 작가의 윤리관이 개입하여 그 같은 강렬성이 약화되는 경우가 많다는 사실이다. 위에서 살핀 「냉혈동물」의 주인공은 우연히 만난 한 노인의 "사람이란 그저 그렇고 그런 거고 그러니 그런 사람이 사는 세상이 또 그저 그런 거지. 언제 별세상이 있겠오? 천사가 모여 산대도 싸울 텐데 아 사람이 모여서 이만하면 존 게지 뭐. 하하하. 그저 허허 웃고 삽시다."[73]라는 말에 흔들리

---

72) 「몸 전체로」, 『이범선 대표 중단편선집』, 책세상, 1993, 167-168쪽.

며, 「몸 전체로」의 주인공은 자신이 그 같은 인생철학으로 무장할 수밖에 없는 현실을 크게 비감해 한다.[74] 현실세계의 폭력성을, 그것을 체현하고 있는 인물을 통해 반영하고 있는 이들 작품의 구심력이 크게 약화되고 있는 것이다. 이범선은 한국전쟁의 충격에 대해 말하는 자리에서 "혈연이 얼마나 애매한가를 알았고 우정의 한계를 알"았으며, "부모가 자식을 버리고, 자식이 부모를 버리고, 친구간의 의리라는 것은 생각할 필요조차 없는--극단에 처했을 때의 인간의 추악한 면을 적나라하게 보아 버리고 말았다"[75]라고 말한 바 있다. 그런데, 인간은 선한 존재이며 또 그러해야 한다는 작가의 윤리관이 개입하여 그 '인간의 추악한 면' 안쪽 깊이 탐구하는 것을 가로막았던 것이다.

물론 모든 작품이 그런 것은 아니다. 인간이란 마땅히 이러해야만 한다는 이범선의 윤리관이 끼어들지 않은 작품에 「벌레」(1959), 「태양을 부른다」(1960) 등이 있다. 인간이란 존재의 냉혹성을 그대로 드러내 놓은 섬뜩한 세계를 만날 수 있다.

(ㄱ) 필네는 핼끔 독살스러운 눈매로 철규를 쏘아 보았다. 그리고 획 돌아서 헛간을 나가버렸다. (중략) 그의 작업복 저고리 어깨 뒤에는 필네의 손에서 묻은 핏자국이 뚜렷이 찍혀 있었다.[76]

(ㄴ) 사나이는 이제 정말 기운이 진했던지 오래오래 엎드려 있었다. 다시는 물 속으로 흘러내려서는 아니 된다는 생각 하나만으로 온 전신의 힘을 흙 속에 박은 열 손가락 끝에 모으고 있는 그 사나이까지는 둑

73) 「냉혈동물」, 앞의 책, 171쪽.
74) 이 작품의 마지막 문장은 "나는 반 년 만에 처음 본 그의 소리없는 웃음과 함께 또 분명 그의 두 눈에 서린 눈물을 보았다"(『이범선 대표 중단편선집』, 앞의 책, 180쪽)이다.
75) 대표작 자선자평, 「'오발탄' 그리고 '피해자'」, 『문학사상』, 1974, 2, 218쪽.
76) 「벌레」, 『오발탄』, 신흥출판사, 1959, 126쪽.

에 선 사람들의 바로 발 밑 이 미터도 못 되는 거리였다.
　　그런데 이상한 것은 둑에 선 사람들이 그저 구경만 할 뿐 그 중의
누구 하나 이 지쳐버린 불쌍한 사나이를 도와 주려고는 하지 않는 것
이었다.[77]

「벌레」는 사고로 하반신이 마비된 한 백정을 그의 아내와, 그로부터
큰 은혜를 입었던 후배가 교살하는 내용의 작품이다. (ㄱ)은 자신들의
욕망에 이끌려 지난 인연을 돌아보지 않는 살인자들의 냉혹함을 또렷
이 드러내고 있다. 「태양을 부른다」는 살길을 찾아 악전고투하는 한 사내
의 몸부림을 바로 눈앞에 두고서도 손 내밀지 않는 사람들의 냉혹함을 차
갑게 그린 작품이다. 다만 보여줄 뿐, 그 냉혹함에 대해 작가는 어떤 해석
도 행하지 않았다. 이로 인해 그 알몸을 시뻘겋게 드러낸 인간 존재의 냉
혹성이란 이들 작품의 핵심 내용이 뚜렷이 부각될 수 있었다.

이범선은 피 한 방울 옷에 묻히지 않는 해우(解牛) 솜씨를 지닌 「명인」
의 백정처럼 한 점 흠도 없는 완벽한 예술을 지향했던 작가이다. '誤文
및 惡文의 범람시대'[78]인 50년대 문학 가운데 단연 돋보이는 정확하고
군더더기 하나 없는 이범선의 문장이 이를 증거한다. 그러나 이범선은
자신의 윤리관으로 해석하고자 하는 욕망을 통어하지 못함으로써 그
백정의 경지에까지 이르지는 못한 것으로 판단된다. 아쉬운 일이다.

4. 균형과 조화의 소설미학

현실세계의 폭력성이나 인간 존재의 냉혹성 또는 그것들에 짓눌려

---

77) 「태양을 부른다」, 『새벽』, 1960. 4, 254쪽.
78) 유종호, 「소외와 허무」, 『한국현대문학전집』 26, 삼성출판사, 1981, 450쪽.

실어인이 되거나 그것들을 자신의 것으로 받아들임으로써 그것들에 맞서고자 하는 단호한 대결의식에 갇힌 인물의 안쪽에 대한 이범선 문학에서의 추구는 이처럼 작가의 윤리관 개입에 의해 제약받는다. 대부분의 작품에서 곧장 파국으로 이어질 듯 정면 대결로 치달으며 고조되던 긴장이 작품 마지막에 이르러 크게 약화되고 마는 것은 이 때문이다.

제약 요인은 또 있다. 먼저 이범선 소설의 대부분이 일인칭 관찰자 시점을 취하고 있다는 점. 일인칭 관찰자 시점은 관찰자와 관찰 대상 사이의 거리 때문에 관찰 대상이 되는 인물이나 상황의 안쪽에 대한 탐구를 근본 제약한다. 세계의 폭력성 또는 인간 존재의 냉혹성에 치여 깊이 상처 입은 이들의 내면은 거리를 둔 관찰자의 눈과 추측을 통하거나 그들 자신의 말을 통해서만 전달된다. 말은 논리적 정합성을 갖추어야만 한다는 그 자체의 구속성 때문에 어쩔 수 없이 체험을, 고뇌를 단순화한다. 여기에 관찰 대상으로부터 일정하게 떨어진 일인칭 관찰자 시점의 제약이 함께 하니 그런 양상은 더욱 강화된다.

> 마치 오래 된 화강암 비석에 이끼가 끼고, 먼지가 오른 것 같은 그림, 어둡고 습기찬 화면, 회화에 조예가 없는 나로서는 도시 무엇을 그린 것인지 전혀 알 수 없는, 그런 그림.(중략)
> 지금도 나는 그 그림을 바라보며, 이제 마악 억수로 비가 쏟아질 것 같은 그런 흐린 하늘을 연상한다. 그런데 이상하게도 그 어두운 화면을 오래오래 바라보고 있노라면 이번에는 그 흐린 하늘이 한쪽 모서리부터 조금씩 조금씩 개어오는 것을 느끼게 되는 것이다. 반짝 빛나는 태양을 본다. 그건 아마 그 어두운 화면 오른쪽 위 모서리에, 어쩌다 붓이 구르며 잘못 그어진 것이나 아닌가 싶게 약간 칠해진 감(柿)빛 작은 점에서부터 오는 것일까?[79]

---

79) 「그의 유작」, 『분수령』, 앞의 책, 270쪽.

이범선의 단편 중 손꼽을 수 있는 수작 가운데 하나인 「그의 遺作」의 한 부분이다. 월남하여 정착한 화자는 그의 육촌 형이었던 한 불행한 화가가 '일생을 걸려서 그린 단 한 장의 그림'을 보며 과거로 거슬러 오른다. 그 화가는 '한없이 착하기만 한 사람'이었고, "항거하기에는 이미 절벽 같았고, 그렇다고 순종하기에는 끝내 피가 용서하지 않던 그런 왜정말기의 시세(時勢)에서도, 압사(壓死)당하지만은 말고 한번은 뜻대로 그림을 그려보자"라는 일념으로 견뎠던 강인한 의지의 '물감 없던 화가'였으며, 대동아 "전쟁 기간이 너무나 길었던 까닭에" '유일한 삶의 거점이었던 그림에 대한 정열'을 잃고 마침내는 "절망이 색채마저 퇴색해버린, 뽀얀 권태 속에" 침전했다가 해방과 함께 되일어섰으나 인천 상륙 작전의 성공 직후 후퇴하던 보안서원에게 총살당하고 만 비운의 화가였다.[80]

그림에 대한 의지로 힘든 세월을 견딘 그 화가의 내면이 단순할 수 없다. 그런데 작가는 일인칭 화자의 관찰과 추측 그리고 그 화가가 가끔씩 내뱉는 말 몇 토막만으로 대신할 뿐 그 안쪽으로 파고들지 않았다. 위 인용은 일인칭 화자의 추측을 통해 주인공의 내면을 간접적으로 드러내는 이범선 소설의 기본 원리 하나를 분명히 보여준다.

인용 부분의 마지막 "그 어두운 화면 오른쪽 위 모서리에, 어쩌다 붓이 구르며 잘못 그어진 것이나 아닌가 싶게 약간 칠해진 감(柿)빛 작은 점"이란 인천 상륙 작전의 성공 소식을 듣고 사회주의 북한을 벗어날 수 있게 되었다는 희망에 들뜬 그 화가의 마음을, 그러나 곧 죽고 만 비운을 말하기 위한 설정이다. 그림 속 그 '감빛 점'으로써 그 화가의 비운을 드러내는 것은 절묘하다. 그러나 인천 상륙 작전의 성공 소식에

---

80) 「그의 유작」에 나오는 삽화들은 이범선의 수필 「어느 농부」, 「어떤 사형수」(수필집 『전쟁과 배나무』에 수록되어 있음)의 내용과 거의 같다.

들뜬 그 화가의 마음이 그 '감빛 점'에 투사되었다고 하는 것은 다만 화자의 추측일 뿐이다.

이범선 소설의 일인칭 관찰자 시점은 실어에 이를 정도로 크게 상처 입은 인물들의 분노와 고통과 적의로부터 한발 물러서 그것들을 걸러 보여주는 장치이다. 일인칭 관찰자 시점과 다른 요소들이 어울려 이범선의 소설미학을 구성한다. 「명인」, 「삼계일심」 등을 통해 이범선의 소설미학을 살펴보기로 한다.

「명인」은 「벌레」와 마찬가지로 백정을 소재로 한 소설이다. 우리 문학에서 백정 또는 백정의 자식이 주인공 급의 주요 인물로 등장하는 작품에는 조명희의 단편 「낙동강」, 황순원의 장편 「일월」, 이동순의 장시 「검정버선」, 정동주의 대하소설 「백정」, 박경리의 대하소설 「토지」 등이 있다. 「낙동강」, 「검정버선」, 「백정」, 「토지」 등에서의 백정 또는 백정의 자식은 봉건적 신분질서의 희생자로서 현실질서의 모순을 드러내고 나아가 새로운 질서 창출을 향해 움직이는 역사 전개를 이끄는 매개항 또는 변혁성의 담지체로 설정되어 있어 현실 질서의 변화라는 측면에 민감한 반응을 보여 온 우리 문학의 한 특성을 보여준다. 황순원의 「일월」만이 여기서 벗어나 있는데, "허위나 환상이나 거짓 없이 자신의 숙명과 맞부딪쳐 보려는 준엄한 대결"[81] 의지를 문제 삼은 작품이다. 그러니까 「일월」의 백정은 봉건적 신분질서의 가장 아래에 놓여 고통스러운 삶을 견뎌야 했던 사회 역사적 실체로서의 백정이 아니라 숙명에 맞서 자신을 열어나가는 준엄한 정신의 표상이라 할 수 있겠다.

「명인」의 백정은 이들 작품 속 백정과는 전혀 다르다. 이 작품의 백정은 '庖丁解牛', 빼어난 솜씨를 지닌 전문가이다. 그의 고기 바르는 기

---

81) 천이두, 「한국적 미학과 현대적 윤리」, 『한국현대 문학전집』 14, 삼성출판사, 1981, 449쪽.

술은 한 경지에 이르렀다.

> 그건 그대로 조화 속이었다. 겨우 김치 쪽이나 썰 수 있는 식도가 신 노인의 손에 들리자 비수였던 것이다.
> 커다란 수수깡 발 위에 넘어진 소를 빙빙 돌면서 이리 찢고 저리 자르고, 갈라내고 도려내고
> 마을 사람들이 뼹 둘러선 한가운데서 신 노인은 마치 춤을 추듯이 빙빙 돌았다. 그의 두 손에서는 검붉은 피가 뚝뚝 흐르면서도 그의 하얀 옥양목 새 옷에는 피 한 방울 튀지 않았다. 마을 사람들은 신 노인의 그 시원스럽게 해치우는 솜씨에 모두 흘려 있었다. 그들은 누구 하나, 징그럽다든가 끔찍스럽다든가 하고 생각하는 사람은 없었다.[82]

평생 칼을 쥐고 살아 온 늙은 백정의 한 판 춤은 그러나 단순한 기술 부림이 아니다. "독기 오른 대가리를 빳빳이" 치켜 든 독사처럼 가슴 속을 기는, 오랜 짓밟힘의 세월이 키워 낸 분노와 살의를 안간힘으로 다스리는 것이며 그것을 아무나 흉내 낼 수 없는 기술 차원으로 승화시키는 것이다. 작가는 이 늙은 백정으로 하여금 '새파랗게 날이 선 칼'을 곧추 잡고 그를 짓밟은 폭력의 한복판으로 내달리게 하지 않았다.

「三界一心」(1973)은 욕정의 덫에 걸린 젊은 수행자가 그 번뇌를 '三千拜禮 懺悔滅罪'란 불가의 장치로써 다스린다는 것을 한가운데 놓은 작품이다. 작가는 번뇌 자체, 번뇌로 터질 듯 고통스러운 내면 또는 번뇌를 못 이겨 마침내 파멸의 나락으로 떨어지고 마는 것이 아니라 그 다스림을 문제 삼았던 것이다. 깊이 가라앉아 단호한 젊은 구도자의 "한 가닥 연을 끊음은 한 가닥 괴로움을 끊는 것입니다"[83]라는 설법과 그것의 실현인 '삼천배례' 행하기는 「명인」의 백정이 날카로운 살의를 '해우' 작

---

82) 「명인」, 『분수령』, 앞의 책, 86-87쪽.
83) 「삼계일심」, 『문학사상』(1973. 10), 65쪽.

업으로 다스리는 것과 동질태다.

바로 이 지점에 이범선 문학의 미학이 그 본질을 뚜렷이 드러낸다. 그것이 긍정적인 것이든 부정적인 것이든 특정의 정념이나 논리에 철저헤 그것만으로 가득 찬, 그래서 언제 어디로 터져나갈지 모르는 팽팽한 긴장으로 강렬한 세계를 기피하여, 바로 그 한 걸음 앞에서 빗겨나고 마는 것이다. 균형과 조화를 지향하는 미학이라 할 것인데, 이것이 이범선 문학을 손창섭과 오영수로 대표되는 극단 지향의 미학[84] 위에선 50년대 문학 일반과 날카롭게 가른다.

손창섭의 문학은 한국전쟁이란 외부 폭력에 짓눌려 정체성을 상실하고 한갓 사물로 굳어버린 무시간적 존재들의 현실을 반영하는 한편, 인간 존재의 비루함에 대한 전적인 모멸의식을 차갑게 드러낸 것이다. 한국전쟁이란 폭력에 큰 상처를 입었음에도 불구하고 그것에 맞서 싸우는 굴강의 정신이 있을 수 있다든가, 또는 인간이란 비루한 속성을 지닌 존재이지만 한편으로는 고귀한 속성도 함께 지닌 존재라는 생각은 애당초 끼어들지 못하는 단호하고 철저한 확신 위에 구축된 세계이다.

오영수의 문학은 겉으로 보아 손창섭의 문학과 전혀 다르다. 따스한 인정의 세계, 그 속에서는 사람과 사람 사이는 물론이고 사람과 짐승과 초목들 모두가 어울려 조화롭다. 「감방」의 감방장이 거듭 뇌는 "인자부터는 한 집안 식구라. 그러니까 절대적으로 친목적으로 규측을 지켜야 하는 기라. 그러니까 여기서는 딴 생각 말고 동심적으로 묵고 수양을 하는 기라"[85]라는 말이 사람들 사이에서만 아니라 모든 목숨 지닌 존재 사이에서 그대로 실현되는 세계이다. 이 세계 속으로는 인물들 저마다

---

84) 이에 대하여는 정호웅, 「50년대 소설론」, 『우리 소설이 걸어온 길』(솔, 1994)과 정호웅, 「손창섭 소설의 인물성격과 형식」, 『한국현대소설사론』(새미, 1997) 참조.
85) 오영수, 「명암」, 『현대한국문학전집』 1, 신구문화사, 1966, 101쪽.

주렁주렁 매달고 있을 구구한 사연들도 그들을 상처 입힌 사회역사적
현실도 끼어들지 못한다. 무화된다고도 말할 수 있을 만큼 그 세계는
맑고 환한 기운으로 가득 차 있다.

인물들의 사연과 사회역사적 현실이 끼어들지 못하는 오영수의 소설
에서 현실법칙과 이것들을 따라 영위되는 생활을 찾을 수 없다. 시류와
는 무관하게 변화지 않는 '인간성', 인간과 자연이 조화롭게 어울리는
문명 이전의 원시적 '순진성' 등이 뚜렷이 부각되어 있는 것이다. 사회
역사적 현실을 무화하고 마치 원시 공산사회와도 같은 소설세계를 구
축하는 오영수의 소설 미학은 전적인 배제의 원리 위에 선 것이라는 점
에서 극단 지향적인 것이니 이 점에서 손창섭의 그것과 동질태이다.

모든 것이 무너져 내리는 50년대 현실이 손창섭과 오영수의 문학과
같은 극단 지향의 미학 위에 구축되는 문학을 낳았다. 모두가 현실세계
의 근본 부정이란 점에서 이들의 문학은 1920년 전후 문학, 프로문학,
해방공간의 진보 문학과 통한다. 급속한 전환기를 통과해온 한국사회의
역사적 성격이 반영된 문학들인 것이다.

5. 恒心의 철학

균형과 조화를 지향하는 이범선 문학에 급속한 변화를 꿈꾸거나 그
것을 위해 앞서 나아가는 인물은 거의 등장하지 않는다. 굳이 찾자면
예외는 있다. 해방 후 북한의 사회주의 체제 건설과업에 앞장선「殺母蛇」
의 궁남이 그런 인물이다. 그러나 궁남은 부모조차 죽이는 짐승 차원의
비윤리적 인간으로 설정되어 급속한 변화라는 의미항과는 전혀 무관하
니 그런 인물은 전혀 등장하지 않는다고 보아야 할 것이다.

이 점에서 「그의 유작」의 주인공이 해방을 맞아 들떠 돌아가는 세태
를 경계하며 한 다음 말은 이범선 문학의 핵심 하나를 담고 있는 것이
라 할 수 있다.

"어떻게 되는 거죠?"
"글세."
"우리는 무엇을 어떻게 해야겠습니까?"
"글세."
"그럼 그저 이러고 앉아 있어야 합니까?"
"… 지금 나도 실은 그걸 생각하고 있었지. 이 시점에서 나는 무엇을
해야 할 것인가를."
(중략)
"그러니까 모두들 자기 자리로 돌아가 서야지 않을까? 공연히 난 체
하구 날뛰지 말말자구. 그러니까 자넨 학업을 계속하고, 그리고 난 이
제부터야말로 그림을 구리구!"[86]

해방과 함께 북한 사회는 급속한 변혁의 물결에 휩쓸렸다. 그 구체적
양상은 달랐지만 남한 사회 또한 그러했음은 물론이다. 모두가 들떠 낙
관적 미래 전망을 앞세우고 내달았다. 불과 3년을 넘지 않아 비정한 역
사 전개의 뒷전으로 가라앉고 말 깃발이었고 열기였지만 그때는 그랬다.

혈기 넘치는 20대 청년인 조카의 다그침을 뒤로 흘려보내며 "무엇을
해야 할 것인가" 심사숙고하는 주인공의 자세와, 모두들 자기 자리로
돌아갈 것을 강조하는 그의 말은 뜨겁게 달아올랐던 맹목의 열정에 대
한 엄중한 비판이다. 이범선은 수필 「어느 농부」에서도 모두가 맹목의
열정을 좇아 날뛰는 와중에도 자기 자리를 지킨 어느 농부 부부의 이야
기를 감동적으로 추억하고 있는데 그 추억의 의미 또한 맹목의 열정에

---

86) 「그의 유작」, 『분수령』, 앞의 책, 287쪽.

대한 비판이라 할 수 있다.

> 해방이 되고 공산당이 세상을 잡았다.
> 농민들이 날뛰었다. 마을 농민들 가운데서 거의 날뛰지 않은 사람이
> 없었다. 왜들 그러느냐고 물으면 막상 그 이유는 못 대면서도 그저 공
> 산당들에 덩달아서 날뛴 것이다.
> 그런데 단 한 사람 아니 두 사람, 그 부부만은 평소와 조금도 다름없
> 었다. (중략)
> 공산당원들이 설치고 다녀도 그들 부부는 여전히 유유히 농사일을
> 했다.
> 역시 가을이 되면 거두어 들였고 닭과 함께 낟알 멍석에 앉아 새끼를
> 꼬았다.[87)]

「그의 유작」과 수필 「어느 농부」에 담긴 '恒心'의 철학은 해방공간을
배경으로 한 그 이전의 한국문학에서는 찾아볼 수 없는 것이다. 특정
시기의 근본 속성에 대한 반성적 인식에는 긴 시간이 필요하다는 진실
의 새삼스러운 증거라 볼 수도 있겠다. 어떻든 맹목의 열정을 엄중하게
비판하는 이들 작품의 '항심'의 철학은 이범선 문학의 미학과 깊이 관
련된 것이다.

한편 이범선의 소설에는 닫힌 현재를 벗어나고 싶어 하는 인물들이
많이 등장한다. 그러나 그 벗어나고 싶은 바람이 인물성격의 핵심 요소
인 경우는 찾기 어렵다. 널리 알려진 「갈매기」의 경우, 섬을 벗어나고
싶은 주인공 훈의 바람은 "어쩐지 이제 자기도 이 포구를 떠나가야만
할 것 같은 생각이 든다."(「갈매기」, 『이범선 대표 중단편선집』, 앞의 책, 193쪽)
라는 혼잣말에 담겨 있는데, 떠나고 싶지만 또 떠나지 않게 되어도 무
방하다는 투다. 어떤 바람에 갇혀 그 자체가 된 성격, 그런 성격의 강렬

---

87) 「어느 농부」, 『전쟁과 배나무』, 관동출판사, 1975, 173쪽.

성을 이범선 소설미학은 용납하지 않는 것이다.

균형과 조화를 그 핵심 요소로 지니는 이범선의 이 같은 소설미학은 문체에도 그대로 반영되어 있음을 확인한다. 접속사를 거의 사용하지 않고 마치 돌다리 놓듯 짧은 문장을 놓아나가는 것이 이범선 문학의 가장 두드러진 문체적 특성이다. 접속사를 거의 사용하지 않는다는 것은 작가의 기질적 특성의 반영이기도 하겠지만 문장과 문장 사이의 논리적 긴밀성과 일관성을 최소화함으로써 주관의 개입을 가능한 한 억제하고자 하는 의도의 소산이다. 관찰자의 자리에 머물러 그 어떤 고통, 그 어떤 비참이라도 다만 보여줄 뿐이라는 것, 그 고통과 비참의 안쪽을 직접 드러내는 것은 피하겠다는 것이다. 이범선의 이 같은 문체적 특성이 하느님의 말씀을 앞세우지만 그 말씀에 충실하지는 않은 잘못된 기독교도의 허위에 대한 거센 분노를 전면에 드러내고 있는 「피해자」 등의 작품에서 크게 약화된다는 것은 시사적이다. 그 자신 진실한 교인이고자 했기에 잘못된 기독교도들의 허위에 대해서는 주관 통어가 쉽지 않았기 때문일지도 모른다.

이범선은 독실한 기독교 집안에서 성장한 신실한 기독교인이었고 타향에 몸을 부린 월남자였다. 많은 사람이 증언하듯 언행이 반듯한 선비였다. 균형과 조화의 소설미학은 그런 점들과 깊이 관련된 것인지 모른다. 이를 해명하기 위해서는 더 넓은 안목과 보다 섬세한 분석력이 필요하리라.

최인훈의 『화두』와 일제 강점기 한국문학
―「낙동강」을 중심으로

1. 머리말

1994년 전작 출간된, 1000쪽이 넘는 장편소설(1권 462쪽, 2권 543쪽) 『화두』는 1992년 늦가을 어느 날 밤 작가인 주인공이 이 작품의 집필을 시작할 때까지, 그가 걸어온 삶의 길과 문학의 길을 따라, 그 두 길을 엮어 짜며 펼쳐진다. 자신이 걸어온 삶의 길과 문학의 길 따르기는 과거를 회고하고 시간 순서에 따라 늘어놓는 것을 가리키는 말이 아니다. 그것은 의미 있는 과거를 선택하여 개인사적·민족사적·세계사적·인류사적 관점에서 해석하고 평가함으로써 비평적으로 재구성하는 것이다. 이 점에서 『화두』는 작가가 쓴 자신의 평전이라 할 수 있다. 기존 연구에서 '메타픽션' '자기반영성'[88] 등의 개념으로 이 작품을 해석하고자 한 것은 이와 관련된 것이다.

---

88) 연남경, 『최인훈의 자기 반영적 글쓰기』, 혜안, 2012, 34쪽.

주인공이 걸어온 삶의 길과 문학의 길을 비평적으로 재구성하는 과정을 자세히 들여다보면 그 한가운데에 일제 강점기 한국문학이 자리 잡고 있음을 알 수 있다. 조명희의 「낙동강」, 이광수의 「흙」, 「소설가 구보 씨의 일일」을 비롯한 박태원의 소설, 이태준의 소설, 이상의 시와 이용악의 시, 임화의 비평 등이 그것들이다.[89]

『화두』에 나오는 일제 강점기 한국문학 가운데 이 작품에서 가장 큰 의미를 갖는 것은 「낙동강」이다. 이렇게 말할 수 있는 이유로는 무엇보다도 「낙동강」의 첫 문장이 소설의 처음과 마지막에 자리 잡아 수미상관의 구조를 이룬다는 점을 들 수 있을 것이다. 『화두』의 수미상관 구조는 마지막 문장 "이 소설은 어느 가을밤에 그렇게 시작되었다."[90]로 보아 알 수 있는, 『화두』가 『화두』를 쓰기 시작하기까지의 과정을 다룬 작품이라는 사실에 대응한다. 이와 함께 「낙동강」과 그 작가는 1부 4장과 2부 2·3·7장에만 나오지 않을 뿐 계속해서 나와 서사 전개를 주도한다는 점, "『화두』를 시대와 이념의 문제를 성찰하는 작품으로 본다면 조명희와 「낙동강」은 그런 주제를 파고 들 수 있도록 하는 절대적 매개물"[91]이라고 할 수 있다는 점, 그리고 「낙동강」의 작가인 조명희와 관련된 다양한 체험과 사유는 주인공의 삶의 길과 문학의 길을 비평적으로 재구성하는 일에 대단히 큰 역할을 한다는 점 등도 들 수 있다.[92] 그

---

89) 이들 문학에 대한 해석의 수준은 매우 높아 연구자들의 시선을 새롭게 할 만한 내용이 적지 않으니 이 점만으로도 이들 문학에 대한 주인공의 독서 체험은 중요한 의미를 갖는다.

90) 최인훈, 『화두 2』, 민음사, 1994, 543쪽. 앞으로 『화두』를 인용할 경우, (2, 543)과 같이 함.

91) 조갑상, 「최인훈의 '화두' 연구: '낙동강'과의 관계를 중심으로」, 『한국문학논총』 31집, 2002, 234쪽.

92) 『화두』의 '담론 흐름'을 '겉이야기-속이야기-겉이야기'로 파악할 때 "문제되는 인물은 서술자이면서 주인공인 '나'의 가족들이 아닌, '나'의 화두를 해결해 줄, 선배 지식인들의 일제 강점기의 사상과 행적을 대표하는 인물인 조명희가 된다."(서

것들은 『화두』가 다루고 있는 삶의 길과 문학의 길을 이루는 구성소들 가운데 하나이고, 비교의 대상이 되기도 하고 이해와 판단의 준거가 되기도 함으로써 그 두 길에 대한 비평적 성찰을 지원하고 있으며, 작품 구성의 중심으로 기능하기도 한다.

요컨대 『화두』의 중심에 놓인 것은 「낙동강」과 조명희이다. 『화두』의 전개를 따라, 「낙동강」에서도 그러하듯이, '낙동강 칠백 리, 굽이굽이 흐르는 물이' 출렁이며 흐르는 것이다.

이 글에서 필자는 「낙동강」과 그 작가인 조명희와 관련된 주인공의 다양한 체험과 사유가 어떤 의미를 갖는지를 살피고자 한다. 일제 강점기 식민지 통치권력, 해방 후 북한 사회를 지배한 정치권력, 해방 후 남한 사회를 지배한 정치권력 등에 대한 비판과 이를 수행하는 정신의 특성, 그리고 작가인 주인공의 글쓰기 전략을 중심으로 논의를 진행한다.

2. 「낙동강」과 자기비판회-정치권력 비판과 전면적 진실

주인공이 「낙동강」을 처음 접한 것은 고등학교 시절 국어 교과서에서였다. "이태준의 「영월영감」, 최서해의 「탈출기」, 임화의 「우리 오빠와 화로」, 박팔양의 「봄의 선구자」,"(1, 10) 등 우리가 잘 아는 작품들과 나란히 「낙동강」이 실려 있었던 것이다. 주인공은 그 「낙동강」에 대해 소설의 끝에 이르기까지 거듭 반추하는데 이유는 세 가지이다.

첫째, 「낙동강」을 읽고 큰 감동을 받았으며 「낙동강」 독후감으로 이후 그의 생애를 결정하는 운명적인 경험을 하게 되었다. 그를 감동하게

은선, 「최인훈의 '화두'에 대한 서사론적 분석」, 『부산대 국어국문학』 32집, 1995, 224쪽)라는 지적도 이와 관련된 것이다.

한 것의 하나는 그가 말하듯 "명문의 힘"(1, 105) 때문이다. 다른 하나는 「낙동강」에 나오는 "훌륭한 일을 하기 위해서" "떠나기 싫은 고향을 떠나는 사람들"(1, 14)이 그의 마음을 사로잡았기 때문이다. 그는 「낙동강」의 주인공인 박성운을 두고 "그때의 나를 위한 이상 <자아>의 모델"(2, 83)이었다고 할 정도로 깊이 사로잡혔다. 이 사로잡힘은 아래서 살필 세 번째 이유 곧 자아 부정의 경험과 관련지을 때, 박성운을 비롯한 「낙동강」의 중심인물들이 하나같이 감당하기 어려운 험로를 걸으면서도 끝 가지 자기동일성을 굳게 지키는 존재들이라는 사실과 맞물려 있다. 둘째, 그가 「낙동강」을 거듭 되새기게 되는 또 다른 이유는 그가 쓴 「낙동강」 독후감이 작문 교사로부터 칭찬을 듣게 되었고 이로 인해 작가로서의 운명이 결정되었다는 사실이다. 교사는 그의 독후감을 읽고 "동무는 훌륭한 작가가 될 거요"(2, 83)라고 최상의 칭찬을 하였다. 그를 이끌어 작가가 되게 한 것은 그때 교사의 칭찬에서 비롯된 감동이었으니 그 칭찬은 그에게 "치명적인 예언"(2, 83)이었고, 그날 교실에서의 일은 "소명(召命)의 의식"(2, 84)이었다.

그가 계속해서 「낙동강」을 기억 속에서 불러내어 되새기는 또 다른 이유는 자아비판회의 체험 그리고 이에 이어진 추방의 체험이다. 위에서 살핀 '첫째'와 '둘째'가 그를 행복하게 하는 것인 데 비해 이 세 번째 이유는 그를 불행하게 만드는 것이다. 그 자아비판회는 "변호인이 없는 재판 자리"(2, 76)였다. 그는 자아비판회를 주관하는 지도원 교사의 요구에 따라 "강요된 회상"을 해야 했고, 그의 마음에 들기 위해 "착한 학생"(2, 75)을 연기해야 했으며, "아버지를 배신한 것 같은 죄의식에 시달"(2, 76)려야 했다. 그것은 "<자아>가 부정당"(2, 77)하는 치명적인 체험이었다. 그의 영혼에 깊은 상처를 입힌 이 자아비판회의 체험은 이에 이어진 추방의 체험으로 인해 더욱 그 부정성이 강화되었다. 「낙동강」

과 이 치명적인 자아비판회 그리고 추방의 체험 사이에 직접적인 관련
은 없지만, 「낙동강」의 주인공과 지도원 교사가 다 같이 이상사회 건설
을 향해 나아갔던 실천적 이념인이라는 사실이 매개하여 양자를 이어
엮는다. "박성운이 살아서 돌아와서 성공한 혁명정권의 참가자가 되었
다면 지도원 선생 같은 교사가 되었을까? 그런 작품으로 사업했을까?"(2,
84), 주인공의 "가족을 추방한 사람들은 정말 돌아온 「낙동강」의 주인공
들이었을까?"(1, 104)라는 화두의 매개로 상호 관련되게 되는 것이다.

「낙동강」이 『화두』의 구성상 중심에 놓이게 된 것은 지금까지 살핀
세 가지 요인 때문이다. 이 가운데서도 가장 중심에 놓인 것은 세 번째
요인 그 중에서도 특히 자아비판회의 체험이다. 주인공은 이 자아비판
회의 체험을 거듭 불러내어 그 안팎을 살피는데 그 핵심은 해방 후 북
한 사회를 장악한 새로운 정치권력에 대한 비판적 해부이다.

최인훈은 『화두』 이전에 장편 「회색인」과 「서유기」에서 이 자아비판
회를 다루었다. 최인훈에게 그것은 "세계와 불화를 일으킨 최초의 그리
고 가장 본격적인 상처"를 입힌 것이며, 그것으로부터 "도피하고자 하
는 무의식적 열망"이 그를 "작가(글쓰기)에로 나아가게 한"[93] 것이라 말
할 수 있을 정도로 큰 영향을 미친 사건이었기에 거듭 다루었던 것이
다. 『화두』의 주인공은 이를 두고 "「서쪽으로 가는 이야기」에서 나는 「잿
빛의자에 앉아서」에서 그 위치가 확인되었던 「지도원 전설」을 근접 촬
영하는 데 성공하였다."(2, 176)라고 회고하는데 「잿빛의자에 앉아서」는
장편 「회색인」을, 「서쪽으로 가는 이야기」는 「서유기」를 가리키는 것이
다. 「회색인」에서 최인훈은 자아비판회를 "이단심문소"[94]라 일컬으며

---

93) 김윤식, 「최인훈론—유죄 판결과 결백 증명의 내력」, 『작가와의 대화』, 문학동네,
   1996, 24쪽.
94) 최인훈, 『회색인』, 문학과 지성사, 2008, 28쪽.

그곳에서 "부르주아적인 말을 하여 역사의 참다운 정의를 알지 못하면서 과오를 범했"다는 선고를 받은 뒤 "점점 더 망명자가 되었"[95]던 경험을 간략하게 다루었다. 「서유기」에서는 더 나아가 그 자아비판회를 주도한 권력(지도원 선생)의 논리와, "그 무서운 자아비판을 해야 할 생각을 하면 폭탄에 맞아 죽는 편이 더 나았다."[96](230쪽)라고 생각할 정도로 어린 소년의 마음을 일그러뜨린 그 자이비판회의 폭력성을 보다 자세하게 구체적으로 그렸다.

『화두』에서는 더 나아가 그 경험을 매우 자세하게, 구체적으로 그렸다. 무엇보다도 오랫동안 그 경험을 이해하고 설명하기 위해 오랫동안 노력해 온 지식인 작가의 입장에서 그 경험의 중심에 놓인 해방 후 북한 사회에 들어선 정치권력의 성격을 비판적으로 해부하였다는 점에서 앞선 두 작품과는 크게 다르다. 『화두』의 주인공이 겪은 자아비판회를 통해 드러난 그 정치권력의 속성은 절대성, 무오류성에 대한 확신, 자의성 등이다.

> 거기서의 모든 결정과 행동은 법적으로 유효할 수도 있고 않을 수도 있으며, 무한 권한으로 수사할 수도 있고 그래서도 안 될 수도 있고, 결정은 집행될 수도 있고 집행되지 않을 수도 있고, 고행성사는 지극히 높고 깊은 수준에서 이루어질 수도 있고 말장난에 그칠 수도 있고, 밀고는 <적극적>으로 피고 규탄에 참가해야 하는 형식으로 표현돼야 하는 권고 사항이기는 하지만 사람은 말주변이 있기도 하고 없기도 하다는 생물인류학적 차이가 전혀 용납되지 않는 것도 아니었다.(1, 33)

인용문이 잘 보여주듯 그 자아비판회를 지배하는 권력은 새로운 "공

---

95) 같은 곳, 30쪽.
96) 최인훈, 『서유기』, 문학과 지성사, 2013, 230쪽.

화국" 건설이란 깃발을 치켜들고 모든 것의 위에 우뚝 선 무소불위의
절대 권력이다(절대성). 절대 권력이기에 그 안에 어떤 잘못이 깃들어 있
을 수도 있다는 의문은 권력의 집행자에게도 피집행자에게도 애당초
용납되지 않는다(무오류성에 대한 확신). 무오류의 절대 권력이기에 그것의
작동 방식과 작동의 실제를 점검하는 일도 불필요하니 그것을 감시하
거나 견제하는 일은 생각할 수조차 없다. 당연하게도 그 절대 권력은
얼마든지 자의적일 수 있다(자의성). 이처럼 절대성, 무오류성에 대한 확
신, 자의성이 그 핵심 속성인 정치권력은 폭력적이다.

그 정치권력의 폭력성을 보여주는 예는 대단히 많다. 앞에서 언급한
"자아가 부정당하는" 경험이 그 가운데 하나임은 다시 말할 필요도 없
다. 대상을 "자아의 해체"(1, 35) 또는 자아 분열의 상태로 몰아넣는 것도
그것의 폭력성을 증거하는 예이다. 『화두』의 주인공은 "생애 전체를 통
하여" "상시 계류 상태인 재판"의 "피고로 자신을 느"(2, 77)끼며 살아왔
다고 말하는데, 그 의식 속의 재판에서 그는 자아의 해체(분열)을 경험한다.

> 나는 이 의식 속의 재판에서 묘하게 처신하였다. 나는 자신의 무죄를
> 변명하는가 하면, 자신을 단죄하기도 하였다. 나의 <자아>를 지키려고
> 하는가 하면, 나의 <자아>를 그들이 요구하는 <자아>에 가깝게 만들
> 려고 노력하였다. 나는 검찰관을 반박하는가 하면, 검찰관 이상으로 나
> 자신에 대한 검찰관이 되려고 하였다.(2, 77)

해방 후 북한 사회에 군림했던 그 절대의 정치권력의 한 속성이 폭력
성을 가장 뚜렷이 드러내 보여주는 것은 "구토"의 경험인데, 이는 자아
의 부정, 해체, 분열의 경험과 깊이 관련되어 있다.

> 비판회에서 H에서 지낸 일과 아버지에 대해 지도원 선생님은 되풀이

해서 물어보았다. 나는 아버지에 대해서 대답하는 일이 거북했다. 내
입으로 대답해서는 안 될 일을 내 입으로 하고 있다는 생각 때문에 나
는 아버지를 배신하고 있는 것처럼 느꼈다. 비판회가 끝나고 밤길을 돌
아오면서 나는 과수원 울타리 옆에 주저앉아 몇 번씩 토했다.(1, 37)

인용문만 읽으면 아버지를 배신하고 있다는 느낌 곧 죄의식 때문에
토한 것이라고 '나'가 진술하고 있는 것처럼 보인다. 그러나 구토의 경
험과 죄의식 사이 곧 마지막 문장과 그 앞 문장 사이 여백에는 진술되
지 않은 것이 숨겨져 있다. 그것이 무엇인지 알려면 마찬가지로 '구토'
에 대해 말하고 있는 소설의 다른 부분을 같이 읽어야 한다.

사람이 없는 가게 안에 조용히 줄지어 있는 물건들의 집합은 언제나
형용할 수 없는 모양으로 감정을 흔들었다. 이것은 여기 와서 처음이나
지금이나 달라지지 않은 반응을 일으키게 하는 것 중의 하나였다. 그때
희미한 구토를 느꼈다. 그것은 미미한 구역질이었지만 굉장히 불쾌하
였다. (중략) 그것은 불쾌감이라고 해서 틀리지는 않지만 얼핏 공포가
스치던 것이 떠올랐다. 그것은 <u>불쾌감과 공포가 종이 앞뒷장처럼 흔들
리는 상태</u> 같았다. (중략) W에서 나올 때 LST 안에서도 지독한 멀미를
했었다. (중략) 그때 나는 아까처럼 속이 약간 올라오는 착각을 느끼면
서 어떤 광경을 떠올렸다. 오랜 기억이었다. W의 중학교에서 그 일로
자기비판회를 마치고 돌아오다가 학교 앞 숲길 옆에 앉아서 토하던 기
억이었다. 불쑥 그 광경이 떠오른 것이었다. 나는 그대로 오래 누워 있
었다. 기억은 더 선명해지지도 않았고 구역질 증상도 돌아오지는 않았
다. <u>그 둘 사이에 연락이 있을 것은 없었다.</u> 오늘은 즐거운 하루였다.
그날 같은 괴로운 기억과 하필 연결될 일은 적어도 그 순간도 그만두
고 오늘 하루 동안 없었다. 그런데고 과거에 유사한 기억은 그곳에 가
서 저절로 멈춘 것이었다. (중략) 나는 침대에서 일어나 벽 속에서 아직
꺼내지 않았던 「밀실」을 꺼내 침대 맡 등불 밑에서 그것을 폈다. 그리
고 그렇게 해오던 것처럼 한 손에 볼펜을 들고 벌써 여러 번 되풀이되

던 작업을 시작했다. 지난번에 멈춘 자리를 찾아내고 그 다음을 읽어나
갔다. 한참 만에 나는 무척 오래 같은 페이지를 그냥 펴들고 있었음을
깨달았다. 그 동안 내가 어딘가 가 있다가 돌아온 것처럼 <u>내가 비어 있
던 시간의 끝에 서 있다</u>는 것만 뚜렷하였다.(1, 449-451, 밑줄 인용자)

주인공은 동생이 운전하는 차를 타고 덴버에서 돌아오던 도중 불을
밝힌 채 문을 닫아 놓은 길가 가게들의 안을 들여다보고 "희미한 구토"
를 느낀다. 그 경험은 비행기에서 겪은 멀미, 피난길 LST 안에서 경험한
심한 멀미 등을 떠올리게 하는데, 마지막으로 가 닿은 것은 그 자아비
판회에서 돌아오다가 토한 기억이다. 그리고 그는 「밀실」(최인훈의 출세작
「광장」을 가리킴)을 꺼내들고 읽는다. 과거에 그가 경험한 멀미 또는 구토
의 기억들 사이는 물론이고 그가 오래 전에 쓴 소설 읽기 사이에는 겉
으로 보아 아무런 연관이 없다. 주인공의 말대로 그것들 사이에는 "연
락"이 없는 것처럼 보이는 것이다. 이처럼 아무런 연관이 없는 기억 또
는 행위들을 마치 자유연상하듯 떠올리고 있는 위 인용은 그것들이 의
식의 차원에서는 제각각이지만 더 깊은 무의식의 차원에서는 긴밀하게
연결되어 있음을 말하고 있다.

위 인용에서 그것들을 매개하여 연결하는 것을 찾는다면 "불쾌감과
공포" 그리고 "내가 비어 있던 시간"이 그것들인 것으로 보인다. 이 가
운데서도 후자가 핵심이다. 이렇게 말할 수 있는 근거는 두 가지이다.
하나는, "불쾌감과 공포"는 그가 이전에 경험한 멀미 또는 구토의 기억
과는 관련되어 있지만 「밀실」 읽기와는 무관하다는 것, 그리고 이에 반
해 "내가 비어 있던 시간"은 이 모든 것과 관련되어 있다는 것이다. "내
가 비어 있던 시간"이란 『화두』에 빈번하게 나오는 '자아'라는 말을 써
서 표현하면 '자아가 부재하는 시간'이 될 것인데, 중학 시절 그에게 깊

은 상처를 입힌 자아비판회에서 그가 겪은 자아가 부정, 해체, 분열되는 경험과, 지금 「밀실」을 꺼내 읽으면서 깨달은 것의 중심에 놓인 것은 그가 '자아가 부재하는 시간'을 겪었다(살아왔다)라는 사실이다. "내가 비어 있던 시간"이 핵심이라고 말할 수 있는 근거의 다른 하나는 이것이 "불쾌감과 공포"를 불러일으킨 주원인이라 점이다. 언뜻 보면 "불쾌감과 공포"가 먼저인 것 같지만 그것은 자아의 부정과 해체 그리고 분열의 경험에서 비롯된 것이다.

인용문의 자유연상 마지막에 나오는 「밀실」 읽기와 관련된 진술 속에 "내가 비어 있던 시간"[97]이라는 말을 넣음으로써 주인공은 넌지시 (또는 무의식적으로) 이 소설에서 가중 중요한 사건인 자아비판회가 그에게 안긴 "불쾌감과 공포" 그리고 이에 이어진 "구토"를 초래한 핵심 요인이 자아의 부정, 해체, 분열의 경험이라는 사실을 드러내었다는 해석이 이에 가능하다. 이에 이르면 우리는 위의 인용문 바로 앞의 인용문으로 돌아가, '구토의 경험과 죄의식 사이' 인용문의 마지막 문장과 그 앞 문장의 여백에 숨겨져 있는 '진술되지 않은 것'이 자아의 부정, 해체, 분열의 경험이라는 사실을 읽어낼 수 있다.

지금까지 살펴왔듯 자신이 직접 겪은 '자기비판회'에 대한 비판적 해부를 통해 주인공은 해방 후 북한 사회를 지배한 절대 권력을 비판하고자 하였다. 여기에 머물렀다면 『화두』에서의 북한 권력 비판은 「구운몽」과 「서유기」에서의 비판에서 한걸음도 나아가지 못한, 같은 것의 되풀이에 지나지 않는다. 앞의 두 작품에서의 비판에 비해 훨씬 치밀하지만, 핵심 내용은 다르지 않으므로 그렇다. 되풀이에 지나지 않는다면 새삼

---

97) "덴버에서 산으로 돌아가던 길에 차에서 겪었던 생리적 소외감, 내 몸이 얼른 뒤 집어졌다 돌아오는 순간 같은 느낌은 삶과 하나가 되지 못하는 내 삶의 모습이었다."(1, 461, 밑줄 인용자)의 밑줄 친 부분의 숨은 의미도 이것이다.

이 작품을 논의할 이유가 없을 터, 물론 그렇지 않다.

절대성, 자의성이 핵심 성격인, 그리고 무오류의 확신 위에 서 있는 북한 권력에 대해 『화두』의 주인공 또한 앞선 두 작품의 주인공과 마찬가지로 부정적인 태도를 취한다. 그러나 '절대로 인정할 수 없다'는, 전적인 부정은 아니다. 그는 북한 권력의 부정적 측면을 파악하여 설명할 수 있는 데까지 나아왔지만, 완전한 결론에 도달한 것은 아니다. 그는 여전히 그것을 보다 잘 이해하고 설명하고자 노력하고 있는, 도중의 정신이다. 이 점에서 『화두』에서의 북한 권력 비판은 앞선 두 작품에서의 북한 권력 비판과는 다른 차원에 놓인다.

『화두』에서의 북한 권력 비판이 전적인 부정이 아니라고 말할 수 있는 근거는 여러 가지이다. 그 하나는 주인공이, '현실로 존재하는' 권력이란 이상 그 자체가 아니라 이상이 굴절된 것이라는 인식을 바탕으로 '현실로 존재하는' 권력의 부당한 측면까지도 '다소간 그만한 까닭'이 있었을 것이라 생각한다는 점이다. 이런 관점에서 보면 북한 권력은 물론이고 그 권력의 말단 집행자인 지도원 선생의 부당함도 전적인 부정의 대상이 아니며, 최종 판단의 대상도 아니다.[98] 이런 생각 위에 서서 주인공은 "해방 후 북한에서 전개된 사회적 변화가 전적으로 부당하기만 했다고 말하고 싶지 않다. 그것은 그만한 뿌리가 있는 역사의 한 고비"(2, 265)라고 말할 수 있는 데까지 나아간다. 이상과 그것의 굴절태로서의 현실에 대한 인식을 바탕으로 이처럼 열린 사유의 지평 위에 설

---

[98] 자신에게 큰 상처를 입힌 지도원 선생을 "자신과 대화를 나눌 수 있는 주체로서 받아들"이는 것을 "타자들의 복위"라 일컬으며 "인식의 전환"을 보여준다고 본 김인호의 해석도 이와 관련된 것이다. 김인호, 「최인훈 소설에 나타난 주체성 연구」, 동국대 박사 논문, 2000, 177-179쪽. 한편 지도원 선생에 대한 태도 변화에 대한 비판적 의견에 대해서는 정영훈, 『최인훈 소설의 주체성과 글쓰기』(태학사, 2008)의 2장 참고.

때 비로소, 전쟁과 분단의 지난 역사가 길러낸 이분법적 적대(부정)의 인력에서 벗어나 대상의 전면적 진실을 문제 삼는 소설성이 열릴 수 있다. 그 첫머리에 『화두』가 서 있다는 평가가 이에 가능하다.

『화두』의 주인공은 조명희의 소련 망명, 김사량, 김태준 등의 연안행의 역사적 의미를 긍정하면서"그 시절에 그 선택에는 흠이 없었다. 가장 투명하고 가장 정확한 선택이었다."(2, 254)이라고 평가하는데 이는 그가 이분법적 적대(부정)의 인력에서 벗어난 사유 태도를 지녔기 때문에 가능한 것이다. 주인공이 조명희가 "노예나라"에서 "노예생활"(2, 258)하는 것을 받아들일 수 없었기에 그 당시 "피압박 민족에게는" "노예해방의 요새"(2, 257)였던 소련으로 망명하였다고 하여, 조명희의 망명을 오로지 이민족 지배의 현실과 관련지어 이해하고 있다는 것은 물론 그 망명의 진실 가운데 한 부분만을 문제 삼는 것이라는 점에서 불충분하다.[99] 그러나 우리의 논의에서 중요한 것은 그 한계가 아니라, 공산주의 이념과 체제에 대한 맹목의 적대 의식에서 벗어난 열린 사유가 이 같은 이해를 이끌고 있다는 사실이다.

이처럼 전면적 진실을 지향하는 열린 사유의 자리에 선다면, 주인공은 그를 오랫동안 괴롭혀온 "해결이 없는 의문", 곧 소련으로 망명한 조명희가 "해방된 조국에 돌아왔다면, 자기의 옛 동료들을 그렇게 대우했을까? 지도원 선생처럼, 증거와 추궁 사이에 있는 그토록 엄청난 거리를 태연히 무시하고, 과장된 추궁을 밀고나가는 그런 생활풍속의 실천자가 되었을까?"(2, 87)를 쉽게 벗어날 수 있을 것이다. 조명희 또한 지

---

99) 이효석의 「노령근해」 3부작이 잘 보여주듯, 혁명에 성공하여 역사상 처음 나타난 새로운 사회를 일구고 있던 소련으로 망명했던 1920, 30년대 한국인들을 이끈 것 가운데에는 프롤레타리아 국제주의, 세계혁명론 등도 들어 있었다. 이에 대해서는 정호웅, 「조명희, 「낙동강」, 한국문학사」, 『2회 포석 조명희 학술 심포지움 자료집』, 동양일보, 2013, 31-34쪽) 참고.

도원 선생처럼 "혁명검찰관"(1, 31)이 되어 어린 제자의 "자아를 부정"하는 부당한 짓을 일삼았을 수도 있으며, 그러지 않았을 수도 있다. 문제는 그 각각의 진실이므로, 전면적 진실을 문제 삼는 자리라면 그런 질문 자체가 성립할 수 없기 때문이다.

> 결국 지도원 선생은 현실로 존재한다는 자격을 가졌을 뿐, 부정되어야 옳지 않은가 하는 생각을 해본다. 그러나 이 문제는 간단치 않다. 현실로 존재한다는 것은 다소간 그만한 까닭 없이는 가능하지 않다. 어떤 이상도 현실로 존재하자면 굴절을 면할 수는 없다. (......)굴절된 모습이 마지막 모습이 아닌 것이다. (중략) 일단은 부당했다고 할 수밖에 없는 그의 행위조차도 정당화할 수 있는 사정이 <절대>로 없었다고 단정할 수는 없다.(2, 87-88)

다른 하나는 주인공이, 해방 후 북한을 장악한 그 권력이 나름대로의 이론에 근거한 것이므로 이론 차원의 "철저한 연구"없이 부정할 수는 없다는 문제의식을 지니고 있다는 점이다. 이 같은 문제의식은 한국 소설에서는 처음으로 나타난 것이니 그 의미는 대단히 크다고 하지 않을 수 없다.

> 지도원 선생님네가 신봉하는 그 <대의>는 정밀하게 구성된 <이론>이기도 하기 때문에, 그 이론을 파악하자면 일단 그 이론이 설정한 방식을 따라가 보는 과정을 거쳐야 한다, 고 나는 생각한다. 그런 철저한 연구 없이, 경험적 관찰이며, 체험이며, 그 이론과는 직접 교차하지 않는 다른 계열의 이론을 무기로 그 이론을 재단하는 방식에는, 한계가 있다. 경험은 경험이고, 이론은 이론이다.(2, 266)

주인공은 그 이론을 "철저히 연구"하지는 못한다. 이론 독해력의 부족, 이론 연구에 필요한 자료 접근에 있어서의 한계, 무엇보다도 한국

사회를 빈틈없이 규율한 반공이데올로기 등이 그 요인일 것이다. 철저히 연구하지는 못했으니 북한 권력과 그것이 내건 '대의'의 깃발을 이론 차원에서 근본 비판하는 데에는 이를 수 없다. 그렇다고 해서 이론 차원의 철저한 연구 없이는 그 권력을 완전 부정할 수는 없다는 문제의식의 의미가 없어지는 것은 아니다. 북한 권력을 그것을 뒤받친 이론에 대한 철저한 연구를 통해 이해하지 않으면 제대로 된 비판에 나아갈 수 없다는 이 문제의식으로 인해 비로소 『화두』는 현상과 함께 그 근본을 함께 문제 삼는 역사 이해의 지평을 열 수 있었다. 우리 소설 가운데 이 측면에서 『화두』와 나란히 설 수 있는 작품은 없었으니 그 소설사적 의의는 대단히 크다.

『화두』의 주인공은 스스로 이성의 법정에 서서 전면적 진실을 문제 삼는 태도, 북한 권력을 근본 차원에서 이해하려는 태도를 견지하며 오랜 기간 그 안팎을 살펴 이해하고 설명하려 하였다. 이로써 북한 권력의 문제를 다룬 우리 소설 일반을 지배해온 이분법적 적대(부정)의 틀에서 벗어날 수 있는 가능성이 열렸다.

3. 「낙동강」의 주인공과 관련된 화두와 '나 자신이 주인 되기'의 내적 형식

지나온 한평생을 회상하여 엮어 놓은 『화두』의 내적 형식은 '나 자신의 주인 되기'이다. 그 주인 되기의 여로를 이끈 것 가운데 중심은 "박성운이 살아서 돌아와서 성공한 혁명정권의 참가자가 되었다면 지도원 선생 같은 교사가 되었을까? 그런 작풍으로 사업했을까?"(2, 84)란 질문이다. 『화두』 집필에 앞서 주인공은 다음과 같은 말로써 이 작품의 내적 형식이 '나 자신의 주인 되기'임을 분명하게 밝혀 두었다.

> 나 자신의 주인일 수 있을 때 써둬야지. 아니 주인이 되기 위해 써야
> 한다. 기억의 밀림 속에 옳은 맥락을 찾아내어 그 맥락이 기억들 사이
> 에 옳은 연대를 만들어내게 함으로써만 나는 나 자신의 주인이 될 수
> 있겠다. 그 맥락, 그것이 <나>다. 주인이 된 나다. 그래야 두 분 선생님
> 을 옳게 만날 수 있다. (2, 542-3)

그는 자신의 자아를 부정, 해체하고 분열시키는 현실 속에서 살아왔
다. 어린 영혼에 큰 상처를 입힌 자아비판회는 물론이거니와, "생애 전
체를 통하여 내가 성인으로 살아가는 현실도 이 재판의 모습으로 진행
되었고, 나의 직업상의 경력도 이 재판을 빼다 꽂은 듯한 유사성을 가
지고 진행되었다."(2, 77)라는 진술에서 분명하듯 생애 내내 그런 현실 속
에서 살아온 것이다. 그런 현실에서 비롯된 트라우마에 덜미 잡혀 살아
왔기에 '나는 내 자신의 주인이 아니라 노예였다'라는 이 충격적인 자
기 확인에 도달한 그가 '나 자신의 주인 되기의 여로'에 오른 것은 자연
스럽다. 여기서 중요한 것은 그가 험로를 걸어 되고자 하는 '나 자신의
주인 되기'가 뜻하는 바가 무엇인가이다.

위 인용문은 그 주인 되기는 "기억의 밀림 속에 옳은 맥락을 찾아내
어 그 맥락이 기억들 사이에 옳은 연대를 만들어내게 함으로써만" 가능
하다고 말하고 있는데 모호하지만, 개인 차원의 것은 물론이고 사회, 민
족, 인류 차원으로까지 확대되는 과거 기억을 자신의 삶과 관련지어 재
구성하고 해석함으로써 가능하다는 내용을 담고 있는 것으로 이해된다.
그렇다면 그 같은 재구성과 해석의 집합이 곧 『화두』라고 할 수 있겠
다. 그러니까 『화두』에서의 '나 자신이 주인 되기'는 그 같은 재구성과
해석을 통해 과거를 맥락화함으로써 조리정연하게 이해하고 설명할 수

있는, 이해와 설명의 주체가 되는 것을 가리킨다고 보는 것이 타당하다.

그 재구성과 해석의 과정은 그러나 언제나 불분명하며 미확정적이다. 무엇보다도 기억 내용이 실제와 똑같다고 말할 수 없다.『화두』에는 기억의 이 같은 속성을 잘 보여주는 몇 예가 나와 있는데 이것들을 소설 속에 끌어들인 것은 이 소설의 중심 내용 가운데 하나인 과거의 재구성과 관련된 작가의 문제의식을 보여주는 것이라 짐작할 수 있다. 또 위에서 자세히 살핀 대로, 설사 과거를 정확하게 기억하고 있다 하더라도 그 과거 속 인물의 말과 행동 그리고 과거에 일어났던 사건 등의 진실은 여전히 분명하지 않다. 알지 못하는 사정이 숨어 있을 수 있기 때문이다. 무엇보다도 스스로의 주인이 되기 위해 과거 재구성과 해석의 고된 여로를 걸어 나아가는 그 자신이 미확정의, 형성 도정에 있는 존재이다. 그는 자기성찰을 통해 계속해서 스스로를 조정하는 유동의 주체이다.

그와 과거와의 관계는 이처럼, 언제나 불분명하며 미확정적인 주체와 마찬가지로 불분명하며 미확정적인 대상 사이의 관계이니, 이 또한 형성 과정에 있을 뿐이다. 그러므로 과거의 진실은 발견, 확인되는 것이 아니라 그 형성 과정에서 형성된다, 라고 말해야 한다. 그렇다면 주인공이 과거의 맥락화, 이해 및 설명의 주체가 되고자 하지만 그 목표에는 영원히 이를 수 없다. 다만 그 목표를 겨누고 나아갈 수 있을 뿐이다. 이렇게 본다면 '나 자신의 주인 되기'는 도달 불가능한 목표이다.

도달할 수 없는 피안을 향해 다만 노 저어 가는 것이 의미 있을 뿐인 여로 위에 선 미확정의 그 주체가 마찬가지로 미확정의 존재인 대상을 전적으로 긍정/부정하는 것은 논리적으로 성립할 수 없다. 그 주체는 특정의 관념에 갇히지 않은 열린 존재이며, 그 대상의 진실은 여전히 모호한 것으로 남아 있기 때문이다.『화두』의 주인공이 북한의 정치권력과 그 육화 또는 실행자인 지도원 선생, 고등학교 시절의 주임 교사 등을 전적으로 긍정하지도 전적하지도 부정하지 않는 것은 이런 맥락에서 살필 수 있다.

이에 이르면 우리는 위 인용문에 나오는 '토론'이 대단히 중요한 말이라는 사실을 알게 된다. 그는 언제라도 자신의 잘못을, 부족함을 인정하고 자기 조정을 할 자세를 갖춘 토론자로서 옛날 선생님들이 소집하는 토론의 자리에 나아갈 준비를 하고 있는데 이는 그가 자신을 형성 도중의 자아로 열어두고 있음을 보여주는 것이다.

최인훈이 여러 소설에서 거듭하여 자아비판회를 다룬 것을 두고 연구자들은 "결백 증명의 의지가 반복을 낳은 근본적인 힘"[100]이라고 했는데 지금까지 우리가 살핀 것에 비추어 볼 때 적절한 표현이라고 하기 어렵다. 그는 형성 도정의 유동하는 주체로서 토론을 통해 자신의 잘못과 부족이 밝혀지면 언제라도 자기 조정을 행할 자세를 갖추고 있는 존재이지, 자신의 결백에 대한 확신을 딛고 상대방을 굴복시키고자 하는 자기동일성에 갇힌 존재가 아니기 때문이다.

그렇다면 주인공의 '나 자신의 주인 되기'의 여로를 이끈, "박성운이 살아서 돌아와서 성공한 혁명정권의 참가자가 되었다면 지도원 선생 같은 교사가 되었을까? 그런 작풍으로 사업했을까?"(2, 84)라는 화두의 답은 여전히 '찾기'의 대상으로 남아 있다고 할 수 있겠다. 소설은 끝났지만, 답 찾기의 여로는 끝나지 않았다.

최인훈은 『화두』에서 이처럼 형성 도정에 있는 미확정의 주체와 대상 그리고 양자의 관계를 문제 삼았다. 그 정체성이 확정된 주체와 대

---

100) 정영훈, 「최인훈 소설에서의 반복의 의미」, 『현대소설연구』 35, 2008, 235쪽. '결백 증명'이란 용어는 김윤식의 「최인훈론—유죄 판결과 결백 증명의 내력」에서 나온 것이다.

상 그리고 그 관계를 전제하는 문학과는 질적으로 전혀 다른 세계의 창출이 이로써 가능하였다.[101]

4. 망명문학론과 글쓰기 전략의 모색 – 조명희의 망명과 관련하여

지금까지 살펴보았듯 『화두』의 주인공은 「낙동강」을 매개 삼아 소년 시절에 경험한 '자아비판회'의 진실을 이해하고 설명하기 위해 과거 회상, 탐구, 해석의 길을 걷는다. 그런데 그 여로는 다른 한편으로는 작가인 자신의 글쓰기와 관련한 성찰의 길이기도 하다. 그 한복판에는 「낙동강」뿐만 아니라 머리말에서 언급한 여러 문인들의 문학에 대한 독서 체험이 자리하고 있다. 주인공은 이들 선배 문인들의 문학을 통해 자신의 글쓰기를 거듭, 되돌아 살핀다. 이 지점에서 『화두』의 초점은 작품에서 작가로 옮겨가 작가의 글쓰기 전략 또는 당대 현실에 대응하는 작가의 태도를 문제 삼는다. 이와 관련하여 역시 첫머리에 오는 것은 「낙동강」의 작가 조명희이다.

「낙동강」을 읽고 큰 감동을 받은 주인공의 독서체험에서 「낙동강」을 쓴 조명희는 어린 그의 자아를 부정한 "지도원 선생보다 더 높은 인물"(2, 268)이고, "인류" 차원에서 볼 때 "이성의 육화"(2, 269)이다. 이렇게 생각하게 된 이유 가운데에는 그가 "노예"로서 살기를 단호히 거부하였다는 점, 비록 "공산주의자일망정, 사업방식은 지도원 선생과는 다를

---

101) 『화두』의 주인공이 보이는 "자기 지우기, 판단의 끝없는 연기, 이질적 세계에 대한 관용" 등을 두고 "일종의 회피와 심지어 자기기만으로 발전할 수도 있다."(송승철, 「'화두'의 유민의식: 해체를 향한 고착과 치열성」, 『실천문학』 34, 423–427쪽)는 비판적 평가도 있다. 그러나 이 같은 비판은 우리가 말하는 『화두』의 긍정적 성취를 전제하고 이와 관련지을 때보다 설득력을 확보할 수 있을 것이다.

것 같았고 방식이 다르면 내용도 다를 가능성이 있"(2, 269)다는 점 등도 있지만, 작가의 글쓰기와 관련하여 볼 때 핵심 이유는 조명희가 긍정할 수 없고 인정할 수 없는 현실에 순응하는 글을 쓰지 않았다는 것이다. 조명희의 망명문학은 개화기 이래 한국 지식인(문인)을 가두었던 "이미 앞선 고장에서 만들어진" "지식"을 익혀 전하는 "로봇, 괴뢰" 수준의 "계몽적"(2, 68) 지식인 수준을 넘어 신채호 문장의 "기백과 논리"가 잘 보여주듯이 "자기가 만족할 만큼 날아"(2, 69) 올랐을 것이라는 게 주인 공의 생각이다.

망명 후 조명희가 쓴 글을 읽지 못했기에 주인공은 신채호의 망명문 학을 통해 조명희의 망명문학의 성격을 우회적으로 암시하는 데 그친 다. 실제 자료에 근거한 진단이 아니라 자신이 세운 논리에 근거한 추 정일 뿐이니 그 타당성은 조명희의 망명문학을 통해 따져 볼 수밖에 없 다. 『화두』를 집필하던 시점에는 알려지지 않았지만 이후 해외 한민족 문학 연구자들에 의해 발굴, 공개되었기 때문에 우리는 조명희가 망명 후 연해주에서 창작한 작품들을 통해 『화두』 주인공이 세운 망명문학 의 논리가 타당한지 살필 수 있다.

결론은 타당하지 않다는 것이다. 조명희의 망명문학은 연해주에 살 고 있는 고려인의 한 사람이자 소련 국민의 하나로서 새로운 소련 체제 건설에 적극적으로 복무하는 조명희의 삶과 정신을 담고 있는데, 식민 지 조국의 독립을 위한 투쟁의 삶과 의식은 거의 나타나지 않는다.

『화두』의 주인공이 세운 망명문학의 논리는 신채호와 같이, 조국 독 립을 우선 과제로 붙잡고 창작 활동을 했던 작가의 문학을 설명하는 데 는 유효하다. 그는 일본의 통치 아래 펼쳐진 식민지 문학의 계몽성을 '장음(獎狂)', '타협'이라 하여 근본 부정하고 '아와 비아의 투쟁' 정신을 바탕으로 한 불퇴전의 정신을 담은 절대성의 문학을 주장하였다. 식민 상태에서 벗어나 독립을 쟁취하는 것이 민족 생존의 제1과제라 믿었기 때문이다. 신채호처럼 식민 통치의 질서 밖으로 망명한 문인의 경우, 그 질서 속에서 창작을 했던 문인들을 가두었던 계몽성조차 근본 부정하며, 『화두』의 주인공이 진단했듯 "자기가 만족할 만큼 날아"올라 "기백과 논리"의 세계를 일굴 수 있었을 것이다.

그러나 조명희는 새로운 체제 건설이 활발하게 진행되고 있는 역사 공간에서 그 체제 건설에 적극적으로 복무하는 문학을 하였다. 그 또한 망명 작가였지만 그의 문학은 조국의 독립을 제1과제로 삼지 않았다. 프롤레타리아 국제주의와 세계혁명론, 그리고 소련 국민의 한 사람이라는 현실 조건이 그의 글쓰기를 근본 규정하였기에 그러하였다고 볼 수 있을 것이다.[102)

『화두』의 주인공이 자신이 세운 망명문학의 논리로써 일률적으로 그들의 문학을 이해하고 설명하려 했지만 망명문인 각각의 특수성을 고려하지 않았기 때문에 모든 망명문인의 경우에 적용할 수 있는 논리에는 이르지 못했다. 이런 문제점에도 불구하고 『화두』의 주인공이 조명희의 망명을 높게 평가하여, 그 정신을 기리는 것은 작가인 그의 글쓰기와 관련하여 큰 의미를 지닌다. 『화두』의 주인공은 조명희의 망명을 "노예생활을 감수할 생각도 없었고, 다른 노예들을 감시하는 노예가 될 생각도 없었기 때문"(2, 258)이라고 하여, 용납할 수 없는 현실과 정면으로 맞서는 정신의 표현이라 이해하였는데 요점은 '용납할 수 없는 현실과 정면으로 맞서는 정신'이다. 작가인 『화두』의 주인공에게 조명희는 그런 정신을 품고 문학 활동을 한, 본받아야 할 모범으로서의 선배 작

---

102) 이에 대해서는 『포석 조명희 전집』(동양일보 출판국, 1995)에 수록된 망명 이후 창작한 작품들과, 장사선·우정권, 「조명희의 연해주에서의 문학활동에 관한 연구」(『우리말글』 33, 2005) 참조.

가로 인식되었던 것이다.

『화두』의 주인공이 그런 조명희를 모범이라 생각하여 받드는 것은 그가 자신의 문학에서 다루는 이 땅의 현실을 '용납할 수 없는' 것이라 인식하고 있기 때문이다. 그는 자신을 포함한 한국인 일반이 "노예의 시간"(2, 158)을 살아왔다고 말하는데, 이는 일제 강점의 식민지 시기뿐만 아니라 그 이후 그가 이 소설을 쓰고 있는 1990년대 초까지를 아우르는 말이다. 4·19 이후 시기의 경우, "대한민국이라는 나라를 가로챈 폭도들이 발행한 여권에 적힌 대로의 의미밖에 없는 그들의 피통치인-노예"(1, 332), "식민지 군대의 하급장교를 대통령으로 점지한 생활을 선고한 것이었다. 역사는 한국 사람들의 귀싸대기를 보기 좋게 갈겨준 것이었다."(1, 337), "밤이 지배하는 고향", "그런 줄 모르지는 않으면서도 그 밖에는 자리가 없던 사람들이 제 고향에서 유형을 사는 그 고향"(1, 461) 등의 말로 미루어, 주인공이 특히 군사 정권의 통치와 관련지어 '노예의 시간'이라는 말을 사용하고 있음을 알 수 있다. 그는 일제 강점기의 경우 「낙동강」과 조명희 등을 통해 식민지 통치권력을, 해방 후 시기에는 자아비판회와 지도원 선생을 통해 북한의 혁명 권력을, 그리고 건너뛰어 4·19 이후 시기에는 위와 같은 표현들로써 군부 독재 권력을 문제 삼아, 그 통치 아래의 삶을 노예의 삶이라 인식하고 부각하고 있는 것이다.

우리는 2장에서 『화두』가 해방 후 북한 사회를 지배한 혁명적 정치권력을 비판하고 있음을 살폈는데, 여기에 멈추지 않고 더 나아가 일제 강점기 식민지 통치권력과 해방 이후 한국 사회를 지배한 군부 독재 정치권력까지 비판하고 있는 것이다. 이처럼 정치권력을 문제 삼고 있다는 점에서 『화두』는 정치소설이다. 정치소설의 주인공인 『화두』의 '나'가 작가로서 자신의 글쓰기와 관련하여 가장 크게 의식하고 있는 것은 그 같은 정치권력이 지배하는 현실에 어떻게 대응하는가이다. 조명희를 높게 평가하여 기리는 것을 통해 우리는 그가 그것과 정면에서 맞서 싸우는 글쓰기의 태도가 바람직하다고 인식한다는 것을 알 수 있다. "내가 곧---조명희이기까지 하다는 느낌"(2, 207)을 가질 정도로 조명희와 자신을 동일시하기도 하는 데서 이를 잘 알 수 있다.

그러나 그는 조명희처럼 용납할 수 없는 현실과 정면에서 맞서는 문학을 하지는 못했다. 그는 자신의 문학적 삶을 "이 세상이 잘못되었음을 알면서도 꿈적 못하고 사는 생활. 입을 다물고 사는 것도 아니고 글이라는 입을 놀리면서도 세상에 어김없이 맞서지 못하는 생활. 행간을 읽어달라는 궁색한 희망. 그 희망이 할 일을 하지 않고 있는 데 대한 면죄가 되지 못함을 잘 알면서도 그 이상 어쩔 생각을 못 내는 생활."(1, 329)이라 하며 자기 환멸에 빠지기도 한다. 이 자의식이 그를 이용악, 박태원, 이태준 등의 작가에게 깊이 끌리게 만드는 가장 큰 이유이다. "동업자로서의 친근감"(2, 49), "일본말 번역의 서양 저자들의 인문과학 책에 정신의 형성을 의존했다는"(2, 205) 점에서 그는 그들 곧 "한 많은 식민지 지식인"의 "지적인 호기심의 계승자"라는 "심리적 자기동일성"(2, 206) 등도 그 이유이지만, 보다 큰 이유는 글쓰기 과정에서의 현실 대응 '태도' 또는 글쓰기 전략의 동질성이다.

저항하지 못하는 민중을 <반영>한 시는 따라서 저항을 하지 않은 것인가? 그렇게 말할 수는 없다. 저항할 힘까지 빼앗긴 사람들이 현실로 있었으니 그들에게 주목한 것은 시인의 선택이다. 그러한 민중의 창출 자체가 점령자들의 억압의 가혹함에 대한 증거이며, 그 민중을 선택한 사실이 그에 대한 고발을 이루고 있다고 해석해야 할 것이다. 그 선택이 시인에게는 저항의 형식이다. 그 저항을 어느 등급으로 매기느냐는 그 다음의 일이다. 이런 형식의 저항. 온 집단이 통째로 노예로 된

다음에, 그 노예의 시간을 사는 방식의 분화. 거기서 이 시인은 값있는 길을 걸었다. 걷기 어려운 길이었으리라.(2, 47)

이용악의 시에 대한 독후감이다. "저항할 힘까지 빼앗긴" "민중"을 "선택"하여 "반영"하는 것이 "노예"의 현실에 대한 "저항의 형식"이라는 것이다. 『화두』의 주인공은 이 같은 저항의 형식을 박태원과 이태준의 소설에서도 마찬가지로 확인하는데, 박태원의 단편 「소설가 구보 씨의 일일」을 두고, "적들이 점령한 땅에서 발행되는 자리에서 쓸 수 있는 한계와 싸우고 있는 긴장이 보인다.", "나라 밖으로 나가지 않고, 표현 활동을 계속하자면 이렇게 굴절될 수밖에 없지 않았겠는가?"(2, 50)라고 말하는 것이 그것이다.

요컨대, 선택과 굴절을 핵심어로 하는 '저항의 형식'의 창출[103])이 중요하다는 것인데, 『화두』의 주인공이 폭력적인 정치권력에 맞서는 글쓰기와 관련하여 도달한 결론은 이것이다.[104]

---

103) 『화두』를 일관하는 작가의 태도를 "내부로부터의 저항이나 내부 망명자의 시선"(권성우, 「근대문학과의 대화를 통한 망명과 말년의 양식-최인훈의 '화두'에 대해」, 『한민족문화연구』 45, 2014, 76쪽)이라는 의견도 이를 말하는 것이다.

104) 작가로서의 글쓰기와 관련하여 주인공의 행로를 이끄는 다른 하나는 자신이 "전승된 양식의 힘을 타고 서기 노릇만 한 것은 아닐까?(2, 263)라는 의문이다. 이 의문을 붙잡고 그는 끈질기게 씨름하는데 결론은 "예술의 마지막 메시지는 형식"(1, 340)이라는 것이다. 새로운 형식의 창조와 최인훈 문학의 관련성은 또 다른 과제이다. 이것과 관련하여, 김병익의 평론 「'남북조 시대 작가'의 의식의 자서」(『새로운 글쓰기와 문학의 진정성』, 문학과 지성사, 1997), 김인호의 『해체와 저항의 서사』(문학과 지성사, 2004)에 실린 「변화의 시대에 대응하는 새로운 담론」, 최인훈의 글에서 가려 뽑은 『바다의 편지』(삼인, 2012)에 실린 오인영의 해설 「최인훈의 사유에서 역사의 길을 만나다」의 3장 참고할 만하다.

5. 마무리

지금까지 「낙동강」 그리고 「낙동강」의 작가인 조명희와 관련된 주인 공의 체험과 사유를 중심으로 『화두』에서 행해지고 있는 정치권력 비판과 작가인 주인공의 글쓰기 전략의 모색에 대해 살폈다. 이를 통해 우리는 『화두』가 무엇보다도 정치를 문제 삼는 정치소설임을 확인할 수 있었고, 주인공의 글쓰기 전략의 모색이 정치권력의 억압에 맞서는 '저항 형식'의 창출로 귀결됨을 알 수 있었다.

이와 함께 주인공의 정신이 자기동일성에 갇히지 않고 언제나 변화 를 향해 열려 있는, 그러므로 형성 중인 도정의 정신이라는 사실을 확 인할 수 있었다는 점은 특히 중요하다. 정치권력, 지식, 문학, 글쓰기, 서양 미국 일본 등 타자들과의 관계 등에 대해 넓고 깊게 사유하는 주 인공의 정신은 자기 조정을 거듭하며 나아가는 열린 성격의 것인데 이 로써 『화두』는 열린 정신의 성찰적 여로를 중심축으로 전면적 진실의 포착과 드러냄을 향해 스스로를 개방하는 세계를 구축할 수 있었다.

이 글에서 검토한 것 이외에도, 『화두』에는 일제 강점기 한국문학에 대한 주인공의 독서체험 가운데 눈여겨 살펴야 할 의미 있는 게 많다. 이광수의 「흙」에 대한 해석, 일제 강점기 이태준 문학과 관련지은 「해 방전후」에 대한 논의, 임화의 문학사 기술에 대한 논의 등이 그것이다. 『화두』를 잘 이해하기 위해서는 이 또한 검토해야 할 것이다. 『화두』주 인공의 독서체험 가운데에는 외국 특히 유럽 문학에 대한 독서체험도 있는데, 일제 강점기 한국문학에 대한 독서체험과 함께 작품의 전개에 중요한 역할을 한다. 이에 대한 검토도 필요한데, 차후의 과제로 남긴다.

다시 읽는 김원일 문학

1. 김원일 문학 산맥 오르기

1966년 대구매일신문 매일문학상 소설 공모에 「1961·알제리아」가 당선되면서 시작되는 작가 김원일의 공적 문필 활동은 어언 44년째에 이르렀다. 연보를 보면 등단 초기 몇 년간의 기록란은 거의 비어 있다시피 한데, 문단의 인정을 얻어 주목을 받기까지 신인 작가 대부분이 겪어야 하는 과정을 그 또한 거쳐야만 했던 것이다. 작가 연보는 1973년부터 발표 작품들과 발간 저서들로 풍성해지기 시작한다. 1973년, 「어둠의 혼」이 '어둠' '침묵' '죽음' 등의 어휘들이 들어 있는 제목을 단 그 이전 소설들 더미를 뚫고 솟아올랐다.

지금 내 책상 위에는 김원일의 저서들이 거대한 산맥이 용틀임하듯 뻗어나가는 모양을 하고 무더기로 쌓여 있는데, 40년이 넘는 긴 세월, 작가가 붓 한 자루로 일구어낸 거대한 문학세계를 닮았다. 우뚝 우뚝 솟은 높은 봉우리들이 모여 이룬 이 큰 산맥의 전부를 이 짧은 글이 감당할 수 없음은 물론이다. 김원일의 작품들을 다시 읽으며 그동안 내

눈에 들어오지 않았던 것들을 눈여겨보게 되었다. 이것들을 중심으로 '김원일 문학 산맥' 탐사기를 작성해 보고자 한다.

2. 아버지, 자기 확신의 주체

김원일 문학을 멀리서 바라보면 '아버지'가 먼저 눈에 들어온다. 지식인인 경우도 있고 판무식군인 경우도 있지만 그들 대부분은 남로당계 사회주의자로서 활동하다 한국 현대사의 회오리바람에 휘말려들어 죽거나, 풍문만 남긴 채 어딘가로 사라지고 말았다. 공권력의 추적을 피해 때로는 산속으로 숨어들어야 했고 때로는 잡혀 감옥에 갇혀야 했으니, 죽거나 사라지기 전에도 그들은 거의 언제나 부재 상태의 존재들이었다. 부재하는 아버지를 향한 그리움이 걷잡을 수 없이 증폭되는 것은 자연스럽다. 그 그리움은 때로, 아버지의 미화로 치달을 정도로 크게 부풀어 오른다.

이와 동시에, 그들 아버지에 대한 미움 또는 두려움의 감정이 밀려드는 것도 자연스럽다. 아들의 마음속에서는 아버지가 죽기를 바라는 저주의 말이 저절로 터져 나온다. "죽어 뿌리라, 어디서든 콱 죽고 말아 뿌리라"(「어둠의 혼」). 그 저주의 마음이 걷잡을 수 없어 커져 감당할 수 없게 되었을 때, 아들은 차라리 자신이 없어져 버리기를 간절히 바라기도 한다.

나는 잠자리 속에서도 나를 태어나지 않은 상태로 되돌려 주기를 하느님과 신령님께 수십 번도 더 빌었다. 잠을 자고 이튿날 깨어나면 내가 감쪽같이 없어져 버린다. 이 땅 어디에도 나의 실체는 없어지고 그

대신 돌멩이 같은 그런 무심한 물건 하나가 누구의 눈에도 새롭지 않
게 더 늘어난다는 생각을 하면 그것이 그렇게 고소할 수가 없었다. (중
략) 저 별이나 달 속에 하나의 무생물로 숨어 있을지언정 이 땅에 사람
의 모습을 갖추고 다시 태어나지 않겠다는 마음이 아버지에 대한 미움
이 자라 가는 만큼 내 속에서 여물어 왔던 것이다.[105]

섬뜩하기 그지없는 자기 무화의 욕망이다. 자기 무화는 곧 부자 관계
의 무화이니 아버지에 대한 절대의 부정이다. 이런 해석도 가능하다. 아
버지에 대한 적의가 극에 이르렀을 때 그 아버지의 분신인 자신을 파괴
하고자 하는 자기 무화의 욕망이 생겨난 것이라고.

극단적인 애증의 대상인 김원일 문학 속 그 아버지는 지금의 현실을
파괴하고 새로운 세계를 건설하기 위해 혁명적 정치운동에 나아갔으니,
가족을 돌볼 수 없다. 그는 『불의 제전』을 이끄는 주요 등장인물의 하
나인 박도선의 말대로 출가자이다. "불교적으로 말한다면 출가하여 가
사 입은 자식은 이미 권속과 속세의 영향권을 떠나 부처가 그의 중심을
주관하듯, 그들도 출가한 몸과 다를 바 없"[106]는 것이다. 출가하여, 그
가 옳다고 믿는 이념(꿈)에 몸과 정신을 맡긴 그 아버지는 출가 이전의
아버지와는 다른 존재이다. 그는 가족의 부양을 책임 진 속인의 자리에
서, 세계의 해체와 재구성을 도모하는 출가인의 자리로 존재 전이하였다.

속인의 자리에서 출가인의 자리로의 완전한 존재 전이는 물론 현실
적으로 가능하지 않다. 핏줄의 관계를 실제로든 의식적으로든 완전히
벗어나는 것은 불가능하기 때문이다. 김원일 소설 속 아버지 또한 존재
전이를 감행하지만 이전의 그와는 완전히 다른 존재로 탈바꿈하지는
못한다. 『불의 제전』의 중심인물 조민세는 그런 자신을 "소부르주아적

105) 「노을」, 『마음의 감옥』(동아출판사, 1996), 131-132쪽.
106) 『불의 제전』 2(문학과 지성사, 1997), 185쪽.

가족주의 작태를 스스로 연출하고 있지 않느냐고" '빈정댄다'(3권, 279쪽).
'빈정댄다'는 것은 가차 없는 비판과는 달리, 그런 '소부르주아적 가족
주의'에서 벗어날 수 없다는 사실을 시인할 때 비로소 성립 가능한 표
현이다.

이런 측면이 있음에도 불구하고, 김원일 소설 속 그 아버지는 존재
전이를 감행한 출가인이라고 하는 게 맞다. 속인과 출가인의 사이에 서
서 머뭇거리는 모습, 고민하는 모습을 이 경우 말고 다른 곳에서는 확
인할 수 없기 때문이다. 다음 인용문들이 그런 출가인으로서의 아버지
를 가장 잘 보여준다.

> ㄱ) 혁명이란 그 진행과정에 행동으로 열정을 소비해야 참다운 의미
> 와 기쁨이 있지, 혁명 완수 뒤끝은 이미 늙어버린 욕망 덩어리 권력 투
> 쟁의 허무밖에 남지 않습니다.[107]

> ㄴ) 어둠 속에 마주앉은 그는 해방 전쟁의 승리를 위해 뛰어들 만반
> 의 준비를 갖춘 무기질 인간으로 변모했고 확신에 찬 열렬한 혁명주의
> 자로, 말투조차 위엄에 찬 강철 인간으로 달라져 버렸다. 심찬수는 그
> 의 기세에 눌린다. 어쩌면 이제 그를 영원히 만나지 못하는지 모른
> 다.[108]

> ㄷ) 얼굴을 핏물로 뒤집어써 누군지 알아볼 수도 없는 시체가 서까래
> 에서 내려진 동아줄에 거꾸로 매달려 있었다. 여기저기 칼자국이 난 벌
> 거벗은 알몸이 꼭 푸줏간의 갈고리에 매달린 육괴 같았다. 죽창이 목을
> 차고 나갔는지 복숭아뼈에서는 아직도 끈적한 피가 줄을 잇고 있었고,
> 늘어진 두 팔을 타고 뚝뚝 떨어지는 피와 합쳐 땅바닥은 온통 피바다
> 였다.[109]

---

107) 『불의 제전』 5, 188쪽.
108) 같은 책, 266쪽.
109) 「노을」, 『마음의 감옥』, 앞의 책, 270쪽.

그 아버지는 전심전력을 다해 혁명의 대의에 복무하는 데서 '참다운 의미와 기쁨'을 찾는 인물이니, 그는 곧 혁명 이념이란 추상적 관념의 구체적 형상이다. 추상적 관념을 구체적으로 표현하기 위해 고안된 기호와도 같은 존재이니, 그는 또한 '무기질 인간'이다. 이 무기질 인간을 두고 ㄴ)의 서술자는 "어쩌면 이제 그를 영원히 만나지 못할는지 모른다."라고 생각하는데 의미심장하다. 무기질 인간 배종두가 서술자가 서 있는 세계와는 전혀 다른 세계로 넘어가 버렸다는 사실에 대한 직관적 인식이 이런 생각을 하게 하였다. ㄷ)은 「노을」의 아버지인 백정 김삼조의 폭력성이 가장 뚜렷이 드러난 장면이다. 짐승 잡는 칼로 사람을 난도질하는 그 폭력성은 수미산처럼 높이 쌓인 천민의 한과 무관한 것은 물론 아니지만, 폭력으로써 낡은 세계를 허물고 새로운 세계를 세우고자 한 혁명적 정치운동의 본질을 반영한 것이다. 폭력 그 자체인 김삼조는 곧 그 같은 본질을 지닌 혁명적 정치운동이란 추상적 관념의 구체적 형상인 것이다. 이 점에서 그 또한 ㄱ) ㄴ)의 아버지와 똑같다. 그들은 모두가 속인으로서는 도달할 수 없는 경지로 초월한 출가인이다.

이처럼 추상적 관념의 구체적 형상인 그 아버지는 자기 확신에 스스로를 가두고 다만 앞을 향해 나아가는 강한 주체이다. 북로당계와 남로당계가 사활을 걸고 쟁취하려는 정치권력조차 그를 이길 수 없다. 감옥에 가두거나 변방으로 내치거나 경우에 따라서는 죽일 수는 있지만 그를 패배자로 만들지는 못한다.

그 아버지는 이 같은 자기 확신의 강한 주체라는 점에서 김원일 문학 곳곳에 등장하는 자기 확신의 인물들과 동질태다. 예컨대 김원일 문학의 큰 봉우리 가운데 하나인 『늘푸른 소나무』에 나오는 독립지사 백상충. 나는 다른 글에서 그를 이렇게 평한 바 있다.

백상충은 양반 출신의 선비로서, 조선조 선비들을 기르고 가두었던 유가의 세계관과 법도로부터 거의 벗어나지 않는다. (중략) 자신을 지배하는 세계관과 법도의 정당성에 대한 의문을 전혀 품지 않는 상태에서 출발한다는 점에서 그는 처음부터 갇힌(규정된) 존재였다고 할 수 있다. 처음부터 갇힌 존재이기에 그에게 자신과의 싸움은, 그 세계관과 법도에 얼마나 충실한가가 문제되는 부차적인 의미를 가질 뿐이다. (중략) 그가 평생에 걸쳐 싸움의 대상으로 삼은 것은 그 자신이 아니라, 그 자신으로 육화되어 있을 뿐 아니라 그가 절대선으로 인식하여 조금의 의문도 품지 않는 유가의 가르침에 어긋난 현실세계였던 것이다.[110]

사랑의 정념에 이끌려 죽음의 길로 서슴없이 나아가는 인물도 자기 확신의 강한 주체라는 점에서 이들 아버지와 동질태다. 『불의 제전』에 나오는 심찬정, 끝년이 등이 그들이다. 『불의 제전』의 주인공인 조민세가 '혁명도 해방전쟁도 다 시들해졌'다고 여기게 될 정도로 강렬한 사랑에 빠지게 되는 것도 그가 그 같은 주체이기 때문이다. "난 이제 나를 이해할 수가 없어요. 혁명도, 해방 전쟁도 다 시들해졌소. 아무리 생각해도 길은 하나, 당신을 잊고 나를 송두리째 태워버릴 그 무엇을 찾아 나서지 않는다면, 난 이제 파멸이오. 구제불능이오."(『불의 제전』 5, 197쪽), 그의 고백에서 분명하듯 혁명의 대의에 순사하고자 했던 혁명 전사가 한순간 한 여자와의 사랑에 갇히고 말았다. 언뜻 보아 자신의 방기이고 부정인 것처럼 보이지만 그렇지 않다. 혁명의 대의에 자신을 가두었던 주체가 절대의 사랑에 자신을 가두는 주체로 겉모양만 바뀌었을 뿐, 죽음이 기다리고 있을지도 모르는 외줄기 길을 서슴없이 걸어 나아가는 자기 확신의 강한 주체라는 점에서 그는 조금도 변하지 않았다.

전체적으로 보아, 김원일 문학 속 '아버지'는 서술자에게 이해의 대

---

110) 정호웅, 「자기 완성의 여로-'늘푸른 소나무'론」, 『한국의 역사소설』(역락, 2006), 189-190쪽.

상이지, 사랑 또는 존경의 대상도 아니고 증오 또는 비판의 대상도 아니다. 그 이해는 자식의 아버지 이해, 후세대의 과거 역사 이해란 두 층위로 이루어진 중층적인 성격의 것이다. 김원일 문학 속에서 그 '아버지'에 대한 사랑이 드러나 있는 경우가 없는 것은 물론 아니다. 그 사랑은 하나같이 자식의 아버지 사랑, 곧 본능으로서의 육친애일 뿐, 그 '아버지'의 세계관과 그 실천으로서의 실제 삶에 대한 긍정(동의)에서 비롯된 사랑은 아니다. 김원일 문학 속에 그 '아버지'에 대한 증오가 없는 것은 아니지만 사랑의 경우와 마찬가지로 그 '아버지'의 세계관과 그 실천으로서의 실제 삶에 대한 부정에서 비롯된 것은 아니다. 김원일 문학은 '아버지'에 대한 뚜렷한 긍정 또는 부정의 입장 위에 서 있는 한국의 분단문학 일반과는 다르다.

김원일 문학을 대표하는 작품 가운데 하나인 역사소설『늘푸른 소나무』의 주인공 석주율도, 어떤 어려움에도 굴복하지 않고 어기차게 앞길을 걸어 나아가는 인물이라는 점에서 강한 주체이다. 그러나 그는 김원일 문학 속 다른 아버지들과는 달리, 이념이나 정념에 갇히지 않고, 끊임없이 자신을 허물며 갱신을 거듭하는 존재이다. 석주율의 자기 허물기는 경우에 따라, 자신의 전 존재를 부정하는 데까지 치닫기도 하는 등 가혹한 자기 징벌의 성격을 띠기조차 할 정도로 준엄하다. 그의 갱신은 그러므로 근본적인 차원에 놓이는 것이라 할 수 있겠는데, 이로써 우리 문학에서는 비슷한 경우를 달리 찾을 수 없는, '자기완성의 여로'란 내적 형식 위에 구축된 소설이 솟아오를 수 있었다.[111]

---

111) 같은 글 참조.

3. 어머니, 넋두리의 형식

이 같은 아버지들을 비롯한 강한 주체들이 김원일 문학이란 건축물을 떠받들고 있는 기둥들이다. 굵고 곧고 굳센 기둥들. 겉으로 보아 이들이 김원일 문학의 중심인 것 같지만, 아니다. 김원일 문학의 중심은 '어머니'다.[112]

그 어머니는 이념이며 정념이며 돈이며 등에 이끌려 가출한 아버지 때문에 극심한 궁핍, 사무친 외로움, 국가 권력의 폭력, 주변 사람들의 비난과 냉대 그리고 잔인한 조소에 시달리며 평생을 원과 한의 더미에 묻혀 살아야 했다. 이 가운데 인간 존재의 본성 가운데 하나인 폭력성을 증거하는, 주변 사람들의 잔인한 조소에 대한 작가의 통찰은 우리 소설에서는 만나기 어려운 것이니 그냥 지나칠 수 없다.

> 감나무집에 들랑거리는 남정네들이, 저 여편네가 작은서씨 살인한 빨갱이 차가 처라는 쑥덕거림도 그네의 마음을 불편하게 했다. "살인범 여편네 뒤끝이 꼴 좋군. 두고 보라고. 인자 조만간 술방에 들어앉아 젓가락 장단 안 치는가." "서방 멋 맛을 몬 보이 아랫구녕이 근지럽기도 할 끼라. 눈이 상큼하고 하관이 빠진기 생긴 그대로 색 밝힐 관상 아인가."(『불의 제전』 4, 135쪽)

지주를 살해하고 산속으로 숨어들어 빨치산이 된 한 사내의 아내를 향한 사람들의 언어폭력은 무섭다. 같은 작품의 다른 곳에서 우리는 그녀에게 쏟아지는 사람들의 '따가운 눈총' '저주의 눈초리'(3권, 76쪽)를 만나는데 이것 또한 약자의 처지와 가슴 속 슬픔을 돌아보지 않는 무서운 폭력이다. 상대적으로 우위에 선 강자가 약자에게 가하는 눈먼 폭력이

---

112) 이 점에서 김원일 문학은 '어머니의 문학'이다.

라 하겠는데, 이 맹목의 가학적 폭력은 인간 존재의 야수적 본성을 적나라하게 드러내 보이는 것이다.

김원일 문학 속 어머니는 하늘에 닿을 듯 높게 쌓인 그 원과 한의 더미에 묻혀 허우적거리며, 자식들을 이끌고 생존 외길을 열어 가파른 세로(世路)을 헤쳐 나아간다. 억척 모성이, 세계와의 대결의지가 그녀를 이끌고 뒤밀어 쓰러지지 않고 나아가게 한다. 슬픈 모성이고 슬픈 의지가 아닐 수 없다.

ㄱ) 이제 네 아비두 믿을 수 없게 됐다. 진영서처럼 네 아빈 없는 사람과 마찬가지야. 아저씨가 양식과 땔감을 도와주긴 허겠지만, 이제부터 우리 힘으루 이 바닥서 살아남지 않으면 안 돼.(『불의 제전』 3권, 216쪽)

ㄴ) 네놈들이 이기나 내가 이기나 두구 봐. 내 두 자식 길길이 키워 설움 준 이 세상을 반드시 복수허구 말 테니.(『불의 제전』 7권, 206쪽)

자식들과 함께 살아야 하기에 죽을 수조차 없는 어머니의 슬픈 고난의 행로는 당대 한국인 일반의 삶을 대변한다. 그 어머니들로 해서 김원일 문학은 비로소 한 시대 한국인 일반의 삶을, 그들의 슬픔과 고통을 담아내는 거대한 세계를 이룰 수 있었다.

김원일 문학 속 어머니들의 원과 한으로 점철된 발걸음 하나하나에 깃든 구체성은 아버지와 그 분신들의 일직선 행로에 깃든 추상적 관념성에 대립한다. 추상적 관념이란 언제나 자기완결적인 체계성과 논리성을 지니고 있어 뚜렷하지만, 현실의 진실을 담아내지 못한다면 종국에는 시들어 허구의 빈 형식이 되고 말 것이다. 김원일 문학 속 어머니들의 행로는 아버지들의 행로에 깃든 추상적 관념의 그 같은 속성을 드러내고, 확인시킴으로써 그 아버지들의 행로를 뒷전으로 밀어낸다. 겉보기에는 아버지와 그 분신들이 걷는 자기 확신의 행로가 어머니들의 행로보다 훨씬 더 부각되어 있는 것 같지만, 착시일 뿐이다. 『불의 제전』의 중심인물 가운데 하나인 심찬수는 진영 벌판 산책길에서 만난 오랑캐꽃 자잘한 꽃송이가 "마치, 네 배가 부르다고 가난을 미화하지 마라. 피눈물과 땀으로 살아온 소작농의 슬픔을 겪어 보지 않고 생명력이니 뭐니 우리를 노래 삼아 희롱하지 마라 하고 되받아 조롱하듯 느"(『불의 제전』 4권, 129)끼고 심한 부끄러움에 젖는다. 현실의 진실에서 멀리 벗어난 추상적 관념의 허구성과 관련된 문제의식을 담고 있는 것으로 보이는데, 이것으로써 우리는 아버지의 행로가 아니라 어머니의 행로가 김원일 문학의 중심임을 다시금 확인한다. 여기에 이르면 우리는 김원일 문학이 비범한 인물의 자기 개진, 세계와의 대립, 이상의 추구를 문제 삼는 문학이 아니라 어머니와 같은 약자의 수난을 문제 삼는 문학이며, 타파가 아니라 견딤을 문제 삼는 문학임을 새삼 알게 된다.

김원일 문학의 중심에 우뚝 서 있는 그 어머니의 슬픈 고난의 행로, 견딤의 삶을 압축해서 드러내는 형식이 있다. 김원일 문학 곳곳에서 끝나지 않을 듯 길게길게 이어지는 넋두리이다.

> ㄱ) "내 팔자야, 내 팔자야. 전생에 무신 원한이 맺혀서 내 신세 이꼴인고. 아이구, 아이구, 울 엄마요. 초롱 같은 세 자슥 데불고 홀몸으로 우째 살꼬요……아치골댁 입에서 설움에 젖은 쉰소리가 노랫가락이 되어 풀어졌다.[113]

> ㄴ) 그렇게 니 애비가 없어지고 나자, 하메 소식이 올까올까 하고 기다리는 기 두 달, 시에미마저 보따리를 싸가지고 또 호계 딸네 집으로

---

113) 『불의 제전』 1(문학과 지성사, 1983), 59쪽.

가뿐린께 내가 무슨 청승으로 빈집을 지키겠노 (중략) 너거 두 성제간을 걸리고 업고, 걷고 걸어 울산으로 나갈 때, 들판에 곡식이 자알 익었더라. 가랑잎은 날리고, 곧 엄동은 닥치는데 낯설고 물설은 울산으로 나오자 눈앞이 캄캄하더라. 딸린 새끼만 없었더라캐도 그때 나는 목을 매달아 죽었을 끼다. (중략) 그래, 울산에서 내가 너그들 데불고 추위는 닥치는데 남의 처마 밑이나 역 대합실이나 헛간이나, 비 피하고 바람 막을 데모 가리지 않고 너거 성제간을 양쪽 가슴에 꼭 붙안고 그 체온으로 겨울을 넘길 시절에 처음 이 에미거 한 짓이 먼 줄 아나? 바로 걸뱅이 짓이었다.[114]

ㄷ) 죽고 싶다 살기 싫다, 오며 가며 눈물 짜며 그래 하소연하더마는 마 그기 빈 말이 아니었던 기라. 약을 묵을 때 그 마음 오죽 했겠나. 참말로 이 세상은 한으로 첩첩 산을 이룬 더러운 세월이라. 꽃 같은 나이 피기도 전에 모가지 자르는 더러운 세월이라…. 그래 죽고 나도 울어줄 사람은 같이 일하던 기생 몇뿐이니, 일거리도 없는 참에 저녁 묵고 가서 실컷 울어주고 와야겠다.[115]

그 넋두리는 1) 혼잣말일 때도 있고 듣는 사람을 앞에 두고 하는 말일 때도 있으며, 2) 슬픔과 고통의 하소연인 경우도, 지난 삶의 회고인 경우도, 고통과 슬픔의 삶을 살아왔다는 점에서 동류인 타자에 대한 연민의 마음을 드러내는 경우도, 비정한 세상과 마찬가지로 비정한 사람들에 대한 원한을 드러내고 대결 의지를 다짐하는 경우도 있다. 요컨대 김원일 문학 속 어머니들의 넋두리에는 그녀의 지난 삶의 과정과 현재가 압축되어 있으며(이 점에서 인용문 ㄴ)은 한 인간의 일생이 담겨 있는 일종의 작은 '전(傳)'이라 할 수 있다), 그녀의 가치관과 정서 사고방식 생활방식 등 통틀어 세계관이라 이름붙일 수 있는 것들이 담겨 있으니, 그녀의 전

114) 「미망」, 『마음의 감옥』, 앞의 책, 456쪽.
115) 『마당 깊은 집』(문학과 지성사, 1988), 162쪽.

존재를 송두리째 담고 있는 그릇이라 하겠다.

그 넋두리는 4음보를 주된 율격으로 삼고 있는데 4음보 율격의 반복되는 정형률로 인해 쉽게 노랫가락으로 바뀔 수 있으며, 그 율격의 복제를 통해 끝없이 확장될 수 있으니, 온갖 사연과 생각과 감정을 담아내는 데는 참으로 효과적인 형식인 셈이다. 김원일은 이 같은 넋두리 형식을 효과적으로 활용하여 어머니의 행로를 핍진하게 드러내 보였다.

김원일 문학의 어머니들이 풀어 놓는 넋두리들은 그 하나하나 경남 중부 지방 지역어를 엮어 이룬 산문시이다. 내용의 풍부함과 묘사의 핍진함 그리고 형식의 음악성이 어울려 높은 수준에 이른 것들이다. 이 점에 국한하면, 김원일 문학은 가지마다 슬픈 산문시들을 달고 선 거대한 꽃나무와도 같다.

작가로 하여금 어머니들의 슬픈 고난의 행로를 반복해서 그리게 만든 것은 연민의 마음일 것이다. 지난 역사 과정에서 민중들이 겪은 수난의 역사를 다룬 『히로시마의 불꽃』(원제 『그곳에 이르는 먼 길』), 『겨울 골짜기』, 그리고 소설집 『푸른 혼』에 실린 6편의 연작소설(인혁당 사건을 다룸) 등의 밑에 놓인 것 또한 그런 연민의 마음이다.

4. 죄의식과 자기처벌자

김원일 문학에는 과거 기억을 붙들고 맞싸우는 인물이 자주 등장한다. 「노을」이 대표하는 과거 회상의 형식 위에 구축된 작품들의 주인공들은, 슬픔과 고통으로 가득 차 있는 그 기억의 세계로 들어가는 것이 두려워 뒷걸음질하지만 종내에는 그 기억 속 과거를 정면에서 맞대한다. 그 맞대하기는 곧 그 과거를 다시 경험하는 것인데, 그들은 그 같은 다시 경험을 통해 그 과거를 이해하게 되고, 용납할 수 없었던 것들을 받아들이게 되며, 나아가서는 두려움의 주박에서 풀려날 수 있게 된다. 살기, 굶주림, 열등의식, 자학 등 어두운 내용소를 품고 있는, "어둠을 맞는 핏빛 노을"만을 알았던 「노을」의 주인공이 "내일 아침을 기다리는 오색찬란한 무지개빛"을 떠올릴 수 있게 되는 것은 그가 두려움의 주박에서 풀려나기 시작했기 때문에 가능했다.

『불의 제전』에 나오는 특이한 경력의 지식인 심찬수는 과거 기억과 맞서 싸우노라 기력을 잃어 잿빛 무기력의 늪 속으로 깊이깊이 가라앉았다. 그를 괴롭히는 기억은 필리핀 민다나오 섬에서의 체험 내용이다. 감옥살이를 면하기 위해 일본군에 지원 입대한 그는 전쟁 막바지, 죽음의 혈로를 뚫고 간신히 살아남았지만 감당할 수 없는 충격적인 현실에 부딪혔다. 살기 위해 죽은 동료의 몸을 먹어야 했던 것. 그 충격의 체험이 그를 몰아붙여 "인생의 종착역에 이르면, 지난 세월이 모두 무익한 노력에 불과했음을 깨닫는다는 '생존허무론'"(『불의 제전』 2, 254쪽)에 가두었다. 전쟁을 겪으며 조금씩 허무주의에서 벗어나며 "이제 나도 무슨 일이든 해야겠다."(『불의 제전』 6, 187쪽), 다짐하는 데까지 나아간다. 그러나 그 나아감은 민다나오 섬에서의 그 충격적인 체험의 기억과 맞싸워 그것에서 벗어났기 때문에 가능했던 것은 아니다. 심찬수와 그 기억과의 맞싸움을 좀 더 깊이 파고들었다면 우리 소설에서는 유례가 없는 영역을 열 수도 있었을 터인데 아쉽다.

마찬가지로 『불의 제전』의 중심인물 가운데 하나인 안시원에 대한 추구 역시 조금 아쉽다. 안시원은 양반가 출신으로서 유가의 가르침에 충실한 선비이지만 그 가르침과 상충하는 어두운 과거 기억 하나를 지닌 인물이다. 사촌과의 근친상간이 그것인데, 그 일로 그는 문중에서 추방되어 다시는 고향으로 돌아가지 못했다. 그는 자신을 비밀을 폭로한

머슴의 혀를 자르고, 20여 년 뒤 자신을 찾아와 옛일을 넌지시 들먹이는 집안 동생을 향해 "이 활촉으루 네놈 눈알이라두 뽑아놓구 말"(『불의 제전』 2, 24쪽)겠다고 말할 정도로 그 과거에 격한 반응을 보인다. 그에게 그 과거는 무엇일까? 한국 사회와 한국인들을 지배하는 기본 윤리를 어겼으니 죄의식의 원천일 수도 있겠다. 다른 한편 그 과거는 기본 윤리의 구속을 넘어 새로운 삶의 실천으로 나아간 자기해방의 의미를 지닌 것이기도 한데, 그렇다면 그것은 죄의식의 원천이 아니라 자부심의 원천일 수도 있다.(김동리의 「무녀도」, 「역마」 등은 이런 관점 위에 서 있는 작품으로 그 예외적 개성이 한국문학사에서 갖는 의미는 특별하다.) 물론 이런 해석은 설득력이 부족하다. 그가 그 과거를 철저히 감추려 한다는 점, 그 과거에 대해 극도로 민감한 반응을 보인다는 점 등을 생각하면 그렇다. 다른 생각도 해볼 수 있다. 그의 아내가 된 사촌 여동생이 서녀로서 안 씨 집안의 정상 공간 밖에 소외된 가련한 존재였다는 것을 생각하면, 그의 사랑은 소외된 존재에 대한 연민에서 비롯된 것일 수도 있으니, 그렇다면 그에게 그 과거는 자신을 과거로부터 철저하게 추방할 정도의 죄의식을 갖게 하는 것도 아니고, 지배 관념을 넘어 자기해방을 이루었다는 자부의 원천이 되는 것도 아니다.

안시원의 그 과거 기억과의 대결에 대해 독자에게 가능한 것은 이런저런 추측을 해보는 것뿐이다. "상피붙은 과거를 보상하듯, 성현군자를 논하며 곧을 정자로 처신하지만 선생 따지고 보면 위선자야"(『불의 제전』 7, 131)라는 심찬수의 냉소적 진단이 있지만, 이 또한 심찬수의 추측에 지나지 않는 것이니 물을 것도 없이 불충분하다. 작가는 무엇 때문에 안시민의 내면 깊숙한 곳으로 파고들지 않았을까? 아쉬운 일이다.

김원일은 다른 작품에서 안시원을 배신의 죄의식으로 괴로워하는 인물로 바꾸어 그 내면을 파고들었다. 우리 소설에서는 같은 예를 찾을 수 없는 개성인 『바람과 강』의 이인태이다.

『바람과 강』의 이인태는 김원일 문학사에서 안시원의 후신이다. 한때는 독립군 전사였으나 배신하여 많은 사람들을 죽음의 길로 내몰았던 과거를 지닌 인물이다. '개, 돼지로 살아라'라는 저주를 뒤집어쓴 것은 당연한데, 스스로 나아가 그 저주 속에 갇혔다. 그는 평생을 개돼지로 살고자 하였고 그렇게 살았다. 그런 그에게는 섹스조차 자기처벌의 의미를 갖는다.

> 나는 여자하고 그짓을 할 때도 보통 사람하고 다르니라. 귀까지 잘린 쓸개빠진 더러운 놈, 니한테는 이짓이 딱 제격이니까 개처럼 실컷 이짓이나 하거라. 하여 내가 내 스스로를 비양거려가며 더욱 기를 써서 그짓에 온갖 정성을 쏟아붓지라.[116)]

물론 이것만은 아니다. 그는 자신의 성 능력에 남다른 자부를 갖고 있는 사내로서 육체의 즐거움을 찾아서, 여자를 즐겁게 해주는 기쁨을 구해서, 그리고 외로움과 죄의식으로 구멍 뚫린 스스로를 위무하기 위해서 '그 짓'에 몰두한다. 그러나 우리의 논의와 관련하여 볼 때 그것들은 한갓 부차적인 의미밖에 지니지 않는다. 그 몸의 안, 그 몰두의 틈, 그 즐거움의 등에 깃들이고 있거나 붙어 있는 죄의 기억과 자기처벌의 정신이 보다 핵심에 가까운 것이기 때문이다.

자신을 근본 부정하는 자기처벌자는 김원일의 다른 소설 속에서도 여럿 만날 수 있다. 김원일 소설 곳곳에는 자기처벌자가 음산한 신음소리를 내며 어둠 속에 웅크리고 있는데, 『전갈』의 강치무가 대표적이다. 강치무는 독립투사였으나 변절하여 관동군 731부대의 경비원으로 구차

---

116) 『바람과 강』(문학과 지성사, 1986), 73쪽.

한 목숨을 지켜 살아남았다. 살아남았지만 그는 그 배신과 변절의 치욕
을 죽을 때까지 깊이 앓았다.

> 강치무 자신의 고백대로, 그는 청소한 나이에 참전했던 장백산록의
> 대한독립군 시절을 지워버린 채 관동군 731부대에서 십일 년 세월을
> 그들 하수인으로 복무했다. (중략) 김덕순의 증언대 그대로, "나도 세월
> 에 떠밀려 어영부영 살았지만 그 양반이야말로 오직 살아남으려 놈들
> 에게 충성을 바친" 세월이었다. 강치무는 매국노 소리를 들어 마땅하지
> 만 (중략) 이를 이해한다고 했다. 평소엔 벙어리이듯 말이 없지만 어쩌
> 다 뱉는 혀짤배기소리를 들을 때마다 꺼멓게 썩은 당신 심장을 보듯
> 해서 연민으로 눈물부터 앞섰다는 것이다.[117]

미친 시대였음을 내세워 변명과 자기합리화의 말 뒤로 숨을 수도 있
었지만 그는 끝내 자신을 용서하지 않았다. 그는 변절 이후 반벙어리가
되어, 해방 직후의 짧은 한때를 빼곤 50년 긴 세월을 내내 침묵 속에 살
았다. 스스로를 침묵의 어둠 속에 유폐했던 것인데, 그 세계와의 단절은
자기처벌이었다.

자기를 지워버리거나, 스스로 사람의 자리에서 내려앉아 개와 돼지
의 존재로 사는 가혹한 자기처벌은 자신의 책임에 정직하고자 하는 정
신만이 감행할 수 있는 고귀한 행위이다. 김원일의 그 자기처벌자들은
단 한 번도 자신의 잘못된 과거를 상황이나 타인의 탓으로 돌리지 않았
다. 그들은 또한 신에 귀의하여, 그 넉넉하고 따뜻한 포용(용서)의 품에
안겨 죄의식의 문제를 처리하는 손쉬운 방식을 택하지 않고 마지막 순
간까지 그 죄의 기억을 안고 살았다. 그들은 자신을 망친 책임을 송두
리째 짊어지고 극단적인 자기처벌로 나아간, 정직하고 철저한, 그렇기

---

117) 『전갈』(실천문학사, 2007), 296쪽.

때문에 고귀한 존재들이다.

김원일은 자기처벌자라는 개성적 인물들을 통해 죄의식의 문제를 깊이 다룬 세계를 일구었다. 우리 소설에서 죄의식의 문제를 다룬 작품이 없었던 것은 아니지만, 자기변호와 합리화의 유혹에 갇히지 않고 깊이 나아간 경우는 거의 없다는 게 문학사의 상식이다. 해방 직후, 식민지 시기 친일 행위에 대한 자기비판의 과제가 전사회적으로 제기된 적이 있다. 대부분의 작가가 자기비판의 과제를 다루는 작품 창작을 다짐했지만 채만식을 비롯한 몇 작가를 제외하고는 작품으로써 자기비판의 과제 수행에 나아가지 않았다. 자기비판의 과제 수행에 나아간 작가들도 하나 예외 없이 자기변호와 합리화에 멈추었을 뿐이다. '친일 잔재의 청산'이 민족사적 과제로 주어졌던 해방 직후의 문학 현실이 이러하니 그 이후는 새삼 말할 나위도 없다.

과거 비판, 과거 청산, 과거 복원 등 변절과 배신의 과거에 대한 새로운 대결을 강조하는 구호와 담론이 정치세력이 치켜든 깃발에 적혀, 제도교육의 교과서에 담겨, 방송을 타고 상시적으로 보이고 들리는 우리 현실을 생각하면 아이러니가 아닐 수 없다. 김원일 문학의 특별한 의미가 새삼 돋보이는 것이다.

5. 새로운 존재 방식의 탐구

과거 기억과 맞싸우는 김원일의 인물들이 죄의식에 떠밀려 자기처벌로 나아가는 것을 살펴보았는데, 김원일 문학 속에는 이와 반대되는 인물도 있다. 자기처벌자의 맞은편에 당당하게 서 있는, 과거 기억의 무화를 도모하는 악성(惡性)의 인물이다. 「나는 나를 안다」의 주인공 초정댁

이 그다.

이 소설은 '여자의 일생'형 작품이다. 한 여자가 걷는 인생 여로를 구성의 축으로 삼는 이 구조의 작품은 우리 소설사의 곳간에 무더기로 쌓여 있다. 근대소설의 서막을 연 작품이라고 말해지는 이인직의『혈의 누』를 필두로, 이광수의『무정』, 채만식의『탁류』, 윤흥길의『에미』등 소설사의 중요 작품들이 줄이어 '여자의 일생'을 구성축으로 삼았다. 박경리의『토지』와 최명희의『혼불』등 장강대하 긴 소설들도 이 계보에 속한다.

우리 소설사에 우뚝한 이들 작품들은, 중심인물인 여성 주인공의 여로에 국한하여 살필 때 대체로, 감당하기 어려운 수난의 연속에도 쓰러지지 않고 앞길을 열어 어기차게 나아가는 그 여성의 강인함을 부각하였다. 끊임없이 이어지는 그들의 수난사는 그들이 살았던 시대 현실의 무정함과 비정함을 증언한다. 예컨대,『탁류』의 여주인공 초봉이 걸어가는 여지없는 전락의 인생 여로는 '당랑거철(螳螂拒轍)'로 비유되는 당대 현실의 경제 질서가 지닌 비정성을 드러낸다. 그들의 강인함은 그들이 지키고 실현하는 특정의 이데올로기나 자존의식, 가치관과 결부되어 있다. 예를 들어,『혈의 누』와『무정』의 여주인공인 옥련과 영채의 굴강하는 정신은 서구적 근대를 배워 한국 사회의 근대화를 도모하고자 하는 근대화 이데올로기와 한몸이며,『혼불』의 여주인공 청암 부인의 요지부동 꺾이지 않는 강인함은 종가의 안주인으로서 그녀가 지켜야 하는 유가적 법도와 깊이 관련된 것이고,『토지』의 여인공 최서희가 이 악물고 파란만장의 험로를 견디는 것은 악당에게 질 수 없다는 그녀의 자존의식 때문이다.

무정하고 비정한 폭력 아래 놓여 고통받으면서도 굴복하지 않고 이같은 이데올로기, 가치관, 자의식 등을 지키고 실현하고자 혼신의 힘을 다하는 이들 강인한 여성 인물들은 비범하고 고귀하다. 비범성과 고귀성이 강조될 때 그 인물을 이루는 다른 요소들, 예컨대 이기적 욕망이며 타자 위에 군림하고 싶은 지배의 욕망 등 음습한 곳에 서식하는 어두운 욕망들은 간과되기 쉽다. 한편 그들의 비범성과 고귀성은 정신의 영역에 속하는 것이니, 이것이 지나치게 강조될 때 육체는 관심 밖으로 밀려날 가능성이 높다.

김원일의 「나는 나를 안다」는 여성 주인공의 수난사라는 점, 그 여성의 굴강하는 정신이 서사를 이끌고 있다는 점 등에서 이들 작품들에 이어져 있다. 그러나 그녀의 강인함이 특정의 이데올로기, 가치관, 자의식 등과 무관하다는 점, 그녀가 비범하고 고귀한 존재로 미화되지 않고 있다는 점 등에서 전혀 다른 자리에 선 작품이다. 김원일 문학사에서 볼 때 그녀는 우리가 3장에서 검토했던 '어머니들'과 동류이다. 동류이지만, 다른 점도 있으니 그녀들의 후신이라 하는 게 옳은 표현이겠다.

「나는 나를 안다」의 주인공은 '한맥기로원'이라는 이름의 노인수용 복지시설(양로원)에서 만년을 보내고 있는 일흔 아홉 살 안노인이다. 회상과 말을 통해 드러나는 그녀의 평생은 겉보기와는 다르게 남루하고 기구하다. 가난한 집 자식으로 태어난 죄로, 듣지도 말하지도 못하는 병신인 데다 정신능력이 천치나 다름없는 부잣집 아들과 결혼해야 했고, 여러 자식을 어려 잃어야 했고, 병신자식을 낳아 길러야 했고, 살기 위해 두 번의 살인(간접살인과 직접살인)도 저질러야 했다. 남루하고 기구한 평생이라 하겠는데, 그것은 그녀가 처했던 상황의 무정함과 비정함을 드러내는 안쓰러운 증거이다.

그렇게 박부잣집 재산 보고 막상 시집이라고 갔으나 서방 마주 보고 앉은 하루하루가 내게는 지옥 같은 수밖에. 알아듣든 못 알아듣든 난

네 아버지 앞에서 눈물 콧물을 한 대야씩 받아낼 정도로 울며 허구한 날 제비 새끼처럼 재재거렸디. 그렇게 떠들고 나면 슬픔으로 가득 찼던 내 마음이 웬만큼 풀어져. 그러니 복장 터져 죽고만 싶은 층층으 내 시집살이 시작이 어땠겠어.(중략) 강물처럼 넘쳐난 이 어미으 슬픈 세월을 너들은 몰라. 죽었다 깨어난대도 박복한 이 어미으 슬픔을 너들이 알 리 없지….118)

그녀의 평생은 그 같은 무정과 비정의 상황과 맞선 필사의 싸움이었다. 진다면 그 아래 짓눌려 압사하고 말 터이니 필사적일 수밖에 없었다. 그녀 또한 그 상황을 닮아 무정하고 비정한 존재가 되었다.

물론 상황 때문만은 아니다. 리얼리즘 작가들은 자칫 모든 것을 상황과 관련짓는 상황결정론 또는 상황환원론에 빠지기 쉬운데 일류가 아니기 때문이다. 김원일은 당연히 그들과 다르니 이런 단서를 마련해 두었다.

제 어미 뺑덕어멈을 닮아 금실이 초롱한 눈은 독기가 넘쳐. 끓는 성정을 잘 다스려야지. 저애 눈을 보면 장차 큰일을 낼 팔자야.(276쪽)

그녀는 어려서부터 '독기가 넘'치는 눈을 지닌, '끓는 성정'을 타고난 인물이다. 그 독기, 그 성정은 기구하고 남루한 인생 역정과 함께 더욱 커지고 뚜렷해졌을 것이다.

타고난 남다른 성정과 처절한 고통의 삶 때문에 그녀는 독특한 개성의 인물이 되었다. 무엇보다도 이기적이다. 타인과의 관계를 지배하는 것은 그녀의 이기적 욕망이다. 자식과의 관계도 이에서 벗어나지 않을 정도로 철저하여 일종의 법칙이라 해도 무방할 정도이다. 그녀가 "내

---

118) 『나는 나를 안다』(푸르메, 2007), 294-295쪽.

언젠가 윤선생으 숨긴 내력을 반드시 밝혀낼 테야", "내가 괴뢰군 간호병이었던 산파댁 신상을 반드시 캐내고 말 테야"(264쪽) 다짐하며, 다른 사람의 약점을 들추는 일에 집요한 것도 자신의 이기적 욕망을 위한 것이다. 약점을 쥠으로써 두 사람의 관계를 강자/약자의 권력관계로 바꿀 수 있게 되며, 그 관계를 강자인 자신의 이기적 욕망 충족에 이용할 수 있기 때문이다.

> 내가 미쳤다고 알거지 신세인 널 따라 대처로 나가? 어림없는 수작 말아. 내가 그렇게 골빈 여편네가 아냐! 실컷 재미 봤음 됐지, 내가 누군데 공갈까지 쳐! 널 살려뒀단 있는 말 없는 말 보태 평생 나를 따라다니며 괴롭힐 게 아냐. 어림없지. 네 개수작에 호락호락 넘어갈 내가 아니라고! 너나 물고기 밥이 되어 대처 부잣집 밥상에 오르든 말든 내 알 바 아니야.(283쪽)

그녀의 성욕을 채워주던 사내를 다리 위에서 밀어 물속 귀신이 되게 한 뒤 '굽이치는 흙탕물을 내려다보며 종알거'린 그녀의 혼잣말이다. 그녀는 "너나 물고기 밥이 되어 대처 부잣집 밥상에 오르든 말든 내 알 바 아니야," 자기의 이익을 위해서는 이처럼 비정하다. 섬뜩하다.

자신의 이기적 욕망을 위해 살인조차 서슴지 않는 그녀는 거대한 악이다. 그녀와 관계된 타자들은 거의 예외 없이 그녀의 악성(惡性)에 베여 깊이 상처 입는다. 그런데, 악이지만 철저하지는 않다. 그 악을 악이라 인식하는 내부의 도덕률까지 완전히 억누르지는 못하기 때문이다. 그녀가 저지른 죄의 기억들이 수시로 떠올라 그녀를 괴롭힌다. 그 기억들을 다스려야만 그 같은 괴로움에서 벗어날 수 있다. 생애의 마지막 지점에 다다른 그녀에겐 과거 기억과의 싸움이 가장 중요한 과제이다.

> 초정댁은 유독 검은 동자가 반짝이는 아들의 눈과, 준수한 콧날과, 갸름한 턱을 보며 우 씨를 떠올린다. ㉠ 얼굴 중 그 부분은 누가 뭐래도 제 아비를 닮았고, 준수하다. 그러나 넌 절대 우가가 아냐. 어디까지나 박가라고. ㉡ 세상 사람이 다 몰라도 나만은 그 비밀을 알아. ㉢ 내가 누군지 내가 잘 아니깐. 한마디로, 나는 나를 안다.(밑줄 인용자, 297쪽)

젊어 한때 그녀는 지식인 우 씨와 통정, 외로운 몸을 달랬다. 그의 씨를 받아 새 생명이 몸속에 깃들기까지 했으니 깊고 소중한 인연이다. 그럼에도 그녀는 그를 경찰에 좌익분자라 밀고하여 비명에 죽게 하였다. 그녀 안쪽에 도사린 이기의 마음이 그녀를 살인자가 되게 떠밀었던 것이다.

수시로 떠올라 그녀를 괴롭히는 그 죄의 기억은 억눌러 의식계 아래 깊이 파묻든가, 다른 내용의 것으로 바꾸어야만 한다. 그래야만 괴로움의 구덩이에서 벗어날 수 있기 때문이다. 그러나 그 같은 억누르기와 내용 바꾸기는 쉬운 일이 아니다. 그녀는 그 과거 기억과 맞서 피투성이 싸움을 벌이지 않으면 안 된다. 위 인용은 그녀가 벌이는 그 같은 피투성이 싸움의 실상을 잘 보여준다. 그녀는 아들이 자신이 죽인 우 씨의 자식임을 거듭 확인하지만, 확인의 순간 곧 그 사실을 부정한다(㉠). 인정한다면 죄의식에 짓눌려 자기 유지가 어려워지기 때문이다. 그러나 아무리 그 거짓 사실을 진짜라고 속으로 욱대겨도 '그 비밀'을 잊을 수도, 없었던 일로 무화할 수도 없다. "세상 사람이 다 몰라도" 그녀만은 그 비밀을 알기 때문이다(㉡). 그런데, "세상 사람이 다 몰라도 나만은 그 비밀을 알아."와 그것에 곧바로 이어지는 "내가 누군지 내가 잘 아니깐."은, 형식상으로는 인과관계를 이루는데 내용상으로는 그렇지 않아 정확한 함의를 읽어내기 어렵다. "내가 누군지 내가 잘 아니까, 나만은 그 비밀을 안다."라는 문장은 내용상 비논리적이기 때문이다. 그렇다면, "세상 사람이 다 몰라도 나만은 그 비밀을 알아."와 "내가 누군지 내가 잘 아니깐."은 인과관계로 엮인 것이 아니라 독립된 두 문장이라 보아야 한다.

이런 생각이 옳다면, "세상 사람이 다 몰라도 나만은 그 비밀을 알아."는 아무래 애써도 그 죄의 기억을 지울 수 없다는 뜻을, "내가 누군지 내가 잘 아니깐."은 살인의 기억을 갖고 있음에도 불구하고 그것 때문에 괴로워해서는 안 된다, 또는 그 살인의 죄는 죄가 아니라고 여겨야 한다는 뜻을 지닌 것으로 읽을 수 있다. 그렇다면 초점은 명백히 ⓛ 이 아니라 ⓒ에 놓인다. 자신을 억압하여 죄의 기억에 갇히지 않으려는 욕망이 훨씬 더 우세한 것이다.

「나는 나를 안다」는 자기 자신조차 속임으로써, 자신을 억압함으로써 그 과거 기억의 굴레에서 벗어나고자 몸부림치는 인물의 악전고투를 통해 과거 기억과의 싸움 방식 하나를 깊이 다룸으로써 새로운 영역을 개척하였다. 이 작품으로 우리 소설사의 지평이 문득 넓어졌다.

환각의 등불
— 이문구의 『관촌수필』론

1. 이문구 선생의 추억과 「관촌수필」 연작

소설가 이문구(李文求, 1941-2003) 선생 하면 1995년 여름의 베트남 여행이 먼저 떠오른다. 인천국제공항이 문을 열기 전이라 김포공항에서 비행기를 탔는데 선생과는 초대면이었다. 나를 비롯하여 동행한 젊은 문인 대부분이 골초여서 몇 개 되지 않는 흡연실을 옮겨 다니며 줄담배로 출발 시간까지의 무료함을 견디고 있었다. 그 흡연실에서 이문구 선생을 처음 만났다. 선생도 줄담배 골초였다. 호치민까지의 비행시간이 무려 4시간 반인데 그동안 담배를 참아야 하니 걱정이라며 심각한 표정을 짓는 것이었다.

여행 도중 선생에게 눈길이 가면 거의 언제나 담배를 들고 있거나 입에 물고 있었다. 뱀 사육 농장 구경 갔을 때도 그랬다. 평평한 땅을 한 6-7미터 네모지게 판 구덩이가 뱀 사육장이었는데 아열대 지방의 뱀들이라 하나같이 울긋불긋 껍질이 화려한데다 길고 굵어 징그러웠다. 휘

리릭 돌아보고 나왔더니 입구에 선생이 쪼그리고 앉아 담배를 피우고 있었다. 왜 구경 안하냐고 물었더니, 어릴 때 살던 집이 산 아래라 뱀이 많이 나왔는데 그래서 그런지 뱀을 싫어한다는 답이었다. 무섭지는 않으냐는 물음에, 무섭기도 하다고 하며 겸연쩍은 웃음을 지었다.

그 싫기도 하고 무섭기도 한 뱀이 많이 나오던 집을 중심 무대로 한 소설 「관촌수필」 연작(1977)은 1970년대 우리 소설계의 큰 성과 가운데 하나이다. 8편으로 이루어져 있는데 1972년에서 1977년까지 여러 지면에 발표되었으며, 1977년에 '연작소설집'이란 부제를 달고 문학과 지성사에서 출간되었다.

2. 주변부의 언어와 중심주의 비판

'이문구 소설의 주인공은 충청도 방언이다'는 말이 성립할 정도로 이문구 문학의 가장 두드러진 특징은 충청도의 민중언어로 생동하는 세계를 구축했다는 점이다. 이문구 소설 속 충청도 방언은 충남 보령, 홍성, 서산, 당진, 서천, 청양, 부여 등 충남 내포(內浦) 지방에서 널리 쓰이는 것이다. 「관촌수필」 연작은 작가의 모태어인 지역의 민중언어로써 모국어의 풍성함과 아름다움을 한껏 살려낸 작품들의 계보에 당당하게 들 수 있는 작품이다.

이로써 「관촌수필」 연작은 전라도 민중언어로 쓰인 조정래의 「태백산맥」과 송기숙의 「녹두장군」, 경남 서부 방언의 「토지」(박경리) 등과 나란히 주변부의 언어로 스스로가 중심이 되는 한 세계를 일군 대표적인 예의 하나로 우리 소설사에 기록되게 되었다.

이문구의 언어 능력은 언제 보아도 감탄스럽다. 특히 속담들. 그가

구사하는 속담들은 속담 사전에 정리되어 있는 것도 많지만 그렇지 않
은 것도 많다. 대부분의 작가는 속담 사전을 통해 익혀 사용하거나 더
나아가 민중의 언어생활에서 취재해 소설 속에 끌어들인다. 이문구 또
한 그러할 것임은 당연하다. 그러나 놀라운 것은 이것뿐이 아니라는 사
실이다. 그는 속담의 형식을 가진 '속담인 듯해도 속담이 아닌' 새로운
표현을 만들어 사용한다. 이에 대해 작가가 직접 밝혀 둔 바 있다.

> 본인은 속담의 경우 속담사전에 오를 정도로 알려진 속담은 되도록
> 쓰지 않는 것을 철칙으로 하고 있으므로 속담인 듯해도 속담이 아니며,
> 거의가 본인이 지어낸 말임. 본인이 창작한 말일 경우, 그때그때 소설
> 을 집필하면서 즉흥적으로 지어내거나 임의로 사용한 것이므로, 같은
> 말이라도 소설 속의 분위기나 상황에 따라서 본인의 다른 작품과 비교
> 하여 때로는 유사하고 때로는 전혀 다른 뜻으로 사용된 경우가 허다
> 함.(민충환 편저, 『이문구 소설어 사전』(고려대 민족문화연구원, 2001)
> 의 '일러두기')

이문구의 소설은 저마다 그 소설을 위해 새롭게 만들어진 속담 아닌
속담들로 풍성하다. 이문구의 소설은 이 점만으로도 우리말 운용의 최
고수준을 보여주는 잔치판이라 할 수 있다. 이문구 소설의 어디를 들추
든 우리는 작가가 만들어낸 속담 아닌 속담들을 만날 수 있다. 다음은
「관산추정」에 나오는 것들이다.

> "초상집 가서 문상하다 상제 앞에서 실언한 낯"
> "가는 기둥에 서까래 굵은 소리"
> "김장거리 뽑아주고 배추뿌리 얻어먹듯"
> "술고래라서 안주두 고루 먹어 헛소리는 안 헐 줄 알었다."

상황을, 인물의 성격을, 말하는 이의 생각을 적실하게 담아내는 절묘

한 표현들이다. 에돌아 나아가는 말법은 직설로는 가능하지 않은 말맛을 지어낸다. 속담 아닌 속담에 대해 작가에게 직접 들은 적이 있다. 작가가 '민족문학작가회의' 이사장이던 시절, 필자는 무슨 위원회의 위원으로 자주 아현동 사무실을 드나들었다. 회의 뒤 저녁자리에서 작가의 속담 아닌 속담 만들기가 화제에 올랐는데, 문득 작가가 물었다. "개 잡아 먹은 자리에 절할 늠"이 무슨 뜻인지 아느냐고. 작가의 어느 작품에 나오는 것이라 본 적은 있지만 정확한 뜻은 몰랐으니 아무도 대답하지 못했다. 잡아먹힌 개를 부모라 생각해서 그 자리에 엎드린다는 것이니 개자식이란 뜻이라는 게 작가의 설명이었다. '개자식'이란 말이 지닌, 거칠어 섬뜩한 기운을 누그러뜨리면서도 말하고자 하는 바는 그대로 담아내는 재미있는 표현이다.

표준어가 아닌 주변의 언어, 그것도 느리고 모호하며 대상을 향해 곧장 다가가지 않고 에돌아 나아가는 속성을 지닌 충청도 방언의 선택은, 그리고 그 같은 속성의 극대화는 그 충청도 방언이 작가의 모태어라는 사실을 넘어 계량화와 속도의 시대인 근대에 대한 근본에서의 거부라는 의미를 갖는다. 이문구 소설에서의 충청도 방언이 갖는 의미는 이에 그치지 않는다. 지식인의 언어와 민중언어의 구별, 지배계층의 언어와 민중언어의 구별이 없는 이문구의 언어세계는 만민평등의 근본적 인본주의를 실현한다.

그 만민평등의 근본적 인본주의는 「관촌수필」 연작의 주인공들인 주변부 인간들의 올곧은 삶 속에 깃들인 선성(善性)과 지혜로움에 대한 예찬을 이끈다. 그들의 올곧음과 선함과 지혜로움에 대비된 이 근대의 세계는 황폐하다. 이문구 문학은 이들을 통해 근대화 100년의 우리 역사의 근본을 뒤돌아 점검할 것을 요구한다.

주변부 민중언어의 의식적 선택은 다른 한편 중심부 중심주의에 의

해 철저하게 지배되고 있는 한국사회의 단성성과 그 속에 깃들인 폭력
성에 대한 근본 비판이며 실천적 해체라는 의미를 갖는 것이기도 하다.

그 같은 비판과 해체의 정신은 때로, 정치권력에 대한 비판으로 실현
되기도 한다.

> "역시 자네가 예서 사니까 든든허구먼."
> "꾸부러진 나무가 선산 지킨다더니 내가 바루 그 짝이지."
> "좋은 시절 만나서 자주 근면 협동허니께 신색두 좋구먼."
> "일하면서 싸울라니 힘이 넘쳐 그럴밖에."
> "농사두 초전박살루 짓지그려."
> "그새 뭐 좋은 사껀 좀 읊었남?"
> "아, 드디어 예비군을 제대했지."
> "그럼 민방위대원두 되구 했으니 그 기념으루 장가나 가지그려. 자지
> 에 가지치기 전에…"
> "장가 한 번 가나 연애 열두 번 거나 허는 건 비슷허게 헐겨."
> "다 있는디 노총각 조치법만 읊구먼."(「관산추정」, 『관촌수필』, 솔,
> 1997, 260쪽)

오랜만에 고향을 찾은 화자와 농민인 고향 친구와의 대화이다. 3공화
국 정권의 지배이데올로기인 반공 이데올로기, 근대화 이데올로기 등을
담고 있는 정치적 표어들과 독재 권력의 유지를 위해 만들어진 반민주
적 악법인 긴급조치법의 의도적인 왜곡 인용을 통해 반공 개발 독재 권
력의 폭력성을 비판하는 것이다.

3. 문학 전통의 계승과 이문구적 인물

『관촌수필』에 실린 작품들은 모두가 전통적인 전(傳) 양식을 되살린

작품들이다. 전 양식은 우리의 전통적 문 양식의 하나로서 신라 시대 이
래, 행장(行狀), 비문(碑文), 문학작품 등 여러 산문들에서 널리 찾아볼 수
있다. 물론 산문에만 국한된다고 할 수는 없다. 운문이라 하더라도 한
인간의 평생을 정리하고 평가하는 성격의 글이라면 그 근본은 전 양식
이다. 대체로 실재했던 한 인간의 생애 전체를 객관적인 자료에 근거하
여 정리하고 평가하는 것으로서 글 쓰는 이의 자의적 판단을 가능한 한
통어해야 한다는 기본 원칙 위에 섰던 엄정한 문 양식이다. 비유를 멀
리하고 사실적 표현에 충실함으로써 말하고자 하는 바를 명료하게 드
러내며, 화려한 수사를 찾아보기 어려울 정도로 메마른 건조체의 문체
가 지배적이라는 점은 이 같은 엄정성의 소산이다. 실재했던 한 인간의
생애에 대한 최종적인 결산의 의미를 지니는 만큼 쉽게 써서는 안 되는
글로 인식되었으니, 자료를 찾아 사실을 확정하는 한편 평가의 근거를
얻기 위한 조심스럽고 오랜 과정이 요구되었다.

　작가 스스로 밝히고 있듯이(초판 「후기」 참고) 『관촌수필』 속 작품들의
인물은 모두가 실재했던 인물들로서 작가가 직접 겪었던 사람들이다.
그러나 소설이니 만큼 지어낸 허구의 내용도 적지 않을 터이다. 비유적
표현도 많이 동원되었다. 그리움과 안타까움의 마음에서 생겨난 주정적
(主情的) 문체로 일관하고 있다는 점도 지난 시대 전 양식의 글들과는 다
른 점이다. 그럼에도 불구하고 한 인간의 생애를 과장하여 미화하거나
폄하하지 않는 엄정한 정리자, 평가자의 자세를 처음부터 끝까지 견지
하고 있다는 점만은 똑 같으니, 전 양식의 전통을 바로 이었다 할 것이다.

　전 양식은 대체로 긍정적인 인물의 일생을 통해 기릴 것, 본받을 것
을 확인하고 널리 펴고자 하는 의도의 소산이다. 이문구의 전 양식 소
설들 또한 그러하다. 그들은 하나같이 사람의 도리를 알아 스스로를 낮
추어 겸손하고 하잘것없는 것이라도 그 생명을 귀하게 여겨 섬기며, 어

울려 살아가는 자연의 이치를 알기에 비록 짐승이나 나무라 할지라도 보듬어 안으며, 오랜 세월 이 땅이 키워냈으며 이 땅을 살다간 선조들과 함께 호흡한 것들을 소중히 여겨 외래의 신기(新奇)한 문물에 얼을 놓지 않으며, 자신을 돌아보지 않는 이타(利他) 정신의 소유자들이다. 이처럼 긍정적인 인물의 생애를 통해 널리 펴 마땅한 것들을 확인하고 있는 글들이라는 점에서『관촌수필』에 실린 글들은 또한 지난 시대 전 양식의 전통에 닿아 있는 것이다. 말하자면 그들은 완전한 존재들인 것인데 이 점이 이문구 문학의 개성이자 문제점이다. 그 문제점에 대한 비판도 있다. 그런 인물들을 중심에 우뚝 세움으로써 타락한 세계의 실상을 비판적으로 드러낼 수 있었지만 동시에 그로 인해 인간 탐구를 스스로 제약하기도 한다는 것이다.

그러나 값진 삶을 살았던 이문구 소설 속 그들은 지난 시대의 전 양식의 글들이 잘 다루지 않았던 주변부의 존재들인데, 이 점에서 이문구의 전 양식 소설은 그 이전의 전 양식 글들 일반과는 다르다. 중심부가 아닌 주변부에서 기리고 본받아야 할 인생의 모범을 찾았으며, 또 찾아낼 수 있었던 것은 작가가 중심부는 주변부보다 우월한 곳이라는 중심/주변의 수직 위계적 이분법에서 멀리 벗어난 의식을 지녔기 때문에 가능한 것이었다. 「관촌수필」 연작을 두고, 작가의 전근대적 양반의식을 지적하는 경우가 있는데 이는 잘못된 독서의 소산이다. '마지막 이조인'으로서 전근대적 신분질서를 조금도 벗어나지 못했던 작품 속 조부에 대한 끝없는 숭모의 정, 고려조와 조선조에 걸쳐 이 땅을 대표하는 가문의 하나였던 한산이씨 집안에 대한 자부 등이 그 같은 지적의 근거인데, 나름의 높은 격조를 지녔던 선비문화에 대한 옹호이지 전근대적 양반의식을 드러낸 것이라 볼 수는 없다. 전근대적 신분질서 속에서도 주변부에 속하였던 그들의 남루한 생애에서 빛나는 것들을 발견하고 기리는 데 서슴없는 작가의 붓길 마음 길만으로도 우리는 얼마든지 그 같은 비판에 맞설 수 있다.

　이문구 소설에 등장하는 그 긍정적 인물들의 핵심 특성은 상황의 유불리에 따라 쉽게 생각과 행동을 바꾸곤 하는 사람들과는 달리 자기 나름의 주견이 뚜렷하고 그 주견의 실행에 일이관지 충실하고자 노력한다는 점이다. 나는 이런 인물을 '이문구적 인물'이라고 부르고자 한다. 이 같은 특성의 이문구적 인물은 변절과 배신의 기록으로 가득 찬 우리의 근현대사를 돌아보게 하고, 우리가 그런 변절과 배신의 더미 위에 서서 그 변절과 배신의 주체로서 살아가고 있음을 통렬하게 깨우친다.

　전 양식을 계승한 이문구의 소설 가운데에는 「관촌수필」 연작 밖의 작품도 많다. 작품집에 묶을 때 '실전소설(實傳小說)'이라 하여 실재한 인물의 일생을 다루었음을 분명히 한 「유자소전(兪子小傳)」, 자신의 호를 내세워 자신의 삶에서 중요한 의미를 갖는 한 인물에 대해 이야기하는 「명천유사(鳴川遺事)」 등을 특히 꼽을 수 있다.

　「유자소전」은 작가의 동향 친구인 유재필의 일생을 다룬 작품이다. 한갓 필부의 삶을 살다 간 그를 작가는 '유자'라 일러, 성현의 반열에 세웠다. 출세와 치부를 중시하는 세속의 기준으로 보면 그는 한갓 필부에 지나지 않지만, 인품과 덕행을 중시하는 정신의 기준에서 보면 그야말로 '이문구적 인물'의 전범이라 할 만한 사람이니 '子' 자를 붙여 우러러 모셔 조금도 부족함이 없다.

　「명천유사」의 '명천'은 작가의 고향인 보령의 옥마산에서 시작하여 보령을 감싸듯 흘러내려 서해로 빠져드는 으름내이다. 작가는 이것으로 호를 삼아 스스로 명천이라 하였다. 소설 첫머리에 "나는 작년 이맘해서부터 명천(鳴川)으로 자호(自號)를 하였다. 그러나 당최 호응이 없었다."라고 하였듯 작가를 명천이라는 호로 부르는 사람은 별로 없었던 듯하다. 나는 앞에서 말한 베트남 여행에 동행했던 이근배 시인이 이 호로 써 작가를 부르는 걸 여러 번 보았는데, 오랜 우정과 존경의 느낌이 다 정하고 자연스러워 듣기 좋았다.

「명천유사」의 주인공은 최서방, '나'의 어린 시절 집의 머슴이었던 사람이다. 그와 사이가 좋지 않아 늘 찌그럭거렸던 옹점이가 "저이는 개지랄 같은 승징머리허구 밴댕이 창사구 같은 소가지 빼면 암껏두 읎 는 지랄창고요. 두고 봐. 죽어두 거리구신밖이 안 될 테닝께.", 독설로 험구하던 대로 "생전 가야 웃을 줄도 모르고 울 줄도 모르"는 메마르고 딱딱한 '천성'을 타고 난 사람으로, 속이 좁고 편벽하고 고집이 센 데다 입이 험하고 사람을 싫어하여 언제나 외톨이인 특별한 성격의 소유자 이다. 그런 그를 가엾게 여겨 보듬어준 유일한 사람은 '나'의 어머니였다.

　　그는 내가 어머니만 일찍 여의지 않았다면 우리 집에서 종신을 했을 는지도 몰랐다. 이미 늙어서 남의집살이를 해가기는 틀리기도 했지만, 자기를 눌러보아준 사람이 칠십 평생에 오직 우리 어머니뿐이었다는 것을 누구보다도 그 자신이 더 잘 알고 있었으니까.

　　그러나 그는 박복한 사람이었다.

　　어머니가 세상을 버리자 그는 삼우제를 지내던 날까지 식음을 전폐 하고 슬퍼하였다. 발인을 하던 날은 영결종천(永訣終天)… 하고 독축이 끝나자 마당 한구석에서 아무데나 나뒹굴며 울부짖었다. 상여가 나갈 때 호상이 누구더러 신신당부하는 소리가 뒤에서 들렸다.

　　"여보게, 자네는 남어서 최생원이나 달래게. 저이 저러다가 생초상 나겄네."

　　"냅두슈. 생전 츰 한 번 우는디 실컨 울어나 보게."

　　"저러다가 못 일어나면 자네라 호상헐라나?"

　　"시방 안 울으면 원제 또 울어본대유."(「명천유사」,『유자소전』, 벽호, 1993, 110쪽)

최서방 같은 사람도 아무 차별 없이 안아 거두는 그녀의 이 넉넉한 온정은 「공산토월」의 중심에도 놓여 있다.

> "엄니는 쓸디읎이 두부를 먹으래유." 석공이 그것을 마다하고 그냥 울안으로 들어가려 하자, 신서방은 정색을 하며 나무라듯 말했다. "얘, 이 두부 저 으르신께서 쒀오신 게여." 석공이 신서방 눈길을 따라 돌아본 곳엔 우리 어머니의 미소가 있었다. 석공은 고개를 떨구었다. 그는 신서방댁이 입에 물려 주는 대로 목을 쩔룩거려 가면서 자기 얼굴만큼이나 하얀 두붓덩이를 허발하고 먹어 치웠다.(「공산토월」, 『관촌수필』, 솔, 1997, 202쪽)

여전히 전근대적 신분질서가 사람들의 의식 속에 깃들어 있고 실제 생활에 작동하고 있는 1950년대 중반의 충청도 농촌마을에서 그녀의 저 같은 행동과 은근한 '미소'는 특별한 의미를 갖는다. 보름달빛처럼 무정한 인간 세상을 환하게 비추는 인간 사랑의 참으로 넉넉한 온정인 것이다.

그러니까 「명천유사」의 주인공은 최서방이지만 동시에 어머니이기도 한 것이고, 「공산토월」의 주인공은 석공이지만 또한 어머니이기도 한 것이다. 이문구는 소설에서 무슨 이유에서인지 자신의 모친을 정면으로 다룬 적이 없다. 집안, 성장 과정, 결혼, 출산과 육아, 자식 교육 등 그녀의 삶에서 중요한 의미를 지니는 것들을 거의 다루지 않았으며, 결혼 후 생활을 「관촌수필」 등에서 그리기는 했지만 부분적으로만 다루었을 뿐이다. 그녀는 이문구 소설에서 늘 조용히 미소를 띠고 뒷전에 서 있다는 느낌을 준다. 그런 그녀가 이들 작품에서는 전신을 드러내고 작품 전면에 우뚝 서서 저처럼 주변을 밝힌다. 소설이 온통 그 넉넉한 온정으로 가득 차 환해지고 따뜻해진다.

4. 실(實)의 환(幻)

"일 주일이 넘도록 전화가 없자 병원에서 먼저 진실을 알려왔다. 간암. 여명 3개월. 남은 기간의 투병 생활에 대해서는 차마 쓸 수가 없다."(이문구, 「유자소전(兪子小傳)」, 『유자소전』, 벽호, 1993, 64쪽). 이것은 「유자소전」의 화자가 주인공의 마지막 투병 과정을 두고 한 말이다. 작가는 또다른 지면에서 "내가 정작 쓸 수가 없어서 어쩔 수 없이 건너뛰고 넘어간 것은 참담하기 이루 말할 수 없었던 그 투병의 모습이었다. 그 모습 자체야말로 진짜 소설 감이었던 것이다.(…) 내가 만약 작가적인 자질이 넉넉한 작가라면 결코 생략할 수도 없고 또 생략해서도 아니 될 일이었다."(이문구, 「작가의 말」, 같은 책, 12-13쪽)라고 밝히기도 하였다. 차마 쓸 수 없는 것도 있는 것, 차마 쓸 수 없기에 쓰지 않는 것이지만 또한 그 쓰지 않음은 그 참담함을, 슬픔을 드러내는 하나의 방식일 수도 있다.

「관촌수필」 연작에도 차마 쓸 수 없어 쓰지 않은, 쓰지 않았기 때문에 더욱 처절한 사연이 많다. 보령·서천·청양군의 남로당 총책이었던 부친과 고작 약관이었던 두 형의 비명횡사, 조부와 모친의 죽음 등에 대해서는 그 사실만 언급하고 지나치는 식으로 쓰고 있는데, 차마 쓸 수 없었던 사연들이기 때문이다.

그러나 그럼에도 불구하고 쓰지 않으면 소설이 아니니, 「관촌수필」 연작에는 차마 쓸 수 없지만 써낸 사연도 많다. '옹점이'의 인생유전을 비롯하여, 모진 세월에 죽고 다친 사람들의 억울하고 원통한 사연들이 그것이다. 「공산토월」의 주인공 '석공(石公)'의 마지막도 그 가운데 하나다.

> 밤을 지새우며 그는 내내 같은 말을 뒤섞어 울부짖었다. 살아야 한
> 다, 아니 죽어야 한다, 내가 살면 여러 식구를 죽인다, 아니 내가 살아

야 여러 식구 먹여 살린다, 논밭 죄 팔아서라도 나를 고쳐다오, 그러지
말라, 더 이상 빚지지 말고 나를 버려다오, 헌데 꼭 1년만 더 살고 싶
다, 아니다, 지금 죽어야 자식들이 중학교라도 다닐 수 있다, 나는 포기
했으니 마지막 원을 들어 제발 물이나 한 모금 마시게 해다오…새벽 4
시 반까지 그의 아우성은 계속되었다. 그러나 5시가 가까워오자 완전
히 탈진하고 눈뜬 송장이나 조금도 다를 것 없는 상태였다.(「공산토월」,
『관촌수필』, 앞의 책, 218-219쪽)

삶과 죽음의 경계에 선 한 사내의 절규인데 처절하다. 처절하여 차마
말이나 글로 옮길 수 없는 것이지만 작가는 글로 옮겼다. 더 살고 싶은
본능의 욕망과 뒤에 남을 가족에 대한 염려 사이를 갈팡지팡 오가며 저
승을 향해 마지막 숨을 몰아쉬는 그의 최후를 눈 부릅떠 정시하고 핍진
하게 그려냄으로써 한 인간의 진실을 드러내었던 것이다.

이처럼, 차마 쓸 수 없었기에 쓰지 못한 사연들과 차마 쓸 수 없었지
만 써야만 했던 사연들이 엮여 「관촌수필」 연작의 세계를 이룬다. 그
세계는 비명(非命)의 죽음을 비롯한 가슴 아픈 사연들로 어둡다. 그러나
비정의 세월을 올곧게 살아가는 선성(善性)의 인물들과, 그런 인물들의
고귀한 정신과 삶을 소중하게 여겨 기리고 그들과 함께했던 과거를 거
듭 되새기는 따뜻한 그리움의 마음, 인간과 인간을 가르는 온갖 배제/
차별의 제도와 이데올로기를 넘어선 곳에 자리한 만민평등의 의식 어
울림의 정신으로 인해 환하게 열려 있기도 하다. 비정에 찬 어둠의 세
계를 안에서 허물며 스스로 환해지는 그 밝음의 세계 위로 저처럼 아름
다운 달이 둥두렷 솟아올랐다.

모닥불은 계속 지펴지는 데다 달빛은 또 그렇게 고와 동네는 밤새껏
매양 황혼녘이었고, 뒷산 등성이 솔수펑 속에서는 어른들 코골음 같은
부엉이 울음이 마루 밑에서 강아지 꿈꾸는 소리처럼 정겹게 들려오고

있었다. 쇄쇗 쇄쇗…머리 위에서는 이따금 기러기떼 지나가는 소리가
유독 컸으며, 끼룩―하는 기러기 울음 소리가 들릴 즈음이면 마당 가장
자리에는 가지런한 기러기떼 그림자가 달빛을 한 움큼씩 훔치며 달아
나고 있었다. 하늘에서 는 별 하나 주어볼 수도 없고 구름 한 조각 묻
어 있지 않았으며, 오직 우리 어머니 마음 같은 달덩이만이 가득해 있
음을 나는 보았다. 달빛에 건듯건듯 볼따귀를 스치며 내리는 무서리 서
슬에 옷깃을 여며가며, 개울 건너 과수원 울타리 안에서 남은 능금과
탱자 냄새가 감돌아, 천지에 생긴다고 생긴 것이란 온통 영글고 농익어
가는 듯 촘촘히 깊어가던 밤을 지켜본 것이다.(같은 작품, 169~170쪽)

　자연과 그 속에 든 모든 존재들이 조화롭게 어울려 "천지에 생긴다고
생긴 것이란 온통 영글고 농익어 가는," 약동하는 생명의 잔치판이다.
조화로운 어울림, 자연의 이치를 따라 이루어지는 생명의 무르익음으로
충만한 기쁨의 풍경인데, 비정하고 무정한 지난 역사와 인간세계를 생
각하면 한순간 나타났다 사라지고 마는 것, 그 실제가 의심스러운 환각
이라 해야 마땅한 성격의 것이다. 그런 어울림과 무르익음의 세계를 꿈
꾸는 마음이 만들어낸 환각.
　환각과도 같은 것이지만, 그러나 그것이 실현된 적이 있으며 앞으로
도 실현 가능하다는 믿음으로 비로소 이 비정의 역사와 무정의 인간세
계를 견딜 수 있는 것이니, 그 환(幻)은 내부에 실(實)을 품고 있는 실의
환이다. 「관촌수필」 연작은 이 같은 실의 환을 등불처럼 걸어놓고 저
어둠의 지난 세월을, 이 작품을 읽은 독자들과 읽을 독자들의 그 현재
를 환하게 밝힌다.

원혼의 한을 푸는 신성(神性)의 언어
—윤흥길의 연작소설 『소라단 가는 길』

1. 중고제(中高制)의 문체

작가들의 출신 지역과 그들이 구사하는 언어에 따라 한국 문학의 지도를 그린다면, 금강을 가운데 두고 남북으로 드넓게 열린 우리나라 최대의 평야 지대 출신들을 하나로 묶을 수 있다. 이기영, 채만식, 최일남, 이문구, 윤흥길, 은희경으로 이어지는 우리 소설사의 큰 맥 가운데 하나가 이 지역에서 솟아올라 계속해서 뻗어나가고 있는 것이다.

이 지역 출신 작가들의 문학은 판소리 유파의 하나인 중고제(中高制)에 비유할 수 있다. 전설적인 명창 염계달에서 시작되어 김성옥을 거치며 완성된 유파로, 경기남부와 충청도에서 성행했다고 한다. 섬세 유장한 서편제, 웅장 활달한 동편제의 중간에 놓이는데 온화한 듯하면서도 견실한 성음(聲音)이 특성이다. 가슴을 에는 듯한 서편제의 애조성과도 다르고, 느닷없이 터져 나와 내달리는 동편제의 찢어질 듯한 폭발성과도 다른 중(中)의 소리! 뚜렷한 주장이나 단정적 진단 없이 밋밋하게 이어지

는 듯하지만 마지막에 이르면 물 아래에서 솟구쳐 오르듯 그 골격을 드
러내는 이들 작가들의 서사는 마치 아득히 지평선으로 열린 충청남도
나 전라북도 평야 풍경처럼 비산비야(非山非野), 산인 듯 들판인 듯 전개
되지만 그러나 바닷가에 이르러 그 산줄기 물줄기를 분명하게 확인시
키는 그런 중고제적 특성을 지녔다.

이들의 중고제체는 우리 소설의 편향성 하나에 대한 근본적 반성으
로 우리를 이끌어간다. 선명한 것, 분명한 것, 순수한 것에 배타적인 가
치를 부여하고 거기에 집착하는 편향성이 우리 소설을 지배해 온 중심
요소의 하나임은 두루 아는 대로이다. 민족 해방, 계급 해방, 의리니 순
수한 사랑이니 하는 가치에 절대적인 의미를 부여, 그것의 실현이나 지
키기를 위해 목숨조차 거는 인물들의 삶을 찬양하는 편향성. 우리 소설
의 오랜 고질 가운데 하나인 이분법적 단순성을 배태해낸 궁극의 토대
는 바로 이것이다. 이들의 중고제체는 이 같은 편향성과 멀리 거리를
두고 선 문체이다.

윤흥길의 연작소설집 『소라단 가는 길』은 이 같은 중고제의 문체로
써 이제 환갑을 목전에 둔 초등학교 동기들이 어린 시절 겪었던 전쟁의
참상과 애옥살이를 나직하고 담담한 목소리로 들려주고 있다. 그 이야
기 마당을 채우는 목소리는 겉으론 나직하고 담담하지만, 그러나 안으
로는 50년 세월의 무서운 풍화의 힘도 어쩌지 못한 시뻘건 상처를 껴안
고 피눈물 범벅 속에 몸부림치는 살풀이판의 통곡성과도 같아 섬뜩하다.

어린 시절의 기억 되살리기를 수행하는 윤흥길의 언어는 전라북도
이리 방언이다. 우리는 이 소설집 곳곳에서 사투리에 대한 작가의 자의
식을 드러내는 진술을 만나는데, 그것은 두 종류로 나눌 수 있다.

그러잖아도 으레 재경 동창들 모임 때마다 그동안 서울 것들 틈새에

서 주녁이 들어 맥을 못 추던 사투리란 놈이 느닷없이 벌떡벌떡 일어
나 목구녕 배깥으로 질펀허니 쏟아져나 오는 바람에 너도나도 고향 말
씨 경쟁을 벌리니라 야단들인다, 오늘은 졸업헌 지 사십년만에 모교를
첫 공식 방문허는 특별행사 날이라 흥분들 혀서 그런지 고향땅이 차츰
가까워올시락 사투리도 점점 우심혀지는 것 같다. 거그다 비혀면 서울
말 숭내에 아직도 빈틈없는 인철이 너는 참 재주도 용타.(「귀향길」, 『소
라단 가는 길』, 창작과 비평사, 2003, 10-11쪽)

 하나는 위 인용에 뚜렷한, 우리 사회를 지배하고 있는 서울말과 중앙
중심주의에 대한 부정의식이다. 서울말과 중앙중심주의가 지배하는 현
실 질서 속에서 사투리란 이방의, 주변부의 언어이니 설자리를 확보하
기 어렵다. 서울말과 중앙중심주의가 지배하는 공간에서 생계를 도모해
야 하는 처지라면 그것들의 지배력 아래 순응하지 않으면 안 된다. 그러
나 고향 친구들끼리 모인 동창회 자리라면 그것들의 지배로부터 벗어난
해방의 공간이니 모태의 언어 고향 사투리에 마음껏 젖어도 무방하다.
 사투리의 방법적 사용으로써 표준어가 대변하는 중심의 세계를 비판
하고자 했던 대표적인 문인은 백석이다. 평안도 정주 방언에 실린 백석
의 세계는 자연과 인간의 조화로운 어울림의 세계이며, 전설 속 이야기
도 실재했던 것으로 받아들이는 비합리성 용인의 세계이고, '枯淡하고
素朴'한 마음과 그런 마음을 닮은 문화가 유유하게 흐르는 느림의 세계
이다. 그 같은 세계를 백석은 아름답고 지극히 그리운 공간으로 노래함
으로써, 그것에 대비되는 중심의 세계 곧 인간과 자연의 이분법적 분리,
합리성, 속도의 세계인 근대 자본주의 세계를 비판하고자 하였다.
 고향 사투리에 대한 애정을 통해 서울말과 서울중심주의가 지배하는
현실 질서를 문제 삼는 윤흥길의 문제의식은 그러나 다만 문제의식에
그쳐 더 이상 나아가지는 않았다. 그 문제의식이 이 연작소설이 겨누고

자 한 핵심이 아니기 때문에 그러했을 것이다.

고향 사투리에 대한 작가의 자의식은 다른 한편 체험의 구체성과 관련된 것이다.

> 다른 녀석들 경우도 대개는 다 그럴 거라 생각했다. 적어도 김지겸 그의 경우만큼은 분명코 그랬다. 오랜 세월에 걸쳐 그의 추억 안에 똬리를 틀고 있는 것은 농림학교가 아니라 농림핵교였다. 농림학교라 하면 어쩐지 농림학교처럼 느껴지지가 않았다. 농림핵교라 부를 때 잠자고 있던 농림학교는 그의 추억 속에서 퍼뜩 깨어나 능구렁이처럼 서리서리 감고 있던 똬리를 풀면서 비로소 제대로 된 학교 모습을 갖추기 시작하는 것이었다. 바꾸어 말하자면, 그의 내부에 능구렁이 닮은 농림핵교가 서식하는 꼴이 아니라 세월 저편 농림핵교 어느 으슥한 구석에 철부지 시절의 그가 숨어 아직도 숨을 할딱이고 있는 꼴이었다.(「농림핵교 방죽」, 52쪽)

농림학교를 표준어인 농림학교라 부른다면 농림학교와 관련된 어린 시절 체험은 대답하지 않는다. 그 체험은 농림핵교라 불렀을 때만 응답한다. 사투리는 과거를 불러내는 주술의 언어이며 그 과거 속으로 길을 여는 열쇠인 것이다.

언어는 한갓 추상적 기호가 아니며 그 언어가 발화된 그 때 그 자리, 발화 대상과 발화 주체의 관계에서 생겨나는 체험의 실체를 담아내는 물질성적 존재이기 때문이다. 표준어는 사전에 규정된 의미를 따라 체험의 구체성을 잘라내고 약화시킴으로써 체험을 추상화하는 표준 기호이다. 표준어의 그 같은 속성 때문에 체험의 구체성을 온전히 담아내지 못한다. 지난 시절 겪었던 일들, 느낌들의 구체적 실제는 그 경험 현장에서 사용되었던 언어 곧 사투리를 통해서만 온전히 되살아날 수 있는 것이다.

『소라단 가는 길』을 이끄는 전라북도 이리 사투리는 그리하여 추상화되지 않은 어린 시절의 체험들을 고스란히 되살려냄으로써 추상화되지 않은 50년 전 실제 세계를 경험하게 한다.

2. 연민의 마음

초등학교 동창생들이 졸업 후 40년 만에 모교 운동장에 모여 앉았다. 생초목으로 모깃불을 피우고 둘러앉아 어린 시절을 기억 속에서 불러내고 있다. 돌아가며 그 시절 경험담을 풀어놓는 '이야기 돌리기'의 형식으로 모진 세월을 되살리는 것이다. 저마다 "다 심들고 에룹게, 그러면서도 열심히 자기 인생 자기가 손수 운전허고 살어온" "그렇기 땜시 열에 일고댜닯 정도는 자기 인생이야말로 진짜 대하소설 감이다, 외려 소설보담도 더 극적인 드라마다, 허고들 자부하는 축"(『귀향길』, 12쪽)이지만, 그 살아온 내력과 지금의 현실은 이 '이야기 돌리기' 판에 끼어들지 못한다. 그들은 "다른 화제 다 제쳐놓고 약속이나 한 듯이 너도나도 오로지 전쟁 이야기에만 매달리는" 것인데. 10살 전후의 어린 나이에 겪었던 전쟁 체험이 얼마나 끔찍한 것이었는지, 그 상처가 얼마나 깊은 것이었는지, 그 기억이 얼마나 집요하게 그들의 지난 삶에 따라붙으며 그들을 괴롭혔는지를 이로써 분명히 확인할 수 있다.

그들의 이야기는 하나같이 전쟁의 폭력성을 섬뜩하게 증언하는 것들이다. "전쟁이란 놈은 워낙 맹목이라서 눈에 뵈는 게 없는 법이지. 아뭇거나 닥치는 대로 때려부시고 잡어쥑이고 빙신 맨드는 게 바로 전쟁이란 괴물이여,"(141쪽) 한 작중 인물의 말대로 전쟁이란 무차별 폭력인 것인데, 그 마구잡이 발길 아래 짓밟혀 망가지고 그 눈먼 사방 날 칼에 베

여 상처 입는 사람들의 참극을 통해 그 무차별 폭력성을 생생하게 그려
내고 있는 것이다. 그 같은 전쟁의 폭력성이 가장 응축되어 있는 것은
'죽음'일 터인데, 이야기 돌리기의 첫 이야기가 죽음의 문제를 다루고
있는 것은 당연하다 하겠다.

6·25를 다룬 전쟁소설의 평판작 가운데 하나인 작가의 「장마」와 한
짝을 이루는 작품인 「묘지 근처」는 온통 죽음의 분위기로 가득 차 음울
하다. 배경부터 공동묘지 근처, 북망으로 가는 상여들이 슬픈 상두소리
와 유족들의 애끓는 울음소리를 뿌리며 지나가는 길목이다. '늦겨울 바
람이 종횡무진 치닫고 내리닫는' 가운데 전장에서 팔다리를 잃은 상이
군인들의 원통한 울부짖음 소리가 어둠을 찢으며 울고 있다. 초점은 저
승사자와 할머니의 싸움이다.

저승사자와 할머니의 싸움은 세 가지 내용을 담고 있다. 하나는 부덕
자가 될 수 없다는 할머니의 생각. '엄동설한 악천후'의 날에 죽으면 후
손들 괴롭히는 일이니 덕 없는 사람이라 비난받는다. 꽃 피고 새 우는
호시절, 춘삼월 전에는 죽어도 저승길 따라 가지 않겠노라는 할머니의
거듭거듭 다짐은 이 때문이다. 다른 하나는 죽기 전에 전쟁 나간 아들
을 보아야만 한다는 할머니의 간절한 바람. 할머니는 "우리 병권이 얼
굴 다시 볼 때까장 나는 죽어도 살아 있을란다,"(32쪽) 뇌고 또 뇌는 것
이다. 부덕자가 될 수 없으니 춘삼월 오기 전에는 죽을 수 없다는 생각
과 전쟁 나간 아들이 돌아오는 것을 보고 죽겠다는 바람 또한 물론 간
절한 것이다. 그러나 할머니의 마음 깊은 곳에 자리 잡아, 저승사자의
어두운 손길에 맞서 한사코 싸워 버티게 만드는 것은 절대로 아들이 죽
어서는 안 된다는 비원이었다.

"안된다, 안돼! 우리 병권이만은 절대로 안된다아!"

마침내 어둠을 뚫고 저승사자가 희미하게 모습을 드러내자 상대방 울부짖음에 대항해서 할머니가 마구 울부짖기 시작했다.

"염라대와 아니라 염라대왕 할애비라도 우리 병권이한티는 손을 대들 못허니께, 애시당초 손을 대서는 안되니께 그리 알거라와!"

갑자기 저승사자의 울부짖음이 뚝 그쳐졌다. 땅바닥을 저주하던 지팡몽둥이의 움직임도 덩달아 멈춰졌다. 시커먼 모습으로 눈앞에 버티고 서서 저승사자는 우리 식구들과 팽팽히 대치하고 있었다.

"차라리 날 델꼬 가거라! 우리 병권이 대신 차라리 이 늙은이를 델꼬 가란 말여, 이 썩어 문드러질 잡것아!" (「묘지 근처」, 45-46쪽)

이미 이승의 인연이 다 되어 저승길 들어서는 문 앞까지 이른 할머니를 캄캄 어둠 속에 가두고 짓눌렀던 것은 자신의 죽음 문제가 아니라 자식이 죽을지도 모른다는 두려움이었다. 온 세상이 죽음의 기운으로 가득 찬 전쟁통이니 언제 어디서 그 죽음의 기운이 덮쳐들지 모르는 것, 할머니의 두려움은 전쟁의 그 같은 폭력적 속성을 그 어떤 말이나 사건보다도 뚜렷이 드러내 보여준다.

이 연작소설집에 담긴 이야기들은 이처럼 전쟁의 폭력성을 증언하는 한편, 그 전쟁의 폭력성에 베이고 짓눌려 죽거나 불구가 되거나 정신을 놓친 사람들의 상처투성이 영혼을 껴안고 위무하는 슬픈 연민의 노래이다. 그 속에 그들이 그 상처로부터 일어나 온전한 삶을 누리기 바라는 간절한 희구가 깃들여 있음은 물론이다. 그 희구의 마음은 다음처럼 경건한 종소리에 실려 하늘 끝으로 솟아오르고 땅 끝까지 퍼져나간다.

결국 종 치는 사람이 셋으로 불어난 꼴이었다. 그 어느 때보다 기운차게 느껴지는 종소리가 어둠에 잠긴 세상 속으로 멀리멀리 퍼져나가고 있었다. 명은이 입에서 별안간 울음이 터져나오기 시작했다. 때때옷을 입은 어린애를 닮은 듯한 그 울음소리를 무동태운 채 종소리는 마치 하늘 끝에라도 닿으려는 기세로 독수리처럼 솟구쳐 오르고 있었다.

뎅그렁 뎅 뎅그렁 뎅 뎅그렁 뎅… (「종탑 아래에서」, 293쪽)

바로 앞에서 부모가 죽창에 찔려 죽는 것을 두 눈으로 목도한 몸서리
치는 체험이 어린 소녀의 눈을 멀게 했다. 온 땅과 온 하늘을 채우며 울
려 퍼지는 저 종소리는 그들의 한이 우는 울음소리이며, 그들의 한을
함께 울며 그것을 따뜻하게 껴안는 슬픈 연민 자비의 소리이며, 공포와
원망과 절망의 철벽에 캄캄하게 갇혀 있는 영혼들을 일깨워 일어나 새
삶을 열어가도록 이끄는 생명의 소리이다.

3. 신성의 언어

이 연작소설은 전쟁통 어린아이들의 일상을 통해 6·25에 접근하고
있다는 점에서 이왕의 6·25전쟁소설 일반과는 다르다. 전쟁 중이라도
생활은 계속되는 법, 어른들은 어른들대로 아이들은 아이들대로 그들의
일상을 생활해간다. 아이들은 학교에 나가 공부하고, 동무들과 어울려
놀고, 그러면서 인간과 세상의 비밀에 눈뜨며 성장해가는 것이다.

그 무렵에 유약허고 무력한 존재에 지나지 않았던 우리 어린애들은
한편으로 전쟁이란 괴물한티 쫓기고 밤마다 가위눌리는 악몽에 시달리
면서도 다른 한편으로는 어른들이 몰르는 호젓헌 구석에 숨어서 그 전
쟁을 우리 방식대로 만판 즐긴 심이지. 말허자면 한몸땡이 안에 순진무
구헌 동심 세계허고 발랑 까진 악동 세계가 의초롭게 공존허던 시절이
었지. (「상경길」, 300쪽)

이 점에서 이 연작소설은 일종의 성장소설이다. 그들은 그 악몽과 공

부와 놀이 속에서 죽음을, 인간관계의 비정함을, 세계의 폭력성을 알게 되는 한편 의리며 신의며 순정이며 약한 자 상처 입은 자를 보살피는 이타와 연민의 마음이며 등등 지켜야 될 사람살이의 도리를 깨우치며 성큼성큼 자라나는 것이다.

예컨대, 「큰남바우 철둑」 속에 이런 삽화가 있다. 전쟁통 한 시골마을에 소년 하나가 들어왔다. 고아가 되어 오갈 데 없는 처지라, 누나를 찾아온 것이다. 어린아이에 지나지 않으며 게다가 범절도 반듯하니 얼마든지 포용할 수 있을 것인데, 마을 사람들은 그를 받아들이지 않는다. 분리하여 이 마을의 질서 밖으로 배제하려 하는 것이다.

> 겨울철로 접으들면서 벌써 '뽈갱이 자석놈'이란 말이 마을 사람들 입길에 뻔질나게 오르내리기 시작했다. 길을 가는 그를 먼빛으로 보면서 아낙네들은 끼리끼리 모여 쑥덕거렸다. 고양 마을에서 억척으로 공산당 활동을 하던 그의 아버지는 퇴각하는 인민군을 따라 북쪽으로 가다가 국군의 총에 맞아 죽었다는 것이었다.(중략)피는 절대로 못 속이는 법이라면서 아낙네들은 근처에서 노는 자기 자식들한테 신칙하기를 잊지 않았다. 저 뽈갱이 자석 놈이랑 같이 얼려 댕기는 날이 바로 니놈 발목쟁이 작신 뿌러지는 날인지 알거라! (「큰남바우」, 93-94쪽)

어떤 집단의 질서를 유지, 강화하기 위한 분리, 배제의 메커니즘이 작동하기 시작한 것이다. 좌/우 이데올로기 대립 위에서 펼쳐지는 살육의 전쟁통이니 그 분리, 배제의 메커니즘은 더욱 철저한 것으로 되지 않을 수 없다. '뽈갱이 자석놈'이란 명패가 붙여짐으로써 그는 이 마을 질서에 맞서는 '적'의 자리에 놓이게까지 되었다. 마을 사람들의 심리 속에는 이 소년을 적으로 규정하여 분리, 배제함으로써 전쟁의 폭력성에 상처 입어 병든 그들의 마음을 위안하려는 이기심도 깃들여 있었을 것이다. 절대 약자를 괴롭힘으로써 얻을 수 있는 사디즘의 쾌락을 탐닉

하는 마성의 유혹도 그 속에 도사리고 있었을지 모른다.

마을 사람들이 하나 되어 설치해놓은 이 강력한 분리, 배제의 메커니즘에 갇힌 그 소년이 선택할 수 있는 것은 굽힐 수 있는 한 굽혀 그들을 해칠 수 있는 힘이 없음을 보이는 것, 자기 아버지가 '빨갱이'가 아님을 거듭 강조하여 '적'이 아님을 주장하는 것뿐이다. 숨을 놓기 직전 가쁜 숨결 사이로 그가 마지막 토해낸 말이 "나는 인민군이 아니여, 나는 국군이 맞다니께"(「큰남바우 철둑」, 110쪽)라는 것은 그 어린 소년이 그 분리, 배제의 메커니즘의 칼날 위에서 살아남기 위해 얼마나 고투했는가를, 그의 외로움이 얼마나 지독한 것이었는가를 뚜렷이 보여준다.

오랜 세월이 흘러 옛 동무들에게 이 이야기를 전하는 서술자는 그 소년이 주인공인 슬픈 삽화를 직접 겪고 관찰하며 인간과 세계의 안쪽을 들여다보고 그 속성 하나를 깨우칠 수 있었다. 작가는 서술자로 하여금 그 소년의 마지막에 대해 "중얼거림을 다 마치더니만 우리의 염무환 대장은 풀무질하듯 마구 들썩거리던 무거운 가슴을 땅바닥 위에 가만히 내려놓고는 결국 한 마리 새로 변해 달빛 속을 가볍게 날아오르기 시작했다"(「큰남바우 철둑」, 110쪽)라고 말하게 함으로써, '빨갱이 자식이란 이유로 어린 나이에 짧은 생을 마감할 수밖에 없었던 한 소년'의 영혼을 지상의 무겁고 사나운 족쇄로부터 풀어 달빛 속으로 날아오르게 하였다. 그 언어는 중음신(中陰身)으로 구천을 떠도는 원혼을 천도하는 무당의 신격 언어(神格 言語)이다.

어디 여기에만 국한되는 것이랴. 윤흥길의 『소라단 가는 길』의 말길 마음 길을 이끄는 것은 그런 신성의 언어이다. 그 신성의 언어는 원혼(冤魂)의 원한을 푸는 데 그치지 않고 그들의 원한으로 인해 생겨난 우주의 아픔, 부조화까지 바로잡는 힘을 지닌 것이니, 인간의 언어이면서 또한 하늘의 언어이기도 하다.

2
운명과의 대결

해방 후의 이광수 문학

1. 머리말

경기도 양주군 진건읍 사릉리에 칩거하던 이광수는 삼종제 이학수(운허)를 통해 해방된 사실을 알았다. 8월 16일 아침이었다. 만주를 무대로 활동했던 조선혁명당의 조직원이었던 이학수는 "나 지금 서울로 가는 길이야." 한 마디를 남기고 "가버렸다."[1] 이학수는 재만혁명동지회 조직을 위해 해방 소식을 듣자마자 서울로 떠났던 것이다. 일제 강점의 시대가 가고 새로운 역사가 시작되는 시점이었다. 새로운 시대가 요구하는 역사적 책무를 앞서서 짊어져야 마땅하다고 생각했기에 이학수는 주저 없이 절문을 나와 정치의 중심부를 향해 곧장 내달렸다. 사릉역을 지나 춘천으로 서울로 다니는 "경춘선 열차에는 태극기를 든 군중이 차 지붕에까지 무더기로 타고 다"녔다. 한갓 시골인 주변부 공간 사릉에도 새 시대가 가져온 환호성이 곳곳에서 울려 퍼지고 파괴와 건설의 활기가 넘쳐흘렀다. "까막까치도 막 쏘며 다녔다."[2]

---

1) 이광수, 「나의 고백」, 『이광수전집』 7, 삼중당, 1971, 281쪽.

바로 눈앞에서 전혀 상상할 수 없었던 일들이 벌어지고 있었지만 이광수는 "여전히 가만히 앉아 있었다." 그는 이에 대해 "역사와 철학 서적을 읽으면서" "칠팔 년간 내가 걸어오던 길, 하여 오던 생각에서 벗어난 나는 완전히 무념무상의 심경으로 세계와 우리 민족의 장래에 대하여 명상할 여유가 있었다."[3]라고 『나의 고백』에 적었다.

불교 용어인 무념무상은 '무아의 경지에 이르러 일체의 상념을 떠남'을 뜻하니 이 경우에 적절한 말이 아니다. 그는 해방의 소용돌이를 멀찍이 건너다보며 책 속에 묻혀 있었지만 "세계와 우리 민족의 장래에 대해 명상"하며 "앞으로 어떻게 할까"[4]라는 화두를 붙들고 피투성이 고투를 거듭하고 있었기 때문이다.[5]

그렇다면 이광수는 이 용어를 어떤 뜻으로 사용한 것일까? 이 말이 들어 있는 문맥을 살필 때 중요한 것은 "칠팔 년간 내가 걸어오던 길, 하여 오던 생각에서 벗어난"이란 구절이다. 해방에 이르기까지의 칠팔 년간이란 1937, 8년 이후를 가리키는 말일 터인데, 이 기간 동안 이광수는 말과 글과 행동으로써, 법화행자의 자리에서 부처의 자비를 널리 알리는 일, 황도사상이란 지배이데올로기의 절대적 정당성을 확인하고 선전하는 일을 하였는데, 문학에 국한해 본다면 그 결과는 불법 또는 황도사상이란 추상적 관념이 절대적으로 옳다는 것을 말하는 절대적 계몽성의 세계로 나타났다.

문학과 종교의 일치, 문학과 정치의 일치를 핵심으로 하는 그 절대적

---

2) 위의 책, 282쪽.
3) 같은 곳.
4) 같은 곳.
5) 해방 후 이광수 문학의 중심에 놓인 말은 많은 연구자가 지적하듯이 '돌베개'이다. 그 돌베개는 수필 「돌베개」 「백로」 등에 분명히 드러나 있듯이 "세상을 잊은" "높고 외로운 선비"인 '처사'의 정신과 "한 큰 민족의 조상이 되려는 불굴의 야심"이라는, 상반되는 두 마음을 품고 있는 상징물이다.

계몽성의 세계는 절대적인 차원에 놓이는 것인 만큼 뚜렷하고 단순하여, 장편이라 하더라도 한 줄로 압축할 수 있는 가르침의 세계이니 종교적 격언 또는 정치적 구호와 유사한 것이었다. "칠팔 년간 내가 걸어 오던 길, 하여 오던 생각에서 벗어"난다는 것은 그렇다면, 역시 문학에 국한하여 말한다면 이 같은 절대적 계몽성의 세계에서 벗어난다는 것을 뜻하는 말이라 볼 수 있지 않을까?

이런 물음을 앞에 놓고 볼 때, 해방 후 이광수의 문학은 이 같은 절대적 계몽성의 세계에서 벗어난 자리에 놓이는 문학과, 다시 절대적 계몽성의 세계로 회귀한 문학의 둘로 나눌 수 있다. 물론 확연히 나뉘는 것은 아니지만 대체로 전자에 해당하는 문학이 시기적으로 앞선다.[6] 논란의 중심에 놓여 있는 '민족을 위한 자기희생적 행위로서의 친일'이란 이광수 특유의 논리는 후자에 해당한다.

해방 후에도 이광수는 많은 글을 썼다.[7] 『도산 안창호』(태극서관, 1947), 『꿈』(면학서포, 1947), 『나—소년편』(생활사, 1947), 『돌베개』(생활사, 1948), 『나—스무 살 고개』(박문서관, 1948), 『나의 고백』(춘추사, 1948), 『사랑의 동명왕』(한성도서, 1950), 『시집 사랑』(문선사, 1955) 등의 저서에 실린 글들, 미발표 시집 『내 노래』에 실린 시들과 몇 편의 수필, 연재 도중에 중단된 장편

---

6) 김경미는 "민족담론이 '반일'에서 '반공'으로 바뀌는 1948년이 그 같은 변화의 경계라고 보았다. 이 시기 이광수의 '기억 서사'는 '관조적 서술방식'에서 '계몽적 서술방식'으로 서술방식까지 바뀐다.(김경미, 「해방기 이광수 문학의 기억 서사와 민족 담론의 양상」, 『현대문학이론연구』 43, 현대문학이론학회, 2010, 74쪽)

7) 해방 후 출판계에서 이광수는 최고의 인기 저자였다. 해방 이전 작품들이 대거 재출판되었고, 해방 후 작품들도 줄이어 나와 대중의 큰 호응을 받았다. 『혁명가의 아내』, 『애욕의 피안』, 『사랑』 등 재출간된 소설들은 '위안과 통속'의 힘으로 "이념의 갈등이 첨예했던 해방기 독자"들을 매혹하였고, 해방 후 작품들은 "친일의 참회나 자기고백을 바라는 해방기 대중의 또다른 요구"에 부응하여 널리 읽힐 수 있었다.(김종수, 「해방기 출판시장에서 이광수의 위상」, 『민족문화연구』 52, 고려대 민족문화연구원, 2010, 218-219쪽)

『사랑』(『태양신문』, 1950) 등이 목록에 올라 있다. 이 짧은 글에서 발표자
는 해방 후 이광수가 쓴 글들을 '절대적 계몽성'이란 개념을 매개로 나
름대로 재구성해 보고자 한다.

2. 관찰자 · 사색인의 자리, 발견의 세계

　해방 후 이광수는 자신이 믿는 추상적 관념이 절대적으로 옳다는 확
신 위에 서서 타자를 계몽하는 계몽자의 자리에서 물러나 관찰자, 사색
인의 자리에 섰다. 관찰자, 사색인의 자리에 서니 자신이 믿는 추상적
관념이 절대적으로 옳다는 확신에 갇혔을 때는 잘 볼 수 없었던 것들이
보이기 시작하였다. 관찰과 사색을 통해 얻은 발견의 세계라 할 수 있
는 수필들을 통해 이를 확인할 수 있다.

　관찰자, 사색인의 자리로 물러난 이광수가 발견한 것 가운데 하나는
인간이 이기적이고 자기중심적이며, 자신의 경험에 바탕을 둔 선입관에
갇혀 있으며, 타자를 배려하는 마음이 부족하고 남 위에 군림하고자 하
는 욕망에 사로잡힌 존재라는 사실이다.[8] 다른 하나는 인간은 소나 제
비나 새와 같은 짐승과, "같은 생명과 운명의 고리들"이며, '참는 도를
닦'으며 '사바세계'를 견뎌야 하며, '악'에 시달리며 "하루도 마음 편할
날 없는" 삶을 살아야 한다는 점에서 동질적이라는 사실이다.[9]

　관찰자, 사색인의 자리에서 선 이광수는 세찬 비바람 속에 휩쓸렸으
나 '저항'의 힘을 다하여 '무성한 잎사귀들 속으로' 피신하는 '흰 나비'

---

8) 「물」, 「서울 열흘」, 「우리 소」, 「제비집」, 「영당 할머니」 등의 수필이 이를 잘 보여
　준다.
9) 「작은 새」, 「나는 바쁘다」, 「제비집」 등의 수필이 이에 해당한다.

한 마리를 통해 생명의 힘이 얼마나 크고 강한가를 발견하기도 하였고, 가을날 해질 무렵 "한껏 날개를 벌려서 기운껏 날고 있"는 벌레들의 군무를 보고 생명계에는 죽음의 관념에 침해 받지 않는 '사랑의 대향연'이 존재함을 발견하기도 하였다.

> 그들에게 있는 것은 오직 '있다'뿐이다. '있었다', '있겠다'는 그들이 상관하는 바가 아니다. 그들은 날개 있으니 날고, 사랑이 있으니 사랑한다. 보라, 저 짝을 얻은 한 쌍을! 그들은 서로 이끌며 서로 따라 공주 높이 또는 땅을 향하여 사랑의 보금자리로 퇴장하여 버리지 않는가. 아마 그들은 오늘 안으로 어디다가 알을 낳아 붙이고 오늘 안으로 그 몸을 벗어버릴 것이다.
> "할 일을 다 하였다. 이루었다."
> 하고 그들은 명목하여 버리는 것이다.[10]

관찰자, 사색인의 자리에 물러앉아 이광수는 해방 후 한동안 한국 사회의 정치적 헤게모니를 쥔 것처럼 보였던 공산주의 세력의 득세를, 그 정치세력의 작동 메커니즘에 대한 나름의 진단에 근거하여 비판할 수도 있었고, 더 나아가 '권세를 잡'은 '소위 지도자들'의 자기 확신과 민중 위 군림을 비판할 수도 있었다.

> 사람에게는 큰 병이 있다. 그것은 권세를 잡아 보면 제가 다른 사람보다 힘으로나 지혜로나 엄청나게 잘났다고 생각하는 것이다. 이것은 일종의 정신병이요, 열병이다. 그들이 다른 사람과 다른 칭호를 가지고 야릇한 제목을 입고 궁궐 같은 집 속에 들어앉아서 총 메고 칼 찬 여러 천, 여러 만의 무리를 지휘하게 하면 그들은 마치 여편네 뱃속에서 나와서 화식을 먹는 사람이 아닌 것 같은 망상을 하게 된다. 이 정신병자 자신만 그런 것이 아니라, 민중들도 습관 형성의 법칙에 의하여 저 소

---

10) 「살아갈 만한 세상」, 『이광수전집』 8, 삼중당, 1971, 295쪽.

위 지도자들은 날개가 돋고 풍운조화를 막 부리는 천신과 같이 생각하
게 된다. 이것은 한 정신병이요, 미신이다. 모든 악은 진실로 여기서 나
오는 것이다.[11]

민족의 계몽자로 자처하며 민중 위에 군림하여 온 이광수 자신을 포
함한 '소위 지도자' 일반의 문제점에 대한 통찰에 근거한 비판이다. 물
론 이광수는 자신 또한 그 가운데 하나임을 인정하지 않았기에 자기반
성, 자기비판으로 나아가지는 않았다. 그러나 이 진단 가운데 날카로운
통찰의 눈이 빛나고 있음은 부정할 수 없는데 그것은 관찰자, 사색인의
자리에 섰기에 비로소 가능한 것이었다.

돌아보면, 자신의 말과 행동을 지배하는 계몽의식을 적절히 통어하
며 관찰자, 사색인의 글쓰기에 나아간 경우, 이광수 문학은 높은 수준에
이를 수 있었다. 이광수의 대표작으로 널리 인정받는 「무명」이 이를 잘
보여준다. 「무명」은 토지 사기에 연루되어 감옥에 갇힌 한 도장 위조범
이 '격리의 공포' '죽음의 공포'에 짓눌려 고통 받으며 죽음의 길로 걸
어가는 과정을 섬세한 관찰에 근거하여 치밀하게 그려낸 수작이다.[12]
계몽성 그 자체라 할 수 있는 작중인물이자 1인칭 관찰자인 서술자의
개입을 적절하게 통어하였기에 '나무아미타불'만 외면 '극락'에 오를
수 있다는 서술자의 계몽조차, 이광수의 다른 작품에서는 작품을 구성
하는 다른 요소들 위에 압도적으로 군림하여 그것들을 주변화하고 경
우에 따라서는 무화해 버리는 그 폭력적인 계몽조차 이 작품에서는 주
인공이 놓인 처지의 절박함과 그가 겪는 심리적 고통을 효과적으로 부
각하는 기능을 할 수 있었다.[13]

---

11) 「인생과 자연」, 같은 책, 301~302쪽.
12) 정호웅, 「일제 말 소설의 창작방법」, 『현대소설연구』 43, 2010 참고.
13) 미완의 작품 「늙은 절도범」도 이 측면에서 평가할 수 있다.

그러나 「무명」의 성공은 이광수 문학에서 드문 경우이다. 자신의 믿음에 대한 절대적 확신을 딛고 서서 작중인물들은 물론이고 작품을 구성하는 모든 요소, 나아가서는 독자들 위에까지 군림하는 계몽자의 개입으로 인해, 그 계몽자의 믿음만이 우뚝한 단성성의 세계에 고착된 작품이 대부분이다.

3. 절대적 계몽성의 세계

'高枕石頭眠' 또는 '脫巾掛石壁 露頂灑松風'의 시구로써 드러낸 "세상을 버린 한가한 사람" 곧 처사를 자처했지만 이광수의 마음 근저에는 여전히 그 절대적 계몽성의 세계를 구축했던 계몽자의 의식이 도사리고 있었다. 이광수는 '무념무상'을 되새기며 억압하고자 애썼지만 그 계몽자의 의식은 수시로 고개를 내밀고 이광수가 버리고자 했고 잊고자 했던 그 세상에 개입하였고 독자들을 계몽하고자 하였다. 마침내 이광수 문학은 다시 한동안 떠났던 절대적 계몽성의 세계로 되돌아간다.

3-1. 사랑론

특정할 수는 없지만 한동안 억압되었던 그 계몽자의 의식이 어느 시점에서부터인가 이광수의 해방 후 문학에 뚜렷이 드러나게 된다. 해방 후 이광수 문학을 하나로 꿰는 '사랑론'을 이 측면에서 살필 수 있다. 아래 인용은 해방 후 이광수 문학에 뚜렷한 사랑론의 골자를 담고 있는 부분이다.

"빼앗지 말고 주면서 살아 보세."
"미워하지 말고 사랑하면서 살아 보세."
"속이지 말고 서로 믿고 살아 보세."
"싸우지 말고 서로 돕고 살아 보세."
이것이다.
이러한 모양으로만 살면 이 세상도 살아 갈 만한 세상이 된다. 忍土
란 그러한 세상이란 말이다.[14]

이광수의 말대로 '성인들'의 말씀으로 구구절절 좋으니 애당초 옳다
그르다 평가의 대상이 아니다. 이광수는 이 같은 사랑의 마음으로 살면
'자유와 평등'[15]의 세상이 실현될 수 있다고 믿었는데 주관적 믿음이므
로 이 또한 옳다 그르다 평가의 대상이 될 수 없다.

한편 이 사랑론은 자연의 이치를 좇아 사는 것이 바람직하다는 생각
과 이어져 있는데 이 같은 인생론 또한 마찬가지로 평가의 대상이 될
수 없다. "인생의 모든 불행이 자연에서 떠나서 사람이 꾀를 부리는 데
서"[16] 생기는 것이므로 "자연의 이법을 알아서 거기 순응"[17]하면 "자
유롭고 평등하고 서로 사랑하는 세상"[18]이 온다는 이광수 개인의 믿음
이 낳은 것이기 때문이다.

그러나 이광수의 사랑론과 자연의 이치를 좇아 사는 것이 바람직하
다는 인생론이 다 같이 '빼앗음, 미워함, 속임, 싸움' 등으로 혼돈스러운
인간 삶과 그 삶이 영위되고 있는 현실 위 아득한 관념의 세계로 날아
오른 데서 생긴, 그리하여 때로는 그 삶과 현실을 무화하고 말기도 하

---

14) 「忍土」, 『이광수전집』 8, 앞의 책, 306쪽.
15) 같은 글, 302쪽.
16) 「인생과 자연」, 같은 책, 296쪽.
17) 같은 글, 299쪽.
18) 같은 글, 303쪽.

는 논리인 것은 분명하다. 이 논리에 이끌려 이광수는 그가 벗어나고자 했던, 자신이 믿는 추상적 관념이 절대적으로 옳다는 확신 위에 서서 타자를 계몽하는 절대적 계몽의 세계, 시간초월적인 세계로 되돌아갔다.[19] 옛 이야기 「조신몽」을 딛고 인간 욕망을 근본 부정하는 장편 『꿈』, 국가 건설의 대과업을 선구하는 지도자의 정신과 태도가 자기희생적·무차별적·무한포용적인 성격의 사랑에 바탕해야 한다는 것을 역설하는 장편 『사랑의 동명왕』도 이 측면에서 이해할 수 있다. 사람들로 하여금 비판이나 대안 제시의 생각은 애당초 하지 못하게 만들 만큼, 그러니까 토론의 성립을 원천봉쇄할 만큼, 진선미의 언어로 엮어 짜 완전 무결한 「서울」의 '테이블 스피치'라는 새로운 연설 형식도 마찬가지이다.

> 우리는 어느 깃발 밑에, 또는 무엇을 들고 일어나리까? 마음의 깃발 밑에 칼을 들고 일어난 사람은 벌써 너무 많습니다. 민족과 민족끼리, 계급과 계급끼리가 미움으로 서로 싸워 서로 죽이기도 이제 그만 넉넉하지 않습니까. 이제 그만 그칠 때가 아닙니까.(중략)
> 나는 사랑의 깃발 밑으로 섬김의 무기를 들고 일어나기를 원합니다. 여러분의 사랑의 고향은 아시아입니다. (중략) 남을 미워하고 남의 것을 탐내는 마음은 우리 본심이 아니요, 폭력과 모략으로 남을 해치려는 것이 우리의 마음이 아닌 것을 발견할 것입니다. 이 마음이야말로 세계의 평화를 가져올 마음이 아닙니까. 우리는 이 사명을 들고 일어날 날이 왔다고 믿습니다. 우리는 모스크바도 아니요, 서울의 깃발 밑에 일어나 인류 구제의 길을 떠날 때라고 믿습니다.
> 우리는 사랑의 나라 건설, 평화로운 인류 세계를 건설할 사명을 가지고 서울의 깃발 밑에 일어나자는 음전의 말에 박수 소리가 한참 동안

---

19) 이 점에서 이광수의 사랑론과 자연의 이치를 알아 그것에 순종하는 것이 바람직하다는 인생론은 반근대적인 성격의 논리이다. 이광수의 삶과 문학이 서구의 근대를 좇아 나아가야 한다는 데서 출발했으며, 지금 우리가 문제 삼고 있는 것이 새로운 민족국가 건설이 최우선의 역사적 과제였던 해방 직후에 쓰여진 글들이라는 것을 생각하면 참으로 아이러니컬하다고 하지 않을 수 없다.

이나 쉬일 줄을 모르고 났다. 열정가 미스 강은 음전이가 말을 다 하고 자리에 앉기가 바쁘게 뛰어와서 음전의 목을 껴안고 수없이 입을 맞추었다. 그의 두 뺨에서는 눈물이 흘러 등불 빛에 번쩍거리고 있었다.[20]

교육을 통한 '조선 사람 구제'[21]가 사랑과 섬김을 통한 평화로운 인류 세계 건설로 바뀌었을 뿐, 진선미의 언어로 엮어 짠 완전무결한 연설 형식이라는 점에서 『무정』의 저 유명한 삼랑진 여관에서 동행의 여성들에게 행한 이형식의 연설과 똑같다. 완전무결한 것이기에 전적인, 무조건의 동의만이 있을 뿐이다. 『무정』의 그녀들이 이형식의 연설을 듣고 "소름이 쪽 끼치고" "눈앞에는 불길이 번쩍하는 듯하였"으며 "마치 큰 지진이 있어서 온 땅이 떨리는 듯"한 감동을 맛보았던 것처럼 「서울」의 청춘남녀들은 이음전의 연설에 완전히 감복한 것이 이를 잘 보여준다.

이 지점에 이르러 이광수 문학은 저 젊은 열정의 문학 『무정』의 세계로 회귀하였다.

3-2. 민족을 위한 희생으로서의 친일

해방 후 사릉에 칩거하며 한동안 침묵하던 이광수는 『나의 고백』(1948. 12)을 통해 놀라운 '고백'을 한다. 그동안 친일 행위에 대한 무수한 고백, 참회, 비판의 말과 글이 나왔지만 만나기 어려운 '민족을 위한 희생으로서의 친일'이란 고백이었다.[22]

---

20) 이광수, 「서울」, 『이광수전집』 7, 삼중당, 1971, 539-541쪽.
21) 이광수, 『무정』, 동아출판사, 1995, 371쪽.
22) 비슷한 경우가 전혀 없는 것은 아니다. 이병주의 장편 『관부연락선』에 나오는 당
    대 조선의 지식 청년들 "──우리를 희생하고 동족을 살린다. 또는, ──우리가 일

만일 이 몸을 던져서 한 사람이라도 동포의 희생을 덜고, 터럭 끝만
치라도 닥쳐오는 민족의 고난을 늦출 수가 있다고 하면, 내 무엇을 아
끼랴. 게다가 나는 언제 죽을지 모르는 병약한 몸이었다. 이렇게 생각
할 때에 내 눈앞에는 삼만 몇 명이라는 우리 민족의 크림이라 할 지식
계급과 현대 이상의 무서운 압제와 핍박을 당할 우리 민족의 모양이
보였다.[23)]

국회에서 '반민족행위처벌법'이 통과된 것은 1948년 9월 7일이고 공
포된 것은 9월 22일이었으며, 이 법에 따라 '반민족행위특별조사위원회
(반민특위)'가 출범한 것은 1948년 10월 22일이었다. 그리고 이광수가 최
남선과 함께 반민특위에 체포된 것은 1949년 2월 7일이었다. 『나의 고
백』이 1948년 12월에 출판되었으니까, 반민특위의 출범과 이광수의 체
포 사이, 그 긴박한 시기에 나온 것이다. 이광수는 이 긴박한 시기에
'민족을 위한 희생으로서의 친일'을 역설하는 이 책을 냄으로써 정면
돌파를 꾀하였던 셈이다.

일본 역사의 성소(聖所) 향구산(香久山)을 받아 香山光郎이라 창씨개명하
였고, 논설로써 '조선 역사의 무화(無化), 조선인의 일본인화, 조선 문화
의 일본 문화화로 요약되는 발전적 해소론'을 외쳤으며, 국책에 대한
절대적인 믿음을 품고 "조금의 회의도 어떤 비판도 들이지 않는 무갈등
과 순수의 세계"라 할 소설들을 줄이어 써냈다는 사실을 생각하면 받아
들이기 어렵다. 1940년 이후 일기는 "전부 歌日記라 해도 좋은 정도로

본의 병정 노릇을 함으로써 일본의 조선인에 대한 차별대우를 없앤다."(『관부연락
선』, 두산동아, 1995, 112쪽.)라 자위하며 전쟁에 나서는 것을 들 수 있다. 그러나
『관부연락선』의 인물들이 그것을 "스스로의 비굴함을 당치도 않은 궤변으로 합리
화시키려는 두 꺼풀의 비굴한 행동이었음은 두말할 나위가 없었다."라고 하여 한
갓 궤변이라 일축하는 것에 반해 이광수는 정말 그렇게 생각했다고 주장한다는
점에서 양자는 근본적으로 다르다.
23) 「나의 고백」, 『이광수전집』 7, 삼중당, 1971, 273쪽.

短歌로 채워져 있었는데 대부분이 '大君의'로 시작되는 투로 되어 있었다는"24) 증언에서 알 수 있듯 내밀한 자기 기록인 일기조차 황도사상에 깊이 물들어 있었다는 것을 생각하면 수긍하기 참으로 어려운, 그래서 더욱 놀라운 반전이었다.

게다가 이광수는 해방 후 자신의 과거를 돌아보며 '자살'을 말하기도 하고 '大局을 볼 줄 몰랐다 하면 그럴 법도 하겠습니다'라고 하여 자신의 잘못을 인정하는 듯한 발언을 여러 차례 하기도 했으니 더욱 수긍하기 어렵다.

수긍하기 어렵지만, 자신의 친일이 민족을 위한 것이었다는 것을 말하는 이광수의 어조는 확신에 차 당당하고 태도는 진지하며 글의 전개는 논리적이고 자연스러워서, 어려운 상황을 피하기 위해 만들어 낸 '변명'이라고 일축할 수는 없다.

「나의 고백」과, 「因果」를 비롯한 시 몇 편 등 이광수가 남긴 글 말고 '민족을 위한 희생으로서의 친일'의 진실 여부를 판단할 수 있는 근거는 어디에도 없다. 그것은 허위의 가공일 수도 있고 진실일 수도 있다. 어쩌면, 그것은 일제 강점기 말 어려운 상황 속에 들어 혼란스러웠던 이광수의 복잡한 내면에 깃들었던 많은 생각 가운데 하나였을 뿐인데 해방 후의 특수 상황 때문에 또는 논리 체계의 흡인력에 이끌려, 또는 이런 여러 이유가 함께 작용하여, 마치 전부였던 것처럼 과장되어 부각되었을 수도 있다.

진실은 알 수 없지만, 어떻든 이광수는 자신의 친일이 민족을 위한 희생이었다고 주장하였다. 이 같은 믿음 위에 서서 이광수는 한편으로는, 그런 자신을 알아주지 않는 세상을 원망하였고25) 또 한편으로는,

---

24) 田中英光, 「조선의 작가」, 『신조』, 1943. 2; 김윤식, 『이광수와 그의 시대』 3, 한길사, 1986, 1009쪽에서 재인용.

"天地가 이를 알고 神만이 이를 알 것"이므로 "아는 이가 한 분도 없어도 할 수 없거니와 그래도 좋습니다."라고 하여 '천지'와 '신'의 권위를 빌려 그것이 절대적 진실임을 힘주어 말하였다. 이광수의 이 같은 믿음과 태도 아래에는 자신을 스스로 수난 속으로 나아간 민족 영웅이라 여기는 '수난의 영웅 의식이' 놓여 있다.

> 나는 '愚子의 孝誠'이라고도 저를 評해 보았습니다
> 그러난 내가 할 일을 하여 버렸습니다
> 내게는 아무 不平(評의 오기일 것-인용자)도 悔恨도 없습니다
> 나는 "民族을 爲하여 살고 民族을 爲하다가 죽은 李光洙"가 되기에 부끄러움이 없습니다
> 天地가 이를 알고 神만이 이를 알 것입니다
> 世上에는 이를 아는 同胞도 있을 것입니다
> 아니, 아는 이가 한 분도 없어도 할 수 없거니와 그래도 좋습니다
> 나는 내가 할 일을 하였기 때문입니다[26]

이광수의 글 곳곳에는 더 높은 곳으로의 나아감을 위해 자진하여 어려움 속으로 걸어가는 인물이 자주 나온다. 수필 「돌베개」에서 이광수가 자신을 큰 어려움 속에 들었으나 주저앉지 않고 나아가는 민족 영웅 이삭과 동일시하는 것 속에도 자신이 수난 받는 민족 영웅이라는 의식이 깃들어 있다. 해방 후 민족반역자로 낙인 찍혀 위기에 내몰린 자신을 수난 받는 민족 영웅이라 여기는 이 같은 의식은 일제 강점기 막바지 시기에 자신이 민족반역자로 비판받을 것임에 틀림없음을 잘 알면서도 민족을 위해 수난의 상황 속으로 스스로 걸어 들어갔다는 이광수의 믿음 위에 놓인 것임에 그는 당당하고 우뚝할 수 있었다.

---

25) 미발표 시집 『내 노래』에 들어 있는 「나·2」가 대표적이다.
26) 「因果」 부분, 『내 노래』, 『이광수전집』 9, 삼중당, 1971, 541쪽.

진실 여부와는 무관하게, '수난의 영웅 의식'을 품은 '민족을 위한 희생으로서의 친일'이란 깃발을 내걸고 이광수는 자신을 민족반역자라 비난하고, 테러를 위협하고 법으로써 징치하려는 세상에 정면으로 맞섰다. 이때 그의 친일론은 한갓 변명이 아니라 계몽자의 웅변이 된다. 이광수는 다시 계몽자로 돌아온 것이다.

민족을 위한 희생으로서의 친일이란 절체절명의 위기에 처한 민족을 구하기 위한 것이며 그 민족의 미래를 위한 것이라는 점에서 나라를 잃고 다른 민족의 노예가 되었으며 미래에는 더욱 불행해질 가능성이 높은 한민족에게는 절대적인 차원의 '善'이다. 절대적인 것이기에 이광수와 같이 그것의 의미를 아는 사람은 자기 파괴가 예정되어 있음에도 이 논리에 온몸을 바칠 수 있다. 이처럼 이 전적인 헌신은 민족을 위한 친일이라는 도덕적 정언명령에 내재한 선의 절대성에 이끌린 것이다. 다른 한편 그 헌신은 그 선의 절대성을 증명하는 것이니, 이로써 민족을 위한 희생으로서의 친일이란 이광수 특유의 친일론은 적어도 그것의 진실성과 절대성을 확신하는 그에게는 완전무결한 논리로 완성되었다.[27]

이광수의 친일론은 다른 한편, 새로운 역사를 열고자 소용돌이치고 있던 당대 한국 사회에서도 절대적인 의미를 갖는 실천적인 윤리를 담고 있는 것이었다. 이광수가 그러했듯 자기 파괴의 구렁텅이에 빠지는 한이 있더라도 그 희생을 감수하며 민족을 위하는 일에 헌신해야 한다는 절대성의 윤리이다.

---

27) 물론 이 시기, 일본과의 관계에서 이광수의 정신이 철저한 '친일' 또는 '종일(從日)'에 이르러 '무갈등, 순수' 차원에 있었다고 할 수는 없다. 이광수의 복잡한 심리 안쪽에 대해서는 다음 글들을 참고할 만하다. 김윤식, 『일제말기 한국작가의 일본어 글쓰기론』, 서울대 출판부, 2003; 노연숙, 「해방 전후 이광수 문학에 나타난 민족의 의미」, 『한국현대문학연구』 26, 한국현대문학회, 2008; 서영채, 『아첨의 영웅주의』, 소명출판, 2011.

이 친일론의 선성과 진실성에 대한 절대적인 믿음을 딛고 이광수는 다시 계몽자로 당대 한국인들의 앞에 온몸을 드러내고 우뚝 섰다. 귀 기울여 듣는 사람도 그것의 진실성을 믿는 사람도 거의 없었지만 그는 그것이 진실임을, 그 속에 들어 있는 실천 윤리가 새 시대 한국인이 좇고 실천해야 할 절대적인 윤리임을 외치고 또 외쳤다. 광야에서의 홀로 외침이었기에 현실과 교섭한다면 피할 수 없는 타협과 조정의 압력에서 자유로웠기에 시간이 흘러도 그 절대성은 조금도 훼손되지 않을 수 있었다.

이렇게 살피면 이광수의 친일론 또한 해방 이전 그의 글과 마찬가지로 절대적 계몽성의 세계에 속한다는 것을 분명히 알 수 있다. 이광수는 이 절대적 계몽성의 논리를 딛고 '망각'과 '사면'을 통해 "民族 大和를 回復하고, 民族 一心一體의 新氣力을 振作하는 賢明한 措置"[28]를 하여야 한다는 것 등을 주장하였다. 민족을 위한 희생으로서의 친일이란 절대적 계몽성의 논리 위에 놓인, 마땅히 그러해야 한다는 것을 주장하는 말이니 이 또한 절대적 계몽성의 세계에 속하는 것이었다. 이광수는 다시 그가 떠나고자 했던 그 세계로 돌아온 것이다.

1966년에 나온 최인훈의 「서유기」에는 자신의 지난 삶을 반성하는 이광수가 등장한다. "이광수는 20년이 지난 후에야 후배 소설가인 최인훈에 의해 비로소 '자아비판'의 의식을 치를 수 있었다."[29] 이 소설에서 이광수는 '식견이 모자'라 "시세가 다 그른 줄로 판단"한 데서 비롯된 '절망'했다는 것, 조국의 광복을 기다리다 '지쳤'다는 것, "민족을 자기 허영심의 대상으로 삼은 사심(私心)"에 눈이 멀어 "설교하고 예언하고 가

---

28) 「나의 고백」,『이광수전집』 7, 앞의 책, 288쪽.

29) 서은주, 「해방 후 이광수의 '자기서술'과 고백의 윤리」,『민족문화연구』 58, 고려대 민족문화연구원, 2013, 266쪽.

르치"는 일 곧 친일 활동을 했다는 것을 고백하며, "영겁의 지옥 속에서 이 몸은 헤매어지이다."[30]라 한탄한다.

「서유기」에서의 자기비판 가운데 해방 후 이광수 문학에서 확인할 수 있는 것은 '식견이 모자'랐다는 것 하나뿐이다. 그것도 "大局을 볼 줄 몰랐다 하면 그럴 법도 하겠습니다."라고 하여 마지못해 받아들인다는 투로 한 마디 해 놓았을 따름이다. 이것을 두고 진정한 자기비판이라 할 수는 없는 것, 해방 후 이광수의 글에서 자기비판의 언어는 하나도 없다고 말해도 될 것이다.

'무지'란 얼마나 좋은 핑계거리인가. 신문과 라디오를 통해 들려오는 소식은 하나같이 일본군의 파죽지세 진격이고 승리였으며, 조선인 일반은 전쟁의 실상을 비롯하여 전세가 어떠한지 알 수 있는 정보에 접근할 수 없었으니 실제로 대부분의 조선인은 무지했다. 무지했기에 그들은 일본의 승리를 믿었고 일본의 승리를 믿었기에 국책에 순응했다. 많은 친일 행위자가 친일의 이유로 '무지'를 들었던 것은 이 점에서 일면의 진실을 담고 있었다고 할 것이다. '무지'를 이유로 들어 그 뒤에 숨고자 하는 그들의 말을 자기합리화를 위한 변명이라 일축할 수 없는 것은 이 때문이다.[31]

이처럼 좋은 핑계거리임에도 불구하고 이광수는 이를 이용하지 않았다. 여러 가지 이유가 있었을 수 있겠지만 지금 우리가 알아내는 것은 물론 불가능하다.[32] 그러나 분명한 것은 친일의 이유로 무지를 내세운

---

30) 최인훈, 『서유기』, 문학과 지성사, 2013, 200-203쪽.
31) '무지'를 윤리적 비판과 참회의 대상으로 바라보는 경우도 물론 있다. 대표적인 것은 앞에서 살핀 최인훈의 「서유기」와 같은 작가의 장편 『태풍』(1973), 이병주의 『관부연락선』과 『지리산』 등 학병 체험을 소재로 한 작품들이다. 최인훈과 이병주는 '무지'를 지식인의 책무와 관련지어 다루었다. 이에 대해서는 정호웅의 다음 글들을 참고하시오. 「존재 전이의 서사-'태풍'론」, 『태풍』, 문학과 지성사, 2009; 「이병주 문학과 학병 체험」, 『한중인문학연구』 41, 한중인문학회, 2013.

다면 '민족을 위한 희생으로서의 친일'이란 명분을 중심에 놓은 이광수의 저 절대적 계몽성의 친일론이 무너지게 된다는 사실이다. 그러니까 그 절대적 계몽성의 명분이 압도적으로 군림하는 이광수의 논리 체계 속에 '무지'가 들어설 자리는 애당초 없었던 것이다.

4. 문학과 진실-해방 후 이광수 문학의 한계

나는 다른 글에서 일제 강점기 말 이광수의 문학에 대해 다음처럼 말한 바 있다.

> 이광수의 국책소설은 지배 이데올로기의 근본인 일본정신이 아무런 결점도 지니지 않은, 진선미의 권화라는 믿음 위에 서 있는 것이라는 점에서 철저하다. 조금의 회의도 어떤 비판도 들이지 않는 무갈등의 세계, 순수의 세계가 이에 떠올랐다. 그 무갈등, 순수의 세계는 단 하나의 함의만을 품고 있어 극도로 투명한 기호이니 해석이란 이 앞에서 아무런 의미도 지닐 수 없다. 받아들일 것이냐 거부할 것이냐, 양자택일을 요구하는 소설은 정치 구호와 동질적이다.[33]

해방 후 이광수는 이 같은 성격의 해방 전 문학에서 떠나고자 했고

---

32) 1960년대에 비로소 공개된 미발표 유고 가운데 하나인 시 「因果」에 대한 검토에서 "'참회'의 제스처를 민중에게 내보이는 것이 자신에게 유리할 수 있다는 것도 알고 있으며, 자신이 참회를 거부하면 또 비난받을 것을 알고 있"지만 "진실이 그러하니 자신은 거짓말을 할 수 없다는 것을 밝히는" 두 화자 곧 '지혜로운' 화자와 '정직한' 화자를 통해 해방 후 이광수의 친일론이 "이광수 자신에게는 상당한 주관적 성실성을 동반한 것"이었다고 한 의견(심원섭, 「이광수의 보살행 서원과 친일의 문제」, 『한림일본학연구』 7, 한림대일본학연구소, 2002, 85쪽)을 참고할 수 있다.
33) 정호웅, 앞의 글, 44쪽.

떠난 것처럼 보였다. 그러나 겉으로만 떠난 것처럼 보일 뿐, 실상은 그러하지 못하였다. 해방 후 이광수 문학은 해방 전 그의 문학과 근본적으로는 다르지 않다.

그는 해방 전에도 해방 후에도 여전히 자신이 절대적으로 옳다고 믿는 것을 널리 알려 사람들과 세상을 바꾸고자 하는 계몽자였다. 뛰어난 언어 능력을 지닌 그가 평범한 한국어를 엮어 짠 그 계몽 언어의 세계의 핵심은 절대적 계몽성이었다. 이 절대적 계몽성이 그의 논리 체계 속으로 '민족을 위한 희생으로서의 친일'이란 것 이외의 것들이 들어오는 것을 철저하게 막았다. 그것은 또 작가 이광수가 복잡하였을 것임에 틀림없는 자신의 안팎을, 그가 필마단기로 고투하며 헤쳐 온 해방 전과 후 저 격동의 시대 현실을 깊고 넓게 살펴 그리는 것을 가로막았다. 이광수의 해방 후 문학이 '민족을 위한 희생으로서의 친일'이라는 추상적 관념과 이를 증거하고 강조하기 위해 동원된 이야기들로 가득 차 있는 것은 이 때문이다.[34] 그는 전면적 진실과는 거리가 먼 추상적 관념만이 앙상하게 솟아 있는 잿빛 세계를 반복하여 만드는 데서 더 나아가지 못하였다.

---

34) 이광수의 해방 후 문학 가운데 들어 있는 "우리 사회의 내일에 대한 기대와 희망"이 "주관적이고 심정적인 차원의 것으로 그"치고 있다는 것(이동하, 「이광수와 채만식의 해방기 작품에 대한 연구」, 『배달말』 16, 배달말학회, 1991, 167쪽)은 이를 지적한 것이라 할 수 있다.

부정의 정신과 새로운 주체 세우기
― 이태준론

1. 머리말

이태준은 1904년 11월 강원도 철원에서 태어났다. 한국과 남만주의 패권을 쥐려는 러시아와 일본의 야욕이 맞부딪친 러일전쟁이 막바지를 향해 치닫던 때이다. 이미 청일전쟁에서 승리하여 중국을 내몬 일본은 러일전쟁에서도 이겨 한국의 독점 지배 체제를 구축하게 되는데, 역사가 크게 굽이치던 바로 그 때에 이태준이 태어난 것이다.

이태준은 한국에 대한 일본의 독점 지배 체제 구축과 한일합방으로 이어지는 역사 전개의 거친 물결 한복판에 곧장 휩쓸려들게 된다. 연보를 열면 그 같은 격랑에 휩쓸려들어 나뭇잎처럼 떠도는 소년 이태준의 고단한 행로가 펼쳐진다. 1909년 망명하는 아버지를 따라 러시아 블라디보스토크로 이주, 아버지의 죽음으로 귀국하여 함경북도 배기미에 정착(1909), 어머니의 죽음으로 고향인 철원 용담으로 돌아옴(1912), 원산 중국 안동 등지를 떠돌다 경성으로 올라감(1918), 고학으로 서울의 휘문고

보를 거쳐 일본의 동경 상지대학에 입학하나 중퇴(1927)하고 귀국하여
개벽사에 입사(1929)하고 곧이어 결혼(1930).

이태준이 작가로서 몸을 세운 것은 1925년이었다. 대학 입학을 준비
하던 중 일본에서 투고한 단편 「오몽녀」가 이 땅 최초의 근대적 문학지
인 『조선문단』의 현상공모에 입선하여 등단하였던 것이다. 이후 이태준
은 중외일보 조선중앙일보 기자를 지냈고(1931-1935), 이상 박태원 등과
'구인회' 활동을 하였으며, 일제 말기에는 친일문학단체에 들어 욕된
명부에 이름을 올리기도 하였다.(이상 이태준의 생애는 자전적 작품인 장편 『思
想의 月夜』 참조)

역사의 격랑에 휩쓸려 떠도는 어린 고아임에도 쓰러지지 않고 어기
차게 나아가 마침내 작가로 자신을 세웠으니 이태준은 남달리 강인한
정신의 소유자였다 하겠다. 그 강인한 정신이 저 풍성한 이태준 문학을
낳았다.

2. 해방과 새로운 주체 세우기

라디오는 물론 없었고 신문도 이삼 일씩 늦는 벽지인 강원도 철원의
산골 마을에 은거해 살던 이태준이 해방 소식을 처음 들은 것은 8월 16
일이었다. 서울 친구의 <급히 상경하라>는 전보를 받고 영문도 모른
채 오른 서울길 버스 속에서였다. 철원 쪽에서 오는 버스 운전사와 그
가 탄 버스의 운전사 사이에 오간 대화를 듣고서야 비로소 이태준은 일
본의 항복과 식민지 조선의 해방을 알게 되었던 것이다.

<태극기가 휘날리는 열광의 정거장들을 지나> 이태준이 서울에 도
착한 것은 십칠 일 새벽이었다. 거리거리 무장한 일본 군인들이 목을

지키고 섰고, 일어 신문 『경성일보』의 논조는 <의연히 태연자약>하다. 서울 친구에게 물었으나 일본의 항복이 사실이라는 것만 분명할 뿐 모든 것이 오리무중이다. 해방 뒤 이틀 사이의 <서울 정황>에 대한 친구의 설명을 길잡이 삼아 앞뒤를 분별하기 어려운 안개를 헤치고 이태준이 가장 먼저 한 일은 임화 김남천 등 왕년의 카프 문인들이 주도한 <조선문화건설중앙협의회>에 이름을 올린 것이었다.

고향 용담의 한내천에 낚시를 드리우고 멈추어 선 시간을 낚던 바로 직전의 이태준을 생각하면 놀라운, 단호한 결단이고 민첩한 행보다. 이태준은 이 같은 단호함과 민첩함으로 이후 혼란의 해방 직후, 뒤엉켜 맴돌 뿐 앞으로 나아가지 못하는 해방 조선의 시간과는 반대로, 거침없이 짓쳐 나아갔다. <문학가동맹> 부위원장, <민주주의민족전선> 문화부장, <조미문화협회> 부위원장, 『현대일보』 주간 등의 요직에 올라 남로당계 문학, 언론 운동을 중심에서 이끌었으며, 더 나아가서는 월북하여 <방소문화사절단>의 일원으로 두 달 여 소련 시찰을 다녀왔고, <북조선문학예술총동맹> 부위원장, <국가학위수여위원회> 문학 분과 심사위원 등으로 활동하기에 이르렀다.

신변잡사를 소재로 <다만 견딤>의 세계를 반복해 그리던 소설가가 한순간 표변하여 정치운동의 중심에 서서 적극적인 실천의 길을 걷게 된 것인데, 이를 따라 이태준의 문학이 크게 변화하는 것은 자연스럽다. 수작 「해방전후」가 해방공간의 소용돌이 위로 솟아올랐다.

해방을 맞아 새롭게 떠오른 민족사의 과제 가운데 하나는 과거 비판을 통한 새로운 주체 세우기였다. <소시민적·소극적·퇴영적 세계관을 비판·극복하고 새 시대가 요구하는 혁명적·적극적·진취적 세계관으로 무장하게 되는 인물의 변화>를 그린 작품이 쏟아져 나왔는데 「해방전후」가 대표작이다.

　<한 작가의 수기>라는 부제가 드러내듯 작가 이태준의 해방전후를
매우 사실적으로 그려낸 자전적 작품으로 <조선문학가동맹>이 제정한
문학상의 제 1회 수상작이다. 해방을 맞은 주인공 현이 신변적인 데 소
재를 둔 <체관의 세계>를 무기력하게 반복했던 과거의 자기 문학과,
<정말 살고 싶>은 강잉한 생명욕에 이끌린 소극적 처세의 삶을 비판하
고 적극적 참여의 삶과 문학을 도모하는 존재로 다시 태어나는 과정이
중심 내용이다. 과거/현재, 미래의 이분법인데 이는 현과 김직원의 대비
라는 다른 이분법에 대응한다.

　　미국군의 찝이 물매미떼처럼 서물거리는 사이에 김직원의 흰 두루마
　기와 검은 갓은 그 영자 너무나 표표함이 있었다. 현은 문뜩 청조말(淸
　朝末)의 학자 왕국유(王國維)의 생각이 났다. 그가 일본에 와서 명곡(明
　曲)에 대한 강연이 있을 때, 현도 들으러 간 일이 있는데, 그는 청나라
　식으로 도야지 꼬리 같은 편발을 그냥 드리우고 있었다. 일본 학생들은
　킬킬 웃었으나, 그의 전조(前朝)에 대한 충의를 생각하고 나라 없는 현
　은 눈물이 날 지경으로 왕국유의 인격을 우러러 보았었다. 그 뒤에 들
　으니 왕국유는 상해로 갔다가, 북경으로 갔다가, 아무리 헤매어도 자기
　가 그리는 청조(淸朝)의 그림자는 스러져만 갈 뿐임으로, 綠水靑山不曾改
　兩造蒼苔石獸間을 읊조리고는 편발 그대로 혼명호(混明湖)에 빠져 죽었
　다는 것이었다. 이제 생각하면, 청나라를 깨트린 것은 외적(外敵)이 아
　니라 저이 민족 저이 인민의 행복과 진리를 위한 혁명으로 였다. 한 사
　람 군주(君主)에게 연연히 바치는 뜻갈도 갸륵한 바 없지 않으나 왕국
　유가 그 정성, 그 목숨을 혁명을 위해 돌리었던들, 그것은 더 큰 인생의
　뜻이요 더 큰 진리의 존엄한 목숨일 수 있었을 것 아닌가? 일제시대에
　그처럼 구박과 멸시를 받으면서도 끝내 부지해 온 상투 그대로, <대
　한>을 찾어 삼팔선을 모험해 한양성(漢陽城)에 올라왔다가 오늘, 이 세
　계사(世界史)의 대사조(大思潮) 속에 한 조각 티끌처럼 아득히 가라앉어
　가는 김직원의 표표한 뒷모양을 바라볼 때, 현은 왕국유의 애틋한 최후
　를 연상하지 않을 수 없었다.(「해방전후」)

그가 아조(我朝)라 부르는 이왕조의 부활을 열망하는 시대착오적 의식의 소유자인 봉건 유생 김직원은 이차대전의 종결과 함께 거세게 일렁이기 시작한 <세계사의 대사조>에 휩쓸려 흔적도 없이 사라지고 말 <한 조각 티끌>에 지나지 않는다. 그 반대편에 자리한 주인공은 그렇다면 그 물결에 자신을 싣고 그 물결이 되어 미래 개진의 길을 매진하는 신생(新生)의 인물이다. 주인공은 <그렇다! 나 하나 등신이라거나, 이용을 당한다거나 그런 조소를 받는 것이 문제가 아니다!>라 외쳐 자기희생의 황홀조차 드러내고 있는데, 그가 지향하는 <미래>와 자신이 선택한 길의 정당성에 대한 절대의 믿음에서 비롯된 것임은 물론이다.

완고한 근왕주의자 김직원은 과거에 갇혀 화석화된 존재이니 극적 성격의 인물이라 할 것이다. 자신이 열고자 하는 <미래>와 그곳을 향해 가는 자기 행로의 정당성에 대한 절대의 믿음으로 조금의 주저도 망설임도 없는 주인공 또한 마찬가지로 극적 성격의 인물이다. 극적 성격의 두 인물이 이루는 이 단순하고 명료한 이분법의 대립짝은 과거/미래, 봉건/민주, 선/악 등의 다른 이분법적 대립짝과 어울려 모든 것을 부정/긍정의 틀 속에 가둔다. 이에, 자기비판이 필요한 과거나 그것을 부정하고 새롭게 태어나는 과정의 진실 추구 등은 뒷전으로 물러나고, <과학>의 이름 아래 몸을 숨긴 주관(이데올로기)이 전적인 지배력을 행사하는 단순한 세계가 펼쳐졌다.

흥미로운 것은 이 작품에서의 과거 비판이 앞에서 살핀, 세계관 차원의 자기비판에 국한되어 있다는 점이다. 자주적 통일민족국가 수립, 토지개혁과 함께 해방 직후의 3대 과제로 제기되었던 친일 잔재 청산의 깃발 아래 친일파들의 친일 행적에 대한 비판의 말이 이 시기 소설에 흘러넘쳤던 것을 생각하면 믿기 어려울 정도로 놀라운 일이다. <황군위문작가단>, <조선문인협회> 등에서의 활동 이력 때문이었을까?

「해방전후」는 이처럼 새로운 시대를 맞아 전과 다른 존재로 자신을 세운 새로운 주체의 꿈과 길을 중심에 놓은 작품이다. 이 점에서 이 작품은 이태준의 해방 이전 작품들과 크게 다르다.

그러나 작가의 분신인 주인공 현의 말을 그대로 좇아 전혀 다르다고 말하는 것은 사실과 맞지 않다는 게 내 생각이다. 이태준의 해방 이전 문학과 이후 문학은 겉으로 보아 크게 달라 단절된 별개의 두 세계인 것 같지만, 그 안쪽을 살피면 맞통하고 있어 연속적인 두 세계임을 알 수 있다.

해방 직후의 이태준에게서 보듯이 새로운 상황과 처지는 한 작가의 문학을 뒤흔들어 크게 굽이치게 만드는 것이 일반적이다. 그러나 변화를 이끄는 새롭게 열린 상황과 처지는 외적 요인에 지나지 않는다. 그 작가의 지난 시기 문학 속에는 대체로 그 같은 변화의 씨앗이 이미 배태되어 있었으니, 그 씨가 시간의 흐름을 따라 시숙(時熟)하고 새로운 상황과 처지에 격동되어 마침내 움돋고 잎으로 피어나고 꽃피고 결실하는 것이다. 이태준의 해방 이전 문학에서 그 변화의 씨에 해당하는 것은 무엇인가?

3. 부정의 정신

3-1. 연민과 분노

이태준의 소설 연보 곳곳에서 우리는 궁핍의 막다른 골목에 내몰린 하층민의 비참한 현실을 사실적으로 그린 작품들을 만난다. 「산월이」,

「꽃나무는 심어놓고」, 「촌뜨기」, 「밤길」 등이 이에 해당하는데, 작가는 죽음에 맞닿은 극도의 가난에 신음하는 인물들의 현실을 정시하고 사실적으로 그려냄으로써 세계의 비정함을 또렷이 떠올렸다. 이 비정한 세계에서 그들에게 희망은 존재하지 않는다는 것, 화려한 꽃의 세계는 그들의 것이 아니라는 것이 이 작품들의 전언이다.

> 황서방은,
> "으흐흐……."
> 하고 한 자리 통곡을 한다. 애비 손으로 제 새끼를 이런 물구덩이에 넣을 것이 측은해, 권서방이 아이 시체를 안으러 갔다.
> "뭐?"
> 죽은 줄만 알고 안아 올렸던 권서방은 머리칼이 곤두섰다. 분명히 아이의 입에서 무슨 소리가 난다. 꼴깍꼴깍 아이의 입은 무엇을 토하는 것이다. 비리치근한 냄새가 홱 끼친다.
> "여보 어디?"
> 황서방도 분명히 꼴깍 소리를 들었다. 아이는 아직 목숨이 붙었다. 빗물이 입으로 흘러들어간 것을 게운 것이다.
> "제에길, 파리새끼만두 못한 게 찔기긴!"
> 아비가 받았던 아이를 구덩이 둔덕에 털썩 놓아 버린다.
> 비는 한결같다. 산골짜기에는 물소리뿐 아니라, 개구리, 맹꽁이, 그리고도 무슨 날짐승 소리 같은 것도 난다. (「밤길」)

장맛비 줄기차게 내리는 캄캄 어둠 속에서 아직 죽지도 않은 갓난 자식을 땅에 묻는 한 막노동자의 처절한 현실을 작가는 조금의 흔들림도 없이 그려내었다. 이태준은 그와 그의 가족들에 대한 연민이며 비정한 세계에 대한 분노며 등등, 작가의 붓길을 흔드는 마음 움직임을 철저하게 통제할 수 있는 힘을 지닌 작가였던 것이다. 연민과 분노 등 작가의 주관이 겉에 드러나 있지는 않지만, 이 작품의 중심에 놓인 것이 그것

임은 물론이다. 하층민들에 대한 연민과 비정한 세계에 대한 분노가 작
가로 하여금 이 같은 작품을 쓰게 이끌었다. 돈이 지배하는 현실과, 그
런 현실을 좇아 비정한 배금주의에 혼을 앗긴 인간들에 의해 주변으로
떠밀려 비참한 삶을 살다가 죽는 인물을 다룬 「복덕방」의 밑바닥에 놓
인 것도 그 같은 연민과 분노이다. 그 연민과 분노는 해방으로 인해 열
린 새로운 가능성의 시대를 맞아 상하귀천의 구별 없이 모두가 인간다
운 삶을 누릴 수 있는 세계를 건설하고자 하는 진보적인 정신으로 개화
하게 된다. 「해방전후」의 주인공이 지닌 '혁명적·적극적·진취적 세계
관'이 곧 그것이다.

3-2. 신변소설과 겹의 주체

1930년대 후반 들면서 한국소설계는 전향소설과 신변소설, 통속 연
애소설, 역사소설 중심으로 재편된다. 미래개진의 열정을 잃어버린 창
작 주체의 혼돈과 방황을 반영하는 현상인데, 이 구도는 조선어 창작의
마당이 봉쇄되었던 일제 말기 일어창작기에도 그대로 유지되어 해방에
까지 이른다.

이태준은 신변소설과 통속 연애소설, 역사소설 쪽으로 후퇴했다. 「제
2의 운명」(1937), 「구원의 여상」(1937), 「화관」(1938), 「청춘무성」(1938) 등의
장편 연애소설, 「황진이」(1937), 「황자호동」(1943) 등의 장편 역사소설이
신문 연재 후 책으로 묶여 나와 화려하게 독서계를 누볐다. 이태준은
인기 작가였다.

이들 연애소설과 역사소설은, 작가 스스로 거듭 밝혔듯이 생계를 위
해 내키지 않는 마음으로 써낸 것들로, 당연하게도 거칠고 엉성한 억지
구성물에 그쳤다. 이 시기 이태준 문학의 중심은 작가가 직접 등장하여

육성으로, 어려운 시대를 사는 생활인이자 작가인 자신에 대해 내밀한 부분까지 말하고 있는 신변소설들이다. 이태준의 작품 연보를 펼치면 덩치 큰 저들 연애소설과 역사소설 사이사이 작가의 암울하고 고통스러운 실재를 사실적으로 담아낸 이들 신변소설이 우울하게 빛나고 있다.

이태준의 일제 말기 신변소설은 1) 대립구조 위에 구축된 작품과 2) 그렇지 않은 것으로 나눌 수 있는데, 일제 말기를 향해 갈수록 1)은 적어지고 2)가 많아진다. 이태준이 해방 직후 자신의 해방 이전 문학을 <봉건적 소견문학>, <소극적 처세의 문학>이라 비판했을 때 그 비판은 2)를 겨눈 것이었다. 한효의 「자연주의를 반대하는 투쟁에 있어서의 조선문학」(1953)을 필두로 한 북한에서의 이태준 비판에서 <부도덕과 에로찌즘의 전파>, <절망과 무기력의 선전>, <고독과 애수의 전파>, <절망과 무기력과 영탄과 애수의 세계를 그려낸 것들로 인민들에게 무희망과 순종과 자기의 해방투쟁이 무의미하다는 사실을 주입하려는 독소>(이선영 외 편, 『현대문학비평자료집 2』, 태학사) 등으로 규정되어 가혹한 부정의 대상이 되었던 것도 여기에 속하는 작품들이다.

해방 직전 이태준의 신변소설이 도달한 마지막 지점은 1)대세의 운행에 대한 인식과 2)시간과의 대결의지를 상실한 주체의 내면풍경이다.

1) 한 사조(思潮)의 밑에 잠겨 산다는 것도 한 물 밑에 사는 넋일 것이었다. 상전벽해(桑田碧海)라 일러는 오나 모든 게 따로 대세의 운행이 있을 뿐, 처음부터 자갈을 날라 메우듯 할 수는 없을 것이다.(「무연」)

2) 매헌은 한참이나 턱을 괴고 눈을 감았다가 타옥의 편지를 다시 읽어 보았다. 후스마를 홱 열어 보았다. 텅 비어 있었다. 비었던 방에는 찬 기운이 엄습해 왔다. 매헌은 담배를 집었다. 반갑이나 넘어 남은 것을 차례차례 다 태우고야 겨우 일어났다.

'가버렸구나.'

종일 마음이 가라앉지 않았다. 술도 마셔 보았다. 담배를 계속해 피
워도 보았다. 저녁녘이 되자 바람은 어제보다 더 날카로운 것 같으나
매헌은 해변으로 나와 보았다.

(중략)

석양은 해변에서도 아름다웠다. 그러나 각각으로 변하였다. 너무나
속히 황혼이 되어 버리는 것이었다.(「석양」)

1)은 「무연」의 마지막 부분인데 「해방전후」의 주인공이 자신의 해방
이전 삶과 문학의 요약으로 인용하기도 한 것이다. 주인공의 생각은 다
른 사람이 물에 빠져 죽어야만 먼저 죽은 사람의 혼이 그 물에서 벗어
나 저승으로 갈 수 있다는 미신을 믿는 어떤 노인의 사연을 듣고 떠올
랐다. 아들이 빠져 죽은 소(沼)에 물이 줄어 이제는 아무도 빠져 죽을 수
없을 정도의 얕은 도랑이 되고 말았다. 방법은 하나뿐이다. 그 소를 없
애면 죽은 아들의 혼은 자연히 거기서 벗어날 수 있다. 노인은 소를 메
우려 쉼 없이 자갈을 나른다.

요점은 두 가지이다. 물에 빠져 죽은 청년의 혼처럼 주인공은 당대를
휩쓰는 사상의 격랑에 휩쓸려 벗어날 수 없는 지옥살이의 고통을 겪고
있다는 것이 그 하나이다. 다른 하나는 견딜 수 없는 고통 속이기에 벗
어나고 싶지만 그것은 개개인의 힘으로는 불가능한 것, <대세의 운행>
에 따를 수밖에 없는 인간의 한계를 알아 참고 견딜 수밖에 없다는 것
이다. <황도사상>, <대동아공영권사상> 등 그 이름은 여러 가지이지
만 일제 말기 조선 사회와 조선인들을 숨 쉴 틈 없이 옥죄었던 <파시
즘>의 전면 지배 앞에 절망한 이태준의 내면풍경이 논리의 언어와 비
유의 언어가 뒤섞여 모호한 혼자 생각 속에 압축되어 있다.

자신의 무력함을 인정하고 자신이 죽어 물 밑에 갇힌 혼과 같은 존재
임을 받아들이는 주체는 ㄱ) 한편으로는 절망의 주체이지만, ㄴ) 다른

한편 그 물의 정당성을 인정하지 않는 부정의 주체이다. 두 개의 서로 다른 속성의 주체성으로 구성된 겹의 주체인 것이다. 그 가운데 절망의 주체는 시간과의 대결의지를 상실한 존재일 수밖에 없다. 2)는 <만발> 하여 <청춘의 절정>으로 아름다운 젊은 육체와 더불어 사랑 속으로 탈출할 용기도 상실한 <늙은> 정신의 존재성을 <너무나 속히 황혼이 되어 버리는>, <석양> 이미지로써 드러내 보이는 것인데 처연하다. <夕陽無限好 只是黃昏近>, 석양은 무한 좋으나 다만 황혼이 가까워 온다는 옛 시인의 언어를 빌려 <자기 자신의 석양>을 한탄하는 한창 나이 마흔 살 장년의 주인공은 곧 시간의 파괴성에 맞서는 의지를 상실하고 시간의 물결에 휩쓸려 표류하던 작가이다.

그러나 물 밑에 갇힌 그 주체는, 앞에서 말했듯이, 물의 정당성을 인정하지 않는 부정의 주체이기도 한 것이니 그 안에는 그를 절망케 한 대상(물, 사조)과의 대결의지가 시퍼렇게 살아 있다. 일제 말기에 쓰인 이태준의 신변소설 가운데 대립구조 위에 서 있는 작품들의 주체는 바로 이 같은 대결의지로써 꼿꼿이 서 있는 부정의 주체이다.

대립구조의 작품 가운데 대표적인 것은 「패강랭(浿江冷)」(1938)이다. 두 인물의 대립관계가 작품 구성의 핵이다.

1) "현군도 인전 방향 전환을 허게."
한다.
 "방향전환이라니?"
 "거 누구? 뭐래던가 동경 가 글쓰는 사람 있지?"
 "있지."
 "그 사람 선견이 있는 사람이야."

2) "이 자식? 되나 안 되나 우린 우린 …… 이래뵈두 우리 ……."

1)은 평양부회(府會) 의원이고 사업가인 김의 말이다. 그가 말하는 <동경 가 글쓰는 사람>은 아마도 장혁주인 듯한데, 제국을 지배하는 중심부의 논리를 따르는 글쓰기에 나아간 작가이다. 그런 그에게 일본어 창작은 선택의 대상이 아니라 당연이다. 김이 권하는 <방향전환>의 중심 내용은 그러므로 일본어 창작, 제국을 지배하는 중심부의 논리에 충실한 글쓰기이다. 김은 또 읽어도 이해하기 어려운 글은 이제 그만 두고, <실속>을 차려 <팔릴 글>을 쓰라고 말하기도 한다. 대중에 영합하는 통속물을 쓰는 것이 그 <방향전환>의 또 다른 내용인 셈이다.

식민지 통치권력의 일원이며 식민지 자본주의 체제의 수혜자인 김이 이런 내용의 <방향전환>을 권하는 것은 자연스럽다. 그에게 그것은 그러해야 마땅한 것이다. 2)는 작가인 주인공 현의 외침이다. 주인공은 격정에 휘둘려 말을 잊지 못하는데 그가 입 밖으로 토해내지 못한 말이 "예술가다! 예술가 이상이다. 이 자식…."임을 원작(『삼천리문학』, 1938.) 1)을 통해 알 수 있다. 예술가이고 예술가 이상의 존재라는 것인데, <예술가>의 함의가 무엇인지 알 수 없기에 그 정확한 의미를 읽어낼 수는 없지만, 김에 대한 전적인 부정인 것은 분명하다.

두 사람은 평양 여성들의 <머릿수건 문화>를 두고도 대립한다. 돈을 따지는 김과 아름다움을 생각하는 현의 생각은 빙탄불상용, 한 자리에 어울릴 수 없다. 현실의 승자는 김류(金流)의 사고방식일 터인데, 바야흐로 돈의 논리가 지배하는 시대인 것이다. 돈의 논리가 지배하는 현실의 안쪽에는 개성과 벗어남을 용납하지 않는 전체주의적 통제의 사고방식이 빈틈없이 작동하고 있었다. <머릿수건 문화>를 둘러싼 김과 현의 대립은 돈의 논리와 전체주의적 통제의 사고방식이 지배하는 현실의 전적인 긍정과 전적인 부정의 맞섬이다.

김이 대변하는 현실을 전적으로 부정하며 <예술가이고 예술가 이

상>임을 외치는 그 단호한 부정의 의식은 다른 작품에서 <명랑하라, 건설하라, 확성기로 외>(「토끼이야기」, 198쪽)치는, 자가의 도덕률에 대한 절대의 확신 위에 선 파시즘의 계몽성에 대한 부정, 창씨개명의 시행을 향해 내달리는 식민지 통치권력의 폭력적인 통제에 대한 비판으로 나타나기도 한다.

> 안국동(安國洞)서 전차로 갈아탔다. 안국정(安國町)이지만 아직 안국동이래야 말이 되는 것 같다. 이 동(洞)이나 이(里)를 깡그리 정화(町化)시킨 데 대해서는 적지 않은 불평을 품는다. 그렇게 비즈니스의 능률만 본위로 문화를 통제하는 것은 그릇된 나치스의 수입이다. 더구나 우리 성북동을 성북정이라 불러 보면 '이주사'라고 불러야 할 어른을 '리상'이라고 남실거리는 격이다. 이러다가는 몇 해 후에는 이가니 김가니 박가니 정가니 무슨 가니가 모두 어수선스럽다고 시민의 성명까지도 무슨 방법으로든지 통제할는지도 모른다.(「장마」)

조선총독부가 조선민사령(朝鮮民事令)을 개정하고 창씨개명에 대한 조문을 공포한 것은 1939년 11월이었고 창씨개명의 시행에 들어간 것은 다음 해 2월이었다. 「장마」가 발표된 것은 1936년 10월이었으니 이태준은 창씨개명의 시행을 이미 3년 전에 내다보고 있었던 셈이다.

3-3. 작기 확신과 적극적인 자기 개진

앞에서 보았듯, 이태준은 1) 하층민들에 대한 연민과 비정한 세계에 대한 분노로써 하층민들의 비참한 소외와 절망의 현실을 사실적으로 그리는 한편 2) 강한 대결의지로써 부정적인 대상과 맞서는 부정의 주체를 중심에 세운 작품들을 써내었다. 이들 두 부류와 나란히 3) 강한

자기 확신의 인물이 지닌 신념이나 삶의 태도를 주제로 삼은 작품들도
있는데 「영월영감」, 「돌다리」 등이다. 3)은 부정적인 대상에 대한 부정
의식을 뚜렷이 드러내 보인다는 점에서 2)와 같으나, 중심인물의 신념
과 삶의 태도를 분명히 드러내고 그것을 작품의 주제로 삼았다는 점에
서 그렇지 않은 2)와는 다르다. 긍정적인 것의 적극적인 드러냄이고 강
조인 것이다.

> 1) "넌 너의 아버닐 너무 닮는구나! 전에 너의 아버니께서 고석을 좋
> 아하셔서 늘 안협(安峽)으로 사람을 보내 구해 오셨지…… 그런데 난
> 이런 처사취미(處士趣味)엔 대 반대다."
> "왜 그러십니까?"
> "더구나 젊은이들이…… 우리 동양 사람은, 그중에도 우리 조선 사
> 람이지, 자연에들 너무 돌아와 걱정이야."
> "글쎄올시다."
> "자연으로 돌아와야 할 건 서양 사람들이지. 우린 반대야. 문명으루,
> 도회지루, 역사가 만들어지는 대루 자꾸 나가야 돼……"
> 이렇게 영월 영감은 목소리가 더 우렁차지며 얼굴이 더 붉어지며 가
> 을비에 이끼 끼는 성익의 집 마당을 부산하게 나섰다.(「영월영감」)

화자인 '나'와 '나'의 부친이 기울었던 자연 동화적 처사취미에 대한
명확한 반대 의견을 피력하는 영월영감은 말하자면 근대주의자이다. 위
의 대화로 미루어 화자가 영월영감의 근대주의에 동의하는 것 같지는
않다. 그의 삶과 문학 전체로 미루어 작가인 이태준도 그 같은 근대주
의에 동의하지는 않았다. 그러나 이 작품의 초점은 영월영감의 근대주
의가 아니라, 자신의 신념에 대한 확신 위에 서서 적극적으로 그것을
개진하고 실현하고자 하는 삶의 태도이다. 화자는 영월영감과의 대화
도중 나왔던 "서른 둘! 호랑이 같은 때로구나! 왜들 가만히들 있니?"라

는 질책성 말을 작품 마지막에 곱씹는데 이것이 이 작품의 초점이다. 그는 영월영감의 삶의 태도를 앞에 두고, 뒤로 물러나 엉거주춤 주저앉아 이러지도 저러지도 않고 있는 자신의 삶의 태도를 성찰하고 아파하는 것이다.

「영월영감」이 적극적인 삶의 태도를 전면에 내세운 작품이라면 「돌다리」는 강한 자기 확신의 주체가 지닌 신념을 강조한 작품이다. 이 작품에서 돌다리는 아버지의 삶과 삶에 대한 태도를 전달하는 매개물이다. 아버지의 삶을 떠받쳐 온 것은 땅에 대한 "이해를 초월한 일종 종교적 신념"이다. 그 땅은 여러 가지 의미를 담고 있다. 우선 땅은 천지만물의 근거이다. 가문이니 국가니 제도니 법률이니 윤리니 하는 인간이 만들어낸 것들과 인간의 욕망은 한시적이다. 언젠가는 없어져야 할 운명을 지닌 그것들을 떠받치고 껴안으면서 영원히 존재하는 것은 땅이다. 땅은 또한 곡식을 길러내어 인간의 생계를 가능케 하는 위대한 모성(母性)이다. 뿐만 아니다. 땅은 역사이고 전통이다. 먼 조상에서 지금의 후손에게 이어지고 계속해서 뻗어나갈 핏줄과 수많은 인연들이 땅 위에서 관계 맺고 땅 위에 자취를 남긴다. 땅은 또한 정직하다. 응과(應果)가 분명하여 인간의 정성만큼 되돌려준다.

땅 위에서 태어나 땅을 가꾸며 평생을 살아온 아버지의 이 같은 땅의 철학은 신념이 되어 세태의 변화와 온갖 욕망들로부터 자신의 삶을 지킬 수 있게 하였다. "난 샘말서 이렇게 야인(野人)으로 나, 죄 없는 밥을 먹다 야인인 채 묻힐 걸 흡족하게 여긴다."라는 아버지의 말과 그 속에 담긴 삶의 태도는 세태의 변화를 따라 조변석개하는 사람들의 태도와 그들의 욕망을 근본 비판하는 위력을 지니고 있다.

이 작품은 1943년 1월에 발표되었다. 대동아전쟁의 소용돌이 속에서 자신의 신념을 지키기가 거의 불가능했던 때에 발표되었다는 것은 의

미심장하다. 이태준은 친일의 압력과 친일함으로써 얻을 수 있는 것의 유혹 앞에서 흔들리고 있었는지도 모른다. 그 같은 압력과 유혹으로부터 자신을 지키려는 다짐이 아버지의 <땅의 철학>을 낳았다고 생각해 볼 수도 있을 것이다.

「해방전후」는 해방 이전 이태준의 문학 한복판을 관류하던 1) 하층민들에 대한 연민과 비정한 세계에 대한 분노 2) 강한 대결의지로써 부정적인 대상과 맞서는 정신 3) 강한 자기 확신에 근거한 적극적인 삶의 태도와 신념 등이 새로운 시대를 만나 발아한 것이다.

4. 역사의 비정함과 고전에 대한 애정

이태준의 작품 연보에 따르면 「즐거운 기억」(1945. 10), 「너」(1946. 2) 두 편의 단편이 「해방전후」에 앞서서 발표되었다고 하지만 아직까지는 작품이 발굴되지 않았다. 이태준은 「해방전후」(1946. 8) 발표에 앞서 그가 주간으로 주도했던 『현대일보』(1946. 3. 27-7. 19)에 미완의 장편 「불사조」를 연재하였다. 1920년대 초의 서울과 개성을 배경으로 전문학교를 나온 지식 여성의 의식 성장의 행로를 따라 전개되는 일종의 성장소설이다. 작가는 발표를 앞두고 "우리 민족 수난의 십자가를 지고 우리 새 건국의 초석이 된 몇 거룩한 청춘 이야기는 이십여 년 전 그들이 이 땅에 탄생하던 무렵에서부터 추려 지어보려 한다. 오래간만에 잡아 보는 나의 해방된 첫 붓이라, 붓은 굴레 벗은 말처럼 차라리 부리기 힘드나 얼마 써 내려가노라면 과한 탈선은 없을 줄 믿는다."(「작가의 말」, 『현대일보』, 1946. 3. 27)라고 하여 이 작품의 기본 골격이 새나라 건설의 역군으로 성장하는 인물들의 성장과정임을 밝힌 바 있다. 작가의 말대로 <해방된

첫 붓>이라 그런지 언어 운용이 거칠고 구성이 평면적이며 인물 성격의 깊이가 부족해 이태준의 작품인가 의심스러울 정도이다. 근거가 없으니 확언할 수는 없지만, 혹 서랍 속 습작품을 조금 손보아 내보인 것이 아닌가 하는 의심조차 갖게 만드는 수준 이하의 태작이다.

이태준 연구자들에 의하면 그가 월북한 것은 1946년 7월에서 8월 사이이다. 「불사조」의 연재가 7월 19일까지인 것과 맞물리는 때로 일리 있는 추정이다. 월북 직후 이태준은 <방소문화사절단>의 일원으로 소련 방문길에 올랐다. 두 달여 강행군의 여정이었는데 돌아와 『소련기행』(1947. 5)을 펴냈다.

두 달여 모스크바를 비롯해 레닌그라드, 스탈린그라드 등의 주요 도시와 아르메니아 공화국, 그루지아 공화국 등의 변방 공화국 들을 둘러보는 강행군인데다 음식과 풍토가 맞지 않아 포류지질의 선비로서는 감당하기 힘든 여행이었다. 게다가 전염병균 보균자로 의심 받아 일행들과 떨어져 격리당하기도 했고, 교통사고로 병상 신세를 지기까지 했으니 더욱 그랬다.

『소련기행』은 여정을 따라 펼쳐진다. 주관 개입을 통어하고자 노력했던 듯, 작가의 의견은 보고 들은 것들의 기록 사이사이에 가끔씩 들어 있을 뿐이다. 정보의 부족 때문이기도 하겠지만 이태준의 소련 사회에 대한 이해는 그렇게 깊지 않다. 겉만 보고 지나치는 여행객의 이해 수준에서 멀리 나아가지 못하였다. 일반인들과 만나 대화할 기회가 별로 없었던지 그런 내용은 찾을 수 없는데 국가 기관의 안내를 따르는 여행이었기에 소련 사회 안쪽으로의 접근이 차단되었기 때문일 것이다.

이태준은 거듭해서 소련의 <민족 간, 국가 간 절대평등> 정책을 예찬한다. 조선과 조선 민족에 대한 소련의 정책에 대해 조금의 의심도 품고 있지 않은 천진한 믿음이다. 이후의 비정한 역사 전개에 짓눌리고 찢겼던 이 천진한 믿음을 담고 있는, 호의와 기대에 넘치는 말길을 따라가는 여행자의 마음은 안타깝다.

이태준은 1928년 소련으로 망명했던 포석 조명희의 소식을 알고자 크게 애썼다. 고려인을 만날 때마다 묻는데 무려 세 번이나 된다. 묻고 물어 이태준이 알아낸 것은, 그 가족은 타시켄트에서 기차로 나흘 걸리는 농촌에 살고 있지만 포석의 행방은 알 수 없다는 것(『소련기행』, 백양당, 1947, 226쪽)이었다. 스탈린의 강제이주정책에 맞서다 처형당한 포석의 최후를 아는 우리로서는 포석의 행방을 찾으려 애쓰는 이태준을 보는 일은 또한 안타깝다.

『소련기행』 이후 이태준은 『첫전투』(1949)와 『고향길』(1952) 두 권의 작품집을 냈고 여기 수록되지 않은 「먼지」(1952) 등의 단편을 발표했다. 두 작품집의 표제작인 「첫전투」와 「고향길」 그리고 「먼지」가 대표작인데, 북한 소설의 일반적 특징인 선/악의 도식적 이분법, 이것에 실려 질주하는 <절대의 적의/신성권력에 대한 자기희생적인 충성> 등이 뚜렷하여 빼어난 언어 운용력 말고는 이태준의 개성을 찾아보기 어렵다.

하나 흥미로운 것은 「먼지」의 주인공이 내보이는 고전에 대한 지극한 애정이다. 해방 이전 이태준 문학의 한 특성으로 지적되는 <상고주의(尙古主義)>와 관련된 것으로 읽을 수도 있지만, <민족적 형식>을 찾는 작가 이태준의 관심과 관련된 것으로 이해할 수도 있다. 우리는 『소련기행』에서 <사회주의적 내용을 민족적 형식으로>라는, 소련 문학예술의 핵심 창작방법에 큰 관심을 기울이는 이태준을 만날 수 있는데, 이태준은 그것이 조선 실정에는 맞지 않다고 생각했다. <민주주의적 내용을 민족적 형식으로>가 정당하다는 의견이었다.(『소련기행』, 149쪽) 이는 북한의 사회주의체제 건설 작업이 아직 완수되지 않았음을 고려한 의견일 수도 있고, 통일 조선의 정치체제는 사회주의체제와는 다른 성격이 것이어야 한다는 역사관에서 나온 의견일 수도 있다. 이 같은 창작방법에 대한 관심의 하나였으리라. 우리는 이 책의 곳곳에서 이태준이 연극이나 영화 등 소련의 문화예술에서 <고전>이 어떤 위치에 있으며 어떤 역할을 맡고 있는가 눈여겨 살피는 것을 볼 수 있는데, 이것과 「먼지」의 주인공이 내보이는 고전에 대한 지극한 애정은 무관하지 않다.

　그러나 「먼지」의 주인공은 고전에 대한 자신의 그 지극한 애정을 품은 채, 북으로 가는 길, 임진강을 건너다 총에 맞아 죽고 만다. 작가의 운명을 미리 보여준 것이었을까? 이태준도 고전에 대한 애정을 그가 열고자 했던 새로운 문학 속에 실현하지 못하고 역사의 뒷전으로 사라지고 말았다.

강한 주체, 근본의 문학
— 김동리론

1. 다시 읽는 김동리 문학

김동리 문학을 다시 읽으며 내내 낯설다는 느낌에서 벗어날 수 없었다. 참으로 당혹스러운 일이다. 문학소년기 이래 수십 년 동안 가까이 두고 읽어왔으며 여러 편의 논문과 평론까지 썼지 않았던가. 내 문학 행로의 오랜 동반으로 더없이 친숙하다고 생각해왔는데 이 낯선 느낌은 도대체 무엇이란 말인가.

깊이 따질 것도 없이 김동리 문학에 대한 지금까지의 내 이해가 딱딱하게 굳은 몇 조각 선입 개념에 갇힌 것에 지나지 않았기 때문이다. 1930년대 후반의 세대논쟁과 해방 직후의 좌우익문학논쟁의 한복판에 섰던 논객으로서 논적인 프로문학 진영의 이념 우위의 정치성적 문학론을 비판하는 무기이자, 자신의 문학 행위와 문학세계를 설명하는 수단으로 깃발처럼 휘둘렀던 <구경적 생의 형식>을 비롯하여, 비(반)근대성, 운명, 토속성, 민족주의 등등의 거창하지만, 김동리 문학의 특성을 담아내는 데는 크게 효과적이지 않은 선입개념들에 갇혀 김동리 문학을 깊이 이해하고 있다는 착각에 사로잡혀 있었던 것이다.

나는 이 글에서 그 낯선 느낌의 정체를 밝혀보고자 한다. 이로써 김동리 문학의 새로운 해석으로 나아갈 수 있기를 기대한다.

2. 강한 주체

김동리 문학의 가장 두드러진 특성은 어려운 상황 속에 들었지만 끝끝내 자신을 지켜내는 강한 주체가 그 세계의 중심에 우뚝 서 있다는 점이다. 그 강한 주체는 무당, 주모, 낙백한 전향자 등 하나같이 주변부 존재로서 중심부를 장악한 지배질서 밖으로 밀려났으며 동시에 스스로 그 같은 소외를 선택한 외로운 존재이다. 말하자면 그는 <소외된/스스로를 소외시킨> 존재이다. 그는 또한 세계의 억압에 눌려 자신을 실현할 수 있는 가능성을 크게 제약당한 존재이다. 그럼에도 불구하고 그 강한 주체는 조금도 흔들리지 않으며 한 발짝도 물러서지 않는다.

그가 끝끝내 지켜내고자 하는 '자신됨'은 종교적 믿음, 핏줄에 대한 자부,[35] 절대의 사랑, 고독,[36] 자존의식 등이다. 그 무엇이든 그들은 그

---

35) 김동리의 첫 작품인 「화랑의 후예」에는 자신이 조선조의 고명한 선비인 누구의 몇 대 종손이라는 자부심으로 살아가는 인물이 나온다. 핏줄에 대한 자부로 버티는 인물인 것인데, 그 자부는 상황이 어려울수록 더욱 커지는 성격의 것이다. 핏줄의 고귀성이 높을수록 그 자부의 정도가 커지는 것도 당연한 것, 마침내 그는 자신이 '화랑의 후예'라고 믿기에 이른다. 저 아득한 옛날, 찬란한 신라 시대의 상징으로 아름답게 빛나는 '화랑'의 핏줄을 이었으니 그는 얼마나 고귀한 존재인 것인가! 꾸며낸 허구에 기대서라도 굽히지 않겠다는 것이니, 그는 강한 주체이다. 석탈해의 후손으로 조상 대대로 살아온 삶터를 떠날 수 없다는 생각으로 철거령에 맞서 자결하는 「曼字銅鏡」의 석영감, 선덕대왕을 몸주로 모셨으니 그 몸주의 명을 좇아야 된다는 생각으로 석씨를 따라 죽는 무당 연달래도 마찬가지이다.

것에 철저하여 조금도 물러서지 않는다.

강한 주체라는 점에서 그들은 세계 변혁의 확고한 의지를 품고 앞을 향해 내달렸던 프로문학의 그 주체들과 닮았다. 그러나 김동리 문학의 강한 주체들은 자신들을 억압하고 소외시키는 타자들과 맞서 싸우지 않으니 이 점에서 프로문학의 주체들과는 다르다. 죽음으로 자신을 지킬 뿐 나아가 맞서 싸우지는 않는 그들은 대타자적 싸움의 주체가 아니라 자기 보지(保持)의 주체이다.

예수귀신이라는 타자와 싸우는 「무녀도」의 무당 모화는 이 점에서 다른 작품들과 다르다. 그러나 자세히 살피면 그 차이는 사소한 것에 지나지 않는다는 걸 알 수 있다. 모화와 예수귀신의 싸움은 프로문학 속 싸움과는 전혀 다르다. <신령님>을 모시는 무당으로서 인정할 수 없는 외래의 귀신이기에 모화가 예수귀신을 물리치고자 하는 것은 당연하다. 다만 그뿐, 예수귀신의 부정적 속성을 알았기 때문에 그 싸움에 나아간 것은 아니다. 이 점에서 대상에 대한 논리적 분석, 비판, 부정의 언어를 따라 타자 해체의 투쟁에 나아가는 프로문학의 주체들과는 같지 않다. 「무녀도」의 중심은 예수귀신과의 싸움이 아니라 무당과 죽은 영혼이 일체화하고 무당의 육신과 정신이 춤과 소리로 승화하는 작품 마지막의 굿이다.

그녀의 음성은 언제보다도 더 구슬펐고 몸뚱이는 뼈도 살도 없는 율

---

36) 「먼산바라기」의 노인은 절대 고독의 삶을 지켜낸 인물이다. '동네 뒤에 외따로 떨어져 있는 오두막'에서 반벙어리 질녀와 살며, '일이란 것을 일절 손에 대지 않았'고 마을 사람들과는 어떤 접촉도 가지지 않았으며, 누가 말을 걸면 먼 산을 멀거니 바라보다 '무언지 혼잣말 같은 것을 남이 알아듣지도 못하게 중얼대며 그냥 가버'리곤 하는 인물인데, 그는 말하자면 세계와의 소통을 거부하고 절대의 고독 속에 스스로를 유폐시킨 존재이다. 그는 그 고독의 존재성을 끝끝내 지켜 벼랑 아래 눈속에 파묻힌 시체로 발견된다.

동으로 화한 듯 너울거렸고… 취한 양, 얼이 빠진 양 구경하는 여인들의 숨결은 모화의 쾌자 자락만 따라 너울거렸다. 모화의 쾌자 자락은 모화의 숨결을 따라 나부끼는 듯했고, 모화의 숨결은 한 많은 김씨 부인의 혼령을 받아 청승에 자지러진 채, 비밀을 품고 조용이 굽이돌아 흐르는 강물(예기소의)과 함께 자리를 옮겨가는 하늘을 별들을 삼킨 듯했다.

그 춤과 소리는 인간의 것이 아니라 무당이 모시는 신의 그것이니 그녀의 육신과 정신이 춤과 소리로 승화되었다는 것은 그녀와 <신령님>와 완벽한 일체화를 뜻한다. 무당 모화가 죽은 영혼과도 <신령님>과도 하나 된 이 순간은 저승과 이승을 잇는 중개자로서의 무(巫)의 존재성이 가장 완전하게 실현된 때이다. 이 순간 모화는 벙어리 처녀 낭이의 어머니도 아니고 아들을 죽게 한 모진 운명의 어미도 아니며, 천대받는 최하층 천민도 아니고 외로운 홀어미도 아니다. 인간세상의 온갖 관계들에서 풀려나 신의 세계를 노니는, 무당인 자신의 자신됨을 가장 완전하게 살고 있는 완성된 존재이다. 그녀는 신과 하나 된 무아지경에서 물속으로 걸어 들어가 죽음의 세계로 건너가고 말지만, 그 죽음은 한 완성이니 죽음 일반과는 전혀 다른 성격의 것이다.

이처럼 죽음으로써 자신의 존재성을 완전하게 실현함으로써 스스로를 완성된 존재로 세우는 모화는 적대적인 타자와 투쟁하는 타자라기보다는 전심전력 기투하여 자신의 자신됨을 지키는 강한 보지의 주체라 할 것이다.

김동리 문학 속 이 같은 강한 주체에겐 자신의 자신됨을 지키는 것이 가장 앞서는 과제이다. 당연하게도 그는 내성적일 수밖에 없다. 그런데 김동리 소설의 대부분은 관찰자 시점으로 되어 있어 이처럼 내성적인 주인공의 내면을 직접 드러내지 않는다. 내성적인 주인공을 가운데 놓앉음에도 이처럼 그 내면을 감추는 창작방법으로 인해 김동리 문학은 모호하여 대단히 이해하기 어렵다. 내성적인 인물을 주인공으로 설정하는 것에서 이미 그렇지 않은 프로문학과 준별되는 터이지만, 가능하면 모든 것을 밝혀 드러내고 명료한 사실의 언어, 논리의 언어로써 설명할 것을 요구하는 프로문학의 창작방법과 반대되는 창작방법을 택함으로써 김동리 문학은 세계관의 상이성 말고도 프로문학과 같이하기 어려운 대척적인 자리에 서 있었던 것이다.

김동리 소설 가운데 내성적 주인공의 내면을 뚜렷이 밝혀 드러낸 작품들도 적지만 있다. 먼저 「젊은 초상」의 경우. 발표 당시의 제목은 「술」인데 작가의 젊은 시절 문학 동행인 서정주로 짐작되는 인물이 등장하는 등, 실제 체험에 근거한 작품으로 보인다. <그냥 구더기로 끝날 수 없다>는 자의식이 이 작품의 한가운데 놓여 뜨겁게 내연하고 있다.

> 나는 이 날 낮도 온종일 이불을 쓰고 누워 이리 구르고 저리 구르고 하며 혼자 중얼거렸다. 나는 내 자신에 대하여 뜻 아니 했던 강렬한 도전 같은 것을 느끼고 있었다. 까닭 모를 <도전 같은 것>에서 나는 야릇한 보람 같은 것을 느끼기도 했다.
> ―나는 감옥을 두려워하는가?
> 이런 생각도 머리에 떠오르곤 했다. 나는 번번이 비웃었다. 나는 아직도 천국이니 극락을 지옥보다도 자기에게 가깝다고 생각해 본 적은 한 번도 없지 않은가.

온 세상을 가득 채우고 있는 생활의 노예, <구더기 시민>의 하나로 끝날 수는 없다고 생각하며, 지옥조차 두려워하지 않는 강한 도전의식을 되새기는 이 젊은 정신은 이미 강한 주체로 자신을 세웠다. 이미 강한 주체로 자신을 세운 이 같은 젊은 정신이 자기 내부의 부정성에 눈감을 수 없는 것은 당연하다. 내부의 부정성에 맞서 가혹한 자기 부정을 극단까지 밀고 가는 「두꺼비」의 인물 성격이 솟아올랐다.

지난 날 열렬한 민족주의자였으나 전향하여 일본의 대륙 침략전쟁에 적극적으로 협력하는 친일파로 전향한 삼촌의 이른바 <소승주의에서 대승주의로의 전환>이 결코 가릴 수 없는 <번듯한 위선>이라는 것, 그 위선은 이미 자기 자신의 일면으로 자리 잡았다는 사실을 정시하는 주인공은 그런 자신을 향해 내닫는 <증오와 경멸>, <알뜰히 저주하고 모질게 확대해 보고 싶>은 마음 움직임을 어쩌지 못한다. 가혹한 자기 부정에 나아가는 것인데, 저 강렬한 <두꺼비> 이미지가 이에 대응한다.

그의 머릿속에 왕래하는 것은 정희도, 그의 삼촌도, 누이동생도 아무도 아니요, 눈에 보이지도 않는 어떤 검은 수레바퀴였다. 수레바퀴에는 문득 붉은 피가 묻어 돌아갔다. 그 피에서는 결핵균을 가득 가진 두꺼비 새끼들이 무수히 준동하고 있었다.

구렁이에게 잡아먹힌 두꺼비의 배 속에서 부화한 새끼들이 구렁이의 몸을 헤치고 나온다는 전설 속 삽화의 차용이다. 자신을 죽임으로써 적의 완전 해체를 이룬다는 것인데, 절대의 적의가 섬뜩하다. 「두꺼비」의 주인공이 품고 있는 적의의 성격 또한 이와 마찬가지임은 물론인데, 그것은 놀랍게도 자기 자신을 향하고 있다. 절대의 자기 부정의식인 것이다.

우리 문학에서 이처럼 강렬한 자기 부정의식의 예는 찾기 어렵다. 이 부정의식은 또한 <대승주의>를 내세워 일본의 침략전쟁에 적극적으로 동의하는 데 이른 <삼촌>의 <전향>에 대한 근본적 부정의식이기도 한 것인데, 이는 그럴 듯한 표어로써 자신의 전향을 합리화하고자 했던 30년대 중반 이후 이 땅의 무수한 전향지식인들의 근본을 무찌르는 것이다.

자신의 근본을 부정하는 이 엄중한 부정의 정신은 자신의 자신됨을 올곧게 세우고 지키겠다는 의지의 다른 표현이다. 그는 강한 주체인 것이다.

3. 시간초월성, 도덕률 초월성

김동리 문학의 중심에 깃들은 이 뜨거운 정신은 생사를 건 자기 자신과의 투쟁을 통해 비로소 존립 가능하다. 자신됨의 보지를 위해 생사를 건 자기와의 싸움에 온힘을 쏟고 있으니 애당초 중심부를 장악한 이념이며 도덕률 등에 구속받지 않는다. 그들은 외로운 자유인이다.

김동리 소설에 자주 등장하는 근친상간적 관계, 가족제도에 맞서는 성의 공유, 모든 구속을 초월하는 절대의 사랑은 이 같은 외로운 자유인의 존재성을 뚜렷이 드러내는 기호이다.

「황토기」에는 근친상간과 성의 공유 모티브가 함께 담겨 있다. 초일한 힘을 타고난 두 장사의 기묘한 힘겨루기를 중심에 놓은 작품인데 이를 강조하여 허무와의 싸움이라 해석해 왔다. 그러나 근친상간과 성의 공유 모티브에 주목한다면 다른 이해도 가능하다.

하늘이 내린 장사인 억쇠는 아기장수 설화의 아기장수처럼 어려 죽임 당할 운명을 타고 났으나 간신히 살아남은 행운아이다. 살아남아 황토골 고향에서 정주의 삶을 살아가고 있지만 그는 황토골의 질서 밖 존재이다. 그의 마음속에 <한번 크게 쓸 날이 있을 게다> '때만 오기만 기다려라'라는 운명의 전언이 깃들여 있으니 그는 황토골의 농민들과는 다른 세계의 주민일 수밖에 없다. 그는 정주해 있지만 떠돌이이며, 농경사회의 질서 속에 들어 있지만 그 밖의 존재이기도 하다. 그와 득보, 분이와 설희 네 남녀 사이의 기묘한 성의 공유에 대해 언짢아하는 것은 그가 농경사회의 질서 속에서 살아온 농민이기 때문이며, 그 기묘한 관계를 수용하는 것은 그가 그 질서 밖 존재이기 때문이다. 요컨대 그는 가슴 속에 남다른 뜻을 품고 현재를 견디고 있는 외로운 자유인이다.

억쇠와 겨루어 밀리지 않는 힘을 지닌 득보 또한 하늘이 내린 장사이다. 그는 억쇠보다 훨씬 더 농경사회의 질서로부터 벗어나 있는 인물이다. 대장장이였으며, 이복형제를 죽인 적이 있는 윤리범이며, 생질녀뻘 되는 분이와 함께 살며 조금도 거리낌 없는 윤리적 탈선자이다.

> 분이와 득보가, 두 번째 그의 고향 근처로 내려와 살려다 못 살고 다시 나그네 길을 떠나게 된 데 대해, 그것은 그녀 자신이 그의 <옥동자>를 낳게 되었기 때문인 듯이 말하지만, 그것이 어느 정도 확실한 이야기인지는 모를 일이다. 분이의 그 야릇한 말투와 행동으로 보아서, 그 관계란 것을 가령, 분이가 아직 열여섯 살밖에 되지 않은 어린 계집애의 몸으로서 자기의 외삼촌뻘이 되는―외삼촌의 이복형제라니까― 득보의 아이를 낳게 된 것이라 하더라도, 득보와 같은 그러한 위인이 그만한 윤리적 탈선이나 과실로 인하여, 일껏 벌였던 일터를 동댕이치고 다시 나그네 길을 떠나게 되었으리라고는 믿어지지 않는다.

득보는 농경사회를 지배하는 도덕률과는 전혀 다른 그만의 도덕률을 좇아 살아온 지배질서 밖 인물이니 근친상간적 관계도 성의 공유도 자연스럽게 받아들일 수 있다. 지배질서로부터 내몰려 떠돌아 사는 존재, 지배질서에 순응하는 삶을 거부하고 주변부의 삶을 선택하여 떠도는 존재인 득보는 억쇠보다 더 자유로운 인물이다.

「저승새」는 모든 구속을 초월한 절대의 사랑, 죽음을 넘어서는 사랑을 다룬 작품이다. 부모의 반대로 맺지 못한 사랑 때문에 자살한 여인과 불문에 든 수행자임에도 평생 그 여인을 잊지 못하는 사내의 정념을 「저승새」를 매개로 그렸다. 인간세상의 이런저런 구속은 물론이고, 집착을 경계하는 부처의 높은 말씀도 저 무서운 파괴력의 시간조차도 그들의 사랑을 어쩌지 못했으니 절대적인 사랑이라 하겠다.

시간초월적인 그들의 사랑은 중심의 도덕률에서 벗어난 것이라는 점에서 「황토기」 속 근친상간적 관계, 성의 공유와 동질적이다.

4. 새로운 주체의 출발

해방을 맞은 김동리는, 놀라운 기동력으로 조직을 정비하고 문단을 장악한 프로문학 진영에 맞서 민족문학논쟁을 벌였다. 인간성 옹호의 휴머니즘, 문학하는 것이란 <구경적 생의 형식>이란 것이 김동리 문학론의 핵심 개념이었다. 「소년」(1941. 2)을 마지막으로 이어지지 않았던 창작 활동도 재개했다.

새로운 역사를 열어가야만 했기에 해방공간은 그 어느 때보다도 정치적인 시기였다. 문학 또한 그러했다. 김동리의 문학도 당연히 그 이전과는 현저히 구별되는 강한 정치성을 드러내었다. 총독부의 엄혹한 검열 체계에 구속되었던 붓길이 자유로워졌으니 우회와 은폐의 언어를 밀어내고 직설의 언어가 그 알몸뚱이를 드러내고 활보하게 되었다. 김동리 문학의 경우도 물론 이에서 벗어나지 않았다.

그럼에도 불구하고 김동리 문학의 본령은 그대로 유지된 것으로 보인다. 「驛馬」가 이를 잘 보여준다. 이 작품의 구성축은 끝없는 떠나감의 길이다.

무대는 화개장터. 경상·전라 양도를 가르는 섬진강의 경상도 쪽, 쌍계사로 들어가는 초입에 자리 잡고 있다. 세 갈래 길이 여기서 만나고 헤어지니 구례와 하동에서 오는 길과 화갯골을 따라 지리산 속으로 숨어드는 길, 또는 구례와 하동으로 가는 길과 지리산중에서 화갯골 10리 벚꽃 사이를 지나 내려오는 길이 여기서 만나고 갈라진다. (중략) 요컨 대 이곳은, 많은 사람들이 사방에서 몰려 와 만나는 곳이지만, 또한 동 시에 헤어져 떠나가는 곳이다. 그러나 주막이나 놀이판 장터에서의 만 남은 떠나감을 전제한 것이기에 일시적인 것, 길을 따라 걷는 끝없는 떠나감의 한 점에 불과하다. 그러므로 이곳에서는 스쳐지나가는 관계 만이 맺어진다. 사내들은 바람처럼 왔다가 떠나가고 여인들만 남아 주 막을 지킬 뿐이다.[37]

일시적인, 스쳐지나가는 만남만을 허용할 뿐인 이 끝없는 떠나감의 길이 잠깐 멈추어 숨 돌리는 곳, 화개장터에 삶터를 일군 사람들은 누 구나 이 떠돎의 저주에서 벗어나고 싶어 한다. 역마살을 다스리는 전통 비법인 승적에 이름 올리기 등 온갖 노력을 기울이는 것이다. 정주/떠 돎이란 김동리 문학의 핵이 해방공간의 소용돌이를 뚫고 다시 솟아올 랐다.

그의 발 앞에는, 물과 함께 갈리어 길도 세 갈래로 나 있었으나, 화갯 골 쪽엔 처음부터 등을 지고 있었고, 동남으로 난 길은 하동, 서남으로 난 길이 구례, 작년 이맘때도 지나 그녀가 울음 섞인 하직을 남기고 체 장수 영감과 함께 넘어간 산모롱이 고갯길은 퍼붓는 햇빛 속에 지금도 환히 장터 위를 굽이돌아 구례 쪽을 향했으나, 성기는 한참 뒤 몸을 돌 렸다. 그리하여 그의 발은 구례 쪽을 등지고 하동 쪽을 향해 천천히 옮 겨졌다.

살을 풀기 위해 마련된 문화적 장치도 제어하지 못한 초월적인 힘의 존재를 인식하고 거기에 순종하는 <운명애>[38]로 이해할 수도 있을 것

---

37) 정호웅, 『한국현대소설사론』, 새미, 1996, 278-279쪽.
11) 김윤식, 『한국현대문학사』(일지사, 1979), 161쪽.

이다. 그러나 다른 해석도 가능하다. 주인공은 정주를 거부하고 떠돎의 삶을 선택한 것이며, 이는 떠돎의 삶을 선택했던 김동리 소설 속 다른 많은 주인공들과 마찬가지로 지배질서 밖을 지향하는 김동리 문학의 핵심 특성을 드러내 보이는 것이라는 해석이다.

「驛馬」의 주인공은 그러나 해방 이전 김동리 소설 속 주인공들과는 달리 텅 빈 내면의 인물이다. 그는 싸워 지켜야 할 자신됨을 아직 확보하지 못한 상태에 놓여 있는 것이다. 새롭게 열어가야 할 역사의 첫머리, 다시 세워야 할 문학의 출발선상에 선 인물이기에 그가 텅 빈 내면의 소유자라는 사실은 상징적이기조차 하다. 그는 그가 선택한 그 떠돎의 여로에서 자신됨을 확보하여 강한 주체로 서게 될 것이다.

5. 근본주의의 세계

강한 주체의 자기 보지 투쟁을 중심에 놓은 김동리 문학은 그 투쟁이 시대를 초월하는 성격의 것이라는 점에서 시간구속성으로부터 자유롭다. 지금까지 김동리 문학을 해명하는 수단으로 동원되어 오곤 했던 반근대성, 비근대성, 근대 비판성 등의 개념은 이 점에서 유효하지 않다는 것이 내 생각이다.

김동리 문학의 강한 주체는 중심부에서 <소외된/스스로를 소외시킨> 주변부 존재로서 지배질서의 밖에 놓여 있다. 지배질서의 밖에 놓여 지배질서의 구속에서 자유로운 존재이기에 그는 자신됨의 규범에 따라 사고하고 움직인다. 그가 비록 프로문학의 주인공과는 달리 중심부에 맞서 중심부를 논리적 언어로써 분석, 비판, 부정하는 것은 아니지만 지배질서 밖의 존재로서 자신됨의 규범에 따른다는 것으로써 그는 중심부의 근본을 무찌르는 과격한 부정의식의 담지자이다.

김동리 문학의 강한 주체가 이처럼 중심부를 근본 부정하는 존재임에도 불구하고 그 관계의 구체적 실체를 김동리 소설은 보여주지 않는다. 읽어내고 구성해내어야 할 숨어 있는 관계인 것이다. 김동리 문학이 단편에 머물러 장편으로 나아가지 못한 가장 큰 이유는 여기에 있다. 40년을 준비하고 별러 쓴 작품이라는 장편 「을화」가 우리 앞에 솟아 있음에도 나는 그렇게 생각한다.

김동리 소설 곳곳에는 <신명>이라는 말이 때로는 노랫가락을 타고 때로는 춤사위에 실려 넘실거린다. 신명은 주체의 자신됨이 최고도로 실현될 때, 그 충만의 느낌에서 자연스레 솟아오르는 것일 터인데, 김동리 문학의 강한 주체들은 그 같은 신명에 몸을 싣고 어디로 가고자 했던 것일까? 작품 속에서는 이에 대한 답을 찾을 수 없다. 김동리 문학이 단편을 넘어서지 못한 이유의 하나는 이것이 아닐까?

이병주 문학과 학병 체험

1. 학병 체험의 소설화

우리 소설에는 학병과 관련된 내용을 담고 있는 작품이 많다. 이 가운데 가장 대표적인 것은 『관부연락선』을 비롯한 이병주의 작품들이다.[39]

1943년 10월 13일 일본 내각회의에서 결의한 <교육에 관한 전시 비상조치 방안>에 따라 고등학교, 전문학교, 대학 예과와 학부의 법문계 일본인 학생에 대한 징집연기를 철폐하고 동원령을 내린 데 이어, 1943년 10월 20일 <1943년도 육군특별지원병임시채용규칙에 관한 육군성령>을 공시하여 식민지 조선과 대만의 고등학교, 전문학교, 대학 예과와 학부의 법문계 학생의 동원령을 내렸다. 특별지원이라 했지만 사실은 강제 징집이었으니 그 강제의 그물을 빠져나가기는 매우 어려웠다.

---

39) 이 글에서 다룰 이병주의 작품 이외에도 김남천의 「1945년 팔일오」(1946), 이태준의 「해방전후」(1946), 채만식의 「민족의 죄인」(1948), 최인훈의 「회색인」(1963)과 「태풍」(1973), 김원일의 「불의 제전」(1983), 이가형의 「분노의 강」(1993) 등의 소설, 장준하의 「돌베개」(1971)와 김준엽의 「장정」(1995)을 비롯한 많은 수필을 들 수 있다.

조선인 대상자 6203명 가운데 기피자와 신체검사에서의 탈락자를 제외한 4385명[40])이 학병으로 입대했다. 지원병 접수(1943. 10. 21-11. 20), 練成훈련(1943. 12. 22-28)을 거쳐 1944년 1월 20일 대구, 서울, 평양 등 전국 주요 도시에서 일제히 입대하였다. 조선 주둔 부대, 일본 본토 부대에 배치된 사람도 많았지만 동남아와 중국에 배치된 사람이 더 많았다. 이병주는 중지 곧 중부 중국의 소주에 배치되었다.

"고국을 떠난 뒤 9일째, 1944년 2월 5일"[41] 소주 주둔 제60사단[42] 輜重隊[43])에 배치, 1945년 9월 1일 현지 제대, 1946년 2월 또는 3월 귀국[44])으로 이어지는 1년여의 학병 생활이 시작되었다. 이병주 문학은 전체적으로 보아 작가의 체험에 바탕하고 있는 자전적 문학이다. 이병주 문학을 받치고 있는 작가의 주요 체험은 학병 체험, 교사 체험, 6·25 체험, 감옥 체험 등인데, 이 가운데 가장 중심에 놓인 것은 학병 체험이다. 이병주의 방대한 문학을 학병 체험과 관련된 것과 그렇지 않은 것으로 대별할 수 있을 정도로 학병 체험은 이병주 문학의 중심에 자리하고 있다. 이병주는 자신의 학병 체험을 중심으로 일제 강점기 막바지 조선의 지식 청년들을 죽음의 전장으로 내몰았으며 이후 그들의 삶에 깊이 작

---

40) 정기영, 「1·20학병의 대상 인원」, 『1·20학병사기』 1, 1·20동지회중앙본부, 1987, 97쪽.

41) 이병주, 『관부연락선』, 『한국소설문학대계』 52, 두산동아, 1995, 73-74쪽.

42) 일본군 60사단은 상해에서 소주에 이르는 지역의 경비와 치안 유지에 종사했다.

43) '中支矛 2325부대'이다. 「1·20학도병 名錄」, 『1·20학병사기』 4, 서울언론인클럽, 1998, 1145쪽: 부대장은 平田忠夫 소좌였다. (http://ja.wikipedia.org/w/index.php?title=第60師団)

44) 중부 중국의 일본군 부대에 속했던 학병들은 전쟁이 끝난 뒤에도 오랫동안 중국에 머물러야만 하였다. 대부분 1년 가까이 조선 출신 학도병으로 구성된 새로운 부대에 소속되어 중국군 또는 미군의 감시를 받으며 초조와 불안의 시간을 보낸 뒤 비로소 미군의 LST를 타고 인천 또는 부산으로 귀환하였다.(『1·20학병사기』 3에 실린 20편의 '生還手記'를 비롯하여, 모두 네 권으로 구성된 『1·20학병사기』에 실린 체험기들을 통해 이런 사실을 확인할 수 있다.

용하였던 학병 문제를 소설과 수필 등에서 거듭 다루었다.

이 글에서 필자는 학병 문제를 다룬 이병주 문학 전체를 살펴 그 특성을 밝히고자 한다. 학병 문제를 다루고 있는 소설과 수필이 고찰 대상이지만, 작가의 학병 체험과 깊이 관련되어 있는 것으로 판단되는 작품들, 예를 들면 일본의 침략 전쟁에 적극적으로 동조하는 조선 지식인이 주인공인 <별이 차가운 밤마다> 등도 고찰 대상으로 삼는다. 필요한 경우, 학병 문제를 다루고 있는 다른 작가들의 작품도 함께 살펴 이병주 문학의 특성을 보다 분명히 드러내고자 한다.

2. 이병주 문학 속 학병 체험자의 의식

이병주는 소설과 수필 곳곳에서 조선인 학병을 다음처럼 표현하였다. "그 치욕스런 학병",[45] "똥을 싼 바지를 똥을 쌌다고 핀잔을 받을까 보아 그냥 입고 돌아다닌 꼬락서니 그대로",[46] "일제의 용병",[47] 등이 그것들인데 가장 많이 쓰인 말은 '용병'이다.

용병이란 고용된 병사를 뜻하니 이 경우에 딱 맞는 말이라 할 수 없다. 조선 학병은 비록 식민지인이기는 했지만 일본이란 나라의 엄연한 국민으로서 다른 나라와 맞선 일본의 전쟁에 참전했으므로 그들은 용병이 아니다. 그럼에도 불구하고 이병주는 애써 용병이라 하였는데 어떻게 해석할 수 있을까? 이에 대해 작가는 소설 속 인물의 입을 빌어 다음처럼 말해 놓았다.

---

45) 이병주, 「어떻게 살 것인가」, 『용서합시다』, 집현전, 1982, 30쪽.
46) 이병주, 「산에 가서 나무나 심어라」, 『백지의 유혹』, 남강출판사, 1973, 40쪽.
47) 『관부연락선』, 앞의 책, 108쪽.

정신이 받은 상흔은 아물지를 않는다. 우선 그런 환경을 받아들인 데 대해 스스로를 용서할 수 없기 때문이다. 그런데 일제 용병의 나날엔 육체적 정신적인 고통이 병행해서 작동하고 있었다. 일제 때 수인(囚人)들은 고통 속에서도 스스로를 일제의 적으로서 정립할 수는 있었다. 그런데 일제의 용병들은 일제의 적으로서도, 동지로서도 어느 편으로도 정립할 수가 없었다. 강제의 성격을 띤 것이라곤 하지만 일제에게 팔렸다는 의식을 말쑥이 지워버릴 수 없었으니 말이다.[48]

어떤 보상이 약속되어 있었던 것은 아니므로 '일제에게 팔렸다'는 문장은 성립할 수 없다. 그렇다면 조선인 학도병을 두고 용병이라고 하는 것은 애당초 성립하지 않는 모순된 표현이다. 언어를 다루는 전문가인 작가가 이를 몰랐을 리 없는 것, 그렇다면 이 같은 모순을 무릅쓰고 굳이 용병이라는 말을 사용한 이유를 더듬어보아야 한다. 이 말이 놓인 문맥을 살펴 해석할 수밖에 없는데 두 가지 해석이 가능하다. 하나는 학병으로 나가는 것이 일본이 내세운 '귀축영미의 구축' 곧 반서양주의의 실천과 '대동아공영권의 건설' 등의 전쟁 명분과는 전혀 무관하다는 것을 드러내는 말이라는 해석이다. 용병을 전쟁에 뛰어들게 하는 것은 돈이니 전쟁의 명분과는 전혀 무관하다. 용병이라는 말을 사용함으로써 조선인 학병이 참전한 것은 전쟁의 명분과는 전혀 무관하다는 것을 드러낼 수 있었다는 해석이 이에 성립하는 것이다. 다른 하나는 자신에 대한 모멸 의식을 담고 있다는 해석이다. 돈에 자신을 판 자, 돈을 바라 타인의 생명을 해치는 전쟁에 나아간 자가 곧 용병이니 인간 말종이다. 이병주는 조선인 학병이었던 과거의 자신에 대한 모멸의 의식을 용병이란 말로 표현하고자 하였다고 해석할 수 있는 것이다.

용병이란 말은 이처럼 이중적이다. 한편으로는 전쟁의 명분에 동의

---

48) 이병주, 「8월의 사상」, 『그 테러리스트를 위한 만사』, 한길사, 2006, 276쪽.

하지는 않았다는 생각을 넌지시 내세움으로써 자기변호와 합리화를 꾀하는 것이면서, 다른 한편으로는 자신을 인간 말종이라 단호하게 규정함으로써 자기 부정을 행하는 것이다.

용병이란 말에 들어 있는 서로 다른 두 의식은 저마다 다양한 양상으로 변주된다. 일본이 내세운 전쟁 명분에 동의하지 않았다는 의식은 반전 의식, 짐승과 구별되는 이단자의 의식으로 변주된다. 그리고 자신을 인간 말종이라 모멸하는 자기부정의 의식은 가차 없는 자기 처벌의 의식, 자기 연민의 의식으로 변주된다.

2-1. 반전의식과 이단자 의식

일본이 내세운 전쟁의 명분에 동의하지 않는(았)다는 의식은 이병주 문학에 나오는 조선인 학병들을 견디게 하고 바로 서도록 만드는 힘의 원천이다. 그들은 그 같은 의식을 붙들고 폭력, 모욕, 차별, 인권을 유린하는 군대 기율 등을 견딜 수 있었고, 일본의 침략 전쟁과 전쟁 자체에 깃든 야만적 폭력성에 휩쓸려드는 것을 통어하며 그것들로부터 거리를 확보할 수 있었다. 이 같은 견딤과 거리 확보가 그들로 하여금 자신과 타자를 대상화하여 그 안팎을 객관적, 비판적으로 성찰하는 것을 가능하게 하였다. 그리고 그 연장선상에서 반전 의식과 이단자의 의식이 생겨났다.

부대장의 뜻은 고맙지만 권총을 몸에 지니지 말게. 권총뿐만이 아니라 앞으론 일체의 무기를 갖지 않도록 해야 하네. 나도 그렇게 할 작정이다.[49]

---

49) 『관부연락선』, 앞의 책, 117-118쪽.

동경 제일고등학교 철학 교수로 학생들을 가르치다가 입대한 이와사키(岩崎)의 말이다. 작가는 주를 달아 이 인물이 이후 동경대 철학과 교수가 되었다고 밝히고 있는데, 그렇다면 그는 독일 관념 철학 특히 칸트 철학의 대가였던 이와사키 다께오(岩崎武雄, 1913-1976)일 가능성이 높다. 일본 현대 철학을 대표하는 이 인물의 입을 빌리긴 했지만 위 인용 글에 담긴 철저한 반전 의식[50]은 곧 주인공 유태림의 것이고 작가 이병주의 것이다. 이처럼 철저한 반전주의 앞에 일본이 내세운 전쟁의 명분은 애당초 들어설 수 없다. 작가는 주인공의 이 같은 철저한 반전주의로써 일본의 침략 전쟁을 근본 부정하고자 하였다.[51]

주인공 유태림이 보들레르의 시구를 딛고 명료한 자기의식으로 정립한 이단자의 의식 또한 일본이 내세운 전쟁의 명분에 동의하지 않는 의식에서 싹터 오른 것이다. 다음 인용은 1945년 1월 1일 새벽, 소주성벽 위에 서서 보초를 서던 주인공의 머릿속에 떠오른 보들레르의 시구에서 촉발되어 이단자의 의식에 나아가는 사색의 과정을 잘 보여준다.

> 줄잡아 60만 인의 잠이 눈 날리는 새벽의 고요를 이루고 있다는 사실
> 에 태림의 의식이 미치자 빙판을 이룬 듯한 태림의 뇌수 한구석에 불

---

50) 물론 그의 반전주의는 "철학자로서의 병정은 가능하지 못해도 일본인으로서의 병정은 가능하다고 생각하는 위치에 있는 사람"(같은 책, 107쪽)이라는 말에서 알 수 있듯, 일본인이기에 일본의 전쟁을 피할 수 없다는 생각 위에 서 있는 것이다. 이런 생각은 학도병으로서 참전했던 일본의 지식 청년들의 수기에서 널리 확인할 수 있다.(오오누기 에미코 저, 이향철 옮김, 『사쿠라가 지다 젊음도 지다-미의식과 군국주의』 제3부, 모멘토, 2004.)

51) 학병 문제를 다룬 소설 가운데 반전의식을 주제로 한 대표적인 작품은 이가형의 『분노의 강』이다. 동경대 재학 중 학병에 지원하여 버마 전선에 참전하였던 자신의 체험을 정리한 르포르타주 「버마전선패잔기(버마戰線敗殘記)」,『신동아』, 1964, 11)를 바탕으로 한 매우 사실적인 작품인데, 작가는 이를 '논픽션 소설(a nonfiction novel)'(이가형, 「작가후기」,『분노의 강』, 경운, 1993, 371쪽)이라 하였다. 주인공이 전장에서 겪는 고통을 강조함으로써 반전의식을 고취하고자 한 작품이다.

이 커지듯 보들레르의 시 한 구절이 떠올랐다.
　──너희들! 짐승의 잠을 잘지어다!
　(중략)
　'짐승의 잠을 자라'고 외친 보들레르는 짐승의 잠은커녕 사람의 잠도
제대로 잘 수 없었던 이단자로서의 오만을 가졌었다.[52]

　대학에 다니던 동경 시절부터 가꾸어 온, 그것으로 자기 삶의 지주로
삼고자 했던 이방인 의식[53]이 소주 성벽 위에서 이단자의 의식으로 나
아갔다. 그 이단자의 의식은 보들레르처럼 세상사람 모두를 짐승이라
규정해 버리고 그 반대 자리에 자신을 세우는 '오만'을, 도스토예프스
키처럼 '죽음의 집'의 고통을 '감쪽같이' 견디는 비범한 의지를 자신의
내부에 세우고자 하는 바람의 소산이다. 그 같은 오만과 의지를 자신의
내부에 세울 수 있다면 그는 어떤 것도 견디고 어떤 것으로부터도 자유
로운 존재가 될 수 있다.
　보들레르의 오만과 도스토예프스키의 의지를 배우고자 한다는 것은
일본군 병정의 현실을 견디면서도 그 현실로부터 초월하고자 하는 것
을 뜻한다. 그는 견딤으로써 일본군 병정의 현실에 굴복하지 않을 수
있고, 초월을 지향함으로써 그것에 갇히지 않을 수 있다. 견디기 또는
초월하기 어느 하나가 아니라 둘 다를 문제 삼는 것이기에 이 이단자의
의식은 고통스러운 현실 속에 있으면서 그 밖을 지향하는 의식이다. 이
런 의식으로 하여 『관부연락선』을 비롯하여 학병 체험을 바탕으로 한
이병주의 문학은 학병 체험을 사실적으로 증언하는 데 그치는 보고 문
학, 중국에 주둔하고 있는 일본 부대의 병정이라는 엄혹한 현실의 규정

52) 『관부연락선』, 같은 책, 101-103쪽.
53) 이에 대해서는 정호웅, 「해방 후 지식인의 행로와 그 의미」, 『한국의 역사소설』,
　　역락, 2008 참조.

성에 대한 충분한 고려 없이 관념적 상상의 세계로 초월하는 낭만성의 문학에 떨어지지 않고, 고통스러운 현실을 증언하면서도 그것과 거리를 두고 근본적, 비판적으로 성찰하는 문학이 될 수 있었다.

2-2. 자기 처벌의 의식, 자기 연민의 의식

일본의 전쟁 명분에 동의하지 않았지만, 그럼에도 불구하고 이병주 소설 속 조선의 청년 지식인들은 학병에 지원하여 전쟁에 나아갔다. 주목할 것은 그들 어느 누구도 자신의 그런 행위를 자신의 책임으로 껴안는다는 점이다. 비윤리적임을 알면서도 그랬으니 자신의 책임이라는 것이다. 이 점에서 이병주 문학은 비윤리적임을 알았지만 강제 때문에 어쩔 수 없었다는 상황론,[54] 황도사상에 깊이 세뇌되어 비윤리적임을 몰랐기 때문에 그것이 황국신민 된 자의 마땅한 책무라 생각하였고 그래서 자발적으로 나아갔다든가 하는 세뇌론[55]과는 다르다.

이병주의 인물들은 이 자기책임론을 딛고 다시 자기 처벌론으로 나아가는데, 자기책임론과 자기 처벌론의 핵심어는 '노예'이다.

먼 훗날
살아서 너의 집으로 돌아갈 수 있더라도
사람으로서 행세할 생각은 말라.
돼지를 배워 살을 찌우고

---

54) 채만식의 「민족의 죄인」, 이태준의 「해방전후」, 이가형의 「분노의 강」이 이를 잘 보여주는 소설들이다. 한편, 학병에서 생환한 사람들이 쓴 회고록인 학병 수기는 통틀어 여기에 해당한다고 하여 과언이 아니다.

55) 이를 보여주는 대표적인 인물은 최인훈의 장편 『태풍』의 주인공 오토메나크이다. 이에 대해서는 정호웅, 「존재 전이의 서사」, 『태풍』 3판(최인훈 전집 5), 문학과 지성사, 2009. 참조.

개를 배워 개처럼 짖어라.

고 적어놓은 네 수첩을 불태우고
죽어서 너는 유언이 없어야 한다.

헌데 네겐 죽음조차도 없다는 것은
죽음은 사람에게만 있는 것이기 때문이다.
죽을 수 있는 것은 사람뿐이다.
그밖의 모든 것, 동물과 식물, 그리고 너처럼
자기가 자기를 팔아먹은, 제값도 모르고 스스로를 팔아먹은,
노예 같지도 않은 노예들은 멸하여 썩어
없어질 뿐이다.[56]

사람이 아니기에 "죽음조차 없"는 존재라는 것, 그러므로 죽을 때
"유언이 없어야 한다"는 것, 또 그러므로 다만 "멸하여 썩어 없어질 뿐"
이라는 것이니, 전적인 자기 부정이다. 그 아래 놓인 것이 가차 없는 자
기 처벌의 의식임은 물론이다.

이는 이병주 문학에 나오는 학병 또는 학병 출신의 인물들이 자신을
비판적으로 성찰할 때나 타자를 비판할 때 가장 많이 사용하는 단어가
'비겁'과 '비열'이라는 것과 깊이 관련되어 있다. 자기반성과 관련된 경
우[57]는 물론 타자비판과 관련된 경우에도 '비겁'과 '비열'이라는 말이
선악을 가르는 결정적인 기준이다.[58] 비겁은 무엇인가를 겁내어 자신
의 책임을 회피하거나 남에게 떠넘기는 것을, 비열은 자기 이익을 위해

---

56) 이병주, 「8월의 사상」, 『그 테러리스트를 위한 만사』, 앞의 책, 278쪽.
57) 여기 든 예 말고도 자신의 비겁과 비열을 반성하는 조선인 학병을 이병주 문학 여
    기저기서 만날 수 있다.
58) 비겁과 비열을 전적으로 부정하는 작가의식은 「변명」, 「그 테러리스트를 위한 만
    사」, 「겨울밤」 등에 뚜렷한 테러리즘 예찬으로 나아가기도 한다.

하는 짓이 천하고 졸렬한 것을 뜻하니 둘 다 책임의 자기 윤리와 관련된 것들이다. 일본 군인의 칼 아래 무참하게 죽은 한 중국 청년이 보여준 '인간의 위신과 용기'에 대해 이병주의 인물이 최상의 언어로써 예찬한[59] 것은 그 인물의 고귀한 정신이 자신의 안쪽에 깃든 '비겁'과 '비열'의 정반대 자리에 놓인 것이기 때문이다.

이에 이르면 우리는 이병주 문학이 다루는 조선인 학병 문제의 핵심이 개인의 윤리 문제임을 알 수 있다. 그들은 내부의 노예근성 또는 노예의식에 이끌려 학병에 나갔는데 그것은 비겁하고 비열한 행위라는 것, 그러므로 그들은 "노예 같지도 않은 노예"로서 죽을 자격도 없는 존재라는, 자기 부정과 자기 처벌에 나아가는 윤리적 자기비판론이 그들이 내부에서 솟아오르게 된 것이다.

이병주 문학에 나오는 조선인 학병 지원자가 자기 처벌에 나아가는 이유는 또 있는데 지식인으로서의 책무를 저버렸다는 점이 그것이다.

> 누구를 위해 무엇을 하자는 총칼이냐고 서러워하면서도 비굴하게 복종하지 않을 수 없었던 군대생활, 오늘날 국민들은 우리 민족 모두가 겪은 수난의 일환으로 보고 용서해주는 태도를 취하고 있습니다만, 그 너그러움에 저는 편승할 수가 없습니다. 불가피한 일이었다고 변명할 수도 없습니다. 명색이 고등교육을 받았다면서 반항하는 소리 한 번도 지르지 못하고 고스란히 그 치욕의 생활을 견딘 것입니다. 제 자신 저를 용서할 수가 없습니다.[60]

작가의 분신인 「패자의 관」의 주인공이 자신을 용서할 수 없는 이유를 밝힌 부분이다. 반항하지 않고 학병에 지원한 것에 대한 비판은 이

---

59) 이병주, 「겨울밤―어느 황제의 회상」, 『소설·알렉산드리아』, 한길사, 2006, 253쪽.
60) 이병주, 「패자의 관」, 『소설·알렉산드리아』, 한길사, 2006, 234-235쪽.

병주 문학 곳곳에 나온다. 특히 「지리산」에 많이 나오는데, "번연히 죽음의 길로 가는 줄 알면서 그 절망적인 상황마저 의욕적으로 이용하지 못하고 젊은 힘을 세력화하지 못"[61]하는 것에 대한 권창혁의 실망과 비판, "철저하게 왜놈과 싸울 끼다. 그들이 하는 전쟁에 어떤 의미로든 협력하지 않을 끼다."[62]라 다짐하는 주인공 박태영의 "그들은 절망할 줄도 고민할 줄도 슬퍼할 줄도 모르는, 그저 반사 신경만 가지고 있는 곤충과 같은 존재에 불과하다."[63]라는 환멸의 진단 등이 대표적이다.

그러나 고등교육을 받은 지식인이기에 반항해야 마땅하다는 논리는, 그 자체로는 정합적이지 않다. 정합성을 확보하려면 다른 요소가 더 필요하다. 이와 관련하여 최인훈의 「태풍」을 살필 필요가 있다.

「태풍」의 주인공 오토메나크는 일본에서 대학을 다니던 중 일본군에 입대하여 동남아 전선에서 장교로 복무하였다. 전쟁이 끝났지만 그는 해방된 조국으로 돌아가지 않기로 결단하는데, 그를 해방된 조국에 돌아가지 못하게 막은 것은 죄의식이다. 그는 "나는 동포들에게 죄지은 사람입니다. 무슨 낯으로 고국에 돌아가겠습니까?"[64]라며 눌러앉았는데 단호한 자기 처벌이다. 그를 이처럼 단호한 자기 처벌로 이끈 죄의식은 크게 네 가지인데 이 중 우리의 논의와 관련하여 주목되는 것은 아무리 다른 것에 책임을 돌리려 해도 끝내 뿌리칠 수 없는 그 자신의 책임, 곧 "한 시대가 보여주는 징조의 껍질을 뚫어 볼 힘이 없었다는 책임"[65] 의식이다.

"한 시대가 보여주는 징조의 껍질을 뚫어 볼 힘이 없었다는 책임"이

---

61) 『지리산』 2, 앞의 책, 318쪽.
62) 같은 책, 21쪽.
63) 같은 책, 143쪽.
64) 최인훈, 『태풍』, 앞의 책, 493쪽.
65) 같은 책, 76쪽.

란 곧 지식인의 책임이니, 그의 이 같은 죄의식은 지식인으로서의 책무를 문제 삼는 데서 비롯된 것이라 보아야 한다. 이병주의 소설에서 이것과 동일한 내용의 사유는 찾을 수 없다. 그러나 유사한 것은 있다.

> 한국 학생들에게 학도지원병령이 내린 바로 직전에 일본인 학우 한 사람이 '카이로 선언'의 원문을 그대로 베껴 태림에게 갖다 주었다. 태림은 그 선언에서 한국이 독립할 수 있는 유일한 기회를 봤다. 실감에까진 이르지 못했지만 그러나 자기의 조국을 독립시켜 주려고 하는 세력에 항거하는 진영에서 총을 들어 독립시켜 주려는 진영의 사람들을 죽여야 하는 입장에 서야 한다는 데 기묘한 당착감(撞着感)을 느끼지 않을 수 없었다.[66]

유태림은 지원병령이 내리기 직전에 '카이론 선언'의 원문을 보고 "한국이 독립할 수 있는 유일한 기회"를 보았지만, "실감에까진 이르지 못했"다. 그에게는 역사의 흐름을 읽을 수 있는 능력이 부족했던 것이다.[67]

노예였다는 것, 지식인의 책무를 저버렸다는 것 등을 이유로 자신을 처벌하는 인물을 통해 이병주 문학은 학병 문제를 근본 윤리의 차원에서 성찰할 수 있었다. 앞에서 살폈듯이 이 같은 자기 처벌의 윤리의식은 학병으로 지원한 것을 부정하는 의식이 낳은 것이다. 그런데 이런 부정 의식은 다른 한편 자기 연민을 낳기도 하였으니, 이 점을 지나쳐서는 학병 문제와 관련된 이병주 문학에서의 윤리의식을 충분히 이해할 수 없다.

---

66) 『관부연락선』, 앞의 책, 112-113쪽.
67) 『지리산』에는 카이로 선언에 대해 나중에 알고 "우리에게 독립을 주겠다는 나라를 상대로 총을 들었"던 것을 "께름"(『지리산』 6, 36쪽)해 하는 학병 출신 지식인이 나온다.

이처럼 단호한 자기 처벌의 의식 옆에는 그런 처지에 놓인 자신을 연민하는 자기 연민의 의식이 자리 잡고 있다. 작가는 소설과 수필 곳곳에서 이런 자기 연민의 의식을 드러내었다. 그 하나는 한스 카롯사의 『루마니아 일기』에 나오는 한 인물의 말이다.

> 아마 성공할 것이다. 그러나 확실히 죽을 것이다. 그렇다면 마찬가지가 아니냐.[68]

죽음을 앞에 두고 절대의 허무의식에 빠져든 한 인물의 처절한 절망의 절규이다. 학병으로 전선에 선 이병주의 인물들 또한 이처럼 절대적인 허무의식에 빠져들었으니 이 인물의 절규는 곧 그들의 절규였다. 이밖에도 이병주 문학 여기저기에서 자기 연민 의식을 확인할 수 있는데, 『관부연락선』의 주인공을 통해 살펴보기로 한다. 『관부연락선』의 주인공은 자신이 학병에 지원하게 된 이유를 두 군데에서 자세히 살피고 있다. 그가 밝힌 이유 가운데 주목되는 것은 집안의 힘으로 혼자만 모면했다는 오해를 받을지 모른다는 염려, "운명", "청춘을 잃었"다는 것 등이다.

집안의 힘으로 혼자만 모면했다는 오해를 받을지 모른다는 염려는 죽음이 기다리고 있는 전장으로 떠나야만 하는 처지에 놓인 다른 사람들의 시선을 의식하는 데서 비롯된 것이다. 이 같은 의식이 유태림을 억압해온 대지주의 자식이라는 조건과 관련된 것임은 물론이다. 그는 태생, 신분, 경제력 등과 무관하게 모든 사람은 평등하다는 근대의 윤리를 육화한 인물인 것이다. 그러나 "혼자만 모면"할 수 없었다는 점에

---

68) 『관부연락선』, 660쪽. 이병주는 수필 「한스 카로사의 『루마니아 일기』」에서 "각성의 길" "산산이 뿌려진 피 속에서 과감한 선구자가 탄생한다."(『간호』, 1979, 10, 83쪽) 등의 말을 들어 죽음을 넘어서는 정신을 강조하기도 하였다.

주목하면 다른 해석의 가능성도 열려 있다. 그의 의식 깊숙한 곳에는 대중과 함께하고자 하는 심리가 깃들어 있었다는 해석이다.[69] 그런 심리가 무엇에서 비롯된 것인지 이병주 문학에서 확인할 수는 없다. 그러나 이 같은 심리를 넌지시 드러내 보임으로써 작가는 그 명분에 동의하지 않은 전쟁에 참전해야 했던 자신을 비롯한 조선인 학병 지원자들에 대한 연민을 드러내 보였다.

'운명'이 학병 지원의 한 이유라는 것도 자기 연민의 의식을 표현한 것이다. 초월적인 무형의 힘이 압도적으로 작용하는 것을 뜻하는 운명이라는 말 앞에 모든 것은 의미를 잃는다. 운명이라는 말이 지배하는 시공간에서는 무엇을, 왜, 어떻게 등등의 의문은 들어설 수 없다. 소설의 주인공이 자신의 삶에서 큰 의미를 지니는 과거 행위를 두고 운명 때문이었다고 한다면, 그 순간 소설성은 질식하고 만다. 한 개인의 실존적 선택의 문제이기도 했지만 수천 명 지식 청년의 선택 문제이기도 했던 역사적인 대사건에 얽혀 있는 사회역사적 관계의 그물을 한순간 무화하는 운명론은 폭력적이다. 그러나 모든 것을 무화하는 운명론은 다른 한편 운명의 꼭두각시가 되어 죽음의 길로 떠났던 조선인 학병 지원

---

69) 이병주 문학에서 이와 관련하여 우리의 이런 해석을 뒷받침하는 직접적인 근거는 찾을 수 없다. 그러나 아래 내용은 참고할 만하다. 「지리산」에 나오는 동경제대생 정준영은 "나는, 나 혼자 잘난 척하기 싫어서 지원했소."(『지리산』 2권, 한길사, 2006, 142쪽)이라고 학병에 지원한 이유를 밝히는데, 같은 처지에 놓인 조선인들의 시선을 의식한다는 점에서 "집안의 힘으로 혼자만 모면했다는 오해를 받을지 모른다는 염려" 때문에 지원한 유태림과 통한다. 정준영의 이런 말은 대중과 함께하겠다는 생각을 담고 있는 것이라는 점에서 창씨개명령이 고시되었을 때, "창씨개명한 일반 대중"(『지리산』 1, 223쪽)이 자신에게 미안해하고 자신을 미워할까 보아 창씨개명을 해야겠다고 하는 「지리산」의 등장인물 하영근의 생각과 통한다. 한편 "혼자만의 패배"에 대한 두려움으로 떨고 있는 「별이 차가운 밤이면」의 주인공 박달세는 상숙에서 진지 구축 작업을 하고 있는 조선 출신 병사들을 보고 "공동의 패배를 준비하고 있는" 그들에게는 "고비가 지나면 구원이 있을지 모른다."(『별이 차가운 밤이면』, 627쪽)는 생각을 하는데 이 또한 우리의 이런 해석과 연결된 것이다.

자들의 슬픈 행로를 깊이 연민하는 마음을 담고 있는 것이기도 하다. 그들은 그 운명에 갇혀 벗어날 수 없었다는 것이다.

그렇다면 '청춘을 잃'었기 때문에 학병에 지원했다는 유태림의 말은 무엇인가? 이 말은 김광섭의 「自畵像三七年」의 5연 "아침에 나간 靑春이 / 저녁에 靑春을 일코 도라올줄은 밋지못한일이엿다."[70]에 나온다. "薔薇를 일은해", "나의하늘을 흐리우든날", "우수", "溺死以前의感情", "니힐의꼿" 등, 어둡고 무거운 언어로 가득 차 있는 이 시의 핵심 내용은 청춘의 상실이다. 청춘의 상실을 우울하게 노래하고 있는 이 시에 유태림은 감응하여 "이러한 혼미한 나날을 애상(哀傷)과 더불어 내 마음을 어루만지는"[71] 시라고 하였다. 한껏 피어나는 육체와 정신의 활기로 생동하며, 미래에 대한 기대와 동경으로 설레며, 아직 세상의 때가 묻지 않아 순수하고 세파에 시달리지도 상처입지도 않아 건강하고 아름다운 청춘을 잃었다고 신음처럼 토하는 이 우울한 시를 이제 갓 스물을 넘은 청춘이 읽고 감응하여 위안을 얻는다고 하였다. 그 또한 청춘을 잃은 청춘이기 때문임은 자명하다. 그런데 그 청춘의 상실이 학도병 지원의 한 이유였다는 것은 무엇을 뜻하는가? 두 가지 해석이 가능하다. 하나는 유태림의, "야무진 행동을 통해 비굴에서 스스로를 구하려는 발작"이라는 말과 관련한 해석이다.

    ——우리를 희생하고 동족을 살린다.
    또는,

---

70) 김광섭, 『동경』, 대동인쇄소, 1938, 73쪽. 소설에는 제목이 '이 해의 자화상'으로 되어 있는데 이는 잘못이다. 김광섭은 시집 『동경』에 수록되었던 「自畵像三七年」을 이후 「어느 해의 자화상」으로 제목을 바꾸고 그 내용도 조금 수정하였다. 『관부연락선』의 주인공이 김광섭을 시를 인용한 때는 1943년 말이므로 그가 읽은 것은 「自畵像三七年」이어야 한다.
71) 『관부연락선』, 앞의 책, 658쪽.

——우리가 일본의 병정 노릇을 함으로써 일본의 조선인에 대한 차별대우를 없앤다.

이렇게 말하기도 하고 생각하기도 했지만 스스로의 비굴함을 당치도 않은 궤변으로 합리화시키려는 두 꺼풀의 비굴한 행동이었음은 두말할 나위가 없었다. 이러한 비굴함이 일본의 패색이 짙어 감에 따라 선명하게 부각되어 가는 것이니 어떤 야무진 행동을 통해 비굴에서 스스로를 구하려는 발작이 나타남직도 했었다.[72]

'스스로의 비굴'을 견디지 못해 그 비굴에서 자신을 구하고자 하는 충동적인 마음이 그들로 하여금 학도병 지원으로 내몰았다는 것인데, 그 충동적인 마음은 자신의 비굴을 알면서도 회피하는 데서 비롯된 것이니 청춘을 상실한 자의 또 다른 차원의 비굴이라 하겠다.

다른 하나는, 이병주의 소설과 수필 곳곳에 나오는 '청춘의 불모성' 론과 관련한 해석이다.

한편 우리의 세대가 얼마나 어려웠던가를 생각하고 자기 연민에 빠지는 경우도 있다. 우리는 역사의 고비마다에서 거센 바람을 맞았다. 3·1운동의 소용돌이를 전후해서 이 세상에 태어나선 일제의 대륙 침략의 회오리 속에서 소년기를 지나 황국신민의 서사를 외면서 청년 시절을 보냈다. 체제 내적인 노력에 있어서도 위선을 배웠고 반체적인 의욕을 가꾸면서도 위선을 배워야 했던 바로 그 사실에 우리 청춘의 불모성이 있었고, 누구를 위하고 누구를 적으로 할지도 모르는 용병이 될 수밖에 없었던 바탕이 있었던 것이다.[73]

학병동지회에서 펴낸 『1·20학병사기』에 발표된 글인데 '위선'과 '청춘의 불모성'이라는 말이 섬뜩하다. 1920년 전후에 태어나 일본 군인으

---

72) 『관부연락선』, 앞의 책, 112쪽.
73) 이병주, 「청춘을 창조하자-과거엔 우리는 젊음이 없었다」, 『1979년』, 세운문화사, 1978, 215-216쪽.

로서 참전해야 하는 등 험한 세월을 건너 간신히 살아남은 작가 세대의 정신과 삶에 대한 깊은 통찰이라 할 것인데, 이 아래 놓인 것은 자기 연민의 의식이다.[74)]

학병 문제를 다룬 이병주 문학은 전체적으로 보아, 학병 지원에 대한 부정의식에 짓눌려 비슷한 유형의 인물, 체험, 사유의 동어반복에서 크게 벗어나지 못하였다는 한계를 보인다. 이병주 문학에서 이런 부정의식에서 벗어나 학병 지원을 대하는 경우는 거의 찾을 수 없다. 물론 전혀 없는 것은 아니다. 「지리산」의 중심인물 가운데 하나인 이규가 작가의 분신인 김경주를 두고, "병정 생활 체험이 하나의 인간을 비약시키는 탄조(彈條)를 마련했을지도 몰랐다."[75)]라고 말하는 것, 김경주가 자신의 학병 체험을 두고 "나는 일본 국비로 수학여행 다녀온 셈 쳤는데."[76)] 등이 여기에 해당한다. 그러나 방대한 이병주 문학을 샅샅이 뒤져, 학병 지원에 대한 부정의식에서 벗어나 학병 지원을 대하는 경우를 단 두 개 확인할 수 있다는 것은, 이병주 문학이 얼마나 이 같은 부정의식에 짓눌려 있는가를 뚜렷이 보여주는 것이 아닐 수 없다.

이병주가 학병 지원에 대한 이처럼 철저한 부정의식에서 벗어나지 못했던 것은 학병 문제를 다룬 그의 문학이 자전(自傳)의 울타리에 갇혔기 때문으로 보인다. 자전의 울타리에 갇힘으로써 자신의 학병 지원을 용서할 수 없다는 윤리적 자의식에서 벗어날 수 없었던 것이다. 이로

---

74) 이병주 문학의 중심 주제 가운데 하나는 자중자애, 참고 기다리며 자신을 성장시켜 나가 결실하는 것이 의미 있는 삶이라는 생각이다. "산다는 건 일종의 타협이다."(『지리산』 1, 224쪽)라는 명제는 이것을 압축해 놓은 것이다. 역사의 소용돌이에 휩쓸려 많은 사람이 희생당하는 격동의 역사를 배경으로 하고 있기에 특히 뚜렷하게 부각되는 이 주제의 안쪽에는 희생자들에 대한 깊은 연민의 의식이 놓여 있다.

75) 『지리산』 3, 앞의 책, 215쪽.

76) 『지리산』 6, 앞의 책, 19쪽.

인해 역사적 사건인 '학병 지원'에 대해 객관적 거리를 확보할 수 없었기에 이병주는 지원 동기, 계층 등 여러 측면에서 학병 문제를 폭넓게 다루는 문학을 일구는 데까지 나아가지는 못하였던 것으로 판단된다. 그러나 이런 한계에도 불구하고 이병주 문학은 학병 문제를 윤리의식의 차원에서 깊게 파고든, 우리 문학사에 희유한 세계를 열었다는 점에서 문학사적으로 큰 의의를 갖는다.

3. 타자의식의 결여, 그리고 보편적 인간형의 창조

상해를 배경으로 한 우리 소설 일반에서는 타자로서의 중국과 중국인에 대한 의식을 거의 찾을 수 없는데[77] 이병주 문학에서도 마찬가지이다. 중국과 중국인에 대한 타자 의식의 결여는 보편적 인간형에 대한 작가의 관심과 무관하지 않은 것으로 보인다. 시공간을 넘어 편재하는 보편적 인간형에 대한 관심이 특수한 시공간 안에 존재하는 개별자에 대한 관심을 가로막아 이런 현상이 생겨났다고 할 수 있는 것이다.[78]

---

77) 이에 대해서는 정호웅, 「한국 현대소설과 상해」, 『문학사 연구와 문학교육』, 푸른사상, 2012) 참고. 이는 일본 현대 문인들이 상해를 다녀와 쓴 글들에서 확인할 수 있는 타자로서의 상해에 대한 의식(劉建輝, 『魔都上海-日本 知識人의 '近代' 體驗』, 筑摩書房, 2010 참고.), 요코미츠 리이츠의 장편소설 『상해』와 영국인 작가 크리스토퍼 뉴의 장편 『버려진 자들의 천국 상해』에 뚜렷한 중국 대한 타자의식(이에 대해서는 정호웅, 앞의 논문 참고) 등과 대비된다.

78) 물론 이것이 전부는 아니다. 학병 지원에 대한 부정 의식에 압도당해 타자의 특수성에 대한 관심이 약화된 것도 요인의 하나이다.

3-1. 상해 체험과 타자 의식의 결여

학병 체험을 다룬 이병주 소설의 중심 무대는 중국 소주와 상해이다. 당연하게도 중국과 중국인이 자주 등장하지만 대부분의 경우, 배경으로 등장하거나 작은 삽화의 등장인물로 나올 뿐이다. 이병주의 인물들은 자신들의 고통스러운 상황, 복잡 미묘하여 감당하기 어려운 자기의식 등에 갇혀 중국 그리고 중국인을 앎의 대상, 성찰의 대상, 관계의 대상으로 인식하는 정신적 여유를 가질 수 없었기 때문일 터이다. 다음 인용은 학병 체험을 다룬 이병주의 소설 가운데 들어 있는 중국과 중국인에 대해 말하고 있는, 그 많지 않은 것 가운데 하나이다.

> 태림은 그 가운데서 적의(敵意)의 하나라도 찾아보려고 했으나 허사였다. 의론이나 한 것처럼 무표정한 얼굴, 무표정한 눈빛. 그러나 상점엔 표정이 있었다. 아직 겨울인데도 점두까지 넘쳐 있는 갖가지 과일, 껍질을 벗긴 채 발톱을 아래로 하고 매달린 돼지들. 일본군이 가든 오든 어떻게 해서라도 살아야겠다는 의지를 사람에게서가 아니라 상품에서 느꼈다.[79]

우리의 논의와 관련하여 볼 때 학병 문제를 다룬 이병주 문학의 핵심은 지금까지 검토해온 '윤리적 자의식'의 문제이다. 이병주의 인물들은 자신들의 비겁과 비열을 용납할 수 없다는 강박관념에 짓눌려 그것과 관련된 것만을 보는 데 갇혔다.

중국과 중국인에 대한 더 이상의 탐구는 학병 체험을 다룬 이병주 소설에서 찾을 수 없다. 이병주의 인물들에겐 타자로서의 중국과 중국인에 대한 의식이 거의 없었던 것인데 이는 상해를 배경으로 한 우리 소

---

[79] 『관부연락선』, 앞의 책, 73쪽.

설 일반에서 타자로서의 상해에 대한 의식을 거의 찾을 수 없는 것[80])과 동궤에 놓는다. 이병주와 이병주의 분신들인 그의 소설 속 조선인 학병들은 일본의 항복 후 상해에서 5달가량 머무르며 귀국을 기다려야 했는데, 짧지 않은 그 기간 동안 그들이 겪은 상해 체험에서도 중국과 중국인에 대한 타자 의식은 거의 찾을 수 없다. 상해 체험을 다루고 있는『관부연락선』에서조차 "당시의 상해 생활을 적으려면 너무나 장황하게 될 염려가 있으므로 생략하기로 하고 유태림의 중요한 행동만을 요약하기로 한다."[81])이라고 하여 지나치거나 "상해라는 곳은 한번쯤은 파고들어가 볼 만한 도시"[82])이라고 말하지만 '파고들어가'지는 않는다.

3-2. 보편적 인간형의 창조

한편「별이 차가운 밤이면」에는『관부연락선』,「지리산」,「남로당」 등에 다른 이름(안달영, 심형택 등)으로 거듭 나오는 안영달이 실명으로 등장하는데, 작가의 도스토예프스키 독서 경험과 보편적 인간형에 대한 관심과 관련된 것으로 이해할 수 있다. 이병주의 소설과 수필 여기저기에서 우리는 도스토예프스키 독서 체험을 만날 수 있는데, 이 가운데 특히 주목되는 것은 도스토예프스키 소설들에 나오는 개성적인 인물형에 대한 관심이다. 이병주는 "심리적 시간"[83])이라는 '마지못해 조작해' 본 용어로써「죄와 벌」의 라스콜리니코프,「악령」의 벨호벤스키 등을 설명하였다. 핵심은 "도스토예프스키의 심리적 시간 속에선 세인트헬

---

80) 중국 배경의 우리 소설은 전체적으로 보아 중국과 중국인에 대한 타자 의식을 거의 보여주지 않는다.
81)『관부연락선』, 앞의 책, 122쪽.
82) 같은 책, 68쪽.
83) 이병주,『이병주 고백록―자아와 세계의 만남』, 기린원, 1983, 54쪽.

레나에서 죽은 바로 그 나폴레옹이 라스콜리니코프라고 하는 생신(生身)
의 인간으로 페테스부르그의 빈민가 다락방에 뒹굴며, 기왕 세계를 정
복하려던 그 두뇌로써 전당포의 주인 노파를 죽일 계획에 열중하고 있
다."[84] "해방 직후 우리 주변엔 얼마나 많은 뾰똘 벨호벤스키가 있었던
가."[85] 등에서 분명하게 알 수 있는, 그들이 시공간을 넘어 편재하는 보
편적 인간형이라는 것이다.

도스토예프스키 독서에서 배운 이 같은 보편적 인간형에 대한 관심
이 비겁 또는 비열이라는 윤리적 관념의 잣대와 결합하여 안영달(공산주
의자, 학병, 뒤에 남로당의 거물이 됨)이라는, 자신의 이익을 위해서는 무슨 일
이든 서슴지 않는 보편적 인물형을 창조해 내었다.

4. 마무리

방대한 이병주 문학의 중심에 놓인 주요 체험 가운데 하나는 학병 체
험이다. 이병주는 첫 소설인 「내일 없는 그날」에서 마지막 작품인 「별
이 차가운 밤이면」에 이르기까지, 소설과 수필 곳곳에서 자신의 학병
체험을 바탕으로 한국 현대사의 난제 중 하나인 학병 문제를 거듭 다루
었다.

학병 문제를 다룬 이병주 문학은 전체적으로 보아 비슷한 유형의 인
물, 체험, 사유의 동어반복에서 크게 벗어나지 못하였다는 한계를 보이
는데, 그 가장 큰 이유는 학병에 지원하여 일본의 침략전쟁에 협력한
사실을 용납할 수 없다는 부정의식이 작가를 짓눌렸기 때문인 것으로

84) 이병주, 『이병주의 동서양 고전 탐사』 1, 생각의 나무, 2002, 55쪽.
85) 같은 책, 118쪽.

판단된다. 작가의 학병 체험과 관련된 문학에서 중국과 중국인에 대한 타자의식은 거의 찾을 수 없는데 그 요인의 하나는 앞에서 말한 부정의 식에 압도되었기 때문이다. 물론 중국과 중국인에 대한 타자 의식의 결여는 다른 요인에서 비롯된 것이기도 하다. 보편적 인간형에 대한 작가의 관심이 구체적인 시공간에 존재하는 개별자에 대한 관심을 가로막은 것을 그 주요한 요인의 하나로 들 수 있기 때문이다.

이 같은 부정의식에 짓눌려 동어반복을 거듭하는 가운데서도 이병주는 학병 체험자의 의식을 깊이 파고들어 우리 문학사에서는 달리 찾을수 없는 개성적인 문학을 일구었다.

학병 문제를 바라보는 작가의 의식은 크게 일본이 내세운 전쟁 명분에 동의하지 않았다는 의식과 자기부정의 의식으로 나눌 수 있다. 앞의 것은 다시 반전 의식과 이단자 의식으로 변주되고, 뒤의 것은 자기 처벌의 의식, 자기 연민의 의식으로 변주된다.

학병 문제를 다룬 이병주 문학은 1920년 전후에 태어나 고등교육을 받은 우리나라 지식인 계층의 우여곡절에 대한 사실적 증언이다. 이 점에서 이병주 문학은 다른 데서는 만날 수 없는 역사적 자료를 구체적으로 담고 있는 자료의 보고라 할 수 있다. 이들 지식인 계층이 크게 활약했던 일제 강점기와 그 이후를 다루는 문학 작품의 창작에 도움이 될 자료를 이병주 문학은 앞으로 계속하여 제공할 것이다. 학병 문제를 다룬 이병주 문학의 의의 하나는 이것이다.

박경리 소설의 인물 성격과 '초인론'

1. 머리말

박경리의 소설 목록에는 대하소설 「토지」, 장편 11편(미완의 장편 『나비야 청산 가자』 포함), 작품집 3권 등이 들어 있다. 1955년에서 2003년까지, 50년 가까운 세월 붓 한 자루로 지어 올린 큰 집이다. 이 집에 거주하는 수많은 인물은 저마다 개성적이어서 작가의 인물 창조력, 형상화 능력이 얼마나 뛰어난가를 보여주고 있으며, 끊임없이 새로운 인물을 통해 새로운 세계를 만들어 내며 나아온 작가의 창조 정신을 증거하고 있다.

박경리가 창조한 인물 가운데는 실제 현실에서는 찾아보기 어려운 매우 독특한 개성을 지닌 인물이 적지 않다. 이 독특한 개성의 인물은 관점에 따라, 강렬한 성격을 추구하는 작가의식이 낳은 '현실성이 부족한 인물 성격'이라 비판될 수도 있고, 현실 너머를 지향하는 작가의식이 낳은 '낭만적 인물 성격'이라 옹호될 수도 있을 것이다.

그런데 다른 관점에서 이 독특한 개성의 인물을 이해할 수도 있다. 작가의 에세이 「작가의 가치관」 등에서 개진한 '초인론(超人論)'86)이 그 열쇠이다. 박경리는 도스토예프스키의 초기 단편 「쁘로하르친 씨」를 읽고 주인공인 쁘로하르친의 인물 성격을 자세하게 분석하면서를 그를 초인이라 불렀다. 박경리에 의하면 이 초인은 1) '고독'을 두려워하지 않으며, 그 고독을 선택한 존재이고, 2) 형식의 관습을 넘어 자신의 진실에 솔직한 존재이고, 3) 자신의 진실에 충실함으로써 자기 내면의 완벽한 세계를 만들고 그 속에서 절대적인 자유를 누리는 존재이고, 4) 선악을 넘어선 존재이다.

박경리의 소설에는 이 같은 초인론으로 설명할 수 있는 개성의 인물이 많이 등장한다. 초인론은 박경리 소설에 특징적인 이 개성의 인물 성격을 설명하는 데 매우 유용한 도구이다. 필자는 이 글에서 박경리의 초인론을 바탕으로 박경리 소설 곳곳에 등장하는 독특한 개성의 인물들을 해석하고자 한다. 먼저 박경리의 초인론을 검토한 뒤, 초인론으로 설명 가능한 인물들을 몇 유형으로 나누고 그 각각에 해당하는 인물들을 하나하나 검토하고자 한다. 박경리의 모든 소설이 검토 대상이다.

이 작업을 통해 우리는 박경리 소설의 특성을 좀 더 깊이 이해할 수 있을 것이고, 나아가 우리 소설 전체를 대상으로 한 인물 성격론를 위한 발판 하나를 놓을 수 있을 것이다.

2. 박경리의 초인론(超人論)

2-1. 도스토예프스키의 「쁘로하르친 씨」와 박경리의 초인론

「작가의 가치관」은 도스토예프스키의 단편 「프로할징 씨」(지금의 맞춤

---

86) 이 용어는 박경리의 논의에서 '초인'이 주제어라는 점에 착안하여 필자가 만든 것이다.

법으로는 「쁘로하르친 씨」)에 대한 독후감이다. 이 작품은 1846년 10월『조국수기』지에 발표된 것으로 「가난한 사람들」, 「분신」에 이어지는 도스토예프스키의 세 번째 작품이다. 이 작품은 대체로 실패작으로 평가받는다. 한 연구자의 말대로 「쁘로하르친 씨」는 「아홉 통의 편지로 된 소설」(1847), 「여주인」(1847) 등의 초기 중단편과 함께 "「가난한 사람들」과 「분신」, 그리고 이후 일련의 장편들이 누렸던 명성을 얻지 못한 실패작으로 보여지고 또 일반적으로 그렇게 평가되어 왔"[87]다.[88] 그러나 다른 한편, "도스토예프스끼의 전체적인 작품 이해와 분석에 많은 도움이 된다는 점에서, 그리고 그의 기본적인 휴머니즘 정신의 발단이 보이고, 그의 이후 작품의 주인공들의 형상에 많은 영향을 끼치게 되며, 인류의 구원과 사회주의 유토피아 건설이라는 그의 철학이 싹트고 있다는 점에서 중요한 가치를 지닌다."[89]라는 긍정적인 평가도 있으며, 쁘로하르친을 통해 도스토예프스끼가 "자신이 지상에서 유일한 인간이며, 이웃도 없고 인간적인 괴로움이나 사랑에 대한 어떤 상호 책임도 없는 사람처럼 사는 것" 곧 '자기 폐쇄성'은 '인류에 대한 범죄라는 도덕적 평가'[90]를 내렸다는 해석도 있다.

「쁘로하르친 씨」에서 박경리가 주목한 것은 위에서 살핀 이런저런 평가 또는 해석과는 전혀 무관하다. 박경리는 주인공 쁘로하르친의 독특한 개성(박경리는 '초인'이라는 말로 압축하였다.)에 주목하였으며, 나아가 그것을 작가의 가치관과 관련지었다.

---

87) 이항재, 「초기 단편 3편과 '뻬째르부르그 연대기'」, 『뻬째르부르그 연대기』(이항재 옮김), 열린책들, 2000, 303쪽.
88) 도스프예스키 평전의 대표작으로 평가받는 『도스프예스키 평전』에서 저자인 E. H. 카는 "「분신」, 「쁘로하르친 씨」, 「여주인」은 「가난한 사람들」보다도 형편없이 나쁜 작품"(『도스토예스키 평전』(김병익 외 옮김), 2011, 37쪽)이라고 혹평하였다.
89) 같은 글, 298쪽.
90) 콘스탄틴 모츨스키(김현택 옮김), 『도스토예프스키』 1, 책세상, 2000, 97쪽.

ㄱ) 프로할징(지금의 맞춤법으로는 쁘로하르친) 씨는 신이 아닌 돈으로써 모든 욕망과 세상을 살아가는 데 필요한 체면까지 버릴 수 있게 하였고 정신적으로 충족된 자기 내면의 완벽한 세계를 만들었을 것으로 생각됩니다.[91]

ㄴ) 남의 눈을 의식하지 않는 절대적인 자유, 그러나 우리는 그 자유 못지않게 고독을 두려워하는 습성, 남의 눈에 관심하는 습성이 있는 것입니다.

명성을 얻고자 하고 화려한 생활을 하고자 하고 지성으로 세련되기를 바라고 영원한 반려를 원하고 이것을 이른바 허영이라고 합니다. 허영은 엄격한 뜻에서 고독이 두려운 행위인 것입니다. 즉 아무런 연대를 가지지 않는 자유를 두려워하기 때문입니다.

항상 갈망하는 자유, 이 똑같은 인력 속에서 우리는 우왕좌왕하는 것인데 이 중의 하나를 선택하고 완벽하게 그 세계를 구축할 때 비로소 초인이 탄생하는 것입니다. 불안을 느끼지 않는 전반부의 프로할징 씨와 실추하기 이전의 나폴레옹은 분명히 초인임에 틀림없습니다.[92]

"하급관리인 늙은 프로할징 씨는 無智하고 자존심이 없는 인색한으로서 손수건 양말까지 사용하는 것을 겁내는 초라하고 더러운 인간"이다. "누구와도 교제하는 일이 없"으며, "하숙과 직장을 왕래하는 그것이 생활의 전부"이지만 "외롭다거나 비참하다거나 남에게 멸시를 당하고 있다는 것을 전혀 의식하지 않는 일종의 괴짜"[93]이다. 그로 하여금 고독, 남의 시선을 전혀 의식하지 않게 한 것은 ㄱ)에서 보듯, 그가 이불 속 베개 속에 감추어놓은 돈이다. 그는 그 돈을 지니고 있다는 것으로써 "정신적으로 충족된 자기 내면의 완벽한 세계를 만들" 수 있었고 그

---

91) 박경리, 「작가의 가치관」, 『Q씨에게』, 1966, 28쪽.
92) 같은 글, 31-32쪽.
93) 같은 글, 25-26쪽.

속에서 '절대적인 자유'인이 될 수 있었다. "아무런 연대를 가지지 않는 자유" 곧 "남의 눈을 의식하지 않는 절대적인 자유"를 가진 그를 박경리는 나폴레옹과 동질적인 존재인 '초인'이라 명명했으며, 「죄와 벌」의 주인공 라스꼴리니꼬쁘와 동질적인 존재인 초인적 개인주의자[94]라 불렀다.

박경리는 더 나아가 이 같은 초인은 "오래 쌓여 온 형식의 관습을 내던"진 사람이고, "어떠한 가치기준도 서 있지 않았던 오로지 상황 속에 내던져진 발가벗은 인간들의 참모습"을 보여주는 존재이고 "선악을 넘어선" 존재이며, "진실을 가리고 있는 그 숱한 벽들"을 무너뜨리고 우뚝 선 진실의 존재라고 보았다.

전쟁이 인간의 집단에서 빚어지는 가장 큰 비극인 것은 두말할 것도 없는 일입니다. 그러나 그 틈바구니에서 개인이 어떤 쾌감을 느낀다면 그것은 빈말이겠습니까. 오래 쌓여 온 형식의 관습을 내던질 수 있는 쾌감, 이를테면 정착성이 마련한 가재도구를 버리는 쾌감, 여러 계층의 표식이 될 수 있는 의상을 벗어 던지는 쾌감, 아름다워야 한다는 집념에 사로잡혀 피곤하였던 얼굴을 태양 아래 드러내고 스스로의 속박에서 놓여나는 쾌감, 흉보일 것도, 흉볼 것도 없는 절박한 그 시기에는 그 의미가 여하한 것이든 진실이 있었던 것만은 사실일 것입니다.

선악을 넘어선, 어떠한 가치기준도 서 있지 않았던 오로지 상황 속에 내던져진 발가벗은 인간들의 참모습이 전장 속에 있었던 것입니다. 이리고 보면 상투적인 말로 고난 속에 진실이 있었다는 것을 되씹게 되

---

94) 같은 글, 29쪽. 박경리는 라스꼴리니꼬쁘와 쁘로하르친은 동질적인 존재이지만 전자가 "관념의 연유에서 의식화된"(30쪽) 존재인 반면 후자는 '자연발생적'(30쪽)인 개성이라는 점에서 다르며 그렇기 때문에 후자가 보다 "더 직접적으로 오는 것만 같"(29쪽)다고 하였다. 라스꼴리니꼬쁘는 "비범인(초인)은 자기 내면의 양심에 따라 피 흘림을 용서받을 수 있다."라는 '비범인(초인) 사상'(시미즈 마사시, 이은주 옮김, 『도스토예프스키가 말하지 않은 걸들』, 열린책들, 2011, 60쪽)을 갖고 있는 인물임에 비해 쁘로하르친은 자기 사상을 갖고 있는 인물은 아니다.

는데 인간이 집단을 형성하는 이상 진실을 가리고 있는 그 숱한 벽들은 어느 누가 원하든 원치 않든 역시 인간과 인간 사이의 절박한 상황에서만이 무너지는 것이 아닌가 싶습니다.

그러나 상황이 달라질 때 사람들은 다시 형식의 무거운 짐을 짊어지게 되고 이런 상황을 떠나서 그 무거운 짐을 내던지는 사람이 있다면 우리는 그 사람을 超人이라 부를 수도 있을 것입니다.[95]

전쟁과 같은 극한 상황 속에서 대부분의 사람은 '형식의 관습' '가재도구' '의상' 등을 내던지고 발가벗는다. '인간들의 참모습'을 드러내는 것이다. 그러나 전쟁이 끝나면 다시 본래 상태로 돌아가 그들을 구속한 것들 속에 스스로 갇히며, 그들의 참모습을 가렸던 것들을 다시 덮어쓰게 된다. 그들과 달리, 상황이 달라졌음에도 여전히 갇히지 않는 자유인, 가리지 않고 맨얼굴을 드러내는 인물이 있다면 그가 곧 '초인'이라는 것이 윗글의 요점이다.

이상의 검토를 통해 우리는 박경리가 초인 또는 초인적 개인주의자라 명명한 인물성격의 특성을 파악할 수 있다. 그 핵심 내용을 간추리면 다음과 같다.

첫째, 그는 '고독'이 두려워서 '허영'에 갇히는 보통 사람들과 달리 '고독'을 두려워하지 않으며, 그 고독을 선택한 존재이다.

둘째, 그는 마치 전장과 같은 절박한 상황 속에 든 사람이 그러하듯 형식의 관습을 넘어 자신의 진실에 솔직한 존재이다. 자신의 진실에 솔직하다는 것은 형식의 관습에 어긋난 것이라 하더라도 자신의 이념, 욕망, 생활방식 등을 긍정하고, 주장하며, 그것을 지키고 실현하기 위해 전력투구한다는 것을 뜻한다. 그렇기 때문에 초인은 어떤 이념, 욕망 그 자체이며, 그것들을 상징하는 존재이다.[96]

---

95) 같은 글, 23-24쪽.

셋째, 그는 자신의 진실에 충실함으로써 자기 내면의 완벽한 세계를 만들고 그 속에서 절대적인 자유를 누리는 존재이다.

넷째, 그는 선악을 넘어선 존재이다.[97]

이상에서 살펴 본 초인론을 바탕으로 박경리는 작가의 임무에 대한 논의로 나아간다. 그리하여 "도덕이나 법률이라는 불완전한 규제를 걸어 젖히고 보다 깊은 곳으로 내려가 인간을 보고 느끼는" 것, "상황에 던져진 인간을 사회가 기준한 가치를 뒤엎어서 가치 짓는"[98] 것이 진실을 찾아 드러내는 작가의 임무라고 주장하기에 이른다. 그 같은 작가의 임무에 충실할 때 작가는 비로소 "내면의 진실이며 무한성이며 가치이며 표현됨으로써 표피가 아닌 내면에서 내면으로 울리어 가는 것" 곧 '예술'[99]의 창조자가 될 수 있다는 것이 박경리의 생각이다.[100]

이 같은 작가의 임무에 충실하려면 작가는 '내부적인 자유'를 확보해

---

96) 박경리는 어떤 이념에 충실하여 이념 그 자체와도 같은 인물도 그렸지만 어떤 욕망에 충실하여 그 자체와도 같은 인물에 더 많은 관심을 가졌던 것으로 보인다. 그의 소설에 등장하는 초인적 인물의 대부분은 후자에 해당한다. 주 8)에서 확인할 수 있듯, "관념의 연유에서 의식화된" 존재보다는 '자연발생적'(30쪽)인 개성에 더 큰 관심을 가졌기 때문이다.

97) 박경리의 초인은 이상적 인간이 아니라는 점에서, 인간의 불완전성을 초극한 이상적 인간을 가리키는 니체의 초인과는 다르다.

98) 같은 글, 32쪽.

99) 같은 글, 33쪽.

100) 김윤식 교수는 「작가의 가치관」에 대한 분석에서 다음처럼 박경리가 쁘로하르친과 자신을 동일시하고 있음을 읽어 내었다. "작가 박경리는 조심스럽게 '나는 프로항징이다!'라고 뇌고 있다. '나는 초인이다!'라고 외침에 다름 아닌 바, 이는 '나는 아Q다!'라고 외치는 것에 직접 통하는 것이기도 하다. 절대적인 자기만의 세계를 갖고자 하는 욕망과 그렇게 해서는 인간으로 살 수 없다는 이 절대의 기준 앞에서 어째야 하는가."(김윤식, 『박경리와 토지』, 강, 2009, 86-87쪽) 김윤식 교수의 이런 관점은 작가의 삶과 관련지어 작가의 내밀한 의식을 이해하고자 한 데서 나온 것으로 작가를 이해하는 데 큰 도움이 된다. 그러나 창작에 임하는 작가의 문학 정신 또는 작가의 임무와 관련짓는 우리의 관점과는 구별된다.

야 하는데 그것은 "종교적인 입장에서의 선도 악도 아닌, 사회에서 기준된 가치평가에 의한 것도 아닌, 훨씬 피안의 우뚝 서 있는 한 개성"[101]이라고 박경리는 말하였다.

초인론, 그리고 초인론에 근거한 박경리의 작가 임무론은 선악의 기준, 사회적 가치 평가의 기준을 넘어선 곳에 놓이는 것으로서, 그 같은 기준들로는 파악할 수 없는 진실의 파악, 문학적 형상화를 겨누는 문학 정신을 잘 드러내 보여준다.

여기서 의문 하나가 떠오른다. 선악의 기준, 사회적 가치 평가의 기준을 초월한 초인을 통해 그 같은 기준들로는 파악할 수 없는 진실을 파악하고 형상화할 때 선악, 가치의 있고 없음 또는 높고 낮음을 판단하는 작가의 도덕관과 가치관은 전혀 개입하지 않는 것인가? 박경리가 구축한 초인론의 논리에 따르면 그렇다. 그러나 실제 창작 과정에서 작가의 도덕관과 가치관을 완전히 통제하여 작품 속에 들이지 않는 것은 불가능하다. 작가가 아무리 객관적인 태도를 견지하려 노력한다 하더라도 대상에 대한 주관적 판단과 해석 행위로서의 문학 창작이 갖는 근본 속성에서 완전히 자유로워질 수는 없기 때문이다. 실제로 우리는 초인에 해당하는 인물, 특히 탐욕에 갇혀 탐욕 그 자체와도 같은 인물을 그릴 때 작가가 노골적으로 드러내는 혐오의 태도를 박경리 소설 곳곳에서 확인할 수 있다.

2-2. 박경리의 '초인'과 김남천의 '편집광'

도스토예프스키의 소설 「쁘로하르친 씨」를 읽고 박경리는 쁘로하르

---

101) 박경리, 「자유(3)」, 『Q씨에게』, 앞의 책, 88쪽.

친과 같은 초인을 통해 인간 존재의 참모습, 진실을 드러낼 수 있다고 생각하였다. 박경리의 초인은 자신의 욕망에 충실하여 타인의 시선에 구속되지 않으며 자기 의지로 '고독'을 선택한 강한 존재이다. 이 점에서 박경리의 초인은 편집광과 닮았다.

우리 문학사에서, 어떤 욕망에 사로잡힌 편집광을 주목하고 이를 본격적인 소설론 속으로 끌어들인 비평가는 김남천이다. 대동아전쟁을 목전에 두고 대다수의 문학인이 황도정신, 내선일체, 대동아공영권 등의 이름을 내건 파시즘을 좇아 내달려가던 때 김남천은 발자크를 통해 그같은 불모의 상황에서 벗어날 새로운 출구를 찾고자 했다. 네 번에 걸쳐『인문평론』지에 연재된 장편 평론「발자크 연구 노트」가 그 노력의 결실인데 요점은 '주관주의적 경향성'의 배격, 그리고 '沒我性'과 객관성의 '保持'[102] 이다.

김남천의 '편집광'론은, 문학사적으로 보면, 당대문학에 팽배했던 인물의 주관주의적 이상화 경향을 비판하고, 그럼으로써 소설에 대한 인식 영역을 확장하는 데 크게 이바지한 것이었다. 일부의 오해와는 달리 김남천의 '몰아성·객관성' 강조는 세계관을 완전히 배제하고 대상의 객관적 파악과 형상화에 나아가자는 것이 아니라, 주관주의적 이상화 경향을 비판하기 위한 전략이었다. 그것은 두 가지 의미를 지니고 있다. "하나는 긍정적 주인공의 창조와 부각에만 집중할 것이 아니라 현실의 부정적 측면에 대한 탐구와 그것의 형상화에도 관심을 기울여야 한다는 당연한 진실을 일깨웠다는 것이고, 다른 하나는 선행 관념을 척도삼아 현실을 왜곡하거나 과장해서는 안 된다는 사실을 명백하게 했다는 점이다."[103]

---

102) 김남천, 「발자크 연구 노트」 4(『인문평론』, 1940. 5), 48-49쪽.
103) 정호웅, 『그들의 문학과 생애-김남천』, 한길사, 2008, 제5장 제2절 참고.

주관주의적 이상화에 갇혀 나아가지 못하고 있는 당대 문학을 넘어설 수 있는 가능성을 '편집광'이라는 인물 성격에서 찾을 수 있다고 본 김남천 이론의 핵심은 그 같은 인물 성격이 '현실'의 부정성을 체현하고 있는 상징 기호라는 것이다. 어떤 것을 체현하고 있는 상징 기호라는 점에서 김남천의 '편집광'은 박경리의 '초인'과 같다. 그러나 김남천의 인물이 '현실의 부정성'을 상징하는 것인 데 반해 박경리의 인물은 선악의 기준, 사회적 가치 판단의 기준을 넘어선 곳에 자리한 '인간 존재의 참모습'을 보여주는 것이라는 점에서 서로 다르다.

3. 박경리 문학 속의 초인들

박경리 문학 속에는 위에서 검토한 '초인'에 해당하는 인물이 대단히 많다. 이들 중에는 타인의 시선에 전혀 구속되지 않고 자신의 욕망에 충실한 쁘로하르친과 동질적인 인물도 있고, 그 욕망을 억압하고 은폐하며 평범한 삶을 살지만 이따금 그 욕망을 드러냄으로써 한순간이긴 하지만 쁘로하르친과 같은 초인이 되는 인물도 있다. 여기서는 유형화 작업의 편의를 위해 앞의 경우를 '완전 초인', 뒤의 경우를 '불완전 초인'이라고 한다. 한편, 초인이기를 간절하게 바라지만 경계를 넘지 못하고 그 경계선상에 놓인 인물도 있는데 범인(凡人)과 초인을 가르는 경계선상에 놓인 인물이라는 점에서 '경계인'이라 부르기로 한다.[104]

---

104) 경계인은 범인의 삶을 살고 있지만, 그것을 넘어 초인이고자 하는 욕망을 품고 있다는 점에서 그러지 않은 범인과는 다르다. 여기서 범인이라는 말 대신 경계인이라는 말을 사용한 것은 이 때문이다.

3-1. 경계인: 범인과 초인의 경계선상에 놓인 인물

작가의 첫 저서인 『표류도』(1959)의 주인공 강현희는 초인이고자 하나 그러지 못하는 경계인이다. 그녀는 '초인이고자 하는 욕망'과 '범인과 초인을 가르는 경계를 넘지 못하는 자신의 현실' 사이에 놓인 찢긴 인물인데, 자신의 그 같은 존재성을 냉정하게 분석할 정도로 의식하고 있다는 점에서 더욱 불행한 존재이다.

> 참으로 추악한 싸움이었다. 가장 정다워야 할 모녀가 마치 원수들처럼 마주보고 앉았던 것이다. 어머니는 혈육이라는 권리로써, 불륜이라는 이름으로써 가차 없는 매질을 할려고 했던 것이다.(중략) 어떤 때는 몽둥이를 든 어머니의 무서운 얼굴을 피하여 달아날려고 절벽에서 뒹굴고 냇물을 휘젓다가 깨는 수도 있다. 잠재의식 속에 어머니는 이처럼 깊이 자리 잡고 있는 것이다. 나는 어머니가 밉기보다 내 자신에 대하여 울분을 느꼈다. 어머니와 나 사이의 끈질긴 유대(紐帶)를 끊지 못하는 것은 애정 때문이 아니다. 연민과 동정의 감정에서다. 그 유대를 잡아끊지 못하는 것은 경건한 의무 관념에서가 아니다. 사회의 감시에 대한 교활하고 소심한 두려움 때문이다.[105]

참된 사랑의 욕망을 좇아 자유롭고자 하나 어머니의 구속에서 벗어날 수 없다.[106] 구속자인 어머니는 딸의 행복을 바라는 혈육이면서 세상 사람들을 대표해 그들을 지배하는 가치관들을 강요하고 그 가치관들의 눈으로 그녀를 감시하고 통제하고자 하는 존재이다. 혈육인 어머

---

105) 박경리, 『표류도』, 현대문학사, 1959, 172-173쪽.
106) 박경리의 초기 소설에는 '업(業)으로서의 어머니'(김윤식, 앞의 책, 47쪽)와 갈등하는 여성 주인공이 많다. 「불신시대」의 진영, 「암흑시대」의 순영, 「반딧불」의 주영, 「시장과 전장」의 지영 등이 그들이다. 장편 「나비와 엉겅퀴」의 주인공 희련과 갈등하는 이복 언니 희영은 그 변형이다.

니, 세상 사람들을 대표하는 어머니와의 관계를 끊고 자신의 욕망에 충실하고 싶지만 머뭇거릴 뿐 실천에 옮기지는 못한다. 어머니에 대한 '연민과 동정의 감정', '사회의 감시에 대한 교활하고 소심한 두려움' 때문이다. 그녀는 초인이고자 하나 마지막 문턱을 넘어서지 못해 초인이 되지 못한 존재이다.

초인이고자 하나 그러지 못하는 강현희는 자신의 진실에 충실하고자 하는 내적 열망에도 불구하고 현실과 자신 내부의 금제 기제에 막히고 덜미 잡혀 범인과 초인을 가르는 경계를 넘지 못하고 그 경계선상에 놓인 인물의 전형이다. 그녀의 욕망은 많은 인간이 지니고 있는 것이니 이 점에서 그녀는 전형적 인물이다. 작가는 이 같은 전형을 통해 많은 인간의 내면에 자리 잡고 있는 욕망 하나를 깊이 드러내 보였다고 말할 수 있을 것이다.

3-2. 완전 초인: 범인과 초인의 경계를 넘은 인물

범인과 초인을 가르는 경계를 넘어 초인이 된 인물은 박경리 소설 인물 성격의 가장 두드러진 특징이다. 이에 해당하는 대표적인 인물은 「김약국의 딸들」의 큰딸 용숙이다. 불륜, 영아 살인(미확인된 소문이긴 하지만, 그럴 가능성이 높은)을 저지르고 고리대금업을 벌여 통영이란 폐쇄된 공간의 공분을 사지만 그녀는 조금도 기죽지 않는다.

> 통영 바닥이 뒤집어질이만큼 소란스럽고 추잡한 화제를 던졌던 용숙은 번창의 일로를 달리고 있었다. 남의 말도 석 달이면 사람들은 쉽사리 잊어버린다. 그렇다고 하여 용숙에게 찍혀진 불명예스런 낙인이 없어진 것은 아니다. 으레 돌려세워 놓고 손가락질하는 인심이지만, 우선 돈이 많고 기승하고 청산유수같이 흐르는 변설 앞에는 당할 사람이 없

다. 남의 일에 사서 욕먹고 시비받기를 꺼리는 때문이기도 하지만, 소
소한 어장애비나 장사꾼들치고 용숙에게서 빚 안 쓴 사람이 없으니 아
니꼽고 천히 여기면서도 겉으론 귀부인 대접을 해야 했다. 그래야만 돈
이 나오는 것이다. 용숙은 지난날에 당한 가지가지 모멸에 대한 반발로
혹은 보복심으로 그러는지는 몰라도 더욱 화려하게 몸치장 살림치장을
하고 내보란 듯 활보할 뿐만 아니라, 자기에게 부탁이 있어 찾아오는
사람이면 필요 이상의 존경을 강요하는 태도로 나갔다. 그렇다고 하여
무조건 존경만 하면 돈이 나가는 것은 아니었다. 그는 여축없이 세심하
게 머리를 써서 돈을 깔았다.
　　"뭐니 해도 큰소리치는 것은 돈이더라."
　　그 말은 용숙에게 절대적인 생활철학이었다.[107]

　　그녀는 돈의 욕망에 철저하게 갇혀 그 자체가 되었다. 그 어떤 비난,
멸시의 시선도 그녀의 욕망 곧 그녀를 흔들지 못한다. 육친의 고통도
애소도 마찬가지이다. 그녀는 몰락해가는 친정을 도울 생각을 하지 않
는 것은 물론이고, 돈을 빌려 달라는 친정어머니의 간청에도 전혀 흔들
리지 않는다. 그녀는 자신을 지배하는 돈의 욕망에 철저하여 '고독'을
스스로 선택한 강한 개성이니 곧 박경리가 도스토예프스키의 소설에서
보았던 그 초인이다.
　　「단층」에 나오는 노파 또한 돈의 욕망에 철저한 인물이라는 점에서
용숙과 동질의 초인이다. 그녀는 자신의 이익을 위해서는 어떤 일도 서
슴지 않는다. 심지어 "자식은 노상에 내팽개쳐놓고 너희들은 젊으니까
하면서 패물을 가슴에 품고 혼자 달아"나기도 한다. 그녀의 피해자인
작중인물 윤희가 "그걸 팔아서 먹는 거지요. 생명의 연장을 위해서 말
예요. 동물하고 뭐가 다를까요."[108]라 하여 혐오감에 치를 떨 정도이다.

107) 박경리, 「김약국의 딸들」, 『임진강의 민들레 / 김약국의 딸들 외』, 삼성출판사, 1981,
　　335-336쪽.

자식에게도 비정하기 짝이 없는 이 노파는 같은 작품에 등장하는 정근태의 생모[109]와 마찬가지로 철저한 이기주의자이다.[110] 이 점에서 그녀는 자식과 돈 가운데 돈을 택하는 「토지」의 등장인물 임이네의 전신이다.[111]

「녹지대」에 등장하는 '그 여자'는 육촌 동생에 대한 '편집증적 집착과 소유욕'[112]에 갇혀 평생을 불행하게 살다가 죽는 완전 초인이다. 이 완전 초인의 불행한 평생을 「불륜의 종말, 정사(情死)로 청산하다」[113]라는 제목의 신문 기사[114]의 내용이 설명할 수 없는 것은 물론이다. 작품에서도 "그것은 사랑이 아니고 기갈진 소유욕에 대한 발버둥 이외 아무것도 아니었을 것이다. 그렇다면 그 여자를 그렇게 한 것은 누구의 책임일까?"[115]라 하여 의문을 제시하는 데 멈추었을 뿐 그 안으로 더 나

---

108) 박경리, 『단층』, 지식산업사, 1986, 390쪽.

109) 그녀의 아들 정근태는 "쌀과 나무와 장무새와 돈, 그것이 어머니 인생의 전부였다."(『단층』, 같은 책, 114쪽)이라 회고한다.

110) 「김양국의 딸들」의 용숙과 『단층』의 노파는 속물적인 욕망의 화신이라는 점에서 초인에 해당하지 않는다는 의견도 있을 수 있다. 그러나 박경리의 초인은 인간의 불완전성을 초극한 이상적 인간을 가리키는 니체의 초인과는 달리, 어떤 욕망에 완전히 사로잡혀 그 욕망 자체가 된 존재이니 이들 속물적인 욕망의 화신들도 이에 해당한다.

111) 이들 돈의 욕망에 철저한 완전 초인을 "가부장 질서를 왜곡된 방식으로 극복하려 하는" '계산된 모정'이라는 개념으로 설명하기도 하는데 설득력이 있다.(김은경, 「박경리 소설에 나타난 모성성의 탈신화화 양상과 가부장제에 대한 대응 방식」, 『한국문화』 50, 서울대 규장각 한국학연구원, 2010, 159쪽.)

112) 김은경, 「박경리 문학의 한 수사학, 사랑 서사」, 『녹지대』 2, 현대문학, 2012, 336쪽. 김은경은 이 같은 집착과 욕망이 이끄는 '그 여자'의 사랑을 박경리 소설에 자주 나타나는 '치열한 사랑'의 '부정적 이형태'(같은 책, 332쪽)라 하였다.

113) 박경리, 『녹지대』 2, 현대문학, 2012, 306쪽.

114) 이 인물은 실제 사건의 당사자였던 것으로 보인다. 작가의 수필 「마지막 습작을 위해」에는 "요즘 신문에 육촌 남매의 비극적인 연애의 종말이 보도되어"(『기다리는 불안』, 현암사, 1966, 300쪽)라는 구절이 나온다.

115) 『녹지대』 2, 305쪽.

아가지는 않았다. 박경리는 인륜을 넘어선 이 완전 초인을 통해 작품에
서는 미치지 못하였지만 "인간의 깊은 내면에 잠재하고 있는 죄의식(본
능의 억압)"[116]을 파헤치고자 의도했던 것으로 보인다. 완전 초인을 통해
선악의 기준, 사회적 가치의 기준 너머에 존재하는 진실을 문제 삼고자
한 작가정신을 우리는 여기서도 확인할 수 있다.

김약국의 고종 형인 이중구는 구한말의 타락한 현실을 환멸하여 "책
을 덮"고 소목일을 하게 된 사람이다. 그러나 "비록 어줍잖은 소목장이
었으나 단순한 장인바치는 아니었"으니 "이를테면 예술가 기질 혹은 명
장(明匠)의 기질이 농후한 사람이었다." 소목일에 있어 그는 "언제나 자
기 마음대로 하기 마련이"[117]었으니 돈도 권세도 그를 누를 수 없었고
움직일 수 없었다. 그는 소목장이로서의 성취 욕망에 충실하여 고독 속
으로 자진해 걸어 들어가는 강한 존재였다. 소목일과 관련하여 그는 초
인이었다.

지금까지 살핀 초인들은 사랑의 욕망, 돈의 욕망, 예술가로서의 성취
욕망 등에 충실한 존재들이다. 「시장과 전장」의 남지영은 그 욕망의 성
격과 욕망에 대한 충실도에서 이들과 다르다.

"꽃을 가꾸고 꿀벌을 치고 개나 기르고, 그리고 혼자 살았음 좋겠어
요"
"혼자 무슨 재미로?"
그 말 대답은 안 한다.
"아주 넓은 뜰이면 좋겠죠? 무엇이든지 무더기로 심는 거예요. 국화
도 가득히 심고 코스모스도. 그리구 사람 사는 동리까지 마차를 타고
가서 개하고 내가 먹을 것을 사들여 오는 거예요. 난 참 개를 좋아해요
나를 보호해 주는 큰 개하고 안고 다닐 수 있는 작은 개하고 양도 소도

116) 「마지막 습작을 위해」, 『기다리는 불안』, 앞의 책, 300쪽.
117) 박경리, 「김약국의 딸들」, 앞의 책, 241쪽.

기르고 싶네요. 토끼는 주인을 몰라봐서 싫어요."

지영은 어린애처럼 유치해져서 열을 올린다. 별안간 말이 쏟아져 나오는 지영의 입술을 정혜숙은 놀란 눈으로 바라본다.

"동물원을 하시게요?"

"그래요. 난 동물원을 하고 싶어요. 호랑이도 친해질 수 있을 것만 같아요. 짐승은 사람보다 정직하지 않아요?"[118]

그녀는 혼자이고자 하는 욕망에 이끌려 남북간의 대결로 위태로운 삼팔선 바로 아래 연안의 여학교 교사로 부임하였다. 남편과 두 아이, 함께 사는 친정어머니를 집에 남겨두고 혼자 그 낯설고 위험한 곳으로 나아간 것이다. 자신이 기거할 방바닥을 손바닥으로 쓸며 그녀는 "이제는 나 혼자, 나 혼자야, 이렇게 혼자 될 수 있는걸……."[119]이라 생각한다. 위 인용은 그것에 이어지는, 동료 교사와의 대화이다. "꽃을 가꾸고 꿀벌을 치고 개나 기르고, 그리고 혼자 살았음 좋겠"다는 것, "짐승은 사람보다 정직하"므로 동물원을 하고 싶다는 그녀의 말은 그녀가 사람들과의 모든 관계를 끊고 혼자이고 싶은 욕망에 지배받고 있음을 뚜렷이 드러내 보인다.

지영이 "이북으로 납치되어 영영 가버린다면?"이라 스스로에게 묻고 '어떤 기대 비슷한 것'을 갖는데 그것에 대해 그녀는 "가족들과 아주 헤어져 버린다는 무서운 욕망 때문"[120]이라 밝히고 있다. 그 '무서운 욕망'은 곧 사람들과의 모든 관계를 끊고 혼자이고 싶은 욕망이다. 그녀가 바이칼 호, 사하라 사막을 중얼거리는 것도 마찬가지로 그 같은 욕망을 드러낸다.

---

118) 박경리, 『시장과 전장』, 두산동아, 1995, 131쪽.
119) 같은 책, 39쪽.
120) 같은 책, 117쪽.

그녀가 무엇 때문에 그 같은 욕망에 들리게 되었는지 분명하지 않다. 그녀가 남편에게 보낸 편지는 남편의 비열함에 대한 환멸, 자신의 이기성에 대한 염오, 어머니로 해서 자신의 '생활'을 잃어버린 데서 오는 공허 등이 두루 작용하였다고 알려준다. 그러나 그것만으로는 불충분하다. '혼자' 되기를 바라 어린 자식들까지 두고 기어코 그 낯설고 위험한 곳으로 가야만 할 정도로 절박한 이유라 하기 어렵기 때문이다. 더구나 그녀는 남편에 대한 환멸에 치를 떨면서도 "하지만 당신은 소박하고 착한 분이었습니다. 저는 당신을 사랑했습니다."121)이라고 말하고 있기도 하다.

어떻든 '혼자' 되고자 하는 욕망을 좇아 가족을 떠나 낯설고 위험한 곳으로 나아가 '토란뿌리'122)의 고독 속에서 편안함을 느끼는 그녀는 초인이다. 세상사람 누구도 이해하기 어렵고 용납하기 더욱 어려운 일을 서슴없이 실행하는 그녀는 박경리의 그 초인인 것이다.

「시장과 전장」을 구축하는 한 축인 '시장'은 살기 위해선 무슨 짓이든 하지 않으면 안 되는 엄혹한 현실과 그 속에서의 생활을 상징한다. 전쟁 통에도 목숨은 이어가야 하고 생활은 계속해야 하는 것, 그것을 위해서 때로는 알몸을 드러내어야만 한다. "우리도 식량이 떨어지면 도둑질을 할 거예요.",123) "살고 싶다! 내 자식들, 내 어머니. 당신은 죽어도 난 죽지 못해요."124)라고 외치는 전쟁 상황 속 지영은 그 초인이 아니다. 전쟁 상황은 누구라도 그런 생각을 하도록 강제하는 힘을 갖고 있으므로 그렇다. 이 시장은 지영이 연안에서 본 시장, 명곡 「페르시아

---

121) 같은 책, 136쪽.
122) 같은 책, 139쪽.
123) 같은 책, 192쪽.
124) 같은 책, 398쪽.

시장」을 듣고 상상한 시장과는 다르다. 연안에서 본 시장, 「페르시아 시
장」을 듣고 상상한 시장은 "모두가 웃는" '동화의 나라'와도 같은 곳,
"온갖 인생, 넘쳐흐르는, 변함없는 생활이 이곳에서 소용돌이치고 있
는" 곳, 그리고 무엇보다도 그녀로 하여금 "혼자 거니는 외로움이 좋고,
아는 사람이 아무도 없어 좋았다."[125)라고 말하게 하는 곳이다. 핵심은
마지막 혼잣말이다. 그녀는 아무도 자신을 모르는 곳에 혼자 있을 수
있기 때문에 그 시장을 좋아한 것이다. 그러므로 그 시장은 혼자 있고
자 하는 자신의 욕망을 실현하는 그녀의 초인성을 보다 효과적으로 드
러내는 배경으로서의 풍경 또는 음악이다.

신분제도의 억압과 구속, 이에 따르는 자기 내부의 시선과 타인의 시
선의 억압과 구속에 눌리고 갇혀 살았지만 생의 어느 한 지점에 이르러
거기서 벗어나 사회적 가치 기준이 허용하지 않는 사랑을 향해 전심전
력을 다해 나아가는, 나아가 뒤돌아보지 않고 그 사랑에 몰두하는 「토
지」의 별당 아씨 또한 완전 초인이다.[126)

이 절에서 우리는 박경리 소설에 등장하는 초인 몇 사람에 대해 살폈
다. 돈의 욕망, 성의 욕망, 예술 창조의 욕망, 혼자 있고자 하는 욕망 등
에 철저하여 타인의 시선에 구속받지 않고 스스로 나아가 고독에 갇힌
강한 개성의 인물들이다. 이들을 바라보는 서술자의 태도는 예술 창조
의 욕망에 이끌려 스스로 고독을 택한 인물만 긍정적이다. 마지막, 혼자
있고자 하는 욕망에 이끌려 고독을 택하는 인물에 대한 태도는 분명하

---

125) 같은 책, 118쪽.
126) 별당 아씨와 김환의 사랑을 "무엇보다 근대적인 가치를 온 몸으로 보여준 것"(이 진,
『「토지」의 가족서사 연구』, 국학자료원, 2012, 75쪽.)이라는 해석, "안정되고 규
정화된 삶과 그 삶이 영위되는 세계를 뒤집어 보려는 작가의 위악성으로 말미암
은 의도된 전략"(채희윤, 「박경리론」, 『한국 서사문학의 통사적 고찰』, 푸른사상,
2002, 272쪽)이라는 해석 등도 같은 맥락에 놓여 있다.

지 않지만 돈의 욕망, 성의 욕망에 들린 인물을 바라보는 서술자의 태도는 확연하게 부정적이다. 그렇다면 박경리는 이처럼 부정적인 초인을 통해 선악의 문제를 다루고자 한 것인가? 물론 아니다. 우리는 이미 앞에서 박경리의 초인론이 선악의 문제에서 벗어난 자리에 놓여 있다는 것을 확인한 바 있다. 박경리는 이들 부정적인 초인을 통해 '형식의 관습'이 완전히 통제하지 못하는 인간의 진실을 문제 삼고자 하였다.

> 윤희는 미움보다 묘하게 슬퍼지는 것을 느낀다. 누굴 위해 슬퍼진다
> 기보다 망망한 공간을 부유하는 생명체가 슬프고 영혼의 비밀 같은 것
> 이 슬프고, 슬픔은 전혀 현실이 아닌 전생(前生)이나 내생(來生) 같은 막
> 연한 세계를 향해 밀려오고 밀려가는 것 같기만 한 느낌.[127]

한 개인의 악성이 아니라 '망망한 공간을 부유하는 생명체' 곧 인간의 슬픈 본성에 대한 통찰이다. 박경리는 부정적인 초인을 통해 이처럼 인간의 본성에 대한 통찰에 나아갔다. 이때 그 초인은 윤리적 평가의 대상이 아니라 그 어떤 '형식의 관습'도 통제하지 못하는 인간의 진실을 드러내는 매개적 존재이다.

자신의 욕망에 철저하게 갇혀 욕망 그 자체가 된 인물 가운데는 「김약국의 딸들」에 나오는 용란이 있다. 앞에서 살핀 용숙의 동생으로 성적 욕망 그 자체라 할 수 있는 용란도 초인의 면모를 지녔다. 그런데 그녀의 '자신의 욕망에 충실하기'와 '고독'은 '선택'된 것이 아니라는 점에서 고독을 선택한 다른 인물들과는 구별된다.

> 그 여자의 더러운 습성이 깃든 모습 속에서 저는 더러운 것을 느낀
> 일은 없었습니다. 하나님께서 너무나 아름답게 만들어 주신 그 미모의

---

127) 『단층』, 앞의 책, 355쪽.

탓일까요? 악과 선은 언제나 명확하게 구별되어 있을 거예요. 그러나
그 자신이 악을 악으로 알지 못할 때, 그러나 우리는 그 여자를 두들겨
주는 거예요. 그리고 그 여자는 하나님 앞에서 간음을 범한 죄인이 되
거예요. 그러나 그건 우리의 생각일 뿐이며 우리가 보는 사실일 뿐에
요. 그 여자는 몰라요. 자연 속에서 어떤 생물이 자라나듯이 그 여자는
다만 존재해 있을 뿐입니다.[128]

"악덕을 악덕으로 알지 못하고 수치를 수치로 알지 못하"는 그녀는
'자연'의 존재이다. 용란은 자연의 존재로서 육체의 욕망에 충실하였다.
사람들은 그런 그녀를 죄인으로 규정해 핍박하고 자신들의 세계 밖으
로 추방했다. 그녀는 남편의 도끼날에 찍혀 무참하게 죽었다. 자신의 욕
망에 충실하며 타인의 시선에 전혀 구애받지 않는 완전히 자유로운 존
재라는 점에서 그녀는 초인의 면모를 지녔다고 할 수 있다. 그런데 그
녀를 자신의 욕망에 충실한 존재로 이끈 것은 '본능'이다. 그녀는 본능
에 따라 자신의 욕망에 충실했을 뿐 그것을 선택한 것은 아니다, 마찬
가지로 그 욕망에 충실했을 때 피할 수 없는 고독 또한 그녀가 선택한
것은 아니다. 이 점에서 그녀는 초인의 면모를 지니긴 했지만 초인이라
할 수는 없는 인물이라 할 것이다.

3-3. 불완전 초인: 가끔 초인의 속성을 밖으로 드러내는 인물

박경리 소설에는 범인과 초인을 오가는 인물도 있다. 범인의 삶을 살
고 있지만 그 속에 초인의 속성을 품고 있으며, 가끔 그 초인의 속성을
밖으로 드러내는 인물이다. 먼저, 「김약국의 딸들」의 중심에 자리한 김
약국. 김약국은 아버지의 살인과 출분 그리고 행방불명, 어머니의 자살,

---

128) 박경리, 「김약국의 딸들」, 앞의 책, 260쪽.

백모의 따돌림, 사촌누이 연순의 결혼과 죽음 등에 거듭 상처입어 '타인에 대한 무관심'과 '자기를 위한 성' 속에 스스로를 가두고 살아온 사람이다. 겉으로 보면 그렇다. 그러나 그를 그런 무관심과 이기의 성에 가둔 결정적인 요인은 숨겨져 있다. 사촌누이 연순을 향하는 근친애적 욕망이다.

> 대문 밖을 나서면서 성수는 연순을 돌아보았다.
> "후생에서 우리는 다시 만날까? 누부야!"
> 어릴 때처럼 누부야라고 불렀다.
> "만나고말고 못 만나믄 그 한을 어쩔고⋯."
> 연순의 입김은 몹시 뜨거웠다. 숨이 가쁜 모양이다. 성수는 뚜벅뚜벅 걸어간다.
> "잘 있거라. 연순이⋯ 누부야!"129)

작품 초반부 곳곳에 이처럼 흐릿한 분위기로써 암시적으로 드러나 있는 그 근친애적 욕망을 모두가 알 수 있게 드러낸다면 그는 박경리의 그 초인이 될 것이다. 그는 그것을 드러내지 못했다. 그 대신 그가 택한 것은 '타인에 대한 무관심'과 '자기를 위한 성'130) 속에 스스로를 가두는 것이었다. 그 근친애적 욕망과 관련하여 본다면 그는 생애 내내 그 욕망에 철저하고 충실했다고 말할 수 있으며, 그 욕망을 비난하는 타자의 시선으로부터 자유로울 있는 '고독' 속으로 망명하였다고 할 수 있다. 그 고독의 망명 공간에서는 그는 자신의 욕망에 충실하고 정직했으니 초인이었다.

금지된 사랑의 욕망에 갇힌 존재라는 점에서 김약국은 「파시」의 등

---

129) 「김약국의 딸들」, 앞의 책, 224~225쪽.
130) 같은 책, 391쪽.

장인물 박의사와 통한다. 박의사는 아들의 애인인 여성에게, 자신이 그들의 결혼을 허락할 수 없는 이유를 밝힌다. "내가 좋아했던 여자를 아들이 가져서는 안 된다는 그것"[131]이 이유이다. 어릴 때부터 친구였던 두 청춘남녀 박응주와 조명화는 자연스럽게 서로 사랑하는 애인이 되었다. 그 과정의 어느 시점에 박응주의 아버지 박의사는 조명화를 몰래 사랑하게 되었던 것인데, 그 사랑은 용납될 수 없는 것이니 박의사는 그것을 드러낼 수 없었다. 아들을 다른 여성과 맺어 주어야 한다는 현실적 요구에 떠밀린 것이긴 하지만, 박의사가 조명화에게 자신의 그런 사랑의 마음을 고백하는 이 순간, 그는 초인이다. 초인의 욕망을 평범한 인간이 감당할 수 없는 것은 당연한 것, 그 고백을 듣는 순간 조명화는 혼비백산했다. 박응주에게 달려가 하룻밤을 같이 지내는 과격한 반응도 초인의 욕망을 감당할 수 없기 때문이다.

「토지」의 주인공 최서희는 최참판 집안의 유일한 혈손으로서 원수를 갚고 잃은 집과 재산을 되찾고자 하는 집념, 전근대적 신분의식과 관습을 벗어나지 못하여 변화하는 현실과 괴리되어 있는 자신의 현실에 갇혀 있었지만 자신의 무의식 속에 자라고 있었던 "집념의 속박에서 벗어나 자유로워지려는 욕망"[132]에 솔직함으로써 하인 길상과 결혼을 감행한다. 비현실적이라 하여 조금도 지나치지 않는 과감한 결정이고 실천인데 이 순간 그녀는 초인이다. 그러나 최서희가 자신의 집념, 그 같은 현실에서 완전히 벗어나는 것은 아니다. 그녀는 다시 그것들에 갇힘으로써 초인 아닌 범인의 자리로 내려앉는다. 그녀 또한 불완전 초인인 것이다.

---

131) 박경리, 『파시』, 나남출판사, 2008, 479쪽.
132) 정호웅, 「「토지」의 주제-한(恨)·생명(生命)·대자대비(大慈大悲)」, 『토지 비평집 2』, 솔, 1995, 200쪽.

박경리는 김약국, 박의사, 최서희 등, 범인과 초인의 경계선상에 놓인 인물 곧 불완전 초인을 통해 근친애, 아들이 사랑하는 여성을 좋아하는 금기의 사랑, 신분 제도와 신분 의식이 용납하지 않는 사랑을 깊이 들여다보고 그려낼 수 있었다. 그들이 완전 초인이라면 그들은 사회적 가치 기준의 울타리를 벗어나 낭만적 질주를 감행했을 것이다. 이 경우 그들의 낭만적 질주를 그린 소설은 강렬하지만, 현실성이 부족하고 폭이 좁은 단성성의 작품이 되고 말았을 것이다. 박경리는 완전 초인이 아니라 불완전 초인을 중심인물로 설정함으로써 그 어떤 금기도 통제하지 못하는 사랑의 마음을 뚜렷이 드러낼 수 있었고, 현실적 금기와 내면의 진실 사이에서 괴로워하는 인물의 찢긴 존재성을 핍진하게 그릴 수 있었다.

4. 맺음말

박경리 소설에는 작가의 초인론과 관련지어 볼 때, 범인과 초인을 가르는 경계를 넘어 선 완전 초인, 범인의 삶을 살고 있지만 그 속에 초인의 속성을 품고 있으며 가끔 그 초인의 속성을 밖으로 드러내는 불완전 초인, 초인이고자 하나 경계를 넘지 못하고 그 경계선상에 놓인 경계인 등이 곳곳에 나온다.

완전 초인은 자신의 욕망 속에 스스로를 가두는 자기폐쇄적인 존재이고 자신의 그 같은 존재성, 삶의 방식에 절대의 믿음을 갖고 있는 자기 확신의 존재이다. 그 같은 자기폐쇄적 존재, 자기 확신의 존재는 그러나 타인과의 관계 맺음, 세계와의 관계 맺음을 크게 제약하는 속성을 지니고 있으니 그런 인물만으로는 강렬한, 그러나 단성적이고 좁은 세계에 멈출 가능성이 높다. 이런 관점에서 볼 때 불완전 초인, 경계를 넘지 못해 초인이 되지 못한 경계인이 보다 현실적이며, 인간과 세계의 전체적 관련을 그리는 데 더 효과적인 인물 성격이라 할 수 있다.

소설 양식의 측면에서, 완전 초인은 작품의 중심에 놓는다고 할 때, 단편에는 적합한 인물 성격이지만 장편에는 적합하지 않은 인물 성격이다. 장편의 중심에 완전 초인을 놓으면 그 인물과 다른 인물과의 관련, 그 인물과 세계와의 관련이 단순화, 고정화되어 인간과 세계의 전체적 관련을 소설에 담는 것이 근본적으로 제약된다. 장편의 중심에는 완전 초인에 비해 인물과 세계와의 관련이 훨씬 더 넓게 열려 있는 불완전 초인, 경계인이 보다 적합한 것이다.

박경리는 완전 초인이라는 독특한 인물들을 적절히 활용하여 인간 존재의 보편적 속성을 드러낼 수 있었고, 세계 그리고 타인들과 어울릴 수 없는 예외적 개성의 진실성을 주장할 수 있었다. 그러나 바로 위에서 말한 대로 완전 초인은 여러 가지 면에서 문제점을 지니고 있는 인물 성격이다. 이 점에서 박경리 문학이 인간과 세계에 대한 깊고 넓은 탐구의 문학이 될 수 있게 한 인물 성격은 불완전 초인과 경계인이라 할 수 있다.

지금까지 우리는 박경리의 초인론을 바탕으로 박경리 소설에 등장하는 독특한 인물 성격을 세 유형으로 나누고 그 각각에 해당하는 소설 속 등장인물 하나하나를 검토하였다. 이를 딛고 더 나아가 박경리 소설의 인물 성격을 체계화하는 작업이 이후의 과제가 될 것이다.

3
문학사와의 대결

새로운 소설의 출발
─염상섭의 처녀작 「표본실의 청개구리」

1. 오산학교 교사 염상섭과 「표본실의 청개구리」

대작가 염상섭(1897-1963)의 장대한 문학 산맥의 첫머리에 서 있는 작품은 중편 「표본실의 청개구리」이다. 천도교에서 간행한 종합지 『개벽(開闢)』에 3회(1921. 8-10)에 걸쳐 연재되었는데, 작품 끝에 '二一. 五. 作'이라 적혀 있어 탈고 시기를 알 수 있다.

1921년 5월이면 염상섭이 평북 정주 오산학교 교사로 있던 때이다. 염상섭은 1919년 3월 19일 오사카의 덴노지(天王寺)공원에서 '재대판노동자일동대표 염상섭'의 이름으로 작성한 독립선언서를 앞세워 독립을 주장하는 시위를 계획했다가 붙잡혀 재판을 받았다. 이후 2심에서 무죄 판결을 얻어 내 1919년 6월 10일 석방된 뒤 요코하마의 복음인쇄소에서 일하던 중 1920년 4월 1일에 창간호를 낸 『동아일보』의 정치부 기자가 되어 귀국하였다. 그러나 3개월 만에 사직(6월 말)하고 동인지 『폐허』 편집 일을 하며 지내다가 1920년 9월 오산학교의 교사가 되었다. 일본 육사를 나와 일본군 중위까지 승진했으나 군복을 벗고 오산학교의 교감이 된 맏형 염창섭을 따른 북행이었다. 염상섭이 오산학교에서 가르친 것은 1921년 6월까지, 그러니까 1년이 채 되지 않은 짧은 기간이었다. 그는 여기서 일본어와 작문을 가르쳤다.

　문학 연구자들은 오산학교 시절에 쓴 「표본실의 청개구리」를 "염상섭이 오산학교 교원으로 가는 길을 다룬"(김윤식, 『염상섭연구』, 서울대 출판부, 1987, 135쪽) 작품으로 보고 있다. 그러니까 염상섭은 오산학교 교사의 자리에 서서, 거기에 이르기까지의 지난 행로를 이 작품에 담았던 것이라 할 수 있겠다.

　「표본실의 청개구리」 1회가 발표될 때 『개벽』 편집자는 "문단의 재인(才人) 염상섭 군! 도회문명의 복잡한 공기를 싫어하고 세도인심(世道人心)의 부경(浮輕)한 것을 피하여 표연히 신문기자의 직을 사(辭)하고 산 좋고 물 맑은 향촌에 몸을 숨겨 미래 국민의 인격을 지도하면서 고요히 우주를 보며 한가히 인생을 설파할 것이다."라고 하여 '인생 설파' 곧 인간의 삶을 깊이 다룬 작품에 대한 기대를 드러내었다. 그 기대대로 이 작품은 그때까지의 우리 소설에서는 만날 수 없었던, 지식인의 내면을 깊이 다룬 소설로 완성되었다.

　「표본실의 청개구리」가 소설집에 실린 것은 1924년이다. 1924년 8월 25일 박문서관에서 발행된 소설집 『견우화(牽牛花)』에 실렸다. 이 책에는 「표본실의 청개구리」와 '염상섭 초기 3부작'으로 불리는 「암야」, 「제야」가 같이 수록되었다. 『견우화』의 머리말인 「自序」의 끝에 '一九二三年五月三十日夜 東明社編輯室에서'라고 적혀 있어 그가 주간지 『동명』의 기자로서 주간인 진학문의 아래에서 소설가 현진건과 함께 일하던 때 머리말을 썼음을 알 수 있다. 발행일은 1924년 8월 25일, 머리말을 쓰고도 무려 15개월 뒤에야 책이 나왔는데 이 시기 출판 현실의 한 측면을 엿

볼 수 있다. 한편 견우화를 뜻하는 나팔꽃 그림이 그려져 있는 이 책의 표지에는 '廉想涉 創作第二輯'이라고 하여 이 책이 염상섭의 두 번째 창작집임을 알리고 있는데, 그렇다면 제1창작집은 무엇인가? 『견우화』보다 보름 앞서(1924. 8. 10) 고려공사에서 나온 『만세전』을 가리키는 것이라면 사정은 분명해진다. 그러나 『만세전』의 머리말인 「自序를 대신하야」가 쓰인 것이 「견우화」의 머리말을 쓴 때보다 3, 4개월 뒤인 '癸亥九月' 곧 1923년 9월인 것을 생각하면 다른 사정이 있을 수도 있다는 의문을 품을 수 있다. 혹, 염상섭은 「만세전」 이전에 발표한 「E 선생」, 「죽음과 그 그림자」, 「해바라기」 등의 작품을 묶은 '제1창작집'을 낼 계획을 갖고 있었던 것은 아닐까? 그가 남긴 많은 회고의 글이나 주변 사람들의 증언에서 이 의문을 명쾌하게 풀어 줄 기록을 찾을 수 없기에 지금으로선 해결이 불가능하다. 어떻든 이런 의문을 안고 「표본실의 청개구리」는 같은 시기에 창작된 다른 두 작품과 함께 소설집에 수록되어 더 많은 독자를 만날 수 있게 되었다.

2. 낭만적 탈주의 욕망

「표본실의 청개구리」는 크게 보아 두 이야기로 이루어져 있다. '나'가 주인공인 이야기와, '나'가 남포에서 만난 광인 김창억이 주인공인 이야기의 두 개다. 앞 이야기는 1인칭 주인공 시점, 뒤 이야기는 전지적 서술자 시점을 취하고 있어 확연히 구분된다. 뒤 이야기는 전체 10장 가운데 6, 7, 8 세 장에 담겨 있어 마치 액자 속 이야기와 같으니 이 점에서 「표본실의 청개구리」는 액자소설이라 할 수도 있다. 그렇다면 앞 이야기는 외화, 뒤 이야기는 내화라 할 수 있을 것이다.

소설집 『견우화』의 머리말을 쓰던 때 염상섭은 이 내화를 작품의 중심 이야기로 생각했던 듯하다. "정신적 원인(遠因)을 가진 자가, 공상과 오뇌가 극하여 육적 근인(近因)으로 말미암아 발광한 후에, 비로소 몽환의 세계에서 자기의 미숙한 이상의 일부를 토함을 그리었"다라고 한 데서 미루어 짐작할 수 있다. 김창억 이야기에서 중심 되는 것은 두 가지이다. 하나는 삼일 만세 운동과 관련하여 옥에 갇힌 남편과 어린 딸을 버리고 아내가 출가한 사건이다. 그녀의 출가 이유가 무엇인지 밝혀져 있지 않지만 "오 년이나 나하고 사는 동안에도 역시 그 안(유곽 안)에 있었어요."라는 김창억의 말과 아내의 성적 욕망을 충족시키지 못한 그가 아내의 눈빛을 무서워하여 "될 수 있는 대로 피하였다."라고 말하는 것으로 미루어, 성과 관련된 것일 가능성이 크다고 짐작할 수는 있다. 그러나, "연옥(煉獄)에서 매일 단련을 받는데 도망하여 올 터이니 전죄(前罪)를 용서하고 집에 두어 달라고 합디다."라는 그의 말, 작품 마지막 부분에서 서술자가 "그러나 그는 결국 평양에 왔다. 평양은 그의 후취의 본가가 있는 곳이다."라고 전하는 것으로 미루어 그가 아내를 완전히 잊거나 버린 것은 아니라는 사실만은 분명하다. 그의 마음속에 아내의 죄를 용서하는 마음이 깃들게 되어서 그런 것인지, 아니면 원망의 마음이 더욱 깊어져 그런 것인지는 알 수 없지만, 어떻든 그는 아내와의 인연에서 끝내 벗어나지 못하였다.

김창억 이야기에서 또 하나 중심 되는 것은 사람들로 하여금 그를 '철인(哲人)'이라 부르게 만든 그의 철학적 담론이다. 그가 '세계 평화 유지 사업'을 위해 동서양의 친목을 목표로 하는 '동서 친목회'를 조직한 데서 알 수 있듯이 그는 세계평화론자이다. 그의 이 같은 담론은 서양의 동양 침략과 지배의 현실에 대한 비판이며 그런 현실을 넘어 나아가고자 하는 이상의 제시라는 점에서 세계사적 차원의 것이라 할 수 있다. 그런데 다만 이것만은 아니니 그 내부는 여러 가지 것들의 착종으로 대단히 어지럽다.

> 연전 여름방학에 서울에 올라가서 중등학교 일어 강습을 하러 다닐 때에 서양 사람의 집을 보니까 위생에도 좋고 사람 사는 것 같기에 우리 조선 사람도 팔자 좋게 못 사는 법이 어디 있겠소? 기왕이면 삼층쯤 높직이 지어 볼까 해서. 우리가 그놈들만 못할 것이 무엇이오

서양을 뒤좇아야 할 모범이라 여기는 생각이 뚜렷한 한편 조선의 힘이 서양의 그것에 뒤떨어지지 않는다는 자부가 우뚝하다. 여기서 중요한 것은 그의 이 같은 자부가 실제의 현실에서 멀찍이 떨어져 있는, 망상에서 비롯된 것이라는 사실이다. '서양 사람의 집'이 대표하는 서양 근대 문명을 세운 힘을 조선이 갖고 있지 않다는 엄연한 현실을 보지 못하고 망상이 만들어낸 자부에 갇히게 된 것이다. 김창억의 망상과 이에서 비롯된 비현실적인 자부는 그 속에 서양에 대한 열등의식을 감추고 있는 전도된 의식이다. 김창억의 이 같은 전도된 의식은 서양 근대를 지향했으나 끝내 이런 열등의식에서 벗어나지 못하였던, 그랬기 때문에 거꾸로 망상과 자부에 스스로를 가둠으로써 위안을 얻고자 했던 많은 한국인들의 의식을 앞서서 뚜렷이 보여준다. 이 점에서 「표본실의 청개구리」는 근대화 100년의 한국 현대사의 중요한 문제 하나에 대한 통찰을 담고 있는 소설이라 평가할 수 있다.

지금까지 우리는 「표본실의 청개구리」의 내화인 김창억 이야기를 검토했는데, 두루 알듯이 이 작품의 중심은 물론 이것이 아니다. '나'가 주인공인 외화가 이 작품의 중심이다. '나'는 일본에서 돌아온 뒤 7, 8개월 만에 정신과 육체가 한가지로 무너져 피폐해질 대로 피폐해지고 말았다. 그가 친구 H(『폐허』 동인이었던 시인 황석우로 추정됨)을 따라 북행길

에 오르게 되는 것은 이런 상황을 더 이상 견딜 수 없어졌기 때문이다. 그의 북행길 여로는 '서울—평양—남포—평양'을 거쳐 '백설 애애한 북국 (北國) 한촌(寒村) 토방(土房)'에 이르는 길인데, 이 여로를 이끄는 것은 지금 여기를 멀리 벗어나고자 하는 뜨거운 바람이다.

> 어대든지 가야 하겠다. 세계의 끝까지. 무한에. 영원히. 발끝 자라는 데까지.......무인도! 시베리아의 황량한 벌판! 몸에서 기름이 부지직 부지직 타는 남양(南洋)!......아—아.
> 나는 그림엽서에서 본 울울한 삼림, 야자수 밑에 앉은 나체의 만인(蠻人)을 생각하고 통쾌한 듯이 어깨를 으쓱하여 보았다. 단 일 분의 정거도 아니하고 땀을 뻘뻘 흘리며 힘 있는 굳센 숨을 헐떡헐떡 쉬는 '풀스피드'의 기차로 영원히 달리고 싶다.

지금 이곳을 벗어나고자 하는 주인공의 열망은 '세계의 끝', '무한'을 향하는 것이니 절대적인 성격의 것이다. 지금 이곳 곧 현실 세계를 절대로 받아들일 수 없다는 것인데 그렇다면 그 까닭은 무엇인가. '표본실의 청개구리' 상징을 살필 차례이다.

> 나의 머리에 교착(膠着)하여 불을 끄고 누웠을 때나 조용히 앉았을 때마다 가혹히 나의 신경을 엄습하여 오는 것은 해부된 개구리가 사지에 핀을 박고 칠성판 위에 자빠진 형상이다.
> (중략)
> 자 여러분, 이래도 아직 살아 있는 것을 보시오.
> 하고 뾰족한 바늘 끝으로 여기저기를 콕콕 찌르는 대로 오장을 빼앗긴 개구리는 진저리를 치며 사지에 못 박힌 채 발딱발딱 고민하는 모양이었다.

표본실의 청개구리는 사지에 핀이 박혀 꼼짝달싹할 수 없는 상태에서 외부의 폭력에 속수무책으로 시달리고 있다. 그가 누운 판은 주검을 놓는 칠성판이니 그는 곧 생명을 앗기우고 말 것이다. 이 같은 처지에 놓인 표본실의 청개구리를 통해 이 소설은 현실 세계의 폭력 앞에 존재가 압살되고 말 것이라는 위기의식에 사로잡힌, 그것 때문에 괴로워하는 주인공의 현실을 효과적으로 드러내었다. 자신의 존재를 압살하려는 현실 세계를 절대적으로 부정하는 것은 자연스러운 것이니 '표본실의 청개구리' 상징을 통해 이 소설은 폭력적인 현실 세계에 대한 주인공의 부정의식을 효과적으로 드러낼 수 있었다. 현실 세계에 대한 절대의 부정의식이라는 점에서 이것은 '진선미/속악한 현실'의 이분법적 사고틀 위에 서서 현실 세계를 부정하고 그것으로부터의 일탈을 꿈꾸었던 1920년 언저리 한국문학 일반의 속성과 통한다. 그러나 「표본실의 청개구리」의 주인공이 부정하는 것은 현실 세계만이 아니다. 자기 자신도 부정의 대상인데, 이 작품 곳곳에 때로는 노골적으로 때로는 은밀하게 놓여 있는 죽음 충동이 이를 잘 보여준다. 예를 들면, 주인공은 자신을 못 견디게 괴롭히는 수염 텁석부리 박물 선생의 '메스'와 '서랍 속의 면도'에 '비상한 공포'를 느끼면서도 다른 한편 "이상한 매력과 유혹은 절정에 달하였다."라고 말할 정도로 끌리고 있는데 바로 스스로를 파괴하고자 하는 죽음 충동이다. 이 같은 죽음 충동은 이 작품 바로 뒤에 발표된 「암야」의 주인공이 만사를 유희적 태도로 희롱하는 인간 말종들의 우두머리가 자기 자신이라 말하는 통렬한 자기비판과 관련지우면 그 의미를 짐작할 수 있다.

유희적 기분을 빼놓으면, 그들에게 무엇이 남는다! 생활을 유희하고, 연애를 유희하고, 교정(交情)을 유희하고, 결혼문제에도 유희적 태도…… 소위 예술에까지 유희적 기분으로 대하는 말종들이 아닌가. 진지, 진검(眞劍), 성실, 노력이란 형용사는, 모조리 부정하고 덤비는 사이비 데카

당스다…….고뇌? 인간고?……그런 게 있을 리가 나! A두, B두, C두, D
두, E두……모두 한 씨다……엣!……그러나 대체 그들이란 누구인가? 그
들이라 하여 매도하는 자기 자신이, 벌써 그 한 분자가 아닌가? 아닌가
가 아니다. 그 수괴(首魁)다……. 아─아스─-.

이 시기 문학의 다른 그 어느 곳에서도 찾아볼 수 없는 전면적 자기
반성, 비판이다. 만사를 유희적 태도로 희롱하는 인간 말종들의 우두머
리가 자신이라는 이 통렬한 자기반성, 비판의 정신이 극단으로 치달을
때 죽음 충동이 생겨나는 것은 자연스러운 것,「표본실의 청개구리」의
주인공이 사로잡히곤 하는 죽음 충동은 이 같은 맥락에서 이해할 수 있
다. 이처럼 자기 자신도 부정의 대상으로 삼고 있다는 점에서, 주인공을
진선미를 체현하고 있는 긍정적인 존재로 설정해 놓고 그 외부 대상 곧
타자들과 현실 세계를 속악하다 하여 부정하는 이 시기 문학 일반과는
근본적으로 구별된다.

3.「만세전」과의 관계

『견우화』의 머리말에서 염상섭은 자신의 인간관과 이것에 근거한 소
설관을 밝혀 놓았다. 이 글에 담긴 염상섭의 인간관은 "야차의 마음을
가진 보살 같고 보살의 마음을 가진 야차같이, 자기모순과 자기 분열에
번뇌하도록 만"들어진 것이 인간이라는 것이다. 그렇다면 이에 근거한
염상섭의 소설관은 무엇인가? "이 모순과 분열에 고뇌하는 양(樣)을 그
대로 묘사하여 강한 인상을 줌으로써 인생에게 대하여 일개의 제안을
하든가 혹은 거기에 해결을 주어서 인격과 사상의 통일과 완성을 기획"

하는 것에 소설의 '대부분의 사명'이 있다는 것이 염상섭의 소설관이다. 자기모순과 자기 분열에 번뇌하면서 그 모순과 분열을 넘어 나아가고자 하는 정신의 고투를 그리는 것이 소설이라는 소설관인데 우리 문학사에서는 처음 등장한 새로운 소설관이다.

이 같은 새로운 소설관을 품고 염상섭은 한국소설의 새로운 지평을 여는 일에 앞장섰다. 폭력적인 현실 세계에 대한 절대의 부정의식, 때로는 죽음의 충동에 사로잡힐 정도로 강렬한 자기 자신에 대한 부정의식에 짓눌려 지금 여기와 자기 자신으로부터 벗어나 '세계의 끝', '무한'으로 사라지기를 꿈꾸는 과격한 낭만적 탈주자의 고뇌를 다룬 「표본실의 청개구리」가 이에 솟아올랐다.

그런데 우리는 이 작품에서 그 고뇌의 구체적 내용을 알 수 없는데 이 점 이 작품의 가장 큰 문제점이다. 그를 고뇌하게 만든 현실 세계의 실상은 어떠한지, 그가 용납할 수 없는 자신의 부정적 측면은 무엇인지에 대해 이 작품은 구체적으로 보여주지 않고 있는 것이다. 염상섭은 그 구체적 양상을 그린 소설을 한 편 써야만 했다. 1924년에 완성된 문학사적 문제작 「만세전」이 바로 그 소설이다.

인형조종술의 세계
—김동인론

1. 근대문학 개척자의 삶 50년

김동인은 1900년 평양에서 기독교 장로인 대지주 김대윤과 그의 두 번째 아내인 옥(玉)씨 사이에서 태어났다. 김대윤은 서북 지방이 낳은 선각의 지식인들인 안창호, 이승훈 등과 교유하였던 열린 정신, 진취적 정신의 소유자였다. 김동인은 그를 "당신은 좀 나이 지나치시기 때문에 제일선에 나서서 활동은 못하였지만 한국의 한 지성의 덩어리"(「3·1에서 8·15」)라 회고하였는데 그 '지성'은 서구의 근대 문명을 적극적으로 수용하여 조선 사회의 근대적 전환을 도모했던 그의 개방적이고 진취적인 정신을 압축해 놓은 말이었다.

김대윤의 엄청난 재산과 그 같은 개방적, 진취적 정신의 자궁에서 우리 근대사에 우뚝한 두 인물인 김동원, 김동인 형제가 자라났다. 김동원(金東元)은 안창호와 함께 평양 대성학교 운영에 깊이 관여했으며, 105인 사건과 흥사단 사건에 연루되어 각각 6년형, 3년형을 선고받았던 우국의 지사로서 대한민국의 초대 국회 부의장을 지낸 인물이다. 그리고 우리가 지금 다루고자 하는 김동인은 한국 근대소설의 개척자 가운데 한 사람으로서 문학사에 높이 솟아 있다.

김동인은 기독교 학교인 평양 숭덕소학교를 졸업하고 숭실중학을 거쳐 1914년 일본으로 건너가 도쿄학원 중학부, 명치학원 중학부, 가와바타 미술학교 등에서 공부하였다. 일본에서 공부하는 동안 김동인은 문학에 관심을 가지게 되었고 내처 그 길을 달려 1951년 일사후퇴의 혼란 가운데 홀로 죽기(1951년 1월 5일)에 이르기까지 문학 일로를 걸었다.

김동인은 3천 석 유산을 아버지로부터 물려받았는데 10만 원에 해당하는 엄청난 재산이었다. 이 당시에 나온 잡지(『태서문예신보』, 『창조』)의 한 권 가격이 삼십 전이었음을 미루어 어느 정도였는지 짐작할 수 있을 것이다. 자기 마음대로 처리할 수 있는 엄청난 재산을 갖게 된 김동인은 동인지 『창조』를 발간하였다. 1919년 2월 1일이었다. 편집 겸 발행인은 김동인의 소학교 동기인 시인 주요한, 인쇄소는 동경, 판매소는 서울 소재의 한 서점과 평양 소재의 두 서점으로 되어 있다. 이러한 사실은 『창조』의 동인인 주요한, 김동인, 전영택, 김환, 최승만 가운데 경기도 출신인 최승만을 제외하고는 모두 서북 출신이라는 사실과 함께 이 동인지의 거점이 평양이라는 사실을 말해 준다. 『창조』는 평양이 낳은 문학 동인지였던 것이다.

김동인은 『창조』에서 비로소 신문학이 발족하였다고 당당하게 주장하고, 처녀작 「약한 자의 슬픔」을 들고 "사천 년 조선에 신문학 나간다."(「문단 삼십 년의 자취」)라고 외치며 이인직과 이광수를 잇는 작가로 자신을 내세웠다. 이런 선구자적 자부심을 떠받친 것은 '참예술'을 한다는 것이었다. 그런 자부심을 앞세워 김동인은 필경(筆耕)에 몰두하였다. 문학사에 빛나는 우수한 작품들을 줄이어 내놓았다. 자신의 문학론을 담은 글을 발표하고 염상섭과 논쟁을 벌이는 등 평론 활동도 열심히 하였다.

김동인은 새로운 국문체 개척에 많은 공을 들여 큰 성과를 내었다. 「조선근대소설고」, 「춘원연구」, 「문단 삼십 년의 자취」, 「문단 30년의 회고」, 「여의 문학도 30년」 등의 평론에서는 물론이고 자전적 소설인 「망국인기」 등에서 김동인은 반복하여 자신의 노력과 성과를 되돌아보고 자찬하였다. 구어체 문장의 완성, 과거형 서술형 사용, 삼인칭 대명사 '그'의 사용 등이 그것인데 김동인을 이를 두고 "1에서 10까지가 모두 신발명이요, 신 창안"이었으며 "조선 소설도(小說道)의 한 지표"(「망국인기」)가 되었다고 평가하였다. 그러나 한 김동인 연구자의 지적대로 "그의 과장된 주장과는 달리, 문체의 변화는 그 이전부터 진행되어 왔고, 오히려 그의 노력이 대부분 일본어를 기준으로 삼은 것이었기에 한국어의 독자성을 훼손하고 언문일치의 방향을 왜곡"(최시한, 「허공의 비극」, 『김동인 단편선 감자』, 문학과 지성사, 2004, 422쪽)한 점도 부정할 수 없다. 그럼에도 불구하고 과거형 서술형 사용, 삼인칭 대명사 '그'의 의식적 사용 등을 통해 구어체 문장을 정립하고자 노력한 김동인의 공로는 높게 평가되어야 한다.

1926년 김동인은 파산한다. 그 많은 재산이 방탕한 생활과 사업 실패 때문에 거덜 나고 만 것이다. 그리고 아내의 가출, 재혼 등 험한 고개를 몇 개 넘으며 김동인은 문학의 길에 들어설 때의 초심과 자부심을 잃고 "양심, 자존심을 죄 쓰레기통에 집어넣고 전혀 독자 본위로"(「처녀 장편을 쓰던 시절」) 쓴 장편 『젊은 그들』을 비롯하여 독자의 취향을 따르는 통속 소설가의 길로 접어들고 만다. 김동인은 이를 '훼절'이라 하여 "수절하던 과부가 생활 문제로 하는 것"(「처녀 장편을 쓰던 시절」)에 비유하였고, 털이 '순백(純白)'한 것을 '몹시 사랑하고 아껴서, 절대로 진흙 밭이나 털을 더럽힐 곳은 통행을 안 하'던 흰 담비(白貂)가 어쩌다가 실수로 털을 더럽히면 자포자기하여 "스스로 더러운 곳에 함부로 뒹굴어 온통 전신

을 더럽"(「처녀 장편을 쓰던 시절」)히는 것에 비유하였다. 그리하여 마구잡
이로 써낸 역사소설들, 그가 운영한 잡지『야담(野談)』등에 발표한 야담
들이 줄이어 나와 문학사의 곳간 구석에 무더기로 쌓이게 되었다.

  그 훼절과 자타락(自墮落)의 소용돌이 속에 갇힌 김동인은 마침내 '북
지황군위문단(北支皇軍慰問團)'의 일원으로 북중국을 다녀왔고 친일 어용
문학 단체인 '조선문인보국회'의 간사가 되기에 이르렀다. 어느 날 문
득 해방이 찾아왔다. 김동인은 이광수의 생애를 압축한 단편 「반역자」,
자신의 친일 행위를 변호하는 「망국인기」 등의 작품으로 해방공간에
드높았던 친일 행위 비판의 목소리에 맞서고자 하였다. 그리고 전쟁이
일어났다. 골수에까지 병든 김동인으로서는 감당할 수 없었으니 피난도
가지 못하고 홀로 남아 한겨울 냉방에 누워 버티다 최후를 맞았다.
1951년 1월 5일이었다.

2. 인형조종술의 창작방법

  30년을 넘는 긴 작가 생활 내내 김동인을 이끈 것은 자신이 참예술가
라는 것이었다. 스스로 참예술가임을 내세울 때는 물론이거니와 통속문
학에 빠져 '훼절'을 탄식할 때조차 참예술을 지향하는 참예술가 의식은
시퍼렇게 살아 있었다. '문학은 문학이지 다른 것이 아니다.'(「문단 삼십
년의 자취」)라는 단순명쾌한 명제로 표현되는 김동인의 참예술론을 요약
하면 이러하다. 사람은 누구나 극도의 에고이즘을 가지고 있는데 그것
이 자신에 대한 참사랑을 낳는다. 그 참사랑이 사람으로 하여금 "하느
님이 지은 세계에 만족하"지 못하게 하고 "자기를 위하여 자기의 세계
인 예술을 창조"하도록 이끈다. 하느님이 지어 놓은 세계에 만족하지

못한 사람은 국가, 가정을 만들었다. 그러나 이것들에도 만족하지 못한 사람은 더 나아가 "자기 일 개인의 세계이고도 만인 함께 즐길 만한 세계-예술"을 만들었다. 이처럼 '자기의 통절한 요구'가 만들어낸 예술은 그러므로 "인생의 무이(無二)한 성서(聖書)요, 인생에게는 없지 못할 사랑의 생명"이라는 절대적인 의미를 갖는다.(「자기의 창조한 세계」)

김동인의 참예술론의 중심에 놓인 것은 세계의 창조자인 '하느님'과 대결하는 창조자로서의 작가이다. 김동인의 '자아주의' 또는 '에고이즘'은 이처럼 작가의 창조 욕망과 관련된 것으로 한 개인이 자신의 개성을 존중하여 지키고 실현하고자 하는 것을 뜻하는 통상적 의미와는 멀리 떨어져 있다.

창조자로서의 작가를 강조하는 김동인의 참예술론은 작가를 한갓 계몽적 교사로 인식하는 이광수류의 계몽주의적 문학론, 작가를 정치적 선전선동의 기수로 인식하는 프로문학의 정치주의적 문학론, 작가를 돈을 벌기 위해 대중에게 흥밋거리를 제공하는 존재로 인식하는 상업주의적 문학론 등과는 물론이고, 하늘(天)의 이치(道)를 찾아 작품 속에 담아 전하는 매개자로 인식한 근대 이전 우리 문학을 지배한 재도적(載道的) 문학론과도 날카롭게 구별되는 것으로 전에 없었던 새로운 예술론이었다. 김동인이 자신이 추구하는 문학을 두고 '사천 년 조선에 신문학'이라 한 것은 헛말이 아니었던 것이다.

그러나 작가를 신에 맞서는 창조자로 설정하고 새로운 세계의 창조를 겨누는 김동인의 참예술론은 대단히 위험하다. 새로운 세계의 창조에 들려 객관 현실의 지반에서 벗어나 몽상의 세계로 비약할 수 있는 위험성이 크기 때문이다. 김동인의 참예술론은 실제로 그 방향으로 나아갔으니 이른바 인형조종술의 창작방법론이 이에 떠올랐다. 톨스토이와 도스토예프스키의 문학을 대조하면서 김동인은 톨스토이가 "범을

그리노라고 개를 그린 화공과 한가지로, 참 인생과는 다른 인생을 창
조"하였지만 그가 그린 인생에 만족하고 "그 인생을 자유자재로, 인형
놀리는 사람이 인형 놀리듯 자기 손바닥 위에 놓고 놀렸"기에 훨씬 위
대하다고 보았다. 김동인은 나아가 "그의 창조한 인생은 가짜든 진짜든
그것은 상관없다. 예술에서는 이런 것의 구별을 허락지 않는다."(「자기의
창조한 세계」)라고 단정 지어 말하였다. 새로운 세계의 창조와 그것의 놀
리기가 중요하지 객관적으로 실재하는 현실과 맞느냐 틀리느냐는 중요
하지 않다는 파격적인 생각인 것이다.

작가가 지어 낸 허구의 세계인 작품 세계가 '가짜든 진짜든' 상관없
다는 생각을 중심에 품고 있는 김동인의 이 창작방법론을 가장 잘 보여
주는 작품은 「광화사」이다. 중첩된 액자 형식으로 된 이 작품의 첫 부
분과 중간 부분에 작가가 직접 등장하여 이 작품이 작가의 공상이 만들
어낸 완전한 허구의 세계임을 밝혀 놓았다.

> 샘물!
> 저 샘물을 두고 한 개 이야기를 꾸미어 볼 수가 없을까. 흐르는 모양
> 도 아름답거니와 흐르는 소리도 아름답고 그 맛도 아름다운 샘물을 두
> 고 한 개 재미있는 이야기가 여의 머리에 생겨나지 않을까. 암굴을 두
> 고 생겨나려던 음모 살육의 불쾌한 공상보다 좀 더 아름다운 다른 이
> 야기가 꾸미어지지 않을까.
> 여는 바위틈에 꽂았던 스틱을 도로 뽑았다. 그 스틱으로써 여의 발아
> 래 바위를 가볍게 두드리면서 한 개 이야기를 꾸미어 보았다.

완전한 허구의 세계를 공상하여 만들어낸 작가가 추구하는 것은 온
갖 음모, 그 뒤를 잇는 살육, 모함, 방축(放逐)으로 점철된 이조 오백 년의
역사처럼 추악한 현실 세계 너머 존재하는 탈현실적, 추상적 아름다움
이다. 소경 처녀의 눈에 그 아름다움이 존재한다고 생각하여 그것을 그

림 속에 담고자 하는 주인공을 내세워 작가는 그 아름다움을 좇고 있는
것인데 객관 현실에서 완전히 벗어나 완전한 허구를 만들어 내도록 이
끄는 인형조종술의 창작방법이 이를 가능하게 하였다. 인형조종술의 창
작방법으로 해서 비로소 가능하게 된 김동인의 이 같은 아름다움 추구
는 '추악한 현실 세계/탈현실적, 추상적 아름다움'의 이분법 위에 놓여
있는데, 이는 현실의 추악성에 대한 근본적인 비판(부정)의식을 드러내
고 아름다움이 최고의 가치를 지닌다는 유미주의를 뚜렷하게 드러내
보인다. 그러나 현실 세계를 뭉뚱그려 '추악'한 것으로 파악하는 단순
하기 짝이 없는 현실 인식 위에 서 있기에 그 현실 비판(부정)의 정당성,
그 유미주의의 설득력을 얻는 데는 크게 미치지 못한다.

'방화, 사체 모욕, 시간(屍姦), 살인' 등 온갖 죄의 행위를 통해 얻은 영
감으로 아름다운 곡을 창작하는 작곡가의 행로를 따라 전개되는 「광염
소나타」의 앞머리에도 어김없이 작가가 등장하여 그 작곡가의 행로가
완전한 허구임을 밝힘으로써 이 또한 인형조종술의 창작방법에 따라
만들어진 것임을 드러내 놓았다. 인형조종술의 창작방법으로 지은 이
작품이 말하고자 하는 바는 작품 마지막에 나온다. "천 년에 한 번, 만
년에 한 번 날지 못 날지 모르는 큰 천재를, 몇 개의 변변치 않은 범죄
를 구실로 이 세상에서 없이 하여 버린다 하는 것은 더 큰 죄악"이라는
것이다. 이 파천황의 반윤리적 유미주의는 '변변치 않은 범인-희생되어
도 무방한 대상/천재-보호와 추앙의 대상'의 이분법 위에 구축된 반생
명적인 성격의 것으로 김동인의 오만한 천재주의가 그의 정신을 얼마
나 황폐한 지경에까지 몰아갔는가를 잘 보여준다.

3. 인간 모멸주의

김동인은 인형조종술의 창작방법으로 지은 「광염 소나타」, 「광화사」를 통해 극단적인 현실 부정의식, 반생명주의, 천재주의 등에 근거한 과격한 유미주의를 깃발처럼 내걸었다. 그 유미주의는 "미(美)는 미다. 미의 반대의 것도 미다. 사랑도 미이나 미움도 또한 미이다. 선도 미인 동시에 악도 또한 미다. 가령 이런 광범한 의미의 미의 법칙에까지 상반되는 자가 있다면 그것은 무가치한 존재다."라는 논리를 가진 '악마적 사상'(「조선근대소설고」)이었다. 객관 현실의 구속에서 자유로울 수 있는, 오로지 상상을 통해 만들어낸 완전한 허구의 세계에서야 실현 가능한 사상이기에 이런 사상을 그리는 데 인형조종술은 대단히 효과적인 창작방법이었다. 그러나 객관 현실에서 벗어난 순전한 상상의 세계를 계속해서 다루는 것에는 한계가 있는 것, 순전한 상상의 세계를 다룬 작품은 이 두 편에 지나지 않는다. 이 책에 실린 작품 가운데 「광염 소나타」와 「광화사」를 제외한 모든 작품은 현실의 세계를 다룬 것이다.

김동인의 첫 발표 작품인 「약한 자의 슬픔」은 약하기에 짓눌리고 상처 입는 한 여성을 삶을 그린 작품이다. 이 작품에서 '약함'은 두 가지 의미를 갖는다. 하나는 주인공인 강엘리자베트가 '상것'(두 번 나온다.)이라는 것. 이는 이 작품 속 인물들의 의식과 행동이 전근대적 신분관에서 자유롭지 못하며 전근대적 신분질서의 산물인 사회경제적 지위에 의해 구속받고 있음을 뜻한다. 다른 하나는 "하고 싶은 일은 자유로 해라. 힘써서 끝까지! 거기서 우리는 사랑을 발견하고 진리를 발견하리라!"라는 '강한 자'의 강령을 따르지 못하고 "내가 하고 싶어 한 것"을 하나도 하지 못한 것을 의미한다. 주인공은 앞의 '약함'에서 벗어나 자신을 능욕한 강한 인간 남작에 맞서 법정 싸움을 벌이고 뒤의 '약함'에서 벗어나 강한 자의 강령을 좇아 실천하는 새로운 삶의 길로 나아가리라 다짐한다. 이렇게 살피면 이 작품은 김동인 특유의 자아주의를 전환기 한국 사회의 현실과 관련지어 제시하고자 한 소설임을 알 수 있다. 김연실이란 신여성의 의식과 그 의식의 실천으로서의 분방한 사생활이 얼마나 얕고 좁은가를 냉소적으로 파헤치고 있는 「김연실전」은 이 점에서 「약한 자의 슬픔」과 반대쪽에 놓이는 작품이라 할 수 있다.

"하고 싶은 일을 자유로 하라."라는 선언적 강령의 내용은 추상적 이념이라는 점에서 「광염 소나타」, 「광화사」의 주인공들이 추구하는 아름다움과 동질적이다. 추상적 이념을 설정해 놓고 그것을 좇아 내달리는 인물은 그러나 김동인의 다른 소설에서는 거의 보이지 않는다. 김동인 소설의 인물들은 대체로 허약한 인간 존재를 구속하는 동물적 욕망, 사회역사적 현실의 폭력, 시간이나 운명과 같은 무형의 그 무엇에 내재된 섬뜩한 파괴력 등에 갇히거나 짓밟히는 보잘것없는 존재에 지나지 않는다.

「태형」을 보자. 이 작품은 김동인의 직접 체험을 다룬 작품이다. 형 동원이 보낸 어머니 옥 씨의 위독함을 알리는 거짓 전보를 받고 김동인이 일본에서 귀국한 것은 1919년 3월 5일이었고, 동생 동평의 요청에 따라 3·1운동 격문을 지어 준 일로 잡혀 간 것은 3월 26일이었다. 이때부터 김동인은 미결수로서 100일 동안 감옥살이를 하였는데 그때의 체험을 다룬 것이 「태형」이다. 이 작품에서 읽어낼 수 있는 것은 두 가지이다. 하나는 3·1운동에 연루되어 감옥살이를 한 김동인의 자부심이다. 감옥살이의 어려움을 세밀하게 묘파, 부각하는 작가의 붓끝에는 엄청난 자부심이 서려 있다. 다른 하나는 인간의 본성에 대한 날카로운 통찰이다. 극한상황 속에 놓이면 인간의 본성이 여지없이 드러나게 마련이다. 극도의 비정한 이기를 노출하고 마는 '나'와 감옥 속 죄수들을

통해 김동인은 인간의 이 같은 본성을 날카롭게 들춰내었던 것인데, 김
동인 문학의 한 핵심인 인간모멸주의는 이 같은 체험에서 생겨난 것인
지도 모른다. 인간이란 보잘것없는 존재에 불과하다는 김동인의 인간모
멸주의는 때로 수많은 사람의 희생 위에 절대의 향락을 누렸던 진시황
을 동경하는 영웅주의(「배따라기」)로도, 인간이란 무형의 힘에 의해 조종
당하는 한갓 어릿광대일 뿐이라는 운명론적 허무주의(「태평행」)로도, 인
간이란 시간의 절대적 힘에 의해 마모되고 마침내는 파멸되는 길을 내
쳐 걷는 무력한 존재일 뿐이라는, 인간의 창조성 부정의 사상(「잡초」)으
로도 변주되어 나타난다. 「감자」를 통해 김동인의 인간 모멸주의에 대
해 좀 더 자세히 살펴보기로 하자.

　방대한 김동인 문학을 대표하는 작품으로 평가받는 「감자」는 마침내
죽음에 이르고 마는 주인공 복녀의 전락 과정을 뼈대로 한 소설이다.
복녀가 걷는 그 전락의 길은 가난이란 것이 얼마나 폭력적인가를 보여
주는 길이며, 돈과 성의 욕망에 들려 마침내는 죽음에 이르고 마는 복
녀를 통해 인간이란 욕망의 덫에 갇혀 그 욕망에 깃든 마성에 의해 자
신도 모르는 사이에 유린되곤 하는 보잘것없는 존재임을 드러내는 길
이기도 하다. 문학교육 과정에서의 「감자」 해석은 대체로 복녀의 전락
과정을 주목하여, 그것은 환경에 의해 규정되는 것으로 일본 자연주의
문학의 환경결정론에 이어져 있다는 것이었다. 복녀의 여로가 지닌 의
미 가운데 하나만을 문제 삼는 해석이 지배적이었던 것이다.

　복녀의 여로에 담긴 의미를 충분히 살폈다고 해서 「감자」의 중층성
(中層性) 그 안쪽에 대한 이해가 완성된 것은 아니다. 복녀의 여로와 함께
하지만, 그러나 동시에 그 여로 밖에 자리한 그녀의 남편을 지나쳐서는
안 된다. 극도로 게으른 인물인 그는 자신의 게으른 삶을 유지할 수만
있다면 무슨 일이든 서슴지 않을 무서운 존재이다. 타인의 시선에 반응

하고 뒤돌아 자신의 안팎을 점검하는 정신 기제인 자의식이 전적으로 결여된 인물성격인 것이다. 말하자면 그는 당대 한국 사회와 그 구성원들의 삶을 지배했던 윤리체계와 가치체계의 밖에 존재한다. 당대의 한국 남성에게 요구되었던 가장의 책무를 전혀 돌아보지 않았기에 복녀가 매춘으로 나아갔고 마침내는 비참한 종말을 맞게 되었다는 점에서 그는 복녀의 여로에 깊이 관련되어 있지만, 설사 그가 다른 성격의 지녔다고 해서 복녀의 여로가 크게 달라지지는 않았을 것이라는 점에서 복녀의 여로와 무관한 존재이기도 하다. 이 같은 인물성격으로 인해 그는 복녀의 여로와 무관한 개성으로 이 작품의 중심 서사 밖에 놓여 있기도 한 존재인 것이다.

김동인은 인간이란 본래적으로 선한 존재이며, 자신의 힘으로 스스로를 실현하는 주체성의 존재이고, 역사와 사회가 가르치고 요구하는 가치들을 위해 자신의 욕망을 제약할 수도 있는 고귀한 존재라는 통념을 벗어난 작가였다. 이 점에서 그는 주자학 질서를 따라 살았던 전대의 작가들과는 다른 자리에 서 있었다. 다른 자리에 서 있었기에 김동인은 윤리체계와 가치체계의 밖에 존재했던 이 같은 인물성격을 볼 수 있었고, 통념을 근거로 그를 평가하지 않을 수 있었던 것이 아닐까. 이에 이르면 우리는 복녀의 여로에 담긴 의미들과 복녀 남편의 개성이 「감자」를 구성하는 중심 요소들이라 말할 수 있다. 양자는 관련되어 있기도 하지만 동시에 서로 무관하기도 하다. 양자 사이의 '관련/무관련'의 묘한 관계가 이 작품의 단순 해석을 가로막는 중층성의 비밀인 것이다.

둔하고 무식한 여급 다부꼬의 전락 과정을 차가운 필치로 그려 낸 「대탕지 아주머니」 또한 "인간이거나 인간사회라 하는 것이 역시 무의미하고 싱거운 일을 또 다시 거듭하고 또 거듭하"고 있을 뿐이라는 김동인의 인간 모멸주의를 뚜렷이 드러내 보인 작품이다. 세상에 대해, 필연

적으로 파멸하게끔 결정되어 있는 자신의 운명에 대해 무지한 다부꼬
는 세상사람 모두를 대변하는 존재이다. 둔하고 무지하기에 현실성 없
는 미련한 기대로 버티는 다부꼬와 세상 사람은 조금도 다르지 않다.
아내가 낳은 아이가 자기 자식이 아닐 수도 있다는 사실 앞에 전전긍긍
하며, 겨우 자신의 발가락과 아이의 발가락이 닮았다는 것으로 모든 것
을 덮고 자신을 위안하고자 하는 「발가락이 닮았다」의 사내는 진실에
대한 두려움 때문에 거짓에 자신을 가두는 인물이라는 점에서 마찬가
지로 김동인의 인간 모멸주의과 관련 있는 존재이다.

4. 허무주의

김동인 스스로 말하였듯이 『창조』의 동인들은 이후 하나같이 방탕의
길로 들어섰다. 그 중에서도 김동인은 남달랐으니 일 년에 두세 번의
이른바 '동경 산보'(「문단 삼십 년의 자취」)를 통해 울증을 풀고, 여러 기생
을 거치며 젊음을 탕진했다. 「병상만록」, 「의사원망기」, 「혼수 5일」 등
의 수필과 「몽상록」, 「가신 어머님」 등의 소설에 핍진하게 그려져 있는
극에 달한 중증의 불면증에 시달리는 김동인의 모습에서 그가 어떤 처
지에까지 떠밀렸는가를 확인할 수 있다. 이 막다른 상황에서 김동인의
정신 속에 내재해 있던 허무주의가 분출해 올라 김동인 문학을 뒤덮게
된다.

「대동강은 속삭인다」가 김동인의 이 같은 허무주의를 가장 잘 보여
준다. 고통의 현실이 두려워서, 불안한 심경을 다스리기 위해 아예 뭍에
는 오르지도 않고 대동강에 띄운 마생이 위에서 지내던 1926, 7년경 김
동인은 대동강을 발견하였다. 첫멱(初浴)을 대동강 물로 하였으며 언제나

대동강과 더불어 살아왔지만 발견하지 못하였던 '장청류(長淸流)의 대동강'을 발견한 것이다. '쓸쓸하고 아픈 회포도' 호소하면 씻겨주고, 굽어보노라면 '모든 수심과 괴로움'까지 사라지게 만드는 그 대동강 앞에 모든 것은 무화되고 만다. 다만 '평범한 물의 흐름'일 뿐인 대동강이 무엇이기에 그런 엄청난 힘을 갖는 것일까? 이 작품의 두 번째 토막인 '무지개'와 세 번째 토막인 '산 넘에'는 무지개를 좇든 그것을 포기하든, '산넘에'로 떠나든 떠나지 않든 똑같다라는 것을 말하고 있는데 이를 통해 대동강이 시간의 표상임을 알 수 있다. 시간의 흐름만이 엄연할 뿐, 그 속에서 영위되는 인간의 삶은 겉모양은 제각각이지만 다 똑같으며, 그러므로 특별한 의미를 지니지 못한다는 것이다.

김동인의 이 같은 허무주의는 김동인의 30년대 중단편의 두드러진 특징인, 시간의 압도적 힘과 그 앞에서의 인간의 무력함이라는 주제, 그것과 결부된 운명론 그리고 파멸과 전락의 구조를 통해 뚜렷이 확인할 수 있다. 그러나 김동인의 허무주의가 30년대 들어 갑자기 나타난 것은 아니다. 「배따라기」를 검토할 차례이다.

한 어촌에 두 형제가 이웃하여 살았다. 다만 한 가지, 빼어나게 예쁜 형의 아내와 아우의 사이가 너무 좋은 것이 형의 마음을 불편하게 할 뿐, 우애가 남다른데다 아무 부족한 것이 없으니 그들은 행복했다. 그 행복은 그러나 운명의 가혹한 장난 때문에 오래가지 못했다. 한 마리 쥐의 '마침 그때' 출현이 그것이다. 그리하여 그 행복은 한순간 형체도 없이 파괴되었다. 운명의 압도적인 힘 앞에 인간이란 무력하기 짝이 없는, 보잘것없는 존재라는 것, 이것이 이 조그만 삽화에 담긴 핵심이다. 거듭해 나오는 탄식과도 같은 '운명' '숙명'이란 말이 이를 확인케 한다. 형수의 빼어난 미모와 개성적인 성격, 아우와 형수의 남다른 관계, 형의 질투심 등은 이야기 전개의 설득력을 확보하기 위해 설정된 것으로 부차적인 의미만을 지닐 뿐이다.

이 같은 운명론과 운명 앞에서의 인간의 무력함이란 주제는 초기 김동인 문학의 한 중요 요소였다. "동남동녀 삼백을 배를 태워 불사약을 얻으려 떠나보내며, 예술의 사치를 다하여, 아방궁을 지으며, 매일 신하 몇 천 명과 잔치로서 즐기며, 이리하여, 여기 한 유토피아를 세우려던 시황은, 몇 만의 역사가가 어떻다고 욕을 하든 그는 참삶의 향락자며, 역사 이후의 제일 큰 위인이라고 할 수가 있다"라고 진시황을 칭송하는 외화의 화자가 지닌 극도의 향락주의적 인생관 또한 운명의 절대적 힘과 그 앞에서의 인간의 무력함을 알게 된 데서 비롯된 허무의식의 발현이었다.

김동인 문학의 허무주의는 그 속에 오이디푸스 콤플렉스를 품고 있는데, 오로지 '어머니의 사랑의 아름다운 얼굴'을 그림으로 표현하고자 하는 열망을 좇는 「광화사」의 주인공, 세상을 떠난 어머니를 그리워하는 「몽상록」의 병든 아들이 이 사실을 잘 보여준다. 허무주의자 김동인은 절대미, 절대선, 절대진의 존재인 어머니의 품에 안김으로써 허무의 심연에 갇혀 고통스러운 스스로를 위무하고자 한 것인지 모른다.

해방 후 김동인이 쓴 소설 가운데 주목할 만한 것은 「망국인기」와 「반역자」다. 「망국인기」는 우리 근대소설의 정립에 자신이 기여한 바가 매우 크며 일제 강점기 막바지 조선어의 존립이 위태로울 때 조선어를 지키기 위해 자신이 얼마나 큰 노력을 기울였는가를 힘주어 강조하는 내용의, 그러니까 자화자찬의 작품이다. 그 내용의 사실 여부를 떠나 김동인의 개성적인 자기애(自己愛)가 잘 드러나 있다는 점, 자신의 친일 행위에 대한 반성적 자의식이 전혀 개입되어 있지 않다는 점 등을 지적할 수 있다. 「반역자」는 이광수의 일생을 다룬 모델소설이다. 주인공 이름이 오이배로 되어 있는데 이광수의 호 가운데 하나가 외배(孤舟)였다. 보

기에 따라 거물 친일파 이광수의 친일 행위에 대한 냉소적 야유라 볼
수도 있고, 친일 행위를 포함한 이광수의 삶 전체에 대한 동정적 옹호
라 볼 수도 있다. 다른 글에서 "춘원을 위하여 변해기(辨解記)를 쓸 사람"
(「춘원과 나」)이 자신이라고 한 것으로 보아 동정적 옹호일 가능성이 높다
고 보는 게 온당할 듯하다.

극단의 시론
─김환태론: 정지용 · 이양하 함께 읽기를 통해

1. 시 독법

1930년대 중반 평단에, 일본에서 영문학을 공부하고 돌아온 두 명의 시론가가 등장했다. 김환태와 이양하이다. 흥미롭게도 구주제대와 동경 제대 출신인 이들 두 시론가의 시론이 인용하고 있는 작품 가운데 한국 시의 대부분은 정지용의 것이다.

그런데 김환태와 이양하가 정지용 시를 읽는 독법은 매우 다르다. 어떻게 다른지를 살피는 일은 김환태, 이양하, 정지용의 문학 이해로 나아가는 첫 걸음이 될 수도 있으리라 생각한다.

2. 실존적 존재성의 배제─김환태의 시법

학창시절을 회고하는 김환태의 글 한가운데에는 동지사대학 5년 선배인 정지용이 우뚝 서 있다. 같은 학교 같은 학과의 선배로서가 아니라 시인으로서의 정지용이다.

> 입학한 지 얼마 되지 않아 재학생들이 신입생 환영회를 열어 주어, 그 자리에서 처음 시인 정지용 씨를 만났다. 나는 그의 시를 읽고 키가 유달리 후리후리 크고 코끝이 송곳 같이 날카로운 그런 사람으로 상상하고 있었는데, 키는 5척 3촌밖에 되지 않았고 이빨만이 남보다 길었다. 그날 그는 동요 「띠」와 「홍시」를 읊었다. 그 수 어떤 칠흑과 같이 깜깜한 그믐날 그는 나를 상국사 뒤 끝 묘지로 데리고 가서 「향수」를 읊어 주었다.
> (중략)
> 이 노래는 나에게 그지없는 향수를 자아내 주었다.
> (중략)
> 그리고 또 어떤 초여름 석양에 그는 나와 압천을 거닐면서 「압천」을 읊었다.
> (중략)
> 이 시가 노래한 그 시간의 풍경 속에서 작자 그 사람의 입으로 읊는 것을 들을 때 이 시가 주는 감명은 말할 수 없이 깊었다. 이리하여 「압천」은 「향수」와 함께 정지용 씨의 시 중에서 가장 나에게 친숙한 시가 되었다.[1]

김환태가 보성고보를 졸업하고 동지사대학의 예과에 입학한 때는 1928년, 1923년에 입학한 정지용은 같은 대학 영문과의 3학년이었으니 두 사람의 학령 차이는 무려 5년이나 된다. 이미 최고의 신진 시인으로 평가받고 있던 정지용이 어린 후배를 절의 한쪽에 자리 잡은 묘지로, 교토를 꿰고 흐르는 가모가와 천변으로 데리고 다니며 자신의 시를 읊어주곤 했다는 것인데, 묘하게도 김환태의 회고 속에서 우리는 그런 정

---

1) 김환태, 「경도의 3년」, 『김환태전집』, 문학사상사, 1988, 320-322쪽.

지용에 대한 자신의 생각, 그때 접한 정지용의 시에 대한 느낌들의 구체를 읽을 수 없다. "그지없는 향수를 자아내 주었다.", "감명은 말할 수 없이 깊었다.", "가장 나에게 친숙한 시가 되었다."라고 하여 최고급의 어사를 동원하였지만, '향수' '감명' '친숙' 등의 추상어에 잠겨 김환태가 가졌을 생각과 느낌의 구체를 짐작할 수조차 없는 것이다.

정지용과 그의 시, 곧 대상과의 만남을 언어화함에 김환태는 자신의 내부에 피어올랐을 느낌과 생각의 구체를 뒤로 감추고 그것들을 추상화하는 방식을 택하는데, 이는 '독서과정에 참여하는 독자의 실존적 존재성' 곧 독자의 상황이며 세계관이며 등등을 최대한 배제하고자 하는 김환태 개성의 독법을 보여준다. 김환태는 자신의 상황과 세계관을 괄호 속에 묶어놓은 자리에서 객관적으로 작품을 읽고자 하는 그런 독자의 자리에 섰던 것이다.

이와 마찬가지로 김환태는 시를 읽을 때 시인의 존재성 곧 시인의 상황이며 세계관이며 등등을 가능한 한 배제하고자 하는 태도를 기본적으로 취한다. 김환태의 시평은 거의 언제나 감각·정서·지성의 조화를 강조한다. 일반적으로 시인의 실존적 존재성과 밀접하게 관련된 것으로 받아들여지는 정서와 지성 등을 내세웠다고 해서 시인의 실존적 존재성을 적극적으로 고려한 시 읽기에 나아갔다고 생각하는 것은 잘못이다.

> 시는 감정의 표현이라고 한다. 그러나 그 말은, 감정을 그대로 문자로 기록하여 놓을 때 그것이 곧 시가 된다는 말은 아니다. 이것은 있는 그대로의 감정의 토로는 시 이상의 소재이지, 시 그것은 아니기 때문이다.
> 시란 결국 조화요 질서다. 그러나 있는 그대로의 감정은 곧 질서와 조화를 의미하지 않는다. 그리고 또 문학 그것이 곧 감정에 질서와 조화를 부여하는 것은 아니다. 그러므로 재는 반드시 깊이 느끼고 예리하게 감각하는 외에, 그 느끼고 감각한 것을 조화하고 통일하는 지성을

갖추어야 한다.

정지용은 이 지성을 가장 고도로 갖추고 있는 시인이다. 그리하여 그는 결코 감정을 그대로 토로하는 일이 없이, 그것이 질서와 조화를 얻을 때까지 억제하고 기다린다. 그리고 감정의 한 오라기도, 감각의 한 조각도 총체적 통일과 효과를 생각하지 않고는 덧붙이지도 깎지도 않는 것은 물론, 가장 미미한 음향 하나도 딴 그것과의 조화를, 그리고 그 내포하는 의미와의 향응을 고려함이 없이는 그의 시 속에서의 호흡을 허락하지 않는다.[2]

시 창작과 관련하여 김환태 비평이 무엇보다도 중시하는 것은 '그대로의 감정'을 통어하는 힘이며, 시를 구성하는 모든 요소들을 엮어 '질서와 조화'의 '총체적 통일성'을 확보할 수 있게 이끄는 능력이다. 그는 그것을 '지성'이라고 하였다.

그러니까 김환태 시평의 초점은 이 지성인 셈인데, 이때의 지성이란 감정의 통제력, 여러 요소들을 엮어내는 구성력 등의 의미를 갖는 말이니, 그것은 시인의 상황이며 세계관이며 등과 같은 실존적 측면과는 거의 무관하다.

이처럼 김환태는 시인의 시 창작 차원에서도, 독자의 시 읽기 차원에서도 창작과 읽기 주체의 실존적 존재성을 최대한 배제하려는 자리에서 시 비평에 임하였다. 김환태의 이 같은 비평은 토사와도 같은 감정의 직설로 치닫거나 형식에 대한 고려를 부정시하며 내용 편중에 기울었던 192, 30년대 한국시의 단순 조악성에 대한 근본 비판으로서 큰 의의를 지닌다. 감정의 직설이나 내용 편중은 다 같이 예술 작품으로서의 시를 구성하는 원 재료를 가공 없이 그대로 펼쳐놓는 시창방법으로 시를 예술 이전에 가두는 것이었으니 김환태 류의 '지성' 강조의 시법은

---

2) 「정지용론」, 같은 책, 110쪽.

그에 대한 반대 명제로서 필연적인 것이었다고 하겠다.

2. 극단의 관념화와 대상의 무화이양하의 시법

영문학 이론으로 무장하고 김환태와 함께 30년대 중반 시평계에 등장한 이양하 글쓰기의 중심에 놓인 것은 균형과 조화이다. 그 균형과 조화는 시를 구성하는 여러 요소의 균형과 조화라는 점에서 김환태의 '조화와 질서'와 통하지만, 그것이 삶의 방식이기도 한 것이라는 점에서 창작자와 독자의 실존적 존재성과는 거의 무관한 자리에 놓여 있는 김환태의 '조화와 질서'와는 전혀 다른 것이기도 하다. 삶의 방식이기도 하다는 점 때문에 이양하의 '균형과 조화' 속에는 자연히 그 균형과 조화를 안에서부터 허물 수 있는 격정이 깃든다.

> 그러나 시인의 촉수는 다만 예민하다는 말로 모든 것을 말하였다 할 수 있을 촉수가 아니다. 그것은 또 모지고 날카롭고 성급하고 안타까운 한 개성을 가진 촉수다. 그것은 대상을 휘어잡거나 어루만지거나 하는 촉수가 아니요, 언제든지 대상과 맞죄고 부대끼고자 마는 촉수다. 그리고 맞죄고 부대끼는 것도 예각과 예각과의 날카로운 충돌을 보람 있고 반가운 파악이라고 생각하는 촉수요, 또 모든 것을 일격에 붙잡지 못하면 만족하지 아니 하는 촉수다. 여기 이 촉수가 다다르는 곳에 불꽃이 일어나고 이어 충격이 생긴다. 따라 시인은 이러한 때 다만 말초의 감관(感官)뿐 아니라 깊이 전신전령이 휘둘리고 보는 독자는 이 치열하고 아슬아슬한 광경에 거의 현훈(眩暈)을 느낀다.3)

이양하는 정지용의 시에서 시인의 "언제든지 대상과 맞죄고 부대끼

---

3) 이양하, 「바라던 지용시집」, 『이양하 미수록 수필선』, 중앙일보사, 1978, 109쪽.

고자" 하는 예각의 촉수를 감지하였다. 대상과 맞서 자신을 주장하고 자신을 실현하고자 하는 강한 주체성의 존재로서의 시인에 대한 인식인 것인데, 이는 또한 마찬가지로 강한 주체성의 존재인 독자의 적극적인 개입을 통해 이루어지는 시 읽기 과정에 대한 인식과 맞닿아 있다. '깊이 전신전령이 휘둘리'는 강렬한 체험으로서의 시 창작, '거의 현훈을 느'낄 정도로 강렬한 체험으로서의 시 읽기가 상상 가능한 것은 이같은 인식 때문이다.

시인과 독자의 주체성을 중시하는 이양하의 입장은 사회역사적 현실로부터 일정한 거리를 두고 균형과 조화의 삶과 문학을 지향했던 그의 인생행로 그리고 문학의 길과는 모순되는 것으로 보인다. 그러나 자세히 살피면 완전 모순은 아님을 알 수 있다.

> 그러나 이 한 쌍 인형의 아름다움은 (중략) 오로지 그 옷을 물들이고 있는 색채에 있다. 사내는 위아래 모두 연둣빛이요, 여자는 위가 연둣빛 아래가 연분홍이다. 이 분홍은 별로 문제가 되지 아니한다. 나는 차라리 그것마저 연둣빛이었으면 한다.[4]

이양하는 여러 글에서 교토 시미즈야끼의 도자기나 교토의 인형(京人形)에서 볼 수 있는 "아름다운 하늘과 산과 물을 가진 교토 사람이 아니고는 낼 수 없는 미묘한 연두색"[5]을 좋아한다고 밝혀 놓았다. 그는 이 연둣빛에서 교토를, 교토의 '꿈과 사랑'을 읽어내고 구원이라고 표현할 정도로 깊은 감동을 받는다. 작가의 눈은 오로지 그 연둣빛 색채에 집중되어 있으니, 그 연둣빛의 생성과 발견(이양하에 의한 발견)에 이르기까지의 이런저런 곡절은 아무런 의미를 지닐 수 없다. 이 연둣빛 색채의

---

4) 이양하, 「경도기행」, 같은 책, 233쪽.
5) 이양하, 「나의 소원」, 『이양하 수필선』, 을유문화사, 1994, 17쪽.

아름다움을 말하기 위해 동원된 화려한 수사의 언어들조차 이 앞에서는 무화되고 말 정도이다. 그는 이 연둣빛을 신라 옷의 연둣빛과 같다고 하면서 '신라 천년의 아름다움'[6]을 상상하기도 하는데, 대상을 바라보는 주체의 주체성이 극단적으로 확대되어 대상의 순수 관념화가 이루어졌다.

이처럼 대상이 바라보는 주체에 의해 순수한 관념으로 치환될 때, 객관적 실체로서의 그 연둣빛 색채조차 무화되고 만다. 주체의 관념만이 존재하는 차원으로 전화되는 것이다.

주체의 전면 개입으로 대상의 객관성을 철저하게 무화하는 이 극단적인 관념화의 감각 방식, 사유 방식은 균형과 조화가 아니라 극화로 나아가는 것이다. 그 극화는 대상의 객관성을 고려하지 않는 데서 성립하는 것이라는 점에서 사회역사적 현실로부터의 거리두기에서 성립되는 삶과 문학에서의 균형과 조화와 관련된다.

3. 시사의 근본 반성

김환태와 이양하는 저마다의 방식으로 정지용 시의 해석에 나아갔다. 시 쓰기와 시 읽기의 주체 개입을 철저히 통어하는 것이 김환태의 방식이었고 그 반대가 이양하의 방식이었다. 그들의 방식은 어느 한 측면을 극단적으로 밀고나가는 성격의 것이라는 점에서 동질적인 것이기도 했는데, 이는 마찬가지로 극단적인 편향에 기울어졌던 우리 시사의 주된 흐름에 대한 근본 반성에서 생겨난 것이었다.

---

6) 이양하, 「경도기행」, 『이양하 미수록 수필선』, 앞의 책, 233쪽.

그렇다면 정지용 시는? 그들의 극단적인 시론으로는 정지용 시의 전체를 읽어낼 수도 담아낼 수도 없었으니, 정지용 시는 충분히 이해되지 않은 채, 저 너머에서 고고하다. 예컨대 그들의 방법론으로는 실존적 고뇌를 짊어지고 가파른 산길을 넘고 있는 다음과 같은 시는 애당초 설명해낼 수 없다.

> 畵具를 메고 山을 疊疊 들어 간후 이내 踪跡이 杳然하다
> 丹楓이 이울고 峯마다 찡그리고 눈이 날고 嶺우에 賣店은 덧문 속문이 닫치고 三冬내-- 열리지 않었다 해를 넘어 봄이 짙도록 눈이 처마와 키가 같었다 大幅「캔바스」우에는 木花송이 같은 한떨기 지난해 흰구름이 새로 미끄러지고 瀑布소리 차즘 불고 푸른 하눌 되돌아서 오건만 구두와 안ㅅ신이 나란히 노힌채 戀愛가 비린내를 풍기기 시작했다 그날밤 집집 들창마다 夕刊에 비린내가 끼치였다 博多 胎生 수수한 寡婦 흰얼골이사 淮陽 高城사람들 끼리에도 익었건만 賣店 밖앝 主人 된畵家는 이름조차 없고 松花가루 노랗고 뻑 뻐국 고비 고사리 고브라지고 호랑나븨 쌍을 지여 훨 훨 靑山을 넘고[7]

끝간 데 없는 열락 체험으로서의 죽음과 성, 세상 밖으로서의 완전 탈출 욕망으로서의 죽음과 성을 품고 속으로 뜨겁게 타오르는 정지용 시 작자의 실존적 주체성은 여전히 잡히지 않고 이해되지 않은 저 너머에 있다.

---

7) 정지용, 「호랑나븨」전문, 『문장』, 1941. 1, 130-131쪽.

김동리의 비평
—구경적 생의 형식을 찾아

1. 뛰어난 비평가 김동리

소설가 김동리는 뛰어난 비평가이기도 하였다. 「이태준론」(『풍림』, 1937. 3)으로 비평 활동을 시작한 김동리는 1940년 전후 문단을 뜨겁게 달군 세대 논쟁, 국가 건설과 체제 선택의 과제를 안고 소용돌이쳤던 해방 직후 한국문학의 가장 우뚝한 깃발이었던 민족문학 건설의 성격과 방향을 둘러싼 민족문학 논쟁의 한복판으로 뛰어들면서 이른바 민족주의 문학 진영의 대표적인 논객으로 솟아오른다.

김동리는 논쟁 체질의 비평가였다. 자신의 문학관에 대한 확고한 믿음을 바탕으로 과격한 말을 거침없이 사용하며 상대방의 약점을 집중적으로, 집요하게 공략하였다. 논쟁 마당의 김동리는 전투의 맨 앞자리 전선(前線)에 선 선봉의 장수와 같았다. 비평 활동을 활발하게 펼치던 때에도 소설 창작을 소홀히 한 적은 없지만, 격렬한 논쟁의 시대가 지나자 김동리는 비평 활동은 거의 하지 않고 본업인 소설 창작에 전념하였다.

국문학계에서 정리한 김동리 연보에는 김동리가 낸 평론집으로 『문학과 인간』(1948), 『문학개론』(1953), 『소설작법』(1965), 『문예창작법신강』(1976) 등이 올라 있다. 이 가운데 『문학과 인간』을 제외하고는 작가, 교육자로서의 경험을 바탕으로 한 문학개론이고 소설창작론이다. 그렇다면 비평가 김동리를 보여주는 평론집은 『문학과 인간』이라 할 것이다.

『문학과 인간』에는 김동리의 주요 평론 대부분이 수록되어 있다. 『문학과 인간』에 들어 있는 평론을 중심으로 『김동리 평론 선집』을 구성한 것은 이 때문이다.

2. 개성과 생명의 구경적 의의 추구의 문학론

1930년대 후반에 시작된 세대 논쟁의 전선에 서서 이른바 신인 작가의 대변인 격으로 평필을 세운 김동리가 주된 비판 대상으로 설정한 비평가는 유진오이다. 그는 유진오가 쓴 「순수에의 지향」(1939)을 특히 문제 삼았다. 이 글에서 유진오는 '삼십 대 작가'들은 '급각도로 전환된 세상'의 소용돌이 속에 들었지만 그들 문학정신의 핵심인 '인간성 옹호의 정신'을 "깨뜨림 없이 살려나갈 것인가" 하는 문제를 안고 '고뇌'하고 있는데 '신인 작가'들은 이를 이해하지 못하고 있다고 하면서, "신인은 이들의 순수를 계승하기 위해 좀 더 시대적 고민 속으로 몸을 던짐이 어떤가."라는 겉으로는 의문형이지만 속으로는 계몽적 지시의 내용을 담고 있는 말을 던졌다. '인간성 옹호의 정신'을 지키기 위한 삼십 대 작가들의 고뇌가 무엇을 가리키는 것인지 모호하여 유진오가 주장하는 바가 무엇인지 정확하기 알 수는 없지만, 신인 작가들에게 '시대적 고민'이 부족하다는 점을 비판하고자 하였다는 점만은 분명하다. 유진오는 신인 작가들이 '시대적 고민'과는 멀리 떨어진 자리에 서서 "세상이 어떻게 돌든지 소라 모양으로 조그만 자기의 세계에만 들어 엎드려 자기만족 또는 자기혐오에만 전념하고 있"다고 보았던 것이다.

유진오의 이 같은 주장을 앞에 놓고 김동리는 여러 편의 글을 썼다. 글에 따라 그 양상이 조금씩 다르긴 하지만 전체적으로 보아, 김동리가 하고자 한 말은 다음 인용문에 압축되어 있는 것으로 보인다.

> 新世代的 作家는, 전날의 作家들이 어떤 外來의 思想이나 主義를 배워서 그것이 곧 제 作品의 唯一한 內容이 되는 것이라고 생각하든 것과는, 作品의 內容이란 槪念의 範疇부터를 달리하는 것이다. 이들에게 있어서는 그러한 生硬한 '이데올로기'는 첫째 作品의 內容으로써 容認되지 않는 것이다. 이들은 眞正한 作品의 內容을 求하는 것이니, 그것은 제 個性과 生命에서 빚어진 어떤 '人生'이어야 하는 것이다.(중략) 外來의 무슨 '이데올로기'가 있다서 그것이 모든 作家의 作品 內容이 되는 것은 아니고, 도리어 제 自身의 人間性까지를 封鎖 乃至 隷屬시켜 버리는 結果에 이르는 것이니, 作家된 者는 그러한 '이데올로기'들을 널리 理解하여 제 個性과 生命의 高次的 向上을 꾀하여, 그 個性과 生命에서 빚어진 그의 '人生'을 通하여 적던 크던, 굵던 가늘던 간 어떤 思想이라면 思想, 主義라면 主義랄 것을 創造(歸納的)해야 한다는 것이다. 그리고 이러한 '人生'의 捕捉이란 各者의 個性과 生命의 究竟 追究에서만 成就되는 것이다.8)

초점은, 문학에서 중요한 것은 '외래의 사상이나 주의'를 배워 따르는 것이 아니라 '제 개성과 생명에서 빚어진 어떤 인생'을 다루는 것이라는 점, 그리고 그 같은 인생의 포착은 '각자의 개성과 생명의 구경 추구에서만 성취'된다는 것이다. 김동리는 유진오가 대변하는 삼십 내 작가의 문학이 이데올로기에 '봉쇄 내지 예속'된 문학임을 들어 일축하고,

---

8) 김동리, 「신세대의 정신」, 『김동리평론선집』, 지식을 만드는 지식, 2015, 67-68쪽.

신세대 문학이 작가 개개인의 '개성과 생명의 구경'을 추구하는 작가 정신만이 포착할 수 있는 '인생'을 그리고 있다고 하여 적극적으로 옹호하였다.

작가 개개인의 개성과 생명의 '구경 추구'는 같은 글에서 '구경적 의의 추구', '추구 내지 창조'[9] 등으로 표현되기도 하는데, 작가의 불경 독서에서 온 것이지 싶은 '구경'이라는 단어의 뜻이 모호한데다가 이처럼 다양하게 표현되고 있어 그 뜻하는 바를 파악하기 어렵지만 전체 문맥을 살펴 읽는다면, 문학을 통해 작가 개개인의 존재 의의를 찾아 실현하며 경우에 따라서는 창조하고자 하는 적극적인 의지와 그것을 뒤받치는 치열한 태도를 표현한 것이라 이해할 수 있다. 작가 개개인의 존재 의의와 관련된 이 같은 의지와 태도를 무엇보다도 중요하게 여기는 김동리의 문학관은 철저하게 작가 중심주의적인 것이다.

김동리의 구경적 의의 추구의 문학론은 여기서 더 나아가 '공통된 운명'을 문제 삼는 '문학하는 것은 구경적 생의 형식'이라는 명제를 낳는다.

> 우리는 한 사람씩 한 사람씩 天地 사이에 태어나 한 사람씩 한사람씩 天地 사이에 살아지고 있다는 事實을 通하여, 적어도 우리와 天地 사이엔 떠날래야 떠날 수 없는 有機的 關聯이 있다는 것과 및 이 '有機的 關聯'에 關한 限 우리들에게는 共通된 運命이 賦與되어 있다는 것을 發見하게 되는 것이다. 우리는 우리들에게 賦與된 우리의 共通된 運命을 發見하고 이것의 展開에 志向하지 않으면 안 된다. 우리가 이 事業을 遂行하지 않는 限 우리는 永遠히 天地의 破片에 끝칠 따름이요, 우리가 天地의 分身임을 體驗할 수는 없는 것이며, 이 體驗을 갖지 않는 限 우리의 生은 天地에 同化될 수 없기 때문이다. 그리고 우리는 우리에게 賦與된 우리의 이 共通된 運命을 發見하고 이것의 打開에 努力하는 것, 이것이 곧 究竟的 삶이라 부르며 또 文學하는 것이라 이르는 것이다. 웨 그러냐 하

---

9) 같은 책, 88쪽.

면 이것만이 우리의 삶을 究竟的으로 完遂할 수 있는 길이기 때문이다.[10]

　인간 모두는 천지(우주, 자연)와 유기적 관련을 맺고 있는데 이 '공통된 운명을 발견하고 이것의 타개에 노력하는 것'이 곧 구경적 삶이고 문학하는 이유 또는 문학하는 것의 목표라는 주장이다. 공통된 운명의 타개란, 문맥으로 미루어 '천지에 동화'되는 것을 가리키는 것으로 이해된다. 그러니까 문학하는 것이란, 작가 개인을 넘어 인간 일반의 공통된 운명을 발견하고 그것의 타개, 곧 천지에 동화되기 위해 노력하는 일이어야 한다는 것이다. 김동리는 이를 '문학하는 것은 구경적 생의 형식이다.'라는 명제로 압축하였다. 앞에서 살핀, 구경적 의의 추구의 문학론이 작가 개개인의 의지와 태도를 문제 삼은 것과는 달리 인간 일반에 해당하는 공통된 운명의 발견과 그 타개를 문제 삼은 것이니, 표현은 비슷하나 내용은 전혀 다르다.

　작가 개개인의 개성과 생명의 구경적 의의 추구를 말하다가 갑자기 인간 공통의 운명 발견과 그 타개를 강조하는 쪽으로 나아간 것인데, 이 같은 비약 또는 혼란이 일어난 이유는 무엇일까? 이를 알기 위해서는 앞에서 검토한 구경적 의의 추구의 문학론을 다시 살필 필요가 있다. 구경적 의의 추구의 문학론을 담고 있는 글들을 자세히 살피면, '작가'의 자리에 '인간'이 쓰이고 있는 경우가 여럿 나오는데, '인간의 개성과 생명의 구경적 의의 추구' 등이 그것이다. '작가의 개성과 생명의 구경적 의의 추구'는 앞에서 보았듯이, 작가 개개인의 자기실현과 관련된 말이다. 이와 달리 '인간의 개성과 생명의 구경적 의의 추구'는 작가 개개인의 경우를 넘어선 표현이다. 이때의 '인간'은 이 세상에 살고 있는 많은 사람(물론 작가를 포함하여)을 가리키는 말이라 보아야 할 것인데,

10) 김동리, 「문학하는 것에 대한 사고」, 위의 책, 101-102쪽.

그렇다면 '인간의 개성과 생명의 구경적 의의 추구'는 작가 개개인의 자기실현과 관련된 말이 아니라 작가가 작품에서 다루는 대상과 관련된 말로 이해해야 할 것이다. 김동리는 "「巫女圖」「山祭」「바위」「黃土記」「率居」「餘剩說」「玩味說」「昏衢」「洞口 앞길」 等이 例外 없이 人間의 個性과 生命의 究竟 追求의 精神으로 一貫되어 있다."[11]라고 하였는데 이 경우 '인간'은 작품에서 다루는 대상으로서의 작중 인물을 가리키는 말이라 보는 것이 타당하다.

김동리의 구경적 의의 추구의 문학론은 이처럼 작가 개개인의 자기실현과 관련된 것이면서 대상으로서의 인간 탐구와 관련된 것이기도 하다. 착종의 문학론이라 할 것인데, 이 같은 문제점이 앞에서 말한 비약 또는 혼란을 초래하였다고 볼 수 있다.

이처럼 다양한 내용을 품고 있는 문학론으로 무장하고 김동리는 해방공간 문단의 격류 속으로 뛰어들어 프로 문학 진영과 혈투를 벌였다. 「순수문학의 진의」에서는 '개성 향유를 전제한' '인간성의 옹호'와 '창조'의 문학인 순수문학이 '본령 정계의 문학'임을 주장하고, 프로 문학이 '政治的 社會的 特殊性과 이에 對한 不自然한 關聯에서' 비롯된 '科學主義的 機械觀'에 지배된다고 하여 부정하는 한편, '東西 精神의 創造的 止揚'을 통해 '제3기 휴머니즘'의 문학, '世界文學의 一環으로서의 民族文學'[12] 건설을 주창하였다. 「문학과 자유를 옹호함」은 北朝鮮文學藝術總同盟 中央常任委員會가 원산의 문학청년들이 낸 동인지 『응향』에 대해 내린 결정서를 비판한 글이다. 인민에 복무하는 문학이라는 슬로건은 '가공할 만한 현대적 우상인 인민 신'에 문학을 종속시키고자 하는 것으로 나치스 찬양 문학이나 황도 문학과 마찬가지로 '문학의 타락'이고

---

11) 김동리, 「신세대의 정신」, 앞의 책, 82쪽.
12) 김동리, 「순수문학의 진의」, 같은 책, 137쪽.

'문학의 모독'임을 천명하였다. 참된 작가는 '영원히 현실에 대하여 부정적'이어야 하며, "文學은 永遠히 作家 自身(人類 全體에 還元할 수 있는)에 服務할 따름"[13]이라는 것이 그 이유이다. 인민과 당에 복무하는 문학에 대해 김동리는 조금도 물러서지 않고 절대 비타협의 태도를 견지했는데 「문학과 문학정신」, 「문학과 정치」 등에서 이를 확인할 수 있다.

3. 작가론, 작품론의 수준

김동리는 소설가로서 자신의 문학관을 밝히는 글과 자신이 창작한 소설 작품을 해설하는 글을 여러 편 썼다. 제1장에 실린 세 편의 글이 여기에 해당하는데 자신의 재능에 대한 자부, 자신의 문학관에 대한 확고한 믿음이 인상적이다. 이 글들은 내밀한 창작 과정을 드러내 보여준다는 점에서도 주목할 만하다. 독자는 작가의 안내를 따라 「무녀도」, 「역마」 등 김동리 문학을 대표하는 작품들과 깊게 만날 수 있다.

김동리는 작가론, 시인론 등에서도 동시대 다른 평론가들과는 구별되는 높은 수준을 보였다. 다룬 그의 비평은 작품의 내용과 형식을 동시에 문제 삼는 것이라는 점에서 대체로 내용만을 다루는 비평들과는 구별되고, 한 작품 또는 어떤 작가의 문학을 다룰 때 그 핵심을 포착하여 집중적으로 논의한다는 점에서 지엽말단에 치우치는 낮은 수준의 비평들과 날카롭게 구별된다.

제4장에 실린 다섯 편의 글은 김동리 비평의 이 같은 특성을 잘 보여주는 것들이다. 이효석, 김소월, 청록파 세 시인, 서정주, 유치환 등을

---

13) 김동리, 「문학과 자유를 옹호함」, 같은 책, 148쪽.

다룬 이 평문들은 이들 작가 또는 작품에 대한 기왕의 해석과는 다른
차원의 높은 수준을 보여주는 것들로서 새로운 해석의 단초를 제공하
였다. 이후 이들 작가 또는 작품에 대한 연구는 김동리의 이들 평문에
서 시작했다고 말하여 지나치지 않다.

비애와 분노
—유진오론

1. 머리말

유진오(1906-1987)는 소설가, 비평가, 법학자, 정치인의 삶을 살았던 사람이다. 유진오론이라면 마땅히 이 모두를 함께 다루어야 하겠지만, 내가 감당할 수 있는 것은 문학인 유진오에 대한 것뿐이니 이 글은 처음부터 불충분한 '유진오론'일 수밖에 없다.

「복수」(1927)에서 시작하는 유진오의 작품 활동은 일문 소설 「祖父の屑鐵」(1944)로 마감한다. 20년도 채 못 되는 짧은 기간, 그것도 본업의 남는 시간에 일군 것이니 작품 수가 많을 수 없다. 장편 1편, 중편 2편, 단편 50여 편이 「유진오 서지」[14]에 정리되어 있다. 유진오는 1932년 「조선사회사정연구소」[15] 사건으로 피검되었다가 풀려난 뒤 한동안 붓을

---

14) 윤대석, 「유진오 문학 연구」, 서울대 석사학위논문, 1996, 부록.
15) 「조선사회사정연구소」는 이강국, 최용달, 박문규, 김광진 등과 함께 1931년에 설립하여 「조선사회운동사」를 집필하는 등 한국 사회의 근대적 전환을 맑시즘적 방

놓는다. 1933년 보성전문의 교수로 부임하여 시간을 내기 어려웠기 때문이기도 하겠지만, 1년 여 침묵기를 지나 다시 붓을 든 이후 그의 소설이 대체로 감옥을 다녀온 인물의 우여곡절을 그리는 데 집중하고 있는 것으로 미루어 연구소의 강제 폐쇄와 구금의 충격이 직접의 원인이었으리라 추측 가능하다. 1934년 중편 「행로」를 발표하면서 작품 활동을 재개하는데, 습작 수준에 머물렀던 초기 문학과 구별되는'유진오 문학'이 본격적으로 펼쳐지게 된다.

유진오의 작품 가운데 중등학교 문학교육의 장에 들어선 것은 「김강사와 T교수」 하나이다. 1930년대 중반 조선의 진보 지식인의 이념 전향을 다룬 작품, 김강사와 T교수의 인물 성격을 통해 순수한 정신과 타락한 정신의 대립을 문제 삼은 작품 등으로 이해되어왔다. 이것만으로는 충분하지 않다는 것이 연구자의 생각인데, 유진오 문학 전체와의 관련 속에서 좀 더 세밀하게 검토할 필요가 있다.

2. 비애와 연민

그 길머리에는 혁명적 정치운동의 전선을 짓쳐 나아가던 푸른 열정, 도저한 미래 낙관을 잃고 "감옥에서 나와 보니 집안은 탕패가산해 간곳없고 내 몸은 이렇게 병들고 했으니 기가 막히나 어찌 합니까. 세상일이란 다 그런 거지요"[16]라 말하는 낙백한 이념인의 허탈한 웃음소리가

법론으로 설명하고자 한 연구단체였다. 중편 「수난의 기록」에는 주인공이 지도교수의 경계에도 불구하고 남몰래 조선농업사 연구에 전심전력 심혈을 기울이고 있는 것으로 설정되어 있는데 이후 경제사 연구에서 탁월한 연구 성과를 낸 박문규, 김광진 등이 포함된 이 단체의 연구활동을 반영한 것이다.
16) 「행로」, 『한국소설문학대계』 16(동아출판사, 1996), 130쪽.

울리고 있다. 분노도, 다시 일어서리라는 의지도 소멸되고 없는 이 인물의 텅 빈 내면 속으로 그가 믿었던 '역사철학의 철칙'에 대한 불신이 밀려드는 것은 시간문제이다.

> 나는 전에 역사발전의 철칙이라는 것을 믿고 그것에 희망을 부쳐왔다. 그러나 그 철칙이라는 것이 나에게 이렇게 무관심한 것이라면 나는 그것을 저주한다.[17]

우리 소설에서는 처음 나타나는, '역사발전의 철칙'을 믿었던 사람의 입에서 터져 나온 그 철칙에 대한 근본 부정의 발언이다. 처음일 뿐만 아니라 이후 소설에서 거의 만날 수 없는 희유한 것이라는 점에서 이 발언의 의미는 매우 크다. 우리 소설은 그렇게 얕았던 것이다. 그러나 문제는 근본 부정의 발언이 아니라, 한국 소설에서 그 같은 믿음에 대한 반성적 성찰 자체를 거의 찾을 수 없다는 점이다. 보편사로서의 세계사가 상정 가능하며 그 전개를 하나로 꿰는 철의 법칙이 존재한다는 믿음이 1920년대 중반 이후 한국 현대사 전개를 이끈 두 축 가운데 하나였다는 사실, 험난한 현대사 전개 과정에서 무수한 사상 전향자가 생겨났다는 사실 등을 생각할 때, 역사철학의 철칙에 대한 반성적 성찰이 우리 소설에서 거의 이루어지지 않았다는 것은 놀라운 일이다.

유진오 소설에서의 이에 대한 성찰은 드문 몇 예 가운데 하나라는 점에서 의미 있는 것이지만, 그러나 깊은 것이라 할 수는 없다. 자신에게 무관심하므로 저주한다는 것인데, 객관적 실체로서의 역사법칙을 문제 삼는 것이 아니라 자신의 개인적 손익을 문제 삼는 차원에 갇힌 것이기 때문이다.

---

17) 「수난의 기록」, 『봄』(한성도서, 1940), 210쪽.

이는 1920년대 중반 이래 무수히 생산된, 혁명운동의 한 톱니로써 존재하고 기능하고자 했던 혁명적 정치성의 문학 가운데서, 프로 진영에서 부르주아 문인이라 규정하여 돌아보지 않았던 염상섭의 『삼대』 속에 개진된 수준의 혁명 사상조차 찾을 수 없다는 사실과 대응한다. 국외 공산주의 계열 운동 조직의 국내 조직원인 장훈은 "나는 다만 조그만 시험관(試驗管) 하나를 주검으로 지킬 따름이다. (중략) 그러나 그 시험관의 결과를 못 보는 것만은 천추의 유한이다. 하지만 그 역시 내 눈으로 보자던 것도 아니었다. 어차피 성불성간에 그 시험관과 함께 이 몸도 없어질 것은 벌써벌써 각오하였던 것이 아닌가…"[18]라고 독백한다. '국외의 붉은 자본'으로 활동 거점을 마련했다가 발각되어 취조 받던 중 그는 자살하는데, 그 직전의 자기 확인이다. 핵심은 혁명 과정의 주체는 개개인이 아니라 혁명 그 자체라는 것, 그러므로 중요한 것은 그 과정에의 전력투구이지 혁명의 성공을 직접 확인한다든가 혁명 성공 후 돈, 권력, 명예 따위를 누린다든가 하는 것이 아니라는 것이다.

역사철학을 부정하는 완전전향자를 바라보는 소설 내 시선은 다만 안타까움에 차 있을 뿐 부정 긍정의 평가와는 전혀 무관하다. 그 시선은 주인공의 그것이면서 서술자, 나아가서는 작가의 그것일 터이다. 유진오 소설 속에서 역사철학의 철칙을 문제 삼는 인물은 이뿐 더 이상 찾을 수 없다. 유진오 소설 속에는 돈벌이에 적극적인 인물이 많이 등장하는데, 그들은 이미 자본주의 체제에 철저하게 동화된 사람들이니 자신을 돌보지 않는다 하여 역사철학의 철칙을 부정하고 나아가 저주조차 서슴지 않는 「수난의 기록」 속 인물과 마찬가지로 완전전향자들이다. 동질의 존재들인 것이다.

---

18) 염상섭, 『삼대』, 두산동아, 1995, 522쪽.

만주나 북중국을 드나들며 밀수입에 종사하거나 금에 미쳐 나도는 그런 인물들을 바라보는 유진오 소설 주인공들의 시선은 차갑지도 호의적이지도 않다. 한때는 속물이라 하여 경멸하는 마음이 없었던 것은 아니지만 어떻게 생각하면 그런 삶이란 "인생에 실패한 사나이의 피치 못할 운명"[19]이라, 접어줄 수도 있는 것이다. 요컨대 물끄러미 바라볼 뿐이다.

완전 전향자를 바라보는 유진오 소설의 시선은 이처럼 안타까운 연민, 제3자적 이해의 마음 움직임을 담고 고즈넉하다. 그러나 다만 이뿐 강고한 적과 악화된 시대조류 때문에 좌절한 인물의 자기부정에 대한 안타까운 연민의 시선, 방관자적 이해에 갇혀 더 이상 나아가지 못하였다.

3. '전향'의 실제

유진오 소설의 중심인물은 이 같은 완전전향자가 아니다. 시세에 떠밀려 생활인의 자리에 물러나 앉았지만 자본주의 체제에 완전히 동화되지는 않았다.

> 마주앉아 건너다보며 기호는 태주의 건강이며 기운이며 모든 것이 한없이 부러웠다. 태주와 같은 생활방법을 위하고 싶다고는 꿈에도 생각지 않으면서도.[20]

> 그리고 허리를 펴자
> "라 라 라 라 라 라…."

---

19) 「산울림」, 『창랑정기』, 정음사, 1963, 29쪽.
20) 「가을」, 『창랑정기』, 정음사, 1963, 157쪽.

라・마르세유의 곡조를 소리 높여 불렀다. 오랜만에 불러보는 웅장
한 곡조.
　다시 부르려 할 때
　"라 라 라 라 라…."
　아까 동만이 부른 그 곡조가 그대로 먼 저편에서 도로 울려왔다. 그
러나 그 소리는 동만이 잠깐 착각하듯이 몸이 그 산 어디 숨어서 마주
받는 것이 아니라 산울림이었다."[21]

　몸은 비록 누항에 구르고 있다 해도 "청운의 높은 뜻은 가슴 속에 간
직"[22]하고자 하는 마음이라 돈에 혼을 앗긴 완전전향자의 '생활방법'을
따를 수는 없다. 그 마음이 낙백하여 광산브로커가 되었다느니 마작판
에 드나든다느니 하는 아름답지 못한 소문 속을 떠돌다 일찍 죽은 옛
벗(몽)을 불러내어 저처럼 쓸쓸한, 라・마르세유를 부르고 받는 장면을
떠올렸다. 한국소설사를 통틀어, 옛 벗들과 어깨 겯고 라・마르세유 웅
장한 곡조에 발맞추어 새로운 세계 창조의 길로 나아가는 것이 가능하
지 못하게 되었지만 청운의 높은 뜻을 여전히 저버리지 않았던 이념인
의 존재성을 가장 잘 보여주는 장면이 아닌가 한다. 이 장면만으로도
유진오 문학은 문학사의 한 자리를 차지할 자격을 갖추었다.
　흥미로운 것은 유진오 문학의 중심에 놓여 있는 이 같은 인물이 사회
주의적 지향성을 지닌 이념인인 것은 분명하지만, 사회주의자라고 확언
하기는 곤란한 존재라는 사실이다. 예컨대 「가을」에 등장하는 경석. 그
를 두고 서술자는 그 시대 청년들이 "대개 그렇듯이 그도 무슨무슨 운
동을 한다고 하다가 고생도 여러 번 해"보았다라고 말하고 있는데, 확
고한 사상적 기반 위에 서서 혁명 운동에 나아간 인물이라고 할 수는

---

21) 「산울림」, 같은 책, 35쪽.
22) 「산울림」, 같은 책, 29쪽.

없는 것이다. 「김강사와 T교수」의 개작 내용을 살펴 좀더 자세히 검토 해보기로 한다.

(ㄱ) "속이다니요. 자네는 내한테 와서 취직 청을 할 때 무어라고 그 랬어. 사상 방면에는 절대로 관계없다고 그랬지. 그래 그렇게 남을 감 쪽같이 속이는 데가 어디 있나."

올것이 온 것이다―라고 김만필은 생각하였다. 그러나 이렇게 되고 보면 어디까지 한 번 버티어보는 수밖에 없었다.

"무슨 말씀이신지 저는 잘 모르겠습니다. 저는 사상이니 무어니 그런 것은 아무 것도 모르고 더군다나 당신을 속이다니요 그런 천만의 말씀 입니다."[23]

(ㄴ) "그럼 내 입으로 말해줄까. 자네는 대학시대에 ××주의 단체에 들었었지. 이리로 온 후도 좌익문학운동에 관계했지."

"허지만 그것은…."

하고 김만철은 대답하려 하였으나 이번에는 H과장은 부들부들 떨리 는 목소리가 되어,

(중략)

H과장이 떠들어대는 동안 김만철은 올 것이 온 것이다라고 생각하였 다. 그러나 막상 이렇게 되고 보니 도리어 별로 겁날 것이 없었다. 생각 하면 작년 가을 이후로 날마다 밤마다 자기를 괴롭게 하고 눈앞에 얼 씬거리던 검은 그림자의 정체는 겨우 요것이던가. 그렇게 생각하니 도 리어 무거운 짐을 내려놓은 것 같았다. 그러나 사정만은 똑똑히 해두어 야 된다고 그는 생각하였다. 과거에 있어서 그는 제법 정말 무슨 주의 자였던 일은 없는 것이다.

"그건 무슨 오해십니다. 저는 지금까지 ××주의자였던 적은 없습니 다."[24]

---

23) 「김강사와 T교수」(『신동아』, 1935. 1), 232. 247쪽.
24) 「김강사와 T교수」, 『유진오단편집』, 학예사, 1939, 144-145쪽.

유진오의 대표작으로 알려져 있는 「김강사와 T교수」의 마지막 부분은 발표된 지 4년 만에 이렇게 달라졌다.[25] 원작에서는 강사 취직과 유지를 위해 그 과거를 무조건 감추려 하는 김강사의 안쓰러운 노력이 부각되어 있다. 그러니까 과거 행적, 머릿속 사상에 대한 김강사의 현재 생각이 아니라 그것들을 감추는 데 성공하느냐 그렇지 않느냐가 구성의 초점인 셈이다. 감추려 했지만 실패하였고 김강사는 막다른 위기에 내몰렸다. 다른 길은 없다. "어디까지 한 번 버티어보는 수밖에 없"는 것이다. 이렇게 살피면 원작은 사회생활을 막 시작한 청년이 당대 조선 사회의 지배이데올로기와 그것의 운용세력에 맞서 벌이는 한 판 게임을 다룬 작품이라 읽을 수 있다. 실패하면 쫓겨나고, 성공하면 강사직에 그대로 머물 수 있다. 온갖 굴욕을 견디며 여기까지 나아온 터, 뒤로 물러설 수는 없다. 온힘을 다해 버텨야 하는 것이다.

---

25) 『유진오단편집』에 실린 「김강사와 T교수」는 유진오가 직접 번역('作者自譯')하여 『朝鮮文學選集 1』(동경; 赤塚書房, 1939)에 재수록한 「金講師とT敎授」를 그대로 옮긴 것(直譯)으로 보인다. 『유진오단편집』은 1939년 7월 12일에 인쇄(발행일은 15일)되었고, 『朝鮮文學選集 1』은 1939년 3월 5일 인쇄(발행일은 10일)되었으니 이런 추정이 가능하다. 그러나 『신동아』에 발표되었던 본래 작품을 『유진오단편집』에 실린 작품 상태로 수정해 놓고 그것을 일역했을 수도 있다. 유진오가 남긴 어떤 자료에서도 이에 관한 내용을 찾을 수 없어 아직은 두 작품의 선후 사정에 대해 정확하게 알 수는 없다. 인용문 (ㄴ)에 대응하는 번역은 다음과 같다. --"ざや俺のロからぃつてやらぅか. 君ゎ大學のときＸＸ主義の團體に入つてゐたんだろ. こちらへ歸つてからも左翼の文藝運動に關係してゐたんだろ."/"しかしそれは…."/と金は答へやぅとしたが, その暇を與へず, H課長は今度はおろおろと泣き出しさうな聲になつて,/H課長が我鳴り立てゐる間, 金萬弼は, 來るべきものがたうたう來たのだと思つた. がいよいよかうなつてみると案外平氣だつた. 思へば昨秋以來, 日夜自分を苦しぬ, 眼の前にちらつていつてゐた黒い影の正體は, たつたこれつばちのものだつたのか. さう考へると何んだか重荷を下したやうに氣がせいせいして來た. しかし, 事實ははつきりさせておかなければならなかつた. 彼は過去に於てＸＸ主義者だつたことはないのだ./ "それは何かのお考へ違ひです. 私は今までＸＸ主義者などでは…"(『朝鮮文學選集 1』, 赤塚書房, 1939, 87-88쪽.)

개작은 크게 달라졌다. 자신의 과거가 드러났음에도 불구하고 김강사는 크게 겁내지 않고, 자신이 ××주의자였던 적이 없다라고 당당하게 밝혀 맞선다. 이것이 원작에서의 버티기와 다른 것은 진실에 근거한 행위라는 사실이다. "그는 제법 정말 무슨 주의자였던 일은 없는" 것이다.

개작을 자세히 읽으면, 학교측과 그를 학교에 소개한 H과장이 불온시하는 김강사의 과거에 대한 김강사의 자부심과 그 속에 깃든 사회주의 지향성을 뚜렷이 드러나 있음을 알 수 있는데, 이는 원작과는 크게 다른 점이다.

(ㄱ) 차차로 스즈끼에 대해 우정(「金講師と T敎授」에서는 '同志的友情, 앞의 책, 67쪽')을 느끼게 되어 이번 가을 후로 감추기에 애써오던 그의 보담 진실한 반면--그가 지금 어떠한 생활을 하고 있든간에 그 감추어진 반면이야말로 정말 자기라고 남몰래 생각하고 있는 그 반면을 하마터면 토설해서 동경유학시대 이후로 울적했던 기분을 풀 뻔했으나 마음을 다시 고쳐먹고 스즈끼의 얼굴을 경계하는 눈으로 들여다보는 것이었다.[26]

(ㄴ) "그 회가 해산될 때 선생님이 굉장한 열변을 토하셨다는 말까지 있는데요?"

"아니 그런 일은 없오"

김만필은 그래도 부정했다. 그러나 그의 기억에는 그날의 감격에 찬 광격이 역력하게 나타났다. 문화비판회가 드디어 해산되기로 정해진 날 그는 분노에 불타서 말은 더듬거릴망정 그야말로 소리와 눈물을 한꺼번에 내쏟는 열변을 토한 것이다. 그 고운 기억은 그가 아무리 비열한 인간이 되어버리는 날이 있을지라도 결코 잊어버릴 수는 없는 것인 것이다. 김만필은 그것까지도 터놓고 이야기할 수 없는 자기의 현재의 지위에 대해 잠깐 스스로 책망하는 생각에 잠겼었다.[27]

---

26) 「김강사와 T교수」, 앞의 책, 124쪽.
27) 같은 책, 126쪽.

원작에는 없는 부분들인데, 주인공의 과거에 대한 자부심과 애써 숨겨온 속생각이 드러나 있다. 무엇 때문에 작가는 원작에 없었던 이런 내용을 끼워 넣은 것일까? 일본인 독자를 대상으로 동경에서 간행되는 책에 실리는 것이기 때문에, 조선에서의 글쓰기를 철두철미 통제하고 있는 '감시의 눈길'을 의식하지 않아도 되었기 때문일지도 모른다. 그러나 이것은 작가가 어디에서도 개작에 대해 말해놓지 추측에 지나지 않는다. 우리가 할 수 있는 것은 이로 인해 작품이 어떻게 변하였는지를 살펴보는 일이다.

요점은 역시 작품 마지막 부분과의 관계이다. 주인공은 학창 시절 사회주의적 지향성을 띤 조직에 들어 활동했던 이념인이었다는 것, 상황 때문에 그것을 감추고 있지만 속마음은 크게 달라지지 않았다는 것, 그러나 사회주의자였던 적도 없으며 지금 사회주의자도 아니라는 것이 위 두 개의 인용문과 작품 마지막 부분을 엮어 읽을 때 우리가 알아낼 수 있는 내용이다. 이에 이르면 우리는 개작된 「김강사와 T교수」가 사회주의적 지향성을 지닌 한 이념인의 자기 확인을 중심 내용으로 한 작품이라 말할 수 있다.

그는 사회주의자였던 적도 없고 사회주의자도 아니기에 그 이념의 정반대편에 자리 잡고 있는 식민주의적, 자본주의적, 전체주의적 통제 질서에 순응하는 것이 자신의 이념을 저버리는 '신념의 포기'는 아니다. 자신의 사회주의적 지향성과 그 같은 순응 사이의 모순에 대한 자의식 때문에 괴로워하고 망설이긴 하지만 '신념의 포기'는 아니기 때문에 '세계관상의 존재 전이'가 필요한 것은 아니다.

세계관상의 존재 전이는 자신의 이념을 전적으로 부정하고 다른 이념을 택해 나아가는 것이니, 전적인 자기 부정, 전적인 과거 부정을 감행함으로써 비로소 가능하다. 그러나 단지 사회주의적 지향성을 지닌

이념인인 김강사는 그 같은 전적인 자기 부정, 과거 부정 없이 지배질
서에 순응하는 삶의 길을 택해 나아갈 수 있다. '세상이란 다 이런 것'
이란 만능의 논리로 모든 것을 덮어버릴 수 있는 것이다.

> 그러나 어쨌든 그날 밤 김 강사는 명치옥에 가서 서양과자를 한 상자
> 샀다. 위 뚜껑에 '조품'이라는 두 자를 쓰고 그 아래 자기의 명함을 붙
> 였다. 그러나 그러는 동안에도 그의 마음 속에서는 종시 두 가지 의사
> 가 싸우고 있었다. 암만 무얼 해도 이것만은 하기 싫다. 자기가 이것을
> 가지고 하면 교장은 이놈 이제도 하고 빙그레 웃고 T교수는 등뒤에서
> 그 능글능글한 웃음을 띠우고 나의 어리석음을 조소할 것이다. 어차피
> S전문학교에 다니는 것도 길지는 않을 것이니 이런 짓까지 하면 그만
> 치 나는 밑질 뿐 아닌가. 그러나 바로 그 다음에는 다른 생각이 드는
> 것이었다. 아니 T교수의 말대로 세상이란 다 이런 것이다. 내가 지금
> 암만 뽐내본댔자 뱃속을 짜내면 S전문학교를 나가고 싶지 않은 것이
> 본심이 아닌가. 물에 빠지는 자는 지푸라기라도 잡는다 한다. 이론이
> 다 무엇이냐. 내가 이런 짓을 하는 것이 더럽다 하면 나에게 이런 짓을
> 하게 하는 자들은 더 더러운 것이다. 이런 것으로 더럽히는 것은 내 양
> 심이 아니다. 놈들의 양심이다. 나는 요런 조그만 미끼를 물고 좋아하
> 는 놈들의 그 천박한 꼴을 조소하면 그뿐인 것이다.[28]

이념의 문제는 사라지고 직장 상사와 부하 사이의 뇌물 주고받기의
문제가 그 자리에 대신 들어섰다. 이념의 견지냐 포기냐가 아니라, 뇌물
을 바치느냐 그렇게 하지 않느냐의 문제는 그 속에 지배/복종의 내용을
또한 담고 있는 것이어서 간단한 것은 아니다. 그러나 그것은 윤리와
관련된 것이니 어떻든 이념의 문제와는 무관하다.

이에 이르면 이 작품에서의 자기 확인이 이념인의 이념 문제에서 크
게 빗겨난 것임이 보다 분명해진다. 요컨대, 작가는 개작을 통해 김강사

---

28) 같은 책, 133-134쪽.

가 단지 사회주의 지향성을 지닌 이념인이라는 사실을 사후 확인해 보인 것이다.

이념인의 이념 문제를 중심에 놓지 않은 이 작품을 이념 소설이라 할수는 없다. 이념인의 전향을 다룬 것 아니므로 전향소설이라 부르는 것도 사실에 맞지 않다. 학습기를 벗어난 청년이 사회생활을 시작하는 과정에서 자연히 겪게 되는 이념적 지향성의 약화, 현실의 실상에 대한 이해의 과정을 그린 작품이라 할 수 있겠는데, 그렇다면 성장소설이라하는 게 걸맞다.

유진오 소설의 중심에 자리한 인물은 이처럼 사회주의 지향성을 지니 이념인이다. 이 사실은 1930-40년대 전향소설이 사회주의자의 전향을 다루었다는 종래의 이해에서 벗어나 전향소설을 새로운 관점에서 읽을 수 있게 이끈다. 유진오 소설을 비롯한 이른바 전향소설 속 그들의 이른바 '전향'은 대체로 이념 포기와 새로운 이념 선택이라기보다는, 막 학창을 나온 청년들이 사회 진출 과정에서 겪게 되는 자기 조정에더 가까운 것이다.[29]

---

29) 이념인의 전향을 깊이 다룬 작품이라 평가 가능한 것은 김남천의 「경영」·「맥」(1940) 연작 정도이다. 중심에 우뚝 솟은 황도사상이 소리치면 주변의 이념들이 똑 같이 소리 내는 빈틈없는 '반향(反響)의 메커니즘'이 1930년대 중반에서 해방 때까지 약 10년간의 조선 사회를 이끌었다. 이 같은 반향의 메커니즘을 비판하는 방법은 여러 가지일 것이다. 황도사상의 허구성 비판, 황도사상의 모태인 천황제 비판, 반향 메커니즘의 문제점 비판, 주변 이념의 허구성 비판 등등. 김남천의 「경영」·「맥」(1940) 연작은 그 주변의 이념 가운데 하나인 대동아공영론의 허구성을 문제 삼음으로써 일제 말기 조선사회를 지배한 반향의 메커니즘의 근본을 비판하고자 한 작품이다.

4. 근대주의와 사실수리론

유진오 소설의 이념인들은 비록 지배질서와 타협하여 한갓 생활인으로 살아가고 있지만 가슴 속에 품은 이념적 지향성으로 여전히 당당할 수 있다. 경멸하는 것들과 타협하는 자신을 경멸하는 엄정한 비판의 정신이 내부에 살아 있기 때문에 그렇다. 그러나 그 당당함은 저 압도적인 근대성, 일본 제국주의의 힘 앞에서는 여지없이 무너져 내린다.

「신경」을 살필 순서이다. 이 작품의 한복판에는 모든 것은 지나갔다. 지나간 것은 추억의 환영 속에 가만히 묻어 둠이 또한 아름답지 아니한가"[30]라는 깊은 한탄의 독백이 울리고 있다. 자신의 현재에 대한 깊은 비애를 담고 있는 독백인데, 그 비애는 어디서 비롯된 것인가.

> 그 기대하던 신경은 과연 철의 예상에 어그러지지 않았다. 남신경(南新京) 근처부터 벌써 벌판 이곳저곳에 맘모스 같은 거대한 건축물이 우뚝우뚝 보이더니 이내 웅대한 근대도시가 벌어지기 시작하였다. 아직도 건설 도중이라는 느낌은 있었으나 갓 나온 연록색 버들 사이로 깨끗한 콘크리트의 주택들이 깔리고, 멀리 보이는 큰 건축물들의 동양적인 지붕도 눈에 새로웠다. 이 건축의 새로운 양식도 동양이 서양의 영향에서 벗어나서 자기의 것을 창조하려는 노력의 한 나타남일까 하고 철은 생각하였다.
> (중략) 그때의 장춘은 정거장만 커다란, 보잘것없는 초라한 시골도시에 지나지 않았다. 남만주 철도의 종점인 동시에 중동철도(中東鐵道)의 종점이어서, 일본과 노서아와 장학량의 세 세력이 부닥뜨리는 지점이라, 정거장에서는 낮과 마치가 엇질린 모표를 단 중동철도 사원과, 피스톨을 찬 장학량의 헌병과, 만철사원[31]이 제각기 어깨를 빼기고 어지

---

30) 「신경」, 『창랑정기』, 앞의 책, 356쪽.
31) 만철(만주철도회사)는 일본의 만주 진출을 기획하고 앞서 이끌었던 전위조직이었다. 특히 만철조사부는 엘리트들로 구성되었는데 이에 대한 유진오의 회상이 있

러히 걸어다니고 있어서, 분위기는 몹시 무시무시하였다(중략).

그때의 그 장춘과 지금의 이 신경과의 대조. 장학량의 헌병도 중동철
도의 사원도 그림자도 찾아볼 수 없는 신경역. 그것만으로도 철의 신경
에 대한 호기심은 만족되었다고 할 수 있었다.[32]

만주 사변 전만 하더라도 중국과 러시아 일본이 각축하던 신경이 불
과 십 년여 만에 완전히 일본의 지배 아래 들어 근대적인 대도시로 돌
변한 데서 확연하듯, 일본의 국력은 온 천하를 뒤덮고 있다. 조선의 유
수한 전문학교 교수를 만주에 진출한 일본인 회사의 사장이 거지 대하
듯 냉대하는 것도 이 같은 사정의 반영이다. 식민지 조선의 지식인은
이 같은 현실에 압도당해 말을 잃는다. 현실을 현실 그대로 보고, 그것
을 우선 그대로 받아들이는 것",[33] 즉 '사실수리'의 태도를 되새길 수밖
에 없는 것이다. 일본의 국력과 근대성의 힘에 압도당한 유진오에게 젊
은 한때 그를 이끌었던 저 박래의 진보 이념은 아무런 의미도 지닐 수
없다.

그 현실은 유진오가 「창랑정기」에서 '굳센 현실'이라 했던 것이다.
'추억의 나라 구름과 연기에 쌓인 꿈의 저편에만 있을 수 있는 존재'[34]
인 옛 창랑정의 현실과 대비되는 그 굳센 현실을 유진오는 작품 마지막
부분,'단숨에 대륙의 하늘을 무찌르려는 전금속제 최신식 여객기'의 이

다. "그 혹독한 일제 치하에서도 나는 기가 막힌 진수성찬을 차버린 일까지 있
다. 대학을 졸업할 때 나는 당시의 고등법원장(현 대법원장에 해당)이 불러다가 판사
로 특임(特任)하겠으니 재판소로 나오라는 것을 차버렸고, 그 얼마 뒤에는 일본의
대학교수급이나 들어갈 수 있다는 만철 조사부 사원으로 가보지 않겠느냐는 성대
(城大) 총장의 권유를 역시 물리쳤다."(「취직 운동 안 하고 지낸 이야기」, 『다시
창랑정에서』, 창미사, 1985, 200쪽)

32) 같은 책, 338쪽.
33) 「신경」, 같은 책, 343쪽.
34) 「창랑정기」, 『창랑정기』, 22쪽.

미지로써 보이고자 하였다.

그 전금속제 최신식 여객기는 이제 조선의 현실을 철두철미 지배하게 된 근대성을 표상하는 이데올로기적 기호이다. 그 같은 근대성의 지배 아래 옛 창랑정의 기억은 '나른한 추억'일 뿐, 현실과 맞설 수 있는 힘을 잃고 무력하다. 놀랄 정도로 번성한 신경의 웅자 또한 '전금속제 최신식 여객기'와 동질적인 이데올로기적 기호이다. 근대의 기획과 세계 제패의 꿈이 정당하다는 믿음을 담고 내달리며 그것들이 지배하는 현실 질서를 구축하고 있는, 그리하여 구성원들의 의식과 삶의 방식까지 새롭게 바꾸고 있는 강력한 이데올로기적 기호인 것이다.

「신경」의 주인공은 그 이데올로기적 기호 뒤에 도사린 근대성과 일본제국주의의 침략성이 지닌 가공할 힘을 간파하고 그 앞에 무력한 자신을 확인한다. "문화니 조직이니 지성이니 비판이니 하는 것을 떠나 자연과 그냥 함께 될 수 있는 순간. 무수한 그런 순간을 가졌"35)기에 행복한 사람이었다고 죽은 정욱(이효석)을 부러워하는 것은 이 때문이다.

그러나 유진오는 무조건적인 사실수리론자는 아니었다. 「신경」의 주인공은 자신의 사실 수리적인 태도를 '미상불 일종의 타락이 아닐 수 없'다고 날카롭게 반성하며 동시에 그것이 "자기가 항상 꿈꾸는 더 큰 문학을 낳기 위해 도리어 필요한 수련(修練)"36)이라 생각한다. 그러니까 그의 사실 수리는 사실에 매몰되는 것이 아니라, 사실에 매몰되는 자신을 날카롭게 경계하면서 그 속에서 새로운 창조를 꿈꾸는 성격의 것이다.

이로 인해 유진오의 인물들은 무조건적 현재 긍정의 사실 수리로부터도, 무조건의 현재 부정인 거친 이분법에도 매몰되지 않을 수 있었다. 그 정시의 눈이 이 시기 한국 문학에서는 찾기 어려운 "사람은 제각기

---

35) 「신경」, 위의 책, 348쪽.
36) 같은 곳.

제 장기가 있으니까 그 장기를 키우고 발휘해가는 것이 그 사람을 위하는 것도 되고 사회 전체를 위해서도 결국 유리"37)하다는 사상을 낳는다. 이 작은 사상은, 이들 작품 속 인물들이 온 삶을 걸었던 사회주의 사상이나 당시 동아시아를 휩쓸었던 대동아공영권론과 같은 역사철학의 전체성적 권위에 대한 근본 비판이라는 점에서 큰 의의를 지닌다.

「화상보」의 주인공 장시영의 정신을 떠받들고 있는 "스스로 믿고 잡(執)는 바 있는 사람"이 가지기 마련인 "어떤 권위도 두려워하지 않는 엉큼한 자신"과 "실로 강철보다도 더 단단한 의지"38)에 의해 추동되는 그 사상은 대동아전쟁의 전운이 무르익기 시작한 시대, 대동아공영론과 사실수리론이 횡행하고 그 반대편에 허무주의가 독버섯처럼 피어나던 시대를 견디며 앞날을 준비하는 견딤과 희망의 사상이다. 이 같은 사상의 눈으로 허무주의자의 내면에서 '인생의 희망'과 '정열'을 볼 수 있었다.

> 기섭의 조용조용 하는 말을 듣는 동안에 시영은 문득 그의 말에서 위대한 정열을 느꼈다. 노자를 말하고 무욕(無慾)을 말하고 하던 기섭은 그러면 아직도 인생의 희망을 내버리고 있지 않았던 것인가. 거꾸러진 것은 파뜩파뜩하는 젊은 핏기뿐이고 정말 위대한 정열은 그 실패에 의해 도리어 한층 뿌리깊이 속으로 파고들어 갔던 것이 아닌가.39)

그 같은 견딤과 희망의 사상이 스스로를 실현할 장으로 선택한 것은 과학과 예술이다. 「화상보」의 주인공 장시영의 식물학과 여주인공 김경아의 서양 성악인데, 이 작품에서 그들의 과학과 예술은 전적으로 정치, 경제, 사회와 무관한 순수과학, 순수예술로 설정되어 있다.

---

37) 「화상보」, 『동아일보』(1939. 12. 23).
38) 『동아일보』(1940. 4. 24).
39) 『동아일보』(1940. 4. 13).

하지만 말이야. 이것두 다 자네가 자연과학을 선택한 덕택일세. 다른 사람이 요새의 자네 같은 경우를 당했으면 어디루 달아나 자살이래두 하거나 하는 수밖엔 아무 도리 없는데 자네 일은 통속소설같이 피네그려. 이게 꼭 소설이지 뭔가. 움쭉달싹두 못하도록 궁경에 빠진 이때에 갑자기 운이 트이다니. 자네한테 이런 소설적 구제의 손을 펴주는 것은 그러니 자연과학의 덕택이란 말이야. 자연과학은 어느 정도 초시대적이기 때문에 이런 수도 있단 말이지. 철학이나 경제나 법률이나 그런 걸 연구하는 사람 같아보게. 이 혼란한 세상에서 성공이라니 어림두 없는 소리지. 양심을 팔아 메피스토가 되거나 그렇지 않으면 백이숙제같이 산속으로 고사리나 캐어먹으러 들어가는 수밖에 없지 않은가.[40]

장시영이 택한 그 학문으로서의 순수과학은 근대를 떠받드는 근본이면서 정치, 경제, 사회 등 그것 밖의 것으로부터 자유로운 것이니 일본 제국주의, 자본주의 체제의 간섭으로부터 벗어나 근대지향성을 실현할 수 있는 유력한 방안이다. 순수예술 또한 마찬가지라는 것이 이 작품의 기본 전제이다. 과연 그러한가? 실제는 그렇지 않다는 것은 새삼 물을 필요도 없다. 그러나 이 작품은 그렇다는 전제 위에 서서 주인공들을 이끌어 저마다의 학문과 예술의 길을 한 점 회의 없이 걸어가도록 하였다.

이 같은 설정은 근대로써 근대에 맞선다는 사상을 담고 있는 것인데, 낮은 수준의 근대로써 높은 수준의 서양 근대를 따라가는 것이 아니라 서양 근대의 최고 수준과 겨루어 그것을 돌파할 수 있는 근대를 우리의 힘으로 구축하고자 하는 열망을 드러낸 것이다.

김경아 씨는 옛날부터 우리에게 전해 내려오던 것, 우리에게는 있으나 서양에는 없는 것을 가지고 그들의 호기심을 끌어 성공한 것이 아니라 서양 사람들 자신의 것, 문화사적으로 보아서 역시 우리들보다 훨

---

40) 『동아일보』(1940. 4. 11).

씬 앞선 그들의 것을 가지고 그들의 수준을 넘은 것입니다. 이것이야말
로 정말 세계적 수준을 돌파한 것입니다.[41]

　김경아는 서양 성악으로 서양의 높은 수준을 돌파하였다. 장시영은
식물학으로 서양의 높은 수준을 돌파하였다. 그 돌파는 서양-일본-조
선의 근대란, 그것이 가능하다고는 거의 아무도 상상하지 못했던, 우월/
열등의 위계를 허무는 일이다. 근대적 발전 정도에서의 위계에만 국한
되는 것이 아니니, 그것은 오랫동안 조선인들을 자기 비하와 타자 선망
의 복잡한 심리 틀 속에 가두었던 인종적, 역사적, 문화적 우월/열등의
위계를 허무는 것이기도 하다.

　식민지 조선인이 과연 그 같은 수준에 도달한 경우가 있었는지 모른
다. 1945년 이후 지금에 이르기까지의 60년 대한민국 역사에서 그 같은
성취가 있었는지도 알지 못한다. 아마도 이 작품에서의 그 같은 설정은
착각의 산물이거나 한갓 안타까운 희망 사항에 지나지 않을 것이다. 그
러나 중요한 것은 그것이 아니라, 이 땅에 서양의 근대에 맞설 수 있을
정도로 높은 수준의 근대를 세우겠다는 의지, 세워야 한다는 사명감, 세
울 수 있다는 자신감이다. 「화상보」는 유진오와, 그와 함께 조선 사회의
변화를 앞서 이끌었던 근대주의자들의 그 같은 의지, 사명감, 자신감을
요약해서 보여주는 작품이다.

　서양의 근대로써 서양의 근대와 맞설 수 있고 넘어설 수도 있다는 이
낙관적인 믿음이 유진오 후기 문학을 지배했던 것으로 보인다. 조선문
화의 아름다움에 대한 자각을 드러내 보이는 몇 부분, 조선문화의 독자
성에 대한 인식을 보이는 몇 부분이 있어 유진오가 서양 근대의 맹목적
인 추종자는 아니었음을 알게 하지만, 그런 인식이 유진오 문학의 중심

---

41) 유진오, 『화상보, 상』(삼성출판사, 1972), 197쪽.

에까진 수용되지 않았다.

> "그런데 말이야."
> 별안간 홍림이 말을 꺼냈다.
> "거 이상허지. 전엔 음악도 서양 것이래야만 덮어놓고 좋더니 요샌 웬일인지 이런 이국적 동양적인 것이 좋단 말이야. 그야 베토벤인둥 모짜르튼둥 차이코프스킨둥 좋기야 좋지만 그저 좋을 뿐이고 이렇게 우리 살 속으로 피 속으로 스며들지는 않는단 말일세, 자넨 어떤가. 우리 동양사람에겐 역시 동양 것이래야…."
> "그것도 시세요 유행이니까."
> "유행?"
> "홍림은 약간 불쾌한 낯을 했다. 동시에 기호는 어느새에 자기 얼굴에 사람을 비웃는 미소가 뜬 것을 자각하고 몹시 당황해했다. 불과 삼십 분 전에 창경원 문 지붕 추녀를 쳐다보고 감격하던 자기가 아닌가. 자기와 홍림 사이에 무슨 차이가 있는 것인가.[42]

조선의 지식인들은 동양적인 것, 조선적인 것을 열등한 것으로 여겨 부정하고자 하였다. '서양 근대/동양(조선) 전근대'의 위계적 인식틀이 그들의 그 같은 사유를 규정하였다. 서양 근대를 뒤따르는 근대화 외길을 한 점 회의 없이 내달려 40년이 흘렀다. 그들의 머릿속에 동양적인 것(조선적인 것)이 아름답고 어울린다는 의식이 자리 잡았다. 시간의 작용 때문일 수도 있을 것이다. 그러나 보다도 동양문화의 독자성을 강조하는 동양문화론이라는 새로운 논리와 그 밑에 놓인 '서양-동양의 동등성'이라는 새로운 인식틀이 그들의 사유를 새롭게 틀지었다는 사실은 더 큰 요인이었다고 보는 것이 타당하다. 이 관점에서 본다면, 그들은 스스로를 주체적인 존재라 믿었지만 그것은 착각이었다.

---

42) 유진오, 「가을」, 『유진오단편집』, 앞의 책, 224-225쪽.

자신과 친구가 동양적인 것에 이끌리는 것을 '시세(時勢)'고 '유행'이라 비웃는 주인공의 말은 그들의 몰주체적 주체성을 드러내 보여준다. 이처럼 자신의 사유 안쪽을 비판적으로 성찰하는 유진오 소설의 인물은 이데올로기이자 인식틀로서의 동양문화론에 전적으로 갇힌 존재가 아니다. 그런 자리에 서서 유진오 소설의 인물들은 조선적인 것, 동양적인 것을 새롭게 인식하고 느낀다. 그러나 그렇다고 해서 그들이 '서양 근대/동양(조선) 전근대'의 위계적 인식틀을 벗어났다고 할 수는 없다. 그들은 여전히 근대주의의 경계 안에 있었다.

5. 파괴의 열망

유진오는 여러 편의 일문 소설을 남겼다. 「夏」(『文藝』, 1940. 7), 「汽車の中」(『國民總力』, 1941. 1), 「南谷先生」(《『국민문학』, 1942. 1), 「祖父の鐵屑」(『國民總力』, 1944. 3. 15) 등이다. 「汽車の中」는 뛰어난 재능을 가진 조선의 청년 화가가 부산에서 서울 오는 기차 속에서 만난 일본 여성에게 조선 문화의 실상을 알려주는 내용의 작품이다. 내선일체가 급속도로 이루어지고 있던 시점에서, 조선 문화와 조선인에 대한 근거 없는 일본인의 우월감과 조선인의 열등감을 함께 겨눈 작품이라 하겠다. 「南谷先生」은 시대의 변화를 등지고 옛 삶의 방식, 규범을 고수하는 한 노인을 중심에 놓은 작품이다. 근대의 깃발을 좇아 변화를 최고의 가치로 여기고 나아온 근대화 50년에 대한 반성의식을 담고 있는 작품이라 하겠다. 「祖父の鐵屑」는 종이며 쇳조각이며 아무리 보잘것없는 것이라도 아꼈던 조부의 근면성을 기리는 한편, 조부가 생전에 모아놓은 쇳조각들을 찾아내 반장을 통해 '헌납(獻納)'하려는 이른바, '총후(銃後)의 정신'을 내세운 작품이다.

유진오 문학의 연장선상에 놓인 것으로 이해될 수도 있고, 시대상황과의 산물로 이해될 수 있는 작품들인데, 「夏」는 여기서 벗어나 있다. 그때까지의 유진오 문학과는 크게 달라 어디서 비롯된 것인지 알 수 없는 독특한 세계이다.

무대는 동대문 밖 강가에 자리한 토막부락(土幕部落). '대륙병참기지의 심장부'인 서울은 급속도로 팽창하여 10년 전 30만이었던 인구가 5, 6년 전에 이미 70만을 돌파하였다. 대규모의 도시계획이 수립되고 곳곳에서 구획정리 사업이 벌어지면서 낡은 집이 들어선 지역들은 속속 새로운 주거지로 탈바꿈하고 있는 중이다. 주인공 윤복동은 송판서 집안의 하인으로 평생을 살다가 송판서가 죽은 뒤 그 집을 나와 이 토막부락에 몸을 부렸다. 건설 현장의 노동, 구걸, 금붕어(金魚) 장수, 꽃장수 등으로 간신히 목숨을 이어가는 밑바닥 인생이다. 그런 윤복동의 위에 군림하는 토막부락의 권력자는 정백만이다. 건장한 몸과 남다른 완력을 지녔으며 꺽정이패의 두목이기도 한 그는 이 공간의 최고 권력자로서 마음에 드는 것은 무엇이든 뺏어가진다. 여자도 예외가 아니니, 윤복동의 아내인 순이도 정백만의 노리개가 되었다.

시간을 따라 차곡차곡 분노가 쌓여가지만 윤복동으로서는 힘이 부족하니 참고 견딜 수밖에 없다. 그러던 어느 순간 그 분노가 폭발하였다. "복동의 가슴 속에서는 열탕과도 같은, 무어라 그 동기를 설명할 수 없는, 불가해한 격정-다만 한 방에 정을 죽이고 말리라는 두려울 정도의 증오가 불타올랐다."(번역-인용자)[43] '진라(眞裸)의 사투(死鬪)'[44]가 벌어졌다. 결과는 윤복동의 패배였다.

---

43) 유진오, 「夏」(『文藝』, 1940. 7), 85쪽.
44) 같은 책, 86쪽.

지붕 위에 반짝 하고 빛나는 것이 있었다. 낫이었다.

그것을 손에 들고 복동은 다시 비틀거리며 정이 있는 곳으로 되돌아 다가갔다.

(중략)

이를 갈아부치자, 정이 멧돼지처럼 복동에게 덤벼들었다. 철철, 정의 왼뺨에서 검붉은 피가 계속해서 흘러내린다. 낫은 급소를 빗겨나 정의 왼뺨에 세 치 정도 상처를 내었다.

(중략) 둔탁한 소리가 나면서 복동은 낫을 떨어뜨리고 말았다. 그 순간 낫은 이미 정의 손에 들려 있었다.

"짐승 같은 놈"

정이 휘두른 낫에 어깨를 맞은 복동이 무너져내리자,

"우웃"

정은 해를 찌르듯 피범벅이 된 낫을 높이 쳐들어 야수와도 같이 울부짖는 것이었다.[45]

작품의 마지막 부분에서 서술자는 이 사건을 두고 '참극', '악몽'이라 하였다. 복동은 죽었던 것이고, 그의 죽음과는 상관없이 세상은 제갈 길을 따라 흘렀던 것이며, 그 일은 있기 어려운 매우 예외적인 돌발사였다는 것이다.

한여름 땡볕 아래서, 그늘조차 거느리지 않은 그 '쨍쨍한 볕'[46]을 닮아 절대적인 분노를, 무너뜨릴 수 없는 막강한 힘의 소유자인 폭력적 권력에 맞서 돌발적으로 터뜨린다는 것은 무엇일까? 그것은 '지성' '이성' '교양'등의 관념으로 억누르고 가렸던 유진오와 유진오 문학의 저 깊은 안쪽에 도사린 정신의 핵에 해당하는 것은 혹 아니었을까? 만약 그렇다면 그것은 부정적인 대상의 근본을 파괴하고 새로운 세계를 세

---

45) 같은 책, 86-87쪽.
46) '眞夏の日'(87쪽)라고 표현된 그 볕은 이 작품의 핵심 심상이다. 그것은 절대의 권력에 맞선 절대의 분노를 표상하는 상징 기호이다.

우고자 하는 파괴와 창조의 열망을 담고 있는 상징 기호로 이해될 수 있을 것이다. 또 한편 그것은 절망의 극한에서 터져 나온 몸부림으로 볼 수도 있다. 채만식의 「탁류」 마지막, 살인범으로 감옥에 갇힌 초봉의, 모든 관계를 거부하는 그 절망의 절규와 같은.

1940년 전후 한국소설의 두드러진 특성 하나는 '직접성으로의 육체성'이다. 사유, 논리가 아니라 행동, 감각으로 실현되는 그 육체성은 이성적 사고가 봉쇄당한 현실의 산물이다. 「夏」는 이 맥락에서 이해될 수도 있다.

6. 결론

우리는 지금까지, 일제 말기의 일문소설까지 포함한 유진오 문학 전체를 대상으로 그 특성을 살폈다. 유진오 문학은 사회주의적 지향성을 지닌 이념인의 사회화 과정을 주로 다루었다. 그 과정은 비애로 가득 차 쓸쓸한데 깊은 연민의 시선이 그 쓸쓸한 낙백의 안쪽을 지켜보고 있다. 「김강사와 T교수」에서 뚜렷이 드러나듯 그 이념인은 단지 사회주의적 지향성을 지니고 있을 뿐 사회주의자는 아니다. 그러므로 그가 현실과 타협하는 것을 두고 이념적 전향이라 말할 수는 없다. 이 점에서 유진오의 이른바 '전향소설'은 전향소설이 아니다.

유진오 문학을 일관하는 것은 근대지향성이다. 그 핵심은 서구적 근대로써 서구의 근대에 맞서고 마침내 넘어서기를 겨누는 것이다. 유진오는 순수과학과 순수예술에서 그 실현의 가능성을 보았는데 장편 「화상보」가 이를 잘 보여준다. 그 근대지향성은 일제 말기 동양문화론의 거센 물결 속에서도 흔들리지 않았는데, 이는 유진오 문학이 일제 파시즘에 굴복하지 않을 수 있었던 것과 깊이 관련되어 있다.

유진오는 몇 편의 일문소설을 썼다. 그 속에는 폭력적인 권력에 온힘을 다해 맞서는 절대의 분노, 절대의 항거정신이 뜨겁게 타오르고 있다. 유진오 문학 전체에 서린 비애가 절대의 분노로 바뀌어, 유진오 문학사에서는 단 한 번 거세게 폭발하였다.

최인훈 문학과 한국현대문학의 타자들

1. 머리말

최인훈의 글(소설, 비평, 수필)에는 이광수, 박태원, 이태준, 이효석, 이용악, 이상, 임화 등 한국현대문학사에 우뚝한 작가들과 그들의 작품에 대한 작가, 서술자, 작중인물 등의 비평적 언술이 대단히 많이 나온다. 비평이나 수필의 경우 그 비평적 언술의 내용은 당연히 언술 주체인 작가 최인훈의 생각이다. 그렇다면 소설 속 서술자와 작중인물의 비평적 언술의 경우는 어떠한가? 서술자와 작중인물은 상황, 등장인물, 사건 등 서사를 구성하는 여러 가지 요소의 관계가 만들어내는 서사 맥락에 의해 규정되는 작품 내 존재이기 때문에 그것을 만들어내고 움직이는 작품 밖 존재인 작가와 완전히 일치하지는 않는다는 것이 서사의 기본 원리이다. 그런데, 최인훈 소설에 나오는 '한국현대문학사에 우뚝한 작가들과 그들의 작품에 대한 비평적 언술'은, 그 언술 주체가 누구든 상관없이, 전체적으로 보아 서사 맥락의 구속에서 상당히 자유롭다. 최인훈의 글에 나오는 그 비평적 언술의 주체 가운데 작가 최인훈과 가장 멀리 떨어져 있는 인물의 말을 들어 살펴보기로 하자.

　　고등 문관 시험은 한용운 스님 말마따나 그들의 임이었단 말입니다.
어느 시대에나 그 시대 사람들의 가장 기본적인 욕망을 단단히 쥐어잡
고 뒤흔드는 신화가 있단 말씀입니다.(중략) 글 속에 부귀공명이 있다
이것입니다. 이건 우리 동양 삼국에 줄곧 있어온 문화사적 전통입니다.
금의환향의 사상입니다. (중략) 식민지 통치하에서 현지 원주민 자제들
의 고등 문관 시험에 모여드는 광경은 눈물겹도록 아름다운 한 폭의
그림입니다. 허숭은 이러한 시대의 전형입니다. 묵중하고 실팍한 사람,
양심도 있고 재능도 있고 다만 상해로 만주로 달려가는 지랄병만 없는,
그야말로 폐하께서 바라는 청년입니다. 그 허숭이를 선생님은 그렸던
것입니다. 선생님만이 이 가장 주목해야 할 식민지 조선의 한 전형을
붙잡고 그에게 살이 있고 피가 있는 생명을 준 것입니다.[47]

　　이 언술의 주인공은 일제 강점기 식민지 조선의 헌병으로 「서유기」
의 등장인물이다. 그는 「흙」의 '애독자'를 자처하며 이광수에게 「흙」에
대한 독후감을 말하는데 무려 15페이지(200자 원고지 50매 정도)에 이르는,
위 인용이 보여주듯 깊고 날카롭고 논리적인, 설득력 있는 논설이다. 식
민 지배 체제의 말단에 서 있는 한갓 헌병의 것이라 할 수 없는 것은
당연하다.[48]
　　그의 독후감은 "당시 국내에 살았던 식민지 인텔리의 뛰어난 전형을
아로새겨놓은 것", "당대의 조선 소설의 모든 작품 가운데서도 가장 뛰
어난 문장"[49] 등의 말이 잘 보여주듯, 최인훈의 글 곳곳에 나오는 「흙」
에 대한 긍정적인 평가[50]와 일맥상통한다. 이광수와 이광수의 문학에

47) 이광수, 『서유기』, 문학과 지성사, 2010, 179-180쪽.
48) 환상성이 극대화됨으로써 현실구속성으로부터 자유로울 수 있었던 「서유기」 특유
　　의 환상 형식이 뒷받치고 있기에 이 같은 파격이 가능할 수 있었다.
49) 위의 책, 188쪽.

깊은 관심을 갖고 그의 문학 곳곳에서 진지하게 다루었던, 뛰어난 비평 감각을 지닌 비평가이기도 했던 작가 최인훈의 생각과 다르지 않은 것이다. 이것은 한국현대문학사의 선배 작가들과 그들의 문학에 대한 비평적 언술 거의 대부분이 「서유기」, 「회색인」, 「소설가 구보씨의 일일」, 「화두」 등 '자기 반영성'[51]이 두드러진 작품에 나온다는 사실과 대응한다.

그렇다면 헌병의 독후감은 그가 들어 있는 서사 맥락 밖에 자리한, 그를 창조한 작가 최인훈의 것인가? 물론 그렇게 말할 수는 없다. "다만 상해로 만주로 달려가는 지랄병만 없는, 그야말로 폐하께서 바라는 청년입니다." 등이 잘 보여주듯 서사 맥락에 규정된 그의 존재성을 드러내는 말이 곳곳에 나오기도 하기 때문이다.

이처럼 식민지 통치 기구의 말단에 자리한 헌병이라는 그의 존재성과 관련되어 있지만 그의 독후감은 전체적으로 보아 작품 속에서 부정 또는 비판의 대상이 아니라 모두가 수긍하는 긍정의 대상이다. 「서유기」가 환상성의 극대화한 특성을 지닌 작품이기에 이런 일이 가능할 수 있었음을 들어 그것은 혹 예외에 지나지 않는 것은 아닌가 하는 생각을 해 볼 수도 있을 것이다. 그러나 최인훈 문학에 최인훈 문학에 나오는, 한국현대문학사의 작가들과 그들의 문학에 대한 비평적 언술 가운데 긍정이 아니라, 부정 또는 비판의 대상으로 작품 속에 설정된 경우를 찾을 수 없으니 예외라 말할 수 없다.

작가 최인훈과 가정 동떨어진 존재라 할 수 있는 일제 강점기 헌병의 「흙」 독후감이 단적으로 보여주듯, 최인훈의 소설에 나오는, 한국현대

---

50) 위 인용문이 들어 있는 「서유기」, 「회색인」 등의 소설, 이효석의 장편 「벽공무한」을 논한 비평 「미학의 구조」 등이다.
51) '자기 반영성'은 최인훈 문학 전체를 '자기 반영적 글쓰기'라는 측면에서 분석한 연남경의 저서 『최인훈의 자기 반영적 글쓰기』(혜안, 2012)의 핵심어이다.

문학사의 작가들과 작품들에 대한 비평적 언술은, 그것이 서술자의 것이든 등장인물의 것이든 한편으로는 서사 맥락에 구속받지만 한편으로는 서사 맥락 밖에서 자유롭게 발화된다. 그는 등장인물이면서 서술자이고 또 작가이다. 이처럼 독특한 존재인 그 발화의 주체를 나는 '최인훈의 문학적 자아'라고 부르고자 한다.

그 발화의 주체를 최인훈의 문학적 자아라고 하는 또 하나의 이유가 있다. 최인훈 문학 속에서 한국현대문학사의 작가들과 그 문학에 대한 비평적 언술은 한편으로는 문학사에 대한 해석과 관련되어 있고, 다른 한편으로는 그 해석을 바탕으로 한, 현실에 대한 작가로서의 바람직한 대응 태도와 생산적인 글쓰기 전략의 모색과 관련되어 있다. 뒤의 것이 보다 지배적인데, 그 모색의 지향성이 이들 비평적 언술의 전체를 꿰고 있다고 말해도 무방할 정도이다. 이 같은 모색의 주체를 지칭하는 말로서 '최인훈의 문학적 자아'가 적절하다고 나는 판단하였다.

한국현대문학의 타자들에 대한 사유를 통한 현실 대응 태도 및 글쓰기 전략의 모색이라는 지향성이 전체를 일관하고 있기 때문에 생긴 결과일 터인데, 최인훈 문학 속 이 비평적 언술들은 글 곳곳에 흩어져 있어 언뜻 보아 서로 연관되지 않은 것 같지만, 그 전체를 조망할 때 나름대로의 체계를 지니고 있는 것으로 보인다. 이에 그 비평적 언술들을 떼어내어 그것들로 이루어진 체계를 문제 삼는 일이 의미를 가질 수 있다.

이 글에서 나는 '허구가 가미된 문학적 자서전'[52]이라 할 수 있는 「화두」에서의, 조명희와 그의 대표작인 「낙동강」에 대한 비평적 언술에 대해 검토한 연구[53]에 이어 이어, 최인훈의 글에 나오는 한국현대문학의

---

52) 정영훈, 「1970년대 구보 잇기의 문학사적 맥락」, 『구보학보』 9, 구보학회, 2013, 293쪽.

53) 정호웅, 「최인훈의 『화두』와 일제 강점기 한국문학」, 『한중인문학연구』 45, 한중

타자들, 곧 '이광수·박태원·이태준 등의 소설가와 그들의 문학에 대한 비평적 언술'을 검토하고자 한다. 그 비평적 언술들을 재구성하고 그 체계를 살펴 이들 타자들과 최인훈 문학의 관계를 파악함으로써 최인훈 문학을 더 깊이 이해할 수 있는 발판을 마련할 수 있을 것이다. 최인훈 연구사를 살펴보면 그 비평적 언술에 대한 비판적 접근은 찾아볼 수 없는데, 이 글에서는 그 비평적 언술의 문제점을 함께 살피고자 한다.

2. 문학의 정치성에 대한 인식의 문제점

최인훈의 글에 나오는 비평적 언술의 대상 가운데 가장 앞머리에 선 인물은 「흙」의 작가로서 문제적 인물 허숭을 창조한, 그러나 창작으로도 실제 삶으로도 허숭의 정신을 이어 나가지 못하고 친일의 길로 들어서고 만 이광수이다. 초점은 정치가이며 사회운동가이며 동시에 작가인 이광수의 여러 면모 가운데 작가로서의 이광수이다.

최인훈의 글에서 이광수와 그의 문학은 전체적으로 보아 한국문학의 큰 성취라고 평가할 수 있는 긍정의 대상이다. 그는 「회색인」에 나오는, 혁명을 꿈꾸는 정치학도 김학이 말하듯, "시대의 큰 줄기가 무엇인지를 보는 눈"을 가진 작가로서 "그 시대를 산 가장 전형적 한국 인텔리의 한 사람"이 지닌 "낭만적인 인간의 꿈"을 그린 "한국 최대의 작가"[54]라는 게 그 긍정의 핵심 이유이다. 이 같은 긍정의 근거가 된 것은 「흙」의 주인공 허숭이다.

인문학회, 2014.
54) 최인훈, 『회색인』, 문학과 지성사, 2008, 14쪽.

그는 식민지 지식인의 양심의 아픔을 대변하고 있습니다. 그것이 사회개량이라는 믿음입니다. 그렇습니다. 살여울 믿음입니다. 살여울 종교입니다. 그는 신앙촌의 교주가 되고 싶었습니다. 그는 불교 신자도 기독교 신자도 아닙니다. 그는 믿음 없는 근대 지식인입니다. 믿음을 마다한 근대 지식인 가운데서 받아들여진 새로운 믿음이 사회 개조라는 믿음입니다. 이것이 서구 정신사의 모습인데 일본에서 서양 공부를 한 허숭은 이 종교에 들어간 것입니다. 과격파의 예수살렘은 모스크바요, 온건파의 예수살렘은 덴마크입니다. 허숭은 물론 온건파지요. (중략) 이 사회 개량교는 원래가 기독교의 한 가닥이기 때문에 기독교가 가지고 있는 모든 성격을 다 가지고 있습니다. 신앙을 위해서는 모든 것을 바칠 것을 요구합니다. 그래서 허숭은 마누라도 첫사랑도 버리는 것입니다. 자리도 버리는 것입니다. 살여울을 에덴으로 만드는 것, 그것이 허숭의 꿈입니다. 그는 성자인 것입니다.[55]

허숭의 존재성과 그것이 놓여 있는 역사적 맥락에 대한 깊고 날카로운 통찰이다. 「회색인」의 주인공은 이 같은 존재성의 허숭이 걷는 열정과 확신의 행로를 가운데 놓은 「흙」을 쓰던 시기의 이광수에게는 "가슴에서 뜨거운 물이 흐르고 눈에 불을 켤 수 있는 그런 무슨 믿음"[56]이 있었다고 생각하고 그를 부러워한다. 그의 세대는 "이러지도 못하는 엉거주춤한 세대, 무슨 일을 해보려 해도 다 절벽인 사회, 한두 사람 힘으로는 어쩔 수 없는 시대"[57]이기에 허숭과 한 몸이 되어 내달렸던 이광수의 가슴에 넘치고 눈에 빛났던, 열정과 꿈에서 솟아나고 뿜어져 나오는 뜨거운 물과 밝은 불의 힘찬 역동이 부러운 것이다.

그러나 최인훈의 문학적 자아가 이광수에 주목하여 여러 글에서 때로는 등장인물을 통해 때로는 서술자를 통해 거듭 다룬 핵심 이유는 이

---

55) 『서유기』, 앞의 책, 185~186쪽.
56) 위의 책, 40.
57) 같은 곳.

같은 해석을 통한 문학사적 이해를 위해서가 아니다. 이광수를 통해, 지금까지 자신이 지은 글을 생각하면 "눈앞이 캄캄"[58]해지는 상황을 열어 나아갈 수 있는 출구를 찾기 위해서이다. 그가 이광수를 선택한 이유는 두 가지이다.

하나는 이광수가 "정치와 문학을 가장 괴롭게 그리고, 양심적으로 산 사람"[59]이기 때문이다. 최인훈은 "세상이 잘못 되"었다면 그 "세상에 어김없이 맞서"는 "글이자 폭탄"[60]인 글을 써야 한다고 생각하는 현실 비판 또는 현실참여의 문학관을 가진 작가이다. 당연하게도 신이 사라진 시대를 사는 "근대인의 종교인 정치"[61]를 문제 삼지 않을 수 없다. 그런 그가 참고할 수 있는 문학사의 선배로 첫머리에 서 있는 작가가 이광수였던 것이다.

다른 하나는 그와 마찬가지로 이광수 또한 길을 잃고 캄캄 어둠 속을 헤맸던 작가이기 때문이다. 그가 문제 삼고자 하는 한국의 정치 현실은 참담하다. "한 무리의 군인이 지휘한 반군이 국가를 가로"채는 일이 벌어지고, "이 반란 군대를 지지하고 설명해 주고, 손발 맞춰 나서는 국민들이 벌떼같이 나타나는" "요지경 속"[62]과 같다. 그런 현실 앞에 무력한 그는 "대한민국이라는 나라를 가로챈 폭도들이 발행한 여권에 적힌 대로의 의미밖에 없는 그들의 피통치인-노예"[63]이다. 1959년 「그레이 구락부 전말기」로 작가 생활을 시작한 이래 나름대로는 그런 "정치적 생태계"[64]에 맞서 "'글 속에서' 팔을 붙여보자는" 마음가짐으로 10여

---

58) 위의 책, 132쪽.
59) 『서유기』, 앞의 책, 203쪽.
60) 최인훈, 『화두』 1, 민음사, 1994, 329쪽.
61) 『서유기』, 앞의 책, 207쪽.
62) 『화두』 1, 앞의 책, 328-329쪽.
63) 위의 책, 332쪽.
64) 위의 책, 327쪽.

년 글을 써왔지만 "실지로는 '글 속에서도' 얼마 팔을 걷어붙이지 못했다는" 사실이 명백하다. 눈앞이 캄캄해지지 않을 수 없는데, 이처럼 캄캄 어둠 속에 들어 길을 잃은 그가 그 어둠에서 벗어날 출구를 찾기 위해 선택한 문학사의 선배가, 마찬가지로 길을 잃고 헤맸던 이광수였던 것이다.

『흙』의 연재를 마치고 쓴 <『흙』을 끝내며>에서 이광수는 몇 년 뒤 "『흙』의 후편을 쓸 날이 올 것을 믿"는다고 하였다. 그런 믿음의 밑에 놓인 것은 모든 것이 바람대로 잘 될 것이라는 환한 낙관이었다.

> 살여울 동네가 어떻게 훌륭한 동제가 되는가를 지키고 있다가 그것
> 을 여러분께 보고하려 합니다. 나는 살여울이 참으로 재물과 문화를 넉
> 넉히 가진 동네가 되기를 바랍니다. 동시에 김갑진이가 새로운 생활을
> 하고 있는 검불랑이 살여울과 같이 잘 되고, 온 조선에 수없는 살여울
> 과 검불랑이 일어나기를 바라고 믿습니다.
> (중략)
> 사람이 누구나 허물이 없으랴, 고치면 좋은 일입니다. 우리 조선 사
> 람이 전부 허물이 있지 아니합니까. 전부 허물이 있기 때문에 지금은
> 잘못 살지 아니합니까. 그러나 우리 조선사람들이 허물을 고치는 날,
> 우리는 반드시 잘살 것입니다.[65]

그러나 이광수는 『흙』의 후편을 쓰지 못하였다. <『흙』을 끝내며>와 관련 지워 본다면, 이광수가 낙관했던 미래는 실현될 수 없는 한갓 꿈이었기 때문이다. 일제 강점기 35년 동안 이 땅에 "참으로 재물과 문화를 넉넉히 가진 동네" '살여울'이 실현된 적이 없다는 것이 엄연한 사실임에, "온 조선에 살여울과 검불랑이 일어나기를 바라고 믿"는 이광수의 생각은 더더욱 실현될 수 없는 백일몽에 지나지 않은 것이었다. 자

---

65) 이광수, 「『흙』을 끝내며」, 『이광수전집』 3, 삼중당, 1971, 286쪽.

신의 허물을 알기도 어렵거니와 안다고 하더라도 반성하고 개심에까지 나아가는 사람은 참으로 있기 어려운 것, "조선 사람" "전부"가 "허물을 고치"는 일은 더더욱 실현될 수 없는 일이었다. 게다가 식민지 통치 권력이 폭력적으로 개입하여 앞길을 막았으니, 무실역행을 앞세운 동우회 사상을 좇아 농촌 계몽의 실천에 나아간 허숭66)을 식민지 통치 권력은 "총독정치에 반항"한다고 규정, 치안유지법 위반의 죄명을 달아 5년 감옥살이 중형으로 가두고 짓밟았다. 이광수는 '보고'의 글 곧 후편을 지을 수 없었던 것이다.

최인훈의 문학적 자아는 이광수가 『흙』의 후편을 쓸 수 없었던 이유로 위에서 살핀 세 가지 이유와는 다른 것을 들고 있는데, 그가 이광수에 큰 관심을 갖고 여러 글에서 반복하여 살핀 것은 이와 관련되어 있다. 이광수가 『흙』의 속편을 쓴다면 감옥에서 나온 허숭의 이후 행로, "왜경의 등쌀에 배겨나지 못하고 결국 상해로 가는 이야기", "그곳에서 새로운 운명과 싸우는 이야기"67)를 써야한 했을 것인데 "죽을 용기"가 없었기에 쓰지 못하였다는 것이다.

> 그런 속편을 썼으면 나는 감옥에 들어갔을 것이오 나는 죽었을지도 모르오. 놈들의 고문 때문에, 아아, 이제야 알겠소. 나는 마땅히 죽어야 할 자리에서 죽을 용기가 없었던 것이오. 그러나 국내에 있었던 사람으로서는, 일본의 천하가 되어 가는 줄로만 안 사람으로서는 그 길밖에 없지 않았을까? 그렇소, 내가 국내에 있었다는 것부터가 나빴소. 나는 3·1만세 당시에 망명했어야 옳았을 것이오. 그것을 나는 하지 못했소 그 사정은 묻지 말아 주시오. 아무튼 나는 못했소. 그 단 하나밖에 없는 논리적 해결을 나는 실천하지 못했소68)

66) 「흙」과 동우회 사상과 관련에 대해서는 김윤식, 「동우회-『흙』의 세계」, 『이광수와 그의 시대』 3, 한길사, 1986 참조.
67) 『서유기』, 앞의 책, 202쪽.

일제 강점기 작가가 감옥행과 고문과 죽음을 각오하지 않으면 쓸 수 없는 내용이란 어떤 것일까? 한국현대문학사의 창고에 산더미처럼 쌓여 있는 작품들 가운데 당대의 가혹한 검열에 걸려 훼손된 작품들을 통해 우리는 식민지 통치에 대한 비판, 그 통치의 정수리에 앉아 있었던 일본 천황에 대한 비판, 시기에 따라 조금씩 달라지긴 하지만 일본과 식민지 조선의 기본 체제였던 자본주의 체제에 대한 부정 등이 이에 해당하는 것임을 짐작할 수 있다. 이광수와 관련하여 최인훈 문학은 마지막 자본주의 체제의 문제는 다루지 않고 있으므로 일본의 조선 지배만을 문제 삼고 있음을 알 수 있다. 그러나 이런 내용이라 할지라도 행간에 숨겨 검열망을 통과할 수 있으면 감옥행과 고문과 죽음을 걱정하지 않아도 무방할 것이다. 이에 우리는 최인훈 문학에 등장하는 이광수가 '죽을 용기'에 대해 말할 때 그것이 일본의 조선 지배, 특히 정치적 지배에 대한 명백하고 직접적인 비판을 염두에 둔 표현임을 알 수 있다. 망명만이 "단 하나밖에 없는 논리적 해결"이라는 말은 이런 판단의 설득력을 보다 크게 한다. 식민지 조선 땅에서는 가능하지 않은 것, 다만 망명지에서만 가능한 내용이란 이것 말고 달리 있을 수 없겠기 때문이다.

이에 이르면 우리는 최인훈 문학이 이광수를 매개로 하여 문제 삼는 '문학의 정치성'이 지나치게 한정되어 있음을 알 수 있다. 통치 권력과 그것의 정치적 지배에 대한 명백하고 직접적인 비판만을 문제 삼는, 대상과 방법을 한정하는 대단히 단순하고 폭 좁은 개념에 갇혀 있는 것이다. 「화두」의 주인공이 자신의 문학에서 다루고자 한 1960년 이후 이 땅 '정치 생태계'에 대해 말할 때 앞에서 보았듯이 반란 군대의 권력 찬탈을 둘러싼 요지경 현실을 드는 데 그치고 있다는 사실과 이것은 정확

---

68) 위의 책, 202-203쪽.

하게 대응한다.

3. 망명의 논리와 문학의 정치성

앞의 인용에서 「서유기」의 이광수는 망명이 '단 하나밖에 없는 논리적 해결'이라고 단언하였다. 이태준의 해방 후 문학에 대한 비평적 사유를 펼치고 있는 『화두』에서 우리는 똑같은 내용의 표현을 만난다. 『화두』의 주인공은 "『문장강화』에 실린 이태준의 글에는 해방이라는 격변을 맞은 당시의 한국 지식인의 정치적 무의식이 가감 없이 드러나 있다. 저항의 논리적 귀결이 국외 탈출─망명이었음을 이 글은 솔직하게 고백하고 있다."[69]라고 말한다. 『문장강화』에 실린 이태준의 글이란 "우리 용렬하나 동지들의 끓는 의열에 순화될 것이요, 우리 지둔하나 동지들의 선혈로 편 건국대도를 만강의 존경과 신뢰로 따라 나아가리다."라는 다짐으로 끝나는 「재외혁명동지환영문」이다. 『화두』의 주인공은 "식사문이 갖출 자격으로서의 심각한 인상이라는 수사학적 특징 이상의 것"이 들어 있음을 들어 "저항의 논리적 귀결이 국외 탈출─망명이었음을 이 글은 솔직하게 고백하고 있다."라고 단정 짓고 있는데 그 근거는 다음 인용에 뚜렷한 부끄러움과 죄의식이다.

> 더욱 생각하면 우리는 얼굴 둘 곳이 없노라. (중략) 적의 가지가지 간책과 폭정하에, 우리는 적을 위하는 총을 들어야 했고, 우리는 피처럼 아픈, 뜻 아닌 말과 글을 배앝아야 했다. 호소할 곳이 없이 유린될 대로 유린된 민족의 정조, 오오, 우리는 차라리 금수와 만인으로 못 태어났음을 한하였던가! 이제 무슨 낯으로 성즙(聖汁)에 젖은 동지들의 위용을

69) 『화두』 2, 앞의 책, 71쪽.

우러러볼 것인가!70)

우리는 해방공간에서 생산된 많은 글에서 망명했던 독립운동가들 앞
에 부끄러움과 죄의식을 고백하는 표현을 확인할 수 있다. 그것은 진심
의 표현이면서 동시에 국외 망명의 높은 뜻과 고귀한 삶에 대한 존경심
을 대비적으로 부각하기 위한 수사학적 표현이기도 하였을 것이다. 「화
두」의 주인공은 이 두 측면을 함께 살피면서도 망명하지 못한 자신의
부끄러움과 죄의식을 보다 강조하였다. '저항의 논리적 귀결이 국외 탈
출-망명'이라는 단정적 진술이 이에 솟아올랐다.

그러나 '저항의 논리적 귀결이 국외 탈출-망명'이라는 진술이 논리
적 정합성을 확보하려면 망명하지 않았던 문인들의 삶 특히 문학이 그
처럼 부끄럽고 죄스러운 것이었다는 점이 먼저 확인되어야 한다. 한국
현대문학사의 작가들과 그들의 작품들을 비평적으로 검토하고 있는 최
인훈의 문학적 자아가 문제 삼는 식민지 통치 권력과 그 정치적 지배에
대한 비판에 초점을 맞추어 이태준의 일제 강점기 문학을 살필 때 우리
는, 이 같은 진단이 실제와는 다르다는 사실을 알 수 있다. 일본의 식민
통치에 적극적으로 순응하는 인물과 이태준의 분신인 주인공 의 극적
대립을 가운데 놓은 단편 「패강랭」(1938)은 두 사람의 대립을 매개로 식
민지 통치 권력의 전체주의적 폭력성을 직접적으로 비판하고 있으며,
신변소설인 「토끼 이야기」에서는 "명랑하라, 건설하라, 확성기로 외치
는", 자가의 도덕률에 대한 절대의 확신 위에 선 파시즘의 계몽성에 대
한 부정, 창씨개명의 시행을 향해 내달리는 식민지 통치 권력의 폭력적
인 통제"71)를 정면에서 비판하고 있다.

---

70) 이태준, 『문장강화』, 창작과비평사, 1993, 153쪽.
71) 이에 대해서는 정호웅, 「자기 확신, 부정의 주체-이태준의 해방 후 문학」, 『작가

이렇게 살피면 '저항의 논리적 귀결이 국외 탈출—망명'이라는 단정적 진술의 논리적 정합성은 크게 줄어든다. 최인훈의 문학적 자아가 이처럼 논리적 정합성이 부족한 '망명론'에 나아가고 이것으로써 일제 강점기 문인들의 문학을 해석하는 핵심 도구로 삼은 것은 무엇 때문일까? 세 가지 이유를 생각해 볼 수 있다.

첫째, 최인훈의 문학적 자아가 일제 강점기 문학과 정치의 관계를 절대로 받아들일 수 없는 식민 통치 권력과 그것의 정치적 지배에 대한 명백하고 직접적인 비판만을 문제 삼는 대단히 단순하고 폭 좁은 것으로 인식했다는 점이다. 통치 권력과 그것의 정치적 지배에 대한 명백하고 직접적인 비판만을 문제 삼기에, 「패강랭」이며 「토끼 이야기」며 등에서의 비판조차, 통치 권력의 구속과 억압에 갇히고 짓눌린 정신의 표현으로 읽게 되었던바, 이에 망명만이 그 같은 비판의 문학을 가능하게 한다는 단순하여 거친 결론에 가 닿았던 것이다.[72]

둘째, 망명이라는 말에 들어 있는 낭만성에 휩쓸렸기 때문으로 보인다.

국내의 저항은 차츰 힘을 잃어 해방이 될 무렵에는 완전히 제압당하고 말았다. 국내에서의 저항은 그런 진행이 운명지어졌던 것이다.

그 사정은 문학 창작에서도 마찬가지였다. (중략) 채만식이나 염상섭이 아니었더면 쓸쓸할 뻔한 문학사지만, 그들의 작품조차도 영혼을 뒤흔들 만한 것은 아니었다. 나는 그 중요한 이유가 그들이 국내에서 합법 공간에서 창작한 탓이라고 보고 싶다. 만일에 수많은 문인이 망명한다는 현실이 있었더라면 어떻게 되었을까? 우선 당대 한국 현실이 유보 없이 풍부하게 다루어진 방대한 작품들을 가지게 되었을 것이 아닌

세계』71, 세계사, 2006

72) 이 글의 관점은 최인훈 문학에서 '망명'이 갖는 긍정적 의미를 서구 망명문학 이론으로써 고찰한 권성우 교수의 관점과 상보적인 관계에 있다. (권성우, 「근대문학과의 대화를 통한 망명과 말년의 양식—최인훈의 「화두」에 대해」, 『한민족문화연구』 45, 한민족문화학회, 2014 참조.)

가? 이름 없는 저항자들의 인생이 소설이나, 시라는 형식으로, 비교할 수 없는 사실적 깊이를 지니고 정착되었을 것이다. 이것은 당대가 아니고서는 포착이 불가능한 측면이다. 이렇게 말할 때 혁명운동의 현장기록성만을 말하는 것이 아니다.

문학은 역사와 갈라진 이후, 자기 속에 고유한 현실 초월의 내부적 자장(磁場)을 지니고 있다. 노예의 언어가 아닌 저항자의 언어에는 인간성의 가능성에 대한 낙관주의와 적당한 쾌락주의, 활달한 창의성, 끝까지 추구되는 논리적 강인성-이런 모든 측면도 꽃피었을 것이라는 말이다. 환경에 대한 <반영>론을 넘어서 환경에 의해 촉발되는 인간정신 자체의 적극성이 망명이라는 조건 아래에서는 국내에서보다 더 생산적이었으리라는 가정이다.[73]

"당대 한국 현실이 유보 없이 풍부하게 다루어진 방대한 작품들을 가지게 되었을 것", "이름 없는 저항자들의 인생이 소설이나, 시라는 형식으로, 비교할 수 없는 사실적 깊이를 지니고 정착되었을 것", "인간성의 가능성에 대한 낙관주의와 적당한 쾌락주의, 활달한 창의성, 끝까지 추구되는 논리적 강인성-이런 모든 측면도 꽃피었을 것" 등, 문학이 이룰 수 있는 가능한 최대치를 상상하며 그 실현을 굳게 믿는 낙관주의의 문장인데, 그 핵심은 비현실적인 낭만성이다. 이 낭만성의 낙관주의는 망명지의 현실이 망명 작가의 삶과 문학을 제약하고 억압한다는 점,[74] 한국 현실에서 멀리 벗어나 있기 때문에 당대 한국 현실과는 괴리된 비현실적 이상주의에 비약할 가능성이 높다는 점[75] 등을 간과하고 있으니

---

73) 『화두』 2, 앞의 책, 67~68쪽.

74) 소련으로 망명한 조명희의 문학은 당대 소련 현실에 제약당해 소련 혁명에 복무하는 정치성의 세계에 고착됨으로써, 최인훈의 문학적 자아가 꿈꾸는 망명문학의 '가능한 최대치'에는 멀리 미치지 못하였다. 이에 대해서는 정호웅, 「최인훈의 『화두』와 일제 강점기 한국문학」, 앞의 논문, 4장 참고.

75) 자유연애와 자유 결혼 등을 주장하는 식민지 조선의 1920년대 전후 문학의 진보성을 읽지 못하고 '장음문학(獎淫文學)'이라 규정하여 일축한 신채호의 문학이 대

현실정합성이 크게 부족하다. '망명'이란 말에 본래적으로 담겨 있는 비현실적 낭만성의 인력이 이 같은 결과를 초래하였다.

셋째, 최인훈의 문학적 자아가 이광수를 비롯한 일제 강점기 선배 문인들에 대해 갖는 동질감이 또 하나의 원인인 것으로 판단된다. '저항의 논리적 귀결이 국외 탈출-망명'이라는 내용을 핵으로 삼는 망명의 논리는 총독 정치 아래 노예의 현실을 살았던 문인들에 대한 근본 부정의 논리이면서, 그 안에 그 같은 노예의 현실을 살면서도 고투하여 그 현실에 맞서는 문학을 일구고자 하였다는 생각을 담고 있는 것이라는 점에서, 동시에 옹호와 이해의 논리이기도 하다. 최인훈의 문학적 자아가 일제 강점기 선배 문인들을 대하는 태도는 뒤의 것 곧 옹호와 이해의 논리에 보다 깊이 관련되어 있는데 그는 곧 그들이라는 동질감이 그 가장 큰 이유였던 것으로 보인다.[76]

앞 장에서 살폈듯, 최인훈의 문학적 자아는 자신의 문학이 일제 강점기 선배 문인들의 문학과 마찬가지로 노예의 문학이지만 동시에 그것을 넘어서고자 하는 날카로운 정치의식을 품고 내연하는 의미 있는 문학임을 이 같은 동질감을 통해 확인하고자 한다. 이 같은 동질성에 대한 인식을 매개로, 일제 강점기 문인들의 문학을 통해 자신의 문학이 의미 있는 것임을 확인하고자 하는 최인훈의 문학적 자아가 고안한 것이 바로 망명의 논리이다. 그들은 노예의 땅에서 노예로 살며 그 노예의 현실을 넘어서고자 고투하는 문학 정신의 소유자였다는 것, 그들의

표적이다.

76) 최인훈의 문학적 자아가 지닌 이 같은 이해의 태도가 「서유기」에서 이광수에게 "'자기서술' 혹은 '자아비판'의 자리를 마련하여" "스스로 말할 기회를 제공하게"(서은주, 「해방 후 이광수의 '자기서술'과 고백의 윤리」, 『민족문화연구』 58, 고려대학교 민족문화연구원, 2013, 263쪽) 하였고, 다른 등장인물의 "입을 빌려서는 그의 행위를 변호하고 방어해"(같은 논문, 265쪽) 주었다.

문학은 앞에서 살핀 바 「화두」의 주인공이 그리는 망명문학과 같은 저 빛나는 문학은 아니지만 그 자체로 의미 있는 문학이라는 것을 확인하고 부각할 수 있게 되었다.

4. 동질감의 대상, 거울로서의 타자들

이광수를 매개로 한, 문학과 정치의 관련에 대한 최인훈 문학에서의 사유는 이처럼 절대로 용납할 수 없는 통치 권력과 그 정치적 지배에 대한 명백하고 직접적인 비판이라는 데 머물렀다. 그러나 그 같은 비판의 문학은 경우에 따라 '죽음을 각오'해야만 하는 것이니 감당하게 어렵다. 최인훈 문학 속 이광수는 용기가 없어 그 같은 문학 창작에 나아가지 못하였다. "구보씨는 이광수라는 사람의 평생을 비로소 알 수 있을 것 같았다. 그리고 그 선배 이상의 수준으로 삶을 마치리라는 아무런 믿음도 가질 수 없었다."[77]라는 진술로 미루어 최인훈의 문학적 자아도 마찬가지, 그 같은 문학 창작에 나아가지 못한다. 최인훈의 문학적 자아는 이광수에 대한 사유를 통해 절대로 용납할 수 없는 통치 권력과 그 정치적 지배에 대한 명백하고 직접적인 비판의 문학을 자신이 감당할 수 없다는 사실을 확인하는 데 이르렀지만, 다만 그뿐 이를 딛고 더 나아가지는 못하였다.

최인훈의 문학적 자아를 "눈앞이 캄캄"한 상황에서 벗어나 자기 문학의 의미 있음에 대한 확인과 이에서 생겨난 자부를 바탕으로 한 창작에 나아가게 한 것은 1988년의 납·월북문인 해금으로 인해 열린 상황

---

77) 『소설가 구보씨의 일일』, 앞의 책, 132쪽.

에서 만나게 된 그동안 남쪽에서는 접할 수 없었던 일제 강점기 선배 문인들, 특히 박태원, 이태준, 이용악의 문학이었다. 최인훈의 문학적 자아는 이들의 문학을 읽고 깊은 동질감을 느끼는데 그들에게 "빙의(憑依)"되었다, 또 그는 그들의 "환생(還生)"이다[78]라고까지 표현할 정도이다.

최인훈의 문학적 자아 가운데 일제 강점기 선배 문인들에게 가장 깊은 동질감을 느끼는 『화두』의 주인공은 '고본점'의 일본어 책들을 통해 수준 높은 동서양의 지적 세계를 경험하였다. "거기에는 19세기의 온갖 문학들과 철학과 사회사상이 있었고 그 이전 세기의 지중해 연안의 모든 세기들이 있었고 잘 소화된 중국 고전문화의 취하게 하는 세계가 있었"[79]으니 그 일본어 책의 세계는 그에게는 "나의 대학"[80]이었다. 그런 그에게 식민지 시대 문인을 포함한 지식인들은 "동기동창생"[81] 같다. 그리고 그는 스스로를 "한 많은 식민지 지식인의 지적인 호기심의 계승자"[82]라 생각하는데, 그는 이를 두고 "심리적 자기동일성"[83]이라 하였다. 그러나 이것은 부차적인 것, 그가 일제 강점기 선배 문인들에게 느낀 동질감의 핵심 이유는 따로 있다. 그들과 마찬가지로 그 또한 폭력적인 통치 권력 아래 놓인 노예라는 것, 그러나 또 그들과 마찬가지로 그 노예의 현실을 마땅히 그러한 "자연"으로 받아들이지 않고 그것에 맞서는 문학을 하고자 노력하고 있다는 것이 바로 그것이다.

그가 묘사한, 자기를 포함한 동료 문학자들의 초상은 적극적, 소극적으로 저항하는 사람들은 아니지만 점령자들에게 적극적으로 협력하고

---

78) 같은 곳.
79) 『화두』 2, 앞의 책, 216쪽.
80) 위의 책, 215쪽.
81) 같은 곳.
82) 위의 책, 206쪽.
83) 같은 곳.

있는 사람들도 아니다. 눌린 사람들, 저항할 힘조차 빼앗긴 사람들이다. 누가 빼앗았는가를 알 수 있게 하는 붓길이다. 그들의 가난, 그들의 우울, 그들의 권태―그런 표정의 초상이 과연 선택을 거치지 않은 표현일 수 있을까? 적들이 점령한 땅에서 발행되는 자리에서 쓸 수 있는 한계와 싸우고 있는 긴장이 보인다. 그 긴장이 문학예술에서는 이른바 <예술성>이다. 나라 밖으로 나가지 않고, 표현활동을 계속하자면 이렇게 굴절될 수밖에는 없지 않았겠는가? 그러나 굴절은 굴복은 아니다. 그 굴절과 굴복의 구별은 완벽한 추상적인 기준을 정할 수는 없는 일이며 구체적으로 작품 하나하나마다 따져보면 감별이 불가능하지는 않을 것이다.[84]

일제 강점기 선배 문인들의 문학에 대한 독서를 통해 최인훈의 문학적 자아는 굴복과는 구별되는 굴절의 형식이 저항의 형식일 수 있다는 인식에 이르렀다. 그는 그들을 '대수적(代數的) 거울'[85]로 삼아 자신의 지금까지의 문학이 그들의 문학과 마찬가지로 굴복의 문학이 아니었음을 확인할 수 있었고, 내용에 맞는 저항 형식의 창출로써 의미 있는 문학을 일구는 일이 가능하다는 깨달음을 얻게 되었다. 최인훈의 문학적 자아에게 일제 강점기 선배 문인들과 그들의 문학은 한편으로는 자신감을 갖게 한 격려의 존재였고, 다른 한편으로는 창작의 앞길을 열어주는 길안내의 존재였다.

이처럼 일제 강점기 문학사의 타자들과의 만남을 통해 최인훈의 문학적 자아는 새로운 단계로 나아갈 수 있었다. 그러나 최인훈의 문학적 자아가 가장 큰 관심을 갖고 있는 문학의 정치성은 여전히, 앞에서 검토한바 이광수의 문학을 대할 때와 마찬가지로 거의 전적으로 통치 권력과 그것의 정치적 지배에 대한 대응을 문제 삼는 폭 좁은, 단순한 차

---

84) 『화두』 2, 앞의 책, 50쪽.
85) 위의 책, 60쪽.

원에 머물고 있다.

> 가) 식민지체제 아래에서의 선배들에게는 우리 땅이 적군의 총칼 아래 놓였다는 감각에 눈을 감고서는 꽃도 꽃이 아니며, 열매도 열매가 아니었다. 사랑도 결혼도 그 울타리 안에서의 일이었고 눈도 비도 노예의 땅에 내리는 눈비는 마땅히 노예의 냄새가 났다. 이 사실을 없는 것처럼 여기고 이러저러하게 비켜가면서 부른 노래는, 결국 노래가 되지 못하고 만다는 것을 구보나 이용악은 잊어버릴 수 없었다.86)

> 나) 그러나 단편들은, 그 많은 단편들은 어느 것 하나 버릴 것이 없다. 적당한 분량의 작가의 자아가 작중인물들에게 주어지고 남은 자아는 이편에서 그들을 바라보고 있다. 그 거리가 모든 작품을 예술이게 하고 있다. 그 눈길은 비판일 때도 있고, 사랑일 때도 있고, 동정일 때도 있다. 힘이 없기로는 다 별스럽지 않은 사람들이기 때문에 작가는 자기의 모두를 그들에게 옮길 수가 없기 때문에 자기미화에서 자동적으로 벗어난다. 작가 자신이 등장할 때도 이 절제는 지켜지고 있다. 별수 없이 점령자들이 짜놓은 그물 안에서 가능한 움직임밖에 안하기 때문에 작가가 등장해 봐야 다른 등장인물 이상의 신통한 가치를 만들어내지 못한다. 등장인물로서의 작가의 뒤에, 보이지 않는 서술자로서의 작가가 숨어 있는 낌새가 역력하다.87)

가)는 박태원과 이용악의 문학에 대한 독후감이고 나)는 이태준의 문학에 대한 소감이다. 앞의 것은 "총칼 아래 놓"인 "노예"의 현실을 잊지 않았다는 "감각"에, 나)는 "점령자들이 짜놓은 그물 안"에 사는 인물들을 거리를 두고 바라보는 "작중인물들에게 주어지고 남은" "작가의 자아" 곧 "이상적인 자아"88)에 초점이 놓여 있다. 표현과 내용은 서로 다

---

86) 『화두』, 앞의 책, 52쪽.
87) 위의 책, 54쪽.

르지만, 폭력적이고 부당한 통치 권력 아래 노예의 현실을 살고 있다는 것을 정시하는 눈과 그럼에도 불구하고 그것에 굴복하지 않고 갇히지 않는 정신을 전제하는 것이라는 점에서, 두 글의 상통한다. 최인훈의 문학적 자아는 이광수의 문학을 읽을 때와 마찬가지로 통치 권력과 그것의 정치적 지배에 대한 대응을 문제 삼고 있는 것인데, 이 점 최인훈 문학의 큰 문제점이다.

이 같은 문제점으로 인해 최인훈 문학은 정치성의 측면에 한정해 볼 때, 더 넓고 깊게 나아갈 수 있는 길을 스스로 차단하게 되었던 것으로 판단된다. 최인훈의 문학 속에는 단상, 대화 등의 형식에 담긴, 한국 현대사에 깊이 관여한 힘의 하나인 강대국의 신식민지적 지배의 현실, 개화기 이후 한국사회를 이끌어온 것 가운데 하나인 서구 문명과 우리 사회와의 관계, 전근대 시기 한국사회를 지배했던 권력과 신문학과의 관계 등에 대한 날카롭고 개성적인 사유와 통찰이 곳곳에 반짝이고 있다. 한국현대문학사에서는 아주 드문, 문·사·철을 아우르는 통합적 지식인인 최인훈의 남다른 면모를 잘 보여주는 것들이다. 그런데 스스로 정치성의 폭을 제약함으로써 최인훈 문학은 그 같은 사유와 통찰을 발전시킬 수 있는 가능성 또한 제약하였다. 이광수 문학의 문학사적 성격에 대한 날카로운 통찰을 예로 들어 조금 자세하게 살펴보기로 한다.

「흙」을 쓰던 시기 작가 이광수를 이끌었던 그 열정 그 꿈과 관련하여, 우리 신문학사의 '낭만파'와 그 후대적 계승에 대한 인상적인 해석을 「소설가 구보씨의 일일」에서 만날 수 있는데, 아직까지도 국문학계에 수용되지 않는 개성적인 것이다.

신문학에서의 낭만파는 한 가닥으로 된 절망의 노래가 아니다. 개화

---

88) 위의 책, 53쪽.

의 물결을 타고 싹트는 평민 계급의 기쁨의 예감, 평민 계급의 사춘(思春)의 시다. 나라는 망했을지 모르지만 계급으로서는 길이 열렸던 것이다. 서양 양반 계급의 멸망의 가락에 얹혀서 읊어낸 평민 계급의 해춘(解春)-의 가락, 그것이 한국 낭만파다. 한국 낭만파의 이 양면성. 한 가닥은 이상으로, 한 가닥은 이광수로. 이광수에게는 말년까지 낙관주의자의 모습이 있다. 옛날보다는 낫지 않으냐는 듯한 가락이 있다. 짓눌렸던 조선 평민 계급의, 적의 손에 의해서일망정 손에 넣게 된 버리고 싶지 않은 기득권에의 애착이 있다. 그 길을 그대로 가면 황국 신민이 빨리되는 것이 조선 사람의 살길이라는 결론이 나온다. 민족 없는 계급주의다.[89]

바로 앞의 인용에 들어 있는 허숭의 존재성에 대한 해석과 엮으면, 허숭의 정신을 중심에 품고 짓쳐 달렸던 이광수 문학 나아가서는 한국 현대문학의 외적, 내적 형성 맥락에 대한 통찰을 담고 있는 새로운 해석이라고 할 수 있을 것이다. 최인훈 문학에는 이처럼, 국문학 연구자들의 시야를 열어주는 빛나는 통찰이 들어 있기도 하다. 그러나 다만 이에 그치고 말았으니 아쉬운 일이다. 최인훈의 문학적 자아가 스스로 식민지 통치 권력과 그것의 정치적 지배에 대한 대응만을 문제 삼음으로써 정치성의 폭을 제약하였기 때문에 더 이상의 추구가 이루어질 수 없었던 것이다.[90]

---

89) 최인훈, 『소설가 구보씨의 일일』, 문학과 지성사, 2009, 279-280쪽.
90) "최인훈의 소설 속에서 예술가는 '난민' 표상을 통해 담론적 차원이 아니라 존재론적 차원의 정치적 의미를 갖는다."(양윤의, 「최인훈 소설의 정치적 상상력」, 『국제어문』 50, 국제어문학회, 2010, 177쪽)라고 진술할 때의 최인훈 문학의 정치성과 우리가 이 글에서 문제 삼는 담론 차원의 정치성은 층위가 다르다. 앞의 것은 '난민'으로 스스로를 표상하는 최인훈 문학 속의 예술가가 타자들과의 만남에서 생성되는 성격의 정치성이고, 뒤의 것은 최인훈의 문학적 자아가 한국현대문학사의 선배 작가들과 그들의 문학에 대해 사유할 때 그 중심 내용으로서의 정치성이다.

5. 마무리

이 글에서 필자는 최인훈의 소설, 수필, 비평의 곳곳에 나오는, 한국 현대문학의 타자들 곧 '이광수·박태원·이태준 등의 소설가'와 그들의 문학에 대한 비평적 언술을 비판적으로 검토하였다.

그 언술의 주체는 서술자인 경우도 있고 등장인물인 경우도 있다. 그 들은 전체적으로 보아 서사 맥락과 완전히 무관하지는 않지만 서사 맥 락의 구속에서 대단히 자유로운데 이 사실은 그들을 두고 여러 가지 측 면에서 작가 최인훈과 가깝지만 그렇다고 작가 최인훈과 일치한다고 할 수는 없다는 점에 대응한다. 이 글에서는 그 비평적 언술의 주체를 '최인훈의 문학적 자아'라 부르기로 하였다.

최인훈의 문학적 자아가 발화하는 이 비평적 언술이 최인훈 문학에 서 차지하는 비중은 대단히 크다. 그 비평적 언술은 최인훈의 글 곳곳 에, 짧은 단상이라 할 수 있는 것에서부터 체계와 논리를 갖춘 긴 논설 이라 할 수 있는 것에 이르기까지 다양한 형식을 취하고 있으며, 초기 의 글에서부터 최근의 글에 이르기까지 최인훈의 문필활동 전 기간에 걸쳐 계속하여 등장한다. 당연히 그 분량이 방대하다. 한국현대문학의 타자들에 대한 깊고 지속적인 관심이 최인훈 문학을 관류하고 있다고 할 수 있을 것이다.

이처럼 서사 맥락의 구속에서 상당히 자유로운 주체에 의한 발화로 서, 최인훈 문학 전체에 걸쳐 계속하여 나오며 그 분량이 방대하다는 점 등을 근거로, 이 비평적 언술들로 이루어진 하나의 독립된 텍스트를 새롭게 구성할 수 있다는 게 이 글의 출발점이다. 이 같은 생각에서 출 발한 이 글의 내용은 다음처럼 간추릴 수 있다.

첫째, 우리가 새롭게 구성한 그 독립된 텍스트를 구성하는 한국현대

문학의 작가들과 그 문학에 대한 비평적 언술은 문학인으로서 마땅히 가져야 하는 문학사에 대한 관심과 관련된 것이기도 하지만 보다도 현실에 대한 작가로서의 바람직한 대응 태도와 생산적인 글쓰기 전략의 모색과 더 크게 관련된 것이다. 그 모색의 지향성이 이 텍스트 전체를 꿰고 있는 것이다.

둘째, 이 텍스트에서 최인훈의 문학적 자아가 가장 먼저 만난 한국현대문학의 타자는 이광수이다. 그는 이광수와 그의 문학을 매개로 문학과 정치의 관련 곧 문학의 정치성에 대한 사유를 펼치는데, 그 사유의 중심에 놓인 문학의 정치성이란 '절대로 용납할 수 없는 통치 권력과 그 정치적 지배에 대한 명백하고 직접적인 비판'이라는 대단히 단순하고 폭 좁은 성격의 것이었다. 문학의 정치성을 이처럼 단순하고 좁게 인식하였기에 이광수를 매개로 한 문학과 정치의 관련에 대한 사유는 더 이상 나아갈 수 없었으며, 바람직한 현실 대응태도와 생산적인 글쓰기 전략의 모색은 벽에 부딪쳐 새로운 길을 열지 못하였다.

셋째, 문학의 정치성에 대한 이 같은 인식을 뒷받침하는 것은 망명의 논리이다. 국내에서는 바람직한 정치성의 문학이 불가능하다는 것, 그런 문학을 일구기 위해서는 망명했어야 한다는 것을 중심에 둔 논리인데, 문학의 정치성에 대한 인식의 문제점과 '망명'이란 말에 내재한 낭만성에 이끌린 데서 생겨난 것이다. 당연하게도 이 망명의 논리는 문학사의 실제와는 크게 어긋난다.

넷째, 이광수 다음에 최인훈 문학에 개입하게 된 한국현대문학의 타자는 박태원과 이태준 등 일제 강점기 선배 문인들과 그들의 문학이다. 이들 타자와의 만남을 통해 최인훈의 문학적 자아는 굴복과는 구별되는 굴절의 형식이 저항의 형식일 수 있다는 인식에 이르렀으며, 이들 타자를 거울삼아 내용에 맞는 저항 형식의 창출로써 의미 있는 문학을 일구는 일이 가능하다는 깨달음을 얻게 되었다.

다섯째, 이처럼 일제 강점기 문학사의 타자들을 만남으로써 최인훈의 문학적 자아는 새로운 단계로 나아갈 수 있었다. 그러나 최인훈의 문학적 자아가 가장 큰 관심을 갖고 있는 문학의 정치성은 여전히, 이광수의 문학을 대할 때와 마찬가지로 거의 전적으로 통치 권력과 그것의 정치적 지배에 대한 대응을 문제 삼는 폭 좁은, 단순한 차원에 머물고 있다. 최인훈 문학에서 큰 비중을 차지하는 이 비평적 언술의 텍스트가 문학과 정치의 관련에 대한 사유를 더 넓고 깊게 추구할 수 있는 길을 스스로 차단하였다.

4
문학교육의 현장 비판

근대 계몽기 문학과 문학교육

1. 문학교육 종사자의 책무

문학교육에 종사하는 사람은 학생들에게 읽힐 작품을 널리 구하고, 그 작품을 읽혀야 하는 이유를 설득하는 논리를 마련하고, 그 작품을 해석하고 가르치는 구체적인 방안을 찾고자 늘 힘써야 한다. 저마다의 연구실에서 이루어지는 이런 노력이 모여 문학교육의 장을 풍성하게 가꾸어 나간다.

그런데 한국문학사의 곳간에 쌓여 있는 작품들은 모두가 문학사의 전개 과정에서 생산된 것이니 그 하나하나는 문학사적 맥락을 고려할 때 비로소 제대로 이해될 수 있다. 제대로 된 작품 이해가 전제되지 않는다면 문학교육의 장에서 다룰 작품을 구하는 일, 그 작품을 읽혀야 하는 이유를 설득하는 논리를 마련하는 일, 작품을 해석하고 가르치는 구체적인 방안을 찾는 일 등을 충실히 수행할 수 없음은 물론이다. 객관적인 사실에서 멀리 벗어난 주관적 이해, 작품의 깊은 곳에 멀리 못 미치는 얕은 이해, 다른 작품들을 비롯하여 문학사를 구성하는 여러 요소들과의 관계 밖에서 이루어지는 파편적 이해에서 나아가기 어렵다. 문학교육 종사자는 작품을 대할 때 언제나 문학사의 맥락을 염두에 두어야만 한다.

근대 계몽기 문학은 문학교육의 장에서 상대적으로 소외되어 왔다. 신소설 「혈의 누」와 「금수회의록」, 개화가사 몇 편, 신체시 몇 편 등이 국어과 교과서에 수록되었을 뿐이다. 이 시기 문학은 문학사적 전환기인 이 시기의 특성을 반영하고 있어 문학사의 흐름을 파악하는 데 유용한 학습 제재라는 점, 이 시기에 생산된 문학 작품의 수가 적지 않으며 우수한 작품 또한 적지 않다는 점 등을 생각하면 이런 현실은 받아들이기 어렵다.

이 글에서 필자는 근대 계몽기 문학의 담화 방식과 근대 계몽기 문학이 담고 있는 세 가지 정신의 근저에 놓여 있는 이분법 및 그 작용 양상에 대해 살피고, 이를 바탕으로 이 시기 문학이 문학교육의 장에서 어떻게 활용될 수 있을지 살펴보고자 한다. 이 작업이 문학교육 영역에서 근대 계몽기 문학이 새롭게 조명될 수 있는 계기가 되기를 바라며 나아가 보겠다.

2. 근대 계몽기 문학의 담화 방식과 '진실/허위'의 이분법

근대 계몽기는 말 그대로 계몽의 시대였다. 외세의 침략에 맞서 국권을 지키고, 전근대적 질서를 해체하여 근대적 사회를 일구어야 하는 시대적 책무가 앞서 나아가 대중을 각성하고 이끌고자 하는 계몽의 정신을 시대정신이 되게끔 하였다. 이 시기 서사 문학에는 단형 서사문학, 역사전기소설, 신소설, 근대소설 등이 있었는데 그 바탕에 놓인 기본 형식은 계몽의 형식이었다. 계몽의 시대가 계몽의 형식을 낳은 것이다. 그 계몽의 형식은 여러 측면에서 살필 수 있는데 그 하나는 담화 방식이다.

이 시기 서사 문학 가운데는 근대 계몽기의 신문에 주로 실린 '서사적 논설', '서사적 기사' 등이 있는데 일반적으로 단형 서사 문학이라 불리는 것들이다. 최근 들어 우리 근대소설의 형성 과정을 탐색하는 연구가 활발해지면서 크게 주목받게 된 것들이다. 글쓴이의 '해설 또는 주석'을 '작품의 처음이나 끝, 혹은 처음과 끝 양면에 모두'[1]에 둔, '중심 서사와 작가 해설의 결합' 형식으로 된 것으로 조선 후기 야담의 전통을 잇는 '교훈성과 계몽성'[2]의 서사 문학이다. '소설'이나 '기서' '단편소설' 등의 이름으로 불리던 짧은 소설도 있는데 '해설 또는 주석'이 들어 있지 않은 경우도 많지만 이 또한 교훈성과 계몽성이 요체였다.

이들 단형 서사 문학의 대표적인 담화 방식을 문답체, 토론체, 서술체[3]라고 보는 게 국문학계의 상식이다. 상식이 틀린 경우도 있는 법이니 과연 그러한지 검토해 보기로 하겠다.

문답체는 이미 아는 사람이 모르는 사람의 질문에 답하는 구성을 일반적으로 갖고 있는데 글쓴이의 계몽의식을 직접적으로 반영한 담론 방식이다. 이 시기 단형 서사문학 가운데 문답체의 담론 방식으로 된 것이 가장 많은 것은 계몽의 정신이 당대의 대표적인 시대정신이었음

---

1) 김영민, 「한국 근대소설의 발생 과정」, 『한국 근대소설의 형성 과정』, 소명출판사, 2005, 22쪽.
2) 같은 책, 23쪽.
3) 김영민, 「근대 계몽기 단형 서사문학 자료 연구」, 『근대 계몽기 단형 서사문학 자료 전집 상』, 소명출판사, 2003, 557-563쪽. 어떤 연구자는 구성을 살펴 '문답식 구성', '토론식 구성', '일화식 구성'의 셋으로 나누기도 한다.(정선태, 『개화기 신문 논설의 서사 수용 양상』, 소명출판사, 1999) 그러나 문답과 토론은 등장인물의 담화 방식과 관련된 것이고 일화는 글의 양식 특성과 관련된 것이어서 범주가 다르니 같은 자리에 놓일 수 없다.

을 뚜렷이 보여준다. 이 문답체는 이후의 우리 서사 문학에서 '계몽자/
피계몽자'가 등장하는 경우 가장 널리 사용된 담화 방식이다.『무정』
122회, 삼랑진 여관에서 계몽자인 이형식이 피계몽자인 세 여성과 문답
하는 것이 대표적이다.

이른바 토론체에 해당하는 작품은 많지 않은데 고작 몇 편을 확인할
수 있을 뿐이다. 어떤 문제를 둘러싸고 여러 사람이 의견을 나누면서
답을 찾고자 하는 방식이라는 점에서 마찬가지로 계몽의 형식에 해당
한다. 여기서 이 용어가 적절한지 검토할 필요가 있다. '셋 이상의 등장
인물이 나와 대화나 토론을 이끌어가는 방식'[4] 또는 '둘 또는 그 이상
의 사람들이 등장하여 한 가지 주제에 관해 자신의 의견을 말하는 방
식'[5]이라고 정의되는 것이 일반적인데 두 경우 모두 적절하지 않다는
게 내 생각이다. 국어사전에서는 토론을 "어떤 문제에 대하여 여러 사
람이 각각 의견을 말하며 논의함."이라 풀이하고 있는데 이에 따르면
앞의 두 정의에는 아무 문제가 없다. 그러나 현행 국어과 교육과정에서
는 토론(devate)과 토의(discussion)를 구별하고 있으며, 우리 사회에 토론 문
화가 자리 잡으면서 국어 언중은 토론과 토의를 다른 뜻의 단어로 받아
들이게 되었다. 이런 점을 생각하면 앞의 두 정의에서의 이른바 '토론'
은 토론보다는 토의에 더 가까운 의미를 가진 말로 보인다. 사정이 이러
하다면 토론체 대신에 토의체라고 하는 게 보다 적절하다는 게 내 생각
이다.

이런 문제의식과 관련하여 단형 서사문학을 잇는「금수회의록」과「자
유종」을 토론체 소설이라 부르는 것이 적절한지 돌아볼 필요가 있다.[6]

---

4) 김영민, 같은 책, 561쪽.
5) 정선태, 같은 책, 100쪽.
6) 이 두 작품을 수록하고 있는 국어과 교과서, 지도서, 참고서 등에서는 하나같이 토

앞질러 말하자면 두 소설의 담화 방식은 연설체이다. 연사가 하나씩 나와 청중을 상대로 자신의 의견을 개진하는 「금수회의록」의 담화 방식은 명백히 토론체가 아니라 연설체이다. 「자유종」의 경우는 방안에서 여성들이 저마다의 의견을 말하는 방식이어서 연설체가 아닌 것 같지만, 이들 여성이 돌아가며 서로 다른 문제에 대해 자신의 의견을 일방적으로 개진하는 방식이기 때문에 이 또한 연설체로 보는 게 적절하다. 그들은 자기 차례가 오면 연사가 되어 다른 여성들을 청중 삼아 한바탕 연설을 하고, 다른 사람이 연설할 때는 청중의 하나가 되어 그 연설을 경청한다. 「금수회의록」과 「자유종」의 연설체는 다수의 사람을 대상으로 자신의 의견을 주장하는 담화 방식이니 이 또한 계몽의 시대가 낳은 계몽의 형식이다.

서술체는 서술자, 등장인물, 사건 등 서사를 구성하는 기본 요소를 모두 갖추고 있으니 양식상 근대소설과 구별되지 않는다.

이렇게 살핀다면 근대 계몽기의 단형 서사문학은 담화 방식에 따라 문답체, 토의체, 서술체 세 유형으로 나누는 게 이치에 맞다고 하겠다. 대상을 넓힌다면 근대 계몽기 서사문학은 담화 방식에 따라 문답체, 토의체, 연설체, 서술체의 네 유형으로 나눌 수 있겠다.

근대 계몽기 문학에 특징적인 문답체, 연설체 등은 답이 정해져 있는 문제를 둘러싼 담화 방식이라는 점에서 닫힌 형식이다. 토의체 또한 마찬가지이다. 이 시기 문학의 토의체는 여러 사람의 토의를 통해 답을 찾아가는 과정을 보여주는 것이 아니라 정해진 답을 확인하는 과정을 보여주는 것이다. 여러 사람이 등장하여 서로 다른 말을 하지만 그들의 입장은 똑같으며, 그들의 서로 다른 말은 '보부상의 행패가 심하고 정

론체를 강조하고 있다.

부대신들이 잘못하고 있다는 것'과 같은 정해진 답을 확인하기 위해 열거되는 예시[7]에 가깝다. 따라서 이 시기 문학의 토의체 또한 문답체, 연설체와 마찬가지로 닫힌 형식이라고 보아야 할 것이다. 『무정』의 기본 형식인 '사제관계의 구조'[8]는 이들 닫힌 담화 방식의 총체라 할 수 있다.

이들 닫힌 형식으로서의 세 담화 방식은 하나같이 '진실/허위'의 이분법 위에 서 있다. 이 이분법의 틀은 진실은 하나이고, 이미 정해져 있으며, 진실이 아닌 것은 무조건 허위라는 전제를 바탕으로 하는 것으로 철저하게 폐쇄적이다. 이 틀 안에서는, 맥락에 따라 여러 개의 진실이 있을 수 있는 가능성은 전혀 없으며, 맥락에 따라 그 진실이 진실 아닌 것으로 바뀔 수 있는 가능성도 전혀 없다. 이렇게 살핀다면 이 이분법은 진실은 맥락에 따라 여러 개일 수도 있으며, 또 맥락에 따라 진실이 허위로 허위가 진실로 바뀔 수도 있다는 인간 삶과 세계의 복잡 미묘한 이치와는 동떨어진 것이라 할 터이다. 이 같은 이분법이 규정하는 공간에서는 진실의 진실됨, 허위의 허위됨을 의심하는 것은 허용되지 않는다. 이름은 문학이지만 답이 정해져 있는 수학 문제, 지켜야 할 규범이 정해져 있는 교훈서와 동질의 작품이 될 수밖에 없는 것이다. 당연하게도 독자의 작품 읽기는 수학 문제 풀기 또는 교훈서 읽기와 구별되지 않는 것일 수밖에 없다.

'진실/허위'의 폐쇄적인 이분법은 이미 정해진, 단 하나의 진실과 그것의 맞은편에 놓인 허위를 확인하는 과정만을 허용한다. 그 확인 작업과 무관하거나 큰 관련이 없는 것은 작품 안으로 들어올 필요가 없으니 배제될 수밖에 없다. 당연하게도 짧은 단편을 넘어 인간 삶과 세계를

---

7) 「병뎡의리」(『독립신문』, 1898. 11. 23)가 그렇다.
8) 김윤식·정호웅, 『한국소설사』, 문학동네, 2012, 72쪽.

넓게 다루는 중장편으로 나아가기 어렵다.

3. 근대 계몽기 문학의 정신(이념)과 이분법

우리는 앞에서 근대 계몽기 문학의 대표적인 담화 방식인 문답체, 연설체, 토의체 등이 철저하게 폐쇄적인 성격의 이분법 위에 구축된 닫힌 형식이라는 것을 살폈다. 그런데 이처럼 철저하게 폐쇄적인 성격의 이분법은 근대 계몽기 문학의 담화 방식뿐만 아니라 정신(이념), 구조 등 작품을 이루는 모든 것을 규정한다. 이 장에서는 근대 계몽기 문학을 그것에 담긴 정신에 따라 세 가지로 나누고, 각각을 지배하는 이분법의 성격과 작용 양상을 살펴보겠다.

근대 계몽기 문학은 그 속에 담긴 정신에 따라 세 가지로 나눌 수 있다. 억압과 수탈의 타락한 봉건 권력과 맞서 싸우는 투쟁의 정신을 핵심에 둔 문학, 국권 수호와 회복을 위해 투쟁해야 할 것을 강조하는 문학, 한국사회의 근대화라는 과제를 짊어지고 헌신하는 계몽자의 이타적, 자기희생적 삶을 다루는 문학의 세 가지이다. 이들 문학의 중심에 자리 잡은 정신의 바탕에 놓인 것은 이분법이다. 이 시기 문학은 통틀어 이 같은 이분법 위에 서 있다.

3-1. 타락한 봉건 권력과의 대결과 '봉건 권력/민중'의 이분법

근대 계몽기 문학의 한 갈래는 억압과 수탈의 타락한 봉건 권력과 맞서 싸우는 투쟁의 정신을 핵심에 둔 문학이다. 이인직의 신소설 「은세

계」를 그 대표작이라 할 수 있는데 그 핵심은 '봉건 권력/민중'의 이분
법이다.

국문학계에서는 대체로 「은세계」가 근대적 시민의 반봉건 투쟁을 그
린 작품이라는 평가에 동의하는 듯하다. "근대의 주체인 시민 중에서
정치적 시민이라 할 수 있는 인물을 주인공"으로 설정하여, "그 시민과
봉건적 모순 사이의 전투적 갈등을 그"9)린 것으로, "근대로의 이행에서
필연적으로 제기되어야만 했던 반봉건성을 그 최대치에서 보여준 작
품"10)이라는 평가가 그 대표적인 것이다. 그러나 이 같은 평가는 타락
한 관리인 강원감사에 맞서 싸우는 주인공의 투쟁을 '봉건적 모순'과의
투쟁이라 할 수 있다는 전제가 성립하지 않는다면 무너질 수밖에 없다.
봉건적 모순이란 봉건 체제의 모순을 가리키는 말일 터인데, 그렇다면
최병도의 투쟁을 과연 봉건 체제의 모순과 맞선 투쟁이라 할 수 있는가
가 관건이 되겠다. 김옥균을 존경하여 그의 '심복'11)이 되었다는 것,
"팔도 백성들이 도탄에 든 것을 건지려는 경륜"12)을 품고 그 경륜의 실
천을 위해 재물 모으기에 힘을 쏟았다는 것, 목숨을 걸고 억압과 수탈
의 타락한 봉건 권력에 맞섰다는 것 등만으로는 그가 봉건 체제의 모순
을 깊이 인식하고 그것을 허물기 위해 투쟁했다고 하기에 충분하지 않
다. "사람들이 먹을 것 다툼 없이"13) 사는 세상을 상징하는 '은세계'의
상징 의미는 "착취나 수탈이 없는, 제 재물은 제가 먹고 사는 사회"14)
라 할 수 있을 것이지만, 이때의 착취와 수탈이 봉건 체제의 모순 때문

---

9) 김종철, 「판소리의 근대문학 지향과 「은세계」」, 『판소리사 연구』, 역사비평사, 1996,
318쪽.
10) 김종철, 「「은세계」의 성립 과정 연구」, 같은 책, 288쪽.
11) 이인직, 「은세계」, 『한국소설문학대계』 1, 두산동아, 1995, 286쪽.
12) 같은 책, 287쪽.
13) 같은 책, 255쪽.
14) 김종철, 「「은세계」의 성립 과정 연구」, 앞의 책, 288쪽.

이 아니라 권력의 타락성 때문이라고 하는 것이 보다 타당하다는 것도 이와 관련된 것이다. 옥고와 악독한 고문의 고통 때문에 죽음에 이르는 길을 걷고 있던 최병도는 강원감사의 면전에서 항변을 토하는데, 그 골자는 '사혐(私嫌)'이 아니라 '나랏법'[15]에 따라 다스리는 법치주의의 요구이니, 이 또한 봉건 체제에 대한 부정의식이라고 하기에는 충분하지 않다. 이렇게 살핀다면 「은세계」의 주인공 최병도를 '근대의 주체인 시민'이라고 하는 것은 실제와는 어긋난 과장된 진단이다. 여러 가지 측면에서 최병도는 근대적 시민의식으로 발전할 수 있는 진보적 의식의 소유자이지만 아직은 그 도정에 있는 인물이라 보는 것이 보다 타당하다. 그렇다면 「은세계」의 주인공은 봉건 체제의 모순과 맞서 싸운 것이 아니라 타락한 봉건 권력과 맞서 투쟁한 것이라고 하는 게 옳을 것이다.

「은세계」의 서사 축은 타락한 봉건 권력과 맞서 투쟁하는 주인공의 여로이다. 타락한 봉건 권력에 유린당하다 비참하게 죽는 것으로 끝나는 그 여로는, 그가 자신의 패배를 알면서도 나아가 그 죽음을 맞아들인다는 점에서 비극적 영웅의 여로이다. 여기서 말하는 비극적 영웅이란 최병도가 마지막에 이르러 '비극적 파국'[16]을 맞는, "자기 개인이나 가족보다 사회와 국가의 운명을 책임진다는 의미에서 영웅의 성격"[17]의 인물을 뜻하는 게 아니다. 핵심은 자신의 패배를 알면서도 물러서지 않고 나아가 마침내 패배하는 영웅이라는 점이다. "백성을 못살게 구는 놈은 나라에도 적이요 백성의 원수라, 그런 몹쓸 놈을 칼로 모가지를 썩 도리고 싶은 마음뿐이요, 돈 한 푼이라도 먹고 싶은 마음이 없었더라. 최 씨가 마음이 그렇게 들어갈수록 입에서 독한 말만 나오는

---

15) 「은세계」, 앞의 책, 288쪽.
16) 같은 책, 182쪽.
17) 김종철, 「판소리사 연구」, 앞의 책, 183쪽.

데"[18])가 최병도의 이런 면모를 잘 보여준다.

패배가 예정되어 있음을 밝히 알면서도 죽음에 이르기까지 부정적 대상과의 투쟁 외길을 내달리는 최병도의 정신은 비록 실현되지는 않았지만 그 안에 '장두(狀頭) 의식'을 담고 있다. 전근대사회에서 민란의 우두머리인 장두는 비록 나라에서 그의 주장이 옳다고 인정하여 받아들인다 하더라도 왕의 권력에 저항하였다는 죄목으로 처형되어야 했다. 그 사실을 알면서도 일어나 민란의 앞자리에 서서 나아가 장렬하게 죽는 장두는 그러므로 비극적 영웅이다. 이인직은 최병두가 민란의 장두로 타락한 공권력과의 싸움에 떨쳐나서는 것을 그리지는 않았다. 망하기 직전이긴 하지만 여전히 조선은 왕이라는 절대 권력이 지배하는 나라였으니 그런 지배 권력의 탄압을 고려하지 않을 수 없었을 것이다. 게다가 이인직의 정치의식은 "황제 폐하께서 등극하시면서 일반 정치를 개혁하시니 만고에 영걸하신 성군(聖君)이시라. 우리도 하루바삐 우리나라에 돌아가서, 우리 배운 대로 나라에 유익한 사업을 하여 봅시다."[19]라는 옥남의 말에서 분명하듯 왕조 체제를 근본 부정하는 데까지는 이르지 않았으니 더욱 그렇다. 주인공을 민란의 장두로 설정하지는 않았지만 그 대신 죽음으로써 타락한 공권력에 맞서는 비극적 영웅으로 설정함으로써 이인직은 간접적으로 장두 의식[20]을 드러내었다.[21]

18) 「은세계」, 앞의 책, 287-288쪽.
19) 이인직, 「은세계」, 앞의 책, 328쪽.
20) 우리 소설사에서 이 같은 장두를 소설의 중심에 놓고 그 삶을 처음으로 구체적으로 그린 것은 1900년 제주섬에서 일어난 이재수란의 장두인 천민 이재수의 피투성이 질주를 다룬 현기영의 「변방에 우짖는 새」(1983)이다.(정호웅, 「현기영론-근본주의의 정신사적 의미」, 『한국의 역사소설』, 역락, 2006 참조.) 「은세계」의 선구성은 이 점에서도 뚜렷하다.
21) 최병두의 정신에 내재한 이 같은 장두 의식은 그의 사상적 동지인 김정수의 언행을 통해 한순간 그 실체를 드러내기도 한다.(같은 책, 265-266면) 최병도를 잡으러 온 강원감영의 장차들에게 마을사람들이 맞서려 하자 최병도가 만류한 것을

이상의 고찰에서 분명해졌거니와 「은세계」를 떠받들고 있는 것은 '봉건권력/민중'의 이분법이다. 이 경우, 봉건 권력은 극도로 타락하여 백성의 철천지원수이고 민중은 장두의식으로 무장하고 패배가 예정되어 있음을 알면서도 투쟁 일로를 내달리는 존재이다. 두 대립항 모두 하나의 함축 의미만 품고 있는 상징과도 같은 것이라 할 터인데, 이런 두 대립항으로 이루어진 이 이분법은 이 같은 두 대립항만을 문제 삼는 것이라는 점에서 대단히 폐쇄적이다. 등장인물들의 사고와 행위는 물론이고, 소설에 반영되는 당대 현실의 이런저런 양상들도 이 이분법의 틀을 벗어나지 못하는 것은 이 때문이다. 소설을 구성하는 모든 것은 이 이분법을 완성하기 위한 수단으로 동원된 것이다. 거꾸로 소설을 구성하는 모든 것은 이 이분법이 만들어낸 것이라는 진술도 가능하다.

다른 의미를 들이지 않는, 철저하게 단일성적인 성격의 두 대립항이 구성하는 이분법 위에 섬으로써 「은세계」는 타락한 봉건 권력에 대한 절대의 적의를 선명하게 드러낼 수 있었다. 그러나 이로 인해 그 틀을 벗어난 곳에 존재하는 현실의 실제, 인간과 세계의 진실을 지나칠 수밖에 없었다. 이를 두고 소설성의 질식이 초래되었다고 할 수 있을 것이다. 이 점에서 「은세계」는 조선 후기 민중문학의 일반적 특징 가운데 하나인 지배층에 대한 비판의식을 계승하여 극적으로 표출한 작품이긴 하지만 근대소설로서 갖추어야 할 소설성을 충분히 확보하지는 못한 과도기의 문학이라 할 것이다. 한편 주제의식의 측면에서도 「은세계」는

두고 최원식은 "그런데 최병도 스스로 민중 에너지의 폭발을 저지하고 있다. 이것은 개량주의적 평민 상층과 급진적인 평민 하층의 갈등을 생생하게 드러낸다."(최원식, 「「은세계」 연구」, 『민족문학의 논리』, 창작과 비평사, 1982, 60면)고 하였는데 이는 타락한 봉건 권력에 맞서는 최병도의 정신을 지나친 것으로 일면의 타당성만을 지닌다. 목숨을 돌아보지 않고 타락한 봉건 권력과 맞서 싸우는 강원감영의 최병도는 혼자지만 이미 장두이다.

과도기적인 작품이다. 앞에서 살핀 대로 최병도는 봉건 체제의 모순을 깊이 인식하고 그 모순의 타파, 나아가서는 그 체제의 해체를 위해 투쟁하는 인물이 아니다. 이 점에서 「은세계」는 그 의식의 측면에서 아직 근대문학에 도달하지 않은 과도기적 문학인 것이다.

3-2. 국권 수호와 회복을 위한 투쟁과 '국권 수호와 회복/침략'의 이분법

근대 계몽기의 문학 가운데 국권 수호와 회복을 위해 투쟁해야 할 것을 강조하는 문학 또한 철저하게 단일성적인 두 대립항이 구축하는 이분법 위에 서 있는데 단재 신채호의 문학이 이를 가장 뚜렷이 보여준다. 단재의 문학은 절대의 적과 싸워야만 한다는 투쟁의 사상, 이른바 절대의 적 사상[22] 위에 서 있는데 그 근저에 놓인 것은 '국권 수호와 회복/침략'의 이분법이다. 단재는 이를 '아(我)/피아(彼我)'의 이분법이라 불렀다. 무장투쟁조직인 <의열단>의 요청을 받고 쓴 「조선혁명선언」은 비록 근대 계몽기 이후에 쓰인 것이지만 근대 계몽기에 전개된 단재 문학을 비롯하여 국권 수호 또는 국권 회복을 위해 투쟁하는 정신을 담은 문학의 핵심 특성을 뚜렷이 드러내 보이는 글이라는 점에서 여기서 다룰 만하다. 이 글에서 단재는 식민지배에 복무하여 이익을 구하는 자는 물론이거니와 문화운동론이나 자치론, 준비론과 같은 타협론을 주장하는 사람도 "생존의 적인 강도 일본과 타협하려는 자", "강도 정치 하에서 기생하려는 자"이고 그런 사람의 한갓 '잠꼬대일 뿐'이라 규정하여 근본 부정한다.

---

22) 김윤식, 「근대문학의 시금석-단재의 경우」, 『한국근대문학사상사』, 한길사, 1984, 35쪽.

그런즉 파괴적 정신이 곧 건설적 주장이라. 나아가면 파괴의 <칼>이 되고 들어오면 <旗>가 될지니, 파괴할 기백은 없고 건설할 치상(癡想)만 있다 하면 오백 년을 경과하여도 혁명의 꿈도 꾸어보지 못할지니라. 이제 파괴와 건설이 하나이오 둘이 아닌 줄 알진대, 민중적 파괴 앞에는 반드시 민중적 건설이 있는 줄 알진대, 현대 조선민중은 오직 민중적 폭력으로 신조선 건설의 장애인 강도 일본 세력을 파괴할 것뿐일 줄을 알진대, 조선 민중이 한편이 되고 일본 강도가 한편이 되어, 네가 망하지 아니하면 내가 망하게 된 <외나무다리 위>에 선 줄을 알진대, 우리 이천 만 민중은 일치로 폭력 파괴의 길로 나아갈지니라.

「조선혁명선언」의 마지막 부분이다. 일본의 식민 지배를 근본 부정하는 철저한 배타적 민족주의와 죽고 살기가 문제되는 상황에 들었다는 절박한 위기의식에서 생겨난 철저한 배제의 논리 위에 구축된 '아(我)/피아(彼我)'의 이분법이 분명하다. 이 이분법을 구성하는 두 대립항은 철저한 긍정의 대상인 '아'와 철저한 부정의 대상인 '피아'이니 모두가 변화의 가능성이 철저하게 봉쇄된 자기완결적인 것이다. 당연하게도 두 대립항 사이에는 어떤 타협의 가능성도 없으니 살거나 죽거나 두 가지 가능성만이 존재한다.

'아(我)/피아(彼我)'의 이분법이 지배하는 공간에서는, 이것을 벗어난 것은 수용될 수 없으니 극적인 대결의 문학만이 가능하였다.

앞에서 살핀 「은세계」의 근저에 놓인 '봉건 권력/민중'의 이분법 또한 상호간 전적인 부정의 대상이 두 대립항이 구축하는 것으로서, 우리 편과 적의 죽기 아니면 살기의 투쟁을 문제 삼는 것이라는 점에서 '아(我)/피아(彼我)'의 이분법이라 할 수 있다. 이렇게 살피면 근대 계몽기 문학 가운데 타락한 봉건 권력과의 대결을 그린 문학과 국권의 수호와 회복을 위한 투쟁을 그린 문학은 동일한 이분법 위에 구축된 것임을 알 수 있다. 역사 전개 과정에 따라 하나는 타락한 봉건 권력을 상대로 한

장두의식의 대결로, 하나는 침략주의에 맞서는 국권 수호와 회복 의식
의 싸움으로 나타났을 따름이다.

이처럼 '아(我)/피아(彼我)'의 이분법 위에 구축된 절대의 적 사상으로
무장한 단재이기에 자유연애, 자유결혼 등을 다루는 당대 소설을 절대
로 용납할 수 없었다. "민중생활과 접촉이 없는 상류사회 부귀가 남녀
의 연애사정을 그림으로 위주하는 장음문자(獎姪文字)"[23]라 규정, 당대 소
설 일반을 일축하였던 것은 이 때문이다.

이 시기 문학의 주요한 주제 가운데 하나였던 자유연애, 자유연애의
사상은 단재가 생각한 것과는 달리 한갓 선정주의가 아니라 국가나 가
문과 같은 '전체성'적 개념을 앞세워 개인(개성)을 그것에 종속시켰던 봉
건적 현실을 부정하고 봉건적 가치관에 구속되고 짓눌렸던 개인(개성)의
해방을 지향하는 급진적인 변혁의 사상이었다. 이 시기 문학의 근저에
는 '자아의 각성' '개성의 해방' 등의 구호로 표현되었던, 봉건적 가치
관으로부터 해방된 개인을 지향하는 의지도 깃들어 있었던 것이다.

3-3. 한국 사회의 근대화를 위한 싸움과 '봉건/근대'의 이분법

근대 계몽기의 문학 가운데 한국 사회의 근대화를 위해 헌신하는 계
몽자의 이타적, 자기희생적 삶을 다룬 작품은 대단히 많다. 내용 면에서
보면, 그 가운데서도 중심은 집단성적 가치관에 억압 받아 온 개인의
해방이라는 과제를 짊어지고 헌신하는 계몽자의 삶을 다룬 것이다.

봉건적 가치관으로부터 해방된 개인을 꿈꾸는 급진적인 사상을 담고
있는 이 시기의 문학 또한 봉건적 가치관이 지배하는 현실에 대한 근본

---

23) 신채호, 「낭객의 신년만필」(『동아일보』, 1925. 1. 2).

부정의 정신에 바탕하고 있다는 점에서 이분법 위에 서 있다. 그 이분법의 구조는 '봉건/근대'이다.[24] 이 같은 이분법은 부정의 대상을 구체적으로 탐구하는 것과, 긍정의 대상이 과연 시공간이 달라짐에도 계속해서 긍정적인지 반복하여 점검하는 것을 봉쇄한다. 부정의 대상, 긍정의 대상 모두 부정적인 것과 긍정적인 것으로 이미 규정되어 있으니 그런 탐구와 점검은 불필요하다. "집안 식구와 나와 취미가 아주 다른 것"[25]에 절망하여 자결하는 청년의 이야기를 중심에 놓은 양건식의 「슬픈 모순」이 이를 잘 보여준다. 봉건적 가치관이 지배하는 현실에 대한 근본 부정의 정신에 바탕하고 있었기 때문에 그 현실에 대한 탐구의 과정, 그런 현실과 맞서 싸우는 구체적인 과정은 불필요하다. 그 현실이 절대로 용납할 수 없는 부정적인 것임을 드러내면 되는데 그 효과적인 방법의 하나가 절망하여 자결하는 결말이었던 것이다.

집단성적 가치관이 지배하는 세계와 맞서 싸우는 어려운 과제를 지고 그를 구속하는 현실과 맞서 투쟁하는 인물의 행로를 구체적으로 그린 작품을 찾기 어렵다는 것도 이와 관련된 것이다. 「혈의 누」, 「자유종」 등 이 시기 많은 작품에서 개인의 해방을 힘주어 외치는 소리를 들을 수 있긴 하지만 그 대부분은 관념어를 엮어 만든 추상적 담론 수준의 것이었다. 「혈의 누」의 중심인물인 김옥련이 자유연애, 자유결혼이 중심 내용인 해방된 개인에 관한 담론을 자유롭게 토로하는 것은 봉건적 가치관의 압박에서 완전히 자유로운 미국의 워싱톤이라는 해방 공간에서였다. 자유연애, 자유결혼을 억압하는 현실 밖에서 그 같은 담론을 주

---

24) 「은세계」의 바탕에 놓인 이분법은 3-1에서 살핀 대로 봉건 체제를 허물고 근대 사회를 건설하겠다는 근대지향적 의식을 담고 있는 것이라 할 수 없으므로 '낡은 현실'근대'의 이분법과는 성격이 다르다.

25) 양건식, 「슬픈 모순」, 『반도시론』, 1918. 2, 71쪽.

고받는 것은 한갓 관념 유희에 지나지 않는다. 김옥련이 고아 상태에 놓인 인물이라는 점도 이와 관련되어 있다. 그녀는 부모(사회)의 구속에서 벗어난 존재로서 책과 서양 체험을 통해 배운 관념의 세계 속에서 자유롭게 노닐 수 있었던 것이다. 우리 문학에서 개인의 해방이라는 문제를 깊이 의식하고 자기 삶의 구체적 현실 속에서 그 답을 찾아 고투하는 인물은 1920년대 염상섭의 소설에 와서 비로소 나타난다.[26]

봉건적 가치관이 지배하는 낡은 현실을 허물고 근대적인 사회로 나아갈 것을 주장하는 이 시기 문학의 근저에 놓인 '봉건/근대'의 이분법은 근대를 배우고 가르치는 일에 절대적 차원의 의미를 부여하도록 이끌었다. 현상윤의 「핍박」이 이를 잘 보여준다. 고등교육을 받은 지식 청년이 주인공인데 그는 사방에서 들리는 "이놈아 약한 놈아! 하기에 게으르고 배우기에 게으른 놈아!"[27]라는 꾸짖음 때문에 괴로워한다. 그는 사람들은 물론이고 길 가는 짐승들조차 자신의 게으름을 탓하며 핍박한다고 생각한다. 그러나 그에게 그런 말을 하는 사람은 아무도 없다. 또 짐승들이 그럴 수도 없는 일, 결국 그 꾸짖는 소리는 주인공의 내면에서 들리는, 주인공 자신의 것이다. 그러니까 그는 스스로를 꾸짖으며 괴로워하고 있는 것이다. '배우기에 게으름'을 '서구의 근대 문명을 배우겠다는 열의에 차 있던 당대 조선 지식 청년 일반의 열정과 강박관념을 반영하는 것'이라 해석한다면 이것은 그 배운 것을 실천에 옮겨야 하는 시대적 소명에 충실하지 않은 것을 가리키는 것이라는 해석이 가능하다. 그렇다면 이 작품의 주제는 서구의 근대 문명을 열심히 배우고

---

26) 『무정』의 경우, 여주인공인 박영채가 '아버지가 정해 놓은 혼처' '정절'의 관념에서 벗어나는 것은 계몽자인 김병욱의 관념적 언설에 계몽 받아서이지, 자기 삶의 구체적 현실 속에서 답을 찾아 고투하는 과정을 통해서가 아니다.
27) 김원우 외, 『한국 대표 단편 57인 선집』, 프레스21, 1999, 11쪽.

그 배운 것을 실천하는 것이 마땅한 책무임에도 불구하고 그러지 못하는 자신을 비판하는 자기비판이라고 하겠다. 자신의 게으름에 대한 주인공의 자기비판은 가혹할 정도로 철저하여 자기와는 무관한 세상 사람들이 자신을 질책한다 생각하게 하였다. 마침내는 짐승들조차 질책한다고 믿으니 그 자신의 말대로 '병'의 상태에 이를 정도로 철저한 자기비판이다. 시대적 소명인 근대를 배우고 가르치는 일에 충실하지 않는 것은 죄라는 강박관념이 핍박하여 그는 병이 들었고 이처럼 철저한 자기비판을 해야만 했던 것이다.

이처럼 당대 지식 청년들을 핍박하여 짐승들의 꾸짖음을 환청으로 듣게 만들었던 '봉건/근대/'의 이분법은 다른 한편 '과거 무화/미래 선취'[28]의 이분법을 낳는다. 소년의 진취적인 기상을 북돋우고자 하는 작가의식의 산물로 평가[29]되는 최남선의 「해에게서 소년에게」 등을 통해 이를 살펴보기로 한다.

처…ㄹ썩, 처…ㄹ썩, 척, 쏴…아.
나의 짝될 이는 하나 있도다,
크고 길고, 너르게 뒤덮은 바 저 푸른 하늘.
저것은 우리와 틀림이 없어,
작은 시비 작은 쌈 온갖 모든 더러운 것 없도다.
조 따위 세상에 조 사람처럼,
처…ㄹ썩, 처…ㄹ썩, 척, 튜르릉, 콱.

처…ㄹ썩, 처…ㄹ썩, 척, 쏴…아.

28) 정호웅, 「한국문학과 극단의 상상력」, 『한국문학의 근본주의적 상상력』, 프레스21, 2000, 39쪽.
29) 문학교육의 장에서 이 작품은 '새로운 문명'을 상징하는 바다를 제재로 '소년의 시대적 각성과 의지'라는 주제를 제시한 작품이라 해석된다.(강승원 외, 『해법문학 13종 문학 참고서 3』, 천재교육, 2012, 46면)

저 세상 저 사람 모두 미우나,
그 중에서 똑 하나 사랑하는 일이 있으니,
담 크고 순정한 소년배들이,
재롱처럼, 귀엽게 나의 품에 와서 안김이로다.
오너라 소년배 입맞춰 주마.
처…ㄹ썩, 처…ㄹ썩, 척, 튜르릉, 콱.[30]

모두 6연으로 구성된 이 시의 핵심은 5, 6연에 들어 있다. 이 시의 화자인 바다는 '저 세상 저 사람' 곧 이 세상과 모든 세상 사람을 '미'워하나 '소년배'는 '사랑'한다는 것, 그리고 그 이유는 이 세상과 모든 세상 사람이 "작은 시비 작은 쌈 온갖 모든 더러운 것"과 관련되어 있지만 소년배는 '담 크고 순정'하기 때문이라는 것이다. '현실세계와 기성세대/바다 및 하늘과 소년 세대'의 선명한 이분법인데, 그 아래 놓인 것은 과거를 부정하여 지우고, 아직 오지 않은 미래를 낙관하는 '과거 무화/미래 선취'의 이분법이다.

「해에게서 소년에게」에 뚜렷한 이 같은 이분법은 「혈의 누」, 「무정」의 주인공이 고아 또는 고아 상태에 놓인 인물이라는 사실과 통한다. 두 소설의 주인공은 「해에게서 소년에게」의 소년배처럼 '과거 무화/미래 선취'의 두 대립항 가운데 '미래 선취'의 항에 속하는 존재들이다. 두 작품의 주인공이 고아 또는 고아 상태에 놓인 인물이라는 것은 그들이 부모로 대표되고 상징되는 전통의 장 밖에 놓여 있는 존재임을 의미한다. 그들은 한편으로는 가르쳐 기르고 한편으로는 구속하는 전통의 장 밖에 놓인 자유인이기에 자신들이 배워 안 이념(작가의 것이기도 한)을 좇아 나아가기만 하면 된다. 이런 그들은 말하자면 관념 세계의 인간 곧 관념인들이다.[31] 관념인들의 관념적 사유가 극단으로 치달아 구체

---

30) 최남선, 「해에게서 소년에게」, 『소년』 1, 1908.

적인 점검 없이 봉건적 과거를 아예 무화하고, 한국사회와의 정합성 여부에 대한 치밀한 검토 없이 서구적 근대를 낙관적으로 선취한 것이 곧 '과거 무화/미래 선취/의 이분법이었던 것이다.

이처럼 '과거 무화/미래 선취'의 이분법에 갇혀, 과거를 전적으로 부정하고 오지 않은 미래를 낙관하여 내달리는 관념인들의 사유 내용을 논리화한 것이 이른바 전통단절론이다.

> 萬事가 初創이요, 과거의 불행한 민족적 생활을 떠나 미래의 행복된 민족적 新生에 入하려고 분투하는 조선 민족 중에서 신문예운동에 참여하게 된 나와 여러분은 신중한 고려를 하여야 할 것입니까, 아니해도 관계치 아니할 것입니까.
> (중략)
> 그런데 현재 우리 민족의 심적 상태는 진실로 tabula rasa라 할지니, 이 chance에 어떤 사상이 들어가고 아니 들어감으로 만년의 장래의 화복에 대영향이 있을 것이 분명하외다. 게다가 현재 우리 중에는 가령 문예면 문예의 전하는 사상의 독소를 중화할 과학·철학 기타의 사상이 없고, 마치 독삼탕·대황탕 모양으로 문예 하나밖에 다른 것이 없는 처지인즉, 만일 그 문예의 전하는 사상 중에 독소가 있다 하면, 그것은 전민족에게 대하여 무서운 해를 끼칠 것이외다.[32]

이광수는 조선 '민족의 심적 상태는 진실로 tabula rasa' 곧 백지 상태라고 인식했다. 과거로부터 물려받은 전통은 아무것도 없다는 것, 모든 것은 새로 만들어 세워야 한다는 것이니 철저한 전통 부정이고 전통 단

---

31) 그들이 이런저런 일로 우여곡절을 겪기는 하지만, 그들을 이끄는 이념과의 관계에서 본다면 머뭇거림도 멈춤도 벗어남도 없이 일직선의 행로를 내달리는 것인데 이는 그들이 전통의 장 밖에 놓인 자유인이고 관념 세계의 인물이라는 사실과 관련된 것이다. 이들이 관념 세계의 인물이듯 그들이 철저한 부정의 대상으로 인식한 과거와 기성세대 또한 그들에 의해 관념화된 것이니 실제에서 멀리 떨어진 것이었다.
32) 이광수, 「문사와 수양」, 『창조』 8호, 1921.

절의 주장이다. 이광수의 이 같은 전통 부정의 의식, 전통 단절의 주장은 그 혼자만의 것이 아니라 근대 계몽기 한국 문학의 생산과 수용 과정에 참여했던 작가와 독자 일반이 공유하는 것이었다. 그런데 주목해야 할 것은 이 철저한 전통 부정론, 전통 단절론의 내부에 절망감이 깃들어 있다는 사실이다.

　이인직, 최남선, 이광수 등 이 시기 작가들은 '봉건/근대'의 이분법과 '과거 무화/미래 선취'의 이분법으로써 대상을 이해하였으며 그것에 근거하여 자신들의 의견을 개진하였다. "미/추, 진실/허위, 선/악 등등의 약호를 만들어내는 그 이분법들은 대상의 전적인 부정을 통해 새로운 것을 일구고자 하는 창조 정신을 담는 그릇"[33]이니 새로운 '진, 선, 미'를 창조하고자 하는 열망의 산물이다. 그러나 다른 한편 그 이분법들은 과거와 기성세대에게서 배울 것, 물려받을 것을 조금도 발견하지 못한 데서 생겨난 절망감의 소산이기도 하다. 창조의 열망과 절망감이 크고 깊을수록 부정의 항에 대한 부정의 정도, 긍정의 항에 대한 긍정의 정도가 함께 커진다. 이를 따라 이분법을 구성하는 두 항의 대립이 예각화될 것임은 물론이다. 근대 계몽기의 작가들을 지배했던 이분법들은 극단적으로 맞서는 두 대립항으로 이루어져 있는 것은 이 시기 작가들이 지녔던 창조의 열망과 절망감이 아주 크고 깊었음을 잘 보여 준다. 우리 문학사에서 이와 비슷한 경우를 찾을 수 있는데 해방 직후의 채만식 문학이 그것이다. 해방 직후 친일의 죄의식과 타락하고 혼란스러운 현실에서 비롯된 위기의식에 시달리던 채만식은 자라나는 소년들에게

---

33) 정호웅, 『한국문학과 극단의 상상력』, 앞의 책, 39쪽. 한편 이 이분법은 "곧바로 핵심을 문제 삼아 뚜렷하고 강렬한 세계를 창출해 내는 데 대단히 효과적인 인식 체계이다. 그러나 다른 한편으로는 매개항의 설정을 스스로 봉쇄하는 속성을 지닌 것이어서 관계의 단순화를 벗어나지 못하는 것"(같은 곳)기도 한데 그들의 문학이 골격만이 앙상한 구조물에서 더 나아가지 못한 가장 큰 이유는 이것이다.

한국 사회와 우리 민족의 미래를 기대하는 비원을 담아 「소년은 자란다」, 「낙조」, 「민족의 죄인」 등을 썼다. 그 비원의 안면에는 밝은 미래에 대한 희망과 함께 "혼란스러운 현실을 타개해 나갈 역사담당주체를 현실 속에서 찾지 못함으로써" 생겨난 절망감[34]이 깃들어 있었다.

근대 계몽기의 작가들, 해방 직후의 채만식 등은 자신들을 포함한 젊은 세대가 새로운 미래를 열 수 있는 힘을 지닌 역사담당주체라 믿었다. 그러나 그 믿음은 실제의 현실에서 멀리 떨어진 잿빛 관념의 세계에 속하는 것이었다. 그들은 그 믿음에 이끌려 앞을 향해 내달렸다. 그러나 그 질주는 오래 계속될 수 없었는데 준엄한 현실 법칙이 작동하여 앞을 막았기 때문이다. 실제 현실에 막혀 질주하는 것이 불가능해지면 이 이분법을 낳은, 이 이분법에 내재한 절망감이 자욱하게 피어올라 그들의 낙관적 믿음을 약화하고 마침내는 허물게 될 것이다. 채만식도, 근대 계몽기 작가들도 어김없이 그 과정을 거쳐 무너져 갔음을 문학사는 보여준다.

4. 근대 계몽기 문학과 문학교육 – 맺음말을 대신하여

지금까지 우리는 근대 계몽기 문학의 담화 방식과 근대 계몽기 문학이 담고 있는 세 가지 정신의 근저에 놓여 있는 이분법과 그 작용 양상에 대해 살펴왔다. 근대 계몽기 문학의 대표적인 담화 방식인 문답체, 연설체, 토의체(일반적으로 토론체라 불리는) 등은 닫힌 형식인데 이는 '진실/허위'의 철저하게 폐쇄적인 이분법에 의해 규정된 것이었다. 근대 계몽

---

34) 정호웅, 『한국현대소설사론』, 새미, 1996, 283쪽.

기 서사문학의 이 같은 담화 방식 상 특징은 1) 이 시기 문학의 핵심 특성을 잘 보여주는 것이라는 점에서 문학사를 이해하는 데 적절하며 2) 사회역사적 상황과 문학의 관련을 살피는 데 활용될 수 있고 3) 문학의 내용과 형식의 관련을 살피는 데 유용하고, 4) 문학 작품이 다루는 진실과 허위의 문제에 대한 성찰의 자료로 유용하고, 5) 양식의 성격을 이해하는 데도 도움이 될 것이다.

근대 계몽기 문학은 담고 있는 정신(이념)에 따라 크게 세 가지로 나눌 수 있는데, 억압과 수탈의 타락한 봉건 권력과 맞서 싸우는 투쟁의 정신을 핵심에 둔 문학, 국권 수호와 회복을 위해 투쟁해야 할 것을 강조하는 문학, 집단성적 가치관에 갇힌 개인의 해방이라는 과제를 짊어지고 헌신하는 계몽자의 이타적, 자기희생적 삶을 다루는 문학이 그것이다. 이들 세 가지 문학의 근저에 놓인 것도 이분법인데 그 각각은 '봉건 권력/민중'의 이분법, '국권 수호와 회복/침략'의 이분법, '봉건/근대'의 이분법과 '과거 무화/미래 선취'의 이분법 등이다. 이들 이분법은 하나같이 철저하게 폐쇄적인 성격의 것들인데, 이로 인해 근대 계몽기 문학은 극적 갈등의 세계를 넘어서지 못하였다. 근대 계몽기 문학의 이 같은 정신(이념)의 특성은 1) 인물 성격을 살피는 데 대단히 효과적이고, 2) 작가의식 및 작품의 주제를 공부하는 데 매우 유용하고, 3) 문학사의 전개를 심층 구조의 차원에서 파악하는 데 도움이 될 수 있을 것이다.

근대 계몽기 문학에는 다른 한편, 창조의 정신과 절망감이라는 상충하는 두 내용소가 깃들어 있다. 이 시기 작가들은 앞에서 살핀 '진실/허위', '봉건 권력/민중', '봉건/근대'의 이분법과 '과거 무화/미래 선취'의 이분법 위에 서서 새로운 문학, 새로운 사회를 일구고자 하였다. 이들 이분법은 대상의 전적인 부정을 통해 새로운 것을 일구고자 하는 창조 정신의 소산이면서 동시에 막다른 데까지 내몰렸다는 절망감과 과거로부터 물려받을 것을 찾지 못한 데서 생간 절망감이 만들어낸 것이었다. 근대 계몽기 문학의 이 같은 특성은 1) 인물 성격의 심층적 이해, 2) 작품 구조의 심층적 이해, 3) 작품 창작의 이해 등을 위해 활용될 수 있을 것이다.

근대 계몽기 문학은 전근대문학에서 근대문학으로의 전환이란, 거대한 문학사적 전환이 진행되던 시기에 생산된 과도기의 문학이다. 당연하게도 전대 문학 전통의 계승과 관련하여, 전대 문학의 어떤 측면은 긍정하여 이어받고(긍정적 계승), 어떤 측면은 부정하여 폐기하고(전통 단절), 어떤 측면은 부정하면서 극복하는(부정적 계승) 다양한 양상이 전개되었을 것이다. 이 점에서 근대 계몽기 문학은 문학사의 전환기에 문학 전통의 계승이 어떻게 이루어지는가를 보여주는 데 대단히 적절한 재제라 할 수 있는데, 아쉽게도 이 글에서는 살피지 못하였다. 2011년에 공고된 고등 국어 2의 성취기준 가운데 하나로 국어과 교과과정에 처음 진입한 "2011 교육과정 <국어 2>의 문학 영역 성취기준 가운데 "전승과정에 유의하여 한국 문학의 흐름을 이해한다."를 구현하는 데 활용할 수 있을 것이다.

지금까지 살펴왔듯 근대 계몽기 문학은 여러 측면에서 이해할 수 있다. 우리가 이해한 것들을 문학교육의 장에 끌어들인다면 문학교육을 심화, 확장하는 데 도움이 될 수 있을 것이라 생각한다.

인용과 변용의 어법, 해학과 비판의 정신
─일석 이희승의 수필세계

1. 머리말

　일석 이희승(1896-1989)은 생전에 모두 시집 두 권(『박꽃』, 1947;『心臟의 破片』, 일조각, 1961), 수필집 다섯 권(『벙어리 냉가슴』, 1956;『소경의 잠꼬대』, 1962;『한 개의 돌이로다』, 1971;『먹추의 말참견』, 1975;『메아리 없는 넋두리』, 1988) 등의 창작집을 내었다. 이들 창작집 옆에는 두 권의 자서전이 놓여 있다. 자서전인 『다시 태어나도 이 길을』(1977)과 육성 녹음한 것을 토대로 사후에 펴낸 구술 자서전 『딸깍발이 선비의 일생』(1966)에 담긴 내용은 다섯 권 수필집에 실린 수필들의 내용과 대부분 겹친다. 일석이 쓴 수필 가운데는 수필집에 수록되지 않은 작품도 많다. 이 수필집 미수록 작품들은 사후에 간행된 『一石李熙昇全集』(전 9권, 서울대학교 출판부, 2000)에 대부분 수습되어 있다.

　일석은 그의 글 곳곳에서 자신의 창작물이 비전문가가 여기로 쓴 '잡문'이라고 말하고 있지만 겸사일 뿐이다. 그의 문학, 특히 수필은 빼어난 언어 감각, 세계와 인간에 대한 깊은 통찰, 동서양과 고금에 두루 통하는 박학다식의 지적 교양 등이 어우러져 아무나 넘볼 수 없는 개성의 한 세계를 이루고 있다. 그는 우리 문학사에 당당히 이름을 올릴 수 있는, 일가를 이룬 수필가였다.

필자는 이 글에서 다섯 권의 수필집에 실린 글들과 수필집 미수록 작품들을 살펴 일석의 수필세계가 지닌 특성을 밝히고자 한다. 필자가 주목한 것은 어법과 정신 두 가지이다.

2. 인용과 변용의 어법

일석 수필의 어법적 특징 가운데 두드러지는 것은 속담, 민담, 한문 고전, 국문 시가 등의 빈번한 인용이다. 속담이나 고전 등의 권위에 기대어 작가의 의견이나 주장의 진실성과 합리성을 확보함으로써 설득력을 높이고자 하는 글쓰기 전략의 산물이라 하겠다.

2-1. 속담의 인용

일석 수필에 인용된 속담은 매우 많아 헤아리기 쉽지 않을 정도이다. 정리하면 다음과 같다.

> <양반은 얼어 죽어도 겻불은 안 쬔다. 맹물에 조약돌을 삶아 먹더라도 제 멋에 산다. 천재는 노력을 낳을 수 없으되 노력은 천재를 만들 수 있다. 콩 심은 데 콩 나고 팥 심은 데 팥 난다. 비단옷 입고 밤길 가는 격.(錦衣夜行). 오리 알에 제 똥 묻기. 콧구멍에 낀 대추씨. 향당에 막여치(鄕黨에 莫如齒). 마이동풍격. 고추는 작아도 맵기만 하다. 제비는

작아도 강남만 잘 간다. 산이 커야 골이 깊지. 키 크고 싱겁지 않은 사람이 없다. 모르면 약이요 알면 병. 뛰는 놈 위에 나는 놈, 남 곯리는 게 저 곯는 게요, 남 잡이가 저 잡인 것. 열 놈의 도둑은 곧잘 잡아도 제 마음 속에 있는 한 놈의 도둑은 못 잡는다. 열 길 물속은 잘 알 수 있어도 한 길 사람의 속은 모른다. 자기 손가락이 남산보다 더 높다. 삶은 무에 이 안 들 소리요, 마루 아래 강아지가 웃을 소리. 남의 일에 닷 곱에 참예, 서 홉에 참연. 소경 제 닭 잡아먹는 격, 도끼로 제 발등 찍는 셈. 덮어놓고 열 넉 냥 금. 잘 났어도 내 남편 못났어도 내 남편이라는 춘향의 심정. 고슴도치도 제 자식은 함함하게 여긴다. 팔이 들이굽지 내굽겠느냐. 村鷄官廳格. 산중에 있는 도적 백 명보다도 마음속에 있는 도적 한 놈이 더 무섭다. 손톱 밑에 가시 드는 줄은 알아도, 염통 밑에 쉬스는 줄은 모른다. 호랑이도 자식 난 골에도 두남을 둔다. 쉰 밥 고양이 주기 아깝다. 누워서 떡 먹듯 한다. 격강이 천리. 오랫동안 수절하던 과부로 하여금 봇짐을 싸게 하는 때도 이때요, 십 년 묵은 말가죽이 오용조용 소리를 지르는 것도 이때. 밤새도록 통곡을 하고 나서, 뉘 집 마누라가 죽었느냐(終夜痛哭不知何마누라喪事). 남의 장단에 춤을 춘다. 남의 발에 감발을 한다. 남의 다리를 긁는다. 돈이 제갈량. 돈이 말한다.(Money talks.) 죽은 정승이 산 개만 못하다. 개같이 벌어서 정승같이 살자. 양반은 얼어 죽어도 겻불은 쬐지 않는다. 노루가 제 방귀에 놀란 격. 굳은 땅에 물이 괸다. 미운 파리를 잡으려면 고운 파리가 잡힌다. 못된 바람은 죄다 수구문(광희문)으로만 분다. 뛰기는 역말이 뛰고, 먹기는 역졸이 먹는다. 공든 탑이 무너지랴. 내일의 닭보다 오늘의 달걀만을 생각한다. 뜬쇠가 달면 무섭다. 새우 싸움에 고래 등 터진다. 싸우지 마라, 부득이하여 싸우거들랑 끝장이 나도록 싸워라. 손톱 밑에 가시 든 줄은 알아도 염통 밑에 쉬스는 줄은 모른다. 티끌 모아 태산. 천냥판 만냥판. 산에 살면서 나무를 아끼고 강가에 살더라도 물을 적중히 쓰라. 한 푼 돈을 우습게 여기면, 한 푼 돈에 울게 된다. 댑싸리 밑의 개 팔자. 논 이기듯 밭 이기듯. 말 살에 쇠뼈다귀. 중의 상투, 고추나무 송진, 안개 뼈다귀, 바람의 눈동자. 아는 게 병이요, 모르는 게 약이라. 도둑 한 놈을 열 놈이 지킬 수 없다. 가물에 콩 나기. 벼 백 석은 실을지언정, 사람 백 명은 안 싣겠다. 암치 뼈다귀에 불개미 덤비듯 한다.

如群蟻之附腥(비린 것에 개미 꾀듯 한다.). 마당 터진 데 솔뿌리 걱정하는 셈. 경복궁을 짓는 데 지나가던 엿장수가 도편수에게 훈수하는 격. 연기 속에서 생나무를 찾는 셈. 조약돌을 피하려다 수마석을 만난다. 갈수록 태산이고 넘을수록 준령이라. 귀를 막고 방울을 훔치려는 것. 이십대의 정승, 삼십대의 원 사십대의 면장. 염불에는 마음이 없고 잿밥에만 정신이 팔린 셈. 떼 꿩에 매. 음지가 양지 된다. 쥐구멍에도 눈보라 친다. 억지가 사촌보다 낫다. 고기는 씹어야 맛이요, 말은 해야 맛이라. 문 바른 집은 써도 입 바른 사람은 못쓴다. 守口如瓶. 웃는 낯에 침 못 뱉는다. 항상 웃고 지내라. 웃는 집에 복이 온다. 같은 값이면 다홍치마. 돈만 준다면 뱃속에 든 아이도 기어 나온다. 장님의 코끼리 구경. 눈 감으면 코 베어 간다. 믿는 나무에 곰이 피었다. 입은 재앙의 문. 과부는 은이 서 말이요 홀아버는 이가 서 말이다.>

거의 모든 글에 몇 개씩의 속담이 인용되어 있는데, 물론 한국 속담이 가장 많다. 그러나 중국을 비롯한 외국의 속담도 적지 않으니, 세계 속담의 전시장이라 해도 무방할 정도이다. 그 인용의 몇 양상, 인용된 속담의 기능에 대해 살펴보기로 한다.

ㄱ) '떼 꿩에 매'와 같이 여기저기 정신이 헛갈려 단 한 가지도 철저히 못하고 말았다.[35]

ㄴ) 평시에는 은인자중하다가도, 만부득이한 경우에 부딪혀서, 궐기하는 사람이야말로 박력 있게 싸울 수 있는 사람이다. "뜬쇠가 달면 무섭다."는 속담은 정히 이러한 진리를 道破하는 격언이다.

"새우 싸움에 고래 등 터진다."는 말이 있지마는, 자질구레한 싸움, 집안싸움에 골탕을 먹는 것은, 당사자들뿐만이 아니라 등 터지는 고래가 또 따로 있으니 그것은 곧 국가요 민족이다.

35) 「나의 삼십대」, 『먹추의 말참견』, 『일석 이희승 전집』 6(서울대출판부, 2000), 580쪽. 전집 간행 이전에 수필집 『먹추의 말참견』에 실렸음을 보이기 위해 각주 형식을 이렇게 하였다.

인명을 존중하고 싸움을 삼가자. 殺伐의 氣風은 오직 이것으로만 퇴치할 수 있고, 따라서 고래 등은 터지지 않고 온전할 것이다. 영국 속담에도

"싸우지 마라. 부득이하여 싸우거들랑 끝장이 나도록 싸워라.(Dont fight. If you fight, fight it out."라는 것이 있으니, 이 속담이야말로 앵글로 색슨의 기질을 대표하는 것이라 하겠다. 이것으로 우리의 거울을 삼으면 해롭지는 않을 것이다. 또 우리의 속담 "손톱 밑에 가시 든 줄은 알아도, 염통 밑에 쉬 슨 줄은 모른다."를 銘記하자. 대개 소소한 싸움과 내분은 염통 밑에 슬어 놓은 쉬와 같아서 내장이 썩어 들어갈 염려가 다분히 있기 때문이다.36)

ㄷ) 중국 속담에 "산중에 있는 도적 백 명보다도 마음속에 있는 도적한 놈이 더 무섭다."는 것이 있다. 그와 매한가지로, 물질면에 있는 殘滓 천 개 만 개보다도 정신면에 있는 잔재 한 가지가 더욱 크고 위험한 해독을 가져올 수 있는 것이다. 올 수 있는 것이 아니라, 반드시 가져오게 될 것이다. 이러한 의미에서 우리는 이 방면에 대한 반성과 검토를 게을리 하여서는 안 된다.37)

ㄱ)은 우리 속담이 인용된 경우이고, ㄴ)은 우리 속담과 영국 속담이 함께 인용된 경우이고, ㄷ)은 중국 속담이 인용된 경우이다.

ㄱ)에 인용된 속담 '떼 꿩에 매'는 "떼 꿩에 매 놓기"를 줄인 것으로 "욕심을 많이 부리면 하나도 이루지 못함을 이르는 말."이다. 작가는 1927년 4월 경성제국대학 조선어학급문학과(朝鮮語學及文學科)에 진학한 뒤 어학 공부에 열중하여 여러 가지 외국어를 공부하려 "두루 쫓아다"녔는데 의욕은 컸지만 성과는 그렇지 못했다는 것을 비유하기 위해 이 속담을 인용하였다.

---

36) 「살벌의 기풍」, 『먹추의 말참견』, 『전집』 6, 426쪽.
37) 「일상 용어에 있어서의 일본적 잔재」, 『벙어리 냉가슴』, 『전집』 6, 172쪽.

ㄴ)은 1965년에 발표된 「살벌의 기풍」에 들어 있는 것인데 "한국 사람이 잘 하는 일 한 가지가 있으니, 그것은 곧 싸움이라."[38]라는 내용의 기사가 신문에 날 정도로 싸움이 잦아 '살벌의 기풍'으로 가득 찬 듯한 한국 사회를 향해 "인명을 존중하고 싸움을 삼"갈 것을 호소한 글이다. 그렇다고 싸움 자체를 전적으로 인정하지 않는 것은 아니니, "만부득이한 경우에 부딪혀서, 궐기"하여 "끝까지 싸"우는 것을 긍정하고 있다. 여기 인용된 속담들은 작가의 이 같은 현실 진단의 내용과 그런 현실에 대한 대처 방안의 비유에 해당한다. '새우 싸움'과 '손톱 밑 가시'는 '소소한 싸움과 내분'을, '고래 등'과 '염통'은 '국가와 민족'을, "뜬쇠가 달면 무섭다."와 "부득이하여 싸우거들랑 끝장이 나도록 싸워라."는 싸워야 할 때 마땅히 나아가 전심전력을 다해 싸우는 정신과 함께 그렇게 싸우는 것이 마땅하다는 싸움의 도리를 각각 비유적으로 드러낸다.

ㄴ)에 나오는 중국 속담도 마찬가지로 비유이다. '산중 도적'은 '물질면의 일제 잔재'를, '마음속 도적'은 '정신면의 일제 잔재'를 말하기 위해 동원된 비유이다.

이처럼 일석 수필에 인용된 속담은 대부분 그것에 일대일로 대응하는 무엇을 비유적으로 드러내는 기능을 한다. 이와는 달리 사유 또는 논의의 실마리로서의 기능을 하는 경우도 있다. 이 경우 인용되는 속담은 글의 첫머리에 놓이는 게 일반적이다.

> 맹물에 조약돌을 삶아 먹더라도 제 멋에 산다는 말이 있다.
> 대체 이 '멋'이란 것이 문제가 된다. 제 멋대로 산다. 제 취미 내키는 대로 산다. 그럴 것이다. 위미까지 남의 간섭을 받으면서야, 작년 8월 한가윗날 먹은 오려 송편이 도루 치밀어 넘어와서 살 재간이 없을 것이다.

---

38) 「살벌의 기풍」, 앞의 책, 426쪽.

멋과 취미가 반드시 동의어가 될는지 안 될는지 모르지마는, 다음과
같은 속성에서 공통된다고 생각한다.[39]

이 속담은 취미에 대해 살피고 있는 수필 「취미」의 첫머리에 제시되
어 있다. 취미와 멋은 '실리적'인 것이 아니라는 점, "실생활에 있어서
는 필요 이상이거나 필요 이외의 것"이라는 점, "실리적이 아니요, 실용
적도 아니면서도, 그것을 획득하기 위하여는 불소한 금전이나 노력을
희생시키지 않으면 안 된다."라는 점 등의 공통 특성을 지니고 있기에
상통한다고 볼 수 있다는 것이 이 글의 전제이다. 취미와 멋이 상통하
므로 취미를 살피는 글의 첫머리에 '멋'과 관련된 속담을 놓아 사유 또
는 논의의 실마리를 삼고자 한 것이다.

2-2. 민담의 인용

일석 수필에는 곳곳에 문헌에 수록되어 있거나 구비전승하는 민담이
인용되어 있다. 일석 수필에 인용된 민담을 정리하면 다음과 같다.

<가난한 사람의 사정을 모르는 장자 영감 이야기. 부엌동자의 사정
을 모르는 주인 마님 이야기. 오리 이원익의 작은 키 이야기. 영국 수상
로이드 조지의 작은 키 이야기. 조만식의 기지 이야기. 황제 될 사주팔
자 가진 사나이 이야기. 「오주연문장전산고」 자필본 두 책 분실기. '들
어갈 사람 나갈 사람' 이야기. 오성과 한음의 '邪不犯正' 이야기. 권율과
이항복의 '쇠짚신' 이야기. 하느님 만물 창조 시 수명 이야기. 금을 버
린 형제 이야기. 이발사의 택시 삯 이야기. 육주비전 상인들의 손님 알
아보는 이야기. 두더지의 사윗감 고르는 이야기. 일제 때 금광 졸부의
처녀장가 이야기. 홀어머니와 탕자 이야기. 장자의 치부법. 소변을 맛

---

39) 「취미」, 『소경의 잠꼬대』, 『전집』 6, 26쪽.

보고 사는 개성 사람 이야기. 막걸리에 아비산 타서 먹고 추위를 이기
는 송방 장돌뱅이 이야기. 동맹하여 일본군에게 계란 비싸게 판 개성상
인들 이야기. 『정감록』과 철로 이야기. 배 터져 죽은 맹꽁이 이야기. 할
머니와 청년과 굴비알 이야기. 알쥐샌님 이야기. 돌팔이 의사 이야기.
염라대왕한테 심판 받는 동물들 이야기. 주한서독대사의 검약 이야기.
한국 유학생과 결혼한 서독 여자의 검약 이야기. 한 아이, 두 어머니,
명판결 이야기. 봉이 김선달의 대동강물 팔아먹는 이야기. 훈장과 악동
들 이야기. 김경중의 치부 이야기.>

   옛 책에 실려 전하는 것들도 있고 구비전승되는 것들도 있으며, 근대
들어 새로 만들어지는 것들도 있다. 일석 수필에 인용된 민담의 주된
기능은 속담의 주된 기능이 비유적인 것인데 비해 예증적인 것이다.

   ㄱ) 헌종 때 사람 이규경의 저서 『오주연문장전산고』는 그 자필본이
손바닥 쉼직한 작은 책에 깨알같이 작은 글씨로 적혀 있어서, 60책으로
한 길(일질)을 이룬 것이다. 육당이 주재하는 광문회에서 이 책을 베끼
기 위하여 빌어다가, 필사하는 이를 주었더니, 이 사람이 양반티를 부
리어, 손에 들고 다니지 않고, 두루막 속 뒤꽁무니 허리띠에 찔러 놓어
가지고 다니다가, 두 책인가를 잃어버리어, 『오주연문행전산고』는 영영
병신이 되고 말았다.[40]

   ㄴ) 권율 도원수가 애지중지하는 규수를 두고, 숙녀의 호구되는 군자
를 구하려고, 하루는 어느 글방(서당)으로 사윗감 선을 보러 갔었다.
   (중략)
   그런데, 오직 배때기 내어 놓은 놈은 아무 소원도 없다는 것이다.
권율 도원수가 이상히 여겨,
   "지상에 소원 없는 사람이 어디 있겠느냐. 아무 염려 말고 어디 말하
여 보아라."
   하였다. 그러나 그 아이는

─────────
40) 「모던 양반」, 『소경의 잠꼬대』, 『전집』 6, 234-235쪽.

"난 아무 소원도 없어요."

하고, 거듭 도원수의 요구를 거절하였다. 그래도 도원수는 또 물었다. 무슨 소원이든지 없을 리 만무하니, 기탄없이 말하라고 재촉하였다. 그랬더니, 이놈의 말이,

"난 쇠짚신 한 짝만 있었으면 좋겠어요."

하였다. 도원수는 깜짝 놀라

"하필 쇠짚신이야? 그것은 무얼 한 터이냐?"

하였다.

"그것으로 대감 아가리를 틀어막겠오."

엉뚱한 대답이었다. 세상에 사람으로서 남의 소원은 알아 무엇하며, 안들 그 소원을 채워 줄 수가 있겠느냐? 그런 우문이 어디 있느냐는 의미였다.

이 대답의 주인공은 다름 아닌 오성 이항복이었다. 권율 도원수는 그를 곧 사윗감으로 택하였다는 것이다. 이렇고 보면, 오성은 아잇적부터 상당히 크고 높은 별을 그리고 있었다 하겠다.

이 '별'이란 것은 세속의 소원과는 판이히 다른 것이다. (중략) 오직 마음속에 간직하고, 그것을 따르려 노력할 따름이다.[41]

ㄱ)은 양반의 '一指不動'하는 문제점을 예증하기 위해 인용된 민담이다. 글을 구성하는 여러 내용 가운데 하나와 관련된 것인 셈이다. 이에 비해 글 전체의 핵심과 관련된 민담도 있다. ㄴ)이 이에 해당하는데, 자신의 젊은 시절 꿈에 대해 회고하는 내용의 수필 「꿈을 그리던 시절」에 인용된 민담이다. 작가는 이 속담을 통해 '상당히 크고 높은 별'을 품는다는 게 중요하다는 것, 그것은 '富貴, 榮達, 權力, 勢道'와 같은 '세속의 소원'과는 전혀 다르다는 것, 그러므로 자기 마음의 문제라는 것 등을 말하고자 하였으며, 그 위에서 자신의 젊은 시절 꿈의 내용과 성격에 대해 회고하였다. 이 글에 인용된 민담은 작가가 이 글에서 문제 삼는

41) 「별을 그리던 시절」, 『소경의 잠꼬대』, 『전집』 6, 250-251쪽.

'젊은 시절의 꿈'이란 것의 성격은 어떠하며 어떠해야 하는가를 보여주는 한 전범으로 기능하고 있다.

이처럼 일석 수필에 인용된 민담의 기능은 같지 않지만 모두가 작가가 말하고자 하는 바를 보다 설득력 있는 것으로 만드는 것이라는 점에서는 같다.

2-3. 고전의 인용과 변용

일석 수필에는 중국 고전을 비롯해 옛 고전에서 인용한 시, 사자성어를 비롯한 관용구 등이 대단히 많이 인용되었다. 정리하면 다음과 같다.

<難行易知. 易行難知. 知而不行反不如不知.. 唯我獨尊. 此頭可斷 此髮不可斷.

知之爲知之不知爲不知是知也. 知彼知己 百戰不殆 不知彼而知己一勝一負 不知彼不知己每戰必敗. 蝸牛角上爭何事 石火光中寄此身 隨富隨貧旦歡樂 不開口笑是癡人. 夏虫不可以語于氷. 新涼入郊處 燈火稍可親. 맹자의 君子三樂. 坐山千古英雄哭. 生年不滿百 常懷千年愁 五花馬千金裘 呼兒將出換美酒 與爾同消萬古愁. 夏雲多奇峰. 書中自有千鐘祿, 束帶發狂欲大叫. 春水滿四澤 夏雲多技峰 秋月揚明輝 冬嶺秀孤松. 別有天地非人間. 丹可磨而不可奪其赤 石可破而不可奪其堅. 上馬卽垂脚 入門先打頭 燃臍堪作燭 則足可撑舟. 着笠難看足 穿靴已沒頭 路逢牛跡水 欲渡芥爲舟 長城一面溶溶水 大野東頭點點山. 園朋溪友. 雷逢電別. 以夜繼晝. 태초에 말이 있었다. 衣食足而知禮節. 倉廩實而囹圄空. 守夜不失時者信也. 胡地無花草 春來不似春. 海棠不能出氣(無香之謂) 譏刺朝廷(芒刺之謂). 南州溽暑醉如酒. 心頭滅却火亦冷.

天知神知我知子知. 스승이란 별 것이 아니라, 도가 있는 곳이 곧 스승이 있는 곳이니, 우리는 그 도를 스승으로 삼는다. 朝聞道夕可死. 壺裡乾坤 忘世間之甲子. 聖人淸目而不視 靜耳而不聽 閉口而不言. 義重於泰山 死輕於鴻毛 就義難就死易. 明從何處去 暗從何處來. 戰戰兢兢 如履薄氷. 大賢如愚

大知如痴. 民以食爲天 君以民爲天. 年年歲歲花相似 歲歲年年人不同. 天生蒸民. 順天者興 逆天者亡. 王侯將相何有種. 舜何人也 予何人也. 十日不雨無麥 五日不雨無花. 人間識字憂患始. 書足以記姓名. 近墨者黑. 麻中之蓬不扶而自直. 誰知烏之雌雄. 詩三白篇思無邪. 死且不朽. 視死若歸. 陷之死地然後生. 三十而立. 一將成功萬骨枯. 先何心後何心. 泰山鳴動鼠一匹. 以鳥鳴春 以雷鳴夏 以蟲鳴秋 以風鳴冬. 春後看花處處稀 風前吹笛聲聲遠. 花無十日紅. 殺一不辜 王天下不爲. 地不生無名之草 天不生無祿之人. 柳여飄風白滿船. 月白雪白天地白 夜深山深客愁深. 癡者多笑. 喜怒哀樂 不顯於外. 物貴則賤 物賤則貴. 天無盡殺之理＞

이들 인용된 고전은 때로는 비유적인, 때로는 예증적인 기능을 한다. 그런데 속담, 민담의 경우와는 달리 작가에 의해 변용되는 경우가 적지 않게 보인다는 사실이다. 다음과 같은 경우이다.

ㄱ) 명리와 함께 쓸어버릴 浮雲이 아니다. '三公不換此江山'이란 시구가 있지마는, '三公不換彼白雲'이란 심경을 금할 수 없게 된다.[42]

ㄴ) 일찍이 일제 시대에 필자가 옥중에 있을 적에, 유명한 모국 대사가 어떤 사원의 누각에 올랐다가, 불의의 화재에 탈출치 못하고, "心頭滅却火亦冷(마음으로 꺼버리니 불도 또한 서늘하구나.)"라는 시구를 읊으며, 조용히 就死하였다는 기록을 읽은 적이 있다. 그 후로 나는 사벽이 零星한 감방 안에서, 여름철 暑威가 심할 때에는 이 시구를 變作하여
"心頭點火氷亦暖(마음 속에 불을 켜놓으니 얼음도 또한 따뜻하구나.)"라고 읊조리면서, 한결 추위를 잊었던 것이다.[43]

여름 하늘에 떠 있는 흰 구름의 아름다움을 사랑하는 마음을 표현하

---

42) 「하운은 다기봉」, 『벙어리 냉가슴』, 『전집』 6, 72쪽.
43) 「납량」, 『벙어리 냉가슴』, 『전집』 6, 293쪽.

고자 '三公不換此江山'이란 시구를 변용하여 '三公不換彼白雲'이라 하였고, 한겨울 감옥 속 추위를 견디는 마음을 표현하고자 '心頭滅却火亦冷'를 변용하여 '心頭點火氷亦暖'이라 하였다. 일석은 고전 인용을 넘어 변용에 나아감으로써 자신의 수필 세계를 더욱 풍성하게 가꿀 수 있었다.

2-4. 국문 시가의 인용과 변용

일석 수필에는 시조를 비롯한 국문 시가가 자주 인용되고 있다. 시조, 속요, 민요 등이 두루 인용되고 있는데 그 가운데 가장 많은 것은 시조이다. 일석 수필에 인용된 국문 시가를 정리하면 다음과 같다.

> <'버들은 실이 되고 꾀꼬리는 북이 되어' '매아미 맵다 하고 쓰르라미 쓰다 하네' '바람이 눈을 몰아 산창에 부디치니' '삭풍은 나무 끝에 불고 명월은 눈 속에 찬데' '한산섬 달 밝은 밤에 수루에 혼자 앉아' '장백산에 기를 꽂고 두만강에 말 씻기니' '벽상에 칼이 울고 흉중에 피가 뛴다' '가마귀 검다 하고 백로야 웃지 마라' '가마귀 싸우는 골에 백로야 가지 마라' '가마귀 너를 보니 애닯고 애달왜라' '가마귀 저 가마귀 네 어디로 좇아 온다' '명사십리 해당화야 눌 보라고 네 웃느냐' '모란은 화중왕이요 향일화는 충신이로다' '원앙새도 짝을 지어 족수에 노닐고, 제비도 雙雙이요, 방망이도 雙雙일세'(「노처녀가」) '여보 서방님 오늘 나하고 백년가약을 맺은 후에 검은 머리가 파뿌리가 되도록 일생고락을 같이 합시다'(「노처녀가」) '청천 하늘엔 별들나 많고 우리네 살림살이 말도 많다'(「쾌지나칭칭나네」) '만고동방 조화신공 어데어데 시설했노'(「관동팔경가」) '산외에 유산하니 넘을수록 또 산이요' '백발에 환양 노는 년이 젊은 서방을 맞초아 두고' '달바자는 쨍쨍 울고 잔디 속에 속잎 난다. 3년 묵은 말가죽은 외용죄용 우짖는데 노처녀의 거동 보소'(「노처녀가」) '찔레꽃 만발하니 작은 가물 없을소냐'(「농가월령가」) '말하기 좋다 하고 남의 말 말을 것이' '말하면 잡류라 하고 말

아니면 어리다 하네' '花間蝶舞紛紛雪이라'(「유산가」) '중놈은 승년의 머리털 손에 친친 휘감아 감아 쥐고' '바둑바둑 뒤얽은 놈아, 제발 빌자 네게. 냇가에란 서지 마라'>

일석 수필에 인용된 국문 시가 또한 다른 인용글들과 마찬가지로 비유적 기능, 예증의 기능을 한다. 일석은 이들 국문 시가를 특히 '우리말의 감칠맛',[44] '언어와 문학의 관계성'[45] '한국문학의 해학성'[46] 등을 예증하는 자료로 활용하였다.

일석은 앞에서 살핀 고전의 경우에서와 마찬가지로 국문 시가를 변용하여 자신의 의견과 주장을 보다 설득력 있게 내세우는 글쓰기 전략을 구사하였다. 그 변용은 기존 시가의 형식은 그대로 두고 내용만 바꾸는 방식과 형식과 내용 모두를 바꾸는 방식 두 가지로 나눌 수 있다.

> ㄱ) 매아미 맵다 하고 쓰르라미 쓰다 하네
> 山菜를 맵다더냐 薄酒를 쓰다느냐
> 우리는 草野에 묻혔으니 맵고 쓴 줄 몰라라.
>
> 매아미 맵다 하고 쓰르라미 쓰다 하네
> 고추 먹어 맵다 하며 소태 먹고 쓰다느냐
> 人生의 맵고 쓴 맛을 네야 어이 알리오
>
> ㄴ) 大地 잘린 곳에/ 바다 펴는 곳에/ 내 홀로 모래 밭에 섰노라.// 붉은 넋으로 이 몸 태워/ 季節 속에 그 煙氣 풍기어…// 海底 깊이 피어 오르는/ 珊瑚의 홀란한 傳說을 캐며/ 魚族 품고 숙설리는/ 悠久한 자장가 건져 보려노니// 저 蒼空의 皮膚 찔러 보려/이 몸에 가시도 기르노니//

---

44) 「우리말의 감칠맛」, 『벙어리 냉가슴』, 『전집』 6, 181-182쪽.
45) 「언어와 문학가」, 『벙어리 냉가슴』, 『전집』 6, 188-194쪽.
46) 「유머 철학」, 『먹추의 말참견』, 『전집』 6, 605-611쪽.

無數한 모래알의/限없는 얘기로/太古의 靜謐에 귀가 젖노라.//
기름진 땅 다른 꽃 맡기고/내 홀로 모래밭에 웃노라.[47]

ㄱ)의 첫 번째 작품은 이정진(李廷鎭)이 지은 것으로『靑丘永言』에 실려 전한다. 초야에 묻혀 이미 명리를 떠났으니 비록 산채, 박주의 가난한 살림살이이지만 '맵고 쓴 줄'을 모른다는 것이다. 조선조 유가들의 '형식주의'가 '패망의 원인'이었음을 지적하여 통매하고 "질실강건(質實剛健)을 중시(重視)하는 실학 정신으로 돌아갈"[48] 것을 주장했던 일석의 눈에 이정진의 저 같은 탈속의 태도는 형식주의에 갇힌 '실없는' 사람의 허위의식으로 비쳤던 것이다. ㄱ)의 두 번째 작품은 "날더러 한 번 뒤집어 보라면"이라 전제하고 내용을 바꾸어 다시 쓴 것이다. 초점은 '人生의 맵고 쓴 맛'인데, 그 안에 담긴 것은 인생의 맵고 쓴 맛이 고추보다 맵고 소태보다 쓰다는 것이다. 인생이란 그처럼 맵고 쓴 것이라는 것, 그것을 제대로 인식하는 데서 제대로 된 삶도 문학도 가능하다는 일석의 현실주의적 사고방식이 뚜렷이 드러난 변용이라 하겠다.

ㄴ)은 대학 예과 시절 관동팔경을 찾아 동해안을 답파했을 때 '흐뭇하게' 보았던 해당화의 '인상과 감명'을 읊은 작품이다. 「海棠」의 작시 과정을 자세하게 소개한 글에서 일석은 그때의 '인상과 감명' 외에 우리 옛 문학이 해당화를 부정적인 존재로 그리고 있음에 대한 '일종의 반항심'도 작용했음을 밝혔다. 임백호의 「花史」에서는 해당화를 향기 없음이 병통이요, 가시가 있어서 남을 상한다고 하여 부정적인 존재로 그리고 있는데 자신은 그 향기 없음은 "남을 유혹하려는 의지가 없음이

---

47) 첫 시집『박꽃』에 실려 있는 일석의 시 「海棠」임. '/'는 행갈이 표. '//'은 연 구분을 나타내는 기호임, 『『박꽃』에서-자작시 「海棠」과 그 해설」, 『소경의 잠꼬대』, 『전집』 6, 288-289쪽.
48) 「형식주의」, 『소경의 잠꼬대』, 『전집』 6, 316쪽.

요" 가시가 있다는 것은 "꽃을 탐하는 탕자를 막아내자는 의도"를 보인
것이라 생각한다는 것이다. 또 시조 '모란은 화중왕이요 향일화는 충신
이로다'에서는 해당화를 '娼女'라 일컫고 있는데 이 또한 일석은 받아들
일 수 없었다. 일석이 보기에 해당은 "一毫의 私心과 物慾이 없는 貴한
存在"였기 때문이다.

이에 이르면 우리는 시조를 비롯한 국문 시가가 일석에게는 한갓 이
해의 대상이 아니라 새로운 작품 창작을 이끌기도 했던 비판적 해석의
대상이었음을 알 수 있다.

3. 해학과 비판의 정신

일석의 수필세계를 관통하는 정신은 해학과 비판의 정신이다. '익살'
또는 '우스개'라는 우리말에 대응하는 한자어 諧謔은 통상, 그 안에 비
판적 요소를 담고 있지 않은 것으로 이해된다. 그렇다면 한 작가의 문
학세계를 일관하는 정신으로 이처럼 상반되는 해학의 정신과 비판의
정신을 함께 드는 것은 이치에 어긋난 일이 아닌가? 형식논리상으로는
물론 그렇다. 그러나 큰 정신 속에는 서로 다른 다양한 정신이 동서하
기도 하는 것이니, 해학의 정신과 비판의 정신이란 상반되는 정신이 함
께 깃들어 있는 일석의 수필세계는 역으로 일석이란 뛰어난 수필 작가
의 정신이 그만큼 크다는 것을 보여주는 것으로 볼 수도 있다. 그의 수
필세계로 미루어 볼 때 일석은 해학을 좋아했던 사람이고, 해학을 주고
받으며 즐기는 가운데 주변 사람들 나아가서는 세계와 조화롭게 어울
리고자 하였던 사람이며, 동시에, 인간과 세계의 부정과 불의를 예민하
게 감지, 객관적으로 분석하고 비판하는 날카로운 비판정신의 소유자였

음을 알 수 있다.

3-1. 두 종류의 機智

일석의 수필세계를 꿰고 있는 해학의 정신과 비판의 정신은 그의 수필에 나오는 機智가 두드러진 두 이야기를 통해서도 확인할 수 있다.

> ㄱ) 이 해(1933년-인용자) 이화전문 문과 합격자 명단 속에는 '卜東林'(지금은 화가 김환기 씨 부인)이란 이름이 끼어 있었다. 그런데, 당일 석간인 『동아일보』 지면에는 '卜'이 아닌 '下東林'으로, 성자에 오식이 나타났었다.
> (중략) 『신동아』 주간으로 있던 수주 변영로 씨가 이 신문을 보다가, 골이 있지도 않은 상투 끝까지 올라서, 이 신문을 들고 정리부(교정책임부서)로 팽이 같이 달려가서, 정리부장 박만서 씨를 한동안 독 오른 눈으로 쏘아 보다가,
> "여보게! 이런 법도 있나? 남의 성을 함부로 고치다니!"
> 박부장, 수주가 손가락으로 가리키는 곳을 들여다보다가, 그 뜻을 알아차리고,
> "여보게, 두 말 말고 한 턱 하게. 세상에 '卜'가란, 컴머 이하의 인간이야. 그 콤마를 떼어버리고, 어엿한 인간으로 승격을 시켜 주었는데, 무슨 잔말인가. 고맙다는 사례를 하여야지."[49)

> ㄴ) "그대들은 이 아이의 팔 하나씩을 쥐고 서로 잡아 다리시오. 누구든지 자기편으로 끌어서 이기는 사람을 진정한 어머니로 인정하겠소"[50)

ㄱ)의 기지는 해학에 가까운 것이다. 다만 즐거운 웃음만이 있는 재

---

49) 「機智 두 가지」, 『벙어리 냉가슴』, 『전집』 6, 125쪽.
50) 「친애하는 동포」, 『먹추의 말참견』, 『전집』 6, 527쪽.

치의 세계이기에 그렇다. 이에 비해 ㄴ)의 기지는 옳고 그름을 가리고자 하고, 그른 것의 그릇된 소이를 밝혀 벌하고 옳은 것의 옳은 이유를 밝혀 상주고자 하는 냉철한 이성 곧 비판정신의 소산이다.

일석의 수필에서는 이처럼 機智까지 해학의 정신과 비판의 정신으로 나뉜다. 이제 그 각각을 살펴 일석 수필을 관류하는 정신에 대해 구체적으로 확인해 보고자 한다.

3-2. 해학의 정신

일석 수필을 꿰고 있는 정신 가운데 하나인 해학의 정신은 우선, 일석이 인용한 국문 시가, 고전, 민담 등에서 확인할 수 있다. 일석 정신의 한 부분인 해학의 정신이 이 같은 것들을 포착해 글 속에 끌어들인 것이다.

오리 이원익의 작은 키 이야기, 영국 수상 로이드 조지의 작은 키 이야기, 권율과 이항복의 '쇠짚신' 이야기, 하느님 만물 창조 시 수명 이야기, 두더지의 사윗감 고르는 이야기 등의 민담, '중놈은 승년의 머리털 손에 친친 휘감아 감아쥐고', '바독바독 뒤얽은 놈아, 제발 빌자 네게. 냇가에란 서지 마라' 등의 시조, 「노처녀전」과 「고본 춘향전」[51]의 여러 부분 등이 대표적인 경우이다.

해학의 정신은 인용물에서만 찾을 수 있는 게 아니다. 작가 자신의 직접 체험을 소개한 글에서도 확인할 수 있는데 대표적인 것은 「七佛堂」과 「號辯」이다. 먼저 「七佛堂」을 보자.

---

51) 『고본 춘향전』 속의 해학에 대해서는 「유우머 철학」의 '우리 古代小說 속의 유우머' 장에서 여러 예를 인용하여 살피고 있다. 『먹추의 말참견』, 『전집』 6, 610-611쪽.

　　칠불당의 명칭은 칠불을 숭배하는 선남선녀가 지어 바친 것이 아니
라, 부처님들 자신이 붙인 이름이다. 이 부처님들은 밤 취침 시간을 제
하고는, 날마다 한결같이 책상다리를 하고 묵묵무언으로 앉아 있다. 蓮
花寶座 대신에 마룻바닥 위에 깐 누더기 담요에 앉아 있고, 감중련(坎中
連) 대신에 시계추 모양으로 부라질을 하는 것이 일과였다.[52]

　「七佛堂」은 '조선어학회사건'으로 1년 간 홍원경찰서에 갇혀 지낼 때
의 체험을 다룬 글이다. 1942년 정초에 들이닥친 '염부에서 온 사제'들
한테 끌려가, 경기도 경찰부를 거쳐 그들 '조선어학회' 회원들은 홍원
경찰서 감방에 수용되었다. 모두 50여 명. 일석은 제3감방에 들었는데,
그 외에 김윤경, 정인승, 서민호, 이은상, 김선기, 이종린 등 모두 일곱
명이 함께 생활했다. 그들이 스스로를 일러 부처라 하고, 그들이 갇힌
감방을 '칠불당'이라 하였다는 것이다. 감방 생활의 고통도, 일제에 대
한 원망도 적의도, 가족에 대한 염려도 앞날에 대한 걱정도 모두 눌러
감추고 오로지 웃음으로 모든 것을 덮고 감당하려는 해학의 정신이 넘
치는 상황 대처의 태도이다. 이런 해학성은 글 머리에 인용된 '황제가
될 사주팔자를 타고난 사나이 이야기'로 인해 더욱 커짐으로써, 일제의
저 폭력적인 조선어말살정책을 상상적으로 무화하고 마는 차원에 이르
렀다.

　「號辯」은 자신의 호와 관련된 에피소드들을 엮은 글이다. 전반부에서
는 '一石'이란 호를 정하게 되기까지의 과정, '一石'이란 호에 담긴 뜻
등에 대해 진지하게 밝혔다. 후반부 들어서며 분위기가 크게 바뀌어 해
학성이 전면을 뒤덮게 되는데, 핵심 내용은 시인인 월파 김상용과의 호
주고받기이다.

---

52) 「七佛堂」, 『벙어리 냉가슴』, 『전집』 6, 95쪽.

"이 호는 자네 체격을 보고 지은 게야. 地字는 땅 아닌가. 月字는 달 이거든. 즉 땅딸보란 말야. 어떤가. 훌륭하지 않은가?"

이 소리를 듣더니, 이 좌석에 모였던 여러 사람이 박장대소를 하는 것이었다. 지월공의 얼굴이 벌개서 한참 앉았다가, 그 보복으로 나에게 넘겨씌우는 별명이 '棗核公'이었다. 대추씨 같이 작은 놈이란 뜻이다.[53]

일석은 1932년 4월 초 이화여전 교수가 되어 취임한 날 영문과 교수로 있던 월파 김상용을 처음 만났다. 월파는 그 이튿날 문과 교수실에서 일석을 보자마자 '여보게, 일석'이라 불렀는데 이를 두고 일석은 "이 친구 매우 해학을 좋아하는구나. 그리고, 그보다도 처음 만나는 나에게 友誼를 허락하는구나."라고 회고하였다. 이후 두 사람은 "농담과 잡담을 무시로 넘기고 받고 하면서, 네나두리를 하고 지내"[54]는 사이가 되어 피난 생활의 어려움을 못 이겨 1950년 부산에서 월파가 죽을 때까지 가까운 친구로 지냈다. 이처럼 친한 두 사람이 서로의 체격에 맞게 '地月公' '棗核公'이란 호를 지어 주고 주위 사람들과 함께 박장대소 즐겼다는 것인데, 두 사람의 그 같은 관계, 호를 주고받으며 즐기던 그 상황, 그것을 회고하는 작가의 태도와 어조에는 해학성이 가득 차 있어, 일석 수필을 세우고 있는 정신의 하나가 해학의 정신임을 뚜렷이 드러내고 있다.

일석 수필의 해학성은 '조선어학회' 사건으로 감옥살이를 하던 때를 회고하는 글에서도 뚜렷하다. 가혹한 고문, 인격 유린의 폭력, 굶주림, 비위생적인 환경, 창씨 강요 등으로 고통스러운 감옥살이도 그 해학의 정신은 어쩌지 못하였다.

---

53) 「號辯」, 『벙어리 냉가슴』, 『전집』 6, 94쪽.
54) 「월파의 인상」, 『먹추의 말참견』, 『전집』 6, 473쪽.

그보다도 더 곤란한 일은 절도, 강도, 노름꾼, 협잡꾼, 사기범, 밀수범 등등 잡범인들이 빈번하게 드나드는 일이다. 이런 사람들은 본래가 이 꾸러기들이므로 그들과 하룻밤이라도 함께 자게 되면, 이는 그 감방 안에서 거처하는 누구에게든지 전파하게 된다. 그러므로 잡아도 잡아도 이는 멸종시킬 도리가 없었다. 그리하여 이러한 탄식의 말을 남기고 말았다. "하늘은 무엇이나 죄다 죽이는 일은 없다.(天無盡殺之理)"[55]

체념처럼 보이지만 물론 아니다. 잡범들을 원망하는 마음을 드러낸 것 같지만 물론 아니다. 생명의 철리를 담고 있는 구절을 앞세워 그 상황을, 고통을 온몸 온 마음으로 껴안는 넉넉한 정신이 밑을 받치고 있으니, 그 요체는 해학의 정신이다.

3-3. 비판의 정신

해학의 정신과 일석 수필의 중심에 놓인 것은 비판의 정신이다. 거의 모든 작품에서 확인할 수 있으니, 비판의 정신이야말로 일석 수필의 핵심 정신이라 하겠다. 일석 수필에서의 비판은 사회, 정치, 문화, 교육 등 한국사회의 모든 영역에 걸쳐 있으며, 그 대상은 여성들의 새로운 화장 문화에서부터 민족성의 결함에 이르기까지 다양하다. 그 대강을 정리하면 다음과 같다.

<타자의 사정을 헤아리지 않고 "자기만 잘 살기 위하여 남을 죽"이는 세태(「事情」), 정치인들의 문화 홀대(「문화와 정치」, "勝己者를 厭之" 하고 "남을 헐어서 자기 출세를 도모"하는 '대패주의'(「자기반성의 시기」), '후진국가'의 백성이라 스스로를 낮추는 '사대사상이나 주객전도주의 의 신판'이라 할 열등의식 또는 몰주체적 사고방식(「<후진성>이란 말」,

---

55) 「옥중풍토기」, 『메아리 없는 넋두리』, 『전집』 7, 551쪽.

4. 문학교육의 현장 비판 365

「초점」), "우리의 산천과 체격과 풍습과 조화"되지 않는 '무비판적인 화장술'(「화장도」), '자기광고적인 애국자' '사이비의 애국자, 위선적인 애국자'가 판을 치는 현실(「미국 인상의 일단」, 「인간의 팔촌」), 일본어 잔재가 청산되지 않고 있는 현실(「일상용어에 있어서의 일본어 잔재」), '감투와 권력'을 기본 '속성'으로 '뱃장, 어거지, 우안무치' 등을 '필수조건'으로 가지고 있는 '모던 양반'의 작태, '용의주도하고 치밀'한 방법으로 일본을 연구해 일본을 정확히 파악하는 게 중요한데도 일본을 미워하여 어떤 관계도 맺지 않으려는 한국인 일반의 의식과 태도(「국치일 유감」), "열의면 열 사람이 다 양심을 빼앗기고 부정, 불의, 불법을 자행"하는 현실(「양심의 탈환을」), "제 생명 남의 생명을 무더기로 무모라는 부주의와 도걸이 흥정을 하려는" 듯한 버스 운전수와도 같은 지도자들(「운전수의 무모」), 책임 관념이 희박해진 사회(「책임관념」), '형식주의'에 '탐닉'되어 "질실강건을 중시하는 실학정신"을 잃어버린 한국인들(「형식주의」, 「진실을 그르치는 형식」), 정직한 사람이 손해 보고 부정직한 사람이 이익 보는 '가치관 도착'의 현실(「정직은 바보?」), '彼此欺罔의 세상'(「이발사」), 외국어와 외래어를 구분하지 못해 이미 우리 국어가 된 외래어를 우리 식으로 발음하지 않으려는 경향('라디오'와 '레이디오', 「거리의 국어」), '協心同力'하지 못하고 편을 갈라 싸우기를 일삼는 민족성, "유흥기분에 들떠서 浮虛, 安易한 생활을 탐하는" 민족성(「우리 민족성의 일단」, 「영웅심리가 빚는 불협화음」), '허영, 기만, 고식'의 단점을 가지고 있는 우리 민족성(「허영, 기만, 고식」), '살벌의 기풍'이 가득 찬 사회 풍조(「살벌의 기풍」), "아는 것도 안다, 모르는 것도 안다." 하는 '알쥐샌님'의 '고질'(「알쥐샌님」), 실력은 없이 "천냥판 만냥판으로 흥청거리려는 기풍"(「한 푼 돈에 울게 된다」)'자기의 명성, 위세, 권위' 등을 얻기 위해 '혈안'이 되어 돌아다니는 사람들(「돌팔이 의사」), '극단의 이상과 극단의 현실'에 집착하는 '책상물림'파와 '낙지족'파 대학교수들(「책상물림과 낙지족」), 조상이 남긴 것이 아무것도 없다는 '자기비굴'(「유산은 공인가」), "자신의 주체성을 망각하여 버리고, 급급히 洋化의 길을 달음질치고" 있는 서구화 풍조(「기묘한 대조」, 「내 자신의 뿌리를 찾자」), 권력자에게 아부하는 사고방식(「국사를 그르치는 장본」), '조삼모사'의 정부 방침(「조삼모사를 棄揚하자」), '사욕'을 따

라 움직이는 정치인과 관리 등(「친애하는 동포」), 양력 과세로 통일하
지 못하고 이중으로 과세하는 현실(「우리의 설은?」), 교육계의 타락(「교
육 정신은 타락하였는가」), 대학이 너무 많이 세워져 기형화된 교육 현
실(「버섯식 교육」).>

일석 수필의 핵심인 비판 정신의 특성은 중용적이라는 것, 주체적이
라는 것, 실질적이라는 것, 지조를 크게 강조한다는 것 등이다. 민족성
의 부정적인 측면을 비판하면서도 그 긍정적인 측면을 지나치지 않으
며, '극단의 이상과 극단의 현실'에 치우치는 것을 함께 비판하며, 남녀
인권의 동등함을 전제로 남녀 조화를 강조하는 것은 그 중용적인 면모
이다. 과거 역사와 전통을 부정하고 서구 문화를 추수하는 자기비굴의
의식과 사대적인 태도를 비판하는 것, 전쟁 중임에도 여러 차례 신문
기고를 통해 한글날을 국경일로 정해야 할 것을 주장하는 것, '국어 속
에도 외래의 요소가 끈질기에 침투되어 있'56)는 현실을 비판하며 '국어
존중'을 강조하는 것은 그 주체적인 면모이다. 형식주의를 비판하고
'실질강건의 실학사상'을 회복할 것을 강조하며, "한자를 폐지하려는
한 수단으로 이상괴상한 새 말을 함부로 濫造하지 말 것"57)을 주장하
고, 이중과세를 비판하고 양력설로 통일할 것을 주장하는 것은 그 실질
적인 면모이다. 양반을 비판하면서도 그 지조를 높이 평가한다든가,
"지조란 순고한 이념을 목표로 하고, 이를 향하여 용왕매진하려는 철석
같은 의지력의 실천"으로서 "충의, 효도, 우애, 절개, 신의 등 온갖 미덕
의 출발점"58)이라 하여 지조를 강조하고 변절자를 비판하는 것은 그 지
조를 크게 강조하는 것의 면모이다.

---

56) 「국어에 대한 재인식을」, 『메아리 없는 넋두리』, 『전집』 7, 522쪽.
57) 「한자문제는 어디로?」, 『벙어리 냉가슴』, 『전집』 6, 179쪽.
58) 「志操」, 『먹추의 말참견』, 『전집』 6, 544쪽.

4. 맺음말

지금까지 우리는 일석 수필의 특징인 인용과 변용의 어법, 해학과 지조의 정신에 대하여 살펴보았다. 인용과 변용의 어법은 일석 수필의 개성적인 글쓰기 전략으로 채택된 것으로 해학과 비판의 정신을 독자에게 효과적으로 전달하고 독자를 설득하는 힘을 지닌 것이었다. 일석 수필은 날카로운 비판정신을 품고 팽팽하게 긴장되어 있지만 한편으로는 그것을 감싸 안고 있는 해학의 정신이 그 긴장을 눅이고 가림으로써 균형과 조화의 세계를 이룬다. 일석에 대한 증언의 말과 글에서 뚜렷한, 원칙에 철저하고 지조를 중시한 강골의 지사이면서 자애로운 인격자였던 작가의 정신과 그것의 실천인 작가의 삶에 대응하는 균형과 조화의 세계이다.

『토지』와 만주 공간
─문학교육과 관련하여

1. 머리말

박경리의 장편소설『토지』는 '제7차 교육과정'에 따라 만든 문학교과서에 실리기 시작하면서 본격적으로 고등학교 문학교육의 장에 진입하였다. 이 교과서가 학교 현장에서 사용되기 시작한 것은 2004년부터이니 10년 조금 지난 셈이다. 그동안 교육과정이 세 번 바뀌었다. 2015년에 공고된 새로운 교육과정을 적용한 고등학교 국어과 교과서는 아직 개발 중에 있으므로 우리가 확인할 수 있는 것은 '제7차 교육과정'과 '2007 개정 교육과정' 그리고 '2009 개정 교육과정'에 따라 만든 국어과 교과서들이다. 다음은『토지』를 수록한 교과서 수를 정리한 것이다.

교육과정	문학교과서	국어교과서
제7차 교육과정	5권/18종(상, 하)	
2007 개정 교육과정	6권/14종(1, 2)	1/16종(상, 하)
2009 개정 교육과정	6권/11종	

교과서에 수록하기 쉽지 않은 대하 장편소설이라는 점을 생각하면 적지 않은 수이다.『토지』가 작품성이 뛰어나고 문학사적 의의가 큰 작품임을 말해주는 것이라 보아도 무방할 것이다. 그런데 이들 교과서에 실린 것은 대부분 작품의 도입부에 해당하는 1부의 한 부분이다. 이처럼 수록 부분이 1부에 한정됨으로써『토지』의 중심무대 가운데 하나인 만주는 고등학교 문학교육의 장에서 소외되고 말았다.[59)]

만주는 길고 긴『토지』서사의 출발점이자 종착점인 하동과 그 비중이 엇비슷하다고 볼 수 있을 정도로 중요한 공간이다.『토지』의 중심인물들은 하동에서 탈출하여 만주로 이주하고, 만주에서 힘을 길러 다시 하동으로 돌아온다. 그리고 돌아온 뒤에는 계속하여 만주와 관계(실제 삶의 차원에서, 의식의 차원에서)하며 삶을 영위한다.

2부로 들어서며 작품의 중심 무대로 떠오른 이래 작품이 끝날 때까지 중심 무대의 하나로 기능하는『토지』속 만주 공간의 성격은 다양하다. 나는 다른 글에서『토지』속 만주 공간의 성격 가운데 하나가 '열린 가능성의 공간'이라 하였다. '열린 가능성의 공간'은 "만주로의 이동으로 인해『토지』의 인물들이 그들을 구속하고 있던 기존의 가치관, 질서로부터 크게 자유로워"[60)]짐으로써 새로운 존재로의 전환이 가능해졌다는 점과 관련된 만주의 성격이다. 주인공인 서희와 길상이 전근대적 가치관, 주종의 관계, 주변의 시선 등 그녀를 가두었던 울에서 벗어나 결혼할 수 있었던 것은 만주 공간의 이 같은 성격 때문이었다. '부의 축적과 그것에 근거한 복수'가 가능했다는 것도 만주 공간이 열린 가능성의 공간이었기 때문이다. 만주 공간의 이 같은 성격 때문에 '『토지』서사

59) 작품의 맨 마지막 부분을 실은 경우(김윤식 외,『문학』2, 천재교육, 2007 개정 교육과정)도 있으나 이 또한 만주가 아니라 국내가 배경인 부분을 수록하였다.

60) 정호웅,「한국 현대소설과 만주공간」,『문학교육학』2001. 8, 문학교육학회, 190쪽.

의 기본 골격인 이향(離鄕)－부의 축적－복수－귀향의 구조'가 성립할 수 있었던 것이다.

『토지』에서 만주가 차지하는 비중이 이처럼 매우 높기에 『토지』를 깊이 이해하기 위해서는 작품 속 만주 공간에 대한 이해가 반드시 필요하다. 『토지』를 수록할 때 만주가 배경인 부분은 완전히 배제한 고등학교 국어과 교과서는 이 점에서 보완될 필요가 있다. 나는 이 글에서 『토지』 속 만주 공간의 다양한 의미를 살펴 『토지』를 보다 깊이 이해할 바탕을 마련하고, 나아가 『토지』와 관련하여 고등학교 국어과 교과서의 빈 부분을 조금이나마 메워 보고자 한다.

우리가 문제 삼고자 하는 것은 『토지』의 배경 가운데 하나인 만주 공간의 성격이 아니라 소설 속에서 소설의 전개와 함께 새롭게 생성되는 '의미'이다. 소설 속 공간은 그 자체로는 아무 의미도 지니지 않는다. 소설 속 공간의 의미는 등장인물이 그것과 관계 맺을 때 생겨난다. 등장인물의 삶과 의식이 공간의 지리적, 사회역사적 성격과 얽히면서 없던 의미가 새롭게 생성되는 것이다. 그런데 등장인물의 삶과 의식은 고정되어 있는 것이 아니라 계속해서 변화한다. 공간의 지리적, 사회역사적 성격 또한 그렇다. 이처럼 계속해서 변화하는 것들의 관계가 만들어 내는 것이므로, 어떤 공간의 의미 또한 계속해서 변하는 것일 수밖에 없다. 소설 속 공간의 의미를 읽어내고자 할 때 가장 염두에 두어야 할 것은 바로 이 '변화'와 '관계'이다. 이 점에 유의하여, 『토지』 속 만주 공간의 다양한 의미를 살펴보고자 한다.

2. 정치성의 공간

『토지』의 국외 중심 무대인 만주는 정치성의 공간이다. 산포수와 농민 등 기층 민중에서부터 유가의 이념에 철저하여 모든 것을 내버리고 만주로 망명하여 국권 회복의 전선에 선 선비에 이르기까지, 일본 국적을 지니고 만주에서 살아가는 사람에서부터 귀화하여 러시아(소련)나 청나라 백성이 된 사람에 이르기까지, 조국의 독립을 위해 일본에 맞서 싸우는 한민족의 독립 투쟁이 치열하게 펼쳐진다. 그 투쟁은 거의 언제나 국내에서의 투쟁과 연계되어 있으며, 공산주의 혁명 운동 등 다양한 성격의 운동들과 얽히며 전개된다. 『토지』는 만주 땅 독립 투쟁의 이처럼 복잡한 양상을 다양한 경우를 통해 구체적으로 그려냄으로써 일제 강점기 만주에서의 독립 투쟁을 가장 넓고 깊게 그린 소설로 문학사에 기록되게 되었다.

독립 투쟁의 반대편에 감시, 회유, 진압의 대응이 자리하는 것은 당연한 것, 『토지』는 그 반대편의 대응을 또한 구체적으로 그려내었다. 특히 김두수로 대표되는 조선인 밀정을 중요하게 다루었는데, 이로써 『토지』는 일제 강점기 조선인 밀정의 활동을 그린 소설로는 단연 첫머리에 서게 되었다. 김두수를 그리는 붓길이 선/악의 이분법에 갇혀 인물 성격의 단순화[61]가 초래되었다는 문제점은 물론 지나칠 수 없다.[62]

---

61) 박경리 문학의 중심인물은 예외 없이 강한 자아의 소유자인 극성(劇性)의 인물이다. 김두수, 조준구, 임이네 등 악인이 악 그 자체로 설정되어 있는 것이 이를 잘 보여준다.

62) 만주국은 "생활 기반의 말단까지, 반만항일운동과 일상적으로 싸우기 위한 조직으로 편성되고 국가 전체가 병영화"한 '병영국가(garrison state)'(야마무로 신이치(윤대석 역), 『키메라─만주국의 초상』, 소명출판사, 2009, 280쪽)였다. 김두수 등 몇 사람의 활동만으로 병영국가 만주국에서 행해진 항일운동 세력에 대한 감시, 회유, 진압을 그리고 있는 것인데, 이것만으로 역사의 진실에 다가서기에 충분할 수

『토지』에는 만주에 거주하고 있는 일본 지식인이 여럿 등장하는데, "사회주의다 무정부주의다 하며 떠들고 다녔던 젊은 시절이 있었"다는 말로 미루어 왕도낙토 건설의 꿈을 품고 만주에 진출한 국가사회주의자들일 가능성이 높다. 그들은 "만주에서 일본 군부의 덕을 보고 사는 처지이긴 하지만" 하나같이 일본 군부의 침략주의에 대해 '상당히 과격'한 비판을 서슴지 않는 '불평분자들'[63]이다. 이 동류의 지식인들이 모여 내쏟는 고뇌와 분노의 언어, 그들의 언행에 자욱이 서린 우울과 비애를 통해 『토지』는 일본 침략주의의 근본을 내부의 시선으로 파헤치고 비판함으로써 우리 소설의 새로운 영역을 열었다.

『토지』의 만주 공간은 이처럼 다양한 정치적 입장, 다양한 정치적 세력이 뒤엉켜 갈등하는 정치성의 공간이다. 『토지』로 하여 만주 공간을 중심으로 펼쳐졌던 정치적 실천의 역사가 비로소 그 형상적 실체를 드러내었다. 그러나 전체적으로 보아, 이 정치성의 공간으로서의 만주 공간에 대한 『토지』에서의 추구는 '일본의 침략/독립 운동'의 틀에서 크게 벗어나지는 않는다.[64] 만주 공간을 지배하고 있는 일본의 통치 권력과 이에 맞서 필사의 싸움을 벌이는 독립세력 사이의 대결은 '추적/대응'의 동일한 구조를 지닌 삽화들이 반복되며 지루하게 이어진다. 이 점에서 이 공간을 지배하고 있는 일본의 통치 권력과 이에 맞서 필사의 싸움을 벌이는 독립세력 사이의 대결의 공간이다. 이 같은 대결의 서사를 중심에 품고 아득하게 펼쳐져 있는 만주 공간의 의미를 더 깊이 이해하기 위해서는 『토지』의 바탕에 놓여 있는 일본 인식을 살펴야 한다.

없었음은 새삼 말할 나위도 없다.

63) 「토지」 12, 솔, 1994, 319쪽.

64) 이와 관련하여 "국권회복이라는 공동체적 가치를 추구함으로써 사적 갈등 상황으로부터 굴절"하는 공간으로 만주를 이해한 김은경의 견해를 참고할 만하다.(김은경, 『박경리 문학 연구』, 소명출판사, 2014, 339쪽)

등장인물들의 삶과 의식, 사건 등을 비롯하여 『토지』를 이루는 모든 것은 궁극적으로는 일본의 침략과 관련되어 있다는 것이 『토지』의 바탕에 굳게 자리 잡고 있는 기본 인식이다. 이를 잘 보여주는 것은 주로 지식인 등장인물들과 서술자에 의한, 일본의 침략과 관련된 사실(史實)에 대한 비판적 분석의 언술들이다. 이 소설 곳곳에 빛나고 있는 역사 담론들이 그것인데, 깊고 날카로워 그 자체 수준 높은 역사 해석이라 할 수 있는 이 역사 담론[65]들의 핵심은 일본의 침략에 대한 절대의 부정의식이다. 이 절대의 부정의식이 작품 전체를 꿰고 있으니, 『토지』를 두고 일본과 정면대결을 벌이는 마당이라고 해도 무방할 정도이다. 한편 2부를 넘어서며 만주, 지리산, 서울의 세 거점을 중심으로 한 독립운동의 전개가 서사의 주된 줄기로 부상하는데 이 또한 『토지』의 바탕에 자리 잡고 있는 이 같은 인식과 관련된 것이다.

작가는 일본의 침략에 대한 절대의 부정의식을 핵으로 하는 역사적 관점에서 동아시아 근대사를 바라보고 이해하며, 이 같은 이해를 바탕으로 인물들의 행로를 구성하고 해석하고자 하였다. 당연하게도 작품에서 일본이 차지하는 비중은 중국과 비교할 수 없을 정도로 높다. 이 점에서 『토지』는 일본과의 관계를 문제 삼은 작품이라 할 수도 있다. 그런데 『토지』에서의 그 일본은 전체적으로 보아 지식인 등장인물과 서술자의 말로써 표현되는 역사 담론의 대상으로서 추상화된, 한 부분으로서의 일본이다. 이 말은 작중 인물들이 유학, 결혼 등을 이유로 일본에서 생활하기도 하고, 오가다를 비롯하여 일본에 살고 있는 일본인들의 삶이 작품에 반영되어 있다는 사실과 상충하는 것이 아닌가? 겉으로

---

65) 박경리는 '일본론'에 큰 관심을 가졌는데, 『토지』 완간 후 한 신문 인터뷰에서 "앞으로는 실제적인 이론이 서는 일본론을 집필할 예정"(박경리, 『일본산고』, 마로니에북스, 2013, 205)이라고 한 것에서 이를 엿볼 수 있다.

보아 물론 그렇다. 그러나 그 안을 살피면 그렇지 않다는 것을 쉽게 알 수 있다. 일본에서 생활하는 조선인의 경우, 그들의 일본 체험은 일본의 부정적인 측면을 드러내는 데 국한되어 있으니 그들에게 일본은 역사 담론의 대상인 그 추상화된 한 부분으로서의 일본과 근본적으로는 동일하다.

이와 관련하여 이병주의 장편『관부연락선』을 참고할 수 있다. 나는 『관부연락선』을 다룬 글에서 다음처럼 말한 바 있는데, 일본에 유학 와 대학에서 공부하고 있는 식민지 조선의 지식 청년의, 일본과 관계된 내면은 대단히 복잡하다.

> 식민지 지식 청년이 식민 본국의 수도에서 이방인임을 느끼고 인식하는 것, 나아가서는 그런 현실을 적극적으로 받아들여 이방인이고자 하는 것은 자연스럽다. 그 이방인의 의식은 대단히 복합적이다. 지배자에 대한 피지배자의 어쩔 수 없는 열패감과 거부감, 높은 수준에 도달한 근대적 문명의 현실 앞에서 그것에 대비되는 고국 현실을 떠올리며 가지게 되는 부러움의 생각과 열등감 등등이 뒤섞여 혼란스럽다. 이처럼 혼란스러우니 동경에서의 유태림은 불편하다. 그러나 다른 측면도 있다. 이 이방인을 거대한 도시인 동경은 '8백만 가운데 한 미립자'로서 용납한다. 게다가 동경은 근대성의 공간이니, 근대적 지식인인 유태림으로서는 편안할 수조차 있다. 더욱이 유태림은 세계인의 의식을 지닌 인물로서 마찬가지로 그런 의식을 지닌 근대적 지식인들과 함께, 그런 의식의 서식을 허용하는 교육 제도의 보호 속에서, 민족주의적 국가주의적 정열에 들떠 있는 동경을 비웃는 이방인으로서 자신을 높게 세울 수 있었다.[66]

이에 비한다면 일본에서 생활하고 있는 「토지」 속 조선인들의 일본

---

66) 정호웅, 「해방 전후 지식인의 행로와 그 의미−이병주 '관부연락선'」, 『한국의 역사소설』, 역락, 2010, 126−167쪽.

과 관련된 의식은 뚜렷하지만 단순한데 그들의 일본 체험이 일본의 부정적 측면을 부각하는 데 필요한 것에 제한되어 있다는 데서 비롯된 결과이다.[67] 이에 이르면 우리는 「토지」의 바탕에 굳게 자리 잡고 있는 일본에 대한 절대의 부정의식이 대상에 대한 추구를 제약한 것은 아닌가 하는 생각을 갖지 않을 수 없다. 학병 문제가 어떻게 다루어지고 있는가를 살펴 이 점에 대해 조금 더 검토해 보기로 하자.

일본 육군성은 <1943년도 육군특별지원병임시채용규칙에 관한 육군성령>(1943. 10. 20)을 발표하여 그동안 동원하지 않았던 식민지 조선과 대만의 고등학교급 이상의 학교에 재학 중인 학생들을 전쟁에 끌어들였다. 고등학교, 전문학교, 대학 예과와 학부의 법문계 학생들이 그 대상이었다. 형식은 특별 지원이었지만 실제로는 강제 징집이었다. 조선인 대상자는 모두 6,203명, 이 가운데 기피자와 신체검사에서 탈락한 사람을 제외한 4,385명[68]이 학병으로 입대했다.

대상자 가운데 소수는 피신하여 미래를 도모하였다. 지리산 중으로 숨어든 『토지』의 청년들이 이에 해당한다. 또 일부는 일본 군대에 복무하다가 기회를 보아 탈출하여 독립운동 세력에 합류하겠다는 뜻을 품고 지원하기도 하였다. 장준하, 김준엽 등이 그들이다. 『토지』에는 최윤국이 그런 생각을 갖고 학병에 지원하는 것으로 되어 있다. 그러나 이 두 경우에 해당하는 사람은 극소수에 지나지 않았다. 대부분은 동원령

---

67) 오가다 지로를 비롯한 일본인의 경우, 그들은 하나같이 날카로운 비판의식을 갖고 있는 인물들로서 일본의 부정적 측면을 부각하는 역할을 수행한다. 그들을 통해 작품에 반영되는 일본 또한 마찬가지로 역사 담론의 대상인 그 일본과 마찬가지로, 추상화된 일본이며 한 부분으로서의 일본이다. 만주에 거주하고 있는 일본인들을 그리는 『토지』의 관점은 그들 삶의 구체적 실체를 담지하고 있는 '일상성'(坂部晶子, 『滿洲 經驗の社會學』, 世界思想社, 2008, 41쪽)과는 크게 괴리되어 있다.
68) 정기영, 「1・20학병의 대상 인원>, 『1・20학병사기』 1, 1・20동지회중앙본부, 1987, 97쪽.

을 좇아 묵묵히, 막바지에 이르러 살아 돌아올 가능성이 매우 낮은 전쟁의 불길 속으로 나아갔다.

식민 종주국인 일본이 일으킨 전쟁에 강제 동원되어 죽음이 입 벌리고 있는 곳으로 떠나는, 그것도 비록 형식이긴 하지만 '지원'한 조선의 청년 학생들의 내면이 단순할 수는 없는 것, 학병을 다룬 많지 않은 문학 작품을 통해 우리는 일본에 대한 적의, 자신에 대한 부정의식, 자신의 행위를 합리화하는 자기변명의 의식, 죽음에 대한 공포 등이 뒤섞여 소용돌이치는 그들의 내면을 만날 수 있다.[69]

일제 강점기 막바지의 주요한 사건이었던 만큼 『토지』에도 이 학병 문제가 등장한다. 정석의 아들 성환과 임명민의 아들 희재가 학병에 '끌려갔'고, 일본 동경의 사립전문학교에 다니는 이상현의 둘째아들 민우가 학병을 피해 일본에서 잠적하였으며, "일류 농과대학을 마치고 또 경제과에 들어"[70] 공부하던 최윤국은 지원하였다. 학병 문제와 관련된 이들의 사연은 이른바 '전언'[71]을 통해 작품 속에 들어온다. 작가는 학병 문제를 간접적인 방식으로 다룬 것이다. 이처럼 학병 문제를 간접적인 방식으로 다룬 것은 학병 문제를 바라보는 작가의 시선이 당사자의 복잡한 내면을 살피는 데 있지 않고, 일본의 폭력성을 드러내고 확인하는 데 있었다는 것을 보여준다. 다음 두 인용에서 이를 확인할 수 있다.

　가) "조카가 학병에 끌려갔어."

　"오나가나, 요즘 듣는 소식이란 모두 그 얘기, 우리 시가 쪽에서도 한 사람 나갔어."

---

69) 김윤식, 『일제 말기 한국인 학병세대의 체험적 글쓰기론』, 서울대 출판부, 2007; 정호웅, 「이병주 문학의 학병 체험」, 『한중인문학연구』 14, 2013 참고.

70) 『토지』 13권, 181쪽.

71) 조윤아, 「공간의 성격과 공간 구성」, 최유찬 외, 『토지의 문화지형학』, 소명출판, 2004, 188쪽.

"조선사람들 심장을 도려내 간 거지."

"……."

"그야말로 전광석화처럼, 왜놈들 재빠른 거는 알아주어야 해."

"누가 그러더구나. 일석이조라구, 전쟁에 써먹으니까 좋고 조선의 두 뇌를 없애는 데 그 이상 좋은 방법은 없다는 거야. 만일의 경우를 생각해서 후환을 없게 하는 것도 되구 말이야. 그 아이들이 없으면 누가 앞장서서 일을 도모하겠니?"

"뿐이겠니? 또 있어. 기존의 지식인들은 모두 반역자로, 제 자식을 제 손으로 죽이는 것과 다를 바 없는 그런 죄인으로 만들었지."[72]

나) "양현이 땜에….

조심스럽게 말을 하다 만다.

"나도 처음에는 그런 생각 안 해본 것은 아니나 그렇지는 않아. 윤국이는 뭔가 확고한 생각을 하고 있는 것 같더구먼."

"기회가 오면 팔로군으로 넘어간다 그겁니까?"

"그런 말은 안 했어. 그러나 중국이나 만주 방면이라면 전혀 발붙일 곳이 없는 것도 아니구."(15:341)[73]

모두가 알다시피 『토지』는 일본 문화, 일본인, 일본이라는 나라에 대한 수준 높은 담론을 풍부하게 담고 있다는 점에서 한국에서 생산된 일본론 가운데 손꼽히는 뛰어난 글이라 해야 할 것이다. 그러나 문제점도 있다. 지금까지 우리는 이 문제점에 대해 간단히 검토하였는데 요점은, 작가는 일본과의 관계를 문제 삼을 때 일본의 부정적 측면을 드러내고 확인하는 데 필요한 것을 선택하여 부각한다는 점이다. 일본과의 관계와 관련하여 볼 때 『토지』의 세계를 풍성하다고 할 수는 없는데 가장 큰 이유는 이것이라는 게 내 생각이다.

---

72) 『토지』 15, 412-413쪽.

73) 『토지』 15, 341쪽.

그러나 '독립운동가/일본'의 대립이란 이분법의 틀에 균열을 내는 것도 『토지』에는 많이 들어 있는데 예를 하나 들어 살펴보기로 하자. 『토지』의 긍정적인 인물들은 이 광활한 벌판 속으로 나아가 독립운동의 전선에 선다. 그러나 그 나아감의 결단이 간단할 수는 없는 것, 신념을 굳혀야 하고 두려움을 넘어서야 하는 내적 고투를 거쳐야 한다. 만주 광활한 벌판은 이 같은 내적 고투 피투성이 싸움을 벌이고 있는 그들의 내면에 서린 회의와 두려움을 표상하는 공간이기도 하다. 다음 인용이 이를 잘 보여준다.

> 하얼빈에서 신경까지, 언덕 하나 없는 광활한 대륙이 눈앞에 떠올랐다. 숨이 막히게 끝이 없었던 광막한 대지, 그것은 어떤 공포감이었다. 홍이는 영광에게 바다는 불안하다고 말했다. 만주의 그 끝없는 벌판을 연상했기 때문일까, 아니면 들고나고 하는 배들의 그 뱃고동 소리 때문이었을까. 떠나는 것은 두려운 일이다. 떠나지 않고 있는 것은 더욱 견딜 수 없는 일이다. 보연이 나오면서 홍이는 차츰 전과 같이 침착해졌고 어느 정도 안정을 찾았으나 사실 그는 떠나는 데 있어서 극복하지 못한 것이 있었다. 그것은 앞으로 싸워야 하는, 전부를 내던져서 싸워야 하는 신념에 대한 회의였다.[74]

이홍은 지금 떠남의 두려움, 떠나지 않고 지금 여기에 안주하는 것에 대한 두려움이라는 이중의 두려움에 짓눌려 괴로운데 그 두려움은 "전부를 내던져서 싸워야 하는 신념에 대한 회의"에서 비롯된 것이다. 이처럼 회의하며, 그것에서 생겨나는 두려움에 떨며 나아가는 인물의 내면을 정시하여 그려 냄으로써 『토지』는 '독립운동가/일본'의 대립이라는 납작한 단성성의 틀에 균열을 낼 수 있었다.

---

74) 『토지』 14, 84쪽.

3. 피난지 또는 이상의 공간

만주는 또한 고통과 슬픔으로 가득 찬 현실로부터 벗어나고자 하는 마음이 꿈꾸는 피난지 또는 이상의 공간이기도 하다. 안팎일에 지친 이홍이 하얼빈 북쪽 흥안령 근처로 숨어들어 "세상만사 다 잊어버리고 그곳에 묻혀 살고 싶"어하고 백두산 산자락에 오두막 하나 지어서 땅이나 파고 약초나 캐면서 세상만사 다 잊고 살았으면 싶다."[75]고 말하는 것, 조찬하가 '낙타가 썰매를 끄'[76]는 만주 끝 호른바일 고원의 하일라르로 떠나는 것 등에서 만주 공간의 이 같은 성격이 뚜렷하다.

우리 소설에서 만주는 '막다른 곳'이라는 심상지리적 상징 의미를 갖는 기호로 자주 등장한다.[77] 일제 강점기 한국인들에게 만주는 때로 세상의 끝으로 인식되었는데 이는 만주가 일본 제국의 지배력이 미치는 북단이라는 사실에서 비롯된 것이다. 그 세상의 끝, 막다른 곳이라는 상징 의미를 갖는 만주는 세계와의 대결에서 패배하여 절망에 빠진 상처투성이 병든 영혼의 존재성과 동질적인 성격의 공간으로서 그들의 이 같은 존재성을 효과적으로 담아낼 수 있었다.

앞에서 몇 예를 들어 『토지』 속 만주가 "고통과 슬픔으로 가득 찬 현실로부터 벗어나고자 하는 마음이 꿈꾸는 피난지 또는 이상의 공간"이라고 하였는데 이는 '저 너머'의 함의를 품고 있는 공간이니, 이것과 '막다른 곳'으로서의 만주는 구별된다.

이 같은 성격의 만주 공간은 서술자가 전달하는 오가다의 다음과 같은 사유에서도 만날 수 있다.

---

75) 『토지』 16, 121쪽.
76) 『토지』 15, 306쪽.
77) 정호웅, 「한국 현대소설과 '만주'라는 기호」, 『현대소설연구』 55, 현대소설학회, 2014, 3장 참고.

끝없는 설원이었다. 빙하였다. 끝내는 현기를 느끼게 하는 가도 가도 끝이 없는 초원, 늪이었다. 황사바람이 이는 사막, 수천 년을 두고 아니 수만 년을 두고 풍화된 자연과 사물과 뭇 생명들, 사람의 얼굴이며 무리지은 양떼며, 그것들은 상당한 부피로 육중하게 엮어져서, 러시아 특유의, 청나라 특유의 장중한 건물 아닌, 비록 우분(牛糞) 마분(馬糞)으로 벽을 치고 우분 마분이 땔감이요, 유목의 방황일지라도, 열매를 따고 물고기를 말리며 초록(哨鹿) 피리로 발정한 사슴을 유인하여 포획하고, 모피를 둘러친 일시적 주거 '유루다'에서 잠드는 흑룡강 유역의 그들의 삶, 그들에게는 세월에 다져진 견고함과 존엄이 있었다. 사유(私有)의 핏발 선 눈동자는 아니었다. 대지는 지나가는 곳, 말뚝 박아놓고 문서 작성하는 토지는 아니었다. 바람에 나부끼는 일장기, 무거운 수피옷의 자락을 끌고 가는 그들에게 일장기는 무엇이었을까?[78]

오가다는 '역마살'을 자신이 "사로잡혔다, 길들여졌다 하고 깨닫는 사람"이 자신을 가두고 있는 울에서 벗어나 "자유를 택하여 일생을 방랑하는" 사람의 운명을 가리키는 말이라 이해하고 그것에 깊이 끌린다. 그 말에서 자신의 운명을 보았기 때문이다. 그런 그가 그 울에서 벗어나 찾은 만주 공간은 저처럼 뭇 생명들, 자연, 시간과 조화롭게 어울려 '사유'의 관념에서 자유로운 '견고함과 존엄'[79]의 삶을 사는 사람들의 땅, 원시의 이상 공간이다.

오가다는 유인실과 함께하는 만주리에서의 삶을 꿈꾸기도 하는데, 그는 그것을 "사람으로부터 도망쳐가기에 알맞"[80]은 곳이라 말한다. 이때 만주리는 그들의 사랑을 방해하는 국가 간, 민족 간 차이와 그것에서 비롯하는 대립, 갈등, 차별, 억압이 존재하는 곳 곧 '사람 사는 곳'과 구별되는 공간이라는 점에서 위에서 살핀 그 원시의 이상 공간과 통한다.

---

78) 『토지』 12, 301쪽.
79) 같은 곳.
80) 『토지』 13, 438쪽.

실없는 얘기를 웃기만 하고 듣고 있던 오가다가 말했다.
"나 같으면 사랑하는 여자하고 만주리나 가서 살겠다."
"무슨 뚱딴지 같은 소릴 하는 게요? 그건 악취미다."
"왜?"
"아니면 자학인가?"
"어째서?"
"차라리 땅끝에나 가서 살지."
"땅끝이 문젠가? 사랑하는 여자가 문제지."
다른 사내가 입을 열었다.
"오가다상이야말로 진짜 로맨티스트다. 대련에서 집 짓고 사는 사내
그건 속물이지."[81]

지금까지 살핀 피난지 또는 이상 공간으로서의 만주는, 지리적으로
만주 땅의 한 부분이니까 만주에 속하지만, 슬픔과 고통을 만들어내는
대립, 갈등, 차별, 억압이 존재하지 않는 곳이니까 만주에 속하지 않는
공간이기도 하다. 현실 내 공간이면서 현실 밖 공간 곧 비현실의 공간
이기도 한, 그러니까 이중성의 공간인 것이다. 그것이 품고 있는 이상성
으로 아름답게 빛나는 이 이중성의 공간은 다른 한편, 그것이 속해 있
는 만주 공간의 추악함을 대비 부각하여 부정한다. 부분이 전체의 속성
을 부각하고 나아가 그런 속성을 지닌 전체를 부정하는 부분/전체의 메
커니즘이 작동하고 있는 것이다.

4. 떠도는 나그네의 공간

『토지』에서 만주는 떠도는 나그네의 공간이라는 의미를 지니고 있는

81) 『토지』 12, 310-311쪽.

데 세 가지 경우로 나누어 볼 수 있다. 하나는 천애유랑의 방랑길을 떠도는 외로운 영혼이 거쳐 가는 방랑지의 하나라는 의미를 갖고 있다. 백정의 핏줄이라는 태생의 저주에 깊이 상처 입었고 이와 관련된 사랑의 실패로 만신창이가 되어 버린 존재, "깊이 뿌리박혀 버린 방랑에의 동경 때문에 늘 우울"한 '역마살'[82] 든 사내인 송영광의 만주가 바로 이것이다.

> 도대체 송화강의 길이는 얼마만큼인가. 지도상으로는 그렇지도 않겠지만 느낌으로는 산해관(山海關)에서 대련(大連), 압록강 하구까지 새알 만한 해안선을 빼고 나면 바다가 없는, 엎드린 거대한 내륙, 만주땅을 모조리 껴안고 송화강은 흐르고 있는 것 같았다. 강변 가로수의 신록은 눈부시게 아름다웠다. 영광은 시야 속에 들어오는 강물과 야트막한 수림과 하늘을 바라보며 강 너머, 강을 넘어서 끝없이 가면 흑룡강이 나타날 것이요 그 강을 넘으면 시베리아, 영광은 시베리아를 꿈꾼다. 양현을 잊으리라 생각했다. 국경을 넘을 때, 지금도 잊을 수 있으리라 생각한다.[83]

방랑자가 거쳐 가는 곳의 하나에 지나지 않으므로 그에게 만주는 그가 지금까지 거쳐 온 다른 곳과 똑같은 의미를 갖는다. 흑룡강 너머 시베리아도 마찬가지이니 그는 자연스럽게 시베리아로의 방랑을 상상할 수 있다. 만주를 그 너머가 더 이상 없는 세상의 끝, 막다른 곳이라 인식하는 경우 그 너머는 상상되지 않는 공간이었다. 만주를 배경으로 한 우리 문학에서 만주를 넘어 시베리아로의 방랑을 꿈꾸는 상상력이 나타나지 않는 것은 이와 관련된 것이다.

송영광의 경우, 개인적 사정 때문에 만주 벌판을 떠도는 나그네가 되

---

82) 『토지』 13, 72쪽.
83) 『토지』 16, 113쪽.

었다. 이런 그에게 만주는 시베리아와 마찬가지로, 자신을 괴롭히는 곳으로부터 떨어져 있는 '먼 곳'의 의미를 갖는 방랑지이다. 떠도는 나그네의 공간이라는 점에서는 송영광의 만주와 같지만, 근본적으로 다른 의미를 갖는 만주가 또 있다. 일본의 침략에 떠밀려 와 살지만 언젠가는 떠나야 하는, 잠시 머무는 곳으로서의 만주라는 공간이다.

앞에서 말했듯 『토지』에는 만주국의 지배라는 엄연한 현실이 거의 반영되지 않았다. 만주에 사는 조선인이 피할 수 없었을 만주족, 한족, 몽고족, 먼저 이주한 조선인들과의 관계도 소설에서 거의 확인할 수 없다. 만주에 이주한 평사리 사람들의 생활은 만주의 현실에서 벗어나 그들만으로 구성된 별개의 세계 속에서 영위되고 있는 것처럼 보인다. 『토지』 속 만주 공간이 살길을 찾아 만주로 이주한 조선인들의 뿌리 내리기, 새로운 고향 만들기와 무관한 것은 이와 관련된 것이다.

> "저는 농사짓는 것은 자신이 없습니다. 또 한곳에 매여 살고 싶지도 않구요. 그냥 아무 곳이건 끝없이 가고 싶습니다. 머문다는 것이 고통스러우니까요."
> "이제 발목이 잡혔는데도?"
> "형님한테는 죄송한 일입니다만 당분간만 있어볼 작정인데."
> "……"
> "형님 입장이 곤란해지겠습니까?"
> "곤란해질 것 없다."
> "……"
> "어차피 만주에 온 조선족들은 뜨내기니까. 너야 뭐 아버지 말도 안 듣던 아들이었는데 내 말 듣겠나?"
> "할말 없군요."
> "남한테 피해만 주지 않는다면 자기 뜻대로 사는 거, 그거 좋지."
> 그 말뜻에 비난이 없었던 것은 아니었다.
> "저라고 뭐 뜻대로 하고 사는 줄 아십니까?"

혼잣말같이 중얼거렸다.[84](강조 인용자)

   나는 한국 현대소설에 나오는 만주 공간의 성격 가운데 하나로 '죽음의 기운으로 가득 찬 곳'[85]을 든 적이 있는데, 이 말은 특히 생존 외길을 찾아 몸부림치는 만주 이주 조선인 농민들의 현실과 관련된 것이다. 그들에게 만주는 한편으로는 언젠가는 떠나야 할 '딱 싫'[86]은 타향이지만, 다른 한편으로는 생존을 위해 뿌리 내려야 할 곳이기도 하다. 생존을 위한 뿌리 내리기는 곧 새로운 고향 만들기일 터, 그들에게 만주는 가족과 함께 살아가야 할 삶터란 엄숙한 의미를 갖는다.

   『토지』의 인물들에게서 만주 공간을 뿌리 내리고 살아야 할 삶터란 의식은 전혀 찾을 수 없다. 그들에게 만주는 어쩔 수 없어 또는 어떤 일 때문에 잠시 머무는 곳일 뿐이다. 위의 인용이 뚜렷이 보여주듯 그들은 하나같이 '뜨내기' 의식을 지니고 있다. 이 같은 의식을 지닌 나그네들이 살고 있는 또는 스쳐 지나가는 『토지』의 만주는 떠도는 나그네의 공간이다. 만주 공간의 이 같은 성격은 고향(고국)에 대한 간절한 그리움을 품고 이역에서의 불안정한 삶을 살았던 일제 강점기 만주 이주 조선인의 현실을 압축해 보여준다. 그러나 동시에 그것은 『토지』가 만주 공간을 주요 무대의 하나로 삼고 있지만 만주가 생존 외길을 찾아 이주한 조선인들의 삶터라는 역사적 현실 밖에 서 있는 작품임을 말해 준다.

   떠도는 나그네의 공간이란 점에서 앞의 두 경우와 같지만, 자유의 존재성을 표상하는 것이라는 점에서 구별되는 또 다른 만주가 있다. 승려 혜관과 신명을 타고 흐르는 자유로운 사나이 주갑의 여로와 관련된 만

---

84) 『토지』 16, 122-123쪽.
85) 정호웅, 「한국 현대소설과 '만주'라는 기호」 5장, 앞의 논문 참고.
86) 허준, 「잔등」, 『잔등』, 을유문화사, 1946, 22쪽.

주이다.

『토지』의 중심인물 가운데 혜관과 주갑은 서사 전개의 어느 시점에서 문득 퇴장한다. 언제 어디서 그들의 발걸음이 멈추었는지 아무 정보도 제공하지 않고 『토지』 서사는 제 갈 길을 내달렸다. 혜관을 두고 "몇 년을 소식이 없는 거를 보이 얼음구덕에서 곱기 잠들어부린 모앵인데."[87]라는 말, "주갑이 아저씨가 살아나 계시는지. 나이가 나인지라."[88]라는 말 등에서 분명하듯 생사조차 분명하지 않은 상태에서 그들은 문득 퇴장하였다. 작가는 수많은 곁가지 물길을 안아 들이고 내보내며 굽이쳐 흐르는 장강대하, 『토지』의 서사에 휩쓸려 그들을 놓치고 만 것일까? 그들이 차지하는 작품 내 비중, 그들에 대한 서술자의 깊은 애정 등을 생각하면 이런 의문은 성립할 수 없다고 보는 것이 온당하다. 그렇다면 무엇인가?

그들의 문득 사라짐은 나서 죽는 인간 삶의 기본 형식을 해체하며 그들의 근본 존재성을 부각한다.

> 고목 한 그루, 경우(耕牛) 두 마리, 해빙한 가야하의 물살, 망망한 벌판을 수숫대 같은 사내가 건들건들 몸을 흔들 듯하며 가고 늙은 중은 법의를 펄럭이며 간다. 토지(소유)하고는 관계없는 두 사내가 땅을 밟고 가는 것이다. 평생이 운수요, 평생이 뜨내기, 바랑과 보따리 하나면 족하고 그것조차 잃는다면, 그래도 그만인 것이다.[89]

망망한 만주 벌판 속으로 지향 없는 나그네 길에 나서는 이 순간 두 사람의 지난 삶을 채웠던 온갖 것은 그 구체성을 잃고 '운수'와 '뜨내

---

87) 『토지』 11, 239쪽.
88) 『토지』 16, 99쪽.
89) 『토지』 9, 227쪽.

기'라는 그들의 근본 존재성에 녹아들고 만다. "바랑과 보따리 하나면 족하고 그것조차 잃는다면, 그래도 그만인 것"이라는 문장에 이르러 마침내 모든 것에서 해방되어 '제법무상'의 철리와 '새타령'의 신명과 한 몸이 되어 자유로운 그들의 그 같은 근본 존재성만이 오롯이 남는다.[90]

그들의 이 같은 존재성은 만주 공간과 빈틈없이 어울려 미적 완결성을 확보한다. 지평선 너머로 아득히 사라지는 가없는 드넓음의 공간, 그러하기에 무엇이라 이름 붙여 규정할 수 없으며 나누어 구분할 수 없는 즉자적 전체로서의 공간, 또 그러하기에 모든 것을 받아들이는 무한 용납의 공간인 만주 공간의 속성과 빈틈없이 어울림으로써 떠오르는 아름다움이다.

5. 소생과 희망의 공간

지금까지 살펴본 『토지』 속 만주는 전체적으로 보아 그 안에 슬픔과 고통을 품고 있는 어둡고 닫힌 공간이다. 이상 공간으로서의 만주는 언뜻 보아 이와 다른 것 같지만, 자신을 짓누르는 고통과 슬픔을 감당하지 못하는 인물들이 꿈꾸는 도피 공간이라는 점에서 전혀 다른 공간이라고 할 수는 없다.[91] 그런데 자세히 살피면, 이처럼 어둡고 닫힌 만주 공간의 안쪽에는 새로운 생성을 지향하는 생명의 움직임이 있다. 다만

90) 박경리는 주갑에 대해 "그 사람 인생이 시작도 끝도 없잖아요. 떠도는 하나의… 그야말로 나비 같은 사람이죠."(박경리, 『가설을 위한 망상』, 나남, 2007, 297쪽)라고 하였는데 주갑의 존재성을 적절하게 표현한 것이다. 이와 관련하여 김윤식은 "주갑은 구체적인 인물이 아니다. 유령 같은 작가의 목소리요, 비평안이었다."(김윤식, 『박경리와 '토지'』, 강, 2009, 209쪽)라고 해석하였다.
91) 물론 예외도 있다. 앞에서 살핀 바, 그들의 자유로운 존재성과 관련된 혜관, 주갑과 관련된 만주가 그것이다.

시작에 지나지 않지만 언젠가는 의미 있는 것들을 만들어냄으로써 만주 공간을 갱생과 희망을 공간으로 열 가능성을 지닌 생명의 움직임이다.

앞에서 말한 대로 우리 문학에서 만주는 '막다른 곳의 상징 기호'인 경우가 가장 많다. 『토지』의 중심인물 가운데 하나인 이상현과 관련된 만주 또한 이 같은 의미를 갖는 공간이다. "지칠 줄 모르는 갈등, 악몽과도 같은 자기혐오, 자책"이 그를 떠밀어 방랑하게 하였고 마침내는 만주 북단에 가까운 하얼빈의 뒷골목에 이르게 하였다. 그에게 이 북만주는 그의 과거를 표상하는 '고향'으로부터 멀어지기 위해 필사의 탈주를 감행해 마침내 와 닿은 이 세상의 끝, 패배하여 낙오한 자가 마지막 와 닿은 '막다른 곳'이다.

그런데 이상현은 그 탈주의 막바지에 이르러 기적적으로 소생한다. 그를 낯선 세계 속으로 난 미로를 끝없이 내달리게 만든 그 '갈등과 고뇌와 자책감'이 가라앉으며 그는 자신을 정시할 수 있게 되었고 객관화할 수 있게 되었다. 그 지점에서 그는 '보물 창고'인 자신의 '기억'을 더듬어 '기록'하는 일에 나아간다. 그 나아감은 미래를 향해 열린 새로운 '출발'이라고 할 수는 아직 없지만, 기록의 노동에 내재한 치유의 힘과 미래(새로운 이야기와 새로운 상상 세계) 생성의 힘에 이끌려 언젠가는 미래를 향해 스스로를 열게 될 가능성을 품고 있다. 이에 이르러 이상현의 방랑과 탈주의 여로 끝에 자리 잡은 만주, 이 어둠과 정체의 닫힌 공간은 언젠가는 열릴 수도 있는 가능성의 공간으로 전화한다. 해방 이전 문학에 나오는, 완전히 닫힌 공간으로서의 만주와는 다른 열림의 가능성을 품은 만주의 표상이 떠오른 것이다.

주정뱅이 이상현, 결국 그가 도달한 것은 자신이 낙오자라는 인식이었다. 그것은 이상하게도 그를 편안하게 했다. 모든 불꽃은 다 꺼져버렸고 갈등과 고뇌와 자책감은 가라앉았으며 차디찬 공간에다 이상현이라는 한 사내, 한 피폐한 사내를 놓았을 때 상현은 자신을 객관화할 수 있었고 그 객관화한 자신을 통하여 타자를 인식할 수 있었다. 이상현은 그러나 그것이 사람으로 향한 새로운 인식, 출발로는 생각지 않았다. 그것은 나이 탓이었는지 모른다. 기질 탓이었는지 모른다. 어쩌면 그는 현재에서 미래의 시간을 닫아버리고 싶었는지 모른다. 그는 자신에게 주어졌던 시간을 그 시간 속에 흘러간 사물, 그 원래 출발점으로 되돌아갈 수 있을지 모른다는 생각을 했던 것이다. 그것은 기록하는 행위로서 시작하는 출발점, 그의 기억은 보물의 창고였다. (중략) 그는 아무런 저항 없이 자연스럽게, 방 안에서 책상과 마주하고 있었던 것이다.[92]

이상현의 새로운 글쓰기에 관한 더 이상의 추구는 『토지』에 없다. 기억 재현의 글쓰기 또는 글쓰기에 내재한 생성의 힘에 대한 깊은 추구에 나아갈 수도 있었을 것인데, 아쉬운 일이다. 그러나 기억 재현의 글쓰기에 나아간 이상현을 통해 어둠의 닫힌 공간이었던 만주는 새로운 의미를 얻는다. 소생의 가능성을 품은 공간으로 전화하는 것이다.

소설의 진행과 함께 이루어질 가능성이 전혀 없는 것처럼 보이던 오가다와 유인실 두 사람의 안타까운 사랑에 희망의 싹이 움돋는다. 이때 오가다와의 특별한 인연, 그를 사랑하는 마음 등을 한사코 물리치며 독립투쟁의 전선에 투신했던 유인실의 마음이 변하여 송화강 가에서 "일본이 망할 때까지, 그때까지 살아 있다면 우리는 다시 만날 수 있을 거예요. 당신을 잊지 않겠어요."[93]라는 말을 남긴다. 다시 만날 가능성이 생긴 것이니 절망으로 차갑게 굳었던 오가다의 마음에 희망이 움돋게 되었다. 오가다와 유인실 두 사람의 관계 변화에 주목할 때, 다음 인용의 마지막 모호한 문장에 북만주의 이 같은 이중 의미가 담겨 있음을

---

92) 『토지』 16, 81쪽.
93) 『토지』 13권, 447쪽.

읽어낼 수 있다.

> 숲 위에는 호수 빛과 같은 하늘이 있었다. 그곳은 마치 땅 끝같이 느껴졌다. 만주 땅에서는 언제나 땅 끝이 시야에 들어온다. 그러나 가도 가도 땅 끝은 없다. 그것은 마치 오가다의 희망 같은 것이기도 했다.[94]

이제 오가다에게 이 드넓은 만주 벌판은 한편으로는 계속해서 뒤로 물러서는 지평선처럼 사랑을 이룰 수 없다는 생각과 관련된 절망의 공간이지만, 다른 한편으로는 언젠가 가 닿게 될 지평선처럼 사랑을 이룰 수 있다는 생각과 관련된 희망의 공간이라는 이중의 의미를 갖게 된다.

지금까지 우리는 이상현, 오가다의 경우와 관련하여 만주가 소생의 공간, 희망의 공간이라는 의미를 지니게 됨을 살폈다. 기억 재현으로서의 글쓰기, 일본이 패망한다는 미래 가정의 상황에서 이루어질 수도 있는 사랑과 관련한 만주 공간의 의미이다. 그런데 이것은 이상현 또는 오가다라는 개인의 삶이 규정하는 것이지 만주라는 사회역사적 실체에 깃들어 있는 의미는 아니다. 이와 관련하여 백석의 만주시편을 읽어볼 필요가 있다.

백석은 1939년 만주로 떠나 1945년 귀국할 때까지 만주국 국무원 경제부와 안동세관에서 일하였다. 이 시기 그가 지닌 삶의 자세는 『문장』 편집자인 정인택에게 보낸 편지에 나오는 "이 넓은 벌판에 와서 시 한 백 편 얻어가지고 가면 가서 『문장』을 뵈올 낯도 있지 않겠습니까."[95] 라는 글에 잘 나타나 있다. 그는 전운이 감돌기 시작하는 만주국의 수도 신경에서도 여전히 '시 한 백 편'을 향해 매진하는 시인이었다. 절창 「국수」, 「흰 바람벽이 있어」, 「北方에서」, 「澡堂에서」 등이 대표하는 백

---

94) 『토지』 15, 309쪽.
95) 안도현, 『백석평전』, 다산책방, 2014, 235-236쪽 재인용.

석의 만주시가 저 불모의 벌판에서 솟아났다. 『토지』속 만주 공간의 의미를 살피는 이 자리에서 나는 특히 「北方에서」와 「澡堂에서」 두 편을 주목한다.

백석의 만주시편 가운데 일본의 만주 침략과 동행한 근대성의 진군에 대해 직접적으로 진술하고 있는 작품은 「北方에서」 하나뿐이다. "이미 해는 늙고 달은 파리하고 바람은 미치고 보래구름만 혼자 넋없이 떠도는데//아, 나의 조상은 형제는 일가친척은 정다운 이웃은 그리운 것은 사랑하는 것은 우러르는 것은 나의 자랑은 나의 힘은 없다 바람과 물과 세월과 같이 지나가고 없다"96)라는 화자의 한탄이 처절하게 울리고 있는 백석의 시 「北方에서」는, '아득한 넷날/이제'의 대비 위에 놓여 있다는 것에 주목할 때, 근대성의 진군으로 인한 만주의 변화를 반영하고 있는 것으로 해석할 수 있는 것이다. 그렇다고 그가 근대성의 침략 아래 놓여 "이미 해는 늙고 달은 파리하고 바람은 미치고 보래구름만 혼자 넋 없이 떠도는" 폐허의 현실에 눈감은 것은 물론 아니다. 백석은, 예컨대 공중목욕탕인 조당에서 만난 중국인들에게서 도연명, 양자 등 그가 '좋아하는' 역사 속 옛 중국인들의 모습을 발견하고 즐거워하는 마음을 표현한 시 「澡堂에서」에서처럼, 지배와 파괴의 미친 세월 속에서도 여전한 것들을 찾아 예찬함으로써 그 미친 세월을 근본 부정하는 우회의 전략을 구사하였다.

> 나는 이렇게 한가하고 게으르고
> 그러면서 목숨이라든가
> 인생이라든가 하는 것을 정말 사랑할 줄 아는
> 그 오래고 깊은 마음들이
> 참으로 좋고 우러러진다.(「澡堂에서」 부분)97)

---

96) 백석, 「북방에서」, 『문장』, 1940. 6·7 합본호, 186쪽.

그가 좋아하여 우러르는 '그 오래고 깊은 마음'은 긴 세월을 이기고 살아남은 것인 만큼 미친 세월 속에 들었어도 스스로 의연히 그 자리에 여전하다. 속도와 효율을 강조하는 저 진군하는 근대성과는 근본 대비되는 한가함과 게으름을 사랑하는 마음, 목숨과 인생을 사랑하는 마음이 그 속에 깃들었기 때문에 그럴 수 있었다는 것이 백석의 생각이다. 그것은 현실의 저 깊은 곳을 꿰뚫어보는 통찰의 눈, 먼 과거로부터 이어지는 시간의 맥락에서 현재와 미래를 바라보고 이해하는 역사의 눈을 가졌기에 가능한 것이었다. 이에 이르러 만주는 "'자연의 변형, 미래 지향, 희생의 정당화, 과학기술에 대한 숭배, 발전을 향한 지도자들의 역사적 사명' 등의 면모를 지니는" 하이 모더니즘[98]이 지배하는 만주국의 만주 공간에 대비된, 미친 세월을 이기는 '오래고 깊은 마음'을 품고 넉넉하게 펼쳐져 있는 대지라는 의미를 얻는다.[99]

백석의 만주시편을 제외하면, 만주를 다룬 우리 문학 가운데 근대성의 진군 아래 억눌려 있지만 여전히 그 자리에 의연한 '미친 세월을 이기는 오래고 깊은 마음을 품고 넉넉하게 펼쳐져 있는 대지라는 의미'를 지닌 만주 공간이 등장하는 경우는 달리 없다.[100] 『토지』도 마찬가지이

---

97) 백석, 「澡堂에서」, 『인문평론』, 1941. 4, 26쪽.

98) 한석정, 『만주 모던』, 문학과 지성사, 2016, 41쪽.

99) 김종한은 「조선시단의 진로」(『매일신보』, 1942. 11. 18)에서 "여러 민족을 융화시키는 데 시가 필요하다면 이처럼 국책적인 시가 또 있으랴."라 하여 오족협화의 국책과 관련지어 이 시를 해석하였다. 상황에 갇히면 이처럼, 자신도 모르게 스스로 희비극을 연출하기도 한다.

100) 이와 관련하여 일본 소설가 牛島春子(1913-2002)의 '만주'를 살펴볼 수 있다. 그녀는 큐슈제국대학과 신경의 대동학원을 거쳐 만주국 관리로 일했던 황국주의자인 남편을 따라 만주에서 살았던 경험을 바탕으로 쓴 소설 「王屬官」을 두고 "만주국이, 눈부시게 약진하는 수도 신경이나 건국정신을 체득한 일본인으로 대표된다는 생각과는 크게 다른 생각 곧, 그 바탕은 오랜 과거로부터 짓밟히고 무시되고 그럼에도 묵묵히 참으며 토지를 경작해온 방대한 농민대중이라는 것, 다시 말해 만주국은 나무이고 농민대중은 그것이 뿌리를 뻗고 있는 땅이라는 인식 위에

다. 백석의 만주시편에서 확인할 수 있는 이 같은 의미를 지닌 만주 공간은 『토지』의 만주 공간을 이해하는 데 하나의 의미 있는 시좌(視座)를 제공하는 것일 수 있다.

6. 마무리

지금까지 우리는 『토지』의 중심 무대 가운데 하나인 만주 공간의 다양한 의미를 살폈다. 이 글에서 주목한 것은 '정치성의 공간', '피난지 또는 이상의 공간', '떠도는 나그네의 공간', '소생과 희망의 공간' 등이다. 『토지』 속 만주 공간의 이처럼 다양한 의미는 필자의 다른 논문에서 검토한 '열린 가능성의 공간' '죽음의 기운으로 가득 찬 공간'이라는 다른 두 의미와 한편으로는 부분적으로 겹치고 한편으로는 구별된다. 어떻든 이 모두를 합하면 『토지』 속 만주 공간의 대강을 파악할 수 있을 것이다.

작품의 중심 무대 가운데 하나인 만주 공간의 이처럼 다양한 의미를 파악한다면 『토지』를 더 깊이 이해하는 데 도움이 될 것이고, 나아가 국어과 교과서에 『토지』를 수록하여 가르치는 고등학교 문학교육에 작으나마 도움이 될 수 있을 것이다.

서 있는 작품"(多田茂治, 『滿洲・重い鎖』, 弦書房, 2009, 107쪽)이라고 하였다. 牛島春子가 이 같은 '농민대중'에 주목한 것은 그녀가 후쿠오카에서 비합법 정치운동을 하다 구속되어 '징역 2년, 집행유예 5년'의 선고를 받은 적이 있는 한때의 공산주의자였다는 사실과 무관하지 않다.

이호철의 「역려(逆旅)」와 문학교육
─'타자 이해'를 중심으로

1. 머리말

이호철의 작품 중에 「역려(逆旅)」라는 장편이 있다. 발표 당시 문단의 주목을 거의 받지 못하였으며, 한국 근현대 문학 작품 가운데 문학사적으로 의미 있는 것들과 작품성이 뛰어난 것들을 가려 묶은 전집이나 선집은 물론이고 이호철 작가 자신의 선집이나 전집에도 든 적이 없는, 말하자면 인정받지 못한 그래서 지금은 이호철 문학 연구자 아니면 그 존재조차 알지 못하는 거의 잊힌 작품이다.

「역려」는 『『한국문학』』(1973. 12-1976. 12, 모두 25회) 연재를 거쳐 1978년 세종출판공사에서 한 권짜리 단행본으로 출간되었다. 연재 3회(1974. 2)와 연재 4회(1975. 4) 사이 1년 2개월이 비어 있는데, "『한국문학』지에 3회인가 쓰고 금방 1974년 봄, 본의 아니게 옥고를 치르게 되어 한동안 중단했다가 풀려나온 후 다시 뒤를 잇대어서 2년가량 연재"[101]하였다는 작가의 말에 드러나 있듯, '문인간첩단 사건'[102] 때문이었다. 이 사건은 「진실·화해를 위한 과거사정리위원회」가 밝힌 대로, 국군보안사령부(보안사)가 주도하여, 유신헌법에 반대하는 「유신헌법 개헌 청원 성명」에 이름을 올린 문인들을 간첩으로 조작한 것이었다. 단행본은 몇 군데를 빼고는 연재본과 똑같다.[103] 그리고 단행본 출간에서 36년이 지난 2010년 이 작품은 「출렁이는 유령들」(글누림)로 제목을 바꾸어 다시 출간되었는데,[104] 내용은 몇 군데를 빼고는 1978년에 나온 단행본과 동일하다.

　중등학교 문학 교육의 내용과 형식을 규율하는 교육과정에는 '자아 성찰과 타자 이해'가 핵심인 성취 기준이 있다. 예를 들면 「2015 개정 교육과정」의 고등학교 「문학」의 성취 기준인 '문학을 통하여 자아를 성찰하고 타자를 이해하며 상호 소통하는 태도를 지닌다.'가 그것이다. 이

---

101) 이호철, 「후기」, 『「逆旅」』, 세종출판공사, 1978, 345쪽.

102) 유신헌법을 무기로 철권 독재 정치를 펼치던 1974년 서울지검 공안부에서 이호철(소설가), 김우종(평론가), 정을병(소설가), 장병희(필명 장백일, 평론가), 임헌영(평론가) 등 문인 5명을 반공법 및 국가보안법 위반혐의로 기소한 사건이 '문인 간첩단 사건'이다. 검찰이 내세운 그들의 혐의는 이들 문인이 1970년부터 일본에 있던 김기심, 김인제 등과 교류하며 그들이 펴내던 잡지 『한양』에 한국의 정치 체제를 비판하는 글을 기고했다는 것이었다. 이 사건은 '『「한양」』지 사건'으로 불리기도 하는데 『「한양」』지에 기고한 글이 문제의 핵심이었기 때문이다. 간첩 행위를 했다는 혐의를 덮어쓰기도 하고(구속 시) 벗기도 하고(기소 시), 실형을 선고받기도 하고(1심) 집행유예를 선고받기도 하고(항소심), 우여곡절의 과정을 거쳐 1974년 10월 31일 항소심 공판에서 집행유예가 선고됨으로써 이호철은 석방되었다.(졸고, 「'역려(逆旅)'의 정신, 성찰의 서사」, 『출렁이는 유령들』 2, 글누림, 2010, 238면). 작가는 이 사건 경험을 여러 곳에서 언급했는데 가장 자세한 것은 「자서전적 연보」이다.(이호철, 「자서전적 연보」, 『판문점』, 청계, 1988, 421쪽 참고).

103) 예를 들면, 연재 3회본의 마지막은 다음과 같은데, 단행본에서는 완전히 빠져 있다. 소설 전개상 불필요한 군더더기이기 때문일 것이다.
　(이즈미 게이조오 일행이 마악 공항을 빠져 나오려는데 공항 마이크에서 알려왔다. "이즈미 게이조오 씨, 면회입니다. 이즈미 게이조오 씨, 면회입니다." 게이조오는 꿈틀하면서 제 자리에 잠시 섰다.(『한국문학』, 1974. 2, 172쪽))

104) 이 책의 끝에 실린 해설 「'역려(逆旅)'의 정신, 성찰의 서사」는 필자의 글이다.

성취 기준은, 조금씩 표현은 다르지만 2007 개정 교육과정, 2009 개정 교육과정에도 들어 있는 것이니 고등학교 「문학」의 주요한 성취 기준 가운데 하나인 셈이다.

필자는 이 성취기준의 두 중심항 가운데 '타자 이해'와 관련하여 이호철의 장편 「역려」를 주목한다.[105] 첫째, 이 작품의 중심에는 '타자 이해'와 관련하여 지금까지 중등학교 문학 교육의 장에 수용되지 않았던 부정적 인물이 놓여 있는데, 이런 인물도 타자를 이해하는 데 매우 큰 의미를 지닐 수 있다는 것을 보여 준다. 둘째, 이 작품은 일본인과 결혼한 조선 여성과 둘 사이에 태어난 한일 혼혈인들의 삶을 다루고 있는데, 그들의 슬픔과 고통을 통해 '지난 역사의 소산인 타자'에 대한 이해에 나아갈 수 있다. 셋째, 지금까지 중고등학교 국어과 교과서에 재일 일본인(在日本人, 자이니치 재퍼니즈, 자이니치 니혼진)을 다룬 작품이 수용된 적은 없다. 이 점에서 일제 강점기 식민지 조선에서 조선인 여성을 첩으로 들여 그 사이에 자식 둘을 낳고 살았던 재일 일본인이 나오는 이호철의 장편 「역려」는 흥미로운 검토 대상이다.

2. 고등학교 「문학」 과목의 성취 기준과 '타자 이해'

「2015 개정 교육과정」의 고등학교 「문학」 교육과정은 모두 네 영역으로 구성되어 있다. 「문학의 본질」, 「문학의 수용과 생산」, 「한국문학

---

105) 작가는 연재를 앞두고 "한국으로 들어오고 있는 새 日本의 몇 가지 패턴과 새 日本을 받아들이는 韓國의 몇 가지 패턴을 대비시켜 볼 작정"(이호철, 「작가의 말」, 『한국문학』, 1973. 12, 22쪽)이라고 하였지만, 작가의 이런 의도는 작품에서 충분히 실현되지 못한 것으로 판단된다. 이 글에서의 논의는 작가의 이런 의도를 고려하지 않고 진행될 것이다.

의 성격과 역사」, 「문학에 관한 태도」의 네 영역이다. 이 글에서 우리가 문제 삼고자 하는 '타자 이해'는 이 가운데 마지막 「문학에 관한 태도」 영역의 두 성취 기준 중 첫 번째 것인 "문학을 통하여 자아를 성찰하고 타자를 이해하며 상호 소통하는 태도를 지닌다."에 들어 있다. 그런데 「2015 개정 교육과정」에는 이 성취 기준에 대한 해설이 없다. 이 성취 기준을 이해하기 위해서는 부득이 이전 교육과정을 살펴 이것과 유사한 성취 기준에 대한 해설을 참고할 수밖에 없다. 「2009 개정 교육과정」의 고등학교 「문학」의 13번 성취 기준 "문학을 통하여 자아를 성찰하고 타자를 이해하며 삶의 다양성을 이해하고 수용한다."와 「2007 개정 교육과정」의 고등학교 「문학」Ⅱ의 성취 기준 가운데 하나인 "문학을 통하여 타자를 이해하고 삶의 다양성을 수용한다."가 유사하다. 각각의 해설은 다음과 같다.

> (가) 이 내용은 문학을 통하여 타자를 이해하고 삶의 다양성과 차이를 받아들이고 존중하는 태도를 내면화하도록 하기 위해서 설정하였다. 문학을 통해 타인을 비롯한 여러 다른 존재를 이해하고, 그 존재들이 영위하는 삶이 다양함을 수용함으로써 자신의 삶을 객관적으로 인식하고 아울러 다른 존재들의 삶과 조화를 이루면서 자신의 개성적인 삶을 영위할 수 있는 것이다.
>
> 문학은 인간을 탐구하므로 문학을 통해 독자는 자신과는 다른 인간을 발견할 수 있다. 이 발견을 바탕으로 독자는 자신의 존재를 재인식하며 타자와 그 타자의 인생에 대한 소중한 지혜를 얻게 된다. 즉 자신과는 다른 존재, 평소에는 잘 보이지 않는 타자의 다른 면모, 자신의 삶과는 지향이 같지 않은 다른 사람들의 삶 등에 대한 깨달음을 얻게 된다. 타자에 대해서 인식하고 삶의 다양성에 대해서 새로운 성찰을 하게 되는 것은 그 자체로 소중할 뿐만 아니라 타자의 존재에 대한 배려의 지혜도 얻을 수 있다.[106]

(나) 작품 속의 세계와 이를 표현하는 방법을 이해한다. 작품 속 인물들의 삶과 생각을 자신의 삶과 생각을 통해 이해하고 평가하면서 자신을 성찰한다. 이러한 성찰을 통해 독자는 풍부한 감수성, 예리한 통찰력, 따뜻한 포용력, 바람직한 가치관 등을 두루 갖춘 내면세계를 형성하게 된다. 문학을 통해 자신과 다른 사람들의 삶에 대한 깨달음을 얻고 삶의 다양성을 깊이 성찰할 수 있다. 자아의 내면세계가 보다 넓고 깊어짐으로써 타자의 존재를 수용하고 이들과 조화를 이루면서도 자신의 개성적인 삶을 위할 수 있는 능력을 기르도록 한다.[107]

'타자 이해'와 관련하여 볼 때, 두 해설의 핵심은 문학 교육을 통해 "타자에 대해서 인식하고 삶의 다양성에 대해서 새로운 성찰"이란 말에서 알 수 있듯이 자신과 다른 타자의 '발견, 이해, 존중'의 태도를 기르는 것이다. '타자 이해'를 통해 이 같은 태도를 기르는 일은 동시에 자신과 자신의 삶을 객관적으로 바라보고 인식하는 일, 자신을 존중하고 자신의 삶을 개성적으로 일구는 일의 바탕이 되며, 더 나아가 나와 타자의 소통과 조화로운 어울림을 가능하게 함으로써 공동체의 문화 발전에 기여하도록 이끄는 것이니 참으로 소중하다.

교육과정의 성취 기준과 그 해설에서는 이처럼 타자를 '자신과 다른 타자'라 하여 타자 일반을 뜻하는 말로 사용하고 있다. 그렇다면 문학 작품에 나오는 모든 인물은 타자에 해당하는 것이니, 모든 문학 작품이 이 성취 기준과 관련하여 교과서에 수용될 수 있을 것이다. 한국 사회에서 널리 받아들여지는 윤리 규범을 좇아 사는 사람도, 이 윤리 규범에서 벗어나 있는 사람도 모두가 타자이니, 이들을 다른 문학 작품은 어떤 것이나 '타자 이해'의 태도를 기르기 위한 단원의 제재로 선택될

---

106) 교육부, 『2007 개정 교육과정』의 고등학교 「문학」 성취 기준 13.
107) 교육부, 『2009 개정 교육과정』의 고등학교 「문학」Ⅱ의 '(2)문학과 삶-(가)문학과 자아'의 ②번 성취 기준.

수 있는 것이다.

　말하자면 교육과정에서 사용하는 타자는 가치중립적인 말이다. 악인, 폭군, 매국노, 비열한 등 부정적인 인물도 문학 학습자의 지적, 정서적 삶을 풍부하게 가꾸는 데 도움이 되는 '이해의 대상으로서의 타자'이니 문학 교육의 장에서 배제되어서는 안 된다. 중등학교 문학 교육의 장에서 부정적 인물의 대표적인 예로 꼽히는 인물 하나를 통해 좀 더 검토해 보기로 하자. 채만식의 장편 「태평천하」의 주인공 윤 직원은 식민지배에 적극 동조하는 반민족주의자이고, 자신과 자기 가족의 행복만을 추구하는 이기주의자이고, 돈과 권력을 추구하는 속물적 현실주의자이다. 당연히 부정적 인물이니 비판, 부정의 대상이 될 수밖에 없다. 그러나 다른 관점에서 보면, 그의 이 같은 부정적 측면들은 많든 적든 많은 사람이 지니고 있는 것들이니, 학습자는 그를 통해 자신을 포함한 인간에 대한 이해를 넓힐 수 있고, 자기성찰로 나아갈 수도 있다. 다른 한편, 윤 직원의 부정적 측면들은 그가 전근대적 신분질서의 아래면에 놓여 억압 수탈 구조의 피해자로서 살아왔다는 것과 무관하지 않으니, 사회 역사적 폭력에 대한 이해로 학습자를 이끌 수도 있다.

　문학 교육 연구자 가운데에는 타자의 개념을 좁게 규정하는 경우도 있다. "타자성(otherness)을 다수자와 소수자의 정체성이 어떻게 구성되는지를 분석하는 중핵적인 개념으로 활용하고 있는 사회학적인 접근"을 따라, "사회적 약자로서 다수자에 대한 타자로 자리를 잡"는 "소수자"를 타자로 보는 것이다. 이 견해에 따르면, "외부인은 내부자에 대해, 여성은 남성에 대해, '그들'은 '우리'에 대해 타자가 되며, 장애인은 이른바 정상인에 대해, 동물들은 인간에 대해 타자"[108]가 된다. 충분히 있

---

108) 류수열 외, 『문학교육개론 II』, 역락, 2014, 33-34쪽.

을 수 있는 의미 있는 견해이지만, 우리나라 중등 문학 교육의 장에 수용하는 것은 곤란하다는 것이 필자의 생각이다. 위에서 살핀 대로 교육과정에서 사용하는 타자의 개념과 맞지 않는다는 것, 그리고 이처럼 소외된 소수자만을 문제 삼는 것은 문학 교육이 지향하는 인간에 대한 탐구와 이해를 스스로 제약하는 일이라는 것이 그 이유이다.

그런데 중등교육 문학 교육의 장에서 사용되는 「문학」 교과서를 살펴보면, '타자 이해'와 관련하여 이른바 '부정적인 인물'에 대한 이해를 다룬 경우는 찾을 수 없다. 예를 들면, 현진건의 「고향」, 이문구의 「유자소전」, 양귀자의 「비오는 날에는 가리봉동에 가야 한다」 등이 '타자 이해'와 관련하여 문학 교과서에 수록되어 있는데, 이들 작품은 하나같이 '긍정적 인물'에 의한, '소외된 소수자로서의 타자에 대한 이해와 연민 그리고 포용'이라고 할 수 있다. 그 자체로 소중한 가치들이므로 이런 주제를 품고 있는 작품을 교과서에 실어 학생들에게 읽히는 것은 좋은 일이다. 그러나 중등학교 문학 교육의 장에서 사용되는 교과서가 하나같이 이런 양상을 보이는 것은 문제이다. 앞에서 말했듯이 스스로 문학 교육을 통한 인간 탐구와 이해의 폭을 좁히는 것이기 때문이다. 이같은 문제점은 '타자 이해'와 관련된 문학 교육을 윤리 교육으로 이끄는 것이라는 점에서도 바람직하지 않다. 우리 사회 구성원 일반이 공유하는 윤리 규범에 충실한 인물이 서사를 주도하는, 그러하기에 그런 윤리 규범이 주제인 작품만을 다루는 것은 그런 윤리 규범을 좇아 살 것을 학습자에게 강제하는 일이다. 문학 교육은 학습자가 그런 윤리 규범의 정당성에 대한 질문을 통해 스스로 진정한 가치를 찾아 나아갈 수 있도록 열려 있어야 한다.

3. 「역려」와 타자 이해

2장에서의 논의를 길잡이 삼아 「역려」를 타자 이해의 측면에서 살펴보기로 한다. 먼저, '타자 이해'를 '소외된 소수자로서의 타자에 대한 이해와 연민 그리고 포용'이라는 치우친 관점에서 이해하는 문학 교육 장(場)의 문제점에 대한 비판적 인식과 관련하여 이 작품의 주인공이라 할 수 있는 인물에 대해 살펴본다. 그 다음, 일본인과 결혼한 조선 여성의 비극성과 둘 사이에 태어난 한일 혼혈인들의 고통에 대해 검토한다. 그리고 마지막으로, '재일 일본인'이라는 우리 문학에서 처음 다루어진 낯선 소재의 수용과 관련하여 '타자 이해'의 관점에서 그 의미를 살핀다.

3-1. 부정적 인물과 타자 이해-현실주의자의 여러 측면

「역려」의 중심에는 강렬한 개성의 인물이 우뚝 서 있다. 이 작품의 주인공이라고 할 수 있는 박훈석이다. 그는 무엇보다도, '잇속'을 유일한 판단 기준으로 삼아 잇속을 좇아 사고하고 움직이는 철저한 현실주의자이다.

> 언제 어디서나 그런 법입니다. 논의나 이론보다는 잇속이지요. 세상은 잇속의 집산과 잇속의 향방으로 움직여가는 거예요. 다만, 사람들은 염치를 차려서 그 점에서는 솔직하지 못하다 뿐이지요."[109]

다만 잇속을 좇아 살기에 그는 염치를 모른다. 염치를 따지는 사람들을 두고 '솔직하지 못하다'라고 당당하게 말할 수 있는 것은 이 때문이

---

109) 이호철, 『역려』, 세종출판공사, 1978, 151쪽. 이 책에서 인용하는 경우, 다음부터는 '『역려』, 151면'의 형식으로 한다.

다. 박훈석은 철저하게 물신화된 인물이다. 그가 아내의 전 남편인 이즈미 다쯔오와 그 아들인 게이조오에게 다음처럼 '보상'을 요구할 정도로 뻔뻔한 것은 이 때문이다.

> 그래서 말씀인데, 더욱 까놓고 얘기입니다만, 저는 게이조오 씨나 혹은 게이조오 씨 부친에게서 혹종의 보상(報償)을 받아야 하겠다, 이런 얘기입니다. 물론 오해는 마십시오. 이렇게 말한다고 무슨 청구권을 신청할 권리라도 있다는 듯이 들으면 제 입장이 도리어 곤란합니다. 게이꼬나 성병이를 만나서 이미 아시겠지만, 당사자인 게이꼬 어머니나 게이스께(박성갑의 옛 이름)나 게이꼬나 원체 당사자들인 만큼 여간 눈치 코치 살피는 게 아니고, 그 입장에서는 더욱 원천적인 토착 한국인 티를 내고 싶어 하는데 그 점도 저는 십분 이해는 한다는 말씀입니다. (중략) 그러나 저는 입장이 다릅니다. 어찌됐든 그 셋을 저는 삼십 년 동안 감당해 온 것이 사실입니다.[110]

일본군 헌병 출신인 이즈미 다쯔오는 일본인 처와 사별하고 조선인인 조 씨와 재혼, 조 씨의 고향 마을에서 과수원을 경영하며 살다가 해방 후 전처 소생의 게이조오만 데리고 귀국하였다. 그러니까 게이조오에게 조 씨는 의붓어머니였고, 다쯔오와 조 씨 사이에 산 게이스께와 게이꼬는 이복동생들이다. 게이조오를 만난 박훈석은 지금, 그가 삼십 년 동안 이들 삼모자를 '감당'해 왔으므로, 게이조오와 그의 부친인 다쯔오에게 '혹종의 보상'을 요구할 권리가 있다고 주장하는 것이다.

잇속에 철저하게 갇혀 물신화된 그에게는 타자를 존중 받아야 할 인격체로서 인식하고 대하는 윤리의식이 없다. 부부로 그리고 아버지와 아들딸로 살아온 지난 세월도 긴 세월 함께한 삶도 그동안 쌓인 정도 아무런 의미를 갖지 못한다. 그런 그에게 그들은 인격체로서 존중받아

---

110) 『역려』, 126-127쪽.

야 될 대상이 아니라 자신의 잇속을 위한 한갓 수단에 지나지 않는 존재들일 뿐이다. 조 씨가 "갑자기 백치나 된 듯이 멍멍한 느낌"에 빠져 "저런 사람과 자식새끼 낳아 기르면서 삼십 년 동안을 같이 살아 왔다니 싫어" "자꾸만 피식피식 우스워지는 것"[111]을 어쩌지 못하는 것은 박훈석의 이 같은 내면을 꿰뚫어보았기 때문이다.

박훈석의 철저한 현실주의는 이익을 얻기 위해서는 자신을 모욕하는 일도 서슴지 않는다.

> 물론 저는 이 편지가 반드시 당신 아버지에게 전달되리라고는 믿지 않습니다. 저와 이 자리서 헤어진 후에 곧 게이조오 씨는 이 편지의 겉봉을 부욱 찢고 간단히 한 번쯤 읽어보고서는 십자형으로 찢어서 쓰레기통에 버리시거나, 그것도 아니라면 비행기 위에서 심심파적으로 읽어보시고 버리거나 하실 테지요. 그렇지만 저는 이런 가능성도 생각하는 거지요. 혹시 당신은 이 편지 내용이 무엇일까 하는 그 궁금증을 역겨우면 역겨운 대로 아낄 수도 있을 것이다, 그렇게 일본 땅까지 돌아가기만 하면, 백에 하나쯤의 가능성이긴 하지만 아버지에게 전달될 수도 있을 것이라는 생각이지요. 그야 전달되어 보았자, 저로서는 크게 어떻달 것은 없겠습니다마는, 지나간 36년 동안을 당신들의 노예로 지내왔는데, 이 정도의 굴욕과 수모쯤 감당하지 못해서야요.[112]

앞에서 살폈듯이, 박훈석은 자신이 조 씨와 그녀가 낳은 이즈미 다쯔오의 두 아이를 30년 동안 보살펴 왔으므로 보상을 받을 자격이 있다고 생각한다. 이런 생각으로 그는 이즈미 다쯔오에게 보내는 편지를 써서 이즈미의 아들인 게이조오에게 전달해 달라고 부탁한다. 다음은 이때 그가 한 말이다. 그는 일본인인 게이조오 앞에서 "지나간 36년 동안을

---

111) 『역려』, 80쪽.
112) 『역려』, 147-178쪽.

당신들의 노예로 지내왔는데, 이 정도의 굴욕과 수모쯤 강당하지 못해 서야요."라고 하여, 스스로를 모욕함으로써 '보상' 받을 수 있는 가능성을 높이고자 한다.[113]

이처럼 철저한 현실주의자인 박훈석의 머릿속에 민족의식이 깃들 자리는 없다. 1934년에 만주에 건너간 그는, 관동군 특무부대 출신으로 관동군을 뒷배로 "철도 부설의 청부를 맡는 큰 토건회사를 경영하고 있었던" 오오다니라는 사업가의 운전수로서, "할빈과 신경의 그의 숙소로 거의 무상출입을 할 수" 있을 정도로 그의 신뢰를 받으며 한 시절 만주 벌판을 기세 좋게 휘젓고 다녔다. 민족의식이 없는 그이기에 일본의 만주 침략과 경영이 식민지 조선인에게 어떤 의미를 지니는 일인지는 당연히 관심 밖이다. 세월이 흘러도 그는 조금도 변하지 않았으니, 여전히 그 시절은 떠올리면 언제나 미소를 짓게 되는 좋았던 때, 그리운 추억의 과거이다. 민족의식과는 전적으로 무관한 그가 다음처럼 말하는 것은 자연스럽다.

> 물론 저는 구세대(舊世代)요, 일본 식민지 치하에 일본에 붙어먹었던 사람이올시다. 그리고 아직도 송두리째 그런 버릇이 남아 있는 사람이지요. 그러나 거듭 말하지만, 까놓고 얘기합니다. 저는 어떻든 일가권속을 거느리고 있는 입장이요. 하루하루 남부럽지 않게 세 끼 밥을 벌어들여야 할 입장입니다. 헌데 지금 우리 국내 사정은, 크게 보아서는

---

113) 언뜻 보면 자신을 모욕하는 박훈석의 심리는 최명익의 단편 「심문」의 주인공 현혁이 보여 주는 이른바 '자굴의 심리'와 동일한 것으로 보이지만 그렇지 않다. 현혁은 "모욕을 모욕으로 갚을 수 없는 나는, 나 자신을 내가 철저히 모욕하는 것으로 받은 모욕감을 씻"(『한국소설문학대계』 24, 동아출판사, 1996, 113쪽)고자 한다고 말하는데, 그의 강한 자의식이 개입하여 스스로를 인간 이하의 자리로 내몲으로써 자신을 처벌하는 기괴한 심리이다. 이에 비해 박훈석에게는 그런 자의식이 거의 없으니 그의 자기 모욕은 이익을 얻기 위한 하나의 방법으로 선택된 것으로 현혁의 자기 처벌과는 전혀 무관하다.

어찌되었든, 당장에 최소한 남부럽지 않을 정도로 살아 가재도, 제일
손쉬운 길은 일본 면과 결탁하는 길이다, 그런 얘기입니다.[114]

잇속을 유일한 삶의 기준으로 삼아 거기에 갇힌 물신화된, 그리고 윤
리의식과 민족의식이 결여된 이 철저한 현실주의자에게 소중하게 추구
하고 지켜야 할 가치는 잇속 말고는 따로 없다. 그는 잇속을 따져 자신
에게 유리한 면으로 자유롭게 변신한다. 말하자면 그에게는 자신의 사
고와 행위를 뒤돌아 점검하는 자의식이 거의 없다. 일제 강점기에는 일
본인 사업가에 빌붙어 좋은 시절을 구가하였던 그는, 정반대로 해방 직
후에는 공산당원으로서 농맹위원장을 지내고, 다시 정반대로 남으로 내
려와 자본주의 남한 사회와 조금의 갈등도 없이 원만하게 정착한다.

우리 소설 어디에서도 만날 수 없는 이 개성적인 인물은 문학 교육
장의 상식에 따르면 철저하게 부정적인 인물이다. 이런 그가 우리의 중
등학교 문학 교육의 장에 수용되는 일은 거의 기대할 수 없을 것임에
틀림없다. 그러나 관점을 달리하여 보면, 그는 중등학교 문학 교육의 장
에 적극적으로 수용되어야 할 의미 있는 성격이다. 몇 가지 측면에서
이렇게 말할 수 있다.

첫째, 이처럼 철저한 현실주의자를 실제 현실에서는 보기 어렵다. 이
점에서 그는 비현실적인 인물이라 할 수 있을 것이다. 그러나 다른 관
점에서 살피면 그는 현실주의자라는 인물 성격을 뚜렷이 드러내 보여
주는 현실주의자의 극적 상징이라 할 수 있다. 학습자는 그를 통해 인
간세계 도처에 존재하는 현실주의자의 핵심 성격을 효과적으로 파악할
수 있다.

둘째, 그의 철저한 현실주의는 모든 인간의 내부에 들어 있는 '잇속'

114) 『역려』, 126쪽.

을 좇는 현실주의자로서의 속성을 대변하는 것이라 볼 수도 있다. 학습자는 그를 통해 자신의 내부에 깃든 현실주의자로서의 속성은 물론이고 다른 사람들의 내부에 깃든 현실주의자로서의 속성에 대한 이해에 나아갈 수 있을 것이다.

셋째, 그의 철저한 현실주의는 그의 지난 삶의 이력에서 형성된 것으로 사회역사적 맥락 위에 놓여 있다. 앞에서 보았듯이 그는 일제 강점기의 만주, 해방 직후의 북한, 일사후퇴 때 월남한 이후의 남한 등을 전전하며 곡절다기의 삶을 살아 왔다. 격동의 역사 한복판을 헤쳐 온 것인데 운 좋게도 살아남았다. 서술자는 그를 두고 "세상살이란 모든 군더더기를 배제하고 남는 알맹이는, 요컨대 승부이다. 승부밖에 없다, 이런 논리로만 살아온 사람이다."[115]라고 말하는데, "세상살이란 승부다."라는 그의 명제는 타고난 성정과고 관련된 것이겠지만 보다도 생사를 걸고 전력투구하지 않으면 살아남을 수 없었던, 역사의 소용돌이 한복판을 뚫고 나아온 삶의 이력과 더 깊이 관련된 것으로 읽힌다. 살아남기 위해서는 승부사여만 했던 것이다. 살아남기 위한 승부로서의 삶에서 무엇보다 중요한 것이 잇속을 따지는 철저한 현실주의인 것은 새삼 말할 나위도 없다. 당연하게도 학습자는 이처럼 사회역사적 맥락과 관련지어 살필 때 박훈석의 철저한 현실주의를 보다 깊이 이해할 수 있다.

3-2. 역사의 비극성과 타자 이해-일본인과 결혼한 조선 여성 그리고 한일 혼혈인

「역려」는 "조 씨 그리고 그녀와 일본인 이즈미 다쯔오 사이에서 난

---

115) 『역려』, 113쪽.

두 자식의 기구한 인생 역정을 중심에 놓은 가족 서사"[116]라 볼 수도 있다. 이 가족 서사의 두 중심 구성소는 '일본인의 첩이 된 식민지 조선 여성'과 '조선인 여성과 일본인 남성 사이에서 태어난 혼혈아'이다.

나는 일본인의 첩이 된 식민지 조선 여성의 삶을 다룬 소설은 본 적이 없다. 일제 강점기 식민지 조선 사회에서는 드물지 않았을 것인데, 상처 입은 민족적 자존심 때문인지 우리 작가들은 이 실재를 다루지 않고 지나쳤다. 이 점에서 「역려」는 특별한 의미를 갖는다.

조 씨는 함경남도 안변 "인근에서는 누구나 알아주는 뿌리 깊은 명문 집안"[117] 출신이지만, 두 오빠가 사회주의 계열의 독립운동을 하다가 붙잡혀 무기징역을 언도 받고 감옥살이[118]하는 바람에 "열여섯 살에 의지할 데 없는 고아와 다름없이 되"고 말았다. 이후 그녀의 행로는 외롭고 고단한 쑥대밭길일 수밖에 없었다. 마침내는 일본인 이즈미 다쯔오의 첩 신세로 굴러떨어지고 말았다.

명문 집안 출신이고 무기징역을 언도 받을 정도로 우뚝한 독립운동가들의 동생이라는 드높은 자부의 자리에서 한순간 일본인의 첩이라는 비참한 현실의 자리로 전락한 것인데, 이 까마득한 추락의 심리적 충격을 견딜 수 없다.

> 무언지 어수선하고 수선스러운 속에 늘 좌불안석이었고, 죄책감과 회한이 범벅이 된 조바심 속의 무엇엔가 항상 쫓기듯 하는 세월이었던 것이다. 물론 들여다볼 만한 친정도 없었지만, 설령 있대도 무슨 염치

---

116) 정호웅, 앞의 글, 248쪽.
117) 『역려』, 45쪽.
118) 이호철은 한 인터뷰에서 "우리 외가는 북면 체제 면", "내 외삼촌 두 분도 해방되기 3년 전에 함흥형무소에 들어가 있었고"(이호철, 방민호, 「이호철 선생을 만나다」, 『문학의 오늘』 14, 2015. 봄, 51쪽)라고 하였는데, 조 씨의 친정 오빠 두 사람의 행적과 겹친다.

로 들여다볼 것인가. 친정과도 일절 발을 끊어 버렸다. 그러노라니 매일 매일을 열에 뜬 듯이 일 속에 파묻혔다. 크고 작은 일을 가리지 않고, 바깥일이건 부엌일이건 노상 일 속에 파묻혀 지냈다.[119]

불안정하고 혼란스럽다. 게다가 '죄책감과 회한' '염치' 등의 말이 드러내 보이듯 윤리를 어겼다는 죄의식이 동반하고 있으니 견디기 어렵다. "매일 매일을 열에 뜬 듯이 일 속에 파묻"혀 산 것은 생존을 위한 몸부림이었다.

자신의 뜻과는 전혀 무관하게 일본인의 첩이 되어 다만 그 죽음의 현실을 견뎌 생존하기 위해 일에 자신을 가두는 이 가여운 인물은 자신의 의사와는 상관없이 일본(일본인)과 관계 맺고 그 관계에 깃들어 있는 폭력성에 희생당한 모든 존재를 대변하는 상징이다.

그녀의 이런 비극성은 해방 소식을 알게 되었을 때 그 실체를 더욱 뚜렷이 드러내어 그녀를 다시 짓밟는다.

"일본 집 아주머니, 전쟁이 끝냈대요. 아주 끝나버렸대요. 일본이 졌다는군요."
순간 조 여사는 빨래 손을 멈추고, 봇도랑가의 둔덕 위에 서 있는 뽕나무 잎새 틈으로 엷은 구름 한 조각이 흘러가는 것을 보았던 것이다. 대강 대강 빨래를 걷어 경자를 들쳐 업고 집으로 들어왔다. 반바지에 각반을 차고 국방색 전투모 차림의 다쯔오가 큰 문가에 서 있었다. 들어서는 그녀를 보자, 눈길을 피하였다. 그 피하는 눈길에는 무언지 귀찮아하는 쌀쌀한 것이 감돌고 있었다.[120]

전쟁에 졌으니 일본인인 다쯔오 가족은 일본으로 돌아가야 한다. 그

---

119) 『역려』, 227쪽.
120) 『역려』, 228쪽.

런데 첩인 조 씨까지 돌볼 여유도 그럴 생각도 없다. 그녀는 가족이 되어 함께 살아온 그들로부터 내쳐지게 된 것이다. 그런 사정을 "무언지 귀찮아하는 쌀쌀한 것이 감"도는 다쯔오의 "피하는 눈길"을 통해 잘 드러났다.

이에 이르면 우리는 존재 자체가 온통 비극성으로 차 있는 인물이 조 씨임을 똑똑히 확인한다. 이에 그쳤다면 조 씨의 인물 성격은 그 심오한 의미에도 불구하고 단순하며 추상적 관념의 차원에 머물렀다는 비판을 면할 수 없을 것이다. 물론 그렇지 않다. 작가는 더 나아갔다.

> 그러나 어쩔 수 없이 그 이름 석 자에서 풍겨오는 은밀한 그리움 비슷한 느낌을 어쩔 수는 없었다. 깊이깊이 묻어 두었던, 그 옛날의, 그들과 살을 맞부비면서 살 때의 자상한 분위기들이 한꺼번에 폭발해 나오듯이, 연기 피어오르듯이 피어오르는 것이 아닌가.121)

해방 전 함께 살았던 남편의 이름 석 자 '泉達夫'가 적혀 있는 편지를 집어 들었을 때 그녀의 마음속에 '은밀한 그리움 비슷한 느낌'이며 함께 살 때의 '자상한 분위기' 등이 피어올랐다는 것인데, 인간이 얼마나 복잡하고 오묘한 존재인가를 잘 보여 주는 예이다. 이에 이르러 「역려」를 꿰고 있는 가족 서사의 중심인물 가운데 하나인 조 씨는, 인간 존재의 복잡성과 미묘함과 관련하여 학습자의 눈을 틔우는 '타자 이해'의 한 대상으로서 문학 교육의 장에 수용될 수 있는 인물 성격이라 하겠다.

조 씨가 이끄는 이 가족 서사의 다른 한 축은 그녀의 아들 성갑(게이스케)와 경자(게이꼬) 두 사람이다. 그들은 슬픈 역사 과정의 소산인, 조선인 여성과 일본인 남성 사이에 태어난 혼혈인이라는 점에서 '타자 이

---

121) 『역려』, 223쪽.

해'의 대상으로 문학 교육의 장에 들어올 수 있다.

우리 소설에는 한국인과 일본인 사이에 태어난 혼혈인을 다룬 작품이 많은데, 염상섭의 「남충서」, 「사랑과 죄」, 「해방의 아들」, 김사량의 「빛 속으로」 등이 대표적이다. 염상섭의 「남충서」와 「사랑과 죄」에 나오는 한일 혼혈인들이 혼혈이라는 운명적 조건 때문에 고통 받는 것은 물론이지만, 이들 소설의 초점은 그 고통이 아니라 이들이 상징하는 "식민지 조선의 한 축도"[122) 곧 "식민지 치하의 개연성 있는 문화적 징후"[123)의 성격을 파헤치는 것, 또는 이념적 '가치중립성'[124)을 제시하고자 한 것에 놓여 있다. 이 점에서 한일 혼혈인의 고통을 문제 삼는 「역려」와는 구별된다. 「해방의 아들」은 한일 혼혈인인 마쓰노(조준식)이 해방을 맞아 부계의 성인 조 씨를 찾아 조준식으로 살겠다고 나서는 것, 조준식과 일본인 아내의 사이에 새로운 생명이 태어난 것을 주인공이 축복하고 조준식에게 태극기를 선물하는 것 등이 잘 보여 주듯이 '생활의 경신'과 '새 출발'[125)이 주제인 작품이다. 「해방의 아들」 또한 혼혈인의 고통을 문제 삼은 작품은 아닌 것이다. 염상섭의 이들 작품과 달리 김사량의 「빛 속으로」는 한일 혼혈인의 고통을 중심에 놓은 작품이라는 점에서 「역려」와 통한다. 일본인 아버지와 조선인 어머니 사이의 혼혈인 야마다 하루오는 "'아버지의 것'에 대한 무조건적인 헌신과 '어머니의 것'에 대한 맹목적인 배척"[126)의 이분법에 갇힌 인물이지만 다른 한편으로는 어머니, 어머니의 나라인 조선과 조선적인 것에 깊은 애정을 갖고 있기도 하다. 「빛 속으로」는 그 사이에 놓여 뒤틀리고 찢긴

122) 김경수, 「염상섭 단편소설의 세계」, 『두 파산』, 솔, 1996, 361쪽.
123) 위의 글, 360쪽. 김윤식은 남충서가 혼혈인이라는 것.
124) 김윤식, 『염상섭 연구』, 서울대학교출판부, 1987, 430쪽.
125) 염상섭, 「해방의 아들」, 『염상섭전집』 10, 민음사, 1987, 40쪽.
126) 김사량(오근영 옮김), 「빛 속으로」, 『빛 속으로』, 소담출판사, 2001, 39쪽.

이 가여운 소년의 고통을 깊게 파고들었다.

「역려」의 두 한일 혼혈인인 성갑과 경자는 '인본인의 트기'라는 것을 '괴롭고 치욕적으로 느'[127]끼며 살아왔다. 이 작품에는 그 고통과 관련된 것이 많지만, 성갑이 느끼는 '진한 쑥스러움'이 이를 가장 잘 보여주는 것으로 판단된다.

> 지금의 성갑이가, 그 무렵 동네 안에서 일어난 그런저런 숱한 일 속에서 하필이면 이 대목만을 유독 떠올리는 것도, 이 대목만이 그 어떤 쑥쓰러운 느낌에서 벗어져 나올 수 있기 때문이었다. 근 삼십 년 동안에 어느새 부지불식간에 버릇이 되어 있었지만 성갑에게 있어서는 팔일오 해방은 곧 새골집 큰아들의 죽음으로만 단순화되어 있었던 것이다. 그밖에는 모든 일이 그대로 쑥스러운 느낌 그것이었다. 외갓집과의 일, 온 식구가 과수원 속에 갇혀 있다가 얼마 후에 시내 수용소로 집단 수용되게 되어 어머니와 성갑이 자기만 동네에 남고 서로 헤어지던 일, 그때 동네 아낙네들이 몰려서서 먼발치서 구경을 하던 일, 그러나 다시 얼마 있다가 할머니랑 아버지 다쯔오랑 달아와서 이듬해 봄까지 같이 지나던 일, 할머니의 죽음, 그리고 다시 아버지 다쯔오와 큰어머니 게이조오와의 이별, 이런 일들은 하나같이 그 어떤 진한 쑥스러움을 수반하지 않고서는 떠올릴 수가 없었던 것이다. 이 쑥스러운 느낌은 그후에도 새로운 형태로 이어졌다.[128]

그러니까 한일 혼혈인인 성각의 평생을 지배한 것은 쑥스러움의 느낌이었다. '쑥스럽다'는 국어사전에 '하는 짓이나 모양이 자연스럽지 못하여 우습고 싱거운 데가 있다.'라고 정의되어 있는데, 성갑의 처지와 관련지어 보면, 이 사전의 정의에 더하여 '불안정함' '자신 없음' '동일성의 혼란' '주체성의 결여' '타인과의 관계 맺기에 서툶' 등의 의미소

---

127) 『역려』, 27쪽.
128) 『역려』, 136–137쪽.

가 성갑의 '쑥스러움'에는 들어 있는 것으로 보인다. 요컨대, 이 '쑥스러움'은 한일 혼혈인의 부동(浮動)하는 존재성을 드러내 보이는 기호인 것이다.

3-3. 이분법의 해체와 타자 이해 – 재일 일본인

「역려」는 해방 직후 한국 땅에 살았던 패전국민 일본인들의 현실을 사실적으로 증언한 소설로서 우리 문학사에 기록될 만하다. 해방 직후 이 땅에 살고 있던 일본인들의 비참한 현실을 담고 있는 소설 가운데 대표적인 것은 허준의 「잔등(殘燈)」인데, 그 옆자리에 「역려」를 놓을 수 있다.

「잔등」(1946)의 구성 축은 해방 직후 만주에서 서울로 회귀하는 한 지식인의 귀국길이다. 이 귀국의 여로를 따라 패전국 일본 사람들의 비참한 현실, 소련의 지배 아래 사회주의 체제의 새로운 사회로 형성되어 가고 있는 북한의 현실 등이 펼쳐진다. 이 점에서 「잔등」은 해방 직후 만주, 북한의 현실을 사실적으로 재현한 소설이라는 역사적 의미를 갖는다. 이 소설의 한복판에는 잔등 상징이 은은한 빛을 내뿜고 있는데 무한포용의 인도주의와 겸허의 상징 의미를 품고 있는 것이다. "황량한 폐허 위 오직 제 힘뿐을 빌어 퍼덕이는 한 점", 그 잔등의 불빛은 더없이 따스하고 넉넉하다. 그것은 "격동의 해방공간을 혼란스레 채웠던 온갖 술수와 음모 모략을, 그것들을 낳은 무한팽창의 욕망과 조급함과 경솔함을 근본에서 비판하는 위력을 지니고 있다."[129]

「역려」에 나오는 일제 강점기 재조선 일본인인 이즈미 다쯔오는 해

---

129) 졸고, 「길의 열림과 끊김–1945–1959의 소설」, 『한국현대소설사론』, 새미, 1996, 164쪽.

방 후 혼란 속에서도 큰 피해를 입지는 않는다. 같은 마을에 사는 조선
인들과의 관계가 비교적 원만했기 때문일 것인데, 이런 일이 가능했던
가장 큰 이유는 첩으로 들인 조선인 여성 조 씨가 중개자로서 그 가운
데 서 있었기 때문이다. 그가 그녀를 첩으로 들인 이유 가운데 하나가
바로 이것이었다. 일본인 가족과 마을사람들은 한편으로는 '식민 지배
자/식민 피재배자', '일본인/조선인' 등의 이분법에 의해 분리되어 있지
만, 다른 한편 그녀의 중개 덕분에 같은 공간에서 함께 살아가는 사람
들로서 같이하는 관계를 맺고 있기도 하였다. 함께하는 일상 삶의 경험
이 나라와 민족의 다름이라는 측면보다 더 강력했던 것이다.

  견디기 힘들 정도의 고생을 하긴 했지만 그 일본인 가족은 무사히 현
해탄을 건너 패전국민으로서의 고통스러운 삶이 기다리고 있는 고향으
로 돌아갔다. 1946년 여름이었다. 그들은 재조선 일본인에서 재일 일본
인으로 바뀌었다. 이 소설에는 이들을 비롯하여 여러 명의 재일 일본인
이 나오는데, 그들을 지배하는 것의 하나는 한국에 대한 그리움이다. 이
즈미 다쯔오의 경우가 이를 잘 보여 준다. 귀국한 지 24년 뒤인 1970년,
오랫동안 소식을 몰랐던 조 씨 그리고 그녀 사이에 난 남매와 연락이
닿았다. 흥분되지 않을 수 없다. 그의 마음을 지배하는 정서는 "못 견디
게 보고 싶"은 '그리움'이다. 우선, 조 씨는 함께 살았던 사람이니 그렇
고 두 남매는 '피붙이'이니 '국적을 떠나서 그건 천륜'이기 때문이다.
보고 싶은 것은 사람만이 아니다. '한국 산천'도 못 견디게 보고 싶다.
  이 같은 그리움의 옆에는 '조선 사람들에 대한 도의적인 책임' 의식
이 자리하고 있다. 이즈미 다쯔오는 말한다.

> 저 자신이 이런 얘기를 하기는 실은 조금 쑥스럽습니다만, 조선 사람
> 들에 대한 도의적 책임을 우리 일본 사람들이 되도록 공동으로 느껴

주었으면 하는 거지요.130)

또 그 옆에는 '잇속'을 무엇보다 중시하는 현실주의가 번쩍이고 있다. 일본이 전쟁에 지기 전에 식민지 조선을 경험을 적이 있는 이즈미, 나가노, 오다니 등 이 작품에 나오는 재일 일본인 모두가 그렇다. 나가노는 야마나까 무역상사의 한국지사장으로 일본 극우파의 '발상법'을 지니고 있지만 동시에 북한의 정보원으로 몰래 활동하는 복잡 모호한 인물인데 이 인물 성격의 핵은 '눈앞의 잇속'을 따라 움직인다는 것이다.

> 너하고 얘기할 때의 그 사람의 발상법이야말로 그 사람의 진면목 바로 그것이다. 그러나 그럼에도 그 사람이 그런 일에 종사하는 것은 요컨대 눈앞의 잇속이다. 무슨 말인지 알겠느냐. 그 사람 나름의 돈벌이라는 거다.131)

이즈미 다쯔오의 말이다. 그는 나가노와 관련하여 "돈의 논리로만 사는 사람들은 돈과 상관되는 신의는 목숨을 걸고라도 지키는 자들이거든."132)이라고도 하는데, 잇속을 따라 사는 현실주의자의 핵심 속성에 대한 날카로운 진단이다.

오다니도 마찬가지로 잇속을 따라 움직이는 현실주의자이다. 그의 현실주의는 일본의 현대사를 지배한 '이익' 추구의 '싸움'과 본질적으로 일치하는 것으로 철저하다. 그 현실주의는 '식민지 경영'에 대한 향수와 관련될 때 '신바람'을 온몸 온 마음에 불러일으킨다.133)

식민지 조선, 실제로 일본의 지배 아래 있었던 만주에서 살았던 적이

---

130) 『역려』, 183쪽.
131) 『역려』, 254쪽.
132) 같은 곳.
133) 『역려』, 188쪽.

있는 재일 일본인들의 이처럼 복잡하고 미묘한 체험과 이와 깊이 관련
되어 있는 그들의 복잡한 의식을 치밀하게 파헤침으로써 「역려」는 국
가, 민족, 이념 등과 관련된 이분법으로는 포착할 수 없는 진실을 포착
해 드러낼 수 있었다. 타자, 특히 식민지 경영에 직간접적으로 관여한
경험이 있는 재일 일본인과 같은 타자에 대한 이해는 이처럼 국가, 민
족, 이념 등과 관련된 이분법을 넘어선 지점에서 비로소 가능하다는 사
실이 이에 분명하다.[134)]

4. 마무리

지금까지 우리는 이호철의 장편 「역려」를 고등학교 「문학」의 주요한
기준 가운데 하나인 '타자 이해'와 관련하여 검토하였다. 중등학교 문
학 교육의 장에서 '타자 이해'가 '긍정적 인물'에 의한 '소외된 소수자
로서의 타자에 대한 이해'라는 좁은 틀에 갇혀 문학 교육이 지향하는
인간 탐구와 이해를 스스로 제약하고 있음을, 이른바 부정적 인물을 이
해의 대상으로 삼고 있는 작품을 다루지 않고 있는 중등과정 문학 교육
장의 현실을 통해 살펴보았다.

---

134) 이 작품에 나오는 재일 일본인은 모두가 패전 전에도 후에도 잇속 추구의 철저한
현실주의자로서 국가 정책과 하나 되어 어떤 모순도 느끼지 않고 살아 온 것으로
그려져 있다. 이와 반대로 재일 일본인의 현실 가운데 어두운 측면을 다룬 소설
도 있다. "내면에는 유년 시절을 보낸 조선에 대한 그리움이 남아 있고, 일본 사
회 내부에서는 조선 태생이라는 이유로 차별을 받는" '자이니치 재패니즈'(김동
식, 「세상에 뿌려진 사랑만큼의 소설들」, 송하춘, 『스핑크스는 모른다』, 현대문
학, 2012, 340쪽)의 현실을 깊이 다룬 송하춘의 단편 「시모다 후미요의 연애방정
식」이 그것이다. 이 점에서 「역려」와 「시모다 후미요의 연애방정식」은 서로를
보완하는 관계에 있다고 할 수 있다.

이를 바탕으로, 「역려」의 주인공이라 할 수 있는 박훈석이라는 부정적인 인물이 '타자 이해'와 관련하여 의미 있음을 검토하였다. 잇속을 유일한 삶의 기준으로 삼아 거기에 갇힌 물신화된, 그리고 윤리의식과 민족의식이 결여된 철저한 현실주의자인 그를 통해 인간에 대한 이해를 넓힐 수 있고, 자아성찰에 나아갈 수 있음을 살폈다.

「역려」는 가족 서사로 읽을 수도 있는데, 이때 이 가족 서사의 중심 인물들은 하나같이 비극성의 존재들이다. 일본인과 결혼한 조선 여성과 그들 사이에 태어난 한일 혼혈인인 두 남매의 삶과 의식에 대한 검토를 통해, 사회역사적 폭력에 희생당한 타자들에 대한 이해에 다가갈 수 있음을 살펴보았다.

「역려」는 우리 문학에서는 드물게 재일 일본인(在日本人, 자이니치 재퍼니즈, 자이니치 니혼진)을 다룬 소설이다. 타자, 특히 식민지 경영에 직간접적으로 관여한 경험이 있는 재일 일본인과 같은 타자에 대한 이해는 이처럼 국가, 민족, 이념 등과 관련된 이분법을 넘어선 지점에서 비로소 가능하다는 사실을 살펴보았다.

'타자 이해'를 '소외된 소수자에 대한 이해'로 좁혀 인식하지 말고, 부정적 인물을 포함한 인간 일반에 대한 이해로 인식하고자 하는 열린 태도가 바람직하다는 것이 필자의 생각이다. '타자 이해'의 경우에만 한정되는 것은 물론 아닐 터, 중등과정 문학 교육 전체에 걸쳐 열린 태도는 언제나 강조되어야 한다.

전상국의 장편 『유정의 사랑』과 「김유정 평전」
―문학 교육과 관련하여

1. 머리말

전상국의 장편 「유정의 사랑」(고려원, 1993; 일송포켓북, 2005)은 열 개의 장과 마지막에 붙은 '에필로그'로 구성되어 있다. 열 개의 장은 김유정의 삶과 문학에 관심을 가진 두 사람 백진우와 문하리(그녀의 이름은 밝혀져 있지 않다. '하리'는 백진우가 지어 준 애칭이다.)가 번갈아가며 주인공을 맡는다. 그들은 금병산 등산로에서 우연히 만나 서로 사랑하게 된 사이, 그 사랑이 정점을 향해 치달리던 어느 시점 결별 직전에까지 갔다가 반전, 마지막에 이르러 다시 함께하게 되었다. 우여곡절의 에움길을 굽이돌아 행복한 결말로 끝나는 두 남녀의 사랑이야기인 셈이다. 이 사랑이야기는 전상국이 <작가의 말>에서 밝힌 두 창작 의도 가운데 "자기 구제의 길을 찾아 나선 오늘의 사는 젊은 남녀의 방황과 자연 친화적 사랑의 열정"135)을 그리는 것에 대응한다.

작가가 밝힌 또 하나의 창작 의도는 "작가 김유정의 짧고 어두웠던 삶을 관통한 병적 열정의, 그 섬광 같은 예술혼의 소설적 진단"136)이다.
이 창작 의도는 백과 문 두 사람의 글과 말, 서술자의 말, 작가의 글과
말, 김유정의 삶과 문학과 관련된 많은 글과 말 등이 관여하여 재구성
하는 또 하나의 이야기 곧, 김유정의 삶과 문학을 통해 실현된다.

두 이야기의 옆에는 판소리 명창 박녹주의 생애가 구성하는 또 하나
의 이야기가 나란히 펼쳐진다. 작품 사이사이에 제시되어 있는, 그녀가
남긴 몇 편의 회고록 속 부분 부분을 엮으면 떠오르는 이 이야기는 앞
의 두 이야기 속 인물들 특히 문하리와 김유정의 여로와 만났다 헤어지
기를 반복하며 외롭게 나아간다.

이들 세 이야기의 관계는 전체적으로 보아 유기적이라고 하기는 어
렵다. "유정의 생애와 유정의 작품에 대한 해명은 백진우와 문하리의
사랑이야기를 위한 소도구로 전락하고 만 느낌"이 든다든가, "김유정과
박녹주, 백진우와 문하리로 병치되는 이야기의 흐름에서 네 사람의 공
통적 성격인 '염인증'을 내세우는 데 무리가 보"137)인다든가 하는 지적
은 이와 관련된 것이다.

전체적으로 보아 유기적이라 하기는 어렵지만 그렇다고 해서 이들
이야기를 하나로 꿰는 게 없는 것은 아니다. 이들 이야기의 네 중심인
물은 모두가 우호적이지 않은 환경과 그것이 만들어낸 콤플렉스에 굴
복하여 갇히지 않고 자기 구원을 향해 나아가는 인물이라는 점, 예술
창작을 통해 자기를 구원하고자 하는 인물이라는 점에서 같은 것이다.

세 이야기 가운데 두 번째 이야기만 떼어내 본다면 이것은 김유정의

---

135) 전상국, 『유정의 사랑』, 일송포켓북, 2005, 4쪽. 이하 이 책에서 인용한 경우는
　　　쪽수만 표시한다.
136) 같은 곳.
137) 유인순, 「김유정 실명소설 연구」, 『김유정을 찾아가는 길』, 솔과 학, 2003, 288
　　　-289쪽.

삶과 문학 전체를 다룬 평전이라 할 수 있다. 이 평전은 김유정 전문 연구자이자 소설가인 작가가 방대한 자료, 국문학계와 평단의 기존 연구, 유족을 비롯하여 김유정과 관련 있는 사람들과의 직접 인터뷰 등을 바탕으로 김유정의 삶과 문학 전체를 해석하고 체계적으로 재구성한 것이다. 김유정의 삶과 문학에 대한 해석이 전지적 서술자를 통해 이루어지는 경우는 물론이고, 전문가가 아닌 등장인물을 통해 이루어지는 경우에도 그 수준이 매우 높은데 이는 김유정 전문 연구자이자 소설가인 작가가 적극적으로 개입하였기 때문이다.[138] 작가의 적극적인 개입으로 인해 작가와 등장인물 사이의 적절한 거리 유지가 실패함으로써 소설의 현실성 확보가 제약되었는데 이 소설의 큰 문제점이다. 그러나 작가의 삶과 문학에 대한 높은 수준의 비평적 해석을 요구하는 '평전'으로서의 측면에 초점을 맞춘다면 그것은 불가피한 일이었다고 보아야 할 것이다. 비전문가, 특히 이 작품 속 문하리와 같이 소설 독서의 경험이 거의 없는 독자의 해석을 통해 좋은 '평전'이 요구하는 수준에 나아갈 수는 없는 일이기 때문이다.

이 소설에서 「김유정 평전」을 기술하는 복수의 주체는 자료에 근거하여 사실을 확인하고 대상을 객관적으로 해석하고자 하는 연구자의 태도와 자유로운 독자의 태도를 함께 지니고 있다. 그 복수의 주체 가운데 하나인 전지적 작가와 전지적 작가가 서술하는 장의 주인공인 백인영은 연구자의 태도를 보다 많이 지니고 있고, 문하리는 독자의 태도를 뚜렷이 보인다는 사실이 보여주듯 어느 한쪽 태도가 보다 분명하긴 하지만, 복수의 주체 모두가 연구자의 태도와 독자의 태도를 동시에 갖

---

138) 작가는 '필자' 주(158쪽)를 단다든지, '작기노트'(553 565쪽)를 길게 제시한다든지 하여 소설 전개에 직접 개입하기도 하는데, 이 작품에서의 작가 개입의 정도가 어떠한지를 보여주는 단적인 예이다.

고 있는 것이다. 이처럼 저마다 연구자의 태도와 독자의 태도를 함께 지니고 있는 복수의 주체가 기술해 가기에 이 작품 속 「김유정 평전」은 객관성과 주관성, 자료와 해석이 적절한 균형을 이루는 좋은 평전의 요건을 갖출 수 있었다.

복수의 주체가 기술하는 이 작품 속 「김유정 평전」은 기존의 해석을 종합하면서 이를 바탕으로 더 나아가고자 하였다. 이 평전의 곳곳에 빛나는 새로운 해석들이 이를 잘 보여준다. 이 해석들에는 새롭지만 충분한 근거를 갖추지 못해 직관에 이끌린 추측 차원의 것도 적지 않다. 이 글에서는 이처럼 아직은 추측 차원에 머물러 있는 것들에 대한 집중 검토를 통해, 한편으로는 「김유정 평전」으로부터 배우고, 한편으로는 그 배움을 딛고 김유정의 삶과 문학에 대한 새로운 해석의 가능성을 찾아보고자 한다. 이를 통해 문학교육의 마당에서 중요한 작가의 한 사람으로 수용되고 있는 김유정의 삶과 문학을 좀 더 깊이 이해함으로써 문학교육에 보탬이 될 수 있기를 기대한다.

2. 서자설과 감성적 체질론

일찍 죽어 퇴장한데다 가정을 이루지 않아[139] 남은 가족이 없고, 형 유근의 광기에 휩쓸려 김유정 생전에 이미 집안이 결단 났기 때문에 그의 생애를 복원하는 일은 대단히 어렵다. 주변 사람들의 증언은 시간이 흐를수록 시간의 파괴력과 끊임없이 '새로움을 지향'하여 스스로를 '수정'하는 '기억의 속성'[140] 때문에 사실에서 멀리 벗어난 경우가 많아 그

---

139) 누이들의 강권에 못 이겨 연안 이 씨와 결혼했으나 3일 만에 내보냈다는 증언이 이 소설(383쪽)에 나온다.

대로 믿을 수는 없으니 더욱 그렇다. 게다가 그의 누나들과 조카들을 비롯한 가까운 핏줄들 그리고, 김유정과 그의 문학을 사랑하는 독자들이 지켜보고 있으며, 우뚝한 개성의 문학세계를 일군 빼어난 작가 김유정이란 신화가 앞을 가로막고 있으니 붓길이 자유로울 수 없다. 그럼에도 불구하고 이 작품 속 「김유정 평전」의 기술자들은 나아가고 또 나아가 김유정의 생애를 충실하게 복원하는 데 이르렀다. 김유정의 생애를 복원하는 일이 얼마나 어려운가를 잘 보여주는 것은 이 작품에서 처음 제기된 '서자설'이다.

서자설은 금병의숙 제자였던 조문희(1992년 10월 3일 구술 당시 70세, 299쪽)의 증언에서 비롯되었다. "김유근이는 본처 아들이구 유정이 그 양반은 첩실 아들"[141]이라는 것인데, 이를 뒷받침하는 근거로 내세울 수 있는 것도 여럿 있다. 김유정의 "자신이 어두운 운명 속에 놓여 있다는 비극적 인생관",[142] 1915년 "김유정의 어머니가 서울에서 죽었을 때 김유근이가 장례에 참여하지 않았다는 것"[143] 등으로 미루어 개연성이 충분하다. 평전 기술자는 이 같은 개연성을 근거로 서자설을 따르는 듯하다가, 뒤에 가서는 다른 이유를 들어 "서자가 아닐 것이란 심증이 얼마든지 있다."[144]고 하여 뿌리친다.

> 그네들(조카인 김영수와 김진수, 김영수의 아들인 김진웅─인용자)이 그렇게 부인하지 않아도 김유정이 서자가 아닐 것이란 심증은 얼마든지 있다. 불과 44세에 죽은 김유정의 부친 김춘식이 그 아들 유근과는 달리 매우 근엄했던 사람으로 알려진 사실도 그렇거니와 마을 노인들

---

140) 『유정의 사랑』, 앞의 책, 38쪽.
141) 301쪽.
142) 292쪽.
143) 298쪽.
144) 564쪽.

이 김유근이 한 집에 여자를 몇씩 거느리고 사는 것을 보고 그 선친도 그랬을 것이라고 넘겨짚었거나 김유근과 그 부친을 착각했을 가능성이 없지 않기 때문이다. 또한 그 당시로는 김유정의 어머니가 44세에 죽기까지 여덟 명의 자식을 낳는 일이 그렇게 드문 일은 아니라고 생각되기 때문이다.[145]

이중적인데 이를 일관성의 부족이라고 비판하는 것은 온당한 태도가 아니다. 오래 전 작고한 작가의 생애를 복원하는 일은 이토록 어렵다는 것, 「김유정 평전」의 기술자들은 이처럼 어려운 과제를 풀기 위해 최선을 다했다는 것을 보여주는 예라고 하는 게 문학교실에서 공부하는 우리의 바른 태도일 것이다.

「김유정 평전」의 기술자들은 이처럼 이중적인 태도를 보이지만 여기서 처음 제기된 서자설은 김유정의 출생과 성장 환경과 관련하여 앞으로도 계속 검토되어야 할 과제이다. 위에서 언급하였거니와 장례를 주관해야 할 맏상제 김유근이 참여하지 않았다는 것은 기괴하기 짝이 없는 일이다. 이 사실과 김유정 서자설을 묶어 생각해 보면, 김유정의 모친이 김유근의 모친이 아닐 수도 있다는 추리가 가능하다. 그렇다면 김유정의 모친은 '첩실'이 아니라 '후실'이 되는데, 김유정 서자설을 불러일으킨 조문희는 이를 혼동하여 김유정이 '첩실 소생'이라 하였을 것이라고 추정해 볼 수 있다.

「김유정 평전」에는 김유정의 생애에 대한 새로운 해석도 담겨 있는데, 김유정을 지배한 것으로 알려진 운명론을 타고난 '감성적 체질'과 관련지우는 것이 가장 대표적이다. 「김유정 평전」에서는 김유정의 자기 폐쇄적 내성적 성격, 박녹주와 박봉자에게 일방적인 편지질하기가 보여

---

145) 564-565쪽.

주는 기괴한 짝사랑 등이 '환경적 원인'에서 비롯되었다고 보는 기존의
해석과는 달리 '환경적' 원인과 함께 '감성적 체질'[146] 또는 '유전적 개
인 체질'[147]이 함께 작용한 결과라고 해석한다. "예민한 그의 감성망은
어릴 때부터 자신을 덮씌우고 있는 운명의 그늘 속으로 스스로 걸어 들
어가 그 외로움을 흠뻑 뒤집어쓰고 있었을 것"[148] 또는 "그는 어렸을
때부터 운명 속에 자신을 가두었다. 스스로 햇빛을 차단한 다음 어둠
속에서 운명과 음모를 시작한 것이다. 그의 몸 속 감성의 시킴이었다."[149]
등의 진술이 이를 잘 보여준다.

타고나기를 예민한 체질의 소유자였기에 스스로 운명 속에 자신을
가두었다는 이 같은 해석의 근거는 단 하나, 김유정의 가까운 벗이었던
안회남의 소설 「겸허」에 나오는 한 문장 "나는 일평생 내 힘으로 할 수
없는 무슨 커다란 그림자에 눌려 지냈다."[150] 이다. 「겸허」의 서술자는
이 말을 다음처럼 조상의 악업과 관련된 운명론이라 해석하였다.

> "나는 일평생 내 힘으로 할 수 없는 무슨 커다란 그림자에 눌려 지냈
> 다."
> 이런 말도 했었다. 운명이나 그림자나 모두 자기의 소위 팔자라는 것
> 을 지칭하여 말한 것으로, 그렇게 불행했던 그였고 보매 그의 입으로
> 이러한 말이 나오는 것을 나는 뭐라고 흉볼 수 없다.
> 병상에 누웠을 때 그는 더욱 이러한 운명론적(運命論的)인 각오를 가
> 졌다. 자기 자신, 뿐만 아니라, 집안 식구의 전부, 집안 식구뿐만 아니
> 라 자기 자신까지 숙명적으로 결단코 행복스럽지 못할 것이라고 생각
> 하였으며 그것을 옛날 할아버지 할머니 때의 과거와 연결하여 누설한

---

146) 141쪽.
147) 169쪽.
148) 141쪽.
149) 177쪽.
150) 141쪽.

바 있는 것이다.

"춘천 우리 고향에서는 우리 집안이 망하는 것을 좋아한다."

어느 때 유정은 이런 말을 나에게 했다. 나도 또한 차상찬 씨에게서 얻은 지식으르 내대어 그에게 이야기한 듯하다. 유정의 할아버지 시대에 양반 세력에 눌리어 재물을 빼앗기고 갖은 곤욕을 다 당했던 이곳 백성들이 아지껏 원한을 잊지 않고 집안을 저주한다는 것이었다.[151]

조상의 죄업과 관련된 운명론이다. 박경리의 대하소설 『토지』를 비롯하여 우리 소설 곳곳에 이와 같은 성격의 운명론이 들어 있음을 우리는 알거니와,[152] 그렇다면 「겸허」 속 이 같은 운명론은 『토지』가 대표하는 '조상의 악행에서 비롯된 운명의 굴레에 갇힌 후손 이야기'를 담고 있는 작품들과 상호텍스적적 관계에 놓인다고 할 수 있겠다.

「겸허」에서의 이 같은 증언이 사실인지 아닌지 확인할 수는 없다. 그러나 중요한 것은 그것의 사실 여부가 아니라, 조상의 죄업과 관련된 운명론을 말하기 위해 「겸허」에서 든 김유정의 말을 「김유정 평전」에서는 김유정이 타고난 감성적 체질의 소유자라는 점을 강조하기 위한 근거로 사용하였다는 점이다. 논리성이 결여된 비약이 아닐 수 없으니 「김유정 평전」에서의 '감성적 체질'론은, 지금으로선 충분한 설득력을 확보하지 못하였다고 할 것이다.

「유정의 사랑」에는 김유정의 작가적 재능에 대한 감탄과 칭송의 말이 자주 나온다. 「소낙비」를 두고 「김유정 평전」의 기술 주체 가운데 한 사람인 문하리가 토하는 감탄, "이 작가는 재능이 철철 넘치는군. 억지로 만든 소설이 아니다. 흘러넘치는 재능으로 쓴 작품이다."[153]가 대

---

151) 안회남, 「겸허」, 『문장』, 1939. 10, 57쪽.
152) 정호웅, 「한·생명·대자대비」, 『한국의 역사소설』, 역락, 2006, 90-93쪽.
153) 111쪽.

표적이다. 그들을 감탄하게 만드는 김유정의 뛰어난 작가적 재능을 강조하기 위해서 「김유정 평전」의 기술 주체들은 논리의 파탄을 무릅쓰고 저 같은 비약을 감행했던 것이다.

김유정의 작가적 재능에 대한 감탄과 칭송은 "예술가들의 그 병적 집착, 혹은 창조적 에너지"가 '유전적 개인 체질'[154]과 관련되어 있다는 생각 곧, 작가를 포함한 예술가는 태어나는 것이라는 '예술가 천재론'과 이어져 있다. 김유정 문학에 빛나는 천재성에 근거한 것이니 설득력이 있으며, 여자들에게 일방적으로 편지질하기 등 이해하기 곤란한 김유정의 특이한 행위가 무엇에서 비롯되었는가를 어느 정도 설명해 주는 것이라는 점에서 참고할 만한 것이다. 한편 이것은 김유정 문학을 환경적 요인의 산물로 보는 기존의 이해에서 벗어나게 이끈다는 점에서 큰 의미를 지닌다. 그러나 이것이 지나치게 강조되면 환경적 원인이 뒷전으로 물러나게 되고, 지금까지 살펴왔듯 논리적 비약을 무릅쓴 자의적 해석에 함몰될 수도 있다는 점 등을 간과해서는 안 될 것이다.

3. 소설쓰기의 기원

「김유정 평전」에서는 위에서 살핀 정서적 체질론을 바탕으로 더 나아간다. 김유정이 '자기 확인'을 위해서 그리고 '절망하기' 위해서 스스로 외로움 속으로 걸어들어 갔다, 라는 것이다.

　가) 그는 자기 자신을 깊은 절망의 밑바닥까지 떨어뜨린 다음 그 밑바닥에서 다시 솟아날 수 있는가를 시험했다. 그때 그가 필요했던 것은

---

154) 169쪽.

자기 확인이었다.[155]

나) 자신의 그 안쪽에서 끓고 있는 어떤 열정의 기미를 예민하게 포
착한 뒤 그것의 정체를 찾기 위해 그는 슬픔 속으로 자신을 밀어 넣었다.
　김유정이 필요로 했던 것은 박록주의 사랑이나 그 어떤 구원의 손길
이 아니었을 것이다. 그에게 필요한 것은 자기 체질인 그 외로움의 확
인과 그 외로움 속에 감추고 있는 열정의 발산이었다.
　김유정이 자기보다 나이 많은 여자를 선택했던 것부터 그 스스로가
절망적인 결과를 알고 있었을 것이란 추측을 낳게 한다. 그는 절망하기
위해 그런 무분별한 선택을 했다고 생각할 수 있다. 절망의 바닥까지
떨어져 내린 다음 그 감당하기 어려운 슬픔의 통해 다시 태어나고 싶
었던 것은 아닐까.[156]

모호하지만 간추리면, 김유정은 "자신의 그 안쪽에서 끓고 있는 어떤
열정의 기미를 예민하게 포착한 뒤 그것의 정체를 찾기 위해" 그리고
그 열정의 정체를 붙잡고(자기 확인) "다시 태어나기 위해" 스스로 자신
을 절망과 슬픔의 구렁으로 밀어 넣었다는 것이다. 「김유정 평전」에서
의 이 같은 해석은 김유정의 미완성 자전적 장편소설 「생의 반려」에 나
오는 다음 진술에 근거하고 있다.

　(가) 이것은 결코 흔히 말하는 그 연애는 아니었다. 그 연애란 것은
상대에게서 향기를 찾고, 아름다움을 찾고, 다시 말하면 상대를 생긴
그대로 요구하는 상태의 명칭이겠다.
　그러나 그의 연애는 상대에게서 제 자신을 찾아내고자, 거반 발광으
로 하다시피 하는 것이다. 물론 상대에게는 제 자신의 그림자도 비치지
않았다.[157]

---

155) 179쪽.
156) 256쪽.
157) 김유정, 「생의 반려」, 전신재 편, 『원본 김유정전집』, 강, 2007, 251-252쪽. 김유

(가)의 핵심 내용은 "그의 연애는 상대에게서 제 자신을 찾아내고자" 하는 행위라는 것이다. 이때의 자기 찾기란 무엇을 뜻하는 것일까? 「생의 반려」를 자세히 읽으면 이 부분에 나오는 자기 찾기가 "자신의 그 안쪽에서 끓고 있는 어떤 열정의 기미를 예민하게 포착한 뒤 그것의 정체를 찾"는 것과는 크게 다른 것임을 잘 알 수 있다. 다음 인용이 이를 잘 보여준다.

> (나) 그는 자기의 머릿속에 따로이 저의 여성을 갖고 있는 것이다. 말하자면 그와 같이 생의 절망을 느끼고, 죽자 하니 움직이기가 귀찮고 살자 하니 흥미 없는 그런 비참한 그리고 그가 지극히 존경하는 한 여성이 있는 것이다. 그는 그 여성을 저쪽에 끌어내 놓고 연모하기 시작하였다. 그리고 명주는 우연히 그 여성의 모형이 되고 말았을 그뿐이겠다.158)

(가)에서의 자기 찾기는 '그'가 연애의 대상으로 점찍은 여성에게서 "그와 같이 생의 절망을 느끼고, 죽자 하니 움직이기가 귀찮고 살자 하니 흥미 없는 그런 비참한" 모습을 찾는 것이었다는 것을 위의 인용은 분명히 보여준다. 그러므로 이때의 자기 찾기는 '그'가 자신이 어떠하다는 것을 이미 알고 있으므로 자신에 대한 탐구가 아니라, 연애의 대상으로 찍힌 그 여성이 자신과 동질적인 존재임을 확인하고자 하는 행위이다. 이렇게 본다면 (가)를 근거로 김유정의 자기 찾기가 "자신의 그 안쪽에서 끓고 있는 어떤 열정의 기미를 예민하게 포착한 뒤 그것의 정체를 찾"는 것이라 해석한 것은 설득력이 부족하다. 「김유정 평전」의 기술 주체들은 근거를 잘못 선택했던 것이다.

정의 글을 인용할 경우 모두 현대어 맞춤법에 맞게 고쳤음.
158) 「생의 반려」, 같은 책, 256쪽.

근거를 잘못 선택했기에 설득력이 부족하지만, 「김유정 평전」의 이 같은 해석은 김유정을 창조 행위로서의 소설쓰기에 나아가게 이끈 내면의 동역학에 대한 깊은 통찰을 담고 있다는 점에서 거듭 새길 만하다.

> 그는 뭔가 자신을 불태울 수 있는 신명나는 일을 찾고 있었다. 자기 자신을 다 던져도 좋을 그런 열정이 햇빛을 차단한 어둠 속에서 아우성치고 있었기 때문이다. '가장 참된 사랑'을 꿈꾸는 반란이었다.
> 참된 사랑을 통해 자기 확인을 하고 싶었던 것이다. 그 참된 사랑을 위해 김유정은 펜을 들었다.
> 김유정의 글쓰기는 그렇게 시작되었다.[159)]

"자신을 불태울 수 있는 신명나는 일" 찾기, "자기 자신을 다 던져도 좋을 그런 열정"을 살려나가고 태울 수 있는 대상 찾기에 초점을 맞출 때, 김유정의 소설쓰기는 '박녹주에 대한 짝사랑, 들병이를 포함한 고향 사람들과의 만남'[160)]과 동질적이라는 사실을 확인할 수 있다.

김유정의 자기 찾기에 대한 「김유정 평전」의 이 같은 해석은 평전 기술자의 한 사람인 백진우의 고뇌하여 나아가는 내적 행로와 대응한다. 국어학 전공자인 그는 박사 학위 논문 작성을 이미 포기하였는데 더 나아가 '대학 강사 생활도' '대학교수가 되겠다는 꿈'도 버리겠다고 다짐한다. "어떤 확신과 신명이 없는 일을 한다는 것은 죄악"[161)]이라는 생각 때문이다. 그 버리고 떠나기의 어느 지점에서 그는 자신에게 "맞는 일, 신명을 내고 살 수 있는 일"을 하며 "살아가야 할 길이 보일 같은" '막연'한 '예감'에 사로잡히게 된다.

---

159) 180-181쪽.
160) 294쪽.
161) 421쪽.

참으로 먼 길을 돌아왔다는 회한으로부터 오는 그 설레임은 아직 분
명한 것은 아니지만 내가 걸어가야 할 길, 그 길을 향해 열심히 달려갈
것 같은 그런 예감입니다.
힘껏 미칠 각오가 돼 있습니다.[162]

'그 길'은 문하리와의 사랑 길이고, 분명하진 않지만 '소설쓰기' 곧
작가의 길이다. 금병산 등산길에서 우연히 시작된 두 사람의 사랑은 금
병산을 중심으로 사방에 솟아 있는 강원도 일대의 산을 오르는 가운데
갈수록 깊어 간다. 그 사랑은 서로를 불러 하나 되고자 하는 사랑의 본
성에 따라 나아가는 것이니, 스스로의 이치를 따를 뿐 인간 세계의 규
범과는 무관한 자연의 '스스로 그러함'의 속성과 어울려 한껏 자유롭다.
그 사랑은 또한 돈, 권력, 사회적 위치 등 인간 세계의 통속적 척도가
미치지 않는 곳에 오연히 솟아 있는 그 자체로 충만하여 자족적이다.
그 사랑은 또한 두 사람이 자신의 시공간에서 새롭게 만들어 내는 것이
니 전에도 없었고 앞으로도 없을, 이 점에서 창작품이다. 이들의 이 같
은 사랑은 마찬가지로 인간 세계의 규범이며 통속적 척도와는 무관한
작가 내면의 열정과 신명이 밀고 이끄는 창조 행위인 소설쓰기와 맞통
한다.

김유정의 자기 찾기와 소설쓰기와 관련하여 「김유정 평전」에서 강조
하고자 한 것은 아마도 두 사람의 사랑과 동질적인 창조 행위로서의 소
설쓰기일 것이다. 이 점을 전제할 때 자신을 확인하고 다시 태어나기
위해 스스로 절망과 슬픔 속으로 걸어 들어갔으며 마침내 글쓰기로 나
아갔다는 「김유정 평전」에서의 창의적인 해석은 설득력을 확보한다.

한편 자기 찾기와 관련하여, 「생의 반려」에는 위에 든 인용문 (가)와

---

162) 424쪽.

는 상반되는 내용도 들어 있는데 이것은 김유정의 글쓰기 가운데 하나
를 설명하는 데 유용한 근거로 보인다.

　　(다) 당신은 당신의 자신을 아시나이까. 그러면 당신은 극히 행복이외
　　다. 저는 저를 모르는 등신이외다. 허전한 광야에서 길 잃은 여객이외
　　다.163)

　　여기서 '그'는 (가)에서와는 반대로 자신을 "저는 저를 모르는 등신"
이라고 한탄하면서 이 때문에 자신은 "허전한 광야에서 길 잃은 여객"
이라고 규정하고 있다. 이 같은 한탄과 자기규정 속에 자신이 누구인지
를 알고자 하는 욕망이 내연하고 있음은 물론이다.

　　이렇게 살핀다면 「생의 반려」를 통해 확인할 수 있는 자기 찾기는 두
가지 상반되는 내용을 지닌 것임을 알 수 있다. 하나는 자신과 동질적
인 존재를 찾는 것인데 이것은 인용문 (가)가 잘 보여준다. 다른 하나는
자신이 누구인지 모르는 등신이 자신이 누구인지를 알고자 하는 자기
탐구인데 이것은 인용문 (나)가 잘 보여준다. 이 같은 자기 탐구의 행위
가운데 하나로 김유정이 선택한 것이 글쓰기 곧 소설쓰기였을 것이라
는 추리가 가능하다. 자신을 대상으로 한 소설인 「두꺼비」, 「생의 반려」,
「따라지」, 「연기」, 「형」 등이 이를 뒷받치고 있다.

4. 창작방법론

　　「김유정 평전」에는 김유정의 창작방법론에 대한 통찰이 여럿 나온다.

―――――――――
163) 「생의 반려」, 같은 책, 270쪽.

먼저 배경과 등장인물과 관련된 것을 보자. "작품 속에 역사적·시간적 배경이 설정되어 있지 않다", "김유정은 좁은 무대를 쓴다", "작중 인물의 수가 적고 활동범위도 좁다", "주변 인물들을 과감히 잘라 버리고 핵만 남긴다"[164] 등인데 '시공간적 배경이 언제 어디라고 구체적으로 설정되어 있지 않다는 것', '등장인물의 수가 적다는 것', '등장인물들의 활동범위가 좁다는 것' 세 가지로 간추릴 수 있다. 평전 기술의 주체 가운데 한 사람인 문하리는 이런 특성을 지닌 김유정 소설을 아주 작은 소설을 뜻하는 '마이크로 노벨레'[165]라고 부른다.

"역사적·시간적 배경이 설정되어 있지 않다"는 점은 김유정 소설의 한 특성으로 일컬어지는 '배경의 추상화'[166]와 관련된 것일 터인데, 이처럼 시공간적 배경이 언제 어디라고 구체적으로 설정되어 있지 않아도 "그의 소설에는 당시의 사회상이 비수처럼 박혀 있어서, 그의 글이 사회를 반영하는 거울로서의 효용 가치를 충분히"[167] 갖는다고 「김유정 평전」에서는 평가한다. 타당한데 더 나아가 이처럼 시공간적 배경을 설정하지 않음으로써 특정의 시공간에 한정되지 않는 탈시간적이고 탈공간적인 소설공간을 창출하였다고 볼 수도 있을 것이다.

등장인물이 적고 활동 범위가 좁다는 것과 관련하여 「김유정 평전」에서는 "사회를 축소해서 어느 가정 이야기 속에 하고 싶은 이야기를 작지만 날카롭게 콕 박아 넣었다."[168]라고 하여 긍정적으로 평가하였다. 이 또한 타당한 평가임은 물론이다. 그러나 조금 관점을 달리하여 '선택과 집중'이란 단편소설 창작의 기본 원리에 충실하기 위해 이 같

---

164) 208-209쪽.
165) 208쪽.
166) 박상준, 「반전과 통찰」, 한국문학연구학회, 『현대문학의 연구』 53, 2014, 28쪽.
167) 28쪽.
168) 208쪽.

은 창작방법론을 선택하였다는 평가가 가능하다고 본다. 예를 들어 「동
백꽃」은 청춘남녀의 사랑을 집중적으로 다루기 위해 등장인물을 그 사
랑의 당사자인 두 사람으로 제한하고 그들의 활동 범위는 그들 일상 삶
의 공간으로 제한하였으며, 「솥」은 성에 눈먼 농촌 사내의 욕망과 생존
을 위해 스스로 그 안에 갇힌 들병이 부부의 비정을 집중적으로 다루기
위해 등장인물을 들병이 부부와 그 사내 부부로 제한하고 그들의 활동
범위는 사내의 집과 들병이가 영업하는 집 그리고 마을길로 제한한 것이다.

「김유정 평전」에서 강조하고 있는 김유정의 창작방법론 가운데 또
다른 하나는 주인공인 남자를 '어리석음, 멍청함'의 인물로 그리는 것
인데 「김유정 평전」에서는 이를 다음처럼 해석한다.

> 김유정도 자신의 작품 속에서 새로운 모습으로 태어났다고 봐도 틀
> 림없을 겁니다. 즉 김유정 자신이 가진 모든 행복의 조건들을 등지고
> 그렇게 바보스럽게 살고 싶었다는 것이 맞을는지도 모릅니다.[169]

「김유정 평전」에서는 "그 작품 속에 들어가 작품의 한 부분이 돼 버
렸다는 뜻"이라고 부연하고 있는데 김유정의 내밀한 창작 욕망과 관련
한 새로운 해석이다. 그러나 이런 해석이 김유정 문학 전체에 적용 가
능한 설득력을 얻으려면 그 바보스러운 사내들이 자신들의 삶을 행복
하다 여기고 있어야 한다는 전제가 필요한데, 「동백꽃」의 '나'를 제외
하고는 이에 해당하는 인물을 찾을 수 없다. 새로운 해석이지만 그 설
득력은 제한적이다.

「김유정 평전」에서 들고 있는 또 하나의 창작방법론은 "자기를 포함
한 모든 대상의 완전한 객관화"[170]이다. 이 말은 두 측면에서 살필 수

---

169) 295쪽.
170) 386쪽.

있다. 하나는 주관을 철저하게 배제하고 대상을 객관적으로 관찰하고 묘사하는 김유정 소설 특유의 창작방법론에 대한 날카로운 진단이라는 점이다. 김유정 소설의 서술자는 선/악, 미/추, 진/허위 등에 대한 주관적 판단을 일절 하지 않는다. 당연하게도 독자는 김유정 소설에서 서술자의, 대상에 대한 호/불호 또는 긍정/부정의 표현을 찾을 수 없다.[171] 평전 기술자의 한 사람인 문하리는 김유정의 소설에서 '지적 논리, 교육의 상투적 교시, 지성의 허울로 치장한 오만함'을 전혀 찾을 수 없다는 것을 들어 '반란의 미학'[172]이라 명명하는데 이 또한 철저하게 주관 개입을 통어한 대상 객관화의 창작방법론과 관련된 것이다. 이 같은 창작방법론을 그 가능한 최대치까지 실현한 것이 김유정 소설이다. 이 점에서 김유정 소설은 한국소설사에서 대단히 예외적인 특이한 개성이다.

다른 하나는 이 창작방법론이 김유정이 자신과, 가족 등 '가장 가까이 잘 알고 있는 사람들'을 '희화'하기 위해 선택한 것이었다는 점이다.

> 자신을 객관화한 작품이 비로소 구상된다. 「두꺼비」 「생의 반려」 「따라지」 「연기」 「형」 등이 바로 그 작품들. (중략) 그는 소설 속에서 자기 자신을 희화하는 즐거움을 얻는다. 가장 가까이 잘 알고 있는 인물들을 소설 속에 등장시킴으로써 그는 지금까지 억눌려 왔던 어떤 강박으로부터 해방되는 느낌이었다.[173]

내용상 두 부분으로 이루어진 글이다. 앞뒤 연결의 통일성이 결여돼 있어 조금 모호하지만 이 글이 놓여 있는 문맥에 비추어, 자신과 주변

---

171) 예컨대, 매춘이나 인신매매가 일상화되어 있는 현실을 그리는 작품에서 독자는 서술자의 '도덕적 판단'(박세현, 『김유정의 소설세계』, 국학자료원, 1998, 87쪽)의 말을 하나도 만날 수 없다.

172) 342쪽.

173) 419쪽.

인물들의 객관화를 통해 자신과 그들을 희화함으로써 '어떤 강박으로
부터 해방되는 느낌'을 맛보았다, 라는 내용임을 알 수 있다. 그러니까
이 경우 대상 객관화의 창작방법론은 희화를 통한 자기 해방의 수단[174]
이라는 것이 「김유정 평전」의 해석인 셈이다.

그러나 문제는 남는다. '객관화'의 대상이 된 '자신' 또는 '가장 가까
이 잘 알고 있는 인물들'을 어느 정도까지 다루었는가가 중요할 터인데,
대체로 보아 '자신'에 대한 추구는 제한적이다. 김유정은 자신의 안팎
전체를 객관화하는 데까지는 나아가지 못했던 것이다. 그렇다면 자기
객관화의 창작방법론으로써 소설을 짓는 일이 김유정에게 "자기를 잊
고, 혹은 깡그리 버리는 일"이었다는 해석은 조금 과장되었다고 보아야
할 것이다.[175]

5. 인물 성격과 해학

1930년 6월 24일 김유정은 연희전문학교에서 제명된다. 4월 6일에 입
학했으니 고작 3달에 못 미치는 짧은 기간 그는 전문대학생이었다. 그
해 여름 그는 고향으로 내려가 1932년 초 상경할 때까지 1년 7개월 정
도 머무르며 농우회 활동 등 농촌계몽운동을 벌이는 한편 소설을 썼다.
서울에서 태어나 주로 서울에서 살아왔기에 사실은 잘 몰랐던 고향의
산천과 언어 그리고 그곳 사람들의 삶과 직접적, 전면적으로 만나게 되

---

174) 「김유정 평전」의 다른 곳에서는 "그 객관화는 일종의 복수였다."(386쪽)라고 진
　　 술하기도 하는데 모호하여 그 정확한 뜻을 이해하기 어렵다.
175) 자신의 안팎 전체를 객관화하는 창작방법론으로 쓰기 시작한 의욕적인 장편 「생
　　 의 반려」가 완성되었다면 우리의 이런 판단은 수정되어야 할지도 모른다.

었다.

김유정의 대표작 대부분이 이 시기의 고향 체험에서 솟아난 것이라는 점에서 이 만남은 매우 큰 의미를 갖는다. 이에 대해 「김유정 평전」의 기술 주체 가운데 하나인 1장의 전지적 서술자는 다음처럼 말한다.

> 김유정의 귀향은 자연으로의 회귀였다. 그가 항상 잊지 못하고 살아온 고향의 그 산골 정취가 다분히 감성적인 그를 완전히 사로잡았을 것이 분명하다. 또한 김유정은 고향의 그 산골마을에서 똥구멍 째지게 가난한 그 시대 농민들의 생활과 만나게 되었다. 가난하지만 순박한 그네들의 삶을 통해 그는 구원받는 느낌이었을 것이다. 우선 그는 시골 농민들의 척박한 삶을 통해 이제까지는 관심 밖이었던 부조리한 현실에 눈뜨게 됨으로써 짓눌리고 있던 자기 문제로부터 어느 정도 도망칠 수 있었지 않았나 하는 가정이다.[176]

「오월의 산골짜기」, 「총각과 맹꽁이」, 「만무방」 등 김유정의 수필과 소설 내용을 근거로 한 단정, 추정, 가정인데 김유정의 삶과 문학 전체와 관련지어 볼 때 대체로 설득력이 있다. 그러나 김유정은 '가난하지만 순박한' '농민'을 많이 그리지는 않았다. 그의 관심은 오히려 '생활이 아니라, 생존의 그 밑바닥'[177]에서 생존 외길을 찾아 몸부림치는 사람들에게 집중되었다.[178] 들병이와 그 가족, 금광 노동자 등이 대표적인데 하나같이 섬뜩하게 비정하다.

(가) "왜 남의 솥을 빼 가는 거야 이 도적년아―"

---

176) 54쪽.

177) 119쪽.

178) 이 점에 주목할 때 김유정 소실의 인물들이 갖는 특성의 하나로 '민중'의 '강인한 생명력'(이덕화, 「김유정 문학의 타자윤리학과 서사구조」, 김유정학회 편, 『김유정과의 산책』, 소명출판, 2014)을 들 수 있다.

하고 연해 발악을 친다.

그렇지만은 들병이 두 내외는 금세 귀가 먹었는지 하나는 짐을 하나
는 아이를 둘러업은 채 언덕으로 늠름히 내려가며 한번 돌아다보는 법
도 없다.[179]

(나) 이 돌만 내려치면 그 밑의 그는 목숨은 고사하고 윽살이 될 것이
다.

"여보게 내 몸 좀 빼주게."

형은 몸은 못 쓰고 죽어가는 목소리로 애원한다. (중략)

아우는 무너지려는 동발을 쳐다보며 얼른 그 머리맡으로 다가선다.
발 앞에 놓인 노다지 세 쪽을 날째게 손에 잡자 도로 얼른 물러섰다.
그리고 눈물이 흐른 형의 얼굴은 돌아도 안 보고 고 발로 하둥지둥 장
벽을 기어오른다.

"이놈아!"

너머 기어올라 벼락같이 악을 쓰는 호통이 들리었다. 또 연하여 우지
끈 뚝딱, 하는 무서운 폭성이 들리었다. 그것은 거의거의 동시의 일이
었다. 그리고는 좀 와스스하다가 잠잠하였다.[180]

(가)는 들병이에 빠져 솥까지 깝살린 농부와 그의 아내를 뒤에 두고
떠나는 들병이 부부의 모습을, (나)는 생명의 은인이고 목숨을 건 도적
질에 함께 나선 동료가 곧 죽을 위기에 놓였는데도 노다지를 챙겨 뒤도
돌아보지 않고 떠나는 광부의 모습을 조금의 주관도 들이지 않은 메마
른 건조체로 냉정하게 그린 것이다. 이 무서운 비정이 상황의 산물임은
물론이다. 그런데 「김유정 평전」에서는 더 나아가 "이 작가는 우리가
가리고 있는 치부를 여지없이 벗기는 재주를 가졌다. 모랄? 인간됨? 체
면? 진리? 법도? 다 웃기는 거라면서 죄다 벗겨 버린다. 다 벗겨 버린

---

179) 「솥」, 『원본 김유정전집』, 앞의 책, 155쪽.
180) 「노다지」, 같은 책, 62쪽.

그 속에서 가장 사람다운 모습(?)을 발라낸다."181)라 하여 적극적으로 새로운 의미를 부여하였다.

이와 관련하여 들병이가 대표하는 김유정 소설의 여성에 대한 개성적인 해석을 주목한다. 그녀들의 '성 윤리의 일탈' 곧 지배적인 성 윤리로부터 벗어남은 "자신과 가족의 먹이를 위한 자기 해방"182)으로서 "여성 문제에 대한 전통적 도덕관을 깨부순"183) 것이라는 해석인데 새롭다. 상황의 폭력에 치여 비인간화, 물화되었다는 상식적인 해석184)과 정반대로 그것이 주체적인 자기 해방의 행위이며 전통적 도덕관에 대한 근본 부정의 실천이라 보는 것이다. 김유정 소설 속 매춘을 두고 "기존의 성 윤리를 강타한 더 고차원적인 윤리로 이해될 수도"185) 있다고 하는 말도 같은 맥락에 놓여 있다. 이 도전적인 해석은 그러나 설득력을 충분히 확보하지는 못한 것으로 보인다. 다만 관찰 묘사의 대상일 뿐 그 내면이 전혀 드러나 있지 않기 때문에 분명하게 말할 수는 없지만, 그녀들이 전통적인 도덕관에 맞서 자기 해방을 지향하는 의식을 지니고 있으며 나아가 그것을 실천하는 의지적 주체라 볼 수 있는 근거는 어디에서도 찾을 수 없기 때문이다. 그러므로 그녀들이 아니라 그런 그녀들의 특수한 삶을 그리고 있는 김유정의 소설이 그런 의의를 갖는다고 하는 것이 이치에 맞을 것이다.

「김유정 평전」은 김유정 소설 곳곳에 등장하는 이들 비정의 악인이 인간을 물신화할 정도로 폭력적인 상황의 산물이면서 동시에 인간의

---

181) 126–127쪽.
182) 284쪽.
183) 295쪽.
184) 대표적인 것으로 다음 글들을 들 수 있다. 김철, 「꿈, 황금, 현실」, 『문학과 비평』 4, 1987, 256쪽; 박세현, 앞의 책, 77쪽.
185) 287쪽.

맨얼굴을 문제 삼는 새로운 윤리의 드러냄이라 해석하였다. 김유정 이전의 우리 소설에 나오는 악인 가운데 이처럼 기존의 어떤 규범적 가치와도 관계없는 인물은 거의 확인할 수 없다. 그들은 대체로 기존의 어떤 규범적 가치가 정당하다는 것을 증명하거나 강조하기 위한 도구로서 소설 속에 설정되었고 그렇게 기능한다. 김유정 소설의 저 비정의 악인은 우리 소설사의 새 지평을 여는 인물 창조의 한 예이다.

「김유정 평전」에서 지적하고 있듯 이런 비정의 인물이 중심에 놓인 소설에서는 김유정 특유의 해학을 만날 수 없다. 예컨대 「노다지」의 경우, "이 작품에서는 해학이 느껴지지 않는다. 매춘보다 더한 인간애의 실종의 본다."186) 이런 사실은 김유정의 모든 소설에 해학이 들어 있는 것은 아니라는 사실을 새삼 깨우친다.

한편 「김유정 평전」의 기술자 가운데 한 사람은 "숙연, 김유정의 소설을 다 읽고 나서의 그 숙연했던 기분을 설명하기 어렵다. 재미, 그리고 웃음? 아니다. 웃음은 아니다. 아련한 아픔?"187)이라고 말하는데 이 날카로운 독후감은 우리로 하여금 김유정 문학의 해학에 대해 다시 살필 것을 요청한다. 문학교육 특히 중고등학교 문학교육의 장에서 김유정은 해학의 작가로 규정되어 있는데 그 구체적인 예로 제시되는 대표 작품은 「동백꽃」이다. 「동백꽃」의 해학은 활달하고 적극적인 처녀와 조금 모자라 눈치 없는 총각의 대비, 중심 소재인 청춘 남녀의 성이 자연스러운 건강성을 지니고 있다는 점 등의 요인으로 인해 대단히 건강하고 환하다. 그러나 「동백꽃」의 해학은 김유정 문학에서 예외적인 것이니 이것으로써 김유정 문학의 해학을 대표하는 것은 온당하지 않다. 전체적으로 보아 김유정 문학의 해학은 비애, 고통의 정서를 품고 있는

---

186) 115쪽.
187) 342쪽.

것이다. 우리가 검토하고 있는 「김유정 평전」에서 김유정 문학의 해학을 다룰 때 거듭 강조하는 것은 바로 이것이다.

6. 결론

지금까지 우리는 전상국의 장편소설 「유정의 사랑」의 세 구성 축 가운데 하나인, 김유정의 삶과 문학에 대한 비평적 해석 곧 「김유정 평전」에 대해 살폈다. 이 평전의 저자는 전지적 서술자, 작품의 주인공인 두 남녀 백진우와 문하리, 이따금 작품 가운데 얼굴을 내밀고 김유정에 대해 발언하는 작가 등 여러 명이다.

이들 복수의 저자가 기술한 「김유정 평전」 속에는 새로운 해석이 곳곳에 빛나고 있다. 이 글에서는 이 새로운 해석들의 타당성 여부에 대한 집중적인 검토를 바탕으로 김유정의 삶과 문학을 대한 보다 넓고 깊은 이해를 모색하고자 하였다.

「김유정 평전」의 내용 가운데 우리가 검토 대상으로 삼은 것은 '서자설과 감성적 체질론', '소설쓰기의 기원', '창작방법론', '인물성격과 해학'의 네 항목이다.

먼저 '서자설과 감성적 체질론'. 서자설은 김유정이 고향마을에 열었던 금병의숙에서 공부한 사람의 증언에 근거한 것인데 아직까지는 사실 여부가 확인되지 않았다. 「김유정 평전」에서는 한편으로는 그 증언에 기대어 이것이 사실인 것처럼 말하고 한편으로는 유족 등의 말을 들어 사실이 아니라고 말하기도 한다. 「김유정 평전」이 제기한 서자설은 다른 한편 김유정의 생모가 아버지 김춘식의 후처일 수도 있다는 추측을 하게 이끄는 것이라는 점에서 중요한 의미를 갖는다. '감성적 체질론'은 김유정의 빼어난 작가적 재능에 대한 감탄에서 비롯된 것이다. 이것은 김유정 문학을 환경적 요인의 산물로 보는 기존의 이해에서 벗어나게 이끈다는 점에서 큰 의미를 지니지만 다른 한편 환경적 요인과의 관련을 약화할 수도 있는 것이라는 문제점을 갖는 것이기도 하다.

다음 '글쓰기의 기원'. 「김유정 평전」에서는 위에서 살핀 정서적 체질론을 바탕으로 더 나아가 김유정이 '자기 확인'을 위해서 그리고 '절망하기' 위해서 스스로 외로움 속으로 걸어들어 갔다, 라고 말한다. 모호하여 설득력이 충분하지는 않지만, 「김유정 평전」의 이 같은 해석은 김유정을 창조 행위로서의 소설쓰기에 나아가게 이끈 내면의 동역학에 대한 깊은 통찰을 담고 있다는 점에서 평가할 수 있다. 「김유정 평전」에서의 이 같은 통찰을 참고할 때 김유정의 자기 확인 또는 자기 찾기가 한편으로는 자기와 동질적인 존재 찾기로 다른 한편으로는 자기 탐구 행위로서의 소설쓰기로 실현되었다는 이해가 가능할 것이다.

다음은 '창작방법론'. '김유정 평론'에서 가장 빛나는 부분인데 다음 세 가지로 정리할 수 있다. 1) 마이크로 노벨레라는 조어와 관련되어 있는 것으로 '시공간적 배경을 언제 어디라고 구체적으로 설정하지 않음', '등장인물을 한껏 적게 설정함', '등장인물들의 활동범위를 최대한 좁게 설정함'. 2) 주인공인 남자를 '어리석음, 멍청함'의 인물로 그림. 3)대상의 객관화. 김유정의 창작방법론에 대한 이 같은 통찰은 김유정 문학의 내용과 형식의 근본에 대한 이해를 가능하게 하는 것이라는 점에서 커다란 의미를 지닌다. 물론 김유정의 창작방법론에 대한 「김유정 평전」에서의 논의는 논리성과 체계성의 부족 때문에 아직은 충분하지 않다. 그럼에도 불구하고 김유정 문학의 심부를 직관하고 있어 새로운 연구의 지평을 열고 있다고 평가할 수 있다.

마지막으로 '인물성격과 해학'. 김유정 소설 곳곳에는 비정의 악인이라 할 수 있는 개성적인 인물성격이 나오는데 「김유정 평전」에서는 이들 악인이 인간을 물신화할 정도로 폭력적인 상황의 산물이면서 동시에 인간의 맨얼굴을 문제 삼는 새로운 윤리의 드러냄이라 해석하였다. 김유정 이전의 우리 소설에 나오는 악인 가운데 이처럼 기존의 어떤 규범적 가치와도 관계없는 인물은 거의 확인할 수 없다는 점에서 이 같은 인물성격은 우리 소설사의 새 지평을 여는 것이라는 의미 부여가 가능하다. 「김유정 평전」에서 지적하고 있듯 이런 비정의 인물이 중심에 놓인 소설에서는 김유정 특유의 해학을 만날 수 없다. 이런 사실은 김유정의 모든 소설에 해학이 들어 있는 것은 아니라는 사실을 새삼 깨우친다. 「김유정 평전」에서는 이 점을 거듭 강조하고 있는데 '김유정 문학과 해학'에 대한 보다 섬세한 논의가 필요함을 제기하는 것이라 할 수 있을 것이다.

전상국의 장편 「유정의 사랑」이 담고 있는 새로운 해석들은 당대 농촌 현실의 증언, 토속성, 해학 등 몇 가지 개념에 갇혀 있었던 김유정의 삶과 문학에 대한 넓고 깊은 이해를 가능하게 한다. 중등학교 및 대학의 문학교육에서도 이를 적극적으로 수용함으로써 그 수준을 높여야 할 것이다.[188] 학교 밖 일반 대중을 대상으로 한 문학교육의 장을 염두에 두는 경우에도 마찬가지로 그러해야 함은 다시 말할 나위도 없다.

---

188) 중등학교 국어과 교과서에서 김유정의 삶과 문학에 대한 '교과서 비평'에 대한 비판적 논의는 다음 논문이 참고할 만하다. 김동환, 「교과서 속의 이야기꾼, 김유정」, 김유정학회 편, 『김유정의 귀환』, 소명출판, 2012.

5
시간과의 대결:
비평가 김윤식의 글쓰기 60년

한국현대문학사의 재구성과 창조
—김윤식의 학문과 비평

1. 거대한, 역동의 세계

　지금 내 앞에는 단독 저서만 해도 94종이나 되는 국문학자이며 문학
평론가인 김윤식 선생의 방대한 저서 목록이 놓여 있다. 시기상으로는
영·정조 시대의 문학에서부터 지금의 문학에 이르기까지 300년 한국
근현대문학사를, 장르상으로는 선생의 주 관심 대상인 소설을 중심으로
시·비평·희곡·수필 등 거의 모든 문학 장르를 대상으로 한, 1962년
의 석사 논문에서 시작되는 공적인 글쓰기 40년(2003년 시점) 세월을 엮어
이룬 거대한 세계이다. 높이 솟아 아득히 뻗어나간 산맥처럼 그 경계조
차 짐작하기 어렵다.

　1973년 『한국근대문예비평사 연구』와 『근대한국문학 연구』의 출간
에서 출발하는 선생의 저서 목록을 들여다보면, 1980년대 중반까지는
그 대부분이 국문학 연구 저서였는데 이 시기를 넘어서며 국문학 연구
저서와 평론집의 비율이 비슷해지는 양상을 확인할 수 있다. '국문학자

김윤식'보다는 '문학평론가 김윤식'에 더 익숙한 일반인들은 대체로 평론집이 더 많으리라 생각할 테지만 실제는 그렇지 않다. 선생의 중심 자리는 국문학 연구자의 자리였던 것이다.

한국현대문학 연구자들을 세대별로 분류할 때 선생은 2세대에 속한다고 보는 것이 일반적이다. 그러나 1세대 연구자들의 손길이 아예 미치지도 않았던 기초자료들까지 실증적으로 확인하고 체계화함으로써 이후 한국현대문학 연구의 기초를 닦은 선생의 작업을 염두에 둔다면, 선생으로 해서 비로소 한국현대문학 연구가 본격적으로 시작되었다고 하겠으니 선생이야말로 진정한 의미에서의 1세대 연구자라 하는 것이 온당하다.

선생은 또한 끊임없는 자기 갱신을 통해 새로운 단계로 나아왔으며, 지금도 계속해서 나아가며 여전히 연구의 전위에 서 있으니, 한국현대문학 연구의 1세대이면서 동시에 2세대이고 3세대이다. 큰 세계이니 만큼 선생의 학문 속에는 지금은 보이지 않지만 때를 기다리며 익어가고 있는 문제의식과 통찰이 틀림없이 깃들여 있을 것이다. 훗날 그것들이 시숙(時熟)하여 모습을 드러낼 때 선생의 학문은 그 시기 중심 세대의 학문과 같은 자리에 서게 될 것이니, 선생은 먼 후세대이기도 하다. 이 점에서 선생의 학문은 일정 기간이 지나면 그 다음 세대에 의해 극복되곤 하는 일반적인 연구자의 그것과는 근본적으로 다르다.

나는 지금 이 거대하고 역동적인 한 세계를 내 나름의 방식으로 재구성하여 이해하고 설명하고자 한다. 그 경계를 짐작조차 하기 어려운데 어찌 이 거대한 세계를 제대로 이해할 수 있으며, 제대로 이해하지 못하는데 어떻게 설명해낼 수 있겠는가. 참으로 감당하기 어려운 난제지만, 나아가 보기로 하겠다.

2. 실증의 정신, 역사에 대한 응전으로서의 학문

김윤식 선생은 스스로를 일러 '발바닥으로 글 쓰는 사람'이라고 말한다. 실증주의자라는 말일 터인데, 그것은 김윤식 학문이 사실(史實)의 확인을 위해 도서관 구석에 함부로 버려져 먼지를 뒤집어쓴 채 잊힌 자료들을 끈기 있게 뒤지고, 우리 근현대문학의 생성·전개와 관련된 곳이라면 일본이며 미국이며 바깥 나라 도서관 구석방까지 찾아가는 고된 역정의 바탕 위에 세워졌음을 뜻한다.

어떤 이들은 선생의 실증 작업을 두고 실증적 문헌학 또는 역사적 실증주의라는 이름으로 넌지시 폄하하고자 하기도 하였는데 물론 어불성설이다. 철저한 실증 작업에 근거하지 않은 학문 연구란 많은 경우 사상누각의 헛꿈 그리기에 그치게 마련이라는 상식은 누구도 부인할 수 없으며, 선생의 학문이 그 같은 실증 작업을 딛고 높은 수준의 체계화와 해석 차원으로 나아갔다는 사실이 엄연하기에 그러하다. 그것뿐이 아니다. 선생의 철저한 실증 작업은 실증 작업을 낮추어 보고 손쉽게 해석으로 치닫는 학계 일반의 고질적인 병폐에 대한 준엄한 비판의 의미를 지니는 것이기도 하니, 한국현대문학 연구자들이 언제나 돌아보아야 할 준거의 하나이다.

선생의 실증 작업을 대표하는 것은 기념비적 업적인 『한국근대문예비평사 연구』(1973)이다. 근대문예비평사를 엮어온 평문들을 낱낱이 찾아 읽고 비평사의 체계화를 도모한 이 역저를 통해 비로소 한국현대문학사의 밑그림이 그 실체를 확보하였으니 이 저서는 김윤식 학문의 기초이면서 동시에 한국현대문학 연구의 기초이다.

선생의 학문은 이처럼 치밀한 실증 작업 위에 서 있지만 지난 자료를 정리하는 몰가치론적 학문과는 전혀 다르다. 선생은 자신의 학문 행위를 '역사에의 변명'이라 표현한 바 있는데, 그것은 역사 이해와 역사 개진이란 의미로서의 '역사에 대한 응전'을 뜻한다. 역사 이해와 개진을 겨누는 것이니 만큼 과거를 객관적으로 정리하는 정태론적 학문과는 전혀 다른 성격의 것임은 물론이다. 선생 개인의 실존과 같은 세대, 나아가서는 시대의 일반적 과제에 대한 치열한 고뇌에서 비롯하는 '문제적 상황(위기의식)을 극복하기 위한 해답' 찾기로서의 학문, 곧 자기 개진과 시대 개진으로서의 학문이다. 예를 들면, 한국 사회의 후기산업사회로의 진입이 가시화되는 1980년대 중후반 이후의 시대상황이 선생으로 하여금 한국 근현대문학의 '근대성'에 대한 천착으로 이끌었다.

선생의 40년 학문을 이끈 주요 위기의식은 식민성의 극복, 근대의 초극, 분단 상황의 극복 문제와 관련되어 있다. 심층에 자리잡아 광복 후 60년이 가까워오는 지금까지도 한국인의 의식과 한국사회에 큰 영향을 미치고 있는 식민성의 극복은 상처와 오욕의 과거를 정시하는 객관적 탐구의 실천과, 상처와 오욕의 역사 속에 피어났던 가치 있는 것들의 확인을 통해 비로소 가능할 것일 터인데, 선생의 40년에 걸친 한국근현대문학 연구는 언제나 이 같은 과제를 향해 있었다. 한국현대문학 연구자 가운데 선생만큼 근대의 초극 문제에 관심을 기울인 사람은 찾기 어렵다. 근대의 수용과 해체를 동시에 경험해야 했고 아직도 그 연속선상에 있는 우리에게 근대의 초극이란 지난한 과제이지만 그러나 온힘을 다해 감당하지 않으면 안 되는 과제라는 문제의식이 선생으로 하여금 근대의 초극 문제에 큰 힘을 기울이게 이끌었다. 이로써 '근대성'과 '탈근대성'이란 개념항을 통해 한국근대문학과 그 이후를 이해하고 진단하는 일이 가능해졌다. 『한국근대소설사 연구』(1986), 『한국문학의 근대성과 이데올로기 비판』(1987), 『이상 연구』(1987), 『근대시와 인식』(1992), 『한국문학의 근대성 비판』(1993) 등이 이 과제에 대한 선생의 응전을 보여주는 대표적인 저서들이다.

선생의 학문은 통틀어 분단의 극복을 위한 학문적 응전이라 할 수 있을 정도로, 거의 언제나 이 같은 문제의식과 결부되어 있다. 그런 중에서도, 북한문학에 대한 지속적인 연구는 유무형의 금제를 뚫고, 이 분야 연구를 열고 앞서 이끌어온 것이라는 점에서 그 의미가 특별하다. 특히 북한 현대문학사 연구를 통해 몰근대 또는 초근대 상태에 놓여 있는 북한문학과 북한사회가 다음 단계에서는 근대로 회귀할지도 모른다는 진단을 내놓은 바 있는데 이는 학문 행위가 예언자적 지성의 실천일 수도 있다는 점을 증거하는 소중한 예이다. 1980년대 후반부터 본격화된 선생의 북한문학 연구를 이끈 것은 통일문학사로 나아가고자 하는 개척자적 열정이다. 그 열정 속에 분단을 넘어 통일의 시대를 여는 데 중요한 역할을 하게 될 힘이 내재해 있다는 사실은 거듭 강조되어야 한다. 선생의 북한문학 연구로는 『한국현대현실주의소설 연구』(1990), 『북한문학사론』(1996) 등을 들 수 있다.

북한문학 연구와 함께 진행된 해방공간의 문학 연구 또한 선생이 새롭게 개척한 영역이다. 좌우대립이란 이분법적 단순 도식으로만 이해되어온 이 시기 문학의 실체를 치밀한 실증 작업을 통해 복원하는 한편, 이 시기 문학을 가운데 둔 그 전후 남북한 문학사의 맥락 구축에 나아감으로써 통일문학사의 길을 열었다. 선생의 해방공간의 문학 연구를 이끈 중요한 방법론적 개념은 '모더니즘과 리얼리즘의 변증법'인데, 이로써 박태원, 이태준, 최명익 등 모더니스트들이 해방공간을 거치며 보여준 문학과 사상의 변화를 설명해낼 수 있었다. 『해방공간의 문학사론』(1989), 『한국현대현실주의문학 연구』(1990) 등을 참고할 수 있다.

역사에 대한 적극적인 응전으로서의 학문이라고 해서 선생의 학문이 자의적인 주관에 일방적으로 기울어졌다고 이해하는 것은 곤란하다. 40

년 학문 평생을 떠받쳐온 치밀한 실증 정신과 함께 인문과학자의 엄밀한 객관 정신이 일탈하기 쉬운 주관을 통어해 왔다는 사실은 새삼 거론할 필요도 없다. 이와 관련하여 우리는 선생이 실제 연구를 통해 구체적으로 정립해놓은 '사상의 등가성' 개념을 주목한다. 이 개념 위에 설 때 사회주의, 민족주의, 아나키즘 등의 서로 다른 사상들은 동등한 차원에 있는 것으로 파악되며, 저마다 필연적인 근거를 가진 자립적인 존재로 이해된다. 선생은 '사상의 등가성' 개념을 딛고 주관의 개입과 일탈을 통어하여 연구의 객관성 확보에 나아갔다. 이와 함께 '사상의 등가성' 개념이 사상적 편향성에 지배되고 있어 대상에 대한 해석은 물론이고 그 접근조차 제약하는 우리 현실의 경색성을 돌파할 수 있는 유력한 실천적 방법론이기도 했다는 사실을 간과할 수 없다. 김윤식 학문이 한국사회를 지배하고 있는 사상적 편향성의 구속에 갇히지 않고 한국현대문학사의 전체상을 체계적으로 드러내는 데 이를 수 있었던 요인의 하나는 이 같은 '주관의 통어'이다. 실천적 연구자들의 세계를 객관적으로 조망하는 균형감각이 인상적인『한국근대문학사상 연구 1』(1984), 1948년 이후 남한 문학을 주도한 이른바 문협 정통파의 비근대주의적 문학사상을 새롭게 해석함으로써 근대주의에 일방적으로 이끌린 한국현대문학사와 그 연구에 대한 근본적 반성을 가능하게 한『한국근대문학사상 연구 2』(1994) 등에서 우리는 그 힘을 확인한다.

3. 문학사적 시각

김윤식 선생의 한국현대문학 연구를 이끌어온 기본 시각의 하나는 문학사적 시각이다. 작품, 작가, 유파, 특정 시기의 문학적 경향 등 대상을 문학사적 관점을 통해 이해하고 설명하려는 태도와, 그 대상의 분석에 머무르지 않고 문학사적 일반화에 이르고자 하는 태도가 선생의 학문 연구를 일관되게 이끌었다. 그러므로 선생의 문학사적 시각은 태도이면서 학문 방법론이었다. 문학사적 시각으로 대상 분석에 나아간다는 것이 말처럼 쉬운 것이 아님은 물론이다. 대상들의 사이 또는 배후에 놓여 있는 보이지 않는 연계까지 읽어낼 수 있는 안목을 갖추어야만 비로소 가능한 것이니, 문학사적 시각이란 또한 안목이기도 하다. 선생은 당대의 문학을 대상으로 한 현장 비평에서도 높은 수준의 문학사적 이해를 보인 높은 안목의 비평가 가운데 한 사람이었다. 선생의 학문이 한국현대문학사 전체를 껴안는 거대한 체계 위에 구축될 수 있었던 근본 요인은 이처럼 태도이자 방법론이자 안목이기도 한 문학사적 시각이었다. 선생의 학문 전체가 이처럼 문학사적 시각 위에 서 있기에 모든 저서가 이와 관련된 것들이지만 그래도 대표적인 저서를 든다면『한국문학사』(공저, 1973),『한국현대문학사』(1976),『한국소설사』(공저, 1993),『발견으로서의 한국현대문학사』(1997),『한국현대문학비평사론』(2000) 등이 있다.

선생의 학문을 이끌어온 문학사적 시각 가운데 대표적인 것은 사상사적 시각이다. 선생의 글쓰기는 거의 언제나 사상사적 관점에 근거하여 이루어지며 이곳저곳에서 밝혀진 사실들은 사상사적 관점에 의해 체계화된다. 그리고 그 체계들은 다시 엮여 더 큰 체계 속에 통합된다. 그 사상사는 문학사상사이지만 문학사상의 영역에만 한정된 성격의 것이 아니다. 아직은 연구와 정리가 불충분한 한국 근현대사상사의 전 영역에 대한 넓은 안목, 깊은 통찰에 근거한 것이니 그 선도적 의미는 대단히 크다.『한국근대문학사상 비판』(1978),『한국근대문학사상사』(1984),『청춘의 감각, 조국의 사상』(1999) 등을 들 수 있겠다.

한국근현대문학에 대한 사상사적 접근은 좁게 보면, 문학 연구의 한 하위 범주에 속하는 것이지만 넓게 보면, 문학을 문(文) · 사(史) · 철(哲)의 복합으로 이해하는 전통적인 문학관과 이어진 것으로 문학의 비자율성적 측면을 보다 주목하는 입장의 산물이다. 그렇다고 해서 선생의 학문이 문학의 자율성적 측면을 돌아보지 않았다는 것은 물론 아니다. 문학의 비자율성적 측면을 보다 중시하는 입장은 문학의 자율성적 측면에 대한 관심과 상호보족적인 긴장 관계를 이루며 선생의 학문을 구축해 왔다고 말하는 것이 옳을 것이다. 문학의 자율성적 측면에 대한 관심이 이끈 연구 성과로는 『이상 문학 텍스트 연구』(1998), 『미당의 어법과 김동리의 어법』(2002) 등을 특히 내세울 수 있다.

4. 내면 풍경 살피기와 내적 형식 찾기의 방법론

김윤식 선생이 개척한 득의의 연구방법론의 하나는 '내면 풍경 살피기'이다. 어떤 문인의 내면을 자세히 살펴 그 문인의 기질과 취향, 심리, 세계관에서부터 그가 속했던 집단과 시대의 전체상을 복원해 드러내는 단계에까지 나아가는 이 개성적인 방법론은 작가론이자 문학사론이며, 심리학적 문학 연구이자 사회학적 문학 연구이고, 형식론이자 내용론이라 할 수 있다. 한 예로서 「현해탄의 사상」을 들 수 있다. 1926년에서 1928년 무렵 동경에서 유학 중이던 염상섭, 양주동, 나도향, 이태준 등의 내면 풍경을 살핀 글이다. 이들 작가의 내면 고찰을 통해 그들과 그들 문학의 개성을 드러내는 한편, 더 나아가 우리 근대문학과 일본문학의 영향관계, 결핵과 낭만주의적 열정의 관련 양상, 그리고 식민지시대 한국 문학인 전체를 구속했던 억압기제이자 창조적 열정의 원천이었던

'현해탄 콤플렉스'의 구명에까지 이름으로써 문학사의 한 시대를 전체적으로 재구해 내었다.

내면 풍경 살피기의 방법론은 김윤식 학문의 한 계보를 이루는 일련의 작가 평전들로 결실한다. 기념비적인 대작인 『이광수와 그의 시대 1·2·3』(1986), 『염상섭 연구』(1987), 『임화 연구』(1989)를 비롯하여 『안수길 연구』(1986), 『김동인 연구』(1987), 『박영희 연구』(1989), 『김동리와 그의 시대 1·2·3』(1995~1997) 등이 그것들인데, 이로써 우리에게는 대단히 낯설었던 '작가 평전'이란 새로운 양식이 자리 잡게 되었다. 작가 평전 양식의 정립은 전문 학인 집단에 갇혀 있던 한국현대문학 연구 성과를 대중에게 열어 우리문학의 소중한 자산이 계속적인 독자와의 만남을 통해 살아 움직일 수 있도록 물길을 마련한 것이라는 점에서도 높게 평가되어야 한다.

이들 작가 평전 가운데 『임화 연구』는 사제, 이념적 동지, 라이벌 등 여러 성격의 관계로 엮인 타자와의 관련을 살펴 개별 문인의 삶과 문학을 이해하고자 하는 독특한 방법론이 인상적인 저서이다. 임화와 동행했던 김남천, 지하련, 이북만, 백철, 한설야 등 타자들과의 관련 속에서 임화를 이해하고자 한 것인데, 관계되어 있는 여러 타자의 자리에서 대상을 바라봄으로써 대상의 전체상을 입체적으로 파악하는 일이 가능하였다.

작가의 '내면 풍경 살피기'라는 방법론은 그 내면을 채우고 있는 잡다한 심리 곡절의 무질서한 채집으로 이끌 위험을 지니고 있다. 김윤식 선생은 내면 풍경 살피기의 방법론을 통해 한 작가의 삶과 문학을 꿰는 내적 형식의 발견에 나아감으로써 그 같은 위험에서 벗어났다. 『이광수와 그의 시대』를 통해 이광수의 경우를 보자. 이광수는 조실부모, 천지에 몸을 기댈 데 하나 없던 실제의 고아였고, 과거로부터 물려받을 것

이라고는 아무 것도 없다는 인식 아래 전통과의 단절을 선언하고 스스
로를 백지 위에 세웠던 고아였다. 이광수의 삶과 문학은 이 같은 고아
가 아버지로서의 타자를 찾아 나아가는 '아버지 찾기'와 스스로 아버지
가 되고자 하는 '아버지 되기'의 내적 형식에 담겨 있었으며 한편으로
는 그 같은 형식의 형성을 향해 나아가는 여행길 위에 놓여 있었다는
것이 선생의 통찰이다.

'내적 형식'이란 개념은 선생의 소설 연구를 통해 정립된 중요한 방
법론적 요소이다. 내용과 구별되는 개념으로서의 겉으로 확인되는 외적
형식이 아니라, 내용을 담아내고 내용이 만들어내는 무형의, 그러므로
연구자에 의해 발견되고 구성되어야 하는 내재되어 있는 것이다. 내적
형식 개념에 근거한 선생의 소설 연구는 밖에 드러나 있어 누구라도 볼
수 있는 것들을 문제 삼는 평면적인 연구 수준을 넘어 우리 소설 연구
의 깊은 차원을 열었다.

예를 들어보자. 선생은 염상섭의 「만세전」을 두고 '원점회귀의 여로
형식' 위에 구축된 작품이라 하였다. '원점회귀의 여로 형식'이란 말이
이 작품의 주인공인 이인화가 여행의 출발지인 동경으로 다시 돌아간
다는 줄거리 차원의 사실만을 가리키는 것이라면 여기에 특별한 의미
를 부여할 수 없다. 이 말 속에는 서구적 근대를 열망하는 당대 조선의
청년 지식인 일반이 공유했던 서구 지향의 뜨거운 열정과, 이와 짝을
이루었던 식민지 반봉건 상태에 놓여 있던 조선 현실에 대한 깊은 환멸
이 담겨 있으며, 그 같은 열정과 환멸에 이끌리고 떠밀리며 그들이 열
어가고 있던 피투성이 고투의 여로가 형식화되어 있는 것이다. 「만세전」
의 안쪽에 깃들여 있는 이 같은 '원점회귀의 여로 형식'을 발견해 냄으
로써 선생은 이 작품의 심층을 들여다보고 그 의미를 설명해 낼 수 있
었다.

어떤 이는 이 '내적 형식'이란 개념이 선생의 초중기 저서에 자주 거론되었던 루카치의 것임을 지적하여 한갓 차용에 지나지 않는다고 폄하한다. 그러나 이는 전적으로 잘못된 것이다. 루카치의 '내적 형식'이란 소설의 장르적 특성을 가리키는 것이니, 한 작품 또는 한 작가의 삶을 하나로 꿰는 형식을 가리키는 선생의 그것과는 전혀 다른 개념이다.

내적 형식 개념에 근거한 선생의 소설 연구 성과를 가장 잘 보여주는 저서로는 『한국근대작가론고』(1974), 『우리 소설과의 만남』(1986), 『작가와 내면풍경』(1991) 등을 들 수 있다.

5. 특수성을 넘어

김윤식 선생의 한국현대문학 연구에서 두드러진 또 다른 특징 하나는 타자들과의 관련 속에서 대상을 이해하고자 하는 태도이다. 타자들과의 관련을 문제 삼는 태도는 우리 문학의 특수성을 보다 뚜렷하게 드러내는데 효과적이면서 동시에 우리 문학에 한정된 시각을 넘어서게 하였다.

예컨대, 김윤식 선생의 한국현대문학 연구는 외국문학, 특히 일본문학과 중국문학과의 관련양상을 살피는 넓은 시야에 힘입어 그 경계를 넓힐 수 있었다. 『한일문학의 관련양상』(1974), 『동양정신과의 감각적 만남』(1997), 『한·일 근대문학의 관련양상 신론』(2001) 등이 이를 잘 보여주는데 이로써 우리는 한국현대문학을 바라보는, 지방성을 넘어선 열린 시각을 확보하게 되었다.

선생은 또한 한국현대문학을 여러 인접 예술과의 관련 속에서 이해하고 설명하는 일련의 연구를 통해 한국현대문학 연구의 새로운 지평을 개척하였다. 특히 미술과의 관련에 보다 주목했는데, 『문학과 미술 사이』(1979)가 그 성과이다.

타자들과의 관련을 문제 삼는 선생의 관점은 문학, 한국문학, 한국현 대문학을 그 자체 나름의 개성을 지닌 특수성적 존재로 인식하면서 나 아가 특수성 차원에 폐쇄된 논의를 열고자 하는 태도의 소산이다. 이 같은 태도는 한국현대문학을 문학원론 또는 미학론의 관점에서 이해·설명함으로써 특수성적 존재로서의 한국현대문학 논의를 일반성적 존 재로서의 문학 논의로 이끌어 올리고자 하는 다양한 시도들에서 보다 뚜렷이 확인할 수 있다.

한국현대문학을 문학원론 또는 미학론의 관점에서 이해하고 설명하 고자 하는 관점은 선생의 학문을 떠받드는 받침돌의 하나이기 때문에 일일이 그 예를 든다는 것은 부질없는 일이다. 하나만 든다면 문학 장 르론적 소설 연구이다. 한국현대소설을 장르론적 관점에서 살핌으로써 한국현대소설 논의를 문학원론의 차원으로 연 『한국근대문학양식론고』 (1980), 『한국근대소설사 연구』(1986) 등이 그 대표적인 성과이다.

6. 전위의 행로

김윤식 선생의 1세대 제자 무리의 앞자리에 서 있는 이동하 교수의 말을 빌리면 선생은 "그 학문적 탐구의 전개과정 속에서 끊임없이 자기 변혁 혹은 자기갱신을 감행해왔으며 바로 그런 점이 언제나 젊은 정신 의 소유자"이고 "일체의 고정관념이나 인습적 사고로부터 해방된 자유 정신의 소유자"이고 "언제나 새로운 세계를 열고자 하는 열정으로 쉬지 않고 나아간다는 점에서 진정한 창조적 정신의 소유자"이다. 선생의 학문 40년을 끌어온 근본은 새로움과 궁극의 가치(진선미) 창조를 향해 나아가는 젊은 자유의 정신이고 그것으로부터 끊임없이 솟아오른 식지 않는 탐구와 창조의 열정이었던 것이다.

아마도 선생만큼 다양한 형식, 다양한 문체의 글쓰기를 시도했던 연구자, 평론가는 한국문학사에서 찾을 수 없을 것이다. 형식과 문체의 실험에 대해 비교적 보수적인 국문학계, 한국문학평론계에서 계속해서 새로운 형식과 문체를 시도해왔다는 사실은 선생의 그 같은 정신과 열정의 증거이다.

그 젊은 자유의 정신과 탐구·창조의 열정은 칠순을 눈앞에 둔 지금에도 여전히 후학들을 앞서 이끌고 있다. 언제나 전위에 서서 앞을 향해 내달려온 선생의 외줄기 학문 평생 40년은 두렵기조차 한 준엄한 모범으로 우뚝하다. 그 외줄기 행로는 지금도, 조금의 흔들림도 없이, '저만큼', 앞길을 외롭게 열며 나아가고 있다.

청청한 전위의 정신
—『김윤식선집 7』에 부쳐

　김윤식 선생의 회갑을 맞아 제자들이『김윤식선집』(전 6권)을 편집 간
행한(1996. 4) 지 어느덧 10년이다. 그 사이 선생께서는 34년을 봉직하셨
던 서울대학교를 정년 퇴직하셨고(1968. 3-2001. 8), '서울대학교 명예교수,
명지대학교 석좌교수'란 다른 이름표를 당신의 성함 뒤에 달고 활동하
시게 되었다. 그리고 이제 칠순이시다. 9년 전,『김윤식선집』을 기획하
고 출간했던 솔 출판사의 임우기 사장께서 선생의 칠순을 기념하여『김
윤식선집』이후 발표하신 글 가운데서 가려 뽑아『김윤식선집 7』을 엮
어내자고 제의해 오셨다. 고마운 일이다. 선생의 학문과 비평이 지닌 의
미를 깊이 이해하는 남다른 안목의 출판인이고 문학평론가인 임우기
선생의 높고 깨끗한 뜻을 좇아 이 책을 엮게 되었다.

　지금 내 앞에는『김윤식선집』이후 나온 선생의 저서목록이 놓여 있
다. 모두 34권, 한 해에 4권꼴인데 가히 놀라운 생산력이다. 그러나 우
리를 진정 놀라게 하는 것은 따로 있다. 그 모두가 한국문학 연구와 현
장 비평의 가장 앞선 자리에서 새로운 지평을 모색하고 여는, 시들지
않는 푸르른 정신의 새 길 찾기이며 새 길 내기라는 점이다. 새 길을 찾
아 스스로 새 길이 되어 나아가는 그 젊은 정신은 그 무엇에도 갇히지

않는다. 100권이 넘는 저서로 우뚝한 선생 자신의 학문과 비평세계는 물론이고, 오랜 세월 확보한 권위며 이런저런 글의 형식이며, 모든 것을 허물며 계속해서 나아왔고 나아가고 있는 것이다. 늘푸른 전위의 정신.

우리는 『김윤식선집 7』을 다섯 장으로 구성하였다. Ⅰ장: 에세이. Ⅱ장: 학술·예술기행. Ⅲ장: 문학 현장. Ⅳ장: 이중어 글쓰기. Ⅴ장: 비평사.

학자의 글, 비평가의 글이 대부분이기에 선생의 글을 이루는 중심 언어는 논리의 언어다. 이 책의 첫머리에 우리는 선생의 글에서는 만나기 어려운 시적 비유와 응축의 언어로 된 「자하연 주변 회고 세 토막」을 놓았다. 그 시적 언어 서리서리 거칠고 험한 세월을 견디며 문학 외길을 걸어온 한 성실한 정신의 내밀한 고독이 서려 있다. 또 하나의 에세이인 「갈 수 있고 가야할 길 가버린 길」은 2001년 9월 11일 정년퇴임 기념행사의 하나로 열린 고별강연회의 강연 원고이다. 연구자, 비평가로 걸어온 선생의 문학 인생 35년을 정리한 것인데, 연구자의 자리를 지키면서도 그것을 넘어 표현자의 자리로 나아가고자 했던 '김윤식 글쓰기'의 근본을 들여다볼 수 있다. 표현자의 자리에 나아가고자 하는 내밀한 글쓰기의 욕망은 곧 창조적 글쓰기의 욕망일 터인데, 저 방대한 '김윤식 문학'의 안쪽을 힘차게 흘러 늘푸른 전위의 정신으로 걸어온 필경(筆耕) 반세기를 꿰고 있다.

국문학자로서 선생이 해온 일 가운데 대부분의 사람들은 알지조차 못하는 게 있으니, 외국의 한국문학 연구자들과의 교류 및 이를 통한 한국문학의 해외 소개이다. 수십 년 간 '유럽 한국학 대회, 약칭 AKSE'와 '환태평양한국학회, 약칭 PACKS' 등의 정기 학술대회를 비롯하여 국내외 한국학 연구자들이 모이는 한국학 학술대회에 적극적으로 참여하여, 해외 한국문학 연구를 국내 한국문학 연구와 연결시키는 가교의 역할은 물론이고 나아가 외국의 한국문학 연구자들을 이끄는 길잡이의 역할까지 해왔으니, 그 의의는 참으로 크다 하지 않을 수 없다. 한 연구자의 성실성과 사명의식이 정부 차원에서도 이루기 힘든 성과를 낼 수 있었던 것이다. II장에 실린 '시카고, 프롤레타리아 문학, 데리신전에의 행렬도'와 '알프스를 넘을 한국학'에서 우리는 그 안쪽을 조금 엿볼 수 있다.

선생은 예술문화기행문이란 새로운 글쓰기 양식을 우리 문학사상 처음으로 열고 세웠다. 외국 여행길에 만난 예술문화 작품에 대한 섬세하고 깊은 비평적 통찰을 날줄로 삼고 그것에 예민하게 반응하는 미적 정신을 씨줄로 삼아 엮어나간 미학적 산문으로 높은 격조를 확보한 선생의 예술문화기행문은 아름다움과 진실을 향하는 꿈(환각 또는 황홀경의 사상이라 표현되곤 하는)의 아우라 속에 감싸여 있는데, II장에 실린 「네바강의 환각」이 이런 특성을 잘 보여준다.

선생은 칠순이 다 된 지금까지도 문학 현장의 중심에 서 있는 현역 비평가이다. 선생의 현장 비평은 갓 등장한 신인에서 함께 문학 외길을 걸어온 동년배 작가에 이르기까지 작단 전체를 대상으로 한다는 점에서 우선 남다르다. 우리 소설 전체를 대상으로 하는 그야말로 전면적인 현장 비평인 셈이다. 선생의 이런 전면적인 현장 비평은 작품론, 작가론을 넘어 유형론의 차원에까지 나아간 점에서 또한 특징적이다. 그 유형론은 창작방법과 내적 형식의 차원에서 성립하는 것인데 이 점에서 작가가 속한 집단이나 진영에 따르는 파당론 수준의 유형론과는 근본적으로 구별된다. 선생의 현장 비평은 언제나 한갓 해설이 아니라 분석 또는 비판이고자 한다. 그 분석 또는 비판은 작가(작품)과의 대결을 통해 더 높은 곳으로 함께 나아가고자 하는 뜨거운 비평의식의 다른 이름이다. 시정인, 이문구 두 대가의 문학과 대결하며 새로운 정신의 차원을 지향하는 「서정인론」과 「이문구론」을 우리는 이 측면에서 읽을 수 있다.

한국 현대문학 연구자로서 선생의 존재가 지닌 큰 의미 가운데 하나는 계속해서 새로운 화두를 제시하며 한국 현대문학 연구의 영역을 확장해왔다는 사실이다. 그것은 지금까지 알려지지 않았던 문학사적 사실의 확인이고 드러냄이니 문학사의 '발견'이지만, 새로운 관점 또는 문제의식을 통한 문학사의 재해석이며 재구성이니 동시에 문학사의 '생산'이기도 하다. 선생의 연구자로서의 생애는 곧 한국 현대문학사 생산의 과정이라는 명제는 이와 관련된 것이다.

최근 몇 년간 선생은 '이중어 글쓰기'에 대한 연구에 주력해왔는데 지금까지와는 전혀 다른 시각에서 식민지 시기 우리 작가들의 이중어 글쓰기를 살핌으로써 이 시기 문학사에 대한 새로운 인식으로 나아갔다. 선생의 연구가 문학사의 발견과 생산의 의미를 지닌다는 사실을 증거하는 대표적인 예라 하겠다. 우리는 세 편의 글과 한 편의 대담(Ⅳ)을 통해 선생의 '이중어 글쓰기'론의 경개를 보이고자 하였다. 선생의 '이중의 글쓰기'론은 식민지 시기 이중어 글쓰기의 여섯 유형을 밝힘으로써 그 단순하지 않은 안쪽을 드러내 보여주는데, 이로써 모든 것을 민족/반민족의 이분법으로 척도하는 이분법을 넘어 새로운 인식 지평으로 나아갈 수 있는 발판이 마련되었다. 이중어 글쓰기와 국민국가의 관련성, 이중어 글쓰기와 글쓰기의 근본 욕망 사이의 관련성, 이중어 글쓰기와 시대 상황과의 관련성에 대한 전혀 새로운 관점에서의 접근이 가능해진 것이다.

Ⅴ장은 비평사 연구의 글들로 구성하였다. 선생의 학문이 역저『한국근대문예비평사연구』(1973)에서 시작된다는 사실은 누구나 아는 것인데, 그 치밀한 실증의 세계가 여기 이르러 정치한 유형론으로 결실하였다. 선생의 유형론은 우리 비평사를 채우고 있는 비평 유형 저마다의 특수성과 그것들 사이의 관련성을 밝히는 것은 물론이고 더 나아가 비평의

보편적 원리의 해명을 겨누는, 특수성과 보편성의 동시적 파악을 도모하는 긴장 위에 서 있다는 점에서 특징적이다. 그 긴장은, 마찬가지로 비평가인 선생의 새로운 비평세계 개진을 향하는 치열한 모색의 정신이 개입함으로써 더욱 커진다. 이들 논문의 한복판에는 위기의식의 벼랑 끝에 서서 길을 찾아 고투하는 '비평가 김윤식'의 실존적 고뇌가 생생한 육성으로 울리고 있다.

마지막에 실려 있는 「체험으로서의, 발견으로서의, 입문으로서의 한국근대문학사론」은 남송우 교수의 질문에 답하는 형식의 글이지만 선생의 학문과 비평의 핵심에 해당하는 것들을 두루 진지하게 다루고 있어 방대한 '김윤식 문학'으로 우리를 인도하는 길잡이이며 깊고 넓은 '김윤식 문학' 최고의 해설이라 할 수 있다. 이 글의 말미에서 선생은 "좀더 심도 있는 생산적 대화의 가능성"을 말하고 있는데, 그 가능성은 곧 앞으로도 당신의 연부역강 건강과 함께 오래 동안 이어질 김윤식 문학의 '생산적 가능성'이며, '김윤식 문학'과의 대화를 통해 후학들이 풍성하게 가꾸어나갈 한국문학 연구와 비평의 가능성이다.

새로운 글쓰기, 새 지평의 열림
—김윤식 선생의 「문학사의 라이벌 의식 3」에 부쳐

1. 대결의 심리학 : 새로운 방법론

국문학자이며 한국문학 비평가인 한 작가의 저서 전부를 전시하는 특별한 전시회가 재작년에 있었다. 2015년 후반기 석 달(2015. 9. 11~12. 11) 동안 한국현대문학관에서 열린 <김윤식 저서 특별전>이 그것이다. 단독 저서 149권을 비롯하여 김윤식 선생이 낸 저서를 망라한 이 전시회는 전시 공간의 제약 때문에 '김윤식 글쓰기'의 전부를 보여주지는 못하였다. 이 전시회에서 보여주지 못한 것 가운데 하나는 '문학사의 라이벌'에 대한 글쓰기이다.

한 문인의 글쓰기를 라이벌에 대한 경쟁의식에 초점을 맞추어 해석하고, 나아가 라이벌 사이의 대결을 벼리로 하여 문학사를 재구성하고자 하는 선생 특유의 방법론이 본격적인 모습을 드러낸 것은 1989년에 출간된 『임화 연구』(문학사상사)에서이다. 모두 17장으로 구성되어 있는데 그 대부분은 라이벌 사이의 대결을 직접적으로 드러내는 제목을 달고 있다. '임화와 박영희', '김팔봉과의 대결', '中野重治와 비 나리는 品 川驛', '김남천, 물논쟁, 논리적 대결의식', '백철과 동류의식', '한설야, 생리적 대결의식', '지하연, 동반의 대결의식' 등이 그것들이다. 한국근 대문학사의 문제적 개인인 임화의 글쓰기를 해명하는 주제어가 라이벌 에 대한 '대결의식'임이 한눈에 보인다.

이전의 한국문학 연구에서는 찾아볼 수 없는 이 개성의 방법론은 '대 결의 심리학'이라 이름 붙일 수 있는 새로운 글쓰기 연구, 작가 연구를 열었다. 나는 다른 곳에서 다음과 같이 말한 바 있다.

> <김윤식 저서 특별전>의 머리에는 "자, 이제 지체 없이 떠나라, 나 의 손오공이여 나의 문수보살이여. 혼자서 가라, 더 멀리 더 넓게"라는, 선생의 저서 『내가 읽고 만난 일본』의 머리말에서 따온 글이 걸려 있 다. 갇히지 않고 안주하지 않는, 저 먼 곳을 향해 자신을 활짝 열고 계 속해서 떠나는 이 같은 정신이 스스로를 끌고 밀며 나아와 '두려운 모 범'의 세계를 이루었다. 떠나고 또 떠나는 그 정신의 행로는 여전히, 조 금의 흔들림도 없이, 저만큼, 앞길을 열며, 혼자서, 나아가고 있다.

'대결의 심리학'은 이처럼 '계속해서 떠나는' 정신이 그 나아감의 어 느 지점에서 찾아 낸 새로운 방법론이다. 이 새로운 방법론에 근거한 김윤식 선생의 연구와 비평의 대강은 「문학사의 라이벌 의식」(1, 2)에서 만날 수 있다.

그리고, 다시 「문학사의 라이벌 의식」(3)이다. 「문학사의 라이벌 의식」 (1, 2)에서와 마찬가지로 문인 간의 대결을 다룬 글이 많은데 이 책에 실린 글 9편 가운데 5편이 여기에 속한다. 다른 점도 있다. 「문학사의 라이벌 의식」(1, 2)에서는 볼 수 없었던 잡지 간의 대결, 문학 단체 사이 의 대결을 다룬 글이 대거 들어온 것이다. 모두 4편이나 된다. 이로써 개성의 저술 「문학사의 라이벌 의식」은 문인 간의 대결의식을 문제 삼는 데 머무르지 않고 문단사의 맥락에서 잡지와 문학 조직 간의 대결을 다루는 차원으로 나아갔다. 우리 현대문학에 대한 연구와 비평의 전에 없던 새로운 지평이 열렸다. 그 지평 너머 펼쳐진, 치밀한 실증을 딛고 선 해석의 세계는 넓고 깊어 참으로 장관이다.

2. 집단의 세계관을 문제 삼다

문단사의 맥락에서 잡지와 문학 조직 간의 대결을 살핀 글들의 첫머리에 일제 강점기 막바지 한국문학의 중심이었던 두 문학 전문 잡지 『문장』과 『인문평론』의 라이벌 관계를 다룬 「『문장』지와 『인문평론』지의 세계관」이 우뚝 서 있다. '우뚝'이란 이 글의 수준과 이 글이 한국 문학을 대상으로 한 논리적 분석과 해석의 글쓰기에서 갖는 의미가 어떠한가를 드러내는 말이다.

이 글의 앞부분은 가람 이병기, 상허 이태준, 정지용, 최남선 등의 글을 통해 『문장』지의 세계관을 밝히고자 한 것이다. 저자는 이병기의 시조에 등장하는 난(蘭)에 대한 고찰에서 출발하여 『문장』지의 세계관을 살펴 나간다. 이 글에서 밝힌 『문장』지의 세계관은 분리할 수 없는 통합체로서 존재하는 '선비 정신'과 '예' 그리고 마찬가지로 한 몸을 이루고 있는 '오도(悟道)'와 '예도(藝道)'들의 실현이며 지향이라는 것, 심정적인 성격을 지니고 있다는 것, 시적이라는 것, 반근대주의적이며 반역사주의적이라는 것 등이다. 『문장』이란 문학잡지의 세계관이란, 이 잡지를 중심으로 모인 비슷한 성향을 지닌 문인들의 작품들로써 구현되는 집단의 세계관이다. 한 문인의 세계관이 아니라 집단의 세계관을 문제 삼는 것은 우리 문학 연구에서는 처음이니 그 선도적 의의는 대단히 크다. 이처럼 『문장』지의 세계관을 밝혀 앞에 놓고 그 적수였던 『인문평론』지를 바라보면 그 세계관의 성격이 뚜렷이 부각된다. 이성적인 성격이 지배적이라는 것, 산문적이라는 것, 근대주의적이며 역사주의적이라는 것 등이다. 이로써 1940년을 전후한 시기 우리 문학의 두 중심이었던 『문장』지와 『인문평론』지의 핵심 성격이, 둘 사이의 관계가 뚜렷이 드러나게 되었다.

저자는 이들 두 문학잡지를 중심으로 모인 문인 집단의 세계관 규명에서 더 나아가 그 정신사적 의미를 밝히고, 이를 바탕으로 그 세계관을 벼리로 한 문학사의 체계화에까지 나아간다. 예를 들면 『문장』지의 세계관을 벼리 삼아 '조선시대 선비 문학－일제 강점기 민족주의 문학－해방 후 문협정통파의 문학'으로 이어지는 문학사의 맥락을 재구성한다.

두 잡지의 세계관을 규명하는 일에서 문학사의 맥락을 재구성하는 데 이르는 논의는 자칫 실재에서 멀리 떨어진, 거친 주관적·연역적 진단으로 흘러 논리적 설득력을 얻지 못할 위험성이 높다. 이 글은 물론 그렇지 않다. 문학이론과 미학이론을 바탕으로 논의를 전개하고 작품론 또는 작가론을 넘어 장르론과 문체론에까지 나아감으로써 해석의 깊이를 확보하였다는 점, 작품의 내밀한 심부를 뚫어보는 섬세하고 날카로운 안목이 이끄는 높은 수준의 작품 해석이 뒤받치고 있다는 점 등이 이를 가능하게 하였다.

『세대』와 『사상계』의 관계를 살핀 글, 『현대문학』과 『문학사상』의 대결을 검토한 글은 「『문장』지와 『인문평론』지의 세계관」에 이어지는 것들이다. 『세대』와 『사상계』는 종합잡지이므로 전문 문학지인 『문장』, 『인문평론』과는 구별된다. 당연히 문인 집단이 아니라 지식인 집단을 문제 삼는 쪽으로 나아가지 않을 수 없다. 두 잡지를 중심 무대로 저마다의 사상을 개진하고 그럼으로써 현실에 참여하고자 했던 1960년대 한국 정신사를 주도한 두 무리의 지식인을 다룬 글이 솟아올랐다.

저자의 분석에 따르면, 『사상계』와 『세대』는 라이벌답게 다음처럼 대비적이다. 먼저 경영한 사람들이 다르니 월남한 지식인 집단과 군부에 연계된 남쪽 출신의 지식인 집단이 두 잡지를 만들어 끌고 나갔다. 이념도 확연히 달랐는데 저항적 자유민주주의라는 이름표를 단 이상주의와 군부 통치를 옹호하는 현실주의로 뚜렷이 나뉘었다. 통일 문제와 관련한 입장도 크게 달랐다. 『사상계』의 지식인 집단은 월남자들이었던 만큼 '북한과의 연계'라는 혐의를 덮어쓸 위험성이 컸기에 이를 피해 통일론을 겉으로 내세울 수 없었다. 그들은 '통일론 대신 세계화'를 앞세워 서구에서 펄럭이던 '문화자유주의'의 깃발을 내걸었다. 이와 반대로 『세대』의 지식인 집단은 '북한을 포함한 한반도 통일론'을 강력하게 내세웠는데 그 아래에는 군부 통치를 합리화하려는 의도를 품은 반공주의가 놓여 있었다.

저자는 이 글의 마지막 부분에서 『세대』에 실은 통일론 때문에 반년간 감옥살이를 해야 했던 황용주와 그의 지적 동반자인 소설가 이병주의 관계에 대해 짧게 언급하였는데 문학비평가인 저자의 이병주에 대한 관심과 관련된 것이다. 저자는 이병주 연구서인 『이병주와 지리산』과 『이병주 연구』 등을 냈으며, <이병주기념사업회>의 공동대표의 한 사람으로서 매년 열리는 <이병주하동국제문학제>에 참가하여 한 번도 빠지지 않고 새로 쓴 '이병주론'을 발표해 왔는데, 이병주에 대한 탐구의 어느 길목에서 황용주, 황용주의 통일론, 그리고 『세대』에 가 닿았던 것이다.

「『현대문학』과 『문학사상』」은 각각 『현대문학』의 600호 발간과 『문학사상』의 400호 발간을 맞아 쓴 두 글로 이루어져 있는데, 각 잡지의 특성을 드러내는 데 초점이 놓인 만큼 '라이벌 의식'에 해당하는 내용은 겉에 분명히 드러나 있지 않다.

『현대문학』을 다룬 글은 『현대문학』을 중심에 놓고 구성한 한국현대 문학사이다. 격동의 한국현대사, 이와 나란히 펼쳐진 우여곡절 굽이치는 문단사를 바탕에 놓고 잡지를 근거로 한 여러 문학 진영의 치열한 경쟁의 역사가 다양한 자료를 딛고 기술되어 있어 현장을 바로 눈앞에 보는 듯 실감난다. 특히 김동리와 조연현 두 걸출한 문인이 마치 드라마의 두 주인공처럼 활약하고 있어 읽는 재미가 대단하다. 독자의 호흡을 완전히 장악하는 저자의 말길을 좇아 50-60년 저쪽의 문학사 전개를 정신없이 따라가다 보면 어느새, 그 경쟁에서 이긴 잡지가 문협정통파의 근거지였던 『문예』와 그 계승인 『현대문학』이라는 문학사적 사실을 자연히 이해하게 된다. 『현대문학』을 다룬 글에서 특히 인상적인 것은 '비평의 작품화'를 겨누는 비평가의 자의식과 관련된 다음 진술이다.

> 논리로서의 비평이란, 마르크스주의, 민족주의, 또 최재서의 해석학 등등이 기왕에 있어왔지요. 작품을 정확히 분석하고 이를 논리적으로 해석하기가 그것, 그렇다면 그것은 학문(과학)이지 비평이라 할 수 있을까. 이런 물음을 처음으로 발설한 문사가 바로 조연현입니다. 이 사실은 강조되어야 마땅한데, 왜냐하면 비평이 '문학이냐 아니냐'에 걸리는 과제를 안고 있기 때문이지요. 시, 소설, 희곡과 더불어 비평도 문학으로서 독자성을 가질 수 있기 위해서는 과학(논리)에서 벗어나 그 너머에 있는 데까지 가야 합니다. 형상화의 범주 말입니다. 이를 조연현은 '생리'라 불렀던 것. 비평이란 이래도 좋고 저래도 좋다는 식일 수 없는 '온몸으로 말하는 것' '몸부림으로서의 비평'이라 그가 말한 것은 이를 가리킴인 것.

이 진술이 인상적인 것은, 여전히 월평과 계간평을 집필하는 현장비평가의 자리를 굳게 지키고 있는 저자의 비평가로서의 자의식과 관련된 것이기 때문이고, 비평가의 이름을 걸고 글을 쓰는 모든 사람의 복잡미묘한 내면과 관련된 것이기 때문이다. 다양한 문체 실험, 작품에서 시작했지만 때로는 작품으로부터 멀리 벗어나 창작의 경계에까지 날아오르곤 하는 저자 특유의 개성의 글쓰기는 이 같은 자의식과 관련된 것이다.

『문학사상』을 다룬 글은 저자가 직접 겪은 일을 중심으로 구성되어 있어 능란한 이야기꾼이 자신의 체험을 들려주는 한 편의 이야기처럼 읽힌다. 화전민의 메타포를 앞세워 '새로운 언어, 새로운 문법 만들기'를 겨누었던 『문학사상』의 전위성이, 이 잡지를 창간하고 이끌었던 이어령과 5년에 걸쳐 「이광수와 그의 시대」를 연재하는 등 『문학사상』을 대표하는 필자였던 저자 두 뛰어난 비평가의 전위성과 만나, 폭죽처럼 문학사의 하늘을 수놓는다.

「해방공간의 두 단체―문학가동맹과 청년문학가협회」는 문학 조직의 대결을 다룬 글이다. 『해방공간의 민족문학 연구』, 『해방공간의 한국작가 민족문학 글쓰기론』, 『해방공간의 문학사론』 등의 저서를 통해 해방공간의 문학에 대한 연구를 앞서 이끌었던 저자가, 기왕의 연구를 딛고 두 문학 조직의 대결을 가운데 놓고 이 시기 문학의 전개를 새롭게 구성하였다. 조직의 결성 과정, 정치세력 및 언론과의 관계, 강령, 주도세력의 '정신 구조'를 비롯한 사회·정치·문화적적 성격 등을 방대한 자료를 동원하여 치밀하게 분석하여 하나로 엮었다. 두 조직의 대결을 다룬 것이지만 이 속에는 <청년문학가협회>를 주도한 김동리와 조연현의 대결을 살핀 부분이 있다. 이로써 이 글은 두 겹의 대결을 품은 중층의 서사가 되었다. 두 문인의 대결은 바로 앞에서 검토한 「『현대문학』

과 『문학사상』에도 들어 있으니 같이 읽으면 좋을 것이다.

두 문학 조직의 대결로 팽팽하게 긴장되어 있던 해방공간의 문학판에 신석정, 이용악, 조지훈, 박목월, 박두진 등 우리가 잘 아는 문인들의 서정시가 낭송되었다는 사실은 흥미롭다. 그들의 개성적인 서정이 역사와 만날 때 날카로운 정치성을 띠게 된다는 사실을 아는 것은 더욱 흥미롭다. 저자를 따라 독자는 그 서정의 안쪽 깊숙한 곳으로 다가갈 수 있다.

3. 문인과 문인의 대결

그리고 문인과 문인의 대결을 다룬 글 다섯 편이다. 임화와 신남철, 백철과 황순원, 김춘수와 김종삼, 이원조와 조지훈, 이호철과 최인훈 등, 다섯 개의 대결이다. 하나하나가 두 문인에 대한 작가론이면서 관계론이고 나아가 그들의 대결을 중심에 놓고 구성한 문학사론이다. 그 요점만 살펴보기로 한다.

1) 임화와 신남철의 대결: 이 글은 신남철론이자 임화론이며, 두 사람의 지적 대결을 코드 삼아 재구한 한국현대문학사이고 한국현대지성사이다. 신남철은 경성제대 철학과 출신으로 신문기자와 교사 생활을 거쳐 김일성대학 교수에 이르기까지 곡절다기의 삶을 살았다. 1930년대 중반 이런 신남철과 임화가 맞붙었다. 북쪽에서 임화가 숙청될 때까지 계속되는 두 사람의 대결은 철학자와 문학비평가 또는 시인, 경성제대 아카데미시즘과 문단 문학, '잠언을 저작하는 인간'과 문학사가 또는 혁명 전사(시인이며 정치조직인인) 사이의 대결이다. 국문학자이니만큼 저자는 그 대결이 문인 임화를 이해하는 데 어떤 의미가 있는지에 기울었

다. 박영희, 김기진, 한설야, 김남천, 백철 등 동료 문인들과의 대결이라는 관점에서는 포착되지 않았던 임화의 다른 얼굴이 철학자 신남철에 대비되어 또렷이 드러날 수 있었다.

2) 백철과 황순원의 대결: 1960년 말 황순원의 장편 「나무들 비탈에 서다」를 사이에 놓고 백철과 황순원이 맞붙었다. 이른바 '「나무들 비탈에 서다」 논쟁'이다. 『동아일보』와 『한국일보』를 무대로 두 검객은 몇 차례, 상대를 무시하는 오연한 태도로 독설을 주고받았지만 "아무래도 우리의 이 '대화'는 싱겁게 된 것 같다."라는 황순원의 말처럼 '싱겁게' 끝나고 말았다. 그런데 이 싱거운 논쟁을 다룬 저자의 글은 싱겁지 않은데 두 가지 면에서 그러하다. 하나는 수정을 거듭하는 황순원의 '창작방법'과 관련한 해석과 관련된 것이다. 황순원은 잡지에 발표한 작품을 작품집에 수록할 때 개작하고 다시 전집에 수록할 때도 개작하는 것으로 알려져 있는 작가이다. 잡지에 발표하기 전에도 수없이 손보아 다시 쓰는 과정을 거쳤을 것임에 '황순원 창작방법의 요체는 개작'이라고 할 수도 있을 것이다. 이처럼 반복 개작의 창작방법은 물론 '완성도 높은 작품을 지향하는 투철한 작가의식' 때문이겠지만 이와 함께 '이데올로기의 억압'과 관련된 것일 수도 있다는 점을 저자는 지나가는 투로 지적해 놓았다. 해방공간에 「술 이야기」 등을 발표하여 이념적 억압을 겪은 작가의 트라우마와 무관하지 않을 가능성이 높다는 해석이다. 이 글을 싱겁지 않게 만든 또 다른 요인은 백철의 글쓰기 특성에 대한 깊은 통찰이다. 저자는 '극대화와 극소화의 구성법'이라 명명했는데, 극소화란 작품의 세세한 부분을 문제 삼는 것을, 극대화란 '서구 문학사조 및 서구 작가의 시선 도입'을 뜻한다. 저자는 백철의 이 같은 글쓰기를 "그 두 울림 속에서 또 다른 기묘한 메아리가 쳤다. 누구도 흉내 낼 수

없는 백철 글쓰기의 매력이 거기 있었다."라고 진단하였다. 작품이 발표되는 바로 그 현장을 지키며 글쓰기 평생을 살아온 저자의 현장비평가로서의 자의식이 여기 깃들어 있는 것으로 읽힌다.

3) 김춘수와 김종삼: 김종삼론이자 김춘수론이고, 또 김수영론이기도 하고 김현론이기도 하며, 사일구를 가운데 놓고 재구한 한국현대시사론이기도 하다. 뿐이랴. 말라르메, 사르트르 등 프랑스 현대문학과 한국 현대문학의 영향관계를 깊게 살피고 있으니 한불 비교문학론이기도 하다. 시작법의 근본을 문제 삼는 논의이기에 하도 깊어서 일반 독자는 따라 읽기 어렵다. 이 글에서 다루고 있는 시인 대부분의 문학이 의미로부터 탈출하고자 하는 의지에서 생겨난 '애매성'에 싸여 있어 난해하기 짝이 없는데, 그 근본을 문제 삼는 논의이니 어려울 수밖에 없다. 난해성의 밀림이라고 표현할 수 있을 정도이다. 그 밀림을 헤매다가 벗어나 거리를 두고 보면 뚜렷이 보이는 것이 있다. 김수영-김춘수-김종삼 세 시인의 관계가 그것인데 특히 김수영과 김춘수 두 거목의 경쟁 관계가 재미있다. 김춘수는 의미를 추방하는 시법으로 김수영에 맞서고자 했으며 마침내 넘어섰다는 게 저자의 진단이다. 이로써 한국 현대시사의 코드 하나가 논리적 인식의 체계에 들어왔다.

4) 이원조와 조지훈: 200자 원고지 400매가 넘는 긴 글이다. 경북 동북부에는 멀리 넓은 벌이 내려다보이는 산자락에 자리 잡고 수백 년 세거해 온 선비 집안이 숱하게 많은데 그런 집안 출신의 현대 문인을 대표하는 이원조와 조지훈의 대결을 다루었다. 그 대결은 근대주의자와 전통주의자의 대결, 남로당 계열 사회주의자와 민족주의자의 대결, 비평의 논리적 언어와 시의 서정적 언어의 대결, 나라 만들기에 나아간

정치인과 그 바깥에 섰던 문학인의 대결이다. 누가 이겼는지를 묻는 것은 부질없는 일, 그들은 저마다의 자리에서 최선을 다해 정신을 닦고 논리를 다듬어 삶의 길 문학의 길을 새롭게 열고자 하였을 뿐이다.

이 장대한 글의 첫머리에 이원조의 친형인 육사 이원록의 시 「광야」가 드넓게 펼쳐져 있다. 저자는 이 시를 연암 박지원의 명문장 「호곡장론」(보통 '통곡할 만한 자리'라 번역됨, 1780년 음력 7월 8일 지음)에 연결지어 "「광야」의 시가 지닌 표층적 초월성이 감추어진 또 다른 텍스트 「호곡장론」으로 말미암아 구체성을 갖추었다."라고 하였다. 그 초월성에 가로막혀 독해하기 어려웠던 「광야」를 새롭게 해석할 수 있는 가능성의 문이 열렸다.

5) 이호철과 최인훈: 1951년 12월 원산 부두, 이후 한국 소설계의 거목으로 성장하는 원산고급중학생 두 명이 LST를 타고 대한민국 임시수도 부산으로 향하는 탈출의 길에 올랐다. 이호철과 두 학년 아래 최인훈이었다. 「토착화의 문학과 망명화의 문학(1)-이호철과 최인훈」은 이 두 작가의 삶과 문학의 행로를 정밀하게 엮어 짠 글이다. 저자는 두 작가의 방대한 문학 한복판에 곧바로 손을 넣어 핵심을 움켜쥐고 이호철의 문학을 현실주의에 근거한 '토착의 문학'으로, 최인훈의 문학을 관념에 바탕을 둔 '망명의 문학'이라 명명했다. 그 이름들로써 모든 것이 환하게 드러났다.

4. 섬세하고 날카로운 감각의 힘

저자가 그동안 낸 저서는 종수로만 따져 150종이 넘는다. 현장비평,

문학사 연구, 작가 평전, 예술기행 등 여러 영역에 걸치는 저자의 글쓰기로써 한국문학과 한국문학 연구의 전에 없던 새 길이 그때그때 새롭게 열리곤, 열리곤 하였다. 선도의 글쓰기, 전위의 글쓰기! 남이 갖지 못한 많은 것을 가졌기에 가능한 일이었을 것이다. 그 가운데 사람들이 잘 알지 못하는 것, 그러나 이 모든 일의 기본인 것은 작품에 감응하고 그 심부를 꿰뚫는 섬세하고 날카로운 감각이다. 지식과 논리 이전의 감각, 그것을 딛고서야 비로소 지식이 쓰일 자리를 찾을 수 있고 논리가 세워질 수 있는 것, 또 생득적인 것이면서 한편으로는 지식과 논리에 의해 날카롭게 벼려지고 섬세해지는 감각 말이다. 저자의 이 같은 감각을 잘 보여주는 예 하나만 들겠다. 이병기의 시조 「수선화」를 통해 가람 시조 곳곳에 나오는 '볕'이라는 시어와 관련된 논의이다.

> 가람 시조의 도처에 보석처럼 박힌 단 하나의 낱말을 찾는다면 윗점 친 '볕'이다. 그것은 '어둠'을 동시에 내포한다. 이 광음 속에 생명의 서식지가 있다. 수선 그것은 2월에 피고 2월 그 자체이다. 광음과 한기 속에 생명이 놓인다. '볕'이란 '빛'이라는 밝음의 세계와는 구별된다. '볕'이란 밝음과 함께 '온도'를 내포한다. '볕'에 대응되는 단 하나의 낱말을 한국어는 갖고 있지 않다. 그 대칭어는 다만 '어둠'이다. 그 대칭어는 다만 '어둠'에다 '차가움'을 합할 수밖에 도리가 없다. 생명의 서식지는 밝음도 어둠도, 또한 뜨거움도 차가움도 아니다. 이 네 가지 속성이 한순간에 마주치는 자리, 거기에만 생명이 가장 확실하게 포착된다. 은폐성으로서의 생명의 존재방식, 가장 섬세한 것, 조그만 위치 변경에도 사라지는 것이 생명이 아니라면 생명의 자리는 아무데서도 찾지 못하리라. 그 생명의 신호가 '향'이라는 불가시성의 존재물이다.

'볕'이라는 말에서 빛과 따뜻함을 떠올리는 것은 누구나 할 수 있다. 그러나 '볕'에 어둠과 차가움이 '내포'되어 있다는 것은 아무나 포착할 수 있는 일이 아니다. 더 나아가, '생명의 서식지'는 '밝음도 어둠도, 또한 뜨거움도 차가움도' 아니고 '이 네 가지 속성이 한순간에 마주치는 자리'라는 발견에까지 나아갈 수 있는 사람은 참으로 드물다. 그것을 가능하게 한 것은 섬세하고 날카로운 감각이다. 이 감각이 저 높고 거대한 '김윤식 문학'을 세웠다.